Jenny Brandes
Lies Of Crowns And Death
Die Nachtzauberin

Mehr zu Jenny und der Welt von Athea:

Web: https://www.jennybrandes.com
Mail: mail@jennybrandes.com
Instagram: @jennybrandes.official
TikTok: @jennybrandes.official
YouTube: @jennybrandes.official

© Jenny Brandes

Jenny schreibt Geschichten, seit sie schreiben kann, und verbrachte ihre Kindheit zu größten Teilen mit der Nase tief in einem Buch. Die Macht von Worten, ganze Welten zu erschaffen, fasziniert sie seit jeher.
Mit »Lies Of Blood And Flames« veröffentlicht sie 2024 ihren Debütroman.
Wenn Jenny nicht gerade in ihrer eigenen Welt schreibt, erkundet sie gern fremde Welten in Büchern, Filmen oder Spielen.

JENNY BRANDES

LIES OF CROWNS AND DEATH

DIE NACHTZAUBERIN

ROMAN

Außerdem von Jenny Brandes erschienen:
Lies Of Blood And Flames – Die Bluthexerin (Band 1)

Inhaltswarnung:
Lies Of Crowns And Death – Die Nachtzauberin enthält die Darstellung von Diskriminierung, physischer und psychischer Gewalt und Tod (auch Suizid).

Bibliografische Information der Deutschen Nationalbibliothek: Die Deutsche Nationalbibliothek verzeichnet diese Publikation in der Deutschen Nationalbibliografie; detaillierte bibliografische Daten sind im Internet über http://dnb.dnb.de abrufbar.

Die automatisierte Analyse des Werkes, um daraus Informationen insbesondere über Muster, Trends und Korrelationen gemäß §44b UrhG („Text und Data Mining") zu gewinnen, ist untersagt.

© 2024 Jenny Brandes

Verlag: BoD · Books on Demand GmbH, In de Tarpen 42, 22848 Norderstedt
Druck: Libri Plureos GmbH, Friedensallee 273, 22763 Hamburg

Cover enthält KI-generierte Grafiken

ISBN: 978-3-7597-6631-1

Für dich, falls du zweifelst –

Du bist genug.

PROLOG

Die Rosen blühen rot.

Das Pergament in Lunas Händen bebte und die Worte darauf verschwammen vor ihren Augen. Der Brief enthielt nur wenige kurze Zeilen in der makellosen Handschrift ihrer Schwester, kontrollierte Federstriche, die sich nichts von der Nachricht anmerken ließen, die sie versteckten. Hätte jemand den Boten abgefangen, hätte er nur bedeutungslose Worte vorgefunden, belangloses Geschwätz zwischen Schwestern über den neuesten Stand im Palast, über die Bälle und die Gärten … Doch Luna hatte die Floskeln und Kodierungen gelernt, seit sie auf zwei Beinen stehen konnte. Man hatte sie ihnen beim Frühstück eingebläut und beim Nachmittagstee abgefragt. Sie hatten sie lernen sollen, um vorbereitet zu sein … doch Luna war nicht vorbereitet.

Die Rosen blühen rot. Die Königin war tot.

Dies war kein Schreiben einer Schwester an die andere, es war ein Schreiben zwischen zwei Prinzessinnen, das alles veränderte … *einer* Prinzessin – ihre Schwester würde bald Königin sein, weil Ihre Majestät … weil ihre *Mutter* tot war.

Die Rosen blühen rot. Nicht weiß, nicht gelb, nicht rosa. *Rot.* Ein gewaltsamer Tod.

Lunas Hand sank herab, den Brief in ihren Fingern noch immer fest umklammert. Sie zitterten, doch jede weitere Reaktion, die sie von ihrem Körper erwartet hatte, blieb aus. Da war kein Schmerz in ihrer Brust oder Tränen in ihren Augen, nur ein ungläubiges Rauschen, das keinen klaren Gedanken zuließ. Sie atmete tief ein und versuchte, sich zu sammeln.

Sie hatte sich vergessen, hatte vergessen, die höfliche, unbeteiligte Maske aufrecht zu erhalten, die ihr inzwischen wie ins Gesicht gebrannt war. Sie konnte nicht mehr sagen, ob ihre Züge das Entsetzen spiegelten, das sich in ihre Brust gekrallt hatte, sie spürte sie kaum noch. Trotzdem versuchte sie, ihr Gesicht wieder zu verschließen, bevor sie den Kopf hob.

Die oberste Magistra der Zaubererakademie von Arsarca beobachtete sie mit hochgezogenen Augenbrauen. Sie lehnte sich in ihrem imposanten Ohrensessel nach vorn, die Finger auf der Tischplatte ihres Schreibtisches ausgespreizt. Tiefe Falten zogen sich wie Wellen über ihre Haut, verschwanden in den Ärmeln ihres schwarzen Kleides und setzten sich an ihrem Hals und auf ihrem Gesicht fort. Luna konzentrierte sich auf den straff zurückgebundenen Haarknoten in ihrem Nacken, um nicht ihrem Blick begegnen zu müssen.

Das dämmrige Kerzenlicht im Raum erweckte den Anschein, dass es schon spät in der Nacht war, dabei sperrten die zugezogenen Vorhänge gerade einmal die untergehende Sonne aus. Bücher überzogen die Wände und versteckten die Vertäfelung, Bücher so alt und gut erhalten, dass sie in den vergangenen Jahrhunderten kein Sonnenlicht gesehen haben konnten. Ihr Geruch hatte sich tief in den dunkelroten Teppich gesenkt und verhing den Raum, ein Duft von rauem Leder und staubigem Pergament.

Die oberste Magistra verharrte so bewegungslos, dass sie beinahe mit der Einrichtung ihres Arbeitszimmers zu verschmelzen schien. Sie wirkte hinter der riesigen, dunklen Schreibtischplatte und den Papieren, die sich in Stapeln darauf türmten, zierlich, ein Umstand, der jedoch nicht darüber hinwegtäuschen konnte, dass sie die mächtigste Person in den Mauern der Akademie war.

Sie wartete nicht darauf, dass Luna erklärte, warum der königliche Bote ein Schreiben im Eiltempo direkt in ihr Arbeitszimmer gebracht und sich geweigert haben musste, den Raum zu verlassen, bevor die Prinzessin nicht gerufen worden war. Ihr musste klar sein, dass etwas Bedeutendes geschehen war, aber sie gab sich nicht die Blöße, zu fragen. Vielleicht wusste sie es auch bereits, vielleicht hatte der Rat der Zauberer sie schon informiert, schließlich war ihr Netzwerk schneller als ein berittener Bote ... Doch warum hatten sie dann nicht auch –

»Wir müssen handeln«, ergriff Meisterin Margo geschäftig das Wort.

Sie bewegte sich neben Luna vor dem Schreibtisch von einem Bein auf das andere, sodass das Rascheln ihres blauen Kleids zu einem steten Hintergrundgeräusch verklang. Blut und Feuchtigkeit sprenkelten Flecken über ihren Rock und färbten den Saum dunkel. Anscheinend war sie direkt von der Befragung der Gefangenen in den Verliesen hinauf in das Arbeitszimmer der obersten Magistra gestürmt, ohne Zeit darauf zu verschwenden, sich zu waschen oder umzukleiden.

»Uns läuft die Zeit davon.« Ihre Stimme klang drängend und die Unruhe, die durch ihren Körper pulsierte, wirkte seltsam deplatziert an ihrem sonst makellosen Aussehen, genau wie die langen dunklen Haarsträhnen, die sich aus ihrer Steckfrisur gelöst hatten und jetzt über ihre Schultern hingen. »Es scheinen noch mehr der Hexer überlebt zu haben, mehr, als ich befürchtet hatte.«

Vor zwei Jahrzehnten hatten nur einhundert Hexer den Brand in ihrer Stadt Daersk überlebt, einhundert Hexer, die fortan als *die Hundert* in die Chroniken Atheas eingehen sollten. Als hätten die Flammen ihren Blutdurst geweckt, waren sie mordend und brandschatzend durch das Königreich gezogen und hatten auf ihrem Weg nichts als Asche zurückgelassen. Nur durch die Unterstützung der Zauberer hatte die königliche Wache sie schlussendlich besiegen können … Zumindest hatten sie *geglaubt*, dass sie sie besiegt hatten – bis Meisterin Margo vor wenigen Wochen auf eine Überlebende gestoßen war, eine Hexerin, die zwei Jahrzehnte unerkannt unter ihnen gelebt hatte: die Tochter des Barons von Arlven … Eine Hexerin, die jetzt in ihren Verliesen gefangen war.

Der Hinweis, mit dem sie sie hatten festnehmen können, war von Luna gekommen. Als die Hexerin aus Arlven geflohen war, hatte ihr Kindheitsfreund Noda sich den Zauberern angeschlossen, in der Hoffnung, sie retten zu können, sie von ihrem Weg der Gewalt und Zerstörung abzubringen. Er hatte Luna von ihr erzählt und sie hatte die Zuneigung in jeder seiner Geschichten gehört – seine, aber auch die der Hexerin, und sie hatte recht behalten, dass sie sich ergeben würde, wenn Noda sie darum bat. Als Meisterin Margo Luna davon erzählt hatte, hatte sie beinahe stolz geklungen. Zum ersten Mal in ihrem Leben war Luna von Nutzen gewesen … und doch nicht genug.

Meisterin Margo hatte Noda und sie in die Verliese bestellt, um zu überprüfen, ob sie recht behalten würde, ob Noda tatsächlich die Schwachstelle der Hexerin war, doch sie hatte sich geweigert, ihnen den Aufenthaltsort der übrigen Überlebenden zu offenbaren. Luna hatte sich geirrt. Wieder einmal.

Meisterin Margo zog bereits seit mehr als zwei Jahrzehnten erfolgreich für das Königreich in den Kampf gegen die Hexer und hatte unzählige von ihnen gefangengenommen und befragt. Entsprechend hoch waren ihre Erwartungen und die Enttäuschung in ihren Augen keine Überraschung für Luna, doch sie hatte in dem Blick der Magistra auch gesehen, dass sie nie überhaupt in Betracht gezogen hatte, dass Luna *nicht* versagen würde, und es war dieses Wissen, das sich schwer auf ihre Schultern legte.

Meisterin Margo hatte Noda und sie fortgeschickt und ihre eigenen Methoden angewandt, um die Informationen zu bekommen, die sie brauchte – sie hatte den zweiten Hexer gefoltert, der zusammen mit der Hexerin festgenommen worden war … Die Spuren davon zogen sich jetzt über ihren Rock.

Meisterin Margo schloss ihren Bericht darüber, was sie aus dem Verhör zu dem Unterschlupf der übrigen Hexer erfahren hatte, und als sie verstummte, hallte nur noch das ungeduldige Klackern ihrer Fingernägel auf dem Holz der Tischplatte durch den Raum. Schlieren von Blut zogen sich auch über die Außenkante ihrer Hand, doch sie schienen sie nicht zu kümmern.

Luna hielt sich steif neben ihrer Magistra und versuchte, keine Aufmerksamkeit zu erwecken, so als könnte Meisterin Margo sonst dahinterkommen, was sie kurz zuvor getan hatte. Sie strich über ihr Kleid, prüfte, ob auch sie verräterische Nässeflecken auf ihrem Rock hatte, und bildete sich dabei ein, dass man die Verliese an ihr riechen konnte.

Noda hatte Luna beim Gehen gebeten zu bleiben, und so waren sie, verborgen im Schatten der Gänge, Zeugen jedes Schreis, jedes Wimmerns und jedes gewürgten Flehens geworden. Bei der Erinnerung stieg Übelkeit in Lunas Rachen auf, begleitet von einem Schauer auf ihrem Rücken und einer Gänsehaut, die die Härchen auf ihren Oberarmen aufstellte. Irgendwann hatte die Hexerin Erbarmen gehabt, irgendwann hatte sie sich ergeben … Meisterin Margo war davongestürmt, sobald sie den Aufenthaltsort der übrigen Hexer kannte, doch Luna war geblieben.

Sie wussten nun zwar, wo sie die Hexer finden konnten, aber sie wussten noch nichts über ihre Pläne. Die Hexerin hatte nur wenige Tage zuvor auf dem Magiefest in Arenja öffentlich einen Platz im königlichen Rat gefordert, der seit Jahrzehnten aus Zauberern bestand, aus den Adligen Atheas, nur um kurz darauf ein Attentat auf die Andachtshalle des Tempels zu verüben und sie in Schutt und Asche zu legen. Das alles wirkte unorganisiert, planlos, doch es musste mehr dahinterstecken.

Wenn Luna es herausgefunden, wenn Noda noch einmal mit der Hexerin gesprochen hätte – vielleicht hätte sie der obersten Magistra und Meisterin Margo zeigen können, dass sie den Titel einer Zauberin verdiente ... Doch Luna hatte nichts erreicht. Sie war kaum mit der Hexerin ins Gespräch gekommen, bevor die oberste Magistra sie zu sich gerufen hatte.

»Wir müssen die Hexer so schnell wie möglich finden ... und töten!«, flüsterte Meisterin Margo mit glühendem Blick. »Ich will dafür jede Zauberin und jeden Zauberer, die in der Ausbildung weit genug fortgeschritten sind, um sich verteidigen zu können.«

Etwas in Lunas Innerem zog sich zusammen. Meisterin Margo zum Unterschlupf der Hexer zu begleiten, wäre eine Gelegenheit gewesen, die sie so vielleicht nie wieder bekommen würde. All ihre Mitschülerinnen und Mitschüler würden dort sein, sie alle würden die Chance bekommen, ihren Wert zu beweisen, doch sie –

»Ich muss gehen«, brach aus Luna hervor und der Brief raschelte dabei leise in ihren zitternden Fingern.

Meisterin Margos Blick schoss zu ihr, aber es war, als würde sie durch sie hindurchsehen, als sie mit scharfer Stimme wiederholte: »Ich brauche jeden –«

Die oberste Magistra unterbrach sie mit einem Handwedeln. »Ihr seid entlassen, *Prinzessin*.«

Luna neigte gehorsam den Kopf und atmete ein, bis das Ziehen in ihrer Brust nachließ. Aus dem Mund der obersten Magistra klang ihr Titel wie ein Vorwurf, der schwer zwischen ihnen in der Luft hing. Er erinnerte sie daran, was sie *nicht* war, ließ sie niemals vergessen, dass sie in den Augen der Zauberer nicht zu ihnen gehörte und es vielleicht auch niemals würde. Für sie würde sie immer eine Prinzessin bleiben und eine Prinzessin gehörte an den Hof … Doch Luna war nicht dort gewesen, nicht einmal, als Ihre Majestät getötet worden war. Zu was für einer Prinzessin machte sie das?

Sie würde nach ihren Jahren an der Akademie an den Hof zurückkehren, ohne auch nur irgendetwas vorweisen zu können, ohne etwas erreicht zu haben. Sie konzentrierte sich auf das Heben ihrer Brust, auf den Atemzug, der das brennende Kribbeln in ihrem Bauch zurückdrängen sollte.

»Versammelt die Schülerinnen und Schüler, Meisterin Margo. Nehmt mit, wen Ihr benötigt«, fuhr die oberste Magistra in geschäftigem Ton fort, ihren Blick an Luna vorbeigerichtet, so als wäre sie schon längst fort und vergessen.

Schreie gellten durch das Treppenhaus zu ihnen hinauf, fuhren Luna durch Mark und Bein und ließen sie mit schreckgeweiteten Augen zurück. Keine von ihnen rührte sich, bis weitere schrille Rufe folgten, diesmal lauter.

Meisterin Margo löste sich als Erste aus ihrer Starre. Sie wirbelte herum, stürzte mit einem Satz zur Tür und riss sie auf, nur, um in die weit aufgerissenen Augen der Zauberin dahinter zu blicken, die ein Ohr an der Tür gehabt haben musste. Luna seufzte innerlich. *Charlyn ...* Vermutlich schämte sie sich noch nicht einmal dafür. Sie sprang aus dem Weg, um Meisterin Margo an sich vorbeizulassen, und ihre Locken wippten, als sie herumwirbelte und ihr in den Gang folgte.

Hinter Luna schoss auch die oberste Magistra in den Stand, als hätte sie ihr Alter vergessen, packte ihren Gehstock und humpelte um den Schreibtisch herum. Sie war bereits in der Tür, bevor Luna sich aus ihrer Starre reißen konnte. Sie stopfte den Brief ihrer Schwester mit hastigen Bewegungen in die Tasche ihres Kleides, während sie in den Gang hinauslief. Ihre Finger hatten das Pergament ohnehin bereits vollkommen zerknüllt.

Meisterin Margo und Charlyn hingen über das Geländer der offenen Galerie gebeugt und blickten in das Treppenhaus hinunter. Die untergehende Sonne brach sich in der Buntglasfensterfront und ließ den goldenen Stuck an den Wänden warm glänzen. Sowohl die Flure im Obergeschoss als auch die Halle unten waren übersät mit bedeutenden Ausstellungsstücken der Zauberergeschichte – manche von ihnen sogar älter als ihre Zeitrechnung –, mit Artefakten und Schriften in kleinen Glaskästen, in denen das Abendlicht funkelte. Luna hatte schon Stunden damit verbracht, sie zu begutachten.

Jetzt versanken ihre Schritte in dem weichen roten Teppich, der sich durch den gesamten Gang und die ausladende Treppe hinab bis ins Erdgeschoss erstreckte, als sie zusammen mit der obersten Magistra an das Geländer stürmte. Sie klammerte sich fest an die hölzerne Balustrade, beugte sich nach vorn und erstarrte bei dem Anblick, der sich ihr bot. Dunkles Entsetzen schlug seine Krallen in ihre Brust.

Die Hexerin, die Meisterin Margo in den Verliesen gefoltert hatte, taumelte auf den Fuß der Treppe zu, an der Hand den Hexer der Hundert, bei dessen Befreiungsversuch sie festgenommen worden war – sie waren nicht mehr in ihren Verliesen.

Übelkeit stieg in Lunas Hals. Sie war doch nur wenige Augenblicke zuvor noch bei den Hexern gewesen, vor ihren verschlossenen Zellen, hatte sogar mit dem Wachmann gesprochen … Die Verliese der Akademie waren so sicher, die Ketten, mit denen sie die Gefangenen fesselten, unterdrückten Magie – wie hatten sie entkommen können? War es ihre Schuld? Hatte sie nicht aufgepasst? Lunas gepresster Atem rang mit ihrer Furcht.

Die Hexer stürmten auf die Treppe zu, verfolgt von den Wachen der Akademie. Ihre Haut und vormals weiße Kleidung strotzten vor Dreck- und Nässeflecken – Dreck, Nässe und Unmengen von Blut. Der Hexer konnte sich kaum allein auf den Beinen halten, während die Hexerin ihn vorwärtszerrte.

Luna hatte in der Dunkelheit der Zellen nur eine Ahnung von der Zerstörung bekommen, die Meisterin Margo seinem Körper gebracht hatte, doch jetzt im Licht raubte sie ihr den Atem. Sein Rücken hing in Fetzen.

Als sie den Kopf hob, war Meisterin Margo vom Geländer neben ihr verschwunden, hatte einige Schritte zur Treppe gemacht und begonnen, einen Zauber zwischen ihren Händen zu formen. Die Magie bauschte sich um ihre Finger, wirbelte mit ihren Worten und bog sich zu einer pulsierenden bläulichen Kugel.

Die Hexerin hatte sie ebenfalls entdeckt und war am Fuß der Treppe erstarrt. Ihr Blick brannte vor Hass, brannte so lichterloh, dass allein er die Luft in Flammen zu setzen schien. Luna öffnete den Mund, um Meisterin Margo eine Warnung zuzurufen, doch bevor auch nur ein einziger Ton ihre Lippen verlassen konnte, hatte die Hexerin bereits die Arme hochgerissen und ihre Magie schoss auf die Empore zu, begleitet von einem gellenden Schrei. Sie brauchte keine Zauberformel, sie brauchte nur ihr Blut.

Auch Luna schrie auf, als die Druckwelle sie erwischte und der Boden unter ihren Füßen bebte, brach und mit einem ohrenbetäubenden Donnern in Splittern um sie spritzte. Halb sprang sie zurück, halb wurde sie geworfen. Sie prallte schmerzhaft gegen die oberste Magistra, klammerte sich an ihr fest und krallte sich gleichzeitig blind in das, was sie von Charlyn zu fassen bekam. Sie strauchelten in einem Gewirr aus Beinen und Röcken rückwärts und konnten sich kaum aufrecht halten, bis sie mit den Rücken gegen die Wand prallten.

Einen Moment verharrten sie regungslos, entsetzt, bevor Charlyn sich von ihr abdrückte und einen Schritt zur Seite machte. Eine ihrer Locken bebte unter ihrem keuchenden Atem und wirbelte den Staub auf, der sonst beinahe bewegungslos in der Luft schwebte. Eine dunkle, beißende Wolke trennte sie von der anderen Seite der Empore und dem unteren Geschoss, schirmte sie ab und verbarg sie zur selben Zeit.

Erst jetzt wurde Luna bewusst, dass sie sich noch immer in den Arm der obersten Magistra krallte. Sie öffnete hastig ihre Finger und machte einen Schritt zurück, um wieder angemessenen Abstand zwischen sie zu bringen. Die alte Frau beachtete sie jedoch gar nicht. Sie blickte starr auf die Umrisse des Geländers, die aus dem Staubschleier auftauchten, und humpelte darauf zu. Ihren Stock hatte sie in der Explosion verloren.

Luna folgte ihr, fing sich am Geländer ab – an dem, was davon noch übriggeblieben war – und blickte nach unten, während der sich lichtende Staubschleier das gesamte Maß der Zerstörung offenbarte.

Die Hälfte der Empore war weggebrochen, die Trümmer übersäten den Fuß der Treppe und hatten die Wachen unter sich begraben. Luna schlug eine Hand vor den Mund, um das Keuchen zu dämpfen, das ihr unwillkürlich entwich. Ihr Blick schoss über die Bruchstücke der Empore, über die Stelle, an der Meisterin Margo gestanden hatte, dort, wo jetzt ein Loch klaffte.

Sie musste sich mit einem Sprung auf die andere Seite gerettet haben. Graue Schlieren überzogen ihr Kleid, bedeckten ihr Haar und ließen sie wie eine der marmornen Statuen in den Gängen im unteren Geschoss erscheinen. Sie schwankte, und doch hatte sie bereits wieder einen Zauber auf den Lippen, dessen Magie zischte und bläulich zwischen ihren Fingern glomm.

Am Fuß der Treppe kamen auch die Hexerin und der Hexer auf die Beine.

Ein Zauber der obersten Magistra fauchte an Luna vorbei, schlug zwischen den beiden in die Stufen und stob Steinsplitter in die Luft. Wieder bebte der Boden, selbst unter ihren Füßen ein Stockwerk höher. Luna klammerte sich fester an das Geländer.

Die Hexerin und der Hexer hatten ausweichen können und krochen nun weiter die Stufen hinauf, geduckt und gebeugt, doch Meisterin Margo schleuderte bereits den nächsten Zauber auf die Hexerin, die von der Druckwelle zur Seite geworfen wurde. Ihr Kreischen jagte Luna eine Gänsehaut über die Arme.

Sie zwang sich, ihre Hände vom Geländer zu lösen, sich Finger für Finger gegen die Panik zu stellen, die durch ihre Eingeweide kroch. Wenn es auf irgendeine Weise ihr Fehler gewesen war, dass die Hexerin sich hatte befreien können, musste sie ihn beheben, bevor jemand bemerkte, dass es ihre Schuld war.

Luna murmelte einen Lähmzauber, doch die Bewegungen ihrer klammen Finger waren ruckartig und ihre Worte stockten. Sie fühlte sich um Jahre zurückversetzt in ihre ersten Zauberstunden, in denen die Magie ihr einfach nicht hatte gehorchen wollen, dabei kannte sie diesen Zauber in- und auswendig, hatte ihn unzählige Male gewirkt. Jetzt pulsierte er zwischen ihren Händen, doch die Magie zuckte widerstrebend, sandte Stöße in ihre Haut und begehrte gegen die Form auf, in die Luna sie mit ihren Worten und Fingern zu zwingen versuchte.

Die Hexerin kam schwankend auf die Knie, hob ihren Blick zu Meisterin Margo und wandte der Empore dabei den Rücken zu. Ihre offenen Haarsträhnen waren blutverschmiert.

Luna zielte. Noch konnte sie ihren Fehler korrigieren und niemand würde erfahren, dass sie ihn begangen hatte.

Die Erinnerung an die Zellen stieg in ihr auf, der Geruch von Moos und feuchtem Dreck legte sich in ihren Rachen und sie hörte die Schreie in ihren Ohren. Sie spürte Nässe auf ihrer Haut, doch sie drängte sie zurück und konzentrierte sich auf die Worte auf ihren Lippen. Meisterin Margo wollte die Hexer zurück in die Verliese gebracht haben und sie musste ihr dabei helfen.

Lunas Hände zitterten, als sie ihren Zauber losließ, und den Atem anhielt, den Blick starr auf die Hexerin gerichtet.

Ihr Zauber schlug neben ihr in den Stein.

Sie hatte sie verfehlt.

Luna atmete auf, schnappte für den Bruchteil eines Augenblicks nach Luft, bevor die Schuld in ihr sich aufbäumte und ihre Brust zusammenquetschte. Sie hatte wieder versagt.

Zu ihren Seiten schossen weitere Zauber nach unten und krachten wie Blitzschläge in die Stufen, während sie nur still dastand und zusah, wie die Stoßwellen der Magie Meisterin Margos Kleid bauschten und ihr Haarsträhnen in ihr verzerrtes Gesicht peitschten. Für einen kurzen Moment schien der gleiche wilde Ausdruck in ihren Augen aufzublitzen, den die Hexerin trug, der gleiche wahnhafte Hass.

Die Hexerin richtete sich zwischen Splittern und Trümmern auf, riss ihre Arme mit einem Schrei nach oben, und die Stoßwelle, die aus ihren Händen brach, schoss auf Meisterin Margo zu. Sie schrie auf und konnte nur knapp auf den Beinen bleiben. Die Blutmagie der Hexerin bauschte sich in ihren Händen zu einer roten Kugel, bevor sie sie mit einem Fauchen zur Seite schleuderte, wo sie einen Wandteppich in Stücke riss und eine Fackel zu Boden fegte, die auf Meisterin Margo zurollte und nur eine Schrittweite von ihren Röcken entfernt liegen blieb.

»Dieser Abschaum!«, fauchte die oberste Magistra neben Luna.

Sie führte ihre Hände wie durch Wasser und wirbelte die Arme durch die Luft, jede Bewegung strotzend vor stummer Kraft. In ihr schlummerten die Fähigkeiten von Jahrzehnten des Trainings und sie hatten sich dem Lauf der Zeit nicht gebeugt. Ein weiterer Zauber leuchtete zwischen ihren Händen und schoss auf die Hexerin zu, die einem Magiestoß von Meisterin Margo auswich und dabei direkt in die Flugbahn sprang. Der Zauber verfehlte sie nur knapp und schlug stattdessen in den Stein, stob ihn auf und explodierte mit einem Krachen, doch er schleuderte sie dennoch zu Boden.

Luna schauderte, hielt den Atem an und lauschte in die Stille, die auf das kurze Zögern der Zauber folgte. Die Meisterinnen waren bereit, bei der kleinsten Bewegung der Hexerin zu feuern, was bedeutete, dass sie den Sturm, der unausweichlich folgen würde, nicht überleben konnte, wenn sie sich nicht ergab.

Kurz blieb es still … Dann schrie die Hexerin, kreischte schrill, und mit dem Laut aus ihrer Kehle zuckten Funken aus ihren Fingerspitzen, fingen sich in dem Blut, das den Teppich befleckte, und fraßen sich daran hinauf. Innerhalb eines Wimpernschlags stand die Halle in Flammen.

Meisterin Margos Zauber schoss auf die Hexerin zu, gerade als sie den Kopf hob, und schleuderte sie nach hinten, doch der Hexer fing sie auf, bevor sie die Stufen hinunterfallen konnte. Luna beachtete sie nicht mehr.

Sie lehnte sich über das Geländer, als Schreie unter ihnen gellten, und zuckte im selben Moment wieder zurück. Die Hitzewelle der Flammen schoss in die Luft und rankte sich wie Weinreben an der Empore hinauf, während das Feuer die Trümmer am Fuß der Treppe erreicht hatte und mit ihnen die Wachen darunter. Ein weiterer Schrei. Diesmal war es Meisterin Margo, die zurücktaumelte. Rauch füllte den Saal in rasender Geschwindigkeit und verschleierte Lunas Blick, er biss in ihren Augen und in ihrer Lunge.

»Flieht!«, schallten Schreie durch den Rauch, die Stimmen panisch verzerrt.

Flammen eroberten die Treppe Stufe für Stufe, fauchten und flackerten. Ihre Hitze kam plötzlich, brannte sich in Lunas Haut und klebte ihr Kleid an ihre Beine. Instinktiv ging sie in die Knie, als könnte sie sich so davor verstecken.

Meisterin Margo musste auf dem oberen Treppenabsatz zwischen dem Inferno und dem klaffenden Loch zur Empore eingeschlossen sein, doch Luna konnte sie durch die

Flammen nicht mehr entdecken.

»Flieht!«, erklang es noch einmal, diesmal tiefer und unnachgiebiger. Der Ton der obersten Magistra.

Luna gehorchte. Sie stürzte zu Charlyn, die ihr Gleichgewicht noch immer nicht gefunden zu haben schien, packte sie am Arm und wollte sie mit sich ziehen, doch sie schafften nur wenige Schritte, bevor Charlyn ihre Fersen in den Boden stemmte und ihren Arm aus Lunas Griff wand.

»Was tust du?«, schrie Charlyn ihr zu.

Das Inferno flammte in der Halle hinter ihnen auf.

»Wir müssen hier weg!« Luna wollte wieder nach ihrem Arm fassen, doch sie wich ihr aus.

Die oberste Magistra hinter ihnen war vollständig auf die Kugel aus Wasser fokussiert, die zwischen ihren Händen anschwoll und mit ihren Zauberworten pulsierte. Sie zog die schmalen Lippen zurück und bleckte ihre Zähne, als sie sie von sich stieß und sie mit einem scharfen Zischen auf die Flammen traf. Das Wasser verpuffte augenblicklich und wehte ihnen kochenden Dampf in die Gesichter.

Instinktiv ließen sie sich in die Knie fallen und schützten sich mit ihren Armen. Charlyns Locken klebten zwischen Lunas Lippen, während sie ihre Hände fest in den Stoff über ihren Schultern krallte.

»Wir können jetzt nicht gehen!« Charlyns Stimme überschlug sich dicht an Lunas Ohr und die Worte sandten einen Stich durch ihre Brust. Charlyn wusste noch nicht, dass sie gehen *musste*.

»Wir können hier nichts ausrichten!«, entgegnete Luna und versuchte, ihr rasendes Herz zur Ruhe zu bringen, die irrationale Panik in ihren Knochen zu beruhigen, aber das Entsetzen saß zu tief.

Der Zauber der obersten Magistra war von den Flammen verschluckt worden, ohne auch nur die kleinste Spur zu hinterlassen. Selbst sie hatte gegen dieses Inferno keine Chance.

»Ich werde nicht weglaufen!«, widersprach Charlyn vehement und wollte sich schon wieder aufrichten, als Luna sie am Arm zurückhielt.

»Ich muss gehen«, würgte sie hervor.

In diesem Moment barsten die Buntglasfenster mit einem ohrenbetäubenden Klirren, Wind fegte in den Saal und peitschte Scherben und dunkle Rauchwolken um sie. Luna hielt den Atem an, aber zu spät, der Rauch hatte sich bereits in ihre Lungen gefressen und kratzte in ihrem Hals. Sie klammerte sich an Charlyn, während sie hustend nach Luft schnappte.

»Komm!«, würgte sie hervor, beinahe flehend, und versuchte, sie mit sich zu ziehen. »Ich werde dich nicht hierlassen!« Nicht mit den Konsequenzen ihres eigenen Fehlers.

»Dann musst du bleiben!«, schrie Charlyn über das Kreischen und Krachen im Erdgeschoss. »Ich werde nicht weglaufen.«

Luna ließ ihren Arm los und musste sich auf dem Boden abstützen, um das Gleichgewicht zu halten. *Sie* schon. Sie *musste* weglaufen. Charlyn konnte bleiben, *sie* konnte tun, was sie wollte. Luna jedoch fühlte sich schon beim bloßen Gedanken daran elend. Sie hatte eine Verantwortung in ihrer Rolle als Prinzessin, die sie schwer wie Stein in ihrem Rückgrat spürte, die sie begleitete, wohin auch immer sie ging. Und jetzt musste sie ihr folgen. Sie musste versuchen, eine gute Prinzessin zu sein. Ihre Schwester erwartete sie.

»*Bitte*«, flehte Luna. »Ich will dich nicht allein lassen.«

Charlyn schnaubte, richtete sich auf und streckte ihr eine Hand entgegen. »Dann bleib … oder willst du wirklich gehen?«

Ihr Blick bohrte sich in Lunas und zwang sie zu einer Antwort, die sie nicht geben konnte. Charlyn kannte sie so gut wie niemand sonst.

»Ich habe keine Wahl«, brachte Luna mühsam hervor. Sie wusste nicht, wie sie es ihr erklären sollte, wenn sie doch kein Wort über den Brief ihrer Schwester verlieren durfte.

Charlyn nickte nur. »Dann tu, was du für richtig hältst«, entgegnete sie und wandte sich mit diesen Worten von Luna ab und den Flammen zu.

Luna nickte, auch wenn sie sie schon nicht mehr sehen konnte, und wollte bereits gehen, als Charlyn doch noch einmal zu ihr herumfuhr. Ihre Augen glänzten in dem beißenden Rauch, als sie sich so dicht zu Luna beugte, dass ihre Locken über ihre Wangen strichen.

»Was ist passiert?«, fragte sie und ihr Ton klang so herausfordernd, als würde sie von Lunas Antwort abhängig machen, ob sie sie gehen ließ.

Doch Luna schüttelte nur stumm den Kopf. Sie konnte es ihr nicht erzählen.

»Du musst nach Hause?« Wenn Luna ihr eine Frage nicht beantworten konnte, fragte Charlyn darum herum, bis sie eine zufriedenstellende Antwort hatte.

»Ich muss nach Arenja.« Luna musste zur Sommerresidenz der Könige, zu ihrer Schwester, aber nicht zu einem Ort, der den Titel *Zuhause* verdiente.

»Du wirst davon hören«, fügte sie leise hinzu. Ihre Stimme erstarb.

Charlyns Augen weiteten sich kurz, während sie überlegte, welche Möglichkeiten dann blieben, bevor sie Luna an sich zog und ihr Gesicht in ihren Locken vergrub. Luna versuchte, sich an dieser Umarmung festzuhalten, an diesem Gefühl, das sie dort nicht mehr spüren würde, wo sie hinging, das sie nicht in dieses andere Leben würde mitnehmen können.

»Ich verstehe dich nicht …«, murmelte Charlyn dicht an ihrem Ohr.

Wie könnte sie auch? Lunas Kehle schnürte sich zu und drohte, sie zu ersticken.

»Pass auf dich auf«, flehte sie schlicht.

Es gab nichts, was sie sagen, keine Warnung, die sie ihrer Freundin mitgeben konnte, keine, die ein Ersatz dafür sein würde, dass sie sie im Stich ließ.

Charlyn drückte sie von sich und wandte sich mit einem knappen Nicken wieder den Flammen zu. Sie würde sich der Hexerin stellen, sie würde kämpfen, während Luna floh.

Als sie durch die Türen der Akademie zu den Stallungen stürmte, verschloss sie erst ihr Gesicht und dann ihr Herz. Tränen brannten in ihren Augen, Tränen, die sich für eine Prinzessin nicht gehörten.

Die Kutsche schaukelte so stark, dass die Kette, deren Anhänger Luna umklammert hielt, bei der Bewegung in ihren Hals schnitt.

Sie hatte in den Stallungen der Akademie trotz der beginnenden Evakuierungen in kürzester Zeit einen Kutscher gefunden, der bereit gewesen war, sie die Tagesreise bis nach Arenja zu bringen – vielleicht war er selbst froh gewesen, entkommen zu können.

Nach einer kurzen, beinahe schlaflosen Nacht ruckelten sie nun über eine der vier Zugbrücken nach Arenja hinein. Die zweitgrößte Stadt des Königreichs lag, umschlossen von einem Fluss, an der Kreuzung der wichtigsten Handelsstraßen, und nur die Zugbrücken aus allen Himmelsrichtungen führten in die Stadt hinein. Die königliche Familie nutzte die zentrale Lage innerhalb Atheas in den Sommermonaten als Ausgangspunkt, um Besuche in alle Ecken des Königreichs zu machen und ihre Besucher in der Sommerresidenz zu empfangen.

Lunas Schwester hatte sie in ihrem Brief gebeten, nicht erst in die Thronstadt Rox Taenn, sondern direkt nach Arenja zu reisen, wo auch ihre Krönung stattfinden würde. Ihre *Krönung*. Das Wort schien noch immer unwirklich.

Die Stadt jedoch summte bereits vor Geschäftigkeit. Die

Händler konnten kaum ihre Bilanzen für das Magiefest der vergangenen Tage fertiggestellt haben, und nun mussten sie sich bereits auf die nächste Feierlichkeit vorbereiten. Ihre Rufe und das Klappern der Kutschräder auf dem Pflaster schallten so laut durch die Gassen, dass sie beinahe Charlyns Stimme in Lunas Kopf überdeckten.

Sie umklammerte ihr Medaillon fester, ihre *Verbindung*, die Verbindung aller Zauberer. Sie hatte nur Charlyns Namen denken müssen, und nachdem Charlyn es erwidert hatte, konnten sie über ihre Gedanken kommunizieren, ihre Stimmen direkt im Kopf der anderen hören. Es erforderte einige Übung, sie so zu kontrollieren, dass man über die Ketten ein vernünftiges Gespräch führen konnte – ohne ständige ungewollte Zwischenrufe –, doch sie beide hatten genug Erfahrung darin.

›Mir geht es gut.‹ Charlyns Lächeln klang durch ihre Ketten. ›Hier ist noch nichts passiert, wir reisen nur. Meisterin Margo treibt uns alle an.‹

Auch, wenn Charlyns Stimme laut wie ein Gedanke in Lunas Kopf klang, lenkte das Rattern der Räder auf dem Pflaster sie ab, das und die Tatsache, dass die Hexerin und der Hexer während des Feuers hatten entkommen können … Sie waren aus der Akademie geflohen.

›Es gab eine Planänderung‹, fügte Charlyn hinzu, diesmal ernster, und Luna richtete sich auf der Kutschbank unwillkürlich gerader auf. ›Die Hexerin reist nicht zu ihrem Unterschlupf zurück. Wir haben uns aufgeteilt, eine Hälfte reitet wie geplant zu dem Ort, den sie Meisterin Margo genannt hat, die andere folgt der Hexerin nach Osten.‹

Luna hielt den Atem an und krallte die Finger ihrer freien Hand in die Polster der Kutschbank.

›Ich hätte zum Berg reiten sollen, aber ich habe mich bei der Verfolgungsgruppe dazugemogelt.‹ Charlyn grinste bei diesen Worten, ihre Stimme klang warm und stolz.

Luna schüttelte fassungslos den Kopf.

›Meisterin Margo war nicht gerade amüsiert.‹

Luna auch nicht.

›*Warum?*‹, fragte sie erstickt.

Es war nicht mehr nur leichtsinnig, es war beinahe dumm, sich freiwillig für eine solche Mission zu melden, entgegen dem Rat einer erfahrenen Zauberin. Charlyn war eine fähige Schülerin, aber sie kannte die Hexerin nicht, sie wusste nicht, wie gefährlich sie war. Bei dieser Sache stand mehr auf dem Spiel als nur eine Rüge ihrer Magistra und das Schlimmste daran war, dass Charlyn das ganz genau wusste.

›Du musst auf Meisterin Margo hören, Charlyn, sie weiß besser –‹

›Ich muss auf niemanden hören, Luna‹, unterbrach Charlyn sie genervt, so als wüsste sie bereits genau, was sie ihr sagen würde. ›Weder auf Margo noch auf sonst wen noch auf dich. Sag mir nicht, was ich zu tun habe, und ich sag es *dir* nicht.‹

Luna presste ihre Lippen fest aufeinander und schluckte die Worte herunter, die sie Charlyn an den Kopf werfen wollte. Sie drehten sich um Leichtsinnigkeit und kindisches Aufbegehren, doch stattdessen gab sie nur leise zu: ›Ich möchte helfen, Charlyn.‹

Während die Zauberer unter Meisterin Margo und sie ihre Leben aufs Spiel setzten, um ihr Königreich zu retten, würde Luna als ihre Prinzessin in der Sommerresidenz zur Nutzlosigkeit verdammt sein.

›Ich kann nichts tun‹, flüsterte sie, so als könnte jemand ihr Geständnis hören, wenn sie es zu laut dachte.

Sie richtete das Diadem in ihrem Haar, um sich daran zu erinnern, wer sie war und warum sie nicht bei Charlyn sein konnte.

Charlyn schwieg auf der anderen Seite ihrer Verbindung und je länger die Stille andauerte, desto schlechter wurde Lunas Gewissen. Es ging hierbei nicht um sie. Es war Charlyn, die in Gefahr war, und sie sollte sie nicht mit ihren unsinnigen Gedanken belasten.

›Entschuldige‹, flüsterte Luna. ›Mach dir um mich keine Sorgen.‹

Wieder entgegnete Charlyn für längere Zeit nichts, bevor sie leise flüsterte: ›Ich denke, ich weiß, was passiert ist.‹

Luna erstarrte.

›Es tut mir leid.‹

Sie schluckte schwer. Es war zu erwarten gewesen, dass die Neuigkeiten sich wie ein Lauffeuer durch das Königreich verbreiten würden, spätestens, nachdem die Einladungen zur Krönungsfeier an die Adligen verschickt worden waren. Inzwischen musste es die gesamte Bevölkerung wissen.

Luna wusste nicht, was sie darauf erwidern sollte, und so sagte sie stattdessen: ›Melde dich, wenn es etwas Neues gibt!‹

Sie hörte beinahe, wie Charlyn die Augen verdrehte. ›Du auch.‹

›Pass auf dich auf!‹, flüsterte Luna noch einmal, aber ihre Verbindung war bereits unterbrochen.

Sie schob die Vorhänge des Kutschenfensters ein Stück zur Seite und linste hinaus. Am Ende der Straße kamen die Mauern der Sommerresidenz in Sichtweite.

Lunas Finger in ihren Haaren stockten, als die Pferde zum Stehen kamen, und sie gab den Versuch auf, angemessen hergerichtet auszusehen. Die Nacht in der Kutsche hatte ihr Haar verwüstet und ihr Kleid zerknittert, und der Geruch von Feuer und Rauch klebte an ihrer Haut, waberte durch den Innenraum und biss in ihrer Nase.

Sie hatte kaum geschlafen und immer, wenn sie sich nun die Augen rieb, brannte der Ruß von ihren Händen darin. Ihr Kleid war ebenso schwarz verschmiert, staubbedeckt und am Saum zerrissen, dass sie sich gar nicht erst die Mühe machte, es notdürftig mit den Händen zu glätten. Sie sah nicht aus wie eine Prinzessin – wie passend, dass sie sich nie wie eine gefühlt hatte.

Die Tür der Kutsche öffnete sich und Luna blieb nur ein letzter tiefer Atemzug, um zurück unter ihre Maske zu schlüpfen, in dieses Leben, das sie die letzten Jahre in der relativen Ferne der Akademie abgelegt hatte. Sie ergriff die angebotene Hand des Bediensteten, als ihre Beine auf der Treppenstufe schwankten.

Die Hand verschwand augenblicklich wieder, sobald ihr Fuß den knirschenden Kies des Innenhofs berührte, zusammen mit dem Bediensteten, doch die Wärme der Berührung glühte noch in ihrer Handfläche nach. Sie sog jede dieser Gesten in sich auf, jede Überschreitung der Distanz, die sie sonst wie eine unsichtbare Glaskugel umhüllte.

Luna hob den Kopf und blinzelte in die Herbstsonne, die hoch über dem Innenhof stand. Die Sommerresidenz thronte in der Mitte der Stadt, gesäumt von übermannshohen, dunklen Mauern, die sie von der glimmenden, summenden Geschäftigkeit der Einwohner Arenjas abschirmten. So massiv die Mauern auch waren, so zart war alles im Inneren, von dem goldberankten Eingangstor zu der langen weißglitzernden Kiesauffahrt, die beinahe so fein wie ein Sandstrand war.

Die Sommerresidenz selbst wand ihre Flügel entlang der Mauern und ihre weiße Fassade spiegelte das Sonnenlicht ebenso wie die goldenen Fensterrahmen. Das Gebäude sollte repräsentieren, wofür die Königinnen und Könige Atheas standen: goldene Sicherheit, weiße Reinheit und das Versprechen, dass sie das Königreich so erblühen lassen würden wie das Labyrinth aus Hecken, das sich zu beiden Seiten des Kiesweges erstreckte.

Die Wachen am Tor mussten ihre Ankunft angekündigt haben, denn ein Teil der königlichen Garde stand bereits für ihren Empfang Spalier, ein Dutzend dunkelgekleideter, junger Männer, die in einer Reihe neben der Eingangstür Aufstellung genommen hatten. Sie alle hoben ihre rechte

Hand an die Brust und senkten die Köpfe in einer Verbeugung, um ihre Prinzessin willkommen zu heißen.

Luna schluckte schwer, als ihr Blick auf die mitternachtsblauen Stoffstreifen fiel, die sich um die Uniformen und leichten Rüstungen der Garde wickelten. Ein Zeichen der Trauer. Sie hatte nie an der Nachricht ihrer Schwester gezweifelt, aber ihr war nicht wirklich bewusst gewesen, was sie bedeutete. Es war unumstößlich.

Luna blickte an der Reihe von Menschen entlang, die vor ihr den Kopf neigte, hüstelte kaum hörbar und schluckte. Sie traute ihrer Stimme nicht, und dennoch klang sie fest, als sie sagte: »Erhebt Euch.«

Ein Gardist nach dem anderen hob den Kopf.

»Luna!« Die Stimme vom anderen Ende des Hofes ging ihr durch Mark und Bein. Syltain. *Syl.* Sein Name stockte noch immer auf ihrer Zunge, selbst wenn sie ihn nur dachte.

Luna straffte den Rücken, wappnete sich und drehte sich zu dem Mann herum, der ihr über den Hof entgegenkam. Sie hatte ihn seit einer Ewigkeit nicht gesehen, nicht nachdem … Er streckte die Arme nach ihr aus, die rechte Hand von einem hellen Verband umwickelt.

»Eure Hoheit«, sagte Luna hastig und förmlich und neigte den Kopf vor Syltain von Kildarim, dem Verlobten ihrer Schwester.

Ihre Augen flackerten nach oben, als sein Schritt stockte. Sie wagte nur einen kurzen Blick auf sein Gesicht, doch das reichte, um zu sehen, wie sich seine Augen verdunkelten. Seine ausgestreckten Arme fielen zurück an seine Seiten, als wäre ihm ebenfalls in diesem Moment klar geworden, was er im Begriff gewesen war zu tun.

»Eure Hoheit«, wiederholte er, nun ebenfalls förmlicher, und deutete eine Verbeugung an.

Luna trat einen winzigen Schritt zurück, um wieder eine angemessenere Distanz zwischen ihnen herzustellen. Der Kies unter ihren Füßen knirschte verräterisch.

Syltain hatte sich in den letzten Jahren nicht verändert, nicht seit der Nacht, in der sie ihn kennengelernt hatte, und nicht seit der Nacht, in der sie gegangen war. Ihr Herz schlug seltsam flatterhaft, als sie ihn musterte, die kupferroten Strähnen, die sich aus seinen zurückgekämmten Haaren lösten und in seine Stirn fielen, das Grübchen, das sich bei seinem Lächeln auf seiner linken Wange zeigte, und seine eisblauen Augen.

Syltains Hand zuckte auf sie zu, aber er streckte sie nicht aus. »Wir haben von dem Feuer gehört. Geht es dir gut?«

»Ich bin unversehrt.« Luna senkte bei der Sorge in seiner Stimme betreten den Kopf. Es fiel ihr schwer, mit ihm zu sprechen und ihm dabei in die Augen zu sehen.

»Du hättest nicht dort sein sollen«, sagte er leise und wieder zuckte seine Hand auf sie zu, diesmal deutlicher.

Luna trat bei der persönlichen Anrede einen weiteren kleinen, knirschenden Schritt zurück und hoffte, dass es unter ihrem Rocksaum unsichtbar bleiben würde. Sie war sich nur zu deutlich bewusst, wie viele Augen auf ihnen lagen und ihr Verhalten bewerteten.

»Ich möchte Rea sehen.« Sie hob ihren Blick bis zu seinem Kinn, gerade bis zu dem Schwung seiner Lippen und kein Stück höher.

Syltain nickte knapp. »Natürlich«, erwiderte er, drehte sich auf dem Absatz herum und bot ihr den Arm an.

Luna versteifte sich. Es war nur eine unschuldige, höfliche Geste, doch als sie ihren Arm hob und auf seinen legte, spürte sie, dass es mehr war. Der Stoff seines Gehrocks schmiegte sich in ihre Handfläche und die Muskeln in seinem Arm bewegten sich, als er ihn an seine Seite drückte.

»Eure Schwester hält eine Ratssitzung, aber sie empfängt Euch sicher«, erklärte Syltain wieder lauter und mit angemessener höflicher Distanz, während er sich in Bewegung setzte.

Luna ließ sich von ihm über den Hof und die Treppen hinauf in die kühleren Gänge der Sommerresidenz führen. Die Sonne verschwand von ihrer Haut und hinterließ nur ein Prickeln, wo vorher noch ihre Wärme gelegen hatte, während das Knirschen ihrer Schritte sich zu einem hellen, klaren Hallen zwischen den Marmorfliesen und dem Glas der Fensterfronten wandelte, die in den Innenhof zeigten. Der Stein unter ihren Füßen schien ihr seltsam vertraut und gleichzeitig völlig fremd, dabei hatte er sich nicht verändert.

Luna war nur wenige Tage zuvor zur Eröffnung des Magiefests bereits in der Sommerresidenz gewesen, doch beim letzten Mal hatte sie die Gänge als Gast betreten, als Zauberin. Nun war sie eine Prinzessin – ihrer Familie gehörte dieses Schloss – und trotzdem fühlte es sich nicht heimischer an.

Möglichst unauffällig drehte sie den Kopf und blickte über ihre Schulter. Syltain wurde von seiner Leibwächterin begleitet, egal, wohin er ging, und auch jetzt spürte Luna ihren Blick wie einen Dolch in ihrem Rücken.

Sie folgte ihnen mit einigen Schritten Abstand, ihre Hände an den Griffen ihrer beiden Schwerter, einem langen und einem kurzen, die sie stets mit einem Band passend zu ihrer Kleidung umwickelte. An diesem Morgen waren sie mitternachtsblau, so wie auch ihr Kleid und ihr Kopftuch. Sie schien immer dann ein Tuch zu tragen, wenn sie eine längere Zeit draußen verbrachte, vermutlich, um ihre Kopfhaut zu schützen.

Zumindest eine Sache hatte sich in den vergangenen Jahren nicht verändert – Syltains Leibwächterin schien sie noch immer nicht ausstehen zu können. Sie begegnete ihrem Blick und zog die Augenbrauen in die Höhe, als wollte sie sie herausfordern. Luna ließ sich ihre Überraschung über diese Anmaßung nicht anmerken, erwiderte den Blick mit einem Ausdruck, von dem sie hoffte, dass er Gleichgültigkeit zeigte, und wandte sich dann wieder nach vorn.

»Mein aufrichtiges Beileid«, flüsterte Syltain leise, als sie den Eingangsbereich der Sommerresidenz hinter sich gelassen hatten und tiefer in das Gebäude eintauchten.

Ein kleiner Splitter eisiger Schuld bohrte sich bei seinen Worten in Lunas Magen. Sie wartete noch immer auf den Schmerz, den sie nach dem Tod Ihrer Majestät verspüren sollte, doch noch hatte er sich nicht gezeigt.

Sie zog ihre Hand von Syltains Arm, sobald sie sich sicher war, dass weder Gardisten noch Bedienstete sie sehen konnten, und brachte einen Schritt Abstand zwischen sie beide. Falls Syltain enttäuscht oder brüskiert war, ließ er es sich nicht anmerken, stattdessen verschränkte er wie beiläufig die Hände hinter seinem Rücken.

»Was ist mit deiner Hand passiert?«, fragte Luna und nickte mit dem Kinn zu dem Verband, den sie nun nicht mehr sehen konnte.

Syltains Haltung war aufrecht, wie sie sie kannte, sein in Gold gefasster, mitternachtsblauer Gehrock makellos, und als er sie vorsichtig musterte und seine Lippen zu der Andeutung eines ergebenen Lächelns verzog … Luna wandte ihren Blick schnell wieder nach vorn.

»Ich habe versucht, im Galopp einen Zweig zu brechen«, gestand er zögerlich und nicht einmal halb so beschämt, wie er ihrer Meinung nach sein sollte.

Sie hatte die Erinnerung an ihn in den vergangenen Jahren verzerrt, doch ein einziger Blick jetzt reichte, um sie zu erinnern, wie er gewesen war und was sie in ihm gesehen hatte. Ihr Fehler blieb ein Fehler – ein unverzeihlicher noch dazu –, aber in diesem Moment war ihr nicht mehr völlig unbegreiflich, warum sie ihn begangen hatte.

»Ich freue mich, dass du wieder bei uns bist«, murmelte Syltain und ging in der Stille der Flure zu einem vertrauteren Ton über. »Auch wenn ich mir andere Umstände gewünscht hätte.«

Luna blickte starr auf die glatte, weiße Steinwand am anderen Ende des Ganges und erwiderte nichts. Sie konzentrierte sich darauf, ihre ausgefransten Röcke zu raffen, als sie sich nach rechts wandten und die Stufen einer Treppe nach oben stiegen.

»Ich habe mit Rea gesprochen und Ihrer verstorbenen Majestät – immer wieder –, dass sie dich nach Hause holen sollen …«

Luna verzog das Gesicht. Sie wollte es nicht hören. Sie hatten sie nicht nach Hause geholt und das aus gutem Grund.

»Es war eine Ehre, an der Akademie lernen zu dürfen«, entgegnete sie ein wenig lauter als beabsichtigt. Das selbst war keine Lüge, aber es war eine Ehre, die sie nie gewollt hatte.

Die im oberen Teil der Sommerresidenz stationierten Gardisten salutierten, als Luna und Syltain an ihnen vorbeieilten. Ihre Schritte wurden gedämpft von den Teppichen, deren Gold sich auf den Wandbehängen widerspiegelte, auf den Bildern vergangener Schlachten, manche Geschichte, andere Mythen.

Syltain öffnete wieder den Mund, doch Luna war schneller. »Was ist geschehen?«, fragte sie rau.

Sie wusste nicht, ob sie die Antwort ertragen konnte, aber ein weiteres Wort zu dem Grund, warum sie hatte gehen müssen, ertrug sie ganz sicher nicht.

Syltain blieb stehen und fasste nach ihrem Ellenbogen. Instinktiv warf Luna einen Blick durch den Gang, ob jemand diese allzu vertraute Geste bezeugen konnte, doch sie waren allein. Sie stockte, als sie sein Gesicht sah, den Schmerz und den Unglauben, die seine Züge verzerrten, stärker, als sie selbst sie spürte, und der eisige Splitter in ihrem Magen glühte auf.

Syltain neigte sich zu ihr und sie kam ihm entgegen, bis er ihr so nah war, dass sie seinen Atem auf ihrer Wange spürte, bis sie bemerkte, wie sie die Lippen öffnete. Sie wollte Abstand zwischen sie beide bringen, doch niemand durfte hören, was er ihr erzählen würde, und in diesem Schloss hatten selbst die Wände Ohren.

Luna hob den Blick, begegnete Syltains und sah sofort wieder auf ihrer beider Füße, die viel zu dicht beieinanderstanden. Sie verstand sich selbst nicht. Sie verstand nicht, warum sie nach alldem wieder reagierte, als wäre sie nie fort gewesen. Sie hatte Jahre Zeit gehabt, um sich zu fragen, wie sie so hatte handeln können, nur um es jetzt sofort wieder zu tun.

Syltain sprach leise, so leise, dass sie ihren Blick auf seine Lippen heften musste, um ihn verstehen zu können. »Es war ein Attentat …«

Luna erstarrte. Auch, wenn das Unbehagen in ihrer Brust sich zusammenzog, neigte sie ihren Kopf weiter zu ihm.

»Wie –?«, fragte sie ungläubig.

Wenn es ein öffentliches Attentat gegeben hätte, hätte sie davon hören müssen.

»Die Täter sind in ihr Zimmer eingedrungen. Der Gardist vor ihrer Tür wurde getötet.«

Luna schüttelte den Kopf. Dafür war der Palast viel zu gut bewacht. Sie spürte einen kurzen Stich, Bedauern um den Mann, der gestorben war, dann rasten ihre Gedanken weiter.

Ihre Majestät hätte sich nicht einfach so überwältigen lassen, sie wäre nicht ohne einen Kampf gestorben. Ihre Position brachte es mit sich, dass sie über ihren Tod gesprochen hatten, darüber, was geschehen musste, über das Protokoll, aber Luna hatte sich nicht vorstellen können, dass es so geschah. Ihre Majestät hätte im Kampf untergehen müssen, wenn nicht auf einem Schlachtfeld, dann zumindest in einem offenen Angriff, mit der Chance, ihr Schwert zu ziehen und sich zu wehren, mit der Chance, ihre Angreifer mit in den Tod zu nehmen.

Das Glühen des Splitters wurde zu einem fauchenden Brennen. Luna fühlte sich schuldiger mit jedem abgeklärten Gedanken, der sich um die Frau drehte, die ihre Mutter gewesen war. Eine Stimme in ihrem Inneren sagte ihr, dass sie anders denken und vor allem anders fühlen sollte, doch sie hatte kaum laufen können, als ihr Großvater verstorben und ihre Mutter Königin geworden war, und von da an hatte es nur noch *Ihre Majestät* gegeben. Auch für ihre Töchter. Luna erinnerte sich nicht mehr an die Zeit, in der sie ihre Mutter gewesen war.

»Konnten die Attentäter bereits gefasst werden?«, fragte sie, doch Syltain schüttelte den Kopf.

»Der Rat macht den Hexeraufstand verantwortlich, der sich um das Magiefest geregt hat.«

Die Hexer. Bilder der Flammen in der Akademie stiegen vor Lunas Augen auf, doch sie schüttelte den Kopf, nicht in der Lage, einen klaren Gedanken zu fassen. »Wie sollten sie ... *wie? Warum?*«

Kälte sickerte durch ihre Gliedmaßen und sie schauerte. Sie hatte vor der Zelle der Hexerin gestanden, hatte mit ihr gesprochen, und dabei nicht gewusst, nicht einmal *geahnt*, dass sie plante, Ihre Majestät zu töten. Übelkeit stieg in Lunas Hals, als sie rechnete. Ihre Majestät musste schon tot gewesen sein ... als sie vor der Zelle der Hexerin gestanden hatte, war Ihre Majestät bereits tot gewesen. Die Hexerin hatte es sich nicht anmerken lassen, hatte kein Wort darüber verloren. Hatte sie noch nicht gewusst, dass ihr Attentat von Erfolg gekrönt gewesen war?

»Die Hexerin ist geflohen«, brachte Luna tonlos hervor.

»... aber Meisterin Margo – *die Herzogin von Privonn* – kennt den Aufenthaltsort der übrigen Hexer und ...«

Luna konnte nicht weitersprechen. Sie hatten die Täterin gehabt – oder zumindest eine von ihnen – und es war ihre Schuld, dass sie hatte entkommen können. Wäre sie nicht noch einmal zu den Zellen gegangen, hätte sie die Wachen nicht abgelenkt, hätte sie auf Anzeichen für einen Fluchtplan geachtet ...

Wie von selbst legten sich ihre Finger auf das Amulett an

ihrem Hals, strichen über die Kanten des Steins und fuhren die kleinen silbernen Perlen der Einfassung nach.

Syltain neben ihr hielt seinen Blick starr nach vorn gerichtet und sagte kein Wort. Er öffnete zwar den Mund, doch er schloss ihn wieder und presste die Lippen fest aufeinander. »Wir sollten zu Rea.«

Luna nickte. Sie hatte keine Zeit, sich zu fragen, was es war, das er ihr nicht erzählte. Sie straffte die Schultern, um ihrer Schwester entgegenzutreten.

R ea erwartete sie am Ende des großen, massiven Ratstisches, der die linke Hälfte des Thronsaals einnahm, so
unbewegt, als gehörte sie selbst zur Dekoration dieses Raumes, der jeden Besucher mit seinem Prunk erdrückte. Er
zwang ihren Blick auf die Throne am Ende des Saals, prahl-
te mit den riesigen, deckenhohen Malereien vergangener Siege Atheas und den Stuckranken an der Decke, die sich in
dem goldenen Ratstisch spiegelten.

Und doch war es Rea, die Lunas Blick auf sich zog. Ihr
schweres, ausladendes Kleid aus mitternachtsblauem Brokat bauschte sich in Wellen um sie, gewaltig wie die See vor
den Klippen von Rox Taenn. Riesige goldfarbene Ornamente zogen sich über den Rock und spiegelten sich in der Krone, die auf ihrem kunstvoll aufgesteckten Haar thronte.

Um den Tisch, an dessen Ende Rea stand, waren auch sie-
ben der Ratsmitglieder versammelt, die jetzt ihre Köpfe zu
Luna und Syltain wandten.

Meister Saren – *der Herzog von Nesra* – strich sich sein dunkles Haar zurück, bevor er seine Hände wieder unter den
geschlitzten Ärmeln seines Gehrocks verbarg wie unter einem Umhang. Es war seltsam, ihn in Blau zu sehen, nicht
wie sonst in Grün. Es war überhaupt seltsam, ihn an diesem
Ratstisch zu sehen, nicht vor ihrer Werkbank an der Akade-

mie. Luna hatte nur Tage zuvor noch eine Unterrichtsstunde in Giften und Tränken von ihm erhalten, doch jetzt neigte er den Kopf vor ihr wie auch die anderen und sie musste sich verhalten wie eine Prinzessin, nicht mehr wie eine Schülerin – dabei fühlte es sich nicht weniger nach einer Prüfung an.

»Eure Hoheit«, erschallte ein vielstimmiges Murmeln.

Reas Augen huschten zwischen Syltain und Luna hin und her und machten ihr bewusst, wie dicht sie beieinanderstanden. Doch noch bevor Luna sich rühren konnte, tat Syltain bereits einen Schritt und trat um den Tisch hinter Rea. Seine Finger streiften ihren Rücken, als er sich neben sie stellte, und obwohl die Berührung beinahe unsichtbar gewesen war, obwohl Luna noch nicht einmal hingeschaut hatte, hatte sie es wahrgenommen, ebenso wie die Tatsache, dass der Abstand zwischen Rea und ihm so viel kleiner war als der aller anderen am Tisch. Sie wollte nicht darüber nachdenken, was es bedeutete.

Die Frau neben Syltain legte ihre Hand für einen kurzen Moment auf seine Schulter, bevor sie sie wieder zurückzog. Es überraschte Luna, sie hier zu sehen. Syltains Mutter, die Herzogin von Kildarim und Königin der Niemandslande, hatte ihr schulterlanges Haar sorgfältig nach hinten gekämmt, sodass es aussah wie das Fell des schwarzen Fuchses, das um ihre Schultern lag. Auf ihrem Scheitel saß eine Krone aus geschwärztem Silber, geziert von zwei Wolfsohren und so fein wie ihre Gesichtszüge.

Die Frostkönigin besuchte Arenja wohl kaum ohne einen triftigen Grund. Wenn sie aber aufgrund der aktuellen Ereignisse angereist war, hätten Rea und Syltain sie schon vor einigen Tagen benachrichtigt haben müssen, noch vor Luna. Sie überlegte, schätzte die Entfernung. Das war nicht möglich, sie hätten sie noch vor dem Tod Ihrer Majestät benachrichtigen müssen … ihre Anwesenheit musste also einen anderen Grund haben.

Die vier Herzogtümer nördlich der Wälder, die in Athea als *die Niemandslande* bekannt waren, hatten sich vor Jahrzehnten von der Krone losgesagt und Reas Verlobung mit Syltain glättete die Wogen gerade einmal so weit, dass der Konflikt nicht erneut in einem Krieg ausgetragen wurde.

Luna hatte schon bei ihrem ersten Blick auf Syltains Mutter verstanden, warum man sie die *Frostkönigin* nannte. Sie hatte ihre eisblauen Augen an ihren Sohn weitergegeben, doch während seine warm und wach glänzten, musterten ihre Luna kalt und hart. So allein im Raum, unter den vielen Blicken, die auf sie geheftet waren, wurde sie sich auch wieder ihres schäbigen Aussehens bewusst.

»Wir sind froh, dass du wohlbehalten bei uns bist«, sagte Rea schließlich. Es war die schwesterlichste Begrüßung, die sie erwarten konnte.

Sie beide hatten ein ähnliches Gesicht, doch wo Reas hart war, war Lunas weich. Das galt für ihre gesamten Körper, aber ebenfalls für ihren Geist, ihren Willen und vielleicht sogar ihre Seelen. Rea war zur Königin geboren … wofür Luna geboren war, schien sich niemand sicher zu sein.

Sie neigte den Kopf, sank in die Andeutung eines Knicks und suchte fieberhaft nach einer passenden Erwiderung. »Ich bin so schnell gekommen, wie ich konnte.«

… auch, wenn sie hier vollkommen nutzlos sein würde. Rea brauchte sie nicht, hatte sie nie gebraucht – ganz im Gegenteil, wann immer Luna in ihrer Nähe war, schien sie ihr nur Schwierigkeiten zu bereiten. Ihre Wangen begannen, vor Scham zu brennen, und sie senkte den Kopf, bevor jemand es sehen konnte.

Die Herzogin von Yptar drehte sich zu Rea herum und nahm das Gespräch der Ratssitzung wieder auf. »Der Baron von Arenja hat ebenfalls einen Zwischenstand gemeldet.«

Rea nickte ihr auffordernd zu, woraufhin die Herzogin ihr Notizbuch öffnete, das sie vor sich auf den Tisch gelegt hatte, und eine Bewegung machte, als wollte sie sich eine Strähne hinter das Ohr streichen, obwohl ihre Haare viel zu kurz dafür waren.

»Die Restaurationsarbeiten des Tempels gehen trotz der größten Beschleunigung nicht so schnell vonstatten wie erhofft«, erklärte sie, während sie durch die Seiten blätterte. »Dieser Punkt sollte bei der Überlegung Berücksichtigung finden, ob Ihr die Feierlichkeiten wirklich dort abhalten möchtet. Es wird nicht so aussehen, wie Ihr vielleicht erwartet …«

Rea nickte unbeeindruckt. »Ihre verstorbene Majestät wurde in diesem Tempel gekrönt und ihr Vater vor ihr. Ich sehe keinen Grund, warum mich eine einzelne Hexerin davon abhalten sollte, ebenfalls dort gekrönt zu werden.«

Das filigrane Diadem in Reas Haar, ganz ähnlich dem, das Luna auch trug, würde in wenigen Tagen einer goldenen Krone weichen, der Krone Ihrer verstorbenen Majestät. Sie waren in dem Wissen herangewachsen, dass dieser Tag kommen würde, und trotzdem schien es absurd, über die Dekoration einer Krönungsfeier zu sprechen, über die Platzierung des *Sargs*, der bereits zum Transport nach Arenja versiegelt worden war … vielleicht lag es daran, dass Luna den Leichnam Ihrer Majestät nie gesehen hatte.

Die Worte verschwammen in ihren Ohren, während die Ratssitzung voranschritt.

Beide Throne am Ende des Saals waren nun leer, und doch schien es, als säße der Geist Ihrer Majestät noch immer unsichtbar dort. Luna erinnerte sich kaum noch an ihren Vater, an den Prinzgemahl, der in der entscheidenden Schlacht gegen die Hexer in Privonn gefallen war, dafür erinnerte sie sich an jede einzelne Schmuckranke, die den goldenen Thron überzog, denn sie war jede von ihnen mit den Fingern nachgefahren, wenn sie als Kinder dort hatten stehen müssen.

Niemand von ihnen sprach über den Mord an der Königin, als wäre es eine Selbstverständlichkeit, über die man stillschweigend Einigkeit erlangt hatte. Luna suchte in Reas

Gesicht nach einem Zeichen, dass es sich für sie ebenso unwirklich anfühlte, nach einem Schatten von Schmerz, doch auch wenn Rea Ihrer Majestät immer näher gewesen war als sie selbst, fand sie nichts davon. Reas Maske saß wie immer perfekt. Ihnen beiden war ein Maß von Verschlossenheit gelehrt worden, bei dem sie an manchen Tagen nicht einmal selbst wussten, was sie fühlten.

Luna spürte einen Blick auf ihrem Gesicht, doch es war nicht ihre Schwester, die sie ansah, sondern der Gardist, der hinter Reas Schulter an der seitlichen Tür des Saals wartete. Sie begegnete seinem Blick, zeigte ihm, dass sie ihn wahrgenommen hatte, doch er wandte die Augen ab, als hätte er sie nur wachsam durch den Raum schweifen lassen.

Xyn, der Leibwächter Ihrer Majestät, hatte sich verändert, seit Luna ihn das letzte Mal gesehen hatte. Sein Haar war kürzer geschnitten, was ihn älter wirken ließ, und auch die rosige, gekräuselte Narbe, die sich von seinem linken Augenwinkel quer über seine eingefallene Wange bis zu seinen Lippen zog, war neu. Beinahe überraschte es sie, dass er noch lebte.

Für ein Mitglied der Garde Ihrer Majestät, der *Totengarde*, hatte er seine Lebenserwartung vielfach überschritten. Man sagte, jeder der Männer schreibe beim Eintritt seinen Namen ins Buch des Gottes Thanhel, des Totengottes, und von da an wäre ihr Sterbetag nur eine Frage der Zeit.

Vielleicht wusste Xyn bereits mehr darüber, wie Ihre Majestät zu Tode gekommen war. Die Garde stellte mit Sicherheit Ermittlungen an, wie die Hexer in den Palast eindringen, ihre Sicherheitsvorkehrungen umgehen und sogar einen der Gardisten hatten töten können. Luna durfte in dieser Ratssitzung nicht sprechen, doch sie nahm sich vor, ihn bei der nächsten Gelegenheit danach zu fragen. Wenn sie mehr Einzelheiten kannte, würde sie Ihre Majestät vielleicht nicht mehr hinter jeder Biegung des Schlosses erwarten.

»Konnte Margo bereits etwas zu den Plänen der Hexer

erfahren?«, fragte die Herzogin von Nenomin und echte, unverhohlene Unsicherheit färbte dabei ihre Stimme.

Ihr schlichtes dunkles Kopftuch und ihr ebenso schlichtes dunkles Kleid sollten kaschieren, dass ihre Schönheit die der Königin und Prinzessinnen mit Leichtigkeit übertrumpfen konnte, dabei gab es *nichts*, das darüber hinwegtäuschen würde.

»Margo wollte die Hexerin in der Akademie dazu befragen, aber dazu ist es nicht gekommen«, erwiderte die Herzogin von Droduis.

Luna war auch ihre Schülerin gewesen, obwohl die Herzogin nur wenige Jahre älter sein konnte als sie. Ihre Heilkünste waren im gesamten Königreich bekannt und gefragt, jetzt jedoch verursachten ihre Worte ein schmerzhaftes Ziehen in Lunas Bauch. Wenn sie die Zeit zurückdrehen könnte, zurück zu dem Moment, in dem sie sich entschieden hatte, Noda zu helfen und noch einmal zu der Hexerin zurückzukehren, sie würde es tun. Doch Zeitmagie gehörte zu den verbotenen Zaubern, sie war so gefährlich, dass es nie auch nur den Ansatz einer Forschung dazu gegeben hatte.

Ein drückendes Schweigen breitete sich um den Tisch herum aus und Luna straffte ihren Rücken, sammelte ihren Mut, um die kurze Unterbrechung des Gesprächs zu nutzen. Sie brauchte drei tiefe Atemzüge, bis sie sich traute, ihre Frage zu stellen. »Gibt es irgendetwas, das wir tun können?«

Wir. Das schloss auch andere, fähigere Menschen als sie selbst ein, und trotzdem schien ihr die Frage anmaßend. Zeitmagie kam nicht in Frage, aber irgendetwas musste sie doch tun können, um ihren Fehler wiedergutzumachen.

Der Herzog von Xayres seufzte. Er war ein kleiner, untersetzter Mann, dessen Ellenbogen gerade so auf den Ratstisch reichten, auf dem Rea inzwischen ihre Fingerspitzen aufstützte. Sein Alter hatte ihn gebeugt. »Solange wir keinen Zugriff auf die Hexer haben, können wir nichts tun, außer auf die Rückkehr von Herzogin Margo zu warten.«

»Natürlich.« Luna senkte den Kopf und trat wieder einen Schritt vom Tisch zurück, um deutlich zu machen, dass sie die Ratssitzung nicht noch einmal unterbrechen würde. Sie musste darauf warten, dass andere ihre Schlacht für sie kämpften. Meisterin Margo. Charlyn.

»Ich denke, die Vorkommnisse der vergangenen Tage machen deutlich, dass es Zeit ist, Euer Versprechen zu halten und die Verfolgung der Hexer auch in den Niemandslanden zu beginnen«, überlegte der Herzog von Koravotia laut und bohrte seinen Blick dabei in die Augen der Frostkönigin.

Er strich durch seinen Bart, der inzwischen auf seinen Bauchansatz stieß – seine breiten Schultern jedoch zeugten davon, dass seine weiche Statur nur täuschte.

»Ich denke, zuvor ist es Zeit, dass Prinzessin Rea ihr Versprechen hält und meinen Sohn heiratet«, entgegnete die Frostkönigin sanft, ohne dabei auch nur einen Blick zu Rea oder Syltain zu werfen.

Ein Lächeln brach durch ihre kühlen Züge, seltsam weich und nachsichtig für ihr sonst so hartes Gesicht. Lunas Atem stockte.

»Eine Verlobung lässt sich lösen«, erwiderte der Herzog von Koravotia kühl. »*Prinzessin* Rea wird bald die Königin Atheas sein, eine Position, die nur nach den wertvollsten Allianzen verlangt.«

Weder Rea noch Syltain oder die Frostkönigin zuckten bei diesen abgeklärten Worten, die zwei Menschen über ein Spielbrett politischen Kalküls schoben ... dafür waren sie zu geübt in ihren Rollen.

»Eine Verlobung lässt sich lösen, ja«, gab die Frostkönigin zu. Ihre Stimme blieb ein melodischer Singsang, egal wie grausam ihre Worte waren, als sie mit gespielter Unschuld fragte: »Aber wie sollte ich ohne die Hilfe Atheas dann all die von Euch unerwünschten Magier meines Königreiches auslöschen?«

»Dabei sind wir Euch jederzeit gern behilflich.« Der Herzog knurrte inzwischen beinahe.

Sie starrten sich an, die Frostkönigin mit einem seichten, überheblichen Lächeln auf den Lippen, der Herzog mit zusammengezogenen Augenbrauen und stark hervortretenden Kiefermuskeln.

»Es reicht«, sagte Rea fest und bestimmt und ihre Stimme ließ keinen Widerspruch zu. »Sie sind Gäste.«

Sie wischte die Diskussion mit nichts als einer nachlässigen Handbewegung fort, so als würde ihre Entscheidung zu diesem Thema nicht über die Zukunft ihrer Königreiche entscheiden, Atheas und der Niemandslande. Mit einem einzelnen Satz hatte sie beide in ihre Schranken gewiesen.

Die Frostkönigin richtete sich ein Stück gerader auf und ihr Gesichtsausdruck erstarrte wieder zu Eis. Auch Syltain warf Rea von der Seite einen besorgten Blick zu, ebenso wie die Räte. Rea jedoch tat, als ob sie nichts davon bemerkte.

Sie waren entlassen.

Luna hatte sich bereits zur Tür gewandt, um den Ratsmitgliedern aus dem Saal zu folgen, als Rea hinter ihr sagte: »Ich freue mich, dass du wieder bei uns bist.«

Luna drehte sich herum und sah ihr ins Gesicht, in ihr perfektes, höfliches Lächeln, das sich während der gesamten Ratssitzung nicht verändert hatte.

Sie neigte den Kopf und suchte ihr eigenes Lächeln, richtete die verkrampften Muskeln um ihren Mund und ihre Augen und erwiderte höflich: »Ich freue mich ebenfalls.«

Die Lügen gingen ihnen beiden glatt über die Lippen.

4

Am nächsten Morgen trat Luna durch den säulenbewehrten Eingangsbereich hinaus in die ersten, kühlen Sonnenstrahlen, die sich über die Mauern der Sommerresidenz kämpften. Die weißen Marmorsäulen zu ihren Seiten wirkten so massiv, als stützten sie das Gewicht des gesamten Schlosses, und standen in starkem Kontrast zu den sonst so filigranen Strukturen. Als ob auch sie von dem Prunk um sie herum erdrückt zu werden drohten.

Der Duft der blühenden Hecken verhing die Luft, seine süße Schwere gefangen zwischen den hohen Mauern der Residenz. Sie hielten den Geruch der Stadt fern, den Unrat, die dichtgedrängten Menschen und die Stimmen der Straßen, doch sie hüllten sie gleichzeitig in eine seltsam konstruierte Stille. Sie schien beinahe unwirklich, platziert, so wie alles in diesem Schloss.

Der Palast der Thronstadt Rox Taenn war im Vergleich dazu das genaue Gegenteil. Er schmiegte sich an die Klippen wie ein Felsvorsprung, so dicht am Meer, dass der raue Wind den salzigen Geschmack der Wellen bis in die Mauern trug. Im Innenhof der Sommerresidenz hingegen stand die Luft.

Luna hatte aus einem der oberen Fenster gesehen, dass die Garde versammelt worden war, und sich beeilt, in den

Innenhof hinauszukommen. Jetzt beobachtete sie sie aus dem Schatten der Säulen heraus.

Eine Ecke des Hofes war mit zwei Dutzend Gestalten in schwarzer Kleidung gefüllt, die in einem Halbkreis Aufstellung genommen hatten, in ihrer Mitte Xyn, der eine Ansprache zu halten schien. Vielleicht bekam Luna später die Chance, mit ihm zu sprechen, ohne dass weitere Ohren oder Augen auf sie gerichtet waren.

Sie musterte seine dunkle Uniform, die fest verzurrten Armschienen, seine Brust, die sich unter dem engsitzenden Hemd abzeichnete, und das Schwert an seiner Hüfte. Er trug kein Abzeichen, das ihn als Hauptmann der Garde auswies, und trotzdem ließ die Haltung der jungen Männer ihm gegenüber keinen Zweifel zu. Als Luna ihn das letzte Mal gesehen hatte, war er einer von ihnen gewesen. Eine große Veränderung für diese kurze Zeit. Sie dagegen hatte sich kein Stück verändert.

Luna neigte sich weiter vor, um zu hören, was Xyn zu den Gardisten sagte.

»Eure Hoheit!«

Sie fuhr so heftig zusammen, dass ihr Hinterkopf mit einem dumpfen Geräusch gegen die Säule schlug. Der Gardist, der aus dem Eingang hinter ihr gekommen war und im Vorbeigehen hastig salutiert hatte, starrte sie mit großen Augen an.

Luna richtete sich auf, zwang sich ein Lächeln ins Gesicht und presste die Kiefer zusammen, um den Drang zu unterdrücken, an die pochende Stelle an ihrem Kopf zu fassen. Der Gardist nickte beschämt, als er bemerkte, dass er sie angestarrt hatte, und setzte seinen Weg fort.

»Hauptmann«, salutierte er ebenfalls, bevor er in dem Halbkreis Aufstellung nahm.

Luna versuchte, ihr wild pochendes Herz zu beruhigen, atmete zittrig ein und trat vor. Sie wollte sich einreden, dass sie noch vollkommen überzeugend so tun konnte, als wäre sie gerade erst vorbeigekommen. Der Schreck saß tief in ihren Knochen und sie war sich nicht sicher, ob sie ihren Blick und ihr Lächeln unter Kontrolle hatte, während sie den Männern gegenüber ein Nicken andeutete.

Sie fielen auf ein Knie, eine Hand über ihrem Herzen zur Faust geballt und den Kopf gesenkt, während der Kies unter ihren Schienbeinen knirschte wie entferntes Donnergrollen. Luna hasste die gebeugte Haltung und die gesenkten Blicke, die ihr auswichen.

»Steht auf!«, sagte sie hastig und wünschte sich gleichzeitig, dass ihre Stimme dabei nicht so schwach klingen würde.

Ihr Blick schweifte über die Gesichter der Gardisten, jedes davon so jung, dass sie sich alt fühlte. Xyn hatte tatsächlich lange überlebt.

Er beobachtete sie mit schmalen Augen, seine Züge angespannt. Aus der Nähe betrachtet schien die Narbe auf seiner Wange noch grausamer. Sie zog seinen Augenwinkel nach unten und seine Lippen nach oben und dellte und kräuselte seine Haut. Luna wandte den Blick ab, als ihr bewusst wurde, dass sie ihn anstarrte, und sah stattdessen in seine Augen. Sie bereute es sofort.

»Ihr leitet jetzt die Garde?«, sprudelte über ihre Lippen.

Xyn nickte knapp, und als Luna bereits annahm, dass das seine einzige Antwort bleiben würde, fügte er mit einem Blick über die Jungen hinzu: »Ich bin der Einzige, der älter als siebzehn ist.«

Er zuckte nur die Schultern, als würde es nichts bedeuten. Beklommen suchte Luna nach einer Erwiderung, doch Xyn kam ihr zuvor. »Prinzessin Rea hat mir befohlen, einen Gardisten zu Eurem Schutz abzustellen. Habt Ihr vielleicht einen spezifischen Wunsch?«

Er wartete nicht auf ihre Antwort und ließ seinen Blick bereits über die Jungen schweifen. Luna schüttelte dennoch den Kopf.

Sie hatte in ihren Gesichtern nach einem gesucht, das sie

kannte, doch sie kamen ihr alle fremd vor. Nicht einmal den Jungen, der zuletzt ihre Leibwache gewesen war, fand sie mehr. Ob er noch lebte?

»Mein Beileid für den Verlust Eures Gardisten«, sagte Luna leise und ohne irgendeinen von ihnen direkt anzusehen.

Die Worte erschienen ihr falsch, zu unberührt, dabei fühlte sie sich genau so, so als hätte sie noch nicht verstanden, was es wirklich bedeutete.

Xyn nahm ihr Beileid mit einem knappen Nicken an.

»Wie konnte das geschehen?«, fragte sie vorsichtig und so leise, dass niemand außer ihm es hören konnte.

Es bedurfte nur eines Kopfruckens und einer Bewegung seiner Finger, um einen der Jungen vortreten zu lassen. Er war groß und schlaksig, als hätte er gerade erst einen Wachstumsschub gehabt, den sein Gewicht noch aufholen wollte. Kleine Narben überzogen seine Wangen und ließen es so aussehen, als hätten sich seine Grübchen vervielfacht. Jetzt zitterten sie, während er sich vor Luna verneigte.

»Ich hatte in der Nacht Wache zusammen mit Drej«, sagte der Junge laut und deutlich, den Kopf jedoch noch immer geneigt. »Ich war kurz …«

Er räusperte sich und warf aus den Augenwinkeln einen beschämten Blick zu seinem Hauptmann. »Ich war …«

Luna nickte, um ihm deutlich zu machen, dass er fortfahren durfte. Er musste nicht aussprechen, dass er wohl austreten gewesen war.

»Als ich zurückgekommen bin, war Drej –« Der Junge stockte und schluckte hörbar. Entweder trauerte er selbst um den getöteten Gardisten oder es war Schuld, die seine Stimme würgte. »– und als ich dann gesehen hab, dass Ihre Majestät … tot ist, habe ich den Hauptmann gerufen.«

Er hob den Blick und sah zu Xyn, der knapp nickte.

Luna wollte dem Jungen sagen, dass es nicht seine Schuld war, das Gewicht, das ihn beugte, von seinen Schultern nehmen, aber das stand ihr nicht zu. Er war in erster Linie ein

Gardist, und damit wäre es seine Verantwortung gewesen, das Leben Ihrer Majestät mit seinem eigenen zu schützen. Er hatte seine Pflicht nicht erfüllt und schien damit sichtlich zu kämpfen.

Seine Lippen bebten, er blinzelte hastig und verräterische Flecken hatten sich auf seinen Wangen ausgebreitet. Der Junge hielt den Kopf gesenkt, damit niemand es sehen konnte, doch er war viel zu groß, um es verstecken zu können, zumindest vor Luna.

»Wie heißt du?«, fragte sie, um das drückende Schweigen zu füllen.

Der Junge erwiderte ihren Blick, bevor er ihn hastig wieder senkte, als wäre ihm eingefallen, dass es sich nicht gehörte, sie anzusehen.

»Mein Name ist Ael … *Eure Hoheit!*«, fügte er zu laut hinzu.

Luna unterdrückte den Drang, ihm zu sagen, dass er sie nicht so förmlich anreden brauchte. Sie wollte nicht ständig an ihren Titel erinnert werden, an das, was sie sein sollte, und doch nie wirklich war.

»Es tut mir leid, dass du das sehen musstest«, sagte sie stattdessen so sanft wie möglich.

»Die Leichen?«, fragte Ael unberührt und im Gegensatz zu ihm zuckte Luna bei dem Wort unmerklich zusammen.

»Das macht nichts, wir haben schon viele gesehen.« Sofort presste er die Lippen zusammen. Es war, als hätte er ihnen beiden beweisen wollen, dass es hier nur um die Garde ging, um seine Aufgabe, dass es nichts Persönliches war.

Luna wusste nicht, was sie entgegnen sollte. Sie hatte keine Worte für den Druck, der sich bei der Unbekümmertheit in seiner Stimme in ihrer Brust ausgebreitet hatte. Er war fast noch ein Kind, und doch bereits Zeuge solcher Grausamkeiten geworden.

»Wie …?«, fragte Luna zögerlich, nicht sicher, ob sie die Frage stellen durfte, und sprach dabei wieder so leise, dass nur Xyn sie hören konnte. »Wie wurde sie gefunden?«

Er musterte sie durchdringend, sah erst zu seinen Gardisten, und dann wieder zu ihr.

»Ihre Majestät lag auf dem Teppich vor ihrem Bett, bereits zur Nacht zurecht gemacht in ihrem Morgenmantel. Sie muss von der Magie der Hexer überrascht worden sein, sie hatte zwar ihr Schwert gezogen, aber es gab keine weiteren Hinweise auf einen Kampf.« Xyn sprach leise, schnell und scharf, jedes Wort deutlich akzentuiert, und jedes von ihnen quetschte Lunas Eingeweide ein Stück weiter zusammen.

Sie versuchte, es sich vorzustellen und die verwaschenen Erinnerungen an das Zimmer Ihrer verstorbenen Majestät – an Ihre Majestät selbst – vor den Kies zu schieben.

»Wie ist sie verstorben?«, hauchte sie. Magie allein tötete nicht.

Xyn zögerte für einen kurzen Moment, bevor er entgegnete: »Sie hat sich den Kopf auf dem Boden aufgeschlagen. Sie ist verblutet.«

Ihre Majestät, auf die zu jeder Zeit alle Augen gerichtet waren, war unbemerkt in ihrem Zimmer verblutet. Allein. Einsam … und niemand hatte auch nur etwas bemerkt?

Xyn erwiderte Lunas Blick mit starren Augen, aber er bot keine Worte zum Trost an – als ob es dafür überhaupt Worte gegeben hätte. Luna warf einen kurzen, beschämten Blick zu den Jungen und auch sie erwiderten ihn mit stummer Härte, bevor sie die Köpfe senkten. Welche Leichen hatten sie gesehen? Fremde, Freunde, Familie? Hatten sie getötet?

»Meistens wird es leichter mit der Zeit«, versuchte Ael einen unbeholfenen Versuch, sie zu trösten – und einen unangemessenen …

So unangemessen wie es von ihr war, den Anschein zu erwecken, Trost zu benötigen. Luna straffte sich und setzte ein ausdrucksloses Gesicht auf.

»Und der Gardist?«, fragte sie, um das Gespräch wieder zurück in seine Bahn zu lenken.

»Dem Gardisten vor der Tür wurde die Kehle durchge-schnitten, schnell und effizient. Drej scheint gekämpft zu ha-ben, konnte aber niemanden mehr benachrichtigen.«

Ael zuckte bei den Worten seines Hauptmanns zusam-men. Es war ein distanzierter, neutraler Bericht, so als hätte Xyn seinen Gardisten nicht gekannt, doch der dunkle Blick seiner Augen, die Anspannung in seinen Schultern und die Art, wie er seine Arme an seine Seiten presste, sagten etwas anderes.

Die steife Beklemmung in Lunas Körper löste sich nicht. »Und es konnte niemand festgenommen werden? Gab es keine Auffälligkeiten?«

»Niemand von uns hat in dieser Nacht irgendetwas Un-gewöhnliches bemerkt«, entgegnete Xyn knapp.

Luna sah die Gardisten an, einen nach dem anderen, und sie senkten betreten die Köpfe, so als wäre es ihre Schuld. Die Garde musste den Palast nach dem Tod Ihrer Majestät innerhalb kürzester Zeit abgeriegelt haben. Dass sie dennoch niemanden hatten festnehmen können, bedeutete vielleicht sogar, dass die Täter noch immer unter ihnen waren. Lunas Magen zog sich unangenehm zusammen.

»Ermittelt Ihr auch innerhalb der Mauern?«, fragte sie kaum hörbar, die Worte nicht mehr als die Bewegung ihrer Lippen, und doch ging ein Ruck durch die Gardisten und sie wechselten schnelle Blicke.

»Wir wären einfältig, würden wir es nicht tun, oder?« Xyn blinzelte nicht, er ließ ihre Reaktion nicht aus den Augen.

Der Gedanke, dass jemand im Palast Verbindung zu den Hexern haben könnte, schien ihn nicht zu beunruhigen, Lu-na hingegen verursachte er ein brennendes Kribbeln in ihrem Nacken. Sie nickte zögerlich, irritiert von seiner Wortwahl.

»Habt Ihr bereits jemanden in Verdacht?«

Es war eine gewagte Frage, eine, auf die er ihr vielleicht nicht einmal eine Antwort geben durfte, doch da lag etwas in der Art, wie Xyn seine Kiefer zusammenpresste, wie er sie anstarrte, als würde er sie prüfen, dass sie glauben ließ, dass er etwas wusste. Er *hatte* einen Verdacht.

Luna öffnete den Mund, um dem drängenden Kribbeln in ihrer Brust nachzugeben, um ihn zu fragen, *wen*, doch da entgegnete Xyn bereits schlicht und nichtssagend: »Wir werden unsere Augen und Ohren offenhalten. Und Ihr solltet das auch tun.«

Luna wollte etwas erwidern, doch sie schloss ihren Mund wieder. Xyn musste nicht wissen, dass sie immer die Augen und Ohren offenhielt, dass genau das ihre einzige Aufgabe als Prinzessin war. Stattdessen nickte sie nur gehorsam.

»Wenn es Euch recht ist, weise ich Euch Ael zu Eurem Schutz zu.« Xyns Stimmlage erweckte entgegen seiner Worte nicht den Anschein, dass sie in dieser Sache ein Mitspracherecht hatte, doch Luna nickte trotzdem.

Er wandte sich an den Jungen und sagte mit dunkler, ernster Stimme: »Dein Leben dient ab jetzt einzig und allein dem Zweck, sie zu schützen. Sie ist der Grund, warum du lebst und warum du stirbst.«

Ael straffte sich und senkte den Kopf. Sein vorstehender Adamsapfel hüpfte, als er schluckte.

»Er ist doch noch so jung«, flüsterte Luna.

Es waren grausame Worte, selbst für erwachsene Männer, aber der Junge war fast noch ein Kind.

»Ich bin schon fünfzehn!«, widersprach er mit geschwellter Brust und fügte dann erneut ein hastiges »*Eure Hoheit*« hinzu.

»Er ist hervorragend ausgebildet und wird Euch gut dienen, falls das Eure Sorge ist«, entgegnete Xyn mit kühler Stimme, so als hätte sie ihn beleidigt … als könnte er nicht verstehen, was sie eigentlich hatte sagen wollen.

»Ich zweifle nicht an *ihm* …«, widersprach Luna und warf Ael dabei einen schnellen Blick zu. Es gefiel ihr nicht, über ihn zu sprechen, als wäre er nicht anwesend. »Eure Worte waren hart.«

Xyn schnaubte freudlos. »Das ist unsere Realität.«

»Das meine ich.«

Er schüttelte den Kopf. »Alles, was wir haben – alles, was wir *zu bieten* haben – ist unser Leben, also müssen wir jederzeit bereit sein, es zu geben.«

»Wir nutzen aus, dass die Jungen nichts in dieser Welt haben und zwingen sie dazu, für uns zu arbeiten!«, entfuhr es Luna, als könnten sie sie nicht hören.

Xyn warf einen Blick über seine Gardisten. »Sie bekommen eine Chance. Ein Dach über dem Kopf. Nahrung.«

»Sie sind die *Toten*garde!«, platzte Luna hervor, bevor sie sich zurückhalten konnte.

»Denkt Ihr, es wäre anders, wenn sie nicht hier wären?«, zischte Xyn nun leiser, so, dass nur sie ihn hören konnte. »Sie wären nur schneller tot.«

Jetzt schüttelte Luna den Kopf, während sich etwas in ihrer Brust zusammenzog. Sie sollten diese Jungen unterstützen, statt sie auszunutzen, doch sie fand nicht die richtigen Worte, um ihm das zu erklären.

»Na dann«, entgegnete sie nur platt, beinahe unbeholfen, nickte Xyn zu und wandte sich zum Gehen.

Es war eine kleine Ewigkeit her, dass jemand sie hatte bewachen müssen, und die Vorstellung, dass Ael jederzeit sein Leben für ihres geben würde, verursachte ihr eine Gänsehaut … So als hätte ihr Leben diesen Wert.

›*Prinzessin Luna.*‹

Sie hatte die Säulen vor dem Eingangstor noch nicht erreicht, als die tiefe Stimme des Herzogs von Koravotia wie ein Donner durch ihren Kopf und ihre Knochen grollte.

Erschrocken packte Luna das Medaillon um ihren Hals. ›Euer Gnaden?‹

›Bitte findet Euch im Ratssaal ein.‹ Als hätte seine scharfe Stimmlage die Dringlichkeit noch nicht deutlich gemacht, fügte er noch hinzu: ›*Unverzüglich.*‹

Luna raffte ihre Röcke und hastete die Stufen zur Eingangstür hinauf, doch sie kam nicht weit.

Vor ihr in der Mitte der Eingangshalle stand die Frostkönigin in einem zarten, weißen Kleid und blickte ihr entgegen, die Hände geduldig vor dem Bauch gefaltet, so als hätte sie auf etwas oder jemanden gewartet. Dennoch tat sie überrascht, als Luna durch die Türen trat.

Sie hatte das schwarze Fell um ihre Schultern an diesem Tag abgelegt, und ohne es schien ihre Statur seltsam zierlich, doch nicht weniger ehrerbietend. Sie neigte den Kopf und die Wolfskrone darauf glänzte dunkel im Morgenlicht, das durch die bodentiefen Fenster schien.

»Prinzessin Luna«, grüßte die Frostkönigin und setzte ihr kühlstes Lächeln auf. Es verdiente die Bezeichnung kaum.

Luna wollte an ihr vorbei zum Ratssaal im oberen Geschoss eilen, doch die Etikette ließ ihr keine Wahl – sie atmete tief ein, unterdrückte das unruhige Kribbeln in ihrem Bauch und neigte den Kopf. Es war mehr ein Senken ihrer Lider als tatsächlich eine Bewegung ihres Kinns. Sie wollte den Gruß erwidern, stockte jedoch bei der Anrede. Athea hatte die Abspaltung der Niemandslande zwar mehr oder minder stillschweigend angenommen, aber sie hatten sie nie als Königreich anerkannt.

»Eine schöne Kette habt Ihr da …«, stellte die Frostkönigin fest.

Luna war sich nicht bewusst gewesen, dass sie ihr Amulett noch immer umklammert gehalten hatte. Sie ließ es zurück auf ihre Brust fallen, doch der Blick der Frostkönigin klebte weiterhin darauf.

»Ich hatte auch so eine«, sagte sie nachdenklich. »Bevor sie mir weggenommen wurde.«

Nun trug sie stattdessen eine schwere, goldene Kette mit einem Schlüssel in ihrem Ausschnitt. Luna sah auf, begegnete dem Blick ihrer stechend blauen Augen und wandte sich hastig ab.

»Ihr wart auch an der Akademie?«, fragte sie überrascht

und überschlug ihr Alter.

Möglicherweise war sie ausgebildet worden, noch bevor sich die Niemandslande vom Königreich abgespalten hatten.

»Ich wurde der Akademie verwiesen, weil ich einen verbotenen Zauber benutzt haben soll.« Die Frostkönigin lächelte abfällig. Kälte sickerte aus ihren Worten, überbrückte die Distanz zu Luna und ließ sie schaudern.

Verbotene Magie trug ihren Namen nicht ohne Grund, die meisten dieser Zauber hatten so grausame Auswirkungen, dass jegliche Aufzeichnungen über sie vernichtet worden waren. Etwas an der Formulierung der Frostkönigin ließ Luna jedoch stutzen.

»Ihr seid nicht der Meinung, dass es *verbotene* Magie war?«, fühlte sie sich genötigt zu fragen.

Die Frostkönigin lachte leise. »Nein. Sie wollten mich nur forthaben.«

»Wer?«

»Der Rat.«

Luna schüttelte den Kopf. Dafür hätten sie keinen Grund gehabt, es sei denn … »War das *bevor* oder *nachdem* die Niemandslande versucht haben, das Königreich zu stürzen?«

Luna presste die Lippen aufeinander und ihre Augen weiteten sich vor Schreck. Sie war unvorsichtig geworden. Sie durfte nicht mit der Frostkönigin sprechen, mit niemandem. Wenn sie durch eine unbedachte Frage die Verbindung mit den Niemandslanden gefährdete …

Die Frostkönigin jedoch begann, leise zu lachen.

»*Davor*«, entgegnete sie leichthin, so als sprächen sie nur über das Wetter, nicht über Krieg. Ihr Ton war melodiös, hell und beinahe mädchenhaft, und zog sich am Ende jeder Silbe nach oben wie ein Singsang.

Die Gedanken in Lunas Kopf überschlugen sich, zusammen mit den Fragen, die sie nicht stellen durfte.

»Und *danach*?«, brachte sie schließlich vorsichtig hervor.

Hatten die Niemandslande das Königreich danach überfallen wollen, vielleicht wegen eben dieses lächerlichen Grundes, wegen eines Missverständnisses?

Die Frostkönigin machte einen Schritt auf Luna zu und der Blick ihrer eisblauen Augen nahm sie gefangen, bis der Raum um sie verschwand.

»Wisst Ihr, warum man mich ›Nordmutter‹ nennt?«, fragte die Frostkönigin leise. Plötzlich klang ihr Ton gar nicht mehr melodiös, sondern klar und scharf.

Luna hielt es für eine rhetorische Frage, doch die Frostkönigin schwieg erwartungsvoll.

»Weil Ihr die Niemandslande erschaffen habt?«, fragte Luna schließlich atemlos.

»Nein«, entgegnete die Frostkönigin enttäuscht, so als hätte Luna versäumt, für eine Prüfung zu lernen. »Weil ich sie nähre, jede Einzelne, jeden Einzelnen in meinem Land, unabhängig davon, wer sie sind. Etwas, was dieses Königreich nie getan hat.«

Sie ließ ihre Worte im Raum verhallen, bevor sie ihren Blickkontakt brach, blinzelte und Luna freigab. Die Eingangshalle um sie herum strahlte wieder auf.

Luna schwieg und versuchte abzuschätzen, welche Konsequenzen ihre Unterhaltung haben konnte, bevor sie vorsichtig nachhakte: »Bezieht Ihr Euch auf die Hexer?«

Eigentlich war sie sich dessen sicher, aber sie wollte, dass die Frostkönigin es aussprach. Die jedoch lächelte nur.

Die Niemandslande verfolgten die bei ihnen lebenden Hexer vielleicht nicht aktiv, aber es war etwas anderes, sie zu verteidigen. Sie zu »nähren«.

Luna schauerte. Sie durfte für keinen Moment vergessen, wem sie gegenüberstand. Die Frau vor ihr hatte sich ihr eigenes Königreich erschaffen, es mit Klauen an sich gerissen, und sie versteckte messerscharfe Zähne hinter ihrem Lächeln, vor denen Luna sich in Acht nehmen musste.

Sie durfte sich in diesen Mauern keinen einzigen Fehltritt

erlauben, nicht vor der Frostkönigin und nicht vor irgendjemandem sonst.

»Entschuldigt mich«, presste sie hervor und raffte ihre
Röcke. »Ich bin in Eile.«

Der Rat erwartete sie.

5

Lunas Schritte stockten auf der Schwelle des Thronsaals. Ein einziger Blick hinein reichte, um zu wissen, dass etwas geschehen war. Es summte in der Luft, beinahe sichtbar zwischen den angespannten Körpern der Ratsmitglieder, die im Halbkreis um den goldenen Tisch warteten und ihr entgegenblickten, als sich die Türen öffneten.

Der Impuls, sich umzudrehen und zu gehen, wurde beinahe übermächtig, und trotzdem setzte Luna einen Schritt nach dem anderen in den Saal, streckte ihren Rücken und hob ihr Kinn. Hinter ihr hallten die Schritte der Frostkönigin. Hätte sie sie überhaupt mitbringen dürfen? Spielte es noch eine Rolle?

Die Ratsmitglieder verfolgten jeden ihrer Schritte unbewegt wie Statuen. Sie bildeten eine Mauer, Schulter an Schulter, und allein ihre Präsenz sorgte dafür, dass ein drückendes Gefühl in Lunas Bauch aufwallte.

Weitere schnelle Schritte näherten sich im Gang.

»Was ist geschehen?«, fragte Rea geschäftig, noch bevor sie, ohne einen weiteren Blick zu Luna, an ihr vorbei auf den Kopf des Tisches zueilte, so als schien sie nicht zu bemerken, dass alle Augen im Raum auf sie gerichtet waren.

Reas Kleid wehte hinter ihr her, schwang um ihre Beine, und schien dabei wie der Sternenhimmel auf der Oberfläche des Meeres, goldene Steinchen, die auf nachtblauem Brokat glänzten.

Syltain trat ebenfalls in den Saal, doch im Gegensatz zu Rea musterte er die Ratsmitglieder von der Schwelle aus, versuchte, die Situation einzuschätzen, bevor er sich an die Seite seiner Mutter begab.

Xyn und die Leibwächterin blieben bei Ael an der Tür zurück wie stumme Schatten, deren Blicke sich jedoch in Lunas Rücken bohrten.

Sie blieb stehen, noch einige Schritte vom Ratstisch entfernt. Sie mussten ihr nicht mehr sagen, worum es ging, sie wusste es bereits, spürte es in den Blicken und der Anspannung, die greifbar zwischen ihnen hing, und die folgenden Worte des Herzogs von Xayres bestätigten sie in ihrer Vermutung.

»Wir stellen noch immer Ermittlungen an, wie die Hexerin aus ihrer Zelle in der Akademie entkommen konnte, doch dabei haben sich bereits einige interessante Informationen gezeigt«, sagte er zu Rea, blickte dabei aber über die Tischkante zu Luna hinüber. »Zwar wissen wir noch immer nicht, wie sie ihre Fesseln lösen konnte, doch mich würde an dieser Stelle vorrangig interessieren, warum die Verliese so schlecht bewacht waren … warum niemand in der Lage war, sie bei ihrer Flucht aufzuhalten.«

Seine Stimme klang tief, anklagend und endgültig wie ein Paukenschlag. Könnte seine Enttäuschung den Boden zittern lassen, hätte Luna Mühe gehabt zu stehen.

Die Prunkranken der Decke schienen auf sie zuzukommen und sie erdolchen zu wollen, während sich eisige Kälte im Saal ausbreitete. Auch Rea wandte sich irritiert zu Luna um, die sie und die Wand von Ratsmitgliedern hinter ihr nur anstarren konnte.

»Was habt Ihr dazu zu sagen?«, fragte der Herzog. »Wo waren die Wachen, die diese Flucht hätten verhindern können?«

Lunas Mund war mit einem Mal staubtrocken und ihr Kopf leer – gähnende, allumfassende, weiße Leere. Sie hatten es herausgefunden. Sie schluckte und befeuchtete ihre Lippen, öffnete ihren Mund und schloss ihn wieder. Reas Blick wanderte fragend zwischen den Ratsmitgliedern und ihr hin und her und drohte sie zu ersticken.

»Ich wollte doch nur –«, begann Luna stotternd und stockte dann. Es spielte keine Rolle mehr, schließlich hatte sie versagt.

Sie hatte Noda in den Verliesen beobachtet, während Meisterin Margo die Hexer gefoltert hatte, jede Regung seines Gesichts. Die Hexerin hatte ihn von sich gestoßen, so getan, als ob ihr seine Freundschaft nichts bedeutete, doch Noda war mit jedem ihrer Schreie zusammengezuckt. Sie bedeutete ihm noch immer die Welt, auch, wenn sie nun eine Hexerin war.

Luna fühlte sich schuldig, weil sie Noda dem ausgesetzt hatte, schließlich war es ihre Idee gewesen, die Freundschaft der beiden zu prüfen, sie zu verwenden, damit die Hexerin ihnen die Informationen gab, die sie benötigten. Es war ihre Schuld, dass Noda verletzt worden war.

Als er sie gebeten hatte, noch einmal mit der Hexerin zu sprechen, wie hätte sie ablehnen können? Sie hatte doch nur helfen wollen. Wenn Noda und die Hexerin noch einmal miteinander gesprochen hätten, vielleicht hätte er die Chance bekommen, sie zu überzeugen …

Wenn Luna ehrlich zu sich war, hatte sie auch selbst herausfinden wollen, ob sie sich geirrt hatte, ob sie das Band zwischen den beiden falsch eingeschätzt hatte. Und falls Noda tatsächlich etwas hätte erfahren können, wenn er hätte erfahren können, was die Hexerin plante, vielleicht hätte sie Meisterin Margo damit unterstützen und etwas beitragen können. Vielleicht hätte sie zeigen können, dass sie von Nutzen war … aber sie hatte sich geirrt. Sie hatte wieder einen Fehler gemacht.

»Was habt Ihr Euch nur dabei gedacht?«, fragte die Herzogin von Nenomin mit weicher Stimme, doch in ihr klang so viel Enttäuschung mit, dass sie Luna den Atem raubte.

Sie fachte das Brennen in ihrer eigenen Brust an und trieb es bis in ihre Augen. Erschrocken blinzelte Luna zur Decke.

»Worum geht es hier?«, fragte Rea.

Sie glaubte noch an sie, wollte anscheinend noch hoffen, dass sie sich in ihrer Vermutung irrte, denn selbst Rea musste inzwischen verstanden haben, was der Rat andeutete.

»Die Wachen der Akademie haben berichtet, dass Ihre Hoheit die Zelle der Hexerin aufgesucht hat, kurz vor Ihrem Ausbruch«, erklärte die Herzogin von Droduis mit einem Seitenblick zu Luna.

»Dafür gibt es sicherlich eine andere Erklärung.« Auch Rea blickte sie jetzt erwartungsvoll an und ihre Augen forderten sie auf, das Missverständnis aufzuklären. Immer wieder sah sie kurz zu Syltain, als wüsste er mehr über die Situation, als wollte sie sich rückversichern, dass ihr nichts entging.

»Ich weiß nicht, wie das geschehen konnte«, flüsterte Luna wahrheitsgemäß und schämte sich im selben Moment dafür, wie leise und dumpf ihre Stimme klang, so als suchte sie Ausflüchte für sich selbst. Sie räusperte sich. »Ich weiß nicht, wie die Hexerin fliehen konnte. Als ich gegangen bin, war sie noch in ihrer Zelle.«

»Ihr habt den Wachen befohlen, Euch allein zu lassen!«, brauste der Herzog von Koravotia auf.

Luna senkte den Kopf und starrte auf die Fugen der Marmorfliesen. Sie konnte rein gar nichts dagegen sagen. Stattdessen schloss sie die Augen und wünschte sich in ihr Bett, unter ihre Decke, die sie sich über den Kopf ziehen und so vergessen konnte, dass eine Welt außerhalb existierte. Irgendwohin, wo sie nicht gesehen werden würde, anders als in der Mitte dieses Ratssaals, alle Augen auf sie gerichtet, anklagend und brennend vor Enttäuschung. Die Stille breitete sich aus, bis sie ohrenbetäubend dröhnte.

»Eure Kette.«

Lunas Kopf ruckte nach oben. Ihr Sichtfeld verengte sich auf die Hand, die der Herzog von Koravotia auffordernd über den Tisch streckte, und sie trat unwillkürlich einen Schritt zurück. Ihre Finger fuhren an das Medaillon um ihren Hals. Er wollte es zurückhaben.

»*Nein*«, flüsterte Luna.

Sie klammerte sich an den Stein, bis sich die Kanten der Einfassung in ihre Haut bohrten, doch die Hand vor ihr blieb unnachgiebig ausgestreckt.

»*Nicht!*«, flehte sie.

Sie konnte akzeptieren, dass der Rat beschlossen hatte, dass sie es nicht verdiente, eine Zauberin zu sein, sie wusste selbst, dass sie dem Amulett nicht würdig war, aber die Kette um ihren Hals war ihre Verbindung zu Charlyn und die durfte sie nicht verlieren. Sie durfte nicht auch noch Charlyn verlieren, nur weil sie einen weiteren Fehler gemacht hatte.

»Die Kette, *Eure Hoheit*«, wiederholte der Herzog von Koravotia und winkte auffordernd mit seinen Fingern.

»*Bitte* –«, flehte Luna leise.

Sie klammerte sich an den Stein, als hinge ihr Leben daran, während Tränen in ihren Augen brannten. Wenn sie Charlyn schon nicht beistehen konnte, musste sie zumindest wissen, dass es ihr gutging. Charlyn zog irgendwo im Osten des Königreichs in einen Kampf – ihretwegen – und sie durfte sie nicht im Stich lassen, nicht auch noch so.

»*Bitte!*«

»Eure Hoheit«, mahnte die Herzogin von Yptar leise, doch Luna beachtete sie nicht.

Es kümmerte sie nicht, ob sie ihren Stolz einbüßte, ob sie sich erniedrigte, all das spielte keine Rolle, wenn sie ihr nur Charlyn ließen.

Der Herzog von Koravotia schnaufte entnervt und kam

um den Tisch herum auf sie zu. Luna unterdrückte den Impuls zurückzuweichen.

»Es tut mir leid«, flehte sie. »Ich wollte nicht, dass das passiert, *es tut mir leid* …«

Sie war kurz davor, auf die Knie zu fallen, als sie Reas Stimme hörte. »Luna.«

Es war ein Befehl.

Luna musste sich zwingen, ihre zitternden Finger von dem Stein zu lösen, brauchte drei Anläufe, um den Verschluss in ihrem Nacken zu öffnen, und beinahe glitt ihr die Kette aus den Fingern, als sie sie dem Herzog von Koravotia entgegenstreckte und sie mit leisem Rasseln in seine Handfläche sinken ließ. Der dunkelblaue Stein des Amuletts glänzte in seiner Einfassung, während der Herzog seine Finger darum schloss.

Vielleicht versuchte Charlyn gerade in diesem Moment, sie zu erreichen. Luna würde es nicht erfahren, sie würde nicht wissen, was geschah, wenn sie auf die Hexerin trafen, sie würde nicht wissen, wenn Charlyn –

Luna unterband den Gedanken, bevor die Tränen in ihren Augen über ihre Wimpern kullern konnten.

Die Frostkönigin trat einen Schritt vor und hielt ihren Blick dabei starr auf die Kette in den Händen des Herzogs gerichtet.

»Es ist amüsant zu sehen, dass sich rein gar nichts verändert hat … dass Eure Liste nur länger wird, die Liste mit Frauen, die Ihr von Euch fernhaltet, sobald sie Euch gefährlich werden können.« Sie lachte leise. »… als könntet Ihr uns aufhalten.«

Luna blickte sie entgeistert an. Sie konnte unmöglich von ihr sprechen.

Die Frostkönigin wandte sich ab, doch der Herzog von Koravotia rief ihr hinterher. »Jeder, der eine Verbindung zu den Hexern unterhält, wird dafür bestraft! Sagt man nicht, dass Ihr ebenfalls eine enge Verbindung zu den Hexern hattet?«

Lunas Blick ging zwischen ihnen hin und her. Was hatte das zu bedeuten?

Die Frostkönigin erstarrte auf halbem Weg zur Tür und wandte sich langsam, Stück für Stück, dem Herzog zu. Er war noch nicht fertig.

»Wenn sie so tief in den Palast eindringen konnten, müssen wir Verräter unter uns haben«, zischte er und sein Blick bohrte sich dabei in die Augen der Frostkönigin. »Welch ein Zufall, dass Ihr rechtzeitig eingetroffen seid, um Zeugin davon zu werden.«

Lunas Augen weiteten sich und sie senkte den Kopf, damit es niemand sah. In den Worten des Herzogs lag eine unverhohlene Unterstellung.

»Ein Zufall fürwahr«, entgegnete die Frostkönigin mit sanfter Stimme. »Genau wie Euer Verdacht den Hexern gegenüber.«

»Was wollt Ihr damit sagen?«, schäumte der Herzog augenblicklich und auch die übrigen Ratsmitglieder funkelten sie an.

Luna beobachtete den Schlagabtausch gebannt, während jede gestellte Frage so viele weitere in ihr aufwarf.

»Ich dachte, das wäre offensichtlich, aber ich erkläre es Euch gern«, sagte die Frostkönigin in einer Stimmlage, in der man mit einem einfältigen Kind sprach.

Röte kroch unter dem Revers des Herzogs an seinem Hals hinauf.

»Ihr habt keine Beweise gefunden, dass die Tat durch Hexer verübt wurde.« Die Frostkönigin machte eine Pause, wie um zu prüfen, dass alle am Tisch Versammelten ihr folgen konnten. »Daher erscheint mir Euer Verdacht wie ein Zufall.«

»Es ist eindeutig, dass die Hexer schuldig sind«, knurrte der Herzog. »Die Zerstörungswut und Verunsicherung im Land spielen ihnen in die Karten.«

»So wie vor zwanzig Jahren?« Das Lächeln der Frostkönigin verblasste nach ihrer Frage und ließ nur eisige, unnachgiebige Kälte auf ihren Zügen zurück.

Verwirrt blickte Luna zwischen beiden hin und her und bemerkte gleichzeitig, dass sie damit nicht die Einzige war. Niemand am Tisch schien zu verstehen, wovon sie sprachen.

»Ihr gewährt Ihnen in Euren Landen Unterschlupf«, spie der Herzog und ging damit zum Gegenangriff über, die Lippen zu einem Lächeln verzogen, das sich nicht einmal die Mühe machte, ehrlich zu scheinen. »Wollt Ihr nicht wahrhaben, was sie tun, oder wisst Ihr es vielleicht ganz genau?«

Luna hielt den Atem an und mindestens zwei weitere Ratsmitglieder taten es ihr gleich. Stille hing wie eine Gewitterwolke über dem Tisch und in ihr die unverhohlene Anschuldigung, die der Herzog geäußert hatte. Es war ein offener Affront, den sie sich mit ihrem fragilen Friedensstatus kaum leisten konnten, doch das wusste er mit Sicherheit besser.

Syltain am gegenüberliegenden Ende des Tisches versteifte sich. Sein Blick begegnete Lunas für einen winzigen Augenblick, bevor er weiter durch die Runde huschte, die Frostkönigin hingegen blieb vollkommen regungslos.

»Hast du immer noch nicht genug davon?«, fragte sie. Der melodiöse, mädchenhafte Tonfall schmolz dabei von ihrer Stimme und tropfte von ihren Worten. Was blieb, war kratzig und rau. »Was willst du noch tun, um mich zu bestrafen, hm? … und das alles nur für das Ego eines gekränkten Mannes?«

Der Herzog schnaufte, Röte kroch die Adern an seinem Hals hinauf und seine Fäuste prallten auf den Tisch, als er sich nach vorn lehnte. »Ich werde dafür sorgen, dass Ihr *niemals* in die Nähe unseres Throns kommt«, bellte er.

»Nur entscheidet Ihr das nicht.« Reas Stimme schnitt klar und scharf durch die Luft und brach die Spannung zwischen dem Herzog und der Frostkönigin, kurz bevor sie explodieren konnte.

Wusste sie, worum es hier ging? Luna verstand kein Wort

und das hinterließ ein unangenehmes Kribbeln in ihrem Rückgrat, das sich bis in ihre Fingerspitzen ausbreitete.

Der Herzog von Koravotia schien sich in seinem Verdacht gegen die Frostkönigin so sicher zu sein … doch die Niemandslande konnten nichts mit dem Attentat auf Ihre Majestät zu tun haben, Syltain würde nie –

Luna unterbrach ihren Gedanken. Sie durfte sich nicht zu falschem Vertrauen hinreißen lassen, durfte nicht wieder unaufmerksam sein. Sie durfte nicht einfach blind vertrauen.

Der Herzog richtete sich auf und korrigierte den Sitz seines Gehrocks. Er sah Rea dabei nicht an, als wäre ihm selbst klar geworden, dass er seine Befugnisse überschritten hatte.

Syltain rührte sich nicht, den Blick fest auf seine Mutter gerichtet, die wiederum den Herzog von Koravotia keinen Moment aus den Augen ließ.

»Dann erwarten wir Eure Entscheidung«, sagte sie zu Rea, ohne sie anzusehen. Es war eine unmissverständliche Aufforderung – sie würde nicht mehr lange warten.

Als die Türen hinter ihr zufielen, blieb nur drückende Stille. Syltain verlagerte sein Gewicht. Er stand verloren im Raum und schien darüber nachzudenken, ob er seiner Mutter folgen oder bei Rea bleiben sollte. Vielleicht war auch er sich nicht mehr sicher, wo er hingehörte.

»Solange die Hexerin nicht gefasst ist, sollten wir uns nicht in Spekulationen verlieren«, sagte Rea diplomatisch, doch die Rüge in ihren Worten war mehr als deutlich. »Hoffen wir, dass die Herzogin von Privonn bald gute Neuigkeiten für uns hat.«

Die Herzoginnen und Herzoge am Tisch nickten zustimmend, so als wären sie ebenfalls froh, der angespannten Situation zu entkommen. Der Herzog von Deldaell nahm Reas Worte zum Anlass, sich ebenfalls zum Gehen zu wenden, und die übrigen Ratsmitglieder folgten ihm. Er nutzte immer die erste Gelegenheit, aus einer Sitzung zu flüchten, nachdem er bereits als Letzter kam. Luna hatte ihn so selten sprechen hören, dass sie sich nicht sicher war, wie seine Stimme klang. Sie konnte ihn nicht einschätzen. Einerseits war er still und zurückgenommen, doch gleichzeitig stach sein Äußeres aus jeder Gruppe hervor. Immer, wenn sie ihn gesehen hatte, trug er einen schillernden Haarreif, der sein schulterlanges, dunkles Haar zurückhielt, und auch seine Kleidung glänzte beinahe so hell wie Reas vor Schmuckornamenten und Zierjuwelen.

Keines der Ratsmitglieder warf Luna noch einen Blick zu, als sie aus der Tür verschwanden. Sie war dankbar dafür und fühlte sich gleichzeitig elend. Für einen kurzen Moment glaubte sie, dass sie es überstanden hatte, dass auch Rea gehen und sie zurücklassen würde, damit sie sich verkriechen konnte, doch Rea blieb, Rea und Syltain, der unschlüssig vor der Tür verweilte.

»Es war deine Aufgabe als Prinzessin, dich mit dem Rat gutzustellen«, stellte Rea leise fest und klang dabei für einen kurzen Moment beinahe müde.

Luna hielt den Blick gesenkt. Sie hatte es versucht, aber sie hatte versagt.

»Du warst an der Akademie, warst in der Nähe der Hexerin …« Rea klang nicht vorwurfsvoll, nur enttäuscht, doch die Enttäuschung bohrte sich unangenehm spitz in Lunas Bauch.

Sie senkte ihren Blick tiefer, als Rea vor ihren Augen verschwamm, atmete ein und zog dabei so leise wie möglich die Nase hoch.

»Du warst auf dem Magiefest, oder nicht? Du hättest die Hexerin schon dort aufhalten können.«

Diesen Gedanken hatte sie sich bisher verboten, doch jetzt drängte er mit aller Macht an die Oberfläche.

»Oder im Tempel? … und dann war sie endlich in der Akademie und du –«

»Rea …«, mahnte Syltain sie, doch Rea war bereits selbst verstummt.

Für einen kurzen Moment hatte sie die Kontrolle aufgegeben, ihre Maske war verrutscht, ihre Stimme lauter geworden, und sie hatte sogar die Hände in die Luft geworfen. Jetzt stand sie wieder unbewegt am Kopf des Tisches, ihre Finger auf der Tischplatte aufgestützt.

Luna versuchte, der Enttäuschung auf Reas Gesicht auszuweichen, doch Syltains Ausdruck traf sie noch härter. In den Augen ihrer Schwester kannte sie ihn, aber in seinen war er neu.

»Ich wünschte, du hättest besser aufgepasst«, sagte Rea leise und seufzte.

Dann holte sie tief Luft, setzte wieder ihr Lächeln auf und wechselte in einen geschäftigeren Ton. »Wir können es nicht mehr ändern. Wenn der Rat kein Vertrauen mehr in dich hat, gibt es nichts mehr zu tun.«

Es gab *nichts* für sie zu tun. Luna krallte ihre Finger in ihren Rock, als könnte sie sich daran festhalten. Sie wollte gehen, weit, weit weg … oder auch nur in ihr Bett, weiter fort würde sie es ohnehin nicht schaffen.

»Weißt du, was die Hexer planen?«, fragte Rea.

Luna schüttelte den Kopf.

»Konntest du etwas über sie erfahren?«

Wieder schüttelte sie den Kopf. Nichts von Bedeutung.

»Weißt du irgendetwas über sie, was uns von Nutzen sein könnte?«

Luna machte sich nicht mehr die Mühe zu verneinen, Rea hatte schließlich kurz zuvor selbst festgestellt, dass sie zu nichts zu gebrauchen war. Sie spürte die Blicke brennend auf ihrer Haut, Reas, Syltains, aber auch Xyns und den der Leibwächterin. Sie hatte nicht nur sie, sie hatte ihr gesamtes Königreich in Gefahr gebracht …

Vermutlich wünschten sie sich in diesem Moment alle das Gleiche: dass sie nie an den Hof zurückgekehrt wäre.

6

Dunkelheit kroch aus den Ecken des Zimmers, legte sich über Lunas Bettdecke und quetschte ihre Brust zusammen. Die Luft wurde mit jedem Atemzug stickiger und drängte sich schwer in ihre Lunge, bis sie glaubte, ersticken zu müssen, gefangen zwischen ihren Laken und lebendig begraben, nichts als undurchdringliche Schwärze vor den Augen. Ihr Atem beschleunigte sich.

Sie versuchte, die Decke zurückzuschlagen, doch sie wickelte sich um ihr Handgelenk, klebte an ihr und hielt sie fest. Je fahriger Luna mit den Beinen strampelte und die Arme wand, desto enger wickelte die Decke sich um sie. Keuchend kämpfte sie sich ins Sitzen und schob sie mit einem letzten Tritt von sich. Ihre Brust hob und senkte sich hastig, während sie versuchte, zu Atem zu kommen und ihr bebendes Herz zu beruhigen. Selbst die Bettvorhänge schienen sich zu nähern, sich auf sie zuzubauschen und sie ersticken zu wollen. Luna sprang aus dem Bett.

Ihre Fußsohlen stachen unter der Kälte, die aus dem Steinboden bis in ihre Knochen sickerte, und die Nachtluft strich kühl über ihre nackten Beine. Sie hinterließ ein Kribbeln auf ihrer Haut.

Nichts hatte Luna früher so viel Frieden gebracht wie die Stunden in der nächtlichen Stille ihres Zimmers, doch davon war nichts mehr geblieben. Stumme Anklage lag in jedem fehlenden Geräusch und drückte auf ihre Trommelfelle.

Sie versuchte seit Stunden zu schlafen, doch die Nacht vor dem Fenster war durch die Ritzen im Mauerwerk gekrochen und hatte sich in ihr eingenistet, das spärliche Sternenlicht so wolkenverhangen wie die Gedanken in ihrem Kopf. Sie kreisten unablässig um eine Erinnerung, hatten sich darauf gestürzt und ihre Klauen in sie geschlagen, um sie jetzt unablässig zu wiederholen, auseinanderzureißen und Luna die schmerzhaftesten Stücke zu zeigen, wieder und wieder.

Sie erinnerte sich an eine lang vergangene Nacht, die Nacht, die alles verändert hatte, und während ihre Finger über den Rahmen des Bettes strichen, füllten die Schleier der Erinnerung ihr Zimmer.

Sie hatte in diesem Bett gelegen, damals, als ihr Traum zerbrochen war, zersplittert in unzählige Scherben, und hatte geweint. Es war das erste und es war das letzte Mal gewesen …

Zwei Jahre zuvor

Tränen schüttelten Lunas Körper, bis sie glaubte, keine Luft mehr zu bekommen. Die Muskeln über ihren Rippen krampften und würgten sie und ihr Kopf drohte bei jeder Bewegung zu explodieren. Die Tränen schmeckten salzig, so wie das Meer an den Klippen von Rox Taenn, wie ihr Zuhause. Sie wünschte sich dorthin, hoch auf eine der Palastmauern, wo der Wind an ihrem Haar und ihrem Kleid reißen und die Gedanken mit sich forttragen würde, doch sie war gefangen zwischen den stummen Mauern der Sommerresidenz. Selbst ihr Weinen war still, nur unterbrochen von den kurzen, abgehackten Geräuschen, die ihr Körper machte, wenn er nach Atem rang.

Luna umklammerte ihre Hände, die vor ihrem Gesicht auf dem

Kissen lagen, die Hand, die Syltain kurz zuvor fest in seiner gehalten hatte. Sie spürte noch immer seine Wärme. Ihre Finger zuckten, strichen über ihre Haut, so wie seine es getan hatten, und hinterließen ein Ziehen in ihrer Brust. Er würde sie nie wieder berühren. Dabei hatte er gesagt … Ein Wimmern rang sich aus Lunas Kehle. Syltain hatte sie festgehalten und gesagt, dass sie es schaffen konnten … dass sie eine Chance hatten … und das Schlimmste daran war, dass er es wirklich geglaubt hatte.

Luna umklammerte ihre Hand fester, presste sie zusammen, bis ihre Knöchel protestierten, als könnte sie so die Erinnerung auslöschen. Sie spürte Syltains Haut, die über ihre strich und ein verheißungsvolles Kribbeln hinterließ, das stumme Versprechen, dass sie zusammen mehr sein würden. Sie spürte seine Finger an ihrem Haaransatz, wie sie die gewellten Strähnen an ihren Schläfen nachzeichneten, seine Lippen auf ihrer Stirn und sie spürte das Brennen, das die Erinnerung in ihrer Brust hinterließ, eine tiefe, dunkle, brennende Leere, die aufbegehrte und ihre Zähne in sie grub.

Luna presste ihr Gesicht in ihr Kissen, als sich ihre Lippen zu einem stummen Schrei öffneten, doch auch, wenn ihr Atem schwand, er nahm den Schmerz aus ihrer Brust nicht mit sich.

Die Tür öffnete sich ohne ein Klopfzeichen, was niemals zuvor geschehen war und Lunas Aufmerksamkeit hätte fordern sollen, doch es kümmerte sie nicht. Sie drehte den Kopf nur weit genug, dass sie durch ihren Tränenschleier zur Tür blinzeln konnte.

Ihre Majestät betrat das Zimmer und die Zofe, die ihr geöffnet hatte, zog sich augenblicklich zurück. Ihre Majestät hatte Lunas Zimmer niemals aufgesucht, und sie hätte sich aufrichten und ihr Respekt erweisen müssen, die Tränen von ihren Wangen wischen und ihre Schwäche verstecken, doch sie hatte keine Kraft dafür. Sie hatte nicht einmal mehr die Kraft, auf die heißbrennende Scham in ihrem Inneren zu achten – sie alle wussten bereits, wie einfältig und schwach sie war, sie musste es nicht mehr verstecken.

Luna schloss die Augen wieder und nahm sie hin, ihre Demütigung und ihr Versagen, während Ihre Majestät die Schritte bis zum Bett machte und sich nach kurzem Zögern auf die Matratze sinken ließ. Luna musste sich anspannen, um nicht zur Seite zu rollen.

Ihre Finger zuckten. Sie wollte sich die Ohren zuhalten, wollte die Worte nicht hören, nach denen sich das Brennen in ihrer Brust bereits die Lippen leckte, doch sie umklammerte nur weiterhin fest ihre Hände vor ihrem Gesicht. Sie wollte, dass Ihre Majestät schwieg, doch sie würde Luna nicht so leicht entkommen lassen.

»Du hättest mit deinem Handeln sämtliche Verhandlungen zunichtemachen können«, sagte sie kühl.

Als Luna blinzelte, verschwammen ihre Hände vor ihren Augen und wurden nur langsam wieder klar. Sie richtete ihren Blick starr darauf und presste die Lippen zusammen, damit kein Ton herausschlüpfen konnte.

»Der Junge hat seiner Mutter ein lächerliches Ultimatum gestellt.« Ihre Majestät gab einen missbilligenden Ton von sich, kein Schnauben, aber ein lautes Ausatmen. »Wir können nur abwarten, wie sie reagiert, und hoffen, dass er sich beruhigt.«

Luna biss sich von innen in ihre Wange. Sie kniff die Augen zusammen und ignorierte die Tränen, die dabei aus ihrem Augenwinkel rannen, sich auf ihrer Nase sammelten und dann darüber tropften. Sie musste den Druck lenken, der sich in ihr aufbaute, bevor er in einem Wimmern herausbrach, das Ihre Majestät hören würde.

Syltain kämpfte noch für sie. Er war dumm genug zu glauben, dass sie noch eine Chance hatten, dabei hatten sie keine. Er musste sie aufgeben, und das schnell, sie durfte auf keinen Fall schuld daran sein, dass Rea und er nicht –

»Du musst aufmerksamer sein.«

Luna krallte ihre Hände zusammen, bis sich ihre Nägel in ihre Haut bohrten. Sie wollte nur, dass Ihre Majestät ging und sie allein ließ. Sie konnte ihre Stimme kaum ertragen.

»Du musst immer wissen, was andere um dich herum planen und was ihre Ziele sind … sonst bringst du uns alle in Gefahr. Erst recht, wenn es sich dabei um die Niemandslande handelt – sie sind unser Feind.«

Luna wollte ihr widersprechen, doch sie fand keine Kraft dazu. Syltain war nicht ihr Feind, Syltain war … Er war jetzt der Verlobte ihrer Schwester.

Luna wimmerte doch.

»Sie werden immer Feinde des Königreichs bleiben und daran ändert auch die Verlobung nichts … sofern sie uns nun noch erhalten bleibt.« Missbilligung und Sorge hallten in der Stimme ihrer Majestät mit, und die Leere in Luna labte sich an der neuen Schuld, die mit den Worten in ihre Brust sank. Sie war eine furchtbare Schwester.

»Reas Verlobung ist nur ein Symbol für den derzeitigen Waffenstillstand, doch das kann sich jederzeit ändern.«

Ihre Majestät legte ihre Hand über der Decke auf Lunas Bein, was sie vor Schreck zusammenzucken ließ. Zwar trennten sie noch immer dicke Lagen Stoff, aber Ihre Majestät hatte sie so lange nicht berührt, dass Luna sich nicht mehr daran erinnerte, wie sich ihre Berührung anfühlte.

In diesem Moment wurde ihr klar, wie sehr sie sie vermisste. Wie sehr sie die Mutter vermisste, die sie vor Jahren verloren hatte.

»So vorteilhaft diese Verlobung auch ist −«, fuhr Ihre Majestät mit eindringlicher Stimme fort. »− Reas Leben ist dadurch in größter Gefahr. Als Prinzessin Atheas musst du die Beweggründe der Menschen um dich herum zu jeder Zeit verstehen und vorhersagen können. Unser aller Leben erfüllen einen Zweck. Du musst deinen kennen. An diesem Hof ist kein Platz für Eigennutz.«

Luna versuchte, ihre Tränen zurückzuhalten, doch sie quollen hervor. Sie hatte ihnen nichts mehr entgegenzusetzen. Beinahe hätte sie ihrem Königreich etwas Schlechtes gebracht, nur weil sie so egoistisch gewesen war, zu glauben, dass sie etwas haben könnte, was ihr niemals zugestanden hatte.

In ihrer Erinnerung fuhren Syltains Finger an ihren entlang, sanft und vorsichtig, so als wollte er sie sich einprägen, um sie niemals zu vergessen. Er umklammerte ihr Handgelenk und zog sie an sich, als wollte er sie niemals wieder gehen lassen. Es hatte sich so richtig angefühlt, dass keiner von ihnen auch nur für einen Moment darüber nachgedacht hatte, wie falsch es war. Wie konnte sie noch sagen, was richtig und was falsch war?

Die Tränen hatten Lunas Kopf geklärt wie ein Gewitter die Luft. Ihr Kissen war feucht, aber sie konnte wieder klarer sehen.

Zum allerersten Mal hatte etwas Bedeutung gehabt. Syltain hatte ihr etwas bedeutet und sie ihm. Er war der Erste, mit dem sie sich zu träumen gewagt hatte, und für einen kurzen Moment hatte sie tatsächlich geglaubt, dass es einen Traum für sie gab. Er war der Erste, dem sie anvertraut hatte, dass sie etwas erreichen wollte. Mit ihm hatte sie zum ersten Mal das Gefühl gehabt, dass sie etwas erreichen **konnte**. Sie hatte nicht darüber nachgedacht, dass Rea viel geeigneter dafür war … Luna musste nichts erreichen. Rea würde das für ihr Königreich tun.

»Du denkst vielleicht, dass es dir bestimmt war, diesen Jungen zu heiraten, aber glaub mir, das ist es nicht«, sagte Ihre Majestät fest und bestimmt, doch gleichzeitig seltsam weich.

Ihre Hand lag noch immer über der Decke auf Lunas Bein, und trotz der Schichten zwischen ihnen, wollte Luna ihr Bein zurückziehen. Zum ersten Mal drehte sie den Kopf und versuchte, Ihre Majestät durch den Tränenschleier klar zu sehen.

»Was ist mir bestimmt?«, fragte sie erstickt.

Die Frage brannte auf ihrer Zunge und die Nacht in ihr erwartete die Antwort. Sie musste es wissen.

»Nun, fürs Erste ist es wohl besser, wenn du für einige Zeit nicht hier bist«, entgegnete Ihre Majestät. »Nicht in Reas Nähe.«

Lunas Tränen versiegten schlagartig.

Es war besser, wenn sie weit fort war, bevor sie noch mehr Fehler machte. Ihre Majestät hatte es nicht so klar ausgedrückt, aber sie musste es gemeint haben.

War das ihre Bestimmung? Anderen nicht im Weg zu sein?

Luna zog ihre Finger vom Holz des Bettgestells, als hätte sie sich verbrannt, und umklammerte sie vor ihrer Brust. Die Erinnerung hing so lebendig im Zimmer, dass sie sie auf ihrer Haut spürte.

Sie war in dieser Nacht noch vor dem Morgengrauen zur Akademie der Zauberer nach Arsarca aufgebrochen und Syltain ... Er hatte sie gehen lassen. Auch wenn sie sich vielleicht etwas anderes gewünscht hatten, sie waren beide an Höfen aufgewachsen, in dem Wissen, dass ihre Zukunft an einem Ratstisch entschieden werden würde. Sie beide hatten ihren Frieden damit gemacht.

Zumindest Syltain. Rea und er schienen Vertrauen aufgebaut zu haben, es strahlte in ihren Blicken und leuchtete aus dem Abstand zwischen ihnen, der immer ein wenig kleiner war als zu den übrigen Ratsmitgliedern. Luna hatte versucht, nicht darauf zu achten, aber es war das Erste, was ihr ins Auge fiel, wann immer sie Rea anblickte. Wann immer sie Rea sah, sah sie auch Syltain.

Luna hatte geglaubt, sie hätte ihren Frieden damit gemacht, aber seit sie ihren Fuß auf den Kies des Innenhofs gesetzt hatte, seit er ihr aus den Toren der Residenz entgegengekommen war ... Sie hatte den Krieg in ihrem Inneren nur verleugnet, doch jetzt brandete er auf, schaukelte sich in ihr hoch wie die Wellen an den Klippen Rox Taenns und ließ ihr Herz beben.

Luna presste sich die Hände auf die Ohren, um das Rauschen darin zu dämpfen, doch es schwoll nur an. Die Wände kamen näher, die Kälte des Bodens kroch in ihre Knochen und die Schwärze der Nacht wollte sie erdrücken. Sie musste raus, raus aus diesem Zimmer, fort von ihrer Erinnerung.

Luna riss ihren Morgenmantel von dem Stuhl in der Ecke und warf ihn sich über ihre Schultern, während sie bereits zur Tür stürmte. Sie hatte den Knoten vor ihrem Bauch noch nicht gebunden, als sie sie aufriss.

Ael fuhr zusammen und machte einen Schritt in den Gang hinein. Er hatte an der Wand gelehnt, doch jetzt blickte er Luna mit aufgerissenen Augen an, eine Hand an seinem Schwertgriff.

»Ist alles in Ordnung?«, fragte er besorgt und versuchte, an ihr vorbei in den Raum zu spähen.

Das dämmrige Licht der Fackeln huschte über sein Gesicht und ließ seine strubbeligen Haare warm glänzen. Es reichte, um die Dunkelheit in Luna zurückzudrängen.

Sie richtete sich auf und versuchte sich an einem zaghaften Lächeln. »Entschuldige«, sagte sie, auch wenn sie sich nicht entschuldigen sollte. »Ich wollte nur …«

Erklären sollte sie sich auch nicht. Luna seufzte leise, korrigierte den Sitz ihres Morgenmantels und deutete vage den Gang hinunter. »Können wir ein paar Schritte gehen?«

»Natürlich.« Ael nickte und ließ ihr unverzüglich den Vortritt, um sich dann an ihre Fersen zu heften. Er fragte nicht, er schien sich nicht einmal über ihren Auftritt zu wundern.

Luna warf einen vorsichtigen Blick über ihre Schulter. Vielleicht kannte er sie auch, die Alpträume, die in der Dunkelheit lauerten.

Sie hatte nicht erwartet, dass Xyn ihr ausgerechnet Ael zuweisen würde, nachdem er bei der Bewachung Ihrer verstorbenen Majestät versagt hatte, aber sie fühlte sich in seiner Gegenwart nicht weniger sicher, eher ganz im Gegenteil. Vielleicht konnte sie seine zweite Chance sein. Er hatte sie mit Sicherheit verdient.

Ael hielt sich wacker nach dem Tod des Gardisten, mit dem er gemeinsam hätte Wache halten sollen. Falls er trauerte oder sich schuldig fühlte, ließ er es sich nicht anmerken, und Luna kannte ihn nicht gut genug, um hinter seine Fassade sehen zu können.

»Ist er schon beerdigt?«, fragte sie leise, so als könnte sie das stumme Schloss aufwecken, falls sie zu laut sprach. »Der Gardist?«

Ael hinter ihr nickte. »Für jeden von uns gibt es ein Grab an einer Stelle an den Klippen. Der Hauptmann hat sich darum gekümmert, dass Drej dort hingebracht wird.«

Er schwieg, während sie in einen Seitengang abbogen. Luna wählte an jeder Abzweigung jeweils den schmaleren und weniger ausgeleuchteten Weg, so wie sie es auch als Kind immer wieder getan hatte. Mit ein wenig Glück konnte man so eine ganze Weile so tun, als wäre man allein im Schloss.

»Das ist das Erste, was der Hauptmann die Neuen bei uns machen lässt ...«, fügte Ael leise und zögerlich hinzu, so als wisperte er seine Gedanken nur vor sich hin. »... unser Grab ausheben.«

Luna blieb wie angewurzelt stehen und drehte sich zu ihm herum. Aels Augen weiteten sich und auch er stoppte so abrupt, dass er kurz schwankte, während er sich beeilte, einen Schritt zurückzumachen und wieder ausreichend Abstand zwischen sie zu bringen.

»Das ist grausam«, war alles, was Luna hervorbrachte, doch Ael zuckte nur mit den Schultern.

»Immerhin haben wir ein Grab, das hat nicht jeder. Viele von uns hätten vielleicht gar keins, wenn wir in der Stadt geblieben wären.« Er sagte es vollkommen unberührt, beinahe dankbar. Nein, er *war* dankbar.

Ihre verstorbene Majestät hatte für die Garde Jungen aus den Straßen rekrutiert, Waisen ohne ein Zuhause, fast noch Kinder, die nichts zu verlieren hatten, und ihnen Kost und Unterkunft geboten. Ein grausames Konzept, aber es hatte Ihrer Majestät gute Dienste geleistet.

»Der Hauptmann sagt immer, wir haben nur unser Leben, also müssen wir es geben.« Aels Brust war vor Stolz geschwellt.

Luna schluckte schwer, ihr Mund ganz trocken, während sie nach einer Erwiderung suchte, doch Ael nahm sie ihr ab.

»Das ist in Ordnung«, sagte er, beinahe als wollte er sie trösten. »In der Stadt wäre ich längst tot.«

»Das tut mir leid«, flüsterte Luna.

Ael schien nicht recht zu wissen, wie er darauf reagieren sollte. Er fuhr sich mit einer Hand durchs Haar, sodass es in alle Richtungen abstand. Ihr beider Schweigen wirkte seltsam beklommen, beinahe unbeholfen, und so richtete Luna sich auf und setzte ihren Weg fort. Mit einem Mal schienen ihre Füße auf den Steinfliesen seltsam nackt. Sie versuchte, neben Ael zu gehen, doch immer, wenn sie ihren Schritt verlangsamte, blieb auch er weiter zurück, blieb einen halben Schritt hinter ihr.

»Kanntest du ihn gut?«, fragte Luna leise. »Den anderen Gardisten?«

Wieder zögerte Ael. Im dunklen Schatten der Fackeln sah es aus, als hätte er einen Schlag in den Magen bekommen.

»Er war wie ein Bruder«, gestand er leise.

Ein dumpfes Ziehen ging durch Lunas Bauch, während sie nach Worten suchte, und sie doch nicht fand. Aels Blick lag auf ihren Augen, doch er sah durch sie hindurch, der Schatten in seinem Gesicht die Trauer, auf die sie in sich selbst so vergeblich wartete.

»Der Hauptmann sagt immer, wir sollen nicht anfangen, einander zu mögen …«, sagte Ael leise. »Ich glaub', ich verstehe jetzt, warum.«

Luna schüttelte den Kopf. Xyn hatte immer gewirkt, als würde ihm die Garde etwas bedeuten, selbst als er noch kein Hauptmann, als er noch einer von ihnen, gewesen war. Er hatte gewirkt, als würden die anderen Jungen ihm etwas bedeuten.

Ael lachte leise. Es war ein heiteres Geräusch, das den Gang zu erhellen schien, zu heiter für die Worte, die er kurz zuvor noch benutzt hatte.

»Er ist ein Heuchler, wisst Ihr?«, raunte er ihr zu, als würde er ihr ein Geheimnis verraten, und riss im selben Moment die Augen auf. »Ihr erzählt ihm nicht, dass ich das gesagt habe, oder?«

Luna beeilte sich, den Kopf zu schütteln, und er wirkte daraufhin tatsächlich erleichtert.

»Ich meine nur, er würde für jeden von uns sterben«, beeilte Ael sich zu erklären.

Luna erwiderte sein Lächeln. Er schätzte Xyn, das klang

aus jeder Silbe.

»Die anderen Jungen, halten sie sich daran?«, fragte sie. »… sich nicht zu mögen, meine ich.«

Ael zuckte die Schultern. »Wir stellen keine Fragen. Ist auch besser so.«

»Ist es das?«

Es musste einsam sein, wenn sie so verschlossen blieben. Dieses Gefühl kannte Luna nur zu gut, doch sie sagte nichts weiter dazu … Denn Ael hatte recht – es war besser für sie alle, wenn sie weniger wussten. Die Stimme Ihrer verstorbenen Majestät in ihrem Kopf strafte sie Lügen, genau wie das Ziehen in ihrem Bauch, aber sie ignorierte sie.

Lunas nackte Zehen tappten über die Fliesen, inzwischen ganz taub von der Kälte, und sie wickelte sich tiefer in ihren Morgenmantel.

Sie hatten die Seite der Residenz erreicht, die in den Innenhof hinausführte, wo sich die Gänge verbreiterten und das Mondlicht durch die langen Fensterfronten einließen. Der Wind hatte die Wolken vertrieben und unzählige Sterne tauchten sie in ihr Licht.

Luna streckte ihre Hand in Richtung der Fensterscheiben und meinte fast, den Windzug draußen spüren zu können, dabei ließ sich keines der Fenster öffnen. Sie hatte viele Sommer durch das Glas gesehen und die unzähligen Blüten in den Hecken davor gezählt, die seit ihrem letzten Besuch vollständig verwelkt waren.

Luna stockte vor einer großen, hölzernen Tür. Ihre Füße hatten sie ohne das Zutun ihres Kopfes hierhergeführt, zu dem Ballsaal, in dem Syltain und sie …

Zu dem Ballsaal, in dem sie vor wenigen Tagen auf der Eröffnungsfeier des Magiefests zum ersten Mal der Hexerin begegnet war, in dem diese einen Platz für die Hexer im Rat gefordert hatte.

Luna machte einen Schritt auf die Tür zu, dann einen weiteren. Ihre Finger strichen über das Ornament auf dem Holz, bevor sie die Tür einen Spaltbreit aufdrückte.

Der gesamte Saal war mit Blumengirlanden geschmückt, die sich von einer Säule zur nächsten zogen und sich in der gewaltigen Fensterfront am Ende des Saals spiegelten, doch Lunas Blick blieb an der Gestalt vor dem Fenster hängen. Er war der Letzte, den sie in dieser Nacht sehen wollte …

Syltain.

7

Das Mondlicht warf Syltains Schatten über die weißen Marmorfliesen bis zu den Stufen, die von der leicht erhöhten Empore hinab auf die eigentliche Tanzfläche des Ballsaals führten. Er saß auf dem Hocker der übermannshohen Orgel, die sich in der Seitenwand des Raumes versteckte, die Hände zu den Tasten gestreckt, doch er spielte nicht. In der Stille der Nacht tanzten kleine Mondflecke durch den Saal, dort, wo sich das Licht in den Kristallen des gewaltigen Kronleuchters brach.

Luna machte einen Schritt rückwärts und wollte die Tür leise wieder zufallen lassen, doch Syltain hatte sie bereits entdeckt. Sein Gesicht hellte sich auf, als er sich umwandte, und es war, als ob sein Blick vom anderen Ende des Saals jegliche Distanz zwischen ihnen überwand.

»Noch eine Nachtwandlerin …«, sagte er leise und seine Stimme schwebte durch den leeren Ballsaal auf sie zu.

Er hatte seinen Gehrock geöffnet, den Krawattenschal abgelegt und sein Hemd aus der Hose gezogen. Die Schnürung hing offen über seiner Brust und seine sonst so ordentlich zurückgekämmten Haarsträhnen hatten sich gelöst und fielen in seine Stirn.

»Prinzessin.«

Luna machte einen Satz zur Seite, als die Stimme der Leibwächterin dicht neben ihr erklang, und beinahe entwich ihr ein erschrockener Ton, den sie nur im letzten Moment zurückhalten konnte. Ihr Herz raste, als wollte es aus ihrer Brust springen.

Ael war neben ihr durch die Tür geschlüpft, sodass sie nun gemeinsam auf die Leibwächterin starrten, die sich von der Wand neben der Tür abstieß und ihnen mit verschränkten Armen entgegenblickte. Sie hatte ihre rüstungsartige Kleidung vom Tag gegen eine weitfallende Hose getauscht, und Schatten von Haar zeichneten sich auf ihrer Kopfhaut ab, die am nächsten Morgen wieder verschwunden sein würden. Ihr Blick glitt von Luna und Ael zu Syltain und begann mit ihm ein stummes Wortgefecht. Sie schürzte die Lippen und kniff die Augen zusammen, während Syltain nur die Brauen hob.

Er schien zu gewinnen. Die Leibwächterin schnalzte mit der Zunge, bevor sie sich nach einem letzten, abwertenden Blick auf Luna an Ael vorbei aus der Tür drückte. Von ihr blieb nur der herbe Duft von Wolle und warmer Haut, gemischt mit einem scharfen, süßen Gewürz, das Luna nicht genauer benennen konnte, doch dessen Geschmack auf ihrer Zunge lag. Sie stand noch immer unschlüssig auf der Türschwelle, während es sie gleichzeitig in den Raum hineinsog und herausstieß.

»Lässt du uns allein?«, wisperte sie schließlich an Ael gewandt, ohne zu ihm herüberzusehen. Syltain hatte ihren Blick gefangen und er ließ sie nicht mehr gehen.

Ael zögerte und schien etwas sagen zu wollen, beinahe mit den Worten zu kämpfen, doch er blieb stumm und folgte ihrem Befehl. Die Tür fiel mit einem dumpfen Geräusch hinter ihm ins Schloss.

Luna ließ sich gegen das kühle Holz sinken, während ihre Hand an ihren Hals fuhr, an die Stelle unter ihrem Schlüsselbein, um sich dem beruhigenden Gewicht ihres Amuletts zu versichern. Ihre Finger streiften wieder nur nackte Haut.

Sie wollte gehen, sie *sollte* gehen, doch stattdessen klebte ihr Blick auf den Stufen zur Empore.

Jegliche Spannung hatte Syltains Körper verlassen, seit sie allein waren. Er hatte sich nach vorn gelehnt und stützte seine Ellenbogen auf seine Knie, doch er blickte noch immer in ihre Richtung.

»Was hält dich wach?«, fragte er leise und die Besorgnis in seinen Worten quetschte Lunas Herz zusammen.

Es kostete sie Überwindung, sich von dem Holz abzustoßen und über den kalten Boden zu ihm hinüber ans Fenster zu tapsen. Mit jedem Schritt schien der Saal länger zu werden. Luna zögerte, einen Fuß auf der Stufe zur Empore, und entschied sich für die Wahrheit, zumindest für den leichteren Teil davon.

»Hier hat die Hexerin –« Sie trat die Stufen hinauf. »– einen Platz im Rat gefordert und ich frage mich …«

Wann war das Attentat auf Ihre Majestät vorbereitet worden? Als die Hexerin den Ball besucht hatte, musste sie das Attentat auf die Königin längst geplant haben, dieses Attentat, das alle Chancen auf friedliche Verhandlungen zunichtemachen würde. Ein solcher Plan musste detailliert ausgearbeitet und vorbereitet worden sein, vielleicht sogar über Jahre.

Vielleicht war es ihre Alternative gewesen, die Alternative, falls man ihr den Platz im Rat nicht gewähren würde … und sie *hatten* ihn ihr nicht gewährt. Meisterin Margo hatte ihr eine Chance geben wollen, den versammelten Adeligen zu zeigen, dass die Hexer dieses Mal mit guten Absichten kamen, hatte sie gebeten, einen kleinen, kranken Jungen zu heilen … doch stattdessen hatte die Hexerin ihn getötet. Bei der Erinnerung stieg Übelkeit in Lunas Hals.

In den Verliesen der Akademie hatte die Hexerin ihr anvertraut, dass Meisterin Margo ihn vergiftet hätte – das selbst glaubte Luna ihr nicht, aber vielleicht hatte sie den Jungen nicht mit Absicht getötet.

»Auf dem Magiefest?«, riss Syltain sie aus ihren Gedanken. »Die Hexerin hat einen Platz im Rat gefordert?«

Er stand auf, als sie die Stufen hinaufkam. Das Mondlicht warf harte Schatten auf sein Gesicht, über seine Wangen, seine Augen und Lippen. Es war Jahre her, dass er ihr so nah gewesen war. Lunas Innerstes zog sich zusammen, ihr Magen flatterte seltsam leicht und sie musste sich zwingen, den Blick abzuwenden, um zu nicken.

Was wäre geschehen, wenn sie der Hexerin den Platz im Rat gegeben hätten? Würde Ihre Majestät noch leben, wenn sie mehr gewusst hätte? Müssten Charlyn und die Zauberer unter Meisterin Margo dann nicht in diesen Kampf ziehen?

»Ich frage mich, ob ich es hätte verhindern können«, wisperte Luna leise.

Sie wandte sich der Nacht vor dem Fenster zu, den Rosensträuchern, die sich an der Mauer hinaufwanden, die sie von der Stadt abschirmte. Hätte sie es verhindern *müssen* als Abgesandte ihrer Familie?

Finger strichen über die Außenkante ihrer Hand, nur der Hauch einer Berührung in der unbewegten Nachtluft, so sanft, dass sie beide ihre Hände zurückzogen und so taten, als wäre es ein Versehen gewesen.

»Was wolltest du in der Zelle der Hexerin?«, fragte Syltain vorsichtig. »In der Akademie?«

Er gab sich Mühe, dass seine Worte nicht wie ein Vorwurf klangen, doch er schaffte es nicht. Luna stieß ihren Atem aus, als sich ihre Rippen zusammenzogen.

»Ich dachte, wir können vielleicht etwas über ihre Pläne erfahren … verstehen, was sie erreichen will«, gestand sie leise.

Vor Syltain musste sie keine Geheimnisse haben. Sie zog die Augenbrauen zusammen. Sie *hatte* keine gehabt, aber das war ein Fehler gewesen. Sie musste aufmerksamer sein.

»Ich glaube nicht, dass es die Hexerin war«, wisperte Syltain. Er fing ihren Blick auf und hielt ihn unnachgiebig fest, als ihr Kopf vor Überraschung nach oben ruckte. »Ich glaube nicht, dass du es hättest aufhalten können.«

Luna wollte ihm glauben, doch sie konnte die Zweifel in ihrem Kopf nicht zum Verstummen bringen. Der Rat war überzeugt davon, dass die Hexer das Attentat verübt hatten, und das war die einzig logische Schlussfolgerung. Das gesamte Königreich hatte Ihre Majestät geliebt. Ihre *Goldkönigin*. Niemand hätte ihr je auch nur irgendetwas Schlechtes gewollt, schließlich hatte sie Athea in die Blüte der Geschichte geführt. Doch auch die Frostkönigin hatte bereits angedeutet, dass sie die Hexer für unschuldig hielt …

Luna biss sich auf die Zunge, bevor sie schließlich doch fragte: »Ihr denkt tatsächlich, dass die Hexer unschuldig sind?«

Syltain zog die Augenbrauen zusammen und entgegnete vage: »Ich denke, dass ein Urteil schnell gefällt ist.«

»›*So wie vor zwanzig Jahren*‹?«, wiederholte Luna das, was die Frostkönigin in der Ratssitzung gesagt hatte. »Weißt du, was deine Mutter damit gemeint hat?«

Syltain schwieg. Schatten der Büsche tanzten über sein Gesicht und huschten über die Strähnen, die auf den Sommersprossen auf seinen Wangenknochen aufsetzten.

»Das spielt keine Rolle mehr«, entgegnete er tonlos und seufzte leise. »Der Rat hat sich der Auslöschung der Hexer verschrieben.«

Zwar hatten die Niemandslande sich vom Königreich abgespalten, bevor die Schreckenstaten der Hexer, der Hundert, ihren Höhepunkt erreicht hatten, doch es war, als ob das Grauen, das Athea erschüttert hatte, vollkommen an ihnen vorbeigegangen wäre. Für sie war das unbegreiflich.

»Es klang heute Nachmittag beinahe, als ob der Rat deshalb auch euch verdächtigt«, sagte Luna vorsichtig.

Syltain schloss die Augen, schnaubte und fuhr sich durchs Haar, wobei er den Kopf zur Seite legte, als wollte er seinen steifen Nacken lockern.

»Für den Rat ist es gefundenes Fressen«, schnaubte er. »Sie würden alles tun, um uns fortzubekommen.«

»Das ist nicht wahr«, widersprach Luna sanft.

Der Rat war vielleicht vorsichtig und wachsam, aber er unterstützte die Entscheidung Ihrer verstorbenen Majestät, und wenn sie sich entschieden hatte, dass die Verlobung zwischen Rea und Syltain das Beste für Athea war, würde der Rat dem Folge leisten.

Syltain schnaubte nur.

»Ich hatte gehofft, du könntest sie davon überzeugen, dass das Unsinn ist«, gestand er.

Mit einem Mal sah er müde aus. Kleine Falten hatten sich zwischen seinen Augenbrauen gebildet, die Lunas Finger glätten wollten, doch sie beherrschte sich.

»Du warst meine Hoffnung.«

Sie wollte atmen, doch die Luft in ihrer Lunge fehlte. Sie hatte versagt, – das Gefühl kannte sie –, doch das hier war anders. Es war seine Stimme, ihr warmer Klang und die Rauheit darin, die wie Leder über ihre Haut strich. Sie *war* sein gewesen … seine Hoffnung? Diese Hoffnung war schon lange vorher gestorben.

»Es tut mir leid«, brachte Luna erstickt hervor und fügte sich der schmerzhaften Wahrheit. »Ich kann nichts mehr tun.«

Sie wünschte wirklich, sie könnte ihm helfen. Diese Untätigkeit, die sie in ihren Fesseln hielt, quetschte alles Leben aus ihr, tötete sie langsam und träge. Gleichzeitig hörte Luna die Worte Ihrer verstorbenen Majestät in ihrem Kopf, die sie erinnerten, dass die Niemandslande immer ihr Feind bleiben würden.

Syltain blickte bei dem Tonfall in ihrer Stimme auf und streckte seine Hand aus, langsam genug, dass sie zurückweichen konnte. Ihre Füße klebten auf dem Boden, doch sie schaffte es, einen Schritt von ihm fortzumachen. Sie musste ihm eine Frage stellen, auch, wenn sie sich davor scheute … sie durfte nicht weiter unaufmerksam sein.

»Warum ist deine Mutter angereist?«, fragte sie.

Syltain schnaubte und warf seinen Kopf dabei in den Nacken. Seine Haarsträhnen fielen zurück in seine Stirn, unordentlich, und er verengte die Augen, als er sie wieder ansah. »Verdächtigst du uns auch?«, fragte er, plötzlich wachsam.

Lunas Augen weiteten sich, bevor sie sich beeilte, den Kopf zu schütteln. »Nein, ich –«

Wieder hörte sie die Worte Ihrer verstorbenen Majestät, unterbrach sich und schluckte schwer. Sie musste wachsam bleiben.

»Ich habe ihr geschrieben, als die Hexerin aufgetaucht ist, dachte, sie könnte vielleicht Gespräche mit Ihrer verstorbenen Majestät eröffnen, berichten, wie die Hexer bei uns leben«, erklärte er. Seine Lippen verzogen sich zu einem schiefen, freudlosen Lächeln. »Aber dafür kam sie zu spät. Sie ist am Morgen nach dem Attentat angereist.«

Seine letzten Worte hatte er vorsichtiger gesagt, leiser, und sie dabei nicht aus den Augen gelassen.

»Ihr wolltet Gespräche eröffnen?«, fragte Luna schwach.

Es war so anders als ihr Ansatz, so weit entfernt von dem Punkt, an den Meisterin Margo und der Rat gelangt waren. Syltain zuckte die Schultern und seine Lippen verschwanden in einem dünnen Strich.

»Sie leben bei uns so friedvoll …« Er sagte es leise, vorsichtig, so als wäre allein das ein Wagnis. »Gewalt ist niemandem angeboren.«

… dann hatten die Hexer in Athea sich dafür entschieden. Luna fasste wieder an ihren Hals, doch diesmal erinnerte sie sich schon bei der Bewegung, dass es sinnlos war. Charlyn musste einfach in Ordnung sein. Ihre Finger strichen über ihre Haut, die Erhebung ihres Schlüsselbeins, und dann den Kragen ihres Morgenmantels entlang bis zu der Spitze ihres Nachthemds. Syltains Blick folgte ihren Fingerspitzen. Plötzlich wurde sie sich wieder bewusst, wie wenig sie trug.

»Weißt du, wo der Rückzugsort der Hexer ist?« Syltain

kam näher und sein Blick hob sich wieder zu ihren Augen, eisblau, hell und fesselnd wie die Oberfläche eines stillen Sees.

Sein Parfüm stieg in ihre Nase, ein rauer Duft, wie sie ihn noch an niemand anderem gerochen hatte, der Geruch von Leder und Pergament … von Geborgenheit. Er erinnerte sie an alles, was sie vergessen wollte … Doch bei seiner Frage stieg auch die Erinnerung an die Zellen wieder in ihr auf und vermischte sich mit seinem Geruch, feuchter Moder, Schlamm und Blut. Luna hörte noch einmal die Schreie und das Stottern der Hexerin.

»In den Wäldern«, gab sie wieder.

»Wo genau?« Syltain kam noch näher, bis sie sein Gesicht nicht mehr mit einem Blick erfassen konnte. Ihre Augen huschten zwischen seinen hin und her, während er sie ansah, das leise Drängen seiner Stimme auch in seinem Blick.

Luna erzählte ihm, was die Hexerin Meisterin Margo erzählt hatte, doch sie setzte hinterher: »… warum fragst du?«

Syltain zog seine Unterlippe zwischen seine Zähne. Seine Augen huschten unruhig über ihr Gesicht, und Luna war sich sicher, dass er eine Karte in seinem Kopf malte, den Unterschlupf der Hexer dort zu verorten versuchte.

Seine Stimme klang besorgt, als er feststellte: »Das ist nah an unserem Land.«

»In den Nie–?« Luna erstarrte.

Syltain hasste diese Bezeichnung. ›Für das Königreich waren wir immer *niemand*‹, hatte er ihr früher einmal gesagt. Zuvor waren es für Luna immer nur Worte gewesen, sie hatte nie über diese Bezeichnung nachgedacht, nie überlegt, was sie tatsächlich bedeutete, doch für Syltain waren sie die ›Nordlande‹ und Luna hatte es übernommen. Jedes Mal, wenn ihr Finger in den vergangenen Jahren an der Akademie in ihren Geschichtsbüchern über das Wort ›Niemandslande‹ gestrichen war, hatte es ihrem Herz einen Stich versetzt.

»In den *Nordlanden* werden die Hexer doch aber nicht verfolgt?«, korrigierte sie sich. Warum also bereiteten ihm Hexer an ihrer Grenze Sorge?

Syltain blinzelte, als hätten ihre Worte ihn aus seinen Gedanken geholt. »Das nicht, aber sie könnten gewaltbereit sein.«

Er wirkte ernsthaft beunruhigt, so wie seine Augenbrauen zueinander zuckten. Luna wollte ihre Finger nach ihm ausstrecken, aber sie hielt sich davon ab. Sie spürte die gleiche Unruhe in ihrem Bauch.

»Sie werden sie bald finden.« Vielleicht sprach sie ihm damit Mut zu, vielleicht nur sich selbst.

Syltain schien nicht beruhigt.

Wieder strich Luna über ihren Hals, über die Stelle, an der ihr Amulett liegen sollte. Wenn sie sie fanden, würde Charlyn der Hexerin gegenüberstehen … vielleicht riskierte sie in diesem Moment bereits ihr Leben für das Wohl des Königreichs.

Luna zögerte, atemlos, die Worte bereits auf ihren Lippen, doch es kostete sie Überwindung, sie auszusprechen. Sie waren eine trostlose Wahrheit, vor der Syltain sich seit jeher gewehrt hatte. Die Hexerin hatte allein in den letzten Tagen einen kleinen Jungen vor den Augen des Adels getötet, sie hatte den Tempel von Arenja zerstört und Feuer in der Akademie von Arsarca gelegt. Zusammen mit dem Attentat auf Ihre Majestät hatte sie dem Königreich in wenigen Tagen mehr Grauen gebracht, als es in Jahrhunderten sehen sollte.

»Vielleicht ist das der einzige Weg …«, flüsterte Luna. »… sie zu verfolgen.«

Syltains Augen glommen auf. Jegliches Leben war aus seiner Stimme gewichen und auch seine Haltung hatte sich verändert. Er stand so starr vor ihr wie die Säulen zu beiden Seiten des Saals.

»Als wir das letzte Mal gesprochen haben, hattest du noch eine andere Meinung«, entgegnete er rau.

Als sie das letzte Mal gesprochen hatten, war alles anders gewesen … War *sie* anders gewesen. Nichts von dem, worüber sie gesprochen hatten, hatte noch Bedeutung. Nichts davon war mehr *richtig*.

Luna entgegnete nichts, sie blickte ihn nur stumm an und beobachtete, wie dieselbe Erkenntnis auch in seinen Augen aufblühte. Sie konnten sich vor der Wahrheit und der Realität nicht schützen.

»Sie werden Zauberer in die Nordlande schicken«, sagte Syltain schließlich leise und verzog das Gesicht, als bereitete ihm dieses Zugeständnis körperliche Schmerzen.

Die Nordlande hatten dem zugestimmt? Ein flaues Gefühl breitete sich in Lunas Magen aus. Das bedeutete, dass noch mehr Zauberer so wie Meisterin Margo und Charlyn ausziehen mussten, dass sich noch mehr von ihnen in Gefahr bringen würden.

Dann wurde ihr klar, was es *tatsächlich* bedeutete … Die Nordlande hatten dem nicht ohne Grund zugestimmt. Das flaue Gefühl in Lunas Magen wandelte sich in Übelkeit.

»Das heißt, ihr heiratet?«, fragte sie erstickt.

8

L iebst du sie?«
Luna riss die Augen auf, entsetzt, dass die Frage über ihre Lippen geschlüpft war … Dabei kannte sie die Antwort bereits, hatte sie gesehen in den kleinen Bewegungen, die sie zueinander machten, in den Berührungen, die sie selbst wohl gar nicht bemerkten. Sie hatte es nur nicht wahrhaben wollen.

»Es hängt viel von uns ab«, entgegnete Syltain leise, beinahe schüchtern.

Lunas Herz wimmerte. Es war ein ›Uns‹, das sie nicht mit einschloss. Ärgerlich schob sie den Gedanken beiseite und fragte stattdessen: »Was meinst du damit?«

Syltain antwortete nicht, aber sie verstand auch so. An Rea und ihm hing der Frieden des Königreichs mit den Nordlanden, eine Chance, sich zu verbinden, die sie nie hätte bieten können.

Luna wandte den Kopf zu der anderen Seite der Empore und sah sich selbst, Jahre zuvor. Syltain hatte ihre Hand gehalten, als sie vor ihre Mütter getreten waren, beide so voller Hoffnung, nur um sie splittern zu sehen. Sie hatten noch kein Wort gesagt, als ihre Mütter ihnen offenbarten, dass sie die Verlobung beschlossen hatten … Syltains Verlobung mit Rea. Nicht mit ihr.

Luna blickte auf ihre eigene Einfältigkeit, ihre Unaufmerksamkeit, ihre Anmaßung, so etwas Bedeutendes beeinflussen zu wollen. Sie hatte auch daran gedacht, als die Hexerin in diesem Ballsaal vor ihr gestanden hatte, statt sich auf sie zu konzentrieren. Sie war unaufmerksam gewesen, damals wie heute – und jetzt war Ihre Majestät tot.

In Syltains Augen schienen dieselben Schatten zu hängen oder zumindest wollte Luna es sich einbilden. Seine Hochzeit … Ein seltsames Gefühl hatte sich in ihrem Bauch ausgebreitet. Sie wollte ihn fragen, was er davon hielt, wie er dazu stand, aber sie fand nicht die richtigen Worte. Es war seltsam, ihm all diese Fragen nicht stellen zu können.

Sie hatte nicht erwartet, dass Rea dem zum aktuellen Zeitpunkt zustimmen würde – der Rat riet ihr sicherlich davon ab, so skeptisch, wie sie den Nordlanden gegenüber waren.

»Luna …«, riss Syltain sie aus ihren Gedanken. Er sagte nichts weiter, aber sie spürte seinen Blick auf ihren Wangen.

Widerwillig hob sie den Kopf. Seine Augen bohrten sich in ihre und sein Blick wurde weich. Eine seiner Haarsträhnen hatte sich in seinen Wimpern verfangen und zuckte mit jedem Blinzeln. Luna hielt den Atem an und wartete angespannt darauf, was er ihr zu sagen hatte, dabei wusste sie bereits, dass sie es nicht hören wollte.

»Ich muss mich bei dir entschuldigen«, flüsterte Syltain.

Sie ignorierte seine Worte, ließ sie fortwehen wie den Nachtwind in den Rosensträuchern vor dem Fenster, und blickte ihn nur weiter an, während sie beobachtete, wie seine Augen flackerten. Da war wieder dieses Gefühl in ihrem Bauch, ein seltsames Flattern, das ihren Atem schneller gehen ließ.

Ein Windhauch strich über ihre Hand, dort, wo seine Finger sich nach ihren streckten und sich auf ihre Haut legten. Seine Wärme umfing sie, während er sie hielt und seine Finger fest mit ihren verschränkte.

Schweigen breitete sich zwischen ihnen aus, ein Schweigen, in dem er sie eingehend musterte und sie sich unter seinem Blick wand. Niemand sah sie an, nicht länger als es brauchte, um zu verstehen, wer sie war, und den Blick zu senken. Man wartete, bis sie sich umgedreht hatte, bevor man sie anstarrte.

Als wäre der Boden gekippt, zog es sie vorwärts, zog es sie auf Syltain zu. Sie wollte einen Schritt zurück machen, fort von ihm, aber ihre Finger lagen noch immer in seinen und das Funkeln der Sterne spiegelte sich in seinen Augen.

»Ich weiß nicht, was ich tun soll …«, gestand er kaum hörbar.

Luna konnte ihn nur wortlos anstarren, seine Lippen, die sich unter jedem gewisperten Wort bewegten, während sich seine Hand zart wie ein Windhauch in der stillen Luft an ihr Kinn legte und sein Daumen neben ihrem Mundwinkel über ihre Haut strich. Ihr Blick schoss wieder hinauf zu seinen Augen, doch er selbst sah hinab auf seine Finger und verfolgte die Linie, die er nachzeichnete.

Dann senkte er seinen Kopf, langsam, zögerlich. Sein Atem strich über ihre geöffneten Lippen und die Luft zwischen ihnen flimmerte, überwand den Raum und sprang durch die Zeit. Zwei Jahre ihres Lebens verschwanden in einem Wimpernschlag.

Ihre verschränkten Finger fielen herab, ohne einander loszulassen, und die Bewegung weckte sie auf. Luna machte einen Schritt zurück, brach, was auch immer zwischen ihnen geschwebt hatte, und es verschwand in der Leere des Ballsaals. Sie räusperte sich. Ihr Blick huschte durch den Raum, aber er fand nichts, auf das er sich fokussieren konnte, nichts, außer Syltain.

Er rührte sich nicht, er stand noch immer dicht vor ihr, doch sie mied seinen Blick. Ihre Gedanken rasten, ohne dass sie einen zu fassen bekam. Sie durften nicht sein. Sie hatte es so schmerzlich gelernt und wieder den gleichen dummen Fehler gemacht.

Unwillkürlich hob sie ihre Hand an ihre Lippen, wo zuvor seine Finger gelegen hatten, schalt sich und ließ sie wieder sinken. Sie setzte ihre Maske auf, richtete ihr Lächeln und atmete ein, wappnete sich. Dann hob sie ihren Blick zu Syltain, der sich noch immer nicht vom Fleck gerührt hatte.

Seine Augen nahmen sie gefangen, sein Blick legte sich um sie wie Wasser, strich über ihre Haut und hielt sie. Die vergangenen zwei Jahre wuschen fort und nur sie blieb … der Teil von ihr, der an seiner Seite erblüht war.

»Luna …« Der Schmerz in seiner Stimme überraschte sie, er schlich sich auch in seine Augen und verhing das Blau, ließ es erstarren, bis es zu splittern drohte. Sie hatte ihn nie gesehen, diesen Schmerz, sie war weit fort gewesen, als er entstanden war.

»Ich weiß nicht, was ich tun soll …«, wiederholte Syltain und sie musste ihm zustimmen. Seine Stimme klang so erstickt, wie sie selbst sich fühlte. »Ich schulde Rea so viel …«

Mehr brauchte es nicht. Auch sie schuldete Rea viel, noch mehr als er, und doch hätte sie den gleichen Fehler erneut begangen. Sie hatte ihn zwei Jahre lang bereut, und das alles dennoch in diesem Moment vergessen. Vielleicht hatte sie sich selbst belogen, als sie sich gesagt hatte, dass sie es ungeschehen machen wollte.

Sie musste gehen. Egal, was Syltain gesagt hatte, er sah sie noch immer mit diesem Glühen in seinen Augen an.

Sie wandte sich ab, doch als hätte er ihre Bewegung vorausgeahnt, schlossen sich seine Finger um ihren Unterarm, und der Verband, den er noch immer um seine Hand gewickelt trug, strich rau über ihre Haut. Er machte einen Schritt rückwärts, ließ sich, ohne hinzusehen, auf den Hocker der Orgel sinken und zog sie mit sich.

»Spiel noch einmal mit mir«, bat er sie leise.

Luna war ihm so nah, dass sie zwischen seinen Beinen stand. Sie blickte auf sein Gesicht herab und stellte sich vor, wie sie die Hand hob, um die losen Haarsträhnen aus seiner Stirn zu streichen, und dann an seiner Wange hinab bis zu seinem Mundwinkel. Sie müsste sich nur ein Stück nach vorn beugen, um seine Lippen mit ihren zu streifen, die Lippe, die er jetzt zwischen seine Zähne zog, doch stattdessen stand sie ganz still und rührte sich nicht.

»Nur noch einmal ...«

Seine Finger schlossen sich fest um ihr Handgelenk, als er sie um den Hocker herumdirigierte, an seine Seite. Sie ließ sich langsam auf die Kante sinken, in genügend Abstand, dass sich ihre Arme nicht berührten, doch sie war sich deutlich bewusst, wie nah er ihr war. Sie müsste nur ihr Bein ein Stück nach außen sinken lassen, nur ihren Ellenbogen ein wenig drehen, und sie würde ihn berühren. Luna hielt ihren Blick starr auf die Tasten vor sich gerichtet, um nicht herauszufinden, wie nah sein Gesicht ihrem war.

»Was spielen wir?«, fragte sie. Ihr Mund war mit einem Mal seltsam trocken und das Schlucken fiel ihr schwer. Ihre Finger zuckten, bereiteten sich vor auf etwas, was sie Jahre nicht mehr getan hatten.

Syltain dachte einen Moment nach, seine Lippe noch immer zwischen den Zähnen. Luna lächelte wehmütig. Das tat er immer, wenn er nachdachte ... sie war sich dessen nicht mehr bewusst gewesen.

Dann streckte er die Hände und schüttelte seine Ärmel zurück, bevor er seine Finger auf die Tasten senkte, sanft, so als könnte er sie mit zu viel Gewicht beschädigen. Die silbernen Ringe an seinen Fingern glänzten im Mondlicht, einer an jedem Finger, außer an dem, den Reas Ring bald zieren würde. Luna ließ den Gedanken ziehen, während der Stich in ihrer Brust verging. Der Verband an seiner Hand strahlte hell im Mondlicht. Falls es schmerzte, ließ er es sich nicht anmerken und sich nicht davon aufhalten.

Seine Finger begannen zu tanzen, liebkosten die Tasten und entlockten ihnen sanfte Töne, die durch den leeren Saal hallten, leise, beinahe zögerlich, so als wollten sie niemanden wecken. Sie summten in Lunas Körper und wiegten sie.

Es war ein wehmütiges, aber kraftvolles Lied. Luna wollte einsteigen, ihre Finger bereits in der Luft über den Tasten, aber sie kannte die Melodie nicht, sie hatten sie noch nie gemeinsam gespielt.

»Das ist ein Lied auf Ihre verstorbene Majestät«, erklärte Syltain und seine Stimme klang dabei seltsam zerrissen.

Luna drehte überrascht ihren Kopf zu ihm, doch er hielt seinen Blick starr auf seine Finger gerichtet. Schatten von Trauer huschten über sein Gesicht, zusammen mit etwas anderem, für das Luna keine Worte hatte.

»Ich wette, es gibt keine Schenke, die es heute Nacht nicht spielt«, sagte er rau.

Sein Bein streifte ihres, als er es auf das Pedal stellte, der raue Stoff seiner Hose über der zarten, kühlen Seide ihres Nachthemds.

»Wie ist der Text?« Es kostete Luna Überwindung, diese Frage zu stellen, es kostete sie Überwindung, überhaupt zu sprechen. Syltains Finger hatten sie gefangen genommen.

»Luna …«, begann er abwehrend, doch noch bevor er ablehnen konnte, fügte sie ein hastiges »Bitte« hinzu.

Syltain zögerte einen Moment, schien hin- und hergerissen. »Ich singe nicht, Luna.«

»Bitte«, wiederholte sie schlicht und sah ihn dabei an, erwiderte seinen Blick und ließ ihn nicht entkommen.

Syltain seufzte ergeben. »Du wirst bereuen, dass du mich gefragt hast«, murmelte er.

Und dann sang er für sie.

Seine Stimme war rau, nicht jeder Ton passte zu denen, die seine Finger erzeugten, und manchmal rutschte er ab, aber er sang für sie. Es war eine Lobeshymne auf Ihre verstorbene Majestät, auf die Goldkönigin, und auf die Freiheit, die sie ihrem Volk gebracht hatte, als sie sie von den Hexern befreit hatte.

Tränen brannten in Lunas Augen. Nicht wegen der Worte, sondern weil er sie tatsächlich für sie sang.

Syltain hielt seinen Blick starr auf seine Finger gerichtet, während sie sich vollständig zu ihm drehte und ignorierte, dass ihr Knie dabei gegen seine Hüfte stieß.

Sie musste sich zwingen, ihren Blick an ihm vorbei zu den Wandmalereien an der Stirnseite des Raumes zu richten, zu den Szenerien, die die Herausforderungen und Siege ihrer Vorfahren zeigten, zu dem Bild Ihrer verstorbenen Majestät auf einem Schlachtfeld voller Blut. Hexerblut. Sie hatte ihr Land gerettet, erst vor den Hexern, dann vor den Nordlanden. Bald würde Reas Abbild diese Wände zieren, ihre Errungenschaften und Erfolge.

Luna wollte kein Bild von sich an einer Wand, – sie ertrug kaum einen Blick in den Spiegel –, aber dennoch … Es schmerzte, dass sie niemals dort erscheinen würde. Auch, wenn sie das Bild nicht wollte, sie wollte etwas, das dieser Wand würdig war.

Das Lied endete und Syltains Stimme hallte im Saal nach. Ohne die Töne, ohne die Musik zwischen ihnen, schien er ihr näher und die Wärme seines Beines sickerte durch ihr Nachthemd. Ein Kribbeln begann, wo sie sich berührten, und breitete sich über ihre Haut aus.

Er hatte für sie ein Lied aus Athea gewählt.

»Was singt man bei euch über Ihre verstorbene Majestät?«, fragte Luna leise, und dennoch beinahe dröhnend laut in der Stille des Ballsaals.

Syltain presste seine Lippen aufeinander und ließ sich Zeit mit der Antwort. Er blickte auf seine Finger, die wieder wie beiläufig zu spielen begonnen hatten, als müsste er sich auf eine komplizierte Stelle konzentrieren. Luna verstand.

»Danke, dass du mir das hier gezeigt hast«, sagte sie leise und zögerte kurz. »Bringst du es mir bei?«

»Natürlich«, entgegnete Syltain, seine Stimme noch immer rau.

Seine Finger tanzten, Ton für Ton, und Lunas folgten ihnen. Sie saßen in einvernehmlichem Schweigen, die Blicke auf ihre Hände gerichtet, während sie die Melodie lernte. Sie brauchten keine Worte.

Hin und wieder berührten sich ihre Beine, hin und wieder streiften sich ihre Finger, und jedes Mal sandten sie ein Kribbeln über Lunas Haut, doch sie ließ das Gefühl ziehen, so wie auch ihre Gedanken, bis da nichts mehr war außer der Melodie, die ihre Finger über die Tasten trug. Die Klaviatur schrumpfte zusammen, genau wie der Hocker, und irgendwann ruhten ihre Schultern aneinander, fuhr Lunas Fuß an Syltains Bein entlang, wenn sie ihn von den Pedalen hob. Sein Blick wärmte ihre Wange, strich über ihren Kiefer, und dann hoch zu ihren Augen.

Sein Gesicht war keine Handbreit von ihr entfernt, seine Lippen direkt vor ihren Augen. Er zog sie zwischen seine Zähne, als dachte er nach, und die Sommersprossen auf seinen Wangen bewegten sich dabei. Es waren zu viele, um sie zu zählen, nicht, dass sie es nicht mehr als einmal versucht hätte. Auch jetzt wollte sie darüberstreichen, sie nachzeichnen, und sich in den verworrenen Mustern verlieren, doch sie hielt ihre Finger auf der Tastatur und spielte ihre Melodie.

Syltains Augen baten um Erlaubnis für etwas, das er sich selbst schon längst verboten hatte, – das sie sich beide längst verboten hatten –, und dennoch stolperten ihre Finger auf der Tastatur, tanzten aufeinander zu und berührten sich in winzigen, gestohlenen Momenten. Mit jedem davon verlor Syltain den stummen Kampf, den seine Augen ausfochten, ein Stück weiter, bis seine Zähne seine Unterlippe freiließen und er sich zu Luna herunterneigte, sodass sein Gesicht dicht über ihrem schwebte.

Die Luft zwischen ihnen flimmerte. Luna wollte sich zurücklehnen, doch ihr Körper gehorchte ihr nicht. Ihre Augen fielen zu, ihre Finger gaben die Melodie auf, taumelten über die Tasten und sie neigte sich vor.

Etwas in ihr schrie, doch es verklang augenblicklich, überwältigt von etwas anderem, Größerem. Ihre Lippen streiften seine, weich und warm und zart wie ein letzter Ton in der Stille. Ein leises Summen tief in ihrem Inneren erklang und schwoll an, etwas, das sie vor Jahren zum Verstummen gebracht und seitdem tief verschlossen hatte. Es drängte mit aller Macht an die Oberfläche, während Syltain ihre Lippen mit seinen bedeckte und sanft daran sog, als wollte er sie dichter haben.

Die leise Stimme in Lunas Ohr flüsterte ihr etwas zu, doch sie hatte längst vergessen, was Worte waren.

Ein Knarzen. Die Tür. Der Klang der Orgel erstarb.

Sie beide fuhren zusammen, Syltain drehte sich herum und Lunas Blick schoss an ihm vorbei. Die Leibwächterin steckte ihren Kopf herein und drehte ihn dann sofort wieder zum Gang, doch sie konnte nicht mehr verhindern, was geschah.

Die Tür wurde mit einem Schwung aufgestoßen und Rea trat über die Schwelle, Aels besorgtes Gesicht direkt hinter ihr, gefolgt von Xyn in dunkler Uniform. Rea trug noch immer ihr Kleid vom Tag, das wallende Kunstwerk, das sich makellos in die prunkvolle Dekoration des Raumes einfügte. Ihr Rock schwang geräuschlos in der sonst so stillen, schweren Luft, während sie das Bild musterte, das sich ihr bot.

Luna rutschte zur Seite, fort von Syltain, bis sie die Kante des Hockers erreichte. Langsam schob sie sich in den Stand, als könnte sie einen von ihnen erschrecken, wenn sie sich zu schnell bewegte.

»Ich habe dich gesucht«, erklärte Rea kühl mit Blick auf Syltain.

Luna neben ihm schien sie gar nicht wahrzunehmen, dafür bohrte sich der Blick der Leibwächterin in ihre Brust. Sie musste lächerlich aussehen im Vergleich zu Rea, mit ihren nackten Füßen auf dem Marmorboden und ihrem Morgenmantel. Sie war Syltain viel zu nah, während Rea, Ael und die Leibwächterin so weit entfernt schienen.

Syltain erwiderte nichts, er bückte sich wortlos nach seinem Gehrock, der vom Hocker gerutscht war, und stützte sich am Rand der Orgel in den Stand.

»Luna«, sagte er mit einem knappen Nicken, bevor er sich in Bewegung setzte.

Sie traute sich nicht, seinem Blick zu begegnen. Er sollte sie nicht so nennen, nicht vor Rea.

Die beobachtete ihn abschätzig, während er auf sie zu kam. »Was würde man wohl denken, wenn man euch beide so sieht?«, fragte sie.

Luna erstarrte. Ihre Augen rasten über Reas Züge, versuchten herauszufinden, was sie meinte, was sie wusste, doch ihr Gesicht blieb ausdruckslos. Hatte Ihre verstorbene Majestät es ihr erzählt? Luna war davon ausgegangen, dass sie ihr die Möglichkeit lassen würde, Rea noch gegenüberzutreten, aber falls sie sie und ihr Geheimnis als Risiko gesehen hatte … Luna wurde erst heiß, dann kalt, und dann übel.

Syltain stockte nicht einmal in seinem Schritt. Erst in der Tür drehte er sich zu ihnen um und sein Blick traf Lunas. Sie traute sich nicht, Rea oder die Leibwächterin anzusehen, sie wollte nicht wissen, was in ihren Gesichtern stand, was sie sich zusammenreimten.

Syltains Blick flackerte zu Reas Rücken. »Rea? Gehen wir?«

Sie nickte und wandte sich ohne ein weiteres Wort ab. Syltains Schritte zögerten unmerklich auf der Schwelle, als er einen letzten Blick zurück zur Fensterfront warf, zurück zu Luna, die verloren im Mondlicht stand, ein letztes stummes Geständnis, dass das, was sie hatten, in den Tiefen ihrer Vergangenheit bleiben musste.

Die Leibwächterin und Xyn folgten ihnen und hinterließen vollkommene Stille, als die Tür hinter ihnen zufiel. Nicht einmal mehr das Verhallen ihrer Schritte drang noch in den Saal.

»Ist alles in Ordnung?«, fragte Ael nach einer Weile vorsichtig von der Tür aus. Er wirkte unschlüssig, was er tun sollte.

Sah sie wirklich so jämmerlich aus? Luna straffte sich und setzte einen Fuß vor den anderen in seine Richtung. Es wurde Zeit, dass diese Nacht endete.

Eines hatten die vergangenen zwei Jahre sie gelehrt: Jede Nacht, egal wie dunkel, hatte einen Tag. Jeder Mond musste weichen, und auch das Sternenlicht verblasste.

»Eure Hoheit?«, fragte Ael vorsichtig, als Luna sich mit einem Nicken bedankte, dass er ihr die Tür öffnete.

Sie blieb stehen und sah ihn aufmunternd an, erteilte ihm die Erlaubnis zu sprechen. Trotzdem zögerte er, plötzlich unsicher. »Ihr solltet vorsichtig mit ihm sein. Ich traue den Niemandslanden nur so weit, wie ich sie sehen kann.«

Lunas Augenbrauen wanderten in die Höhe, bevor sie sie daran hindern konnte. Die Worte klangen so forsch dafür, dass er ihr vor Schüchternheit kaum in die Augen sehen konnte. Xyns Ansprache vom Morgen kam ihr wieder in den Sinn.

»Wen verdächtigt dein Hauptmann? Wen im Schloss?«, fragte sie eindringlich, denn auch, wenn Xyn es ihr nicht sagte, sie war sich sicher, dass er einen Verdacht hatte.

Mit einem Mal schien Ael es eilig zu haben, die Tür zu schließen, doch er musste sie halten, solange sie auf der Schwelle stand, und Luna hatte nicht die Absicht, sich fortzubewegen, solange er ihr nicht geantwortet hatte.

»Wen verdächtigt die Garde?«, fragte sie noch einmal nachdrücklicher.

Ael schluckte sichtbar. »Das fragt Ihr den Hauptmann am besten selbst.«

»Aber ihr misstraut den Nordlanden?« Sie wartete, doch als Ael noch immer nicht reagierte, erlöste sie ihn und trat einen Schritt vor.

Er nickte erst, als sie bereits an ihm vorbei war, doch sie hatte es gesehen … und es war ihr Antwort genug.

K ies knirschte unter Lunas Füßen, als sie auf den Innenhof hinaustrat. Die Sonne stand hoch am Himmel und
ließ die Fassade der Sommerresidenz erstrahlen, ein Anblick,
der einer neuen Königin würdig war.

Das Rauschen der Stadt drang an diesem Tag sogar über
die Mauern zu ihnen herein, angefüllt von Aufregung über
die anstehenden Feierlichkeiten, Ungeduld und Vorfreude.
Menschen warteten vor dem Tor, abgeschirmt durch die Gardisten und Paladine, doch Luna konnte ihr Jubeln hören. Sie
konnten die Krönung ihrer neuen Königin kaum erwarten.

Luna hatte sich der Stadt und den Mauern nie fremder
gefühlt. Es war, als ob sie mit jedem ihrer Schritte näher auf
sie zu drängten und sie zu einer starren Teilnahmslosigkeit
verdammten, als würde sie sich auflösen und in unsichtbaren Fetzen vergehen. Eine drängende Unruhe hatte von ihr
Besitz ergriffen.

Kaum einer von Lunas Mitschülern würde an der Krönungsfeier teilnehmen, sie alle folgten Margo von Privonn,
um für ihr Königreich zu kämpfen, *ihr* Königreich, während
sie als Prinzessin nicht mehr sein konnte als Dekoration in
einem Ballsaal. Vielleicht stand Charlyn in diesem Moment
der Hexerin gegenüber und Luna konnte nichts tun. Sie würde nicht einmal davon erfahren.

Rea war ihr seit der Nacht im Ballsaal aus dem Weg gegangen, vermutlich nicht einmal absichtlich, aber ihre Wege hatten sich nicht gekreuzt. Sie hatte sicherlich wichtige Verpflichtungen, während Luna … Luna hatte versucht, so weit wie möglich unsichtbar zu sein, sich durch die Flure geschlichen und auf die Gespräche der Bediensteten gelauscht, in der Hoffnung, etwas über die Hexerin oder Meisterin Margo zu erfahren … über Charlyn. Doch sie hatte nichts Neues gehört. Ob Charlyn sich fragte, warum sie ihr nicht antwortete? Hatte Meisterin Margo es ihr gesagt?

»Margo wird die Hexer möglicherweise noch in dieser Nacht stellen.«

Luna erstarrte auf dem Weg zu einer der Kutschen, die im Innenhof aufgereiht waren, bereit für die kurze Fahrt zum Tempel, in dem Reas Krönung stattfinden würde … und ihre Hochzeit. Sie spähte durch das Fenster der Kutsche neben sich auf die andere Seite, um ihre Vermutung zu bestätigen. Die Herzöge von Xayres, Nesra und Koravotia standen im Schatten der Mauer und neigten sich in ihrem Gespräch zueinander.

»Sie werden Daersk bald erreichen«, berichtete der Herzog von Nesra gerade.

Daersk. Die Stadt, in der der Krieg gegen die Hexer vor mehr als zwanzig Jahren begonnen hatte, als ein Brand durch ihre Mauern gefegt war und nichts als Ruinen übriggelassen hatte … bis die Hundert aus der Asche auferstanden waren, einhundert Hexerinnen und Hexer, die danach große Teile des Königreichs in Schutt und Asche gelegt hatten, bis auch sie vernichtet worden waren.

In Daersk hatte es begonnen und in Daersk würde es enden. Wieder stieg die Erinnerung an die Flammen der Akademie in Luna auf, der Rauch, die Schreie und das Bild von Charlyn, umgeben von Feuer. Ein starkes Ziehen breitete sich in ihrem Bauch aus und zog sie fort, zog sie zu Charlyn. Sie hätte alles gegeben, um die weißen Mauern der Sommerresidenz gegen die Ruinen von Daersk zu tauschen, um ihrer Freundin und ihrem Königreich beizustehen.

Der Herzog von Koravotia sprach leiser und Luna lehnte sich zur Seite, so weit sie es unauffällig tun konnte, um zu hören, was er raunte. Mit einer Handbewegung winkte sie Ael zu sich, der sich verwundert neben sie gegen die Kutschenwand drückte.

»… gerade gemeldet, dass sie den Unterschlupf der Hexer erreicht haben.«

Luna konnte ihn über dem Rauschen des Windes und der Rufe außerhalb der Mauern kaum verstehen. Sie zögerte für einen Moment, bevor ihre Neugier gewann, sich im Klaren darüber, dass ihr Verhalten mehr als ungehörig war, aber sie wollte wissen, worüber die Herzöge sprachen, sie wollte alles wissen, was mit Charlyn und den Hexern zu tun hatte.

Luna warf einen schnellen Blick über den Hof. Auf der anderen Seite am Eingang des Heckenlabyrinths hatten sich die Herzoginnen von Yptar, Nenomin und Droduis versammelt, doch sie waren so in ihr Gespräch vertieft, dass sie nichts um sich herum wahrzunehmen schienen.

Luna wisperte und bewegte ihre Finger, vergraben in dem wallenden Stoff ihres Rocks, bis die Magie dazwischen wie kleine Funken zuckte und sich der Zauber warm über ihre Haut ausbreitete. Sie wölbte ihre Handfläche, um die Magie darin zu verbergen, brachte sie mit einer schnellen Bewegung an ihr Ohr und legte den Kopf zur Seite, sodass ihre kurzen Locken über ihre Hand nach vorn fielen. Sie hoffte, dass es aussehen würde, als ob sie mit einem ihrer langen, klimpernden Ohrringe spielte.

Es war kein Zauber, der an der Akademie unterrichtet wurde, aber Charlyn und sie hatten ihren Spaß damit gehabt. Luna hörte die Stimmen neben sich, als flüsterten sie direkt in ihr Ohr.

»Sie haben zwar keine Hexer mehr angetroffen, dafür aber *Banditentrupps* der Niemandslande«, sagte der Herzog von

Koravotia gerade abfällig.

Am anderen Ende des Hofes trat Syltain aus dem Eingang der Sommerresidenz und führte seine Mutter an seinem Arm die Stufen hinab. Die Goldfäden in ihrem Kleid glänzten im Licht und lenkten davon ab, dass der schimmernde Stoff ihre Blöße kaum bedeckte.

Luna drehte ihren Kopf vorsichtshalber ein Stück weiter, doch weder Syltain noch seine Mutter beachteten sie.

»Ein Zufall? Ich glaube nicht«, sagte der Herzog von Koravotia auf der anderen Seite der Kutsche.

Lunas Blick folgte Syltain über den Hof. Entsetzen breitete sich in ihr aus. Er hatte doch nicht …? Er hatte sie gefragt, wo der Unterschlupf der Hexer lag. Sie hatte ihm geglaubt, dass er sich Sorgen machte, dass sie gefährlich sein konnten, aber …

»Wird weiterhin nach ihnen gesucht?«, fragte der Herzog von Nesra leise.

Der Herzog von Koravotia schnaubte. »Sie durchkämmen das Umland und die Wälder, aber bisher erfolglos.«

»Wenn ihr mich fragt, sollten wir nördlich der Grenze suchen.« Die raue, kratzige Stimme des Herzogs von Xayres so nah an ihrem Ohr jagte Luna einen Schauer über den Rücken.

Darin schienen sich die drei Herzöge einig zu sein.

»Mit Sicherheit hat die Frostkönigin ihre Mitverschwörer in Sicherheit gebracht.« Wieder diese raue, kratzige Stimme, doch diesmal beachtete Luna sie kaum, ihr Blick blieb starr auf Syltain gerichtet.

Er hatte doch nicht tatsächlich angeordnet, die Hexer aus ihrem Unterschlupf zu retten …? So leichtsinnig konnte er nicht sein. Die Hexer Atheas waren nicht wie die Hexer der Nordlande – die Bluthexerin war gefährlich … und Syltain musste doch wissen, dass es sie noch verdächtiger erscheinen lassen würde … Es war dumm und leichtsinnig.

»Wir hätten diese Hochzeit nicht zulassen dürfen.« Der Herzog von Nesra klang verbittert, beinahe reuevoll.

»Wir müssen uns beeilen, die Hexer in den Niemandslanden auszulöschen, bevor sie eine ernsthafte Gefahr für das Königreich werden können«, wisperte der Herzog von Koravotia. »Sie hat damals bereits mit den Hexern zusammengearbeitet und ihr Sohn wird es nicht anders machen.«

Was meinte er damit, dass die Frostkönigin mit Hexern zusammengearbeitet hatte? Syltain hatte ihr nie etwas davon erzählt.

»Es ist definitiv kein Zufall, dass sie so kurz nach dem Attentat auf Ihre Majestät angereist ist. Und jetzt diese Hochzeit … Das alles kommt ihr sehr gelegen«, stimmte auch der Herzog von Xayres zu.

Die Frostkönigin war gekommen, um Gespräche zu eröffnen … Was, wenn Syltain ihr auch hier die Wahrheit verschwiegen hatte? Was, wenn er sie angelogen hatte?

»Die eigentliche Frage ist doch, wie sie zu der Information über den Hexerunterschlupf gekommen sind. Nur wenige wussten davon«, kratzte die Stimme des Herzogs von Xayres durch Lunas Ohren.

Sie versteifte sich, sie atmete nicht einmal.

»In erster Linie sollten wir uns um die Verschwörer unter uns kümmern«, fügte er hinzu.

Luna blieb vollkommen erstarrt, nur ihre Hand sank von ihrem Ohr, während der Zauber zusammen mit ihrer Konzentration erlosch.

Was hatte Syltain getan? Sie hatte ihm diese Information anvertraut. Sie hatte *ihm* vertraut. Ihre verstorbene Majestät hatte sie ermahnt, dass sie aufmerksam sein musste, die Absichten der Menschen kennen … Sie hatte seine unterschätzt. Ein Brennen breitete sich aus dem Stich in ihrer Brust aus, ein seltener Anflug von … Wut. Es überraschte Luna, dieses Gefühl. Es schmeckte bitter auf ihrer Zunge, aber es zerfraß sie nicht von innen, nein – es wollte aus ihr heraus.

Auf der anderen Seite des Hofs zuckte die Herzogin von Yptar zusammen und hielt ihr Amulett umklammert. Luna spähte durch das Kutschenfenster. Auch der Herzog von Xayres verzog sein Gesicht und hielt konzentriert an seiner Kette fest. Im nächsten Moment fuhren beide herum und stürmten, gefolgt von den anderen Herzoginnen und Herzögen, zurück zu den Türen der Sommerresidenz.

Luna raffte ihren Rock und heftete sich an ihre Fersen, Ael dicht hinter ihr. Es war offensichtlich, dass etwas geschehen war, etwas, das Luna Schauer über die Haut jagte. Sie zwang ihre Gedanken zur Ruhe, denn wenn sie sie zuließ, trieben sie eine grauenvolle Vorahnung durch ihren Kopf. *Charlyn.*

Die Ratsmitglieder sammelten sich bereits in einer Traube in der Eingangshalle, Rea in ihrer Mitte. Sie hatte das Dunkelblau der Trauer gegen ein Kleid in tiefem Rot getauscht, das in atemberaubenden Wellen um sie fiel.

Noch bevor Luna Rea und die Räte erreichte, die alle gleichzeitig auf sie eindrangen, sah sie bereits zwei Worte auf ihren Lippen, die Übelkeit in ihr aufwallen ließen.

Daersk. Massaker.

»Die Hexer haben die gesamte Stadt in Brand gesteckt!«, keuchte die Herzogin von Nenomin.

Neben ihr zischte der Herzog von Nesra: »Die Verluste sind nicht gezählt, aber sie waren schon vorher groß.«

»Ich kann Herzogin Margo nicht erreichen.« Leise Panik hatte sich in die Stimme der Herzogin von Droduis geschlichen, während sie ihr Amulett umklammerte.

Die übrigen Räte musterten sie mit starrem Blick, so wie auch Rea, Xyn und Syltain, der zusammen mit der Frostkönigin und seiner Leibwächterin zu ihnen aufgeschlossen hatte.

»Die Verwundeten werden gerade gezählt, die Flammen gelöscht«, berichtete der Herzog von Xayres hinter Reas Schulter angespannt. »Wer leicht verletzt ist, wird versorgt, wer schwer verletzt war, hat es gar nicht erst aus der Stadt geschafft.«

Luna wurde mit einem Schlag eiskalt. *Charlyn.* Dieses

Schlachtfeld in Daersk schien in diesem Moment der einzige Ort, an dem sie sein musste, der einzige Ort, an dem sie je hätte sein sollen.

»Vor allem müssen wir Ruhe bewahren«, zischte Rea. Ihr harter Tonfall wollte nicht zu dem sanften Lächeln auf ihrem Gesicht passen. Es wirkte so surreal unter der Anspannung um sie herum.

Wie ein Funken sprang die Unruhe durch die Ratsmitglieder, von einem Amulett zum nächsten. Inzwischen umklammerten sie alle ihre Ketten, um die Schreckensnachrichten aus Daersk zu empfangen. Nur Lunas Kopf blieb still. Sie krallte ihre Fingernägel in ihr Schlüsselbein.

»Was ist mit Charlyn, Charlyn von Perxcitta?«, fragte sie und versuchte dabei, ihre Stimme ruhig klingen zu lassen. Sie wollte die Frage nicht stellen, aber sie konnte sich nicht zurückhalten. Das Rasen in ihrem Brustkorb hielt sie davon ab, einen klaren Gedanken zu fassen.

»Wie ich bereits sagte, müssen die Verluste erst noch gezählt werden. Wir haben Unzählige in den Flammen verloren«, entgegnete der Herzog von Xayres und aus seinem Mund klang es wie eine Schelte.

Aber er hatte Unrecht. Charlyn war nicht eine von Unzähligen, sie war kein Verlust, den es zu zählen galt. Sie war ihre Freundin, vielleicht ihre einzige.

»Wie steht es um die Hexer?«, fragte Rea mit ruhiger Geschäftsmäßigkeit.

»Sie sind ebenso in den Flammen eingeschlossen. Wir gehen nicht davon aus, dass eine große Zahl entkommen kann«, antwortete der Herzog von Xayres.

Rea schüttelte ungläubig den Kopf. »Sie haben sich ihr eigenes Grab geschaufelt.«

Syltain hinter ihr zuckte zusammen. Hatte er tatsächlich versucht, sie zu retten, dieselben Hexer, die jetzt diese Gräueltaten verübten? Wurde ihm das vielleicht in diesem Moment bewusst?

Vielleicht war es aber auch genauso Lunas Schuld, schließlich hatte sie ihm von dem Unterschlupf der Hexer erzählt. Vielleicht war es ihre Schuld, dass die Hexerin überhaupt erst hatte entkommen können. Vielleicht war das alles ihre Schuld, ihre Schuld, wenn Charlyn etwas zustieß.

»Leiht mir Eure Kette.« Luna fuhr zum Herzog von Koravotia herum, doch er blickte sie nur ungläubig an. »*Bitte.*«

Als er nicht reagierte, wandte sie sich in die Runde. »Bitte gebt mir eine Kette. Irgendeine.«

Sie klang beinahe flehend, doch die Herzoginnen und Herzöge umklammerten ihre Amulette fest, empfingen selbst wichtige Nachrichten.

»*Bitte!*«, flehte Luna noch einmal. Sie würde auf die Knie fallen, wenn das nötig war.

»Luna!«, zischte Rea, doch Luna ignorierte sie.

Sie konnte nicht tatenlos zusehen und so tun, als würde ihr nichts davon etwas bedeuten. Sie hätte dort sein sollen, bei Charlyn. Der Gedanke legte sich schwer in ihre Brust und die Panik, die sie so mühsam zu unterdrücken versucht hatte, überrollte sie. Ihre Arme, Beine und Rippen zitterten. Charlyns Lachen hallte durch ihren Kopf, bevor Blut, Flammen und Staub es verwischten. Verschwommene Bilder schoben sich in ihre Gedanken, Grausamkeiten, die ihr Hirn aus den Zeichnungen produzierte, die sie in ihren Geschichtsbüchern gesehen hatte. *Charlyn.*

Die Herzogin von Yptar keuchte auf. »Sie haben die Hexerin!«

»Sie konnten die Hexerin gefangen nehmen«, berichtete auch der Herzog von Nesra im selben Augenblick.

Eine Welle der Erleichterung überschwemmte Luna. Sie hatten die Hexerin, sie hatten eine Chance auf Antworten … Doch die Erleichterung verschwand ebenso schnell wieder, wie sie gekommen war.

»Bitte!«, flehte Luna noch einmal und ihre Augen huschten dabei zwischen den Räten hin und her.

Schließlich hob die Herzogin von Nenomin den Kopf und fing ihren Blick auf. Sie war die Erste von ihnen, die sie tatsächlich ansah, seit die grauenvollen Nachrichten begonnen hatten. Mit einem geübten Griff öffnete sie den Verschluss in ihrem Nacken und streckte Luna ihr dunkelgrünes Amulett entgegen. Sie nickte nur knapp, während sie den Stein fest umklammerte.

›Charlyn!‹

Nichts. Nur rauschende Leere.

›Charlyn!‹, wiederholte Luna panischer in ihren Gedanken und kniff die Augen dabei zusammen, als könnte sie sich so besser konzentrieren.

›Luna!‹ Charlyns Stimme, fast zur Unkenntlichkeit verzerrt, aber ihre Stimme.

Lunas Knie knickten ein und sie konnte sich nur mit Mühe aufrecht halten. Sie packte das Amulett fester.

›Sie ist tot!‹ Keuchen unterbrach Charlyn, Schreie. Sie hustete und würgte. ›Meisterin Margo ist tot!‹

›Charlyn!‹ Mehr brachte Luna nicht hervor. Ihr Name war alles, worauf sich ihre rasenden Gedanken stürzten, gelähmt von dem Entsetzen, das sich in ihre Brust grub. Sie konnte nicht einmal atmen.

›Die gesamte Stadt steht in Fla–!‹ Ein Schrei unterbrach sie.

›Charlyn!‹

Charlyns Keuchen war ohrenbetäubend laut. ›Ich weiß nicht, wo die Hexerin ist.‹

Als spielte das eine Rolle!

›Gefangen genommen‹, antwortete Luna stattdessen. ›Wo bist du?‹

›An der Mauer, aber –‹ Wieder unterbrach sie ein dumpfer Laut, gefolgt von einem gepressten Schmerzensschrei, der Lunas Eingeweide zusammenzog. ›Wir sind gleich beim Tor –! Hier lang –! Wir sind aus der Stadt!‹

Luna schnappte nach Luft. ›Bist du verletzt?‹

›Ich glaube … Es geht schon –‹

In Lunas Kopf folgte eine Aneinanderreihung von Worten und Charlyns Stimme verschwamm in den gemurmelten Fragen und Aufforderungen. Sie sprach mit jemand anderem, aber jeder Satz klang auch in Lunas Kopf, unterbrochen von den Dingen, die Charlyn nur dachte.

Luna rief noch einmal stumm ihren Namen. ›Bist du in Sicherheit?‹

Sie sollte bei ihr sein, sie sollte etwas tun können.

›*Götter*, Luna, so viele sind tot. Sie sind alle …‹ Charlyns Stimme klang gequält, so sehr, dass es das Brennen in Lunas Brust anschwellen ließ.

Ein Schauer lief über ihre Arme. Bilder aus ihren Lehrbüchern flackerten vor ihren Augen, Zeichnungen von Städten in Flammen, und trotzdem konnte ihr Kopf sich kein Bild zusammensetzen, konnte die Grausamkeit nicht zum Leben erwecken. Sie hatte die Flammen der Hexerin in der Akademie gesehen, und trotzdem reichte ihre Vorstellungskraft nicht, um sie auf eine gesamte Stadt auszudehnen.

›Du musst herkommen, Charlyn. Komm nach Arenja!‹ Zu ihr, in Sicherheit … dorthin, wo die Hexerin sie hoffentlich nicht erreichen konnte.

›Komm nach Rox Taenn!‹ Vermutlich war es am besten, wenn sie direkt zum Palast reiste, sie würden auch in den nächsten Tagen dorthin zurückkehren.

›Luna …‹

›Komm zu mir!‹ Es war keine Bitte mehr.

Übelkeit wallte durch Lunas Eingeweide, noch verstärkt von dem tiefen, dunklen Schweigen in ihrem Kopf. Sie umklammerte den Anhänger des Amuletts so fest, dass sich die Verzierungen in ihre Hände gruben.

›In Ordnung‹, versprach Charlyn. ›Ich komme zu dir.‹

Lunas Finger erschlafften und das Amulett sank zusammen mit ihren Händen herab. Ihr war nicht bewusst gewesen, dass sie den Atem angehalten hatte, bis er sich mit einem Zittern ihres gesamten Körpers Bahn brach. Ihr war nicht bewusst gewesen, wie viel Grauen sie in den Augenblicken der Ungewissheit verspürt hatte.

Luna streckte der Herzogin von Nenomin ihr Amulett entgegen, dessen Kette dabei in ihren zitternden Fingern klirrte.

»Meisterin Margo ist tot«, sagte sie langsam.

Sie sah nicht auf, wollte die Gesichter der übrigen Ratsmitglieder nicht sehen. In ihrem Augenwinkel schlug sich die Herzogin von Droduis eine Hand vor den Mund. Meisterin Margo hatte ihr Leben dem Kampf gegen die Hexer verschrieben, und nun war sie sogar dafür gestorben.

Luna atmete tief ein und hob den Kopf. Sie würde kein Auge mehr zutun, bis sie verstanden hatten, was in ihrem Königreich geschah. Bis Charlyn wieder in Sicherheit war. Und Rea. Ganz Athea. Sie musste endlich verstehen, warum die Hexer ihnen dieses Leid brachten, warum sie all das bedrohten, was ihr wichtig war. Während so viele andere gestorben waren, während Charlyn gekämpft hatte, hatte sie nichts getan. Sie würde sie nie wieder im Stich lassen. Niemanden.

»Ich möchte meine Kette zurück«, sagte Luna mit fester Stimme. »Ich werde beweisen, dass ich sie verdient habe. Ich möchte eine Zauberin sein.«

Dann sammelte sie all ihren Mut und fügte hinzu: »Ich möchte mit der Hexerin sprechen, sobald sie hergebracht wurde.«

Die Hexerin hatte all dies begonnen. Beim letzten Mal war Luna unaufmerksam gewesen, hatte sie entkommen lassen, aus ihrer Zelle, aber auch mit ihrem Wissen, mit ihren Plänen. Dieses Mal würde sie aufmerksamer sein.

Die Ratsmitglieder sahen sie nicht an, nur der Herzog von Koravotia erwiderte ihren Blick, doch er regte sich nicht. Er würde ihr keine zweite Chance geben.

Luna zögerte, einen Fuß auf der Linie, die sie nie zu überschreiten geglaubt hatte. Syltains Blick bohrte sich in ihre Wange, doch sie ignorierte ihn. Sie war auch ihm gegenüber nicht aufmerksam genug gewesen.

Sie atmete tief ein, bevor sie sich zum Herzog von Koravotia hinüberlehnte und zögerlich flüsterte: »Ich weiß, wer noch von dem Hexerunterschlupf wusste.«

Damit hatte sie seine Aufmerksamkeit. Er musterte sie prüfend, doch Luna hob ihren Kopf und begegnete stattdessen Syltains Blick. Seine Augen hingen starr in ihren, unbewegt und kalt. Er wusste, was sie im Begriff war zu tun, doch Luna ignorierte das Ziehen, das sich dabei durch ihren Bauch ausbreitete. Der Rat hatte jedes Recht zu prüfen, was er getan hatte. Sie hatten jedes Recht, es zu wissen, so wie Luna es gehabt hätte.

Syltains gesamte Haltung war zu Eis erstarrt, nicht einmal seine Brust hob sich mehr unter seinem Atem. Er ließ sie nicht aus den Augen, während der Herzog von Koravotia ihr seine Hand in den Rücken legte, als hätte er gefunden, was auch immer er in ihrem Profil gesucht hatte.

»Folgt mir«, sagte er und seine Hand berührte sie tatsächlich, forderte sie auf, einen Schritt vorwärts zu machen. »Wir können hier nichts mehr tun, nicht, solange die Hexerin nicht hier ist.«

Luna folgte seiner Weisung, ließ sich von ihm aus der Eingangshalle und durch die Gänge der Sommerresidenz leiten. Der Herzog von Nesra schloss sich ihnen an, doch es war Syltains Blick, der sich noch in ihren Rücken bohrte, als sie die Eingangshalle längst hinter sich gelassen hatten.

Ein modriger Geruch empfing sie, als der Herzog von Nesra ihnen die Tür zu seinem Labor im Keller der Residenz öffnete. Die Gewölbe wurden sonst nur zu Lagerzwecken genutzt, weshalb die Luft klamm und unbewegt blieb – im Raum des Herzogs jedoch strahlte Wärme von den feuchten Wänden ab. Das Feuer im Kamin warf seinen Schimmer über die Einrichtung, über die Werkbank mit allerlei Fläschchen, Apparaturen und Werkzeugen zu ihrer Rechten, die

Bücherregale und den Sessel neben dem Kamin zu ihrer Linken, und über den ausladenden Schreibtisch vor ihr. Der eigentliche Blickfang im Raum war allerdings die Regalwand hinter dem Schreibtisch, deren unzählige Phiolen, Fläschchen und Döschen den Schimmer bunt reflektierten.

»Ihr möchtet also helfen, die Hexer zur Strecke zu bringen?«, fragte der Herzog von Koravotia, während er neben ihr in den Raum trat und die Tür hinter sich schloss. Ael wartete nach einem kurzen Nicken Lunas im Gang.

Sie zögerte, beobachtete, wie das Kaminfeuer den Bart des Herzogs beinahe rötlich färbte, und ignorierte die leisen Zweifel, die bei seinen Worten in ihr aufkeimten. Stattdessen nickte sie.

Die Schritte des Herzogs von Nesra verklangen, als seine Schuhe die Bodensteine verließen und auf den weichen Vorleger vor dem Schreibtisch traten, der bis auf Kerzenständer, Feder und Tintenfass vollkommen leer war, abgesehen von den Wachstropfen, die sich darauf verteilten. Zu beiden Seiten befanden sich mehrere Schubladen, von denen er eine öffnete.

»Ihr kanntet den Aufenthaltsort der Hexer?«, fragte der Herzog von Koravotia derweil neben Luna, doch sie hörte ihn kaum.

Ihre gesamte Aufmerksamkeit fokussierte sich auf ihr silbernes Amulett mit dem warmschimmernden, dunkelblauen Stein, das aus der Schublade auftauchte. Sie nickte abwesend. Ihre Hände streckten sich nach der Kette, doch der Herzog von Nesra machte keine Anstalten, sich ihr damit zu nähern. Er blieb hinter seinem Schreibtisch, während das Amulett von seiner Hand baumelte.

Luna verstand. Sie erwarteten eine Gegenleistung, den Beweis, dass sie tatsächlich eine von ihnen sein konnte, dass sie es verdiente. Sie schluckte, bevor sie leise zugab: »Syltain kannte ihn ebenfalls.«

Er hatte sie zuerst verraten. Das flaue Gefühl in ihrem Magen verschwand mit jedem Schritt, den der Herzog von Nesra um seinen Schreibtisch herum und auf sie zu trat, und war vergessen, als sich ihre Finger um ihr Amulett schlossen. Entgegen der Temperatur im Raum schmiegte es sich kühl in ihre Handfläche und sie hielt sich daran fest.

»Wir möchten Euch bitten, Eure Augen wegen der Niemandslande offen zu halten.« Luna blickte zu dem Herzog von Nesra auf, der sie mit dunklen Augen ansah, seine Finger noch immer um die Kette ihres Amuletts geschlossen. Aus der Nähe fiel ihr auf, dass sich erste graue Strähnen durch seinen kurzen Bart zogen.

»Wir können Ihre Majestät nicht darum bitten, aber Ihr haltet Euch in Eurer Position ja ohnehin in der Nähe des zukünftigen Prinzgemahls auf«, fuhr er fort.

Luna schluckte schwer. Sie wussten nicht, dass sie keinen Grund mehr hatte, sich in seiner Nähe aufzuhalten … oder Reas. Dennoch nickte sie.

»Wir können diese Hochzeit nicht mehr aufhalten, aber wir wollen Ihre Hoheit und auch das Königreich schützen«, fügte der Herzog von Koravotia neben ihr hinzu.

Luna nickte wieder. »Natürlich«, presste sie knapp hervor. Sie hatte das Gefühl, etwas zu verraten, wo es nichts zu verraten gab.

Noch einmal sammelte sie ihren Mut, um dem Herzog von Koravotia die Frage zu stellen, die seit dem Tag auf ihrer Zunge brannte, an dem sie ihr ihr Amulett genommen hatten.

»Warum verdächtigt Ihr die Nordlande? Was habt Ihr gegen sie in der Hand?«, fragte sie tonlos, doch sie bekam keine Antwort.

»Wir setzen hohe Hoffnungen in Euch«, entgegnete der Herzog von Nesra stattdessen und löste damit seine Finger endgültig von ihrem Amulett.

Ohrenbetäubender Applaus brandete durch die Tempelhalle, als sich die Krone auf Reas Haupt senkte, doch Luna hörte ihn nur dumpf.

Sie konnte sich an die Krönung Ihrer verstorbenen Majestät nicht mehr erinnern, dafür war sie zu jung gewesen, aber als Rea sich jetzt aufrichtete, wurde ihr klar, dass sie sich genauso vorgestellt hatte. Rea hatte die Haltung Ihrer verstorbenen Majestät. Die Haltung einer Königin.

Luna zwang ihre Hände zu klatschen, als Rea sich umdrehte und hocherhobenen Hauptes in die Menge lächelte. Ihr Blick schweifte selbstsicher und besitzergreifend durch die Halle … Genau genommen *war* die gesamte Halle ihr Besitz. Von den bunten Blumengirlanden, die die Bankreihen schmückten, den brennenden Weihrauchschalen, die an jeder Säule standen und ihren Geruch verbreiteten, bis zu den übermannshohen Buntglasfensterfronten, die farbenfrohe Sprenkel über den Boden der Halle warfen. Bis zu den Adeligen, die ihr applaudierten. Bis zu Luna … Doch sie sah Luna nicht an.

Hinter Rea und Syltain hatte man den vollständig in Gold getauchten Sarg Ihrer verstorbenen Majestät aufgebahrt wie einen Altar, als Zeichen des ewigen Fortbestandes ihres Königreiches. Für jeden toten König, für jede tote Königin, gab es einen Nachfolger oder eine Nachfolgerin, der oder die ihr oder ihm auf den Thron folgte.

Verschleierte Tempeldiener knieten in einem Halbkreis darum herum, als Ersatz für die Götterstatuen, die die Hexerin bei ihrem Angriff auf den Tempel zerstört hatte. Sie hielten brennende Kerzen in den Händen und die Köpfe gesenkt.

Es war seltsam, wie all die Adligen hier versammelt waren, um freudig ihre neue Königin zu feiern, wie sie auf den Sarg starrten, in dem Wissen, dass in ihren Herzogtümern weitere Särge auf sie warten würden. Jedes Adelshaus hatte in Daersk Familienmitglieder verloren. *Jedes* … Dabei hatten sie noch immer nicht alle Toten und Verletzten geborgen und identifiziert. Doch all die Trauer, Sorge und Ungewissheit schienen zwischen dem strahlenden Marmor und Gold zu verblassen.

Es ging in der allgemeinen Begeisterung unter, wie der Hohepriester mit seinem ausladenden Breitschwert vor der Brust erneut vortrat. Lunas Mund wurde trocken. Sie übersah es nicht, und sie wusste, was folgen würde.

Syltain und Rea standen auf der mittleren Stufe zum Podest der Halle, so dicht, dass keine Hand mehr zwischen sie gepasst hätte, bevor sie sich einander zuwandten. Er trug einen wunderschönen tiefroten Gehrock, bestickt mit den goldenen Mustern eines Wolfkopfes, und dennoch ging er neben Reas ausladendem Kleid unter.

Auch wenn Syltain gelassen wirkte, Luna erkannte deutlich, wie nervös er war. Seine Finger zuckten genau wie seine Mundwinkel, als unterdrückte er den Impuls, sich durchs Haar zu streichen. Sein Gesichtsausdruck war vollkommen steinern. Er hatte getan, was sie alle taten, er hatte jegliche Emotion hinter dem Vorhang seiner Höflichkeit versteckt, dabei war er einer der wenigen Menschen gewesen, bei dem sie immer dahinter hatte sehen können.

»Ich schwöre«, begann Syltain sein Gelübde und jedes seiner Worte bebte in Lunas Brust.

Dieser Moment beendete etwas, das nie begonnen hatte.

»Ich schütze mein Herz, das an deiner Seite schlägt.« Er legte sich die Finger seiner rechten Hand aufs Herz, den Daumen in der Handfläche.

Es hatte einen Moment gegeben, in dem sie geglaubt hatte, selbst einmal dort zu stehen, aber das würde sie niemals. Seine Worte galten Rea und das aus gutem Grund.

»Ich schütze meinen Geist, der dir Gesellschaft leistet.« Zwei Finger seiner Hand wanderten an seine Stirn.

»Ich schütze meine Beine, die den Weg mit dir gehen, und ich schütze meine Arme, die dich stützen.« Syltains Hand legte sich erst flach an die Seite seines rechten Oberschenkels, dann auf seine linke Schulter.

Rea und er hatten die Chance auf eine Versöhnung der Nordlande mit dem Königreich sein sollen, vielleicht sogar auf eine Wiedervereinigung …

»Ich schütze meine Stimme, die mit dir spricht, ich schütze meine Ohren, die dir zuhören, und ich schütze meine Augen, die dich sehen.« Syltain verdeckte sein rechtes Auge mit seiner Hand und verharrte so, bevor er sie wieder sinken ließ.

»Ich schwöre …«, vollendete er den Schwur und öffnete die Augen.

Luna wandte den Blick ab. Sie hatte geglaubt, Rea und er könnten zusammen Großes bewirken, doch dessen war sie sich nicht mehr sicher. Falls der Rat mit seinem Verdacht recht behielt … Sie hatte immer geglaubt, Rea bekam einen Segen und eine Chance, derer sie selbst nicht würdig gewesen war, doch vielleicht hatte sie ihr einen Fluch abgenommen, dem sie allein nicht gewachsen gewesen wäre. Sie schuldete es Rea, das herauszufinden.

Rea wiederholte Syltains Worte und ihre Stimme klang dabei noch endgültiger als seine zuvor.

»Ich schwöre. Ich schütze mein Herz, das an deiner Seite schlägt. Ich schütze meinen Geist, der dir Gesellschaft leistet.« Ihre Finger wanderten von ihrer Brust zu ihrer Stirn.

»Ich schütze meine Beine, die den Weg mit dir gehen, und ich schütze meine Arme, die dich stützen. Ich schütze meine Stimme, die mit dir spricht.« Sie legte sich ihre Hand an ihren Hals.

»Ich schütze meine Ohren, die dir zuhören. Ich schütze meine Augen, die dich sehen.«

Der weiße Marmor und die Lichter der Buntglasfensterfront leuchteten blendend hell auf, als ein Sonnenstrahl hindurchbrach.

»Ich schwöre«, endete Rea leise.

Syltain hob seine rechte Hand, sie legte ihre hinein und der Hohepriester schob ihnen die Ringe auf ihre Finger. Damit war Syltains Hand gefüllt. Jeder seiner Ringe war ein Erinnerungsstück an einen Moment seines Lebens und bis zu diesem Moment hatte Luna geglaubt, dass auch sie irgendwann an einem Finger Platz finden würde.

Applaus brandete auf.

Rea drehte ihre Hand, während Syltain seine senkte, und wieder verschränkten sie ihre Finger ineinander. Gemeinsam wandten sie sich zum Saal um.

Die Adligen hatten sich bereits erhoben und auch Luna beeilte sich, es ihnen gleich zu tun. Sie alle warfen eine Handvoll Blütenblätter in die Luft, die wie bunter, sanfter Regen zu Boden segelten und den weißen Marmor färbten. Lunas Blüten waren bereits feucht und klebten an ihrer Haut. Unauffällig rieb sie ihre Handflächen aneinander, um sie zu lösen, während sie sich wieder setzte.

Der Hohepriester trat ein weiteres Mal vor. Er hielt ein Schwert in den Händen, zierlich im Vergleich zu dem riesigen Beidhänder, das vor seine Brust gegürtet war. Jeder in dieser Halle würde nach und nach vor ihrer Königin knien, um ihr Gefolgschaft zu schwören, und sie würde sie anerkennen, indem sie das Schwertblatt auf ihre Scheitel senkte.

»Es ist mir eine Ehre, Euch heute diese Klinge zu überreichen«, erklärte der Hohepriester mit feierlicher Stimme. »Nehmt das Schwert der Göttin Alira, um unser Königreich durch diese Zeiten zu führen.«

Erst jetzt sah Luna das goldglänzende Blatt und die funkelnden Rubine, die in den Griff eingelassen waren. Das war nicht das Krönungsschwert der Könige.

Rea nahm es, reckte es in einer kunstvollen Bewegung zur Decke und musterte es, als würde sie es prüfen. Wieder brandete Applaus durch den Saal.

Der Hohepriester verneigte sich leicht. »Dieses Schwert ist uns erst vor wenigen Tagen wieder erschienen, es ist, als sei es nur für Euch gemacht.«

Die Herzoginnen und Herzöge begannen – noch immer applaudierend – mit ihrer Prozession durch den Mittelgang, um vor ihrer neuen Königin auf die Knie zu fallen. Die Prozedur dauerte eine stumme Ewigkeit, nur begleitet von dem Rascheln der Kleider, als sie sich einer nach dem anderen durch den Mittelgang schoben, und dann nach und nach von den Türen zu ihren Kutschen geführt wurden. Die Halle leerte sich schleppend, so wie eine Sanduhr, die nur einzelne Körner fallen ließ … Bis sich plötzliche Stille über sie senkte.

In der Bankreihe neben Luna auf der anderen Seite des Ganges hatte sich die Frostkönigin erhoben, und ein eisiger Luftzug wehte durch die Halle, als sie sie mit ihrer Präsenz einnahm. Ein durchscheinender Hauch von weißem Nichts wand sich um ihren Körper und bedeckte ihre Nacktheit nur mit unzähligen glitzernden Steinchen, die sich in ihren tränenförmigen Ohrringen fortsetzten, die wie Wasserfälle bis auf ihre Schultern hingen und auch ihr Haar übersäten, das sie über ihrem Rücken zu einem Netz geflochten trug. Jeder der unzähligen Steine reflektierte das Licht in einem bunten Schimmer.

Es war, als wäre die Halle um sie herum erstarrt, als wäre sie eine Schauspielerin auf einer Bühne und sie alle wie gefesselt von ihrer Darbietung. Die Blicke der anwesenden Herzoginnen und Herzöge folgten ihr durch den Mittelgang und niemand von ihnen versuchte wenigstens so zu tun, als würden sie nicht starren. Der Baron von Arenja und sein Mann verlangsamten ihre Schritte aus der Halle hinaus, bis sie beinahe zu den Türen schlichen, und die Herzogin von Nenomin drehte sich selbst draußen noch einmal herum, um zu sehen, wie die Frostkönigin vor der Königin Atheas auf die Knie fiel …

Doch die Frostkönigin ging nicht auf die Knie. Für eine kleine Ewigkeit stand sie nur vor Rea und Syltain und musterte sie, bis sie schließlich leicht den Kopf neigte, erst vor ihrem Sohn, dann vor Rea.

»Ich gratuliere Euch«, sagte sie schlicht, ihre Stimme ein eisiger Hauch, bevor sie wieder dazu überging, das Königspaar zu mustern.

Syltain neigte ebenfalls den Kopf vor seiner Mutter, während Rea nur starr zurückblickte. Für einen langen Moment rührte sich keiner von ihnen und die Halle hielt den Atem an, bevor sich die Frostkönigin lächelnd zum Gehen wandte. Sie war nicht niedergekniet, sie hatte der Königin Atheas keine Gefolgschaft geschworen. Vielleicht war die Wiedervereinigung, die sie mit dieser Hochzeit hatten erzielen wollen, doch weiter entfernt, als sie geglaubt hatten.

Es dauerte einen Moment, bis Luna begriff, dass *sie* an der Reihe war, vorzutreten.

Der Raum verengte sich auf Rea, die das Schwert in die Höhe reckte und ihren Blick mit Lunas verschränkte. Das erste Mal seit Jahren. Luna hielt ihm nicht stand. Sie senkte den Kopf und beobachtete, wie der Saum ihres Kleides bei jedem ihrer Schritte über ihre Schuhspitzen strich, bis sie die Empore erreichte. Sie knickste vor ihrer Schwester – vor ihrer Königin – und dann noch einmal in Syltains Richtung. Sie konnte auch *ihn* nicht ansehen.

Dann fiel sie auf die Knie. Sie trafen hart auf den Stein und der Stoß setzte sich mit einer seltsamen Endgültigkeit durch ihren Rücken fort, während sie in einer Wolke aus hellem Blau und dunklem Violett versank. Auf diesen Moment waren sie ihr gesamtes Leben lang vorbereitet worden, so unvermeidlich wie der Tod, doch Luna war nicht vorbereitet. Ein Leben hatte nicht gereicht.

Sie schloss die Augen und erwartete das Schwert. Kurz fragte sie sich, was Rea wohl sah, wenn sie auf sie hinabblickte. Ihre Schwester? Eine Fremde? Eine Prinzessin, eine Zauberin? Vermutlich sah sie nichts davon. Vermutlich sah sie sie nicht einmal richtig. Luna würde das ändern.

Die Schwertspitze senkte sich auf ihren Scheitel und sie zuckte zusammen, als sie das letzte Stück fiel. Die Klinge war schwer, spitz und kühl. Ein Zittern ihrer Schwester, eine kleine Bewegung … Luna presste ihre Hände in ihrem Schoß aneinander und öffnete die Augen.

Sie konnte nicht sagen, ob Rea auf sie herabblickte oder auf die Klinge, aber die Zeit stand still und es schien, als ob sie sie nicht mehr heben wollen würde. Die Rubine im Griff brachen das Licht in tausende kleine Punkte, die über ihren Rocksaum tanzten, über ihr Gesicht und die goldene Krone auf ihrem Haupt.

»Es ist wie für dich gemacht«, flüsterte Luna kaum hörbar. All das hier war für Rea gemacht. Und Rea für all das.

»Ist es nicht«, ertönte ein Flüstern hinter ihr, nicht lauter als ein Windhauch.

Rea wandte sich um, die Klinge auf Lunas Scheitel vergessen. Eine der Tempeldienerinnen hatte ihren Kopf gehoben, den Schleier zurückgeworfen und blickte ihnen mit vorgerecktem Kinn entgegen. Vor ihren Knien lag eine kleine Schale und ein Ritualdolch. Welche der Gottheiten sollte sie repräsentieren – Alira, die Göttin des Krieges? Ihr schwarzes Haar rankte sich in einem langen Zopf über das weiße Tempeldienergewand und einige Strähnen verdeckten die bläuliche Schwellung auf ihrer rechten Gesichtshälfte, während sie mit einem beinahe fiebrigen Blick auf die Klinge in Reas Hand starrte.

»*Ich* habe es aus Aliras Statue geborgen, als die Hexer uns angegriffen haben. Es hat *mich* gefunden«, wisperte sie.

Die Kerzen in den Händen der anderen Tempeldiener zitterten. Welch Anmaßung. Lunas Blick schoss zu Rea. Sie hob das Schwert und drehte es leicht in der Luft.

»Warum liegt es dann in meiner Hand und nicht in deiner, Tempeldienerin?« Ihre Stimme klang kontrolliert und selbstsicher, nicht wütend, nicht gereizt.

Sie war die Königin. Die Worte einer Tempeldienerin perlten an dieser Tatsache ab wie an einer unsichtbaren Rüstung.

»Weil Frauen hier keine Schwerter führen dürfen.« Verbitterung troff aus den Worten des Mädchens, so wie das Wachs von der Kerze in ihren Händen.

Überrascht blickte Luna zu den Türen der Halle. Die Paladine, die dort Wache hielten, waren allesamt männlich. Sie prüfte ihre Erinnerung, doch auch dort fand sie keine Paladinin. Es war ihr zuvor nie aufgefallen. Rea und sie selbst hatten Schwerter geführt, seit sie laufen konnten. Syltain blickte an ihnen vorbei zu seiner Leibwächterin, vermutlich mit dem gleichen Gedanken. Luna konnte sich nicht erinnern, sie jemals ohne ihre beiden Schwerter gesehen zu haben. Für sie alle war es selbst verständlich, dass Frauen kämpfen durften.

Etwas in der Stimme der Tempeldienerin verursachte ein schweres Gefühl in Lunas Brust. Sie alle sollten das Recht haben, zu sein, wer sie wollten.

Sie sah zu Rea auf. Niemand hätte ihr ihr Schwert nehmen können, nicht einmal, als es noch aus Holz gewesen war. Sie müsste es von ihnen allen am besten verstehen, doch ihr Gesicht blieb ausdruckslos, während sie Aliras Schwert in der Hand wog und die Klinge dabei im Licht der Buntglasfenster funkeln ließ, so als hätte sie die Tempeldienerin bereits wieder vergessen, als hätte sie nie eine Rolle gespielt.

Gleichzeitig wurde Luna klar, dass da auch nichts mehr von ihrer Schwester war. Auch sie spielte keine Rolle.

Luna senkte den Blick und erhob sich vor ihrer Königin.

Während sie zur Tür schritt, wurde ihr bewusst, dass sie vergessen hatte, auch vor Syltain noch einmal zu knicksen, doch es war ihr gleich.

Sie warf einen Blick über ihre Schulter zurück zu der Tempeldienerin. Zwar sah sie nur ihren Rücken, doch die gebeugte Haltung sagte ihr genug. Sie hatte den Schleier wieder vor ihr Gesicht geschlagen, sie hatte aufgegeben. Rea verdiente dieses Schwert mehr als die Tempeldienerin, doch das bedeutete nicht, dass sie unwichtig war. Auch sie verdiente die Chance, sich zu beweisen.

Die Gardisten warteten in einer Reihe aufgestellt vor dem Ausgang. Xyn stand direkt neben der Tür und hob sich in seiner schwarzen Kleidung vor dem Marmor des Tempels ab wie ein Schatten. Neben ihm lehnte die Leibwächterin, einen Fuß an der Wand angestellt, die Hände an ihren Schwertgriffen und ihren Blick auf Syltain fokussiert. Ihre Haut schien durch die Schlitze ihres Kleids. Ael trat in einer flüssigen Bewegung aus der Reihe und hinter Luna, um ihr zu den Kutschen zu folgen, doch sie blieb neben Xyn stehen.

Für einen Moment spürte sie seinen Blick auf ihrer Wange, bevor er ihrem zur Empore, zu Rea, Syltain und den Tempeldienern folgte. Der Herzog von Nesra hatte sich Luna in der Prozession angeschlossen und neigte nun den Kopf vor seiner Königin. Seine schmalen Lippen verzogen sich, als er die Geste vor Syltain wiederholen musste, bevor Rea das Schwert auf seinen Scheitel senkte. Luna wandte sich wieder zu Xyn, blickte ihm direkt in die Augen.

»Könnt Ihr der Tempeldienerin einen Platz in der Garde anbieten?«, fragte sie leise.

Xyn hob die Brauen und die winzige Bewegung setzte sich dabei durch die Narbe auf seiner Wange bis zu seinem Mundwinkel fort, während er die Tempeldienerin mit zusammengekniffenen Augen musterte. Auch die Leibwächterin wandte ihren Kopf zu ihnen.

»Warum sollten wir das tun?«, fragte Xyn zweifelnd.

»Sie möchte kämpfen und sie hat eine Chance verdient, oder nicht? Die Garde gibt doch Chancen.« Luna wandte sich hilfesuchend zu Ael um, doch der blickte sie nur mit großen Augen an, erstarrt, nicht sicher, ob er ihr oder seinem Hauptmann widersprechen sollte.

Zu Lunas Überraschung war es die Leibwächterin, die ihr zustimmte. Sie hatte ihren Blick schon wieder zu Syltain gewandt, doch sie entgegnete: »Ich denke, wir verdienen alle eine gerechte Chance.«

Xyn schien nicht überzeugt. »Dieses Mädchen ist –«

Er ruckte mit dem Kopf und presste die Lippen zusammen, als der Herzog von Nesra an ihnen vorbeischritt und ihnen dabei einen interessierten Blick zuwarf.

»Eure Hoheit?«, fragte er, doch Luna nickte nur, in der Hoffnung, dass er weitergehen würde.

Er tat es, wenn auch irritiert.

»*Bitte*«, wiederholte Luna, als der Herzog den Tempel verlassen hatte, und schloss ihre Finger um die lederne Schiene an Xyns Unterarm.

Er starrte hinab auf ihre Hand, dann hob er den Kopf und verzog das Gesicht. Seine Augen verengten sich und er schob leicht die Lippen vor, so als würde er nachdenken, während er sie so intensiv musterte, dass Luna sich unter seinem Blick wand. Sie hatte das Gefühl, geprüft zu werden, aber sie wusste nicht, worauf.

»Dieses Mädchen ist voller Magie«, sagte Xyn schließlich leise und nickte zu der Tempeldienerin hinüber.

Luna zog die Augenbrauen zusammen und folgte seinem Blick, doch sie verstand nicht, was er meinte. »Was bedeutet das?«

Xyn spannte sich an und schwieg, als hätte er nie ein Wort gesagt, doch Luna würde nicht so einfach nachgeben.

»Was bedeutet das?«, fragte sie noch einmal zudringlicher und trat dabei sogar einen Schritt auf ihn zu.

Was sollte das heißen, *sie war voller Magie*?

»Ich weiß es nicht«, knurrte Xyn ergeben. »Aber ich wäre vorsichtig damit.«

Luna zog die Augenbrauen zusammen. Er kam ihr nicht vor wie ein Mensch, der sich von einer ätherischen Empfindung leiten ließ.

»Was bedeutet das?«, fragte sie noch einmal und machte einen weiteren Schritt auf ihn zu, bis sein Arm ihr Kleid berührte.

Aus dieser Nähe konnte sie deutlich erkennen, dass die Narbe wie ein Blitz über seine Wange zuckte, wann immer er seine Kiefermuskeln anspannte … und er spannte sie häufig an. Xyn warf einen Blick über ihre Schulter und ruckte unerwartet nachdrücklich an seinem Arm, sodass er aus Lunas Fingern glitt. Im selben Moment neigte er den Kopf und sie begriff, dass jemand hinter ihr stand, noch bevor sie die Stimme des Herzogs von Koravotia hörte.

»Eure Hoheit.«

Luna setzte ein Lächeln auf und neigte ebenfalls den Kopf, doch im Gegensatz zum Herzog von Nesra ging der Herzog von Koravotia nicht an ihr vorbei, er blieb stehen.

»Nach Euch«, sagte er galant und wies auf die Tür, ein Angebot, dem sie Folge leisten musste, wenn sie nicht unhöflich erscheinen wollte. Sie hatte ohnehin bereits zu viel Aufsehen erregt.

Luna drehte sich noch einmal zu Xyn herum und formte ein letztes, stummes ›Bitte‹. Er wirkte nicht überzeugt, doch er nickte ruckartig.

»Ihr habt mir eine Frage gestellt«, raunte der Herzog von Koravotia ihr zu, während sie durch die Tür hinaus auf die Straße traten, in den Kreis von Kutschen, der auf sie wartete.

Luna blinzelte in das helle Licht und konzentrierte sich auf das holprige Pflaster unter ihren Füßen, um nicht zu stolpern, doch sie horchte auf. Es dauerte einen kurzen Moment, bis sie verstand, worauf er sich bezog. Sie hatte ihn nach seinem Verdacht gegenüber den Nordlanden gefragt.

Nur wenige Schritte vor ihnen war die Frostkönigin gerade im Begriff, in ihre Kutsche zu steigen, doch sie stockte, als sie sie auf sich zukommen sah. Der Diener, der ihr in die Kutsche hatte helfen wollen, zog seine Hand zurück und entfernte sich einige Schritte.

Das Kleid der Frostkönigin war im Sonnenlicht beinahe vollständig durchscheinend und funkelte, als bestünde es aus Schnee. Auch der Blick des Herzogs haftete auf ihr, als sie beide an sie herantraten, sie sich zu ihnen umwandte und sie mit einem Lächeln begrüßte. Weder die Frostkönigin noch der Herzog sagten ein Wort, sie maßen sich nur mit ihren Blicken.

»Es wird Zeit, dass wir mit der Verfolgung der Hexer in den Niemandslanden beginnen«, sagte der Herzog von Koravotia schließlich direkt, ohne dass sein erzwungenes Lächeln auch nur für einen Moment flackerte. »So, wie Ihr es zugesichert habt.«

Die Frostkönigin hob in gespielter Überraschung die Augenbrauen. »Ihr wollt doch die Flitterwochen Eurer Königin nicht etwa mit einem solchen Gemetzel begehen?«, fragte sie leichthin und ihre Stimme blieb dabei seicht, egal, welche Worte sie benutzte. »Reicht Euch das Blutbad von Daersk nicht?«

Luna zuckte leicht zusammen, doch der Herzog neben ihr blieb vollkommen ungerührt.

»Ihr gebt Euch nicht einmal die Mühe, so zu tun, als würdet Ihr nicht noch immer mit den Hexern sympathisieren«, zischte er. »Habt Ihr Euch auch dieses Mal wieder mit ihnen verbündet?«

Die Frostkönigin schüttelte ungläubig den Kopf. »*Wieder?*«

»Tut nicht so …«, mahnte der Herzog und beugte sich dabei nach vorn, sodass sein Gesicht dicht über ihrem schwebte. »Ihr habt die Hundert unterstützt, um Euch Euren Weg auf den Thron zu bahnen, habt die Hexer schon vor zwanzig Jahren benutzt, um einen Anschlag auf das Königreich zu verüben.«

Luna erstarrte zu Eis. Davon hatte sie nicht gewusst. Niemand hatte es ihr erzählt, weder der Rat noch Ihre verstorbene Majestät noch Syltain … Hatte er auch dieses Detail nicht für wichtig erachtet? Hatte er sie auch damit angelogen?

»Glaubt Ihr inzwischen Eure eigenen Lügen?« Der weiche Ton war aus der Stimme der Frostkönigin gewichen und wurde von etwas Kälterem, Spitzerem ersetzt.

Sie reckte ihr Kinn und sah zu dem Herzog auf, ohne durch ihre fehlende Größe auch nur das kleinste Stück ihrer Autorität einzubüßen. Plötzlich lachte sie, wieder mit ihrem schrillen, rauen Lachen, das nicht zu ihrem Äußeren passen wollte. Luna schauerte.

Die Frostkönigin hatte also bereits mit den Hexern zusammengearbeitet, hatte bereits zuvor einen Anschlag auf Ihre verstorbene Majestät versucht … nun vielleicht zwei. Vielleicht war sie jetzt erfolgreich mit dem gewesen, woran sie vor zwanzig Jahren gescheitert war … Deshalb wollte der Rat also, dass sie die Augen offenhielt. Womöglich würde Ihre verstorbene Majestät recht behalten – sie hatten sich ihre Feinde in ihr Königreich geholt.

Das Lachen der Frostkönigin erstarb so urplötzlich, wie es begonnen hatte. Ihre Kutsche blockierte den Weg und sammelte ein immer größeres Publikum hinter ihnen an. Luna bemühte sich, unbeteiligt zu wirken und zu lächeln, als hätte der Herzog der Frostkönigin nicht gerade Hochverrat vorgeworfen.

»Ich hatte kein Interesse am Tod Ihrer Majestät«, hauchte diese so leise, dass Luna sich unwillkürlich vorbeugte, um sie zu verstehen. »Syltain war noch nicht verheiratet und man sollte die Entscheidung zu einer arrangierten Ehe niemals der Braut überlassen … nicht wahr?«

Die Frostkönigin lächelte vielsagend und ihr Ton ließ vermuten, dass sie einen Scherz hatte machen wollen, doch gleichzeitig schwang auch etwas anderes, gefährlicheres darin mit. Sie wandte sich direkt an Luna. »Denkt Ihr, sie wird die richtigen Entscheidungen für Euer Land treffen? Eure Königin?«

Ihre Stimme klang wieder heiter, weich und mädchenhaft, doch ihr Blick blieb starr und kühl.

»Natürlich«, entgegnete Luna, ohne auch nur einen Moment darüber nachdenken zu müssen. Das hatte nie zur Debatte gestanden, und tat es auch jetzt nicht. Rea war zur Königin geboren.

»Das heißt es war eine gute Entscheidung von ihr, Syltain zu heiraten?«, fragte die Frostkönigin und ihr Lächeln splitterte zu einem wissenden Grinsen.

Luna war in ihre Falle getappt. Sie konnte ihr nicht mehr widersprechen, nicht, ohne Reas Entscheidung in Frage zu stellen, auch wenn der Rat anderer Ansicht war.

Die Frostkönigin taxierte sie, beobachtete jede Reaktion. Ihr Lächeln wurde breiter, bis ihr sonst so regungsloses Gesicht unter der plötzlichen Bewegung zu splittern drohte und Luna daran erinnerte, wem sie da gegenüberstand. Etwas im Blick der Frostkönigin ließ sie wachsamer werden.

Sie kannte ihr Geheimnis, sie wusste, was sie für Syltain empfunden hatte und er für sie. Sie kannte ihr Geheimnis und in ihrem Blick lag die unverhohlene Drohung, dass sie es jederzeit gegen sie verwenden konnte. Die einzige Chance, die Luna blieb, war, die Frostkönigin glauben zu lassen, dass ihr Wissen, ihr Geheimnis, keine Macht mehr hatte.

»Natürlich«, entgegnete sie lächelnd, während ein kleines Licht in ihr verlosch. »Die Hochzeit der beiden war eine hervorragende Entscheidung.«

11

Der Wind der nahen Klippen spielte mit Lunas Haar, während sie sich an die hüfthohe Mauer vor ihr klammerte. Das Salz des Meeres legte sich auf ihre Zunge und in der kühlen Herbstluft war es fast, als könnte sie noch in der Distanz kleine Gischtspritzer auf ihren Wangen spüren.

Sie hatte mehrmals versucht, mit Rea zu sprechen, aber sie hatte keine Chance dazu bekommen, weder in der Sommerresidenz noch auf der Reise zurück in die Thronstadt Rox Taenn. Ihre Majestät war nie allein.

Jetzt stand Luna an der Mauer des Palasts, dieser Festung, die sich an die Klippen schmiegte, und in deren Windschatten sich eine gesamte Küstenstadt zusammendrängte, und sah in den Innenhof hinab, wo Rea mit ihrem Schwert eine Sackpuppe zerfetzte, sodass das Stroh wie Regen um sie fiel. Es war ihre Chance, und dennoch konnte sie sich nicht rühren. Sie starrte stumm auf ihre Schwester – *Ihre Majestät* – hinab und beobachtete sie, als hätte sie sie noch nie trainieren sehen … Dabei hatte es etwas seltsam Vertrautes.

Rea hatte ihr Kleid für ihr Training gegen einfache Hosen und eine gesteppte Weste über ihrem Hemd getauscht, und ihr kurzes Haar direkt nach ihrer Krönung zu unzähligen Zöpfen entlang ihrer Kopfhaut flechten lassen. Zum ersten Mal seit langer Zeit sah sie eher aus wie ihre Schwester als wie eine Königin.

Xyn lehnte am anderen Ende des Innenhofes an der Mauer, ein Bein angestellt, und beobachtete Rea, wie sie ein halbes Dutzend schmaler Dolche vom Boden hob und sie mit schnellen Bewegungen auf die Überreste der Puppe schleuderte. Sie alle blieben in einer akkuraten vertikalen Linie im Holz der Aufhängung stecken.

Luna hatte nach der Krönungsfeier nicht noch einmal mit ihm sprechen können, er wich nicht für einen Moment von Reas Seite. Hatte er der Tempeldienerin einen Platz in der Garde angeboten? Was hatte er damit gemeint, dass sie voller Magie war? Luna seufzte leise und der Wind trug das Geräusch davon. Sie würde Xyn nicht fragen können, solange sie ihn nicht allein traf.

Rea wischte sich feuchte Haarsträhnen aus dem Gesicht und richtete sich auf. »Jetzt du.«

Lunas Blick wanderte über den Innenhof, aber er war leer bis auf Xyn, der weiterhin mit verschränkten Armen an der Wand lehnte und sich nicht angesprochen zu fühlen schien.

Rea wandte sich nicht um, sie drehte nur ihren Kopf, weit genug, dass Luna verstand. Sie hatte sie bemerkt.

»Zeig mal, was du die letzten Jahre gelernt hast«, sagte sie, und machte sich dabei nicht die Mühe, laut zu sprechen. Der Wind trug ihre Stimme auch so bis zu Luna hinauf.

Sie atmete tief ein, den Geruch von Wellen, Wind und Salz, bevor sie ihren Rock raffte und zögerlich die steinernen Stufen auf den Sand des Innenhofs hinabstieg. Sie hatte dieses Gespräch viel zu lange vor sich hergeschoben, doch damit war es jetzt vorbei. Sie musste sich entschuldigen.

Luna traute sich nicht, Rea anzusehen, als sie neben ihr Aufstellung nahm, aber sie spürte ihre Präsenz an ihrer Seite. Sie waren sich eine lange Zeit nicht so nah gewesen, und Luna fühlte sich beinahe unbeholfen neben ihrer Schwester. Hier im Innenhof, im Training, gab es kein Protokoll, das ihren Umgang vorschrieb, und sie hatte vergessen, wie sie sich früher so ungezwungen miteinander verhalten hatten.

Luna fokussierte sich auf die malträtierte Strohpuppe, schloss die Augen und sprach ihren Zauber. Die Worte und die Bewegungen ihrer Finger waren ihr in Fleisch und Blut übergegangen, und dennoch faszinierte sie das Kribbeln in ihren Handflächen immer wieder. Die Magie, die sich dazwischen zusammenzog, wand sich wie ein lebendiges Wesen, das sich formte und aufbegehrte. Luna ließ sie frei.

Die Puppe explodierte in einer Wolke aus Stroh und Staub, und die Dolche darin fielen klappernd zu Boden. Rea stolperte zurück, um auszuweichen, und wirbelte dann zu ihr herum. Luna stockte bei ihrem Gesichtsausdruck.

»Wenn ich deine Magie hätte, müsste ich mir beim Training nicht mehr so viel Mühe machen.« Rea lächelte.

Luna wollte glauben, dass es echt war, aber sie konnte sich kaum an das letzte Lächeln ihrer Schwester erinnern, und so wandte sie sich nur ab und musterte die Überreste der Strohpuppe auf dem Boden.

»Wir haben wohl beide gelernt, für uns selbst zu kämpfen«, flüsterte sie.

Rea erwiderte ihren Blick mit einem knappen Nicken, die schwesterlichste Geste, die sie von ihr bekommen würde.

Luna öffnete den Mund, um das kurze Zeitfenster zu nutzen, bevor sie wieder zu feige sein würde, die Worte herauszubringen, doch statt einer Entschuldigung fragte sie tonlos: »Was, wenn die Nordlande tatsächlich für den Tod Ihrer Majestät verantwortlich sind, so wie der Rat vermutet?«

Sie warf einen hastigen Blick über ihre Schulter zu Xyn, der jedoch an ihnen vorbeisah und wie Ael neben ihm konzentriert schien, nicht zuzuhören.

Rea schnaubte kurz, bevor ihr Gesicht schlagartig wieder zu der perfekten Maske einer Königin wurde. Sie schlenderte zu den Überresten der Strohpuppe hinüber, um ihre Dolche aufzusammeln.

»Vor Kurzem hätte ich noch gewettet, dass du ihn besser

kennst«, sagte sie, während sie Luna weiter den Rücken zuwandte.

Sie wusste es. Sie wusste ganz genau, dass Syltain und sie sich nicht zum ersten Mal so nah gewesen waren wie in dieser Nacht in der Sommerresidenz, wusste ganz genau, was sie da im Ballsaal unterbrochen hatte. Luna hätte es ihr selbst sagen sollen, doch dafür war es nun eindeutig zu spät.

»Hat Ihre verstorbene Majestät es dir erzählt?«, fragte sie heiser. Das war noch immer besser, als wenn Syltain es selbst getan hatte.

Rea richtete sich mit einem leisen Ächzen wieder auf und betrachtete die Dolche in ihrer Hand, bevor sie sich zu Luna umwandte.

»Natürlich«, entgegnete sie tonlos. »Ich sollte das wissen, oder nicht?«

Natürlich. Luna schluckte. Rea musste aufmerksam sein. Sie hatte alle Informationen verdient.

»Aber es sieht auch jeder Blinde«, fügte sie leiser hinzu und richtete ihren Blick wieder auf die Dolche in ihrer Hand. »Es ist offensichtlich, wie sehr Syltain an dir hängt.«

Luna suchte verzweifelt nach einer Erwiderung, doch ihr Kopf war leer. Die abweisende Kühle in Reas Stimme breitete sich wie ein unsichtbarer Nebel um sie herum aus, doch ansonsten blieb sie völlig ruhig, ihre Haltung nichtssagend. Es verunsicherte Luna, dass sie nicht wusste, was in Rea vorging. Entweder war sie tatsächlich vollkommen gleichgültig oder sie verbarg ihren Sturm von Wut hinter ihrer Maskerade. Keine dieser Varianten war weniger beunruhigend.

»Es tut mir leid«, würgte Luna hervor, doch Rea tat die Worte mit einem bitteren Lächeln ab.

»Es war nie das, was wir geplant hatten«, sagte sie leise und sah Luna dabei zum ersten Mal wieder direkt in die Augen. Ihr Ton klang beinahe entschuldigend.

Luna öffnete bereits den Mund, um ihr zu widersprechen, ihr zu sagen, dass sie *ihr* Unrecht getan hatte, nicht umgekehrt, als Rea weitersprach.

»Eure … *Liebe* …« Sie spuckte das Wort beinahe abfällig aus. »… beruht auf einfältiger, spontaner Anziehung, aber Syltain und ich … wir haben uns etwas aufgebaut, haben Pläne für die Zukunft gemacht, wir haben eine Zukunft *geschmiedet*. Wir erschaffen etwas mit unserer Beziehung.«

Luna hatte dem nichts entgegenzusetzen. Jedes von Reas Worten war schärfer geworden, während sie gesprochen hatte, doch jedes war wahr … Und jedes bohrte sich scharf wie die Dolchklingen in ihrer Hand in Lunas Brust.

»Wir haben für uns gekämpft und *du*, du solltest dich davon fernhalten«, fügte Rea leise zischend hinzu. »Wir können uns nicht leisten, dass man euch zusammen sieht.«

Ihr Gesicht blieb – entgegen ihrer Worte – eine seichte, höfliche Maske, und der Gegensatz wirkte beinahe angsteinflößend grotesk. Das dolchgleiche Stechen in Lunas Brust drehte und wand sich. Rea wollte sie forthaben, aber sie würde nicht gehen. Sie hatte geschworen, dass sie ihre Fehler wiedergutmachen würde, dass sie alles tat, um Rea zu schützen.

»Du solltest dich darauf konzentrieren, den Rat auf unsere Seite zu ziehen, so wie du es schon vor Jahren hättest tun sollen«, zischte Rea. In ihrer Stimme schwang ein Vorwurf mit, den Luna nicht verstand.

»Was?«, fragte sie verwirrt. Was sollte das heißen, *den Rat auf ihre Seite ziehen*? Der Rat *war* auf ihrer Seite, er unterstand der Königin.

Rea wandte den Kopf ab. Sie hatte ihre Dolche wie ein Bouquet Blumen in ihrer Hand aufgefächert.

»Ihre verstorbene Majestät hat dich an die Akademie geschickt, damit du sie kennenlernst, eine von ihnen wirst, damit wir ihnen einen Schritt voraus sein können«, erklärte sie leise.

Luna blickte sie nur verwirrt an. Ihre verstorbene Majestät hatte ihr nie davon erzählt. Hätte sie es getan, hätte Luna sich mehr angestrengt, aber sie verstand noch immer nicht.

»Ich dachte, es wäre die Strafe für –«

»Natürlich«, fuhr Rea ihr mit schneidender Stimme ins Wort. »Du hast nie gelernt, weiter zu denken.«

Lunas Mund stand noch immer offen, doch Rea ließ ihr keine Zeit für eine Erwiderung.

»Es hilft niemandem, wenn der Rat jetzt verzweifelt nach Beweisen für die Schuld der Niemandslande sucht. Wenn überhaupt verschlechtert es die Beziehungen, die Syltain und ich gerade zu stärken versuchen.«

»Sie suchen nach der *Wahrheit*«, versuchte Luna klarzustellen und ihr Ton kam einem Widerspruch dabei gefährlich nahe. »Sie wollen dich schützen.«

Rea verzog die Lippen zu einem verächtlichen Lächeln, als sie nickte. »Natürlich.«

Sie hätte mit keinem anderen Wort weniger zustimmen können. Luna zog die Augenbrauen zusammen. Reas Worte, ihre gesamte Haltung, verwirrten sie … Sie konnte ihre Schwester nicht mehr lesen. Während der Rat davon überzeugt zu sein schien, dass die Nordlande Schuld am Tod Ihrer Majestät trugen, schien Rea das genaue Gegenteil zu glauben. Warum vertraute sie dem Urteil des Rates nicht? Warum hatten ihre Ermittlungen noch keine Beweise für die eine oder die andere Vermutung ergeben?

Lunas Blick fiel über den Hof auf Xyn. Im Gegensatz zu Rea konnte er seine Gedanken nicht vollkommen verbergen. Sein Kiefer hatte sich bei ihren Worten verkrampft, seine Haltung angespannt. Ael hatte es zwar nie direkt bestätigt, aber Luna war sich sicher, dass die Garde die Nordlande ebenso verdächtigte wie der Rat.

»Wie seht Ihr das?«, fragte sie an Xyn gewandt. Sie hatte die Stimme erhoben, damit er sie hörte, dabei war sie sich sicher, dass Ael und er bereits seit Beginn des Gesprächs gelauscht hatten.

Xyns Blick schoss zu ihr und funkelte dunkel, beinahe wütend, während er sich aufrichtete und seine verschränkten

Arme löste. Sein Blick wanderte von ihr zu Rea und dann wieder zurück, und seine gesamte Haltung strahlte aus, dass er sich in der Position, in die sie ihn gebracht hatte, ganz und gar nicht wohlfühlte.

»Verzeiht, Eure Hoheit, wie sehe ich was?«, fragte er und sie alle wussten, dass er sich Zeit kaufte. Er spielte ihr ihre Karten zurück.

Luna setzte ein höfliches Lächeln auf, so wie sie es gelernt hatte. »In welche Richtungen stellt Ihr Eure Ermittlungen zu dem Attentat auf Ihre Majestät an?«

»In alle Richtungen«, erwiderte Xyn, seine Stimme dunkel wie der Sand des Innenhofs. Von seinem anfänglichen Unwohlsein war nichts geblieben. »Wir haben Feinde in unserem Inneren und wir wollen sie finden. Wir werden nicht außer Acht lassen, dass die Niemandslande für eine lange Zeit Feinde des Königreichs gewesen sind.«

Er hätte seine Abneigung nicht deutlicher ausdrücken können.

Rea gab ein kurzes, spitzes Lachen von sich. »Es würde mich wundern, wenn nicht mindestens die Hälfte der Menschen hier meinen Kopf am liebsten auf einem Spieß sehen wollen würde. Die Frostkönigin ist nur eine von vielen.«

Lunas Augen weiteten sich. Ihr war also doch bewusst, dass die Nordlande eine Bedrohung darstellen konnten. »… und dann bist du nicht besorgt?«

»Sollen sie es doch versuchen.« Ein schiefes Grinsen breitete sich auf Reas Gesicht aus. »Ich bin gespannt, wer sich als Erstes traut.«

Sie schien vollkommen gelassen angesichts der unbekannten Gefahr, die sie bedrohte, wie Ihre verstorbene Majestät, die sich auch nie gefürchtet hatte … bis sie tot gewesen war.

Xyn schien ebenfalls nicht amüsiert. Er blickte Luna fest an, als er sagte: »Wir werden alles daran setzen, dass die Attentäter gefasst werden.«

Er sprach nicht aus, was Luna deutlich in seinem Blick erkannte. Er würde nicht zulassen, dass ein weiterer Anschlag Erfolg hatte, nicht zulassen, dass ein weiterer seiner Gardisten bei einem solchen Attentat zu Tode kam.

»Hoffen wir, dass die Hexerin Licht ins Dunkel bringen kann, sobald sie hier ist«, sagte Rea und wandte sich mit ihren Dolchen bereits wieder den Überresten der Strohpuppe zu.

Luna unterdrückte das dunkle Brennen, das in ihr aufsteigen wollte. Wäre die Hexerin nie entkommen, hätten sie ihre Antworten vielleicht längst gehabt. Doch daran konnte sie nichts mehr ändern.

»Wir werden herausfinden, wer es war«, versprach sie, auch wenn Rea sie nicht mehr hören konnte. Sie würde ihr zeigen, dass sie ihren Platz am Hof verdiente.

»Ich mache es wieder gut«, flüsterte sie. Sie musste nicht näher ausführen, was sie meinte.

Ein Regentropfen landete auf ihrer Nase und sie legte den Kopf in den Nacken, um zu dem grauen Wolkenfeld hinaufzublicken, das sich über ihnen zusammenzog und dunkle Punkte auf den Sand des Innenhofs malte. Als sie ihren Kopf wieder senkte, war Rea bereits ohne ein Wort des Abschieds im Gebäude verschwunden.

Luna hatte den steinernen Bogengang zum Inneren des Palastes kaum durchschritten, als sie einen Blick in ihrem Rücken spürte, einen Blick, der nicht Aels war. Sie wandte den Kopf.

Der Palast von Rox Taenn hatte nichts von der strahlenden Eleganz der Sommerresidenz, er war ein massives Bollwerk, zur einen Hälfte in den rauen Stein der Klippen gehauen und zur anderen daraus aufgebaut. Der Geruch von Meer und Salz drängte sich durch die Ritzen bis ins Herz des Gemäuers und ließ sie nicht vergessen, dass es die See gewesen war, die den Stein um sie herum gefurcht hatte. Unter ihren Füßen knirschte Küstensand, kahl und schroff, nicht gedämpft von weichen Teppichen wie in Arenja.

Während die Sommerresidenz dem ganzen Land den Prunk und Glanz der Krone präsentieren sollte, war der Palast von Rox Taenn die Erinnerung an ihre unerschütterliche Stärke und Unvergänglichkeit. Wo Luna sich in der Sommerresidenz immer wie ein Makel in der allumfassenden Unfehlbarkeit gefühlt hatte, war sie hier ein kleiner, unbedeutender Kiesel in der zerstörerischen Kraft der Wellen, nur einen Stoß davon entfernt, an den schroffen Steinen vor den Klippen zu zerschellen.

Aus einem Erker in der Mauer trat Syltains Leibwächterin in den Gang. Sie trug ein ledernes Kopftuch passend zu ihrer enganliegenden Uniform. Luna erstarrte. War sie im Innenhof gewesen? Hatte sie sie gehört? Ihr Gesicht ließ keine Regung erkennen, nicht einmal die Abneigung, die sie sonst so überdeutlich zur Schau trug.

»Wo ist Syltain?«, fragte Luna und blickte den steinernen Gang entlang, doch sie konnte ihn nicht entdecken.

Die Leibwächterin zuckte die Schultern und die Bewegung setzte sich so durch ihre Arme fort, dass die Schwerter, auf deren Griffen sie ihre Hände abgelegt hatte, wie Flügel hin- und herschwangen.

»Er kann einen Moment auf sich selbst aufpassen«, entgegnete sie gleichmütig.

Luna hatte ihn nie ohne seine Leibwächterin gesehen und sie nie ohne ihn. Welchen Grund hatte es also, dass sie nicht bei ihm war?

Die Luft im Gang begann vor Anspannung zu summen, während sie sich mit ihren Blicken maßen. Die kunstvollen Schwünge des Kholstrichs der Leibwächterin standen in starkem Kontrast zu ihren ungetönten, gesprungenen Lippen und verliehen ihr eine raue Schönheit.

Luna wollte sich bereits abwenden, der Grund, warum sie ursprünglich stehengeblieben war, längst vergessen, als die Leibwächterin hinter ihr leise sagte: »Die Hexerin ist eingetroffen.«

Luna wandte sich wieder herum, doch sie sagte nichts weiter, sie sah sogar so aus, als hätte sie nie den Mund geöffnet. Luna biss ihre Zähne zusammen, damit das Lächeln auf ihren Lippen nicht zitterte. Die Leibwächterin ließ sie fragen, und sie tat ihr den Gefallen.

»Wo ist sie?«

»Der Herzog von Koravotia foltert sie.« Der Blick der Leibwächterin flackerte für einen Moment, so kurz, dass Luna es sich ebenso gut eingebildet haben konnte.

Die Herzöge hatten ihr vielleicht ihre Kette zurückgegeben, aber sie vertrauten ihr noch nicht genug, um sie zu der Befragung der Hexerin hinzuzuziehen … oder sie überhaupt darüber zu informieren. Luna wollte sie sehen, wollte sie fragen, was sich verändert hatte, dass sie sich von Noda und ihrer Herkunft abgewandt hatte, herausfinden, wie sie so falsch hatte liegen können … Doch sie war nicht in der Position dazu.

»Danke für die Information«, zwang sie sich über die Lippen und wollte sich wieder abwenden, als die Leibwächterin hinter ihr schnaubte.

»Ihr werdet nicht hingehen?«, fragte sie mit gespielter Überraschung, während ihre Stimme deutlich machte, dass sie nichts anderes erwartet hatte. »Wolltet Ihr sie nicht befragen?«

Luna hasste, dass sie sich von ihr herausgefordert fühlte.

»Der Herzog von Koravotia kann sie wohl besser zum Reden bringen als ich«, presste sie hervor.

»Oh, wirklich?« Die Leibwächterin zog ihre Augenbrauen in die Höhe, bis sich ihre Stirn kräuselte. »Im Moment klingt sie nicht so, als könnte sie überhaupt noch ein Wort von sich geben.«

Luna schauderte. Wieder hörte sie die Schreie der Akademie, oder eher das schrille Kreischen, das zuvor Schreie gewesen waren, spürte die alles verschluckende Dunkelheit und das Blut der Zellen.

»Falls Ihr mit ihr sprechen wollt, bevor sie tot ist, solltet Ihr jetzt gehen«, sagte die Leibwächterin leise, aber nachdrücklich.

In ihren Augen glomm dasselbe Grauen, das auch Lunas Rückgrat heraufkroch. Wie immer die Leibwächterin von der Folter der Hexerin erfahren hatte, es ließ auch sie nicht kalt.

»Danke«, sagte Luna knapp und wandte sich ab, um den Weg zu den Verliesen einzuschlagen, Ael dicht hinter ihr.

Entgegen ihrer Erwartung schloss die Leibwächterin sich ihnen an. Die Lockerheit, die sonst in jeder ihrer Bewegungen gelegen hatte, war verschwunden, ihre Schultern steif. Es ging ihr nah, was mit der Hexerin geschah … Luna hatte immer geglaubt, die einzige Emotion der Leibwächterin wäre die Abneigung ihr gegenüber, doch in den vergangenen Augenblicken hatte sie ein ganzes Spektrum von Gefühlen an einer Frau gesehen, von der sie geglaubt hatte, dass sie keine hatte.

E uer Schoßhündchen sollte besser hierbleiben«, sagte die
Leibwächterin nur kurze Zeit später in ihrem üblichen,
herablassenden Tonfall und Luna verwarf jegliche Gedanken,
die sie zuvor gehabt hatte, restlos. Die Leibwächterin drehte sich für ihre Worte noch nicht einmal zu ihnen herum.

Doch noch bevor Luna widersprechen konnte, protestierte
Ael hinter ihr lautstark: »Auf gar keinen Fall!«

Ein flammender Blick schoss an ihr vorbei auf den Hinterkopf der Leibwächterin zu. Sie sollte ihn schelten, schließlich
war es nicht seine Entscheidung, sondern ihre, doch etwas
an seiner Inbrunst berührte sie. Er hatte es sich zur Aufgabe
gemacht, sie zu beschützen, und sie wollte ihm die Chance
dazu geben. Außerdem weigerte sich etwas tief in ihrem Inneren, den Befehlen der Leibwächterin Folge zu leisten.

»Ich gebe ihm recht«, sagte Luna mit nicht wenig Genugtuung.

Die Leibwächterin schnaubte nur. Sie nahm nicht den
schnellsten Weg zu den Verliesen und kurz überlegte Luna,
sie darauf hinzuweisen, doch stattdessen fragte sie: »Warum
hast du mir von der Hexerin erzählt?«

Sie musste nicht aussprechen, dass sie einander eigentlich nicht ausstehen konnten, das war ihnen beiden mehr als
deutlich bewusst.

Die Leibwächterin schwieg für einen Moment, doch ihre Haltung wurde noch steifer.

»Es ist nett, dass das Mädchen aus dem Tempel einen Platz in der Garde bekommt«, gestand sie widerwillig und endete mit einem Schnauben, bevor ihre Stimme zu weich werden konnte. »Ihr habt recht, dass jeder eine Chance verdient.«

Das Geständnis schien ihr beinahe körperliche Schmerzen zu bereiten. Unter anderen Umständen hätte Luna es vielleicht ein wenig genossen, doch nun fragte sie stattdessen nur: »Dann hat der Hauptmann ihr einen Platz in der Garde angeboten?«

Die Leibwächterin nickte und der Knoten des Kopftuchs in ihrem Nacken wippte dabei. Zum ersten Mal seit langem war Lunas Lächeln für einen kurzen Moment vollkommen ehrlich.

»Ihr hättet es ihm einfach befehlen können, das ist Euch klar, oder?«, fragte die Leibwächterin leiser.

Luna blickte verwundert auf ihren Hinterkopf. Sie hätte es Xyn befehlen können, aber am Ende war es seine Garde, und das Mädchen sollte nicht in ein Umfeld gezwungen werden, das sie nicht haben wollte. Aus genau einer solchen Situation wollte sie schließlich fliehen.

Luna vertraute Xyn und seinen Fähigkeiten als Hauptmann, und auch Ael hatte ihr nur bestätigt, was sie selbst schon geahnt hatte – Xyn übernahm die Verantwortung für all seine Gardisten. Sie war sich sicher gewesen, dass er der Tempeldienerin einen Platz anbieten würde, wenn es ihm richtig erschien, doch sie fand nicht die richtigen Worte, um es der Leibwächterin zu erklären, und so schloss sie ihren Mund wieder … schließlich war sie ihr auch keine Rechenschaft schuldig.

»Habt Ihr es aus demselben Grund nicht gemacht, aus dem Ihr Euch Eure Kette habt nehmen lassen?«, fragte die Leibwächterin und wandte nun doch ihren Kopf über ihre Schulter. Ihr Lächeln war eine Mischung aus Herablassung und Herausforderung. »Wart Ihr zu feige?«

Lunas Mund klappte wieder auf, ohne dass sie ihn daran hindern konnte. Sie erinnerte sich nicht, wann jemand das letzte Mal so direkt mit ihr gesprochen hatte. Die Leibwächterin lächelte ihr ins Gesicht und schob ihre Zunge dabei feixend in ihre Wange. Es schien ihr beinahe Freude zu bereiten, sie zu provozieren. Ael schloss dicht zu ihr auf.

»Das war nicht meine Entscheidung«, zischte Luna und bereute im selben Moment, dass es klang, als wollte sie sich verteidigen.

»Nein?«, feixte die Leibwächterin, doch sie musterte sie prüfend. »Ihr seid die Prinzessin Atheas. Wer außer Euch trifft diese Entscheidungen?«

Luna traf die Entscheidung, ihr nicht zu antworten. Dass die Leibwächterin vielleicht doch eine freundliche – oder zumindest eine erträgliche – Seite hatte, schien ein Gedanke aus einem anderen Leben zu sein.

In Syltains Nähe hörte sie vielleicht viel von dem, was an Ratstischen besprochen wurde, aber sie schien dennoch nicht zu verstehen, wie Macht funktionierte … und die Illusion davon. Luna war vielleicht eine Prinzessin, aber das gab ihr nicht die Macht, auch nur irgendetwas zu tun, nicht, solange es immer noch mächtigere Menschen gab.

Wenn sie schon so direkt miteinander sprachen, konnte sie ihr allerdings auch die Frage stellen, die ihr auf der Zunge brannte. Die Leibwächterin wusste mit Sicherheit ebenso viel wie Syltain und würde ohnehin zugegen sein, wenn Luna ihn danach fragte, nur dass sie ihn, im Gegensatz zu seiner Leibwächterin jetzt, kaum ohne Rea antreffen würde.

»Die Hexer sind aus ihrem Unterschlupf entkommen«, presste Luna hervor, bemüht, nicht außer Atem zu klingen, während sie zu der Leibwächterin aufschloss und ihr Gesicht beobachtete. Sie ließ keine Regung erkennen. »Wart ihr es, die sie gerettet haben?«

Noch immer zeigte die Leibwächterin keinerlei Regung,

warf jedoch einen bemüht gelangweilten Seitenblick zu Luna. Zu bemüht.

»Wie kommt Ihr auf diese Idee?«, fragte sie schließlich, und auch ihre Stimme klang nicht so unbeteiligt, wie sie vielleicht hoffte.

»Syltain wusste, wo sich der Hexerunterschlupf befindet.« Von ihr selbst, aber das sprach Luna nicht aus.

Die Leibwächterin gab nur ein abfälliges Geräusch von sich und entgegnete scharf: »Ihr anscheinend auch und Ihr habt sie nicht befreit, oder?«

Luna gab ihre gute Miene auf und schnaubte. Es war ein erleichterndes Gefühl, es gab dem, was auch immer da tief in ihrem Inneren brodelte, Raum.

»Was wäre, wenn?«, fragte die Leibwächterin schließlich und stoppte abrupt. Ihre Augen glühten und fesselten Lunas.

»Was wäre, wenn wir die Hexer gerettet hätten? Würdet Ihr uns dann für genauso schuldig halten wie Eure Hexerin? Glaubt Ihr dann auch wie alle anderen, dass wir Eure Königin getötet hätten?«, fragte sie eindringlich, doch sie ließ Luna gar nicht zu Wort kommen. »*Eure* Zauberer werden in *unser* Land kommen und *unsere* Menschen töten.«

»Hexer«, korrigierte Luna sie. Erst nachdem sie es ausgesprochen hatte, hörte sie, wie herzlos es klang.

»*Menschen!*«, fauchte die Leibwächterin. »Sie sind auch *Menschen.*«

Luna schüttelte abwehrend den Kopf. Athea und die Nordlande schienen vollkommen unterschiedliche Erfahrungen gemacht zu haben, was die Hexer betraf, und solange die Nordländer nicht gesehen hatten, welche Zerstörung sie in ihrem Königreich anrichteten, würden sie es vielleicht auch nicht verstehen.

»Habt ihr nicht gehört, was in Daersk geschehen ist?«, fragte Luna fassungslos.

Ihre Finger fuhren an ihr Amulett und strichen über das warme Metall. Charlyn würde bald wieder bei ihr sein, aber so viele andere konnten nicht heimkehren.

»*Ich* weiß es, aber wisst Ihr es auch?«, zischte die Leibwächterin.

Luna schüttelte verständnislos den Kopf. Es hatte keinen Sinn, dass sie beide in diesem Gang darüber diskutierten, diese Entscheidung hatten andere lange vor ihnen getroffen. »Eure Königin hat es versprochen, es war eine der Bedingungen für die Hochzeit.«

Die Leibwächterin wandte den Blick ab und zog die Nase hoch, die sich dabei kräuselte und kleine Fältchen bis auf ihre Wangen warf. »Das hätte sie nicht tun dürfen.«

Luna blickte sie nur mit großen Augen an, entsetzt darüber, dass sie ihrer Königin so offen widersprach.

Der Geruch von Moder, Schlamm und feuchtem Tier begrüßte sie in den Verliesen. Nicht weit von ihnen entfernt, auf der anderen Seite der Steinwand, peitschten Wellen gegen die Klippen, und der eisige Wind drängte die Gischt bis in die Zellen. Leise Geräusche drangen über das Rauschen zu ihnen, die wie Schreie klangen, doch Luna zwang sich, nicht zu genau hinzuhören. Noch nicht.

»Ich sollte hierbleiben, ich denke nicht, dass ich dort gern gesehen bin«, sagte die Leibwächterin kühl.

Sie hatte Luna stumm über einen der hinteren Eingänge bis in die Verliese begleitet, und dass sie nun hier warten würde, bestätigte ihre Vermutung, dass die Leibwächterin sie nicht vollkommen uneigennützig über die Befragung der Hexerin informiert hatte. Vermutlich wollten die Nordlande ebenfalls wissen, was die Hexerin zu erzählen hatte – wenn nicht, weil sie mit ihr zusammengearbeitet hatten, dann zumindest, weil sie definitiv mit ihnen sympathisierten.

»Ich warte hier auf Euch, *Prinzessin*«, sagte die Leibwächterin zum Abschied und verengte dabei spöttisch die Augen.

Sie hatte Luna durchschaut, hatte verstanden, dass sie die Rolle nur spielte, dass sie sie nicht erfüllte, aber sie würde ihr beweisen, dass sie falsch lag. Dass sie mehr konnte, als sie ihr zutraute. Luna wandte sich ohne ein weiteres Wort ab.

Es war, als ob Schreie aus den tropfenden, moosbewucherten Wänden quollen, als hätte der Stein das Grauen aufgesogen, das im Verlauf der vergangenen Jahrhunderte durch diese Gänge geschallt war, doch Luna folgte dem Geräusch, das alles übertönte, den Schreien, die ihr eine Gänsehaut über den Rücken trieben. Wie die Leibwächterin berichtet hatte, waren es keine Worte, nur schrilles, spitzes, schmerzerfülltes Kreischen, das sich wie Splitter in ihre Haut bohrte. Es trug einen Schmerz in sich, der von keinem Menschen gehalten werden konnte.

Lunas Schritte in den kühlen Pfützen beschleunigten sich, bis die Schreie mit einem Mal abrupt stoppten. Sie stand in der Mitte des Ganges, umgeben von rauschendem Tropfen, unschlüssig, ob sie ihren Weg fortsetzen wollte. Vielleicht hatte die Hexerin das Bewusstsein verloren. Vielleicht hatte der Herzog aufgehört. Vielleicht …

Sie hörte die Schritte erst spät, erst, als der Herzog von Koravotia direkt vor ihr stand.

»Euer Gnaden!«, grüßte Luna ihn ein wenig zu laut, sodass ihre Stimme von den Wänden widerhallte.

Falls die Leibwächterin nicht bereits verschwunden war, hatte sie spätestens jetzt die Chance dazu.

Dunkle Spuren zogen sich über den roten Gehrock des Herzogs und Luna wollte glauben, dass es nur die Feuchte der Decke war, die auf sie hinabtropfte. In dem flackernden Licht der Fackeln wirkte sein Gesicht verkniffen, seine Augen verengt und die Lippen fest zusammengepresst. Seine Brauen zuckten, als er Luna im Gang bemerkte.

»Was tut Ihr hier?«, fragte er aufgebracht, während er an ihr vorbeistürmte.

Kurz wog sie ab, ob sie einfach stehenbleiben sollte, ob sie einer Antwort damit entgehen konnte, doch stattdessen wandte sie sich um und hielt mit ihm Schritt.

»Ich habe gesehen, dass die Hexerin hergebracht worden ist, und hatte gehofft, ich könnte noch etwas von Euren Befragungskünsten lernen«, erwiderte sie mit angehaltenem Atem.

Der Herzog würde die Finte durchschauen – schließlich war Schmeichelei die rudimentärste Form der Ablenkung – doch er beachtete sie gar nicht. Er schnaubte nur, während er sich bemühte, seine Hände in einem Taschentuch zu säubern. Tiefrote Schlieren zogen sich über den weißen Stoff – *nicht* die Feuchtigkeit der Decke. Egal, wie häufig er seine Hände mit dem Tuch abrieb, die Blutflecken blieben, so wie auch an Meisterin Margos Händen in der Akademie.

Luna atmete tief ein, bevor sie sich vorsichtig zu fragen traute: »Konntet Ihr denn etwas herausfinden?«

»Sie wird noch reden.« Die Worte des Herzogs klangen wie eine verbitterte Drohung, die er vor sich selbst wiederholte. »Sie wird reden oder sie wird sterben.«

Luna schauerte, während sie ihre Röcke raffte, um die Stufen aus den Verliesen hinter ihm wieder nach oben zu steigen. Wenn die Hexerin starb, würde sie all ihre Antworten mit ins Grab nehmen.

»Meisterin Margo hielt den Freund der Hexerin für ihren Schwachpunkt«, sagte Luna vorsichtig und verschwieg dabei, dass es vor allem ihre eigene Vermutung gewesen war. Auf Meisterin Margos Ansichten würde der Herzog eher vertrauen.

Er stoppte wie angewurzelt am Kopf der Treppe und Luna spähte um ihn herum in den Gang. Sie erwartete, dass er die Leibwächterin entdeckt hatte, doch außer ihnen war niemand zu sehen. Ihr Duft lag noch in der Luft, nach den süßen Früchten und scharfen Gewürzen, für die Luna keinen Namen kannte. Die Leibwächterin musste noch ganz in der Nähe sein.

»Wo ist er?«, fragte der Herzog von Koravotia.

Luna brauchte einen Moment, um sich zu fassen. »Wer?«

»Der Mann.«

»Der Freund der Hexerin?« Luna war wieder eingefallen, worüber sie zuvor gesprochen hatten. Der Herzog schien beinahe die Beherrschung zu verlieren, seine Augen weiteten sich und sein Hals schwoll bereits an, und so beeilte Luna sich hinzuzufügen: »Ich denke, er ist nach den Flammen von Daersk geflohen.«

Noda war nicht unter den Leichen der Schlacht gewesen, nicht unter den *identifizierbaren*, und Luna wollte glauben, dass das bedeutete, dass er hatte entkommen können.

»Lasst Steckbriefe anschlagen!«, herrschte der Herzog Ael auf der Treppe hinter ihr an und schien dabei gar nicht wahrzunehmen, dass er kein Diener war.

Ael blickte mit großen Augen zwischen ihnen hin und her, den Mund bereits geöffnet.

»Ja, Euer Gnaden«, sagte Luna hastig, bevor Ael etwas erwidern konnte. Sie würde sich umgehend darum kümmern.

Der Herzog wandte sich ohne ein weiteres Wort ab und hastete davon. Es hatte keinen Zweck, jetzt noch einmal zu der Hexerin zurückzukehren, nicht, solange sie kein geeignetes Druckmittel hatten.

»Euer Gnaden?«, rief Luna ihm einem Impuls folgend hinterher. Sie hatte nicht lange darüber nachdenken können.

Der Herzog fuhr zu ihr herum und seine gesamte Haltung schrie danach, dass sie ihr Anliegen besser möglichst schnell vorbringen sollte.

Luna trat die letzte Stufe nach oben. Sie redete sich ein, dass es ihre eigene Neugier war, die sie zu der Frage bewegte, aber ebenso wollte sie nicht mehr in der Schuld der Leibwächterin stehen, die sie über die Befragung der Hexerin informiert hatte. Sie würde ihren Gefallen mit einem Gefallen erwidern.

»Wurde die Hexerverfolgung in den Nordlanden schon begonnen?«, fragte Luna hastig, bevor der Blick des Herzogs sie erdolchen konnte.

»Wir werden die ersten Truppen in wenigen Tagen entsenden.«

Luna nickte. Mit dieser Information waren sie quitt. Was auch immer sie damit anfangen würde … Luna zwang sich, nicht weiter darüber nachzudenken.

Der Herzog von Koravotia kam wieder einen Schritt auf sie zu. »Konntet Ihr denn schon etwas über die Niemandslande in Erfahrung bringen?«, fragte er im Gegenzug leiser, doch noch immer laut genug …

Laut genug, dass die Leibwächterin es gehört haben musste, dass sie nun wusste, dass Luna versuchte, Informationen über sie einzuholen. Wenn sie tatsächlich schuldig waren, konnte das all ihre Chancen zunichtemachen, und falls nicht, würde die Leibwächterin es mit Sicherheit falsch verstehen, was ernsthafte Probleme für ihre Beziehung zu den Nordlanden bedeuten konnte. Für Reas Beziehung.

Luna musste sich räuspern, bevor sie mit dünner Stimme hervorpresste: »Noch nichts, Euer Gnaden.«

Sie durfte sich vor ihm nichts davon anmerken lassen, nicht, wenn sie nicht riskieren wollte, dass er ihr die Aufgabe wieder entzog, die der Rat ihr gerade erst übergeben hatte. Sie durfte nicht noch einmal scheitern, nicht, wenn diese Chance, sich zu beweisen, ihre letzte sein konnte.

Die Enttäuschung in seinem folgenden Schnauben traf sie weniger als erwartet … es waren die Augen, die sich glühend in ihren Rücken bohrten, die ihr den Atem nahmen.

Ihre Hoheit ist gerade beschäftigt«, klang Aels Stimme durch die Zimmertür, seltsam hoch und piepsig.

Luna ruckte unter den Händen der Zofe hinter ihr, die die Schnüre ihrer Korsage verzurrte. Es war noch früh am Morgen, die ersten Sonnenstrahlen, die durch das Fenster auf die Laken ihres Bettes fielen, noch bläulich-rosa, selbst die Vögel waren erst vor Kurzem aufgewacht. Wer könnte zu dieser Zeit schon zu ihr wollen?

»Ich denke, sie will mich trotzdem sehen«, klang eine warme, helle Stimme durch die Tür.

Lunas Muskeln erschlafften, sodass sie dem Zug der Zofe nichts mehr entgegenzusetzen hatte und einen Schritt zurücktaumelte. Die Zofe ließ die Schnüre los und machte selbst einen Satz zur Seite, um ihre Füße in Sicherheit zu bringen, doch Luna wäre auch mit ihr an ihrem Rücken zur Tür gestürzt.

Ael sprang zurück, als sie sie aufriss, und mit ihm auch Charlyn. Ihre Locken wippten und ihre honigwarmen Augen weiteten sich, als sie auf Luna starrte. Luna starrte zurück. Dann stürzte sie auf Charlyn zu, sprang nur mit ihrem Unterkleid am Körper auf den Gang hinaus und fiel ihr um den Hals. Sie klammerte sich an ihre Schultern und vergrub ihr Gesicht in einem Büschel Haare, das, egal wie sehr es glänzte, trotzdem in ihrer Nase kitzelte. Der Geruch von Zucker und Kaminfeuer umfing sie. Feuer. Charlyn hatte sich unter ihren Händen versteift. Zwar lagen ihre Finger auf Lunas Rücken, drückten sie an sich, doch ihr Atem hatte angehalten und ihre Rippen zuckten merklich. Erschrocken wich Luna zurück.

Charlyns Augen waren noch immer geweitet, doch der Honig um ihre Pupillen hatte sich verdunkelt und war kristallisiert. Erst jetzt sah Luna, worauf sie in ihrem Überschwang nicht geachtet hatte. Gelb-goldener Stoff floss um Charlyns weiche Kurven und ließ ihre Haut strahlen, doch die Raffung über ihrem Bauch konnte nicht verstecken, dass sie dicken Stoff darunter trug. Verbände. Luna schalt sich dafür, dass sie es zuvor nicht wahrgenommen hatte. Sie klammerte sich an das Türblatt, während ihre Augen über Charlyns Haut huschten.

Grün-gelbliche Schlieren wanden sich an ihrem Ausschnitt entlang und verschwanden in ihrem Ärmel. Luna musste sich beherrschen, um nicht den Stoff beiseitezuziehen und zu prüfen, wie sie sich weiter ausbreiteten. Jetzt sah sie auch die Schrammen und den Schorf, die Charlyn unter ihren Locken zu verbergen versuchte. Sie hatte sie gut versteckt, die Wunden, die Daersk hinterlassen hatte … die die Hexerin hinterlassen hatte. Dabei würden die größten dieser Wunden niemals zu sehen sein.

Charlyns Blick wurde weicher, die Härte floss hinaus und ihre Brust hob und senkte sich wieder regelmäßiger. Sie neigte den Kopf und atmete hörbar ein, bevor sie wieder aufsah und auch ihr Lächeln auf ihr Gesicht zurückkehrte. Selbst bei einem einfachen Lächeln zeigte sie ihre Zähne. Luna kannte niemand anderen, der das tat. Doch auch das konnte nicht über Charlyns steife Haltung hinwegtäuschen oder wie sie immer wieder kurz den Atem anhielt, wenn sie das Gewicht verlagerte. Sie hielt das Grauen, das Daersk hinterlassen hatte, versteckt unter diesem Lächeln, das die Morgensonne neidisch machte, aber sie beide, sie versteckten nichts voreinander. Luna fasste nach ihrem Handgelenk.

»Charlyn …«, flüsterte sie leise, plötzlich einen schweren Kloß im Hals, der beim Schlucken gegen ihre Kehle drückte und ihre Augen brennen ließ.

Charlyn drehte ihre Hand in ihrem Griff, fasste ebenfalls nach Lunas Fingern und drückte kurz zu. Luna versuchte, sich jedes Detail ihres Gesichts einzuprägen, jeden dunklen Fleck in ihren Augen, jedes wild abstehende Haar. Sie hatte Ael und die Zofe hinter ihr in ihrem Zimmer längst vergessen. In diesem Moment existierten nur Charlyn und sie selbst in diesem Gang.

»*Götter*, bin ich froh, dass du hier bist …«, brachte Luna hervor und umklammerte Charlyns Hand fester.

So viele würden nicht wiederkehren. So viele ihrer Mitschülerinnen und Mitschüler würden nie wieder die Möglichkeit bekommen, eine Hand zu halten, und Charlyn hätte es genauso treffen können. Luna hatte wenig Kontakt zu ihren Mitschülerinnen und Mitschülern gehabt, die meisten von ihnen nicht einmal gemocht, aber sie konnte den Gedanken nicht abschütteln, dass sie sie alle im Stich gelassen hatte. Sie alle hatten gekämpft, um ihr Königreich zu schützen, während sie …

»Wie geht es dir?«, fragte sie Charlyn heiser.

Sie sahen hinab auf die Verbände, die sich unter ihrem Kleid abzeichneten, und ihre Scheitel berührten sich, legten sich aneinander, als könnten sie sich so Kraft geben.

»Ich lebe«, wisperte Charlyn, hob dann den Kopf und nickte energisch.

»Ich lebe!«, wiederholte sie fester und demonstrierte dabei ein weiteres Mal ihre eindrucksvolle Sturheit.

Sie würde sich von nichts unterkriegen lassen, nicht einmal von einer vernichtenden Feuersbrunst, nicht von einer verlorenen Schlacht. Doch diesmal flackerte ihr Blick, diesmal zuckten ihre Finger und Luna nahm sich vor, ihre Frage zu einem späteren Zeitpunkt noch einmal zu wiederholen.

Wenn Charlyn sich entschieden hatte, dass sie stark und unverletzlich sein wollte, dann würde sie das sein, doch Luna würde sicher gehen, dass sie wusste, dass sie für sie da sein würde, falls sie es sich anders überlegte. Etwas glomm und brodelte hinter den strahlenden Mauern, die sie errichtet hatte, Luna konnte nur noch nicht sagen, was genau es war. Sie wollte wissen, was Charlyn tatsächlich dachte, wie es ihr wirklich ging, wollte etwas für sie tun, *irgendetwas*, und es kostete sie all ihre Kraft, nicht danach zu fragen, doch sie hielt sich zurück und nickte.

»Vielleicht sollten wir eine Runde spazieren gehen«, schlug sie vor und Charlyn nickte fröhlich, das Lächeln auf ihrem Gesicht wieder strahlend.

Sie trug beinahe immer ein Lächeln, sie hatte es perfektioniert, doch im Gegensatz zu allen anderen, war ihres tatsächlich ehrlich – nicht, weil alles um sie herum gut war, sondern ganz im Gegenteil: weil sie es ein wenig besser machen wollte. Jetzt erstarrte ihr Lächeln und sie blickte zweifelnd an Luna hinab.

»Vielleicht solltest du dir vorher etwas anziehen«, schlug sie trocken vor.

Etwas an Charlyn hatte sich in den vergangenen Tagen verändert, etwas an der Bewegung ihrer Finger, wie sie an der Mauer entlangstrichen, als könnte sie den gesamten Palast darin spüren, wie sie die Augen schloss und tief den Geruch des Meeres einatmete, als versuchte sie ihren gesamten Körper damit zu füllen. Luna nutzte diese Momente, um sie unbemerkt zu beobachten, während sie über den Innenhof schlenderten.

Der Palast schlief noch tief und fest. Abgesehen von einigen Dienstboten waren sie vollkommen allein, das Morgenlicht kalt-glühend und die Wolken über den Klippen rosa.

»Ich vermisse das Meer«, sagte Charlyn, als sie die Augen wieder öffnete. Sie blinzelte und schien einen Moment zu brauchen, um ihre Umgebung klar sehen zu können.

Luna vermisste es auch, wenn auch auf andere Art. Sie vermisste die Freiheit, die der endlose Horizont symbolisierte. Der Wind legte den salzigen Geschmack der Wellen auf ihre Lippen und erinnerte sie, wie nah und gleichzeitig fern die Klippen hinter den Palastmauern waren. Sie sperrten sie ein wie ein Käfig, das Meer immer nah und doch nie erreichbar. Es wäre egoistisch von ihnen, sich und die Garde einer unnötigen Gefahr auszusetzen, nur um einen Ausflug zu den Klippen zu machen, hatte Ihre verstorbene Majestät ihnen eingebläut. Der Krone stand kein Egoismus zu. Luna hatte das Meer einige Male aus der Ferne gesehen, über die Zinnen des Palasts und bei Paraden durch die Stadt, aber sie hatte noch nie Wellen an ihren Zehen gespürt.

Charlyn hingegen hatte das Meer bereits bereist. Sie und ihr Bruder waren Bastardkinder des ehemaligen Herzogs von Perxcitta, ihre Mutter eine Seefahrerin, wenn man eine nette Beschreibung suchte, Piratin für eine ehrlichere. Charlyns Bruder hatte das Kommando über die beachtliche Flotte übernommen, die seine Mutter aufgebaut hatte, und trotzdem war seine Herrschaft in Perx wenig anerkannt – der Adel blickte auf den jungen Baron herab. Das war es, was Luna und Charlyn an der Akademie verbunden hatte. Sie beide waren immer außen vor geblieben.

Der Sand des Innenhofs hatte sich in Lunas Schuhe geschlichen, rieb ihre Füße entlang und knirschte leise. Sie konnte sich kaum an einen Strand erinnern, aber in diesem Moment hätte sie alles für die Ruhe und Abgeschiedenheit einer Bucht gegeben, allein mit Charlyn, vor ihnen nur der Gesang der Wellen, Wind in ihrem Haar und Salz auf ihren Lippen. Der Palast war einer Bucht erschreckend ähnlich, auch hier umschloss sie Stein von allen Seiten, nur waren sie hier nie allein.

Ael folgte ihnen in vergleichsweise großem Abstand, als hätte auch er gespürt, dass sie Raum brauchten für das, was Charlyn mit sich gebracht hatte, was sie wie unsichtbarer

Nebel umwaberte. Luna erwischte ihn mehr als einmal dabei, wie er Charlyn musterte, dann aber wieder hastig den Blick abwandte, sobald diese zu ihm sah. Luna beobachtete es mit einer gewissen Neugier.

»Ist die Hexerin schon hier?«, fragte Charlyn, doch der Wind trug ihre Stimme fort.

Sie hatten die oberste Mauer erreicht. Wenn man sich hier an den Zinnen ein Stück hochzog, konnte man einen Blick auf die unendliche Weite des Meeres erhaschen und die Schiffe, die aus dem Hafen von Rox Taenn ausliefen. An diesem Morgen jedoch hatte keine von ihnen beiden die Kraft dazu.

Luna nickte. »Der Herzog von Koravotia hat versucht, sie zu … *befragen* … aber er hatte keinen Erfolg. Ich habe vorgeschlagen, dass wir nach Noda suchen lassen, vielleicht kann er sie doch noch überzeugen, nach allem, was …« Sie traute sich nicht, weiterzusprechen. Charlyn vor ihr war ganz starr geworden. »Es werden Steckbriefe verteilt, die nach ihm suchen.«

Charlyns Finger schlossen sich um Lunas Arm, bohrten sich zwischen die Muskeln, während ihr Blick starr durch sie hindurchging, ihre Augen geweitet und flackernd.

»Noda ist tot«, hauchte sie. »Die Hexerin hat ihn …«

Luna atmete nicht, ihr Körper war in Fassungslosigkeit erstarrt, doch sie zwang sich, ihre Hand über Charlyns an ihrem Arm zu legen, über ihre Finger zu streichen und ihr mit leichtem Druck zu signalisieren, dass sie nicht weitersprechen musste.

Doch Charlyn wäre nicht Charlyn gewesen, wenn sie nicht mit entschlossen vorgerecktem Kinn hervorgepresst hätte: »Er ist in ihrem Feuer verbrannt.«

Bodenloses Entsetzen breitete sich in Lunas Eingeweiden aus, bis sie das Gefühl hatte, zu fallen. Sie war dabei gewesen, als sein leuchtendes Grinsen mit jedem Tag an der Akademie weiter verschwunden, sein Haar mit jedem Tag wirrer geworden war, je häufiger er sich mit seinen Händen darin festgehalten hatte, als wäre es das Einzige gewesen, was ihm noch Halt gab.

Sie versuchte, aufrecht stehen zu bleiben, um Charlyn zu stützen, versuchte, sich ihr Entsetzen nicht anmerken zu lassen, aber sie hörte wieder seine Stimme in ihrem Ohr, sein verlegenes Lachen, als sie ihn zum Tanz aufgefordert hatte, obwohl er doch gar nicht tanzen konnte. Sie erinnerte sich an die Stunden, die sie in irgendeinem ruhigen Treppenhaus der Akademie verbracht hatten, nur das Mondlicht auf den Stufen und ein paar leise Worte über ihre verlorenen Leben in der Stille. Sie konnte nicht glauben, dass sie sein Lachen nie wieder hören würde.

Er hatte die Hexerin retten wollen, er hätte sein Leben für sie gegeben. Er *hatte* sein Leben für sie gegeben und das auf die grausamste Art. Luna schüttelte ungläubig den Kopf. Noda hatte ihr berichtet, dass die Hexerin und er beinahe wie Geschwister aufgewachsen waren. Nicht wie Geschwister, besser – wie Freunde. Er hatte bis zuletzt an sie geglaubt. Was war geschehen zwischen ihrer Forderung nach einem Platz im Rat und diesen sinnlosen Attentaten? Was war geschehen, dass sie nur noch Chaos und Tod wollte?

Wenn nicht einmal mehr Noda der Hexerin etwas bedeutete, konnte sie das gesamte Königreich in Schutt und Asche legen – dann hatte sie nichts mehr zu verlieren … und dann würde der Herzog auch keine Antworten von ihr bekommen.

Luna zitterte unter dem Wind, der über die Zinnen fegte und ihre Locken um ihr Gesicht bauschte. Wieder konnte sie nicht helfen, wieder war ihr Vorschlag, ihre einzige Möglichkeit beizutragen, nichts mehr wert. Doch sie verdrängte das Gefühl, als sie Charlyns Gesicht sah, faltete den Druck in ihrer Brust zusammen und verschloss ihn in einer Kiste, die vor Dunkelheit längst überquoll.

Charlyns Blick war noch immer weit fort. Luna fror bereits, doch Charlyns Hände waren gegen ihre eiskalt. Sie rieb sie in einem schwachen Versuch, sie zu wärmen.

»Was ist passiert?«, fragte Luna noch einmal vorsichtig, doch sie wusste im selben Moment, in dem sie es ausgesprochen hatte, dass es noch immer zu früh war.

Charlyn schüttelte den Kopf, während ihr Blick gleichzeitig an Ort und Stelle blieb und weit fern verschwand.

»Noch nicht«, sagte sie abwesend und Anspannung blitzte durch ihren Ton. »Nicht hier. Irgendwann …«

Luna blieb bei ihr, regungslos, dicht hinter der Mauer, während der Wind Haar und Röcke um sie bauschte. Sie wisperte einen Zauber, spürte die Funken in ihrer Hand flackern und wohlige Wärme, die sich über ihre Haut ausbreitete, doch Charlyn zuckte zurück, als sie ihre Finger berührte. Mit panisch geweiteten Augen blickte sie auf Lunas Hand und Luna beeilte sich, sie zurückzuziehen.

Noch bevor sie sich entschuldigen konnte, ging ein Ruck durch Charlyns Körper. Sie richtete sich auf, kniff die Augen zusammen, und als sie sie öffnete, war ihr Blick wieder klar.

»Die Hexerin ist in euren Verliesen, nicht wahr? Es ist vorbei«, sagte sie mit fester Stimme.

Luna widersprach nicht, weil es klang, als wenn Charlyn vor allem sich selbst davon überzeugen wollte … Doch sie hatte unrecht. Es war noch nicht vorbei.

»Wir beginnen auch mit der Verfolgung der Hexer in den Nordlanden«, sagte Luna und stolperte dabei über das »Wir«.

Charlyn horchte auf und Ael ein Stück weiter versteifte sich.

»Es war die Bedingung für Reas und Syltains Hochzeit.« Die Worte kamen immer noch nur schwer über Lunas Lippen, doch sie versuchte, sich davon nichts anmerken zu lassen.

»Bisher wurden sie in den Niemandslanden nicht verfolgt?«, fragte Charlyn verwirrt.

Luna schüttelte den Kopf und zögerte, bevor sie hinzufügte: »Sie scheinen dort auch keine Probleme zu machen.«

Charlyn zog die Augenbrauen zusammen. »Und warum sollen sie dann jetzt festgenommen werden?«

Luna blickte sie an, den Mund leicht geöffnet und ihre Erwiderung vergessen. Das war nicht das, was sie als Charlyns Reaktion erwartet hatte. Sie hatte gedacht, sie wäre wütend auf die Hexer, erleichtert, dass die Gefahr gebannt sein würde, doch Charlyn schien ehrlich verwirrt.

Luna neigte sich bereits zu ihr, während sie noch überlegte, ob sie sie einweihen durfte … Vermutlich nicht. *Sicher* nicht. Sie stockte in ihrer Bewegung. Aber sie waren Freundinnen und hatten keine Geheimnisse voreinander. Charlyn würde für sich behalten, was Luna ihr anvertraute, und der Rat würde niemals davon erfahren. Sie wollte schon den Mund öffnen, als ein weiterer Gedanke aufblitzte. Vielleicht sollte sie es ihr nicht erzählen, um sie nicht damit zu belasten, doch Charlyn blickte sie bereits so fordernd und erwartungsvoll an, dass Luna auch diesen Gedanken verwarf.

»Der Rat verdächtigt nicht nur die Hexer an dem Attentat auf Ihre Majestät«, flüsterte sie. »Sie glauben auch, dass sich die Nordlande mit ihnen zusammengeschlossen haben.«

Charlyns Augen weiteten sich. Sie liebte jede Form von Geheimnissen und sah in diesem Moment ein großes direkt vor ihrer Nase, doch Luna war noch nicht fertig.

»So wie sie sich auch vor zwanzig Jahren mit den Hexern von …« Sie stolperte über das Wort *Daersk*. »… mit den *Hundert* verbündet haben sollen, damit sie ihnen den Weg für ein Attentat auf die Krone bereiten. Damals hatten sie keinen Erfolg …«

Dieses Geheimnis war vielleicht das größte, das sie beide je erfahren hatten. Charlyn hüpfte beinahe vor Aufregung.

Luna neigte sich noch näher zu ihr und flüsterte: »Der Rat will, dass ich es herausfinde.«

»Was?«, fragte Charlyn viel zu laut, sodass Luna zusammenzuckte und sich einen Finger auf ihr Ohr presste.

»Ob sie etwas damit zu tun haben«, zischte sie.

Charlyn zog erst die Augenbrauen zusammen, dann legte sie den Kopf schief und blickte nachdenklich zur Seite, bevor sie Luna musterte. »Glaubst du das denn?«

Luna öffnete den Mund und schloss ihn wieder. Ihre Meinung schwang von einem Extrem zum anderen, nur um sich dann wieder vollkommen umzukehren. Die Wahrheit war: sie wusste es nicht.

Charlyn nickte verständnisvoll. »Du weißt, dass du das nicht tun musst, oder?«

»Doch, das muss ich.« Luna stieß ihren Atem aus. Es war ihre Chance, endlich von Nutzen zu sein. »… aber ich habe keine Ahnung, wie ich das anstellen soll.«

Charlyn schnaubte bloß. »Ich wette, sie auch nicht, deshalb haben sie es sich leicht gemacht und dich dafür eingespannt. Dafür bist du ihnen wieder gut genug.«

»Charlyn!« Luna riss die Augen auf und ihr Blick schoss über den Hof, doch glücklicherweise war niemand in Hörweite. »Das kannst du doch nicht laut sagen!«

Gleichzeitig ignorierte sie den Stich, der bei den Worten durch ihre Brust schoss. Es war nicht so, als hätte sie diesen Gedanken nicht auch schon gehabt. Charlyn zuckte nur die Schultern und reckte trotzig das Kinn vor.

»Sie haben dir deine Kette weggenommen!«, sagte sie vorwurfsvoll, als würde das ihre Reaktion rechtfertigen.

Luna presste die Lippen zusammen. Anscheinend hatten sie es ihr erzählt.

»Ich habe einen Fehler gemacht«, gestand sie leise, doch Charlyn machte nur eine wegwerfende Handbewegung.

»Ja, und? Wenn sie jeden von uns rausschmeißen würden, der Mist baut, wäre die Akademie ein ziemlich einsamer Ort.« Sie überlegte einen Moment, dann fügte sie hinzu: »Und ich wäre noch im ersten Jahr rausgeflogen.«

Da musste Luna ihr recht geben.

»Meinetwegen konnte die Hexerin entkommen«, presste sie hervor, bevor sie nicht mehr den Mut haben würde, es auszusprechen, doch sie konnte Charlyn dabei nicht ansehen. Sie wollte den Schmerz nicht sehen, den sie verursacht hatte.

Charlyn schwieg einen unendlich langen Augenblick, dann

fragte sie leise: »Hast du es mit Absicht gemacht?«

»Nein, natürlich nicht!« Lunas Kopf ruckte nach oben.

In Charlyns Augen stand noch immer nur Trotz. »Dann sehe ich nicht ein, warum sie dich ausgerechnet so bestrafen sollten.«

Luna schluckte den Kloß in ihrem Hals herunter. Charlyn hatte unendlich viele nervtötende Eigenschaften, doch sie war der beste Mensch, den sie kannte. Der allerbeste.

»Ich möchte einfach zur Abwechslung einmal hilfreich sein«, gestand Luna leise.

»Du musst nicht hilfreich sein.« Bei Charlyn klang es so leicht.

»Aber wenn ich nicht hilfreich bin, habe ich keinen Platz in diesem Königreich. Ich habe den Rat als Zauberin enttäuscht und Rea als Prinzessin, ich habe das Gefühl, dass ich versage, egal was ich tue. Ich passe einfach nicht hierher«, quoll über Lunas Lippen, bevor sie sich aufhalten konnte.

Charlyn blickte sie nur stumm an und hörte zu.

»Alle sehen mich als Prinzessin, aber sie haben keine Ahnung, dass ich keine bin«, versuchte Luna zu erklären und ihre Stimme klang dabei immer verzweifelter. Warum schien das niemand zu verstehen?

Charlyn zuckte nur mit den Schultern. »Mich interessiert kein Stück, wer du bist.«

Vielleicht lag es daran. Charlyn hatte sich tatsächlich nie dafür interessiert, wer sie war, nur war sie damit die Einzige … *fast* die Einzige. Syltain hatte es ebenfalls nie interessiert, doch Luna verbat sich diesen Gedanken augenblicklich. Es interessierte ihn, dass sie nicht die Richtige war.

»Wenn ich keine gute Zauberin bin … keine gute Prinzessin … wer bin ich dann?«, fragte Luna leise.

Charlyn verdrehte die Augen, legte den Arm um sie und zog sie an sich, um ihren Kopf auf ihre Schulter zu legen. »Du bist Luna. Ich finde, das reicht völlig.«

Sie wünschte, sie könnte ihr glauben.

Strähne für Strähne fuhren Lunas Finger durch ihr nasses Haar, tauchten in das Töpfchen mit Öl, das im warmen Kerzenlicht schimmerte, und trennten sacht die Knoten, die sich in den vergangenen Tagen gebildet hatten. Endlich war der Geruch der Flammen von dem Angriff der Hexerin auf die Akademie endgültig aus ihren Locken verschwunden, verdrängt von Seife und dem nussigen Duft des Öls.

Sie beobachtete von ihrem Hocker vor dem Spiegel aus, wie ihre Finger mit geübten Griffen einzelne Partien eindrehten, sie beobachtete sie, als gehörten sie gar nicht zu ihr. Keine dieser Bewegungen brauchte mehr ihre Aufmerksamkeit, und so schweiften ihre Gedanken ab, zurück zu Charlyns Worten, die ihr nicht aus dem Kopf gegangen waren, seit sie sich nach ihrem Spaziergang am Morgen zurückgezogen hatte, um sich in ihrem Zimmer im Palast einzurichten und nach der Reise auszuruhen.

Es klopfte. Luna blickte an sich herab, an ihren nackten Armen, dem dünnen dunkelblauen Nachthemd und ihren Fingern, verheddert in ihrem Haar.

»Ael?«, fragte sie vorsichtig. Falls es wieder nur Charlyn war, würde sie sich nicht die Mühe machen müssen, sich herzurichten.

Ael öffnete die Tür einen Spaltbreit, steckte seinen Kopf

hindurch und zog sich im selben Moment beschämt wieder zurück.

»Verzeihung –«, stammelte er aus dem Gang durch den Spalt, den die Tür nun offenstand.

»Was gibt es?«, fragte Luna ungeduldig, weniger seinetwegen, sondern weil sie ihre Finger in ihren Haaren verheddert hatte, und es ziepte, je mehr sie schüttelte und zerrte.

Wieder steckte Ael den Kopf durch die Tür und zog ihn zurück, anscheinend unsicher, wie er sich verhalten sollte.

»Nun komm schon herein«, herrschte Luna ihn an, als sie ihre Finger aus ihrem Haar riss. Sie zischte vor Schmerz.

Ael schlüpfte ins Zimmer und blickte überall hin außer zu ihr. Trotzdem öffnete Luna das Band, mit dem sie die eine Hälfte ihrer Locken zurückgehalten hatte, um ein wenig hergerichteter auszusehen.

»Was gibt es?«, fragte sie sanfter.

»Ich habe gerade gehört, dass die Leibwächterin der Niemandslande in der Nähe der Verliese gesehen wurde, ich dachte, das wäre für Euch vielleicht interessant«, berichtete er schüchtern und sein Blick flackerte für einen Moment zu ihr, bevor er sich hastig wieder abwandte. »… Eure Hoheit!«

Luna war mit einem Satz auf den Beinen und mit einem Schritt bei der Tür. Ael blickte sie mit großen Augen an, wollte etwas sagen, doch da war Luna bereits an ihm vorbei in den Gang geeilt. Als sie ihr Nachthemd raffte, fiel ihr auf, dass er sie vermutlich auf ihren Morgenmantel hatte hinweisen wollen, und überlegte, umzukehren und ihn zu holen, doch sie verwarf den Gedanken. Vielleicht hatte sie die Chance, etwas über die Pläne der Nordlande herauszufinden, wenn sie sich beeilte.

Die Leibwächterin unternahm nicht einmal einen Versuch, sich zu verstecken, als Luna in den Gang vor den Verliesen einbog. Im Gegensatz zu ihr war sie vollständig bekleidet, wenn man das mit den hohen Schlitzen in ihrem dunkelgrünen, im spärlichen Licht beinahe schwarzen, Rock noch so bezeichnen konnte.

Luna warf einen Blick zu beiden Seiten, doch außer der Leibwächterin, die ihr herausfordernd entgegensah, schien niemand in der Nähe zu sein.

»Was tust du hier?«, fragte Luna ganz direkt und lehnte sich zur Seite, um an ihr vorbei in den dunklen Gang dahinter zu spähen.

Die Augen der Leibwächterin glommen im Fackellicht auf, das über ihre Wangen und ihre Kopfhaut zuckte. Luna spürte ihre Augen beinahe wie Hände über ihren Körper streichen, als sie sie eingehend musterte, die Arme vor der Brust verschränkt.

»Ich denke, das sollte ich viel eher Euch fragen«, entgegnete die Leibwächterin amüsiert und zog die Augenbrauen in die Höhe, während sie mit dem Kinn zu Lunas Nachthemd nickte.

Zum ersten Mal fiel Luna auf, dass ihre Brauen keine Härchen, sondern feinste Kohlestriche waren. Sie reckte ihr Kinn vor, wie Charlyn es sonst tat, und wich keinen Schritt zurück. Sie hatte ihr diese Frage zuerst gestellt.

»Hat Euer kleiner Spürhund Euch hergeführt?«, fragte die Leibwächterin belustigt. Anscheinend hatte auch sie festgestellt, dass Luna ihr nicht antworten würde. Ihre Augen verengten sich, als sie an ihr vorbei zu Ael blickte.

Bevor er auf ihre Provokation anspringen und etwas entgegnen konnte, fragte Luna: »Wo ist Syltain?«

»Bei seiner *Frau*.« Das Grinsen der Leibwächterin verblasste und sie beobachtete Luna ganz genau. Auch sie kannte ihr Geheimnis, auch sie wusste, dass sie sie mit diesen Worten verletzen konnte.

Luna schluckte und atmete ruhig, doch der Stich in ihrem Bauch war sanfter, verblasste schneller als zuvor. Verwundert stellte sie fest, dass es leichter wurde, zwang ihre Gedanken aber dennoch, sich wieder der Leibwächterin zuzuwenden. Sie musste sich nicht vorstellen, wie Syltain und Rea zusammen allein in einem Zimmer waren.

»Was tust du dann hier?«, fragte Luna erneut.

Die Leibwächterin schnalzte mit der Zunge. Ihr Gesicht wurde ernster und das provokative Funkeln in ihren Augen verglomm. Auch sie warf schnelle Blicke zu allen Seiten, um sicherzustellen, dass sie allein waren.

»Ihr lasst nicht locker, oder?«, flüsterte sie und schnaubte im selben Moment. »Unsere Nordmutter will die Hexerin befragen.«

Luna senkte den Kopf, weil sie nicht verhindern konnte, dass sich ihre Augen bei der Ehrlichkeit der Leibwächterin weiteten. Alles an ihr, jeder gespannte Muskel, schrie förmlich, dass sie es Luna nicht erzählen wollte, und es dennoch tat. Gleichzeitig klang eine tiefe Abneigung in ihrer Stimme mit, diesmal nicht gegen sie gerichtet, sondern gegen die Befragung der Hexerin.

»*Du* willst das nicht?«, fragte Luna und hob ihren Blick wieder, um keine Regung der Leibwächterin zu verpassen.

»Ich denke, dass solche Situationen wie diese hier«, sie gestikulierte zwischen ihnen beiden hin und her, »uns in Schwierigkeiten bringen.«

Ihr gezwungenes Lächeln verschwand und ihre Stimme wurde tiefer, als sie Luna in die Augen sah. »Ich denke, wir sind hier nicht gewollt und wir sollten verschwinden. Ginge es nach mir, wären wir gar nicht erst hergekommen.«

Luna konnte sie nur ansehen. Sie hatte sie durchaus so eingeschätzt, dass sie sagte, was sie dachte, dass sie keine kunstvollen Hüllen und Maskeraden für ihre Meinung suchte, aber sie war trotzdem nicht davon ausgegangen, dass sie ausgerechnet ihr gegenüber so direkt sein würde. Dass sie so direkt ihren Widerwillen gegenüber ihrer Königin äußern würde … und *ihrer*. Schließlich war diese Vereinigung nicht nur von Ihrer verstorbenen Majestät und der Frostkönigin gewollt, sondern auch von Rea und Syltain. Jeder Knochen der Leibwächterin schien sich gegen die Palastmauern zu sträuben, ihre Haltung gespannt, als wäre sie bereit, jeden Moment loszuspringen.

»Warum gehst du dann nicht zurück?«, fragte Luna. »Ich bin mir sicher, Syltain entlässt –«

»Ich habe auf *mein Blut* geschworen, Syltain zu beschützen«, zischte die Leibwächterin und sie beide erstarrten bei ihrer Formulierung.

Sie machte einen Schritt zurück in die Schatten des Ganges, jegliche Emotion auf ihrem Gesicht wie weggewischt. Sie hatte zu viel gesagt. Luna hätte es vielleicht überhört, nicht weiter darüber nachgedacht und es für eine Metapher gehalten, hätte das, was jetzt in den Augen der Leibwächterin flackerte, nicht wie echte Panik ausgesehen.

Auf ihr Blut geschworen … Luna hatte an der Akademie davon gelesen, dessen war sie sich sicher, aber sie erinnerte sich nicht mehr, in welchem Zusammenhang. Ein Blutschwur musste mächtige Magie sein, mächtigere, als die Frostkönigin beherrschen können sollte.

Die Leibwächterin trat zurück ins Licht, kam wieder einen Schritt auf Luna zu, und wie ein in die Ecke getriebenes Tier ging sie zum Gegenangriff über.

»Aber davon versteht Ihr eh nichts«, spie sie.

»Wovon verstehe ich nichts?« Lunas Gedanken suchten noch immer nach einer Erinnerung an Schwurzauber.

»Was es bedeutet, loyal zu sein!«

Sie zuckte zurück und ein wissendes Lächeln breitete sich auf dem Gesicht der Leibwächterin aus, das bei ihren nächsten Worten augenblicklich wieder verschwand. »Ich wette, es hat Euch nicht eine einzige schlaflose Nacht gekostet, dass Ihr Syltain – dass Ihr *uns alle* – bei erster Gelegenheit verraten habt!«

»*Er* hat *mich* zuerst verraten!«, zischte Luna zurück, bevor sie die Lippen zusammenpresste und bereute, dass sie sich hatte provozieren lassen.

Sie war nicht in der Position, ihre Entscheidungen mit einer Leibwächterin diskutieren zu müssen, und sie hatte bereits den Fehler gemacht, sich anmerken zu lassen, wie sehr ihre Worte sie trafen.

»Wirst du dem Rat auch hiervon berichten?«, fragte die Leibwächterin und bitterer Sarkasmus tropfte dabei von ihrer Stimme. Sie verengte die Augen und breitete die Arme aus. »Wie wirst du es für sie darstellen? Haben wir vielleicht versucht, die Hexerin zu befreien? Welche Pläne haben wir mit ihr geschmiedet?«

Luna atmete tief ein, atmete in das Brennen, das die Worte über ihre Haut zogen. Sie hatte sie wohl verdient.

»Ich tue das hier auch, um Syltain zu schützen«, gestand sie leise, gestand es der Leibwächterin, aber vor allem sich selbst. Wenn sie ehrlich war, wünschte sie sich, dass sie dem Rat berichten konnte, dass Syltain und die Nordlande unschuldig waren, doch sie machten es ihr unglaublich schwer.

Der Blick in den Augen der Leibwächterin veränderte sich, wurde beinahe zögerlich.

»Worüber spricht eure Frostkönigin mit der Hexerin?«, fragte Luna.

Wenn die Leibwächterin es ihr nicht erzählte, würde es mit Sicherheit die Garde tun. Die Frostkönigin hatte nicht ernsthaft glauben können, dass sie unbemerkt in die Verliese gelangen würde.

Schritte ertönten hinter ihnen, Luna fuhr zusammen und dachte nicht weiter darüber nach, als sie die Leibwächterin an der Schulter packte und sie mit sich in einen schmalen Erker zu ihrer Linken zog. Ael war auf der anderen Seite des Ganges ebenfalls in einen Erker zurückgewichen und beobachtete sie nun mit zusammengekniffenen Augen.

Luna wisperte einen Zauber, Worte kaum mehr als Formen ihrer Lippen, während die Magie zwischen ihren Fingern zuckte und sich zu einer Wand vor ihnen ausdehnte, die sie vor dem Gang verbergen sollte, ein seichtes, durchsichtiges Flimmern. Aels Augen weiteten sich, glitten suchend über sie und es dauerte einen Moment, bis er sie fand. Das war gut, das bedeutete, es würde reichen, um sie vor unachtsamen Blicken zu schützen.

Luna wandte sich wieder der Leibwächterin zu und bemerkte erst jetzt, wie nah sie einander in dem schmalen Erker waren. Kurz bereute sie, dass sie sie mit sich geschleift hatte. Sie wurde eingequetscht zwischen der rauen, kalten Steinwand in ihrem Rücken und dem warmen Körper der Leibwächterin vor ihr, die sich mit einer Hand an der Wand neben ihrem Kopf abgestützt hatte und sie mit großen Augen ansah. Luna spürte ihren Blick wie Feuer auf ihrem Gesicht und die Anspannung wie Glut auf ihrer Haut.

»Ihr lügt«, wisperte die Leibwächterin. Ihre Lippen waren Lunas Ohr so nah, dass ihr Ton rau und vertraut klang.

»Was?«, zischte Luna verständnislos zurück.

Ihr Zauber flackerte und sie musste sich zwingen, ihre Finger zu straffen. Das war nicht der richtige Zeitpunkt, um ihre Diskussion fortzusetzen. Keine von ihnen rührte sich, während sie auf die Schritte im Gang lauschten.

»Ich lüge nie!«, fühlte Luna sich dennoch genötigt, es richtig zu stellen.

Sie log nie offen, aber alles um sie herum, jeder ihrer Atemzüge, schien wie genau das – eine Lüge … dabei war sie so schlecht darin. Jeder Versuch, besser zu sein, als sie war, jede höfliche Floskel, jedes Lächeln, schien ihr wie eine Lüge, während sie in ihrer Mangelhaftigkeit zersprang.

»Ihr tut das nicht, um Syltain zu schützen«, raunte die Leibwächterin und neigte sich dabei zu Luna, sprach ganz dicht an ihrem Ohr. »Ihr tut das, um Euch meistbietend an Euren Rat zu verkaufen, um die Anerkennung zu bekommen, die Ihr Eurer Meinung nach verdient.«

Luna schüttelte den Kopf, auch wenn sich alles in ihr dagegen sträubte. Ihre Wange streifte die Schläfe der Leibwächterin und die Luft zwischen ihnen schien sich zu verengen, schrumpfte zusammen auf glühende Augen und raue Lippen. Luna drückte ihren Rücken gegen die unnachgiebige Steinwand hinter sich, als sie versuchte, möglichst viel Abstand zwischen sie beide zu bringen. Ihre Beine pressten sich bei der Bewegung gegen die der Leibwächterin, zwischen ihnen nur der zarte dünne Stoff ihres Nachthemds.

»Ihr vergesst vielleicht, dass wir als Eure Leibwachen immer in der Nähe sind, aber für uns ist es die einzige Aufgabe, Euch nicht aus den Augen zu lassen. Ich werde Euch *nie* aus den Augen lassen, *Prinzessin*. Ihr seid seine größte Bedrohung.«

Lunas Gesicht fuhr zu der Leibwächterin herum.

»Was?«, keuchte sie und konnte ihre Stimme nur mit Mühe ruhig halten.

Ihre Wimpern streiften die Wange der Leibwächterin, während sich ihre Blicke ineinanderbohrten. Unsichtbare Blitze zuckten zwischen ihnen und rasten über ihre Haut. Luna sah im Augenwinkel, wie schnell sich die Brust der Leibwächterin hob und senkte, wie sich ihr Atem beschleunigt hatte, spürte ihn auf ihrem Gesicht und spürte, wie er über ihre Lippen strich. Sie spürte auch ihren eigenen, hastigen Atem. Ihr gesamter Körper schien zum Zerreißen gespannt, als wartete eine unsichtbare Kraft in ihren Muskeln darauf, freigelassen zu werden. Erst jetzt bemerkte sie, dass sie ihre Finger noch immer in den Ärmel der Leibwächterin gekrallt hatte.

»Hyun?« Diese Stimme.

Lunas Finger erschlafften augenblicklich, fielen von dem Arm der Leibwächterin und streiften die glühende Haut an ihrem Bein. Die Leibwächterin selbst drehte ihren Kopf beinahe schmerzhaft langsam herum, hielt dabei Lunas Blick und löste ihre Augen erst im letzten Moment von ihr.

Sie beide sahen auf die Frostkönigin im Gang neben ihnen, die zurückblickte, nicht einen Funken Verwunderung in ihren Augen, als wäre die Szene, die sie sah, genau das, was sie erwartet hatte.

Luna schluckte und hörte das Geräusch überdeutlich in ihren Ohren. Sie richtete sich auf, doch sie brauchte einen Moment, um ihre verkrampften Muskeln zu lösen und zu Atem zu kommen. Ihr Zauber sank herab und blieb nichts als ein Zittern ihrer Finger. Dann machte sie den Schritt aus dem Erker heraus. Sie hatte geglaubt, die Leibwächterin zu schützen, dabei hatte sie nie Schutz gebraucht.

»Eure Hoheit«, grüßte die Frostkönigin und blickte sie erwartungsvoll an, so als wäre jetzt sie es, die sich erklären müsste.

Luna warf einen Blick durch den Gang, doch außer Ael, der ebenfalls aus seinem Versteck getreten war, waren sie allein. Sie spürte die Leibwächterin dicht hinter ihrer Schulter, ihre Nähe nicht mehr warm und glühend, sondern kalt und steif.

Die Frostkönigin schien sich wie Luna bereits für die Nacht vorbereitet zu haben, doch im Gegensatz zu ihr hatte sie einen weißen Morgenmantel aus Spitze übergeworfen, der sich wie seichte Schneeflocken um ihren Körper legte und dessen Kapuze nicht nur ihr Haar, sondern auch ihre Krone verbarg. Die kurze Schleppe hatte sich in dem Dreck der Verliese grau verfärbt und Luna meinte an einigen Stellen auch rötliche Schlieren zu erkennen. Hastig wandte sie den Blick ab. Mit ihrer Wolfskrone wie unter einem Schleier verborgen, schien das gesamte Gesicht der Frostkönigin weicher, zart, doch ihr eisiger Blick und die Zähne, die unter der Andeutung eines Lächelns hervortraten, erinnerten Luna daran, wer diese Frau vor ihr war. Was sie getan hatte.

Die Härchen auf ihren Armen stellten sich auf und sie versteifte sich unter der stählernen Präsenz der Leibwächterin in ihrem Rücken. Ael blickte wachsam zwischen ihnen hin und her. Für einen kurzen Moment flackerte in Luna der Gedanke auf, dass sie womöglich tatsächlich in Gefahr waren. Mit ihren Zaubern würde sie es vielleicht mit der Frostkönigin aufnehmen können, sofern sie unbewaffnet war, aber egal, was Xyn über Ael sagte, gegen die Leibwächterin hatte er keine Chance. Luna war Syltain und ihr einmal im Training begegnet, wo sie ihn mit wenigen Schlägen ihrer Schwerter entwaffnet und in die Ecke gedrängt hatte, mit diesen Schwertern, die auch jetzt so elegant in ihrem Gürtel steckten. Dabei war Syltain ein hervorragender Kämpfer.

Luna atmete tief ein. Sie würde sich nicht von einer unsinnigen Panik lähmen lassen. Sie reckte ihr Kinn vor und blickte der Frostkönigin direkt in ihre eisigkalten Augen.

»Konntet Ihr etwas von der Hexerin erfahren?« Luna war erfreut, wie fest und fordernd ihre Stimme klang.

Die Frostkönigin warf einen Blick zu der Leibwächterin, die ihren Kopf senkte und plötzlich beinahe beschämt aussah. Sie nahm ihre Augen auch nicht von ihr, als sie Luna antwortete. »Das Mädchen ist halb tot nach den *Fragen*, die Viko ihr gestellt hat.«

Luna war bewusst, dass das keine direkte Antwort war, doch viel mehr irritierte sie, *wie* vertraut die Frostkönigin von dem Herzog von Koravotia sprach.

»Woher kennt Ihr den Herzog?«, fragte sie. »… woher kennt Ihr ihn *so gut*?«

Es hatte nichts mit ihrer Aufgabe zu tun, doch es weckte ihre Neugier … und ihre Zweifel.

Die Frostkönigin wandte ihren Blick von der Leibwächterin ab und Luna zu. Das Eis in ihren Augen glomm auf.

»Von der Akademie«, entgegnete sie. » Wir haben gleichzeitig dort studiert.«

»*Bevor* Ihr verwiesen wurdet?«

»*Bevor* ich verwiesen wurde«, wiederholte die Frostkönigin mit einem gezwungenen Lächeln.

Was wie eine scharfe Bemerkung Lunas hätte erscheinen können, glitt berührungslos daran ab, und Luna kam sich augenblicklich einfältig vor. Natürlich hatten sie sich *vorher* kennenlernen müssen, doch die Frostkönigin war schließlich nur eine kurze Zeit an der Akademie gewesen. Eine kurze Zeit, die gereicht hatte, eine solch vertraute – und hasserfüllte – Beziehung aufzubauen.

»Man sieht an der jungen Frau in Euren Zellen deutlich, wie schnell selbst Edelleute fallen können …«, sagte die Frostkönigin seicht in ihrem lieblichen Tonfall, so als hätte sie selbst gerade erst diesen Gedanken gehabt. »Ein einziger Fehler – ein Fehler *ihrer Mutter*, wohlbemerkt – das Kind eines Hexers, und schon ist sie verdammt …«

Ein einziger Fehler … Mit dieser seichten, gedankenlosen Stimme klang es noch viel mehr nach einer Drohung. Luna schluckte schwer. Doch was die Hexerin anging, hatte sie unrecht. Sie hatte den kleinen Jungen getötet, Attentate verübt, sie hatte die Schlacht in Daersk angeführt … das alles war mehr als nur *ein* Fehler.

»Hat die Hexerin Euch gesagt, ob sie für das Attentat auf Ihre Majestät verantwortlich sind?«, fragte Luna, obwohl sie sich sicher war, dass die Frostkönigin ihr keine Antwort geben konnte.

Tatsächlich hob sie nur die Schultern.

»Spielt das denn eine Rolle?«, fragte sie stattdessen sacht. Alle Weichheit verschwand bei ihren nächsten Worten restlos aus ihrer Stimme. »Ihr werdet sie so oder so töten und alle anderen Hexer mit ihr.«

»Und werdet Ihr es unterstützen?«, fragte Luna zurück.

Wie ein Riss in der Oberfläche eines gefrorenen Sees waren die Worte der Frostkönigin auf sie zu gezuckt, doch sie konnten sie nicht verletzen. Die Frostkönigin hatte der Jagd auf die Hexer selbst zugestimmt. Die Frage war nur, ob die Leibwächterin sie informiert hatte, dass die Zauberer auf dem Weg zu ihnen waren.

Die Frostkönigin senkte ihr Kinn und hätte Luna es nicht besser gewusst, hätte sie ihren Gesichtsausdruck für Betroffenheit gehalten. In dem Schweigen, das folgte, formte sich eine weitere Frage in ihrem Kopf.

»Warum habt Ihr es versprochen, wenn Ihr nie vorhattet, Euer Versprechen zu halten?«, fragte Luna und war selbst überrascht über den sanften Ton in ihrer Stimme.

Sie warf in den Augenwinkeln einen Blick zu der Leibwächterin, die ihn erwiderte, wartend. Luna wusste nicht, worauf.

Ihre verstorbene Majestät hatte der Frostkönigin dieses Versprechen abgenommen, es war ihr Handel für die Verlobung gewesen. Was war sie wert, diese Beziehung, wenn die Nordlande ihr Versprechen nicht halten würden?

Die Frostkönigin lächelte freudlos. »Ich hatte gehofft, Eure neue Königin würde es nicht zulassen«, gestand sie leise.

Luna erstarrte. Dafür gab es keinen Grund. Es gab keinen Grund für Rea, ihre Ansicht zu ändern und einen Krieg zu beenden, der Athea seit Jahrzehnten in Atem hielt. Doch die Frostkönigin hatte damit offen zugegeben, dass sie einen Handel eingegangen war, den sie niemals hatte erfüllen wollen – ein Motiv für den Mord an Ihrer verstorbenen Majestät, falls diese auf die Einhaltung bestanden hatte.

»Warum seid Ihr so früh angereist?«, fragte Luna auch die Frostkönigin noch einmal tonlos.

Syltain hätte niemals für seine Mutter gelogen, außer … außer, er steckte genauso mit in ihrer Verschwörung, war genauso schuldig. Luna wich einen Schritt zurück und gab sich keine Mühe mehr, gelassen zu wirken. Die Frostkönigin nahm es wahr, ihre sonst so unbewegten Augen flackerten kurz, doch entgegen Lunas Erwartung schien es ihr keine Genugtuung zu bereiten.

»Ich hatte gehofft, wir könnten all das hier verhindern«, sagte sie leise.

Luna machte einen weiteren Schritt. Sie war dankbar für Ael, der an ihre Seite eilte, auch wenn er ebenso verängstigt wirkte wie sie.

»Manchmal frage ich mich, ob wir einen Fehler gemacht haben, damals, Eure Mutter und ich … Vielleicht hättet Syltain und Ihr eine Chance gehabt.«

Luna musste sich verhört haben. Ihr Schritt stockte. Es war, als ob der eisige Boden unter ihren Füßen knackte.

»Es tut mir leid.« Ein sanfter, mädchenhafter Hauch in der Stille der nächtlichen Gänge.

Sie hatte sich ganz sicher verhört.

»Ich weiß, wie es sich anfühlt, wenn eine Liebe nicht sein darf.«

Luna stolperte rückwärts, fort von dem schmelzenden Eis, das etwas Sanftes, beinahe Freundliches offenbarte, das versuchte, sie einzulullen. Sie stolperte rückwärts, bevor sie rutschen und fallen konnte, denn unter der Oberfläche lauerte etwas Unbekanntes, verborgen in der Dunkelheit der Fragen, die sie nie zu stellen gewagt hatte. Sie war in dem Wissen aufgewachsen, die Frostkönigin zu fürchten, war in dieser Nacht zu den Verliesen gekommen, um die Bedrohung zu sehen. Wenn sie sie nicht fand, was bedeutete das für alles, was sie zu wissen glaubte?

Luna schüttelte den Kopf, dann nickte sie, und dann fuhr sie auf dem Absatz herum und bewegte sich schnellen Schrittes fort von der Unsicherheit ihrer Fragen. Ihr wurde bewusst, wie nackt ihre Arme waren, und selbst der dünne Stoff ihres Nachthemds konnte ihre Haut nicht vor der Kälte des Steins um sie herum schützen.

»*Prinzessin*«, verfolgte sie die Stimme der Leibwächterin, auch wenn sie mit der Frostkönigin zurückblieb.

Selbst ihre Stimme klang anders. Ernst. Der Spott war fort, was blieb, war nur ihr Titel, und es war, als hörte sie ihn zum ersten Mal.

15

H aben wir noch Punkte?«, fragte die Herzogin von Yptar, hob den Kopf von ihrem Notizbuch und sah in die
Runde der Ratsmitglieder.

Keiner von ihnen sagte ein Wort oder blickte sie auch nur
an. Luna war sich sicher, dass sie inzwischen alle stumm be-
teten, dass es still bleiben würde. Die Ratssitzung hatte am
Morgen begonnen, doch inzwischen musste die Herbstsonne außerhalb der Mauern hoch am Himmel stehen. Im Ratssaal des Palasts spürten sie nichts davon – er hatte keine
Fenster, die Licht hereinlassen konnten. Hier waren sie umgeben von der seltsam zeitlosen Atmosphäre flackernden
Fackellichts auf dunklem Stein.

Rea lehnte sich am Kopf des runden Tisches, der beinahe
direkt in den Saal hineingehauen schien, nach vorn und stützte ihre Fingerspitzen auf den Stein. Ihre Schneiderin über-
traf sich selbst, seit sie eine Königin einkleiden durfte. Reas
bunt-schillernder Rock fiel so weit, dass Syltain, Luna und
die Ratsmitglieder sich an einer Hälfte des Tisches zusam-
menquetschten, während das Kleid die andere für sich einnahm. Selbst Rea schien verloren darin. Es war, als wäre ihr
Rock eine Palette, die auslief und sie alle in einzelne Farben
tauchte, Grün für den Herzog von Nesra, Rot für den Herzog von Koravotia, helles Blau für Luna. Syltain hingegen

trug ein dezentes, unauffälliges Schwarz, das ihn am Tisch verschwinden ließ.

Die Frostkönigin hatte sich für diese Ratssitzung entschuldigen lassen und Luna war dankbar, ihr nicht begegnen zu müssen. Dafür spürte sie den unnachgiebigen Blick der Leibwächterin in ihrem Nacken, auch wenn sie ihren Augen bisher erfolgreich hatte ausweichen können.

Rea nahm das anhaltende Schweigen als Antwort. »Wenn das so ist …«, sagte sie und auch in ihrer Stimme klang die Erschöpfung, die sie alle spürten.

Luna zwang sich, einen Schritt nach vorn an den Tisch zu machen, bevor Rea sie entlassen konnte. Sie war sich sicher, dass sie ein gequältes Seufzen hörte, doch die Gesichter der Ratsmitglieder blieben makellose, höfliche Masken, während sich alle Blicke auf sie richteten. Luna straffte ihre Schultern, korrigierte ihr Lächeln und die Position ihrer verschränkten Hände vor ihrem Bauch, und richtete ihren Blick fest auf die raue Oberfläche des Ratstisches, damit sie nicht zögern konnte.

»Wir werden den Freund der Hexerin nicht finden …«, berichtete sie hastig, in dem Wissen, dass sie alle gehen wollten, doch sie hatte sich zuvor nicht getraut, das Wort zu ergreifen. »Charlyn von Perxcitta hat berichtet, dass die Hexerin ihn getötet hat … Er ist in den Flammen verbrannt.«

»Das heißt, wir haben nur unsere Zeit verschwendet?«, brauste der Herzog von Koravotia auf.

Luna zuckte zusammen, als seine Hand am Rand ihres Sichtfelds auf den Tisch klatschte.

»Viko …«, mahnte die Herzogin von Droduis leise und ihre Stimme hallte im folgenden Schweigen nach.

Die Enttäuschung im Saal braute sich zusammen wie eine Gewitterwolke, die schwer auf Lunas Brust drückte, und einen bitteren Geschmack von Furcht auf ihre Zunge legte. Ohne Noda hatten sie kein Druckmittel für die Hexerin. Der Herzog von Koravotia hatte ihnen berichtet, dass er sie in der Zwischenzeit noch einmal befragt hatte, doch ohne Erfolg. Sie weigerte sich zu sprechen und sie hatte keine Furcht vor ihrem Tod. Luna schauderte. Was war mit diesem Mädchen geschehen?

»Weiß die Hexerin, dass der Junge tot ist? Ist sie sich sicher?« Nicht nur Luna blickte überrascht auf, auch einige der übrigen Ratsmitglieder wandten ihre Köpfe zum Herzog von Deldaell. Er sprach so selten, dass sie alle einen Moment zu brauchen schienen, um den weichen, sanften Klang seiner Stimme zuzuordnen.

Luna presste ihre Lippen aufeinander. »Das kann ich nicht sagen«, gab sie ehrlich zu.

Der Blick des Herzogs lag nachdenklich, beinahe berechnend, auf ihr, während er sich bei seinen Überlegungen ans Kinn tippte. Mit dem weißen, schimmernden Gehrock und seinem fast schwarzen Haar schien er das genaue Gegenteil zu Syltain auf der anderen Seite des Ratstisches zu sein.

»Womöglich brauchen wir diesen Jungen gar nicht …«, überlegte er laut.

Luna begann, sich unter seinem Blick zunehmend unwohl zu fühlen. Es war, als sollte sie etwas verstehen, was sie nicht verstand. Sie fühlte sich in ihren Unterricht an der Akademie zurückversetzt, nur schien sie hier schwer von Begriff zu sein, als hätte er ihr eine Frage gestellt, die sie nicht beantworten konnte.

»Es reicht doch, wenn die Hexerin *denkt*, wir hätten ihn«, sagte der Herzog und ein listiges Grinsen breitete sich dabei auf seinem Gesicht aus, das Luna eine Gänsehaut verursachte.

Sie legte den Kopf schief, eine stumme Aufforderung an ihn, sich weiter zu erklären. Er tat es, doch er stellte sicher, dass seine verzogenen Lippen und gehobenen Augenbrauen deutlich machten, welche Anstrengung das war. »Ihr sagt ihr, dass wir ihren Freund gefangen genommen hätten und ihn töten werden, wenn sie uns nicht den Aufenthaltsort der verbleibenden Hexer nennt.«

Luna schüttelte den Kopf. Die Hexerin war nicht dumm

und sie war auch nicht so naiv, dafür hatte Meisterin Margo mit ihren Plänen und Finten gesorgt. »Sie würde ihn sehen wollen.«

Der Herzog von Deldaell zuckte unbeteiligt die Schultern und die juwelenbesetzte Kette, die sich von seinem Schulterpolster zu seinem Krawattentuch spannte, klimperte bei der Bewegung. »Er *sie* aber womöglich nicht.«

Luna schüttelte instinktiv den Kopf. Falls Noda überlebt hätte, nachdem die Hexerin ihn hatte töten wollen, war das durchaus eine Möglichkeit, schließlich war er auch in der Akademie aus ihrem Verlies gestürmt. Die Hexerin wusste sicherlich nicht, dass er trotzdem geblieben war … Doch Luna konnte ihr nicht vorspielen, dass sie Noda töten würden, falls sie nicht kooperierte, diese Grausamkeit konnte sie nicht verkörpern.

»Das kann ich nicht«, hauchte sie, vertieft in die winzigen Erhebungen und das beinah unsichtbare Glitzern des Steintisches. Sie hatte ihre Unfähigkeit nun auch selbst vor dem gesamten Ratssaal zugegeben.

»Ihr wolltet sie doch befragen, jetzt habt Ihr die Chance dazu!«, grollte der Herzog von Koravotia.

Es *wäre* ihre Chance gewesen.

»Ich kann ihr niemals glaubhaft vermitteln, dass wir Noda hinrichten würden, nur um Antworten zu bekommen«, erklärte sie leise, ohne einen von ihnen anzusehen.

»Umso besser!«, fuhr der Herzog von Koravotia sie an, als hätte er ihr nicht zugehört. »Dann geht in ihre Zelle und weint mit ihr darüber, dass ihr Freund hingerichtet wird, weil *wir* ihn für einen Hexer halten, so wie auch die anderen Überlebenden.«

Luna sah bei seinem abfälligen Ton unwillkürlich auf zu Rea, doch sie schien keine Einwände zu haben, dass er so mit ihr sprach. Sie selbst blickte Luna mit ausdruckslosem Gesicht entgegen. Rea bezweifelte ebenso, dass sie die Hexerin zum Reden bringen konnte. Zum ersten Mal seit Tagen wanderte Lunas Blick weiter zu Syltain. Er beobachtete sie, seine Augen nicht mehr starr und eisig, sondern weich und beinahe … mitleidig?

Luna richtete sich auf, sah erst zum Herzog von Deldaell, dann zum Herzog von Koravotia, und nickte. Wenn es sie alle schützte, konnte sie vielleicht lügen. Sie nahm einen tiefen Atemzug, und schien trotzdem keine Luft zu bekommen.

Feuchtwarmes Moos mischte sich mit dem Geruch von Eisen und Stein. Das Tropfen verschwand, die klamme Nässe auf ihrer Haut und die flackernden Schatten an den Wänden, das alles trat in den Hintergrund, als sie die Hexerin in ihrer Zelle sah. Luna wusste nicht, was sie erwartet hatte, aber sie stockte vor dem Durchgang der letzten Gittertür, während das Pochen in ihrer Brust anschwoll.

Die Hexerin kniete am Rand ihrer Zelle, auf den Boden gerutscht, die Schienbeine nach außen gestreckt. Ihre Hände lagen in Schellen um die Gitterstäbe, lose, die Finger geöffnet und verkrustetes Blut an den Spitzen. Ihr Kopf lehnte an der Wand und ihr helles Haar klebte am Stein, verfilzt, dreckig und ebenfalls verkrustet.

Die Erinnerung an die Akademie flackerte in Luna auf, an das Blut, das aus den Schluchten und Kratern auf dem Rücken des anderen Hexers über den Boden zu ihr geronnen war, während er längst das Bewusstsein verloren hatte. Jetzt war es das Blut der Hexerin, das Lunas Rocksaum tränkte und sich an dem Stoff hinaufzog, als wollte es ihre verkrampften Hände erreichen. Sie erstarrte, noch einige Schritte von der Zelle entfernt.

Die Frau hinter den Stäben konnte nicht mehr mit ihr sprechen. Sie trug ihr Blut wie ein Kleid auf ihrem Körper und hing bewegungslos in ihren Fesseln. Man hatte ihr ein Hemd angezogen, das sie gerade so von ihrer Brust bis zu ihren Oberschenkeln bedeckte, aber ihre freiliegende Haut war so verfärbt von Dreck, Wunden und Blutergüssen, dass es keinen Unterschied machte. Wie viel davon hatte Meisterin Margo zu verantworten, wie viel die Schlacht in Daersk und wie viel der Herzog von Koravotia?

Luna machte einen Satz zurück und sog scharf die Luft ein, als die Hexerin ihren Kopf drehte und die Lippen unter ihren Haarsträhnen zu einem Grinsen verzog, noch bevor sie ihre Augen ganz geöffnet hatte. Ihre Zähne glänzten rot und ihre linke Gesichtshälfte war vom Kiefer bis zu ihrem Auge geschwollen, sodass es ihr Grinsen zu einer Fratze verzerrte. Ihre Finger schlossen sich um die Gitterstäbe und das Metall der Fesseln klirrte gegen das Metall der Tür, als sie versuchte, sich an ihnen hochzuziehen, nur um augenblicklich wieder aufzugeben. Sie war nicht einmal dazu in der Lage, ihren Kopf vollständig von der Wand abzuheben.

»*Prinzessin.*« Ihre Stimme war kaum ein raues Kratzen.

Lunas Gedanken schossen zu der Leibwächterin, doch sie zwang sie zurück, faltete ihre zitternden Finger vor dem Bauch und klammerte ihre Hände ineinander, um sie ruhig zu halten.

Sie begegnete dem Blick der Hexerin, bohrte sich hinein und versuchte, die Abgründe darin zu finden, das Grauen, das sie über das Königreich gebracht hatte. Sie versuchte, ihren Anblick mit den Flammen der Akademie übereinzubringen, mit den Erzählungen aus Daersk, mit Charlyns Wunden, dem Tod von Meisterin Margo und der unzähligen Zauberer. Die Hexerin hatte ihrer aller Leben unwiderruflich verändert, hatte sie zerstört, doch ihre Augen waren dumpf. In ihnen brannte nichts mehr von dem Feuer, das sie in der Akademie gezeigt hatte. Hier in dieser Zelle war sie nur eine geschlagene junge Frau, zerbrochen und zerstört … bis sie lächelte. Die Augen der Hexerin fielen zu, als ihr Kopf wieder zur Seite rollte.

»Warum?«, keuchte Luna. Nur ein einzelnes, kurzes, zitterndes Wort.

Sie war sich der Anwesenheit des Herzogs hinter der Biegung des Ganges bewusst, war sich bewusst, dass er sie hören konnte, dass er erwartete, dass sie die Hexerin etwas anderes fragte, doch ihr Kopf war mit einem Mal wie leergefegt. Es schienen nicht mehr ihre Gedanken zu sein, die aus ihr sprachen, es war dieses Beben in ihrer Brust, das Zittern in ihren Gliedmaßen, das die Worte aus ihr herauspresste.

Das Gesicht der Hexerin zuckte, bevor sie die Augen wieder öffnete. Sie schien kämpfen zu müssen, um sie offen zu halten, dabei schnaubte sie nur und schloss sie wieder. Sie machte den Anschein, dass es sie nicht weniger kümmern konnte. Sie hatte so viel Leid gebracht und es kümmerte sie nicht … als wäre es ihr gleichgültig.

»Warum diese sinnlose Gewalt?«, hauchte Luna. »Warum all das Leid?« Sie wollte es so dringend verstehen.

»Ihr habt uns keine Wahl gelassen.«

Luna erstarrte, eine eisige Hand griff nach ihrer Brust und wollte sie ersticken.

»Das alles nur, weil ihr keinen Platz im Rat bekommen habt?« Sie hätte das alles verhindern können, wenn sie –?

»Weil ihr uns jagt, seit ihr den Krieg begonnen habt«, unterbrach das heisere Krächzen der Hexerin ihre Gedanken.

Luna schüttelte verständnislos den Kopf. »*Ihr* habt den Krieg begonnen. Die Hundert haben den Krieg begonnen.«

»*Ihr* habt die Hundert *erschaffen*!« Die Hexerin schnaubte wieder. »Sie waren die Einzigen, die euren Anschlag auf Daersk überlebt haben.«

Luna starrte sie nur an. »Wovon sprichst du?«

»Von dem Feuer, das die Zauberer in Daersk gelegt haben.« Das Gesicht der Hexerin flackerte.

Daersk war einem Stadtbrand zum Opfer gefallen. »Das ist nicht –«

Eine Erinnerung setzte sich in Lunas Kopf zusammen. *›Es ist eindeutig, dass die Hexer schuldig sind‹*, waren die Worte des Herzogs von Koravotia gewesen und die Frostkönigin hatte daraufhin gefragt: *›So wie vor zwanzig Jahren?‹* … so, als wären die Hexer unschuldig gewesen. So, als glaubten die Hexerin und sie die gleiche Lüge.

Ein wissendes Grinsen breitete sich auf ihrem Gesicht aus. »Wo sind die Hundert?«, fragte sie leise.

Luna richtete sich auf. »Die Hundert sind tot.«

Sie waren vor Jahrzehnten auf ihrem Feldzug des Grauens von der königlichen Wache mit der Unterstützung der Zauberer aufgehalten worden.

Die Hexerin schnalzte mit der Zunge. »Interessant … Dabei hat Margo ihren letzten Atemzug verschwendet, um mir zu sagen, dass sie noch leben …«

Luna erstarrte. Die Zauberer – und Meisterin Margo ihnen voran – hätten eine Gefahr wie die Hundert nie am Leben gelassen. Vielleicht hatte sie das nur gesagt, um die Hexerin zu verwirren. Vielleicht log die Hexerin auch nur, um *sie* zu verwirren.

»Dass sie uns anlügen, scheint mir logisch, aber warum Euch, Prinzessin?«, fragte sie und ein süffisanter Ton legte sich dabei in ihre Stimme. Ein Ton, der gleichzeitig in eine raue Frage brach, die gleiche, die Luna sich selbst stellte.

»Das ist nicht wahr.« Sie wusste nicht mehr, was wahr war. Jede Antwort brachte ihr nur noch mehr Fragen, immer nur mehr Fragen. Sie hatte unzählige Bücher gelesen, aber sie wusste nichts.

Die Hexerin schnaubte. »Ach, glaubt doch, was Ihr wollt. Macht Euch Eure eigene Wahrheit, so wie auch alle anderen in diesem Königreich.«

Luna schüttelte den Kopf. Sie glaubte an *eine* Wahrheit, eine objektive, allumfassende Wahrheit, nicht an eine Version davon. Sie wusste, dass sie die Frage bereuen würde, aber sie stellte sie dennoch. »Was ist *deine* Wahrheit, Hexerin?«

Die Hexerin bohrte ihren Blick in Lunas und ihre Hände fielen von den Gitterstäben in ihren Schoß.

»Ihr habt eine Entscheidung getroffen, was ihr sein wollt, ihr habt euch entschieden, Zauberer zu werden. Ich hatte diese Wahl nie.« Sie lachte rau auf, ein kurzer, freudloser Laut. »Ich kann vor meinem Blut nicht weglaufen.«

Worte kamen über Lunas Lippen, bevor sie sie aufhalten konnte. »Ich habe mich auch nie dazu entschieden, Prinzessin zu sein.«

… und sie hatte dem nie entkommen können – auch das lag in ihrem Blut.

»Und hat man auch versucht, Euch zu töten, weil Ihr eine Prinzessin seid?« Die Hexerin schnaubte. »Ich war die zukünftige Baronin von Arlven, bevor Margo versucht hat, mich zu töten. Sie hat Noda und meinem Vater erzählt, was ich bin, und das hat ihnen gereicht, um mich zu verstoßen.«

Wieder lachte sie ihr grausames Lachen und ihr Gesicht verzog sich dabei zu einer Fratze. »Ich kann mir ein schlimmeres Schicksal vorstellen, als Prinzessin zu sein.«

In Luna wallte etwas auf, das sich gegen den süffisanten Ton der Hexerin wehren, sich von dem gehässigen Lachen abwenden wollte, aber sie schluckte es herunter.

»Wenn du die freie Entscheidung hättest, zu sein, wie du willst, würdest du anders sein wollen?«, fragte sie zögerlich. Sie fühlte sich bei der Frage seltsam verletzlich, als hätte sie nur damit, dass sie sie stellte, bereits etwas über sich offenbart.

»Keine Hexerin?«

Luna nickte.

Die Hexerin schüttelte den Kopf und ihr verdutzter Gesichtsausdruck wich einem sehr viel ernsteren. Sie sah sich in der Zelle um, verzog die Lippen und eine steile Falte klaffte zwischen ihren Augenbrauen, als sie sich zu Luna zurückdrehte.

»Ich wünschte nur, ich könnte *als* Hexerin etwas anderes sein …«, gestand sie leise.

Die Falte zwischen ihren Augenbrauen blieb und Luna konnte es verstehen. Sie hatte immer etwas anderes sein wollen, dabei war es so ironisch, anders sein zu müssen, um man selbst zu sein.

I ch habe nur versucht, einen Platz im Rat zu fordern, den Platz, der uns zustünde«, sagte die Hexerin schließlich leise. »Ihr wart dabei, als Margo mir den sterbenden Jungen in die Arme gelegt hat. Ich habe ihn nicht getötet ... *Sie* war es.«

Ihre Stimme verebbte. Das hatte sie Luna bereits in den Verliesen der Akademie erzählt.

»Sein Gesicht ...« Die Hexerin schloss die Augen, nur um sie sofort wieder aufzureißen, aber ihr Blick klebte irgendwo an Lunas Rocksaum und blieb verschwommen, ihre Stimme nicht mehr als ein heiseres Flüstern. »Im Tempel wollte ich Antworten von Margo ... Ich wollte nie kämpfen. Ich wollte die Chance zu zeigen, dass wir nicht sind wie –«

Sie schnaubte.

»Aber sie haben die Lügen gemacht.« Die Hexerin hob ihren Blick und bohrte ihn in Lunas. »Ihr Zauberer habt die Lügen gemacht, ihr würdet sie uns niemals offenbaren lassen.«

Luna erstarrte, doch die Hexerin war noch nicht fertig. »Ihr habt uns diesen Krieg erklärt und wir haben ihn gekämpft. Schon seit Daersk.«

Daersk ... Wo Charlyn beinahe gestorben wäre. Der Name der Stadt kam auch der Hexerin kaum über die Lippen. In ihren Augen brannten die Feuer noch immer, doch da war kein Glanz, kein Stolz auf die Vernichtung, die sie gebracht hatten, da war nur … Fast glaubte Luna, dasselbe Entsetzen in ihrem Blick zu sehen, das sie selbst spürte.

»Ihr wolltet den Berg auslöschen. All die Menschen dort haben sich Jahrzehnte versteckt, um dem zu entgehen, und dann kam Margo und –« Die Stimme der Hexerin erstickte und Luna kämpfte stärker gegen die aufwallende Übelkeit. »Ich wollte nie, dass sie wieder kämpfen müssen. Ich wollte nie, dass sie sterben.«

Die Feuer in ihrem Blick erloschen und ließen – wie auch in Daersk – nichts als Asche zurück. Der Berg … Luna trat näher an die Zelle heran, raffte ihren Rock und beugte sich vor, beugte sich zu der Hexerin herunter, auch wenn sich alles in ihr dagegen sträubte. Gefahr legte sich wie ein kratzendes Prickeln auf ihre Haut, obwohl die dicken Gitterstäbe sie trennten.

Sie dämpfte ihre Stimme, sodass sie nicht mehr als ein Wispern war, das der Herzog von Koravotia nicht würde hören können. »Was hat die Frostkönigin dir erzählt, als sie hier unten war?«

Die Hexerin drehte den Kopf, blickte zu ihr auf und musterte sie beinahe interessiert. »Die Frostkönigin?«, fragte sie in gespieltem Unverständnis.

Doch Luna würde nicht so leicht aufgeben. »Haben sie die Hexer aus dem Berg gerettet?«

Die Hexerin lachte auf, so dunkel und rau, dass es Luna Schauer über den Rücken sandte und sie bei der Lautstärke zusammenzuckte.

»Ihr wisst es nicht?«, fragte die Hexerin, ohne ihre Stimme zu dämpfen. »Vielleicht solltet Ihr *sie* fragen. Ich kann Euch dazu nichts sagen.«

Luna richtete sich auf. Die Hexerin hatte sich entschieden zu schweigen, also wurde es Zeit für ihren Auftritt. Sie musste ihre Rolle übernehmen.

»Sie wollen Noda hinrichten«, sagte sie tonlos und musste das Entsetzen in ihrer Stimme nicht spielen. »Sie halten ihn für einen von euch.«

»Noda ist *tot*«, entgegnete die Hexerin erstickt.

Luna schüttelte den Kopf, doch sie konnte sie dabei nicht ansehen. Sie starrte auf die Pfütze vor ihren Füßen, auf die dunkle, zähe Flüssigkeit, die im Licht der Fackeln schimmerte und im Rhythmus der Tropfen bebte.

»Sie werden ihn töten, wenn du ihnen nicht sagst, wo sich die übrigen Hexer aufhalten und was eure Pläne sind«, sagte Luna und zwang sich, aufzusehen.

Da war es wieder, das hoffnungsvolle Glänzen im Blick der Hexerin, das sie so sicher gemacht hatte, dass sie in ihrer Zelle gelogen hatte, dass Noda ihr noch immer alles bedeutete.

»Margo hat ihn benutzt, hat ihn auf ihre Seite gebracht, damit für euch sterben kann«, würgte die Hexerin mühsam hervor und das raue Kratzen ihrer Stimme brach in einen Hustenreiz, der ihren gesamten Körper schüttelte und laut von den Wänden der Zellen widerhallte. Als sie den Blick hob, verdrehten sich ihre Augen in ihren Höhlen, aber sie versuchte dennoch, Luna zu fokussieren. »Und jetzt wollt ihr ihn selbst töten?«

Die Übelkeit aus Lunas Magen legte sich auf ihre Zunge, während sie schwieg. Die Hexerin schnaubte nur.

»Dann müsst ihr ihn töten«, krächzte sie heiser. Ihr Kopf fiel zur Seite. »Die Hexer sind tot, ihr habt sie abgeschlachtet. Sollte irgendjemand Daersk überlebt haben, sind sie auf der Flucht, so wie sie es immer waren.«

Das Grauen in den Augen der Hexerin überraschte Luna, aber auch sie selbst musste viele bekannte Gesichter in den Flammen verloren haben. »Es gibt keine Pläne. Ich habe Euch nichts zu sagen.«

Luna schluckte schwer. Sie hatte diese Chance und sie durfte nicht wieder versagen. Ihr Ziel war nicht nur, zu erfahren, was die Hexer tun *würden*, sondern auch, was sie bereits getan *hatten*.

»Habt ihr das Attentat auf die Königin verübt?«, fragte sie. »Welchen Zweck hatte das für euch?«

Die Hexerin starrte sie mit großen Augen an, bevor sie lachte, laut und heiser und schrill, so als hätte sie den Verstand verloren. Sie stockte abrupt. »Keinen. Wir haben Eure Königin nicht getötet.«

Luna öffnete den Mund, um etwas zu erwidern, doch die Hexerin kam ihr zuvor, ihr Ton ernster, ihre Stimme beschwörend. »Kein Hexer könnte je wieder einen Fuß in dieses Land setzen. Ich hätte Euch für schlauer gehalten, Prinzessin.«

Luna schüttelte den Kopf, als könnte sie so den Stich verscheuchen, den die Worte der Hexerin in ihrer Brust hinterließen. Es war unsinnig, sie musste sich vor ihr nicht beweisen.

Hätte die Hexerin nur einen Platz im Rat gefordert, hätte Luna ihr vielleicht geglaubt, dass die Reputation der Hexer sie kümmerte, aber nach ihrem Angriff auf den Tempel, den Feuern in der Akademie, der Schlacht von Daersk … es war, als ob sie das Königreich brennen sehen wollte. »Alles, was ihr getan habt, alles, was ihr gebracht habt, war Zerstörung … als ob alles, was ihr wolltet, Chaos war!«

»Alles, was wir wollten, war *Gleichberechtigung*!«, keuchte die Hexerin.

Das Stechen in Lunas Brust wallte auf. Ihnen beiden war klar, dass es nach den Feuern in Daersk keine Chance mehr darauf gab.

Luna schüttelte den Kopf, als könnte sie so ihre Gedanken sortieren. Sie hatte gesehen, wie die Hexerin den kleinen Jungen getötet hatte, als sie keinen Platz im Rat bekam, war in der Andachtshalle gewesen, als sie den Tempel angegriffen hatte, und in der Akademie, als die Hexerin sie bei ihrer Flucht in Brand gesteckt hatte. Sie hatte eine ganze Stadt zugrunde gerichtet und all die Zauberer darin mit sich …

Ein Gedanke schlich sich in Lunas Kopf, den sie nur vorsichtig an sich heranließ. Die Erzählung der Hexerin war flüssig, eine Folge von Ereignissen … aber nur, dass etwas schlüssig war, machte es noch nicht zur Wahrheit. Sie hatte ihre Taten jetzt begründet. Das war es, was Luna hatte hören wollen, aber sie fühlte sich durch ihr Wissen nicht besser. Sie fühlte sich unsicher. Wahrheit hatte ihr zuvor noch nie Unsicherheit gebracht ... Vielleicht waren es die *falschen* Gründe. Vielleicht waren sie für sie wahr. Luna schüttelte den Kopf. Es gab nur *eine* eindeutige Wahrheit, daran hatte sie nie gezweifelt ... bis zu diesem Moment.

Die Hexerin wartete eine ganze Weile, bevor sie schließlich leise fragte: »Glaubst du mir?«

Ihre Stimme klang erschreckend weich, verletzlich, die Anrede vertraut. Luna zögerte, bevor sie den Kopf schüttelte. Sie wusste nicht, was die Wahrheit war.

»Ich weiß nicht ... nein ...«, gab sie zu.

Sie wusste, was sie gesehen und was die Hexerin getan hatte. Das waren Fakten, die *wahr* waren, *sicher*. Auf die sie sich verlassen konnte. Die Hexerin schnaubte und wandte sich ab.

»Aber das spielt keine Rolle«, sagte Luna leise. »Was ich glaube oder nicht, ist unbedeutend. Es ändert die Wahrheit nicht.«

Eine von ihnen beiden hatte recht und die andere unrecht.

Die Hexerin lachte wieder. »Du hast ja keine Ahnung ... Aber wenn das so ist, habe ich dir nichts zu sagen.«

Sie schloss die Augen und ließ ihren Kopf zur Seite fallen, verschwand hinter einem strähnigen Vorhang dreckighellen Haares und sank in sich zusammen, bis sie in ihren Fesseln hing, als wären sie das Einzige, das ihren Körper noch hielt. Vielleicht war es tatsächlich so. Luna war noch nicht bereit aufzugeben, aber sie musste ihrer Niederlage ins Gesicht sehen. In *dieses* Gesicht, verschmiert von Blut und Grausamkeiten. Sie hatte einer Hexerin nichts entgegenzusetzen.

Luna wandte sich ab und ging ohne ein weiteres Wort. Sie hatte das Ende des Ganges fast erreicht, als ihr auffiel, dass etwas nicht stimmte, dass etwas anders war als sonst. Sie hatte Tage gebraucht, um sich an die Augen in ihrem Rücken zu gewöhnen, an die Schritte, das ständige Echo ihrer eigenen, doch jetzt, wo sie fehlten, fehlte *ihr* etwas. Ael war vor der Zelle der Hexerin zurückgeblieben, noch immer an derselben Stelle, als hätte er sich keinen Schritt bewegt, seit er sie erblickt hatte. Auch jetzt noch sah er sie an, die Augen starr und geweitet. Ihre Zerstörung schien ihn zu fesseln, die Grausamkeit des Blutes, die Unnachgiebigkeit ihrer Wunden, das Wrack aus Haut und Knochen, das einmal ein Mädchen gewesen war.

»Ael?«, fragte Luna, nicht lauter als ein Wispern, weil sie schon zu dicht bei der Stelle stand, an der der Herzog von Koravotia auf sie wartete.

Er regte sich nicht.

»Ael?«, fragte Luna noch einmal lauter und machte einige Schritte auf ihn zu, doch er schien sie gar nicht zu hören. Die Zelle vor ihm, die Hexerin, hatte ihn in den Bann geschlagen. »Ael?«

Er zuckte zusammen, als sie ihre Hand um seinen Unterarm legte, und echte, nackte Panik flackerte in seinen geweiteten Augen auf. Ael versuchte, sich zu fangen, richtete sich auf, doch das Flackern blieb in seinem Blick und in seiner Haltung. Er wandte den Kopf unwillkürlich wieder der Zelle zu.

»Was ist?«, fragte Luna drängend, ohne ihre Augen von seinem Profil zu nehmen.

Aels Atem hatte sich beschleunigt, sie spürte seine Rippen an ihrer Hand, und sein Kehlkopf hüpfte sichtbar, als er schluckte.

»*Ich* könnte in dieser Zelle sein«, murmelte er.

Dann fuhr er zusammen und drehte sich zu Luna, als wäre er aus einem Alptraum aufgewacht, nur um festzustellen, dass er wahr geworden war.

»Ich hätte bei Drej sein müssen, mit Drej sterben müssen,

aber ich hab' überlebt und –« Aels Augen huschten fahrig hin und her.

Mit jedem herzzerreißenden Wort krallte Luna ihre Finger tiefer in seinen Arm. Er war noch so jung, viel zu jung, für diese gigantische Schuld. Erwachsene Männer konnten daran zerbrechen, aber er war noch ein Kind.

»Ich hätte kämpfen sollen, Drej helfen, sterben, aber so – hätte der Hauptmann nicht … *ich* könnte da drin sein.«

Luna begann, mit ihrer freien Hand über Aels Rücken zu streichen, drückte ihre Finger gegen seine Gardeuniform und versuchte, ihn mit jeder nachdrücklichen, kreisenden Bewegung in die Realität zurückzuholen, in der er *vor* der Zelle stand. Sein gesamter Körper zitterte. Luna fühlte sich furchtbar, dass sie es nicht vorher bemerkt hatte, dass sie zu fokussiert auf die Hexerin gewesen war.

»Du wirst *niemals* in einer Zelle sein«, versprach sie ihm, auch wenn sie sich eingestehen musste, dass seine Gedanken nicht ganz abwegig waren.

Vermutlich hatte es für ihn gesprochen, dass er geblieben war und Hilfe gerufen hatte – das, und Xyn. Er hatte mit Sicherheit alles getan, um Ael vor einem solchen Verdacht zu schützen. Langsam schienen die Alpträume vor seinen Augen zu verschwinden und er kehrte zu Luna zurück.

»Ich weiß, dass du dich niemals mit den Hexern verbünden würdest«, sagte sie sanft.

Ael zuckte zusammen und schien wieder ganz bei ihr zu sein. Luna trat einen Schritt zurück, bevor ihm ihre Nähe unangenehm werden konnte, doch auch, wenn er sie inzwischen wieder wahrzunehmen schien, sein Atem ging noch immer hastig und sein Gesicht sah aus, als wäre er nur eine falsche Bewegung davon entfernt, sich zu übergeben. Luna stand vor ihm in dem Gang, um sie herum nur das Flackern der Fackeln und Tropfen in den Pfützen.

»… sollen wir gehen?«, fragte sie unbeholfen.

Eine Welle der Erleichterung durchflutete sie, als Ael mit

dem Kopf nickte … auch im Trösten war sie nicht gut.

Luna blickte noch einmal in die Zelle der Hexerin, bevor sie sich abwandten. Ein Auge blitzte zwischen den Haarsträhnen und ihrem blutverschmierten Arm hindurch und lag auch noch auf ihnen, als sie das Ende des Gangs lange erreicht hatten.

Der Herzog von Koravotia schnaufte, seit Luna ihm entgegengetreten war, und sagte kein Wort, bis sie den Ratssaal erreichten, wo ihnen beinahe ein Dutzend Augenpaare erwartungsvoll entgegenblickten. Auch die Frostkönigin war inzwischen zu ihnen gestoßen und wartete hinter Syltains Schulter am Ratstisch. Luna hatte Mühe, mit dem Herzog Schritt zu halten, während er durch die Türen stürmte.

Rea öffnete den Mund, um nach ihren Ergebnissen zu fragen, als er bereits schnaufte: »Die Hexerin wird büßen! Wir sollten sie hängen lassen!«

Die perfekten Masken um den Ratstisch erbebten – Augen weiteten sich, Brauen wanderten in die Höhe und der Herzog von Xayres neigte sich vor.

»Wir sollten sie öffentlich hängen lassen für Daersk, ihr Attentat auf den Tempel und das auf Ihre verstorbene Majestät!«, wiederholte der Herzog von Koravotia, schob sich zwischen die Herzöge von Deldaell und Nesra an den Ratstisch und stützte seine Hände mit einem klatschenden Geräusch darauf.

»Dann hat die Hexerin also gestanden?«, fragte Rea und blickte dabei durch den Saal zu Luna, die noch immer dicht hinter der Tür stand.

Weitere Augen wandten sich zu ihr, doch sie schüttelte nur den Kopf, plötzlich unsicher, wie sie reagieren sollte. Sie hatte ihren Bericht vorbereiten wollen, sich langsam herantasten an das Eingeständnis, dass sie nichts erreicht, all ihre Hoffnungen enttäuscht hatte, doch der Herzog von Koravotia zwang sie mit seinem Auftritt zu sehr viel direkteren

Worten.

»Sie wird nicht reden, der Junge bedeutet ihr einen Dreck!«, schnaubte der Herzog und Luna zuckte zusammen. » … und wenn sie nicht reden will, muss sie sterben!«

Auch Luna spürte Frustration, dass sie keine Antworten auf ihre Fragen fanden, doch was hinter der Fassade des Herzogs brodelte, verunsicherte sie. In ihm schien eine Wut zu kochen, beinahe … Hass. Es schien, als hätte er Meisterin Margos Rolle übernommen, bereit, jeglichen Einsatz im Kampf gegen die Hexer zu bringen. Doch während Meisterin Margos Hass kühl, berechnend und geduldig gewesen war, war seiner bereit, jeden Moment hervorzubrechen und alles zu verschlingen, was sich ihm in den Weg stellte.

Syltain sprach aus, was Luna dachte, seine Haltung starr, sein Gesichtsausdruck so eisig, wie sie ihn noch nie gesehen hatte. Zum ersten Mal sah sie ganz deutlich den Prinzen der Nordlande vor sich. »Wenn Ihr sie hinrichtet, werden wir nie herausfinden, ob sie tatsächlich an dem Attentat schuldig sind.«

»Natürlich sind sie das!«, spie der Herzog. Speicheltröpfchen sprühten über den Ratstisch und glänzten im Fackellicht.

Luna wollte etwas erwidern, doch sie hielt sich zurück. Die Hexerin hatte zwar ihre Schuld bestritten, aber das bewies nicht ihre Unschuld, und ohne Beweise war jedes ihrer Worte nur eine Vermutung.

Schweres, drückendes Schweigen senkte sich über den Saal, doch dieses Mal war es, als würde die Spannung wie leise grollender Donner durch sie hindurch rollen. Sie alle versuchten, dem auf ihre eigene Art zu entkommen. Luna machte einen Schritt zur Tür, die Frostkönigin legte ihre behandschuhten Finger auf Syltains Schulter, während er die Kiefer zusammenpresste, bis Luna die hervortretenden Muskeln selbst vom anderen Ende des Tisches aus sehen konnte. Rea ließ ihren Blick über die Ratsmitglieder wandern und die Herzogin von Yptar bemerkte emotionslos: »Einen Versuch war es wohl wert.«

Sie klappte ihr Notizbuch zu und presste es vor ihre Brust. »Als Hinrichtungstermin würde ich Eure Krönungs- und Hochzeitsfeier hier im Palast vorschlagen. Die Aussicht auf den Tod der Hexerin wird die Anzahl der Gäste deutlich in die Höhe treiben – niemand wird sich Eure Feier dann noch entgehen lassen wollen. Auch die Adligen, die sich sonst vielleicht aufgrund ihrer Trauer nach den Verlusten von Daersk entschuldigen lassen würden, werden anwesend sein.«

Rea nickte, während Syltains Blick zu ihr schoss, so stechend, dass es ein Wunder war, dass sie sich noch bewegen konnte … doch außer Luna schien niemand seine Reaktion zu bemerken. Übelkeit stieg in ihren Hals. Sie nutzen die Hinrichtung wie eine Attraktion, die den Rachedurst des Königreiches stillen konnte, und sie würden Reas und Syltains Feier damit zieren. Eigentlich war der Ball in Rox Taenn eine Möglichkeit für alle, die aufgrund der Kurzfristigkeit der Einladungen nicht nach Arenja hatten anreisen können, doch noch an einer Krönungsfeier teilzunehmen und ihren Eid zu schwören. Nun würden vermutlich sämtliche Adelige des Königreiches erscheinen.

Rea brachte ihre Hände mit einem leise klatschenden Geräusch zueinander, das wohl das Ende ihrer Besprechung signalisieren sollte. Sie nickte einmal knapp in die Runde und bekam ein vielfaches Kopfneigen zur Erwiderung. Der Tod der Hexerin war beschlossen.

Luna presste ihre Lippen zusammen, während die Ratsmitglieder sich umwandten und auf sie zu kamen, die Blicke an ihr vorbei auf die Türen des Saals gerichtet.

»Meisterin Margo soll der Hexerin erzählt haben, dass die Hundert noch am Leben sind«, sagte Luna leise.

Der Saal um sie herum erstarrte.

Sie hatte sich auf dem Weg von den Zellen bis zum Ratssaal einen Plan zurechtgelegt, wie sie ihren Bericht von der Befragung aufbauen wollte, und in ihm wäre diese Frage an einem geeigneten Zeitpunkt gekommen, doch der Herzog von Koravotia hatte ihren Plan mit seinem Einstieg zunichtegemacht.

»Die Hundert wurden hingerichtet«, sagte Rea vom anderen Ende des Ratstisches aus mit einer kalten Endgültigkeit, die keine Zweifel zuließ. Luna hatte nicht einmal gedacht, dass sie sie hatte hören können. »Alles andere wäre Verrat.«

Leises, bestätigendes Murmeln erklang von den Ratsmitgliedern, bevor sie ihren Weg aus dem Saal fortsetzten.

»Es ist kein Wunder, dass die Taten der Hexer so fehlgeleitet sind, wenn sie solche Lügen glauben«, sagte die Herzogin von Droduis leise zu der Herzogin von Nenomin, während sie an Luna vorbeischritten. Es hatte wohl gutmütig klingen sollen …

Doch Lunas Blick lag fest auf dem Herzog von Koravotia, dessen brodelnde Wut vollkommen verraucht war, als er an ihr vorbei aus dem Raum trat.

17

H ier bist du!«
Luna sah von ihrem Buch auf und Charlyn entgegen,
als sie ihre Stimme hörte. Charlyn senkte grinsend den Kopf
und beeilte sich, an den Regalreihen entlang zu ihr zu laufen, ohne tatsächlich zu *laufen*, schließlich war das in der Bibliothek des Palasts ebenso verboten wie ihr lautes Rufen einen Moment zuvor.

»Danke, dass du gekommen bist«, sagte Luna leise und
streckte die Arme nach ihr aus.

Charlyn drückte ihre Wange an Lunas Schläfe, als sie sie
fest umarmte, und zuckte dann zusammen. Die Wunde in
ihrer Seite musste noch immer schmerzen. Luna wollte ihre
Arme zurückziehen, doch Charlyn selbst hielt sie noch einen
Moment länger fest, bevor sie sich aufrichtete. Sie winkte
Ael, der sich an die Fenster am Ende der Regalreihe zurückgezogen hatte und nun beinahe schüchtern zurückwinkte.
Dann gähnte sie mit offenem Mund, streckte sich ausgiebig
und rieb sich die Augen.

»Was tun wir zu dieser ungöttlichen Zeit hier?«, fragte sie
und klang dabei beinahe vorwurfsvoll, so als hätte Luna sie
nicht zu ihrem liebsten Ort auf der gesamten Welt gebeten …
Doch Charlyns breites Grinsen verriet sie.

Luna legte ihre flache Hand auf das Buch vor ihr, das ihr

viel zu wenig Auskunft gab. Charlyn griff nach dem Deckel, hielt sorgsam einen Finger zwischen die Seiten und schlug das Buch zu, um sich den Titel anzuschauen.

»Du liest die Chroniken?«, fragte sie verwirrt.

Luna nickte, doch Charlyn hatte das Buch bereits wieder aufgeschlagen und ihr Blick flog über die Seite.

»Die Hexer?« Sie dämpfte ihre Stimme, auch wenn so früh am Morgen noch niemand außer ihnen in der Bibliothek war.

Luna nickte wieder und Charlyns Haarsträhnen kitzelten dabei an ihren Wangen. »Die Hexerin hat da etwas gesagt …«

… das ihr einfach nicht aus dem Kopf gehen wollte. Es ging sie eigentlich nichts an, was mit den Hundert geschehen war, vermutlich hatte Meisterin Margo die Hexerin ohnehin nur angelogen, und doch …

Luna holte tief Luft, bevor sie Charlyn zuraunte: »Die Hexerin hat gesagt, die Hundert seien am Leben.«

Charlyns Brauen schossen in die Höhe. »Selbst wenn, würde es niemals Aufzeichnungen darüber geben.«

Luna starrte auf die Seite, bis die fein geschwungenen Wörter in dunkler Tinte vor ihren Augen verschwammen. Den Gedanken hatte sie ebenfalls bereits gehabt … womöglich klammerte sie sich an eine Illusion.

Charlyn seufzte, als sie sich wieder aufrichtete, und grinste dann. »Aber falls doch, werden wir es finden.«

Bevor Luna etwas erwidern konnte, war sie bereits zwischen den Regalreihen verschwunden.

Sie fanden nichts – nicht, bis die Herbstsonne warm durch die Fenster glomm, nicht, bis Aels Magen laut zu knurren begann und sie sich von ihm Mittagessen bringen ließen, welches sie auf der Schwelle zur Bibliothek herunterschlangen, nicht, bis Charlyns Locken sich über den Tisch verteilten und in der warmen Abendsonne glänzten, als ihr Kopf auf ihre Hände sank, und nicht einmal, als die Gehilfinnen und Gehilfen der Bibliothek nach Einbruch der Nacht die

Kerzen entzündet hatten.

Lunas Augen brannten, während sie den Satz vor ihrer Nase zum dritten Mal begann, und auch dieses Mal kein Wort davon verstand. Ael war im Verlauf der letzten Stunden immer nähergekommen, und inzwischen spähte er seit einer ganzen Weile über ihre Schulter. Anfangs hatte sie es ignoriert, doch je schwerer ihre Augen wurden, desto stärker fühlte sich seine Präsenz wie die eines ihrer früheren Magister an, die die Antworten noch während der Prüfung evaluierten. Luna wandte den Blick. Aels Augen waren an ihr vorbei auf die Seite geheftet und huschten darüber als …

»Kannst du lesen?«, fragte sie verwundert und erst, nachdem sie es ausgesprochen hatte, wurde ihr bewusst, wie unhöflich diese direkte Frage gewesen war.

Ael zog sich zurück, senkte den Blick und schüttelte den Kopf. Seine Wangen röteten sich selbst in dem dämmrigen Licht der Kerzen.

»Entschuldige«, flüsterte Luna leise.

Sie überlegte fieberhaft, ob sie es irgendwie wiedergutmachen konnte, als Charlyn einen Ton von sich gab. Sie saß noch immer an ihrem Tisch am anderen Ende der Regalreihe und hatte ihren Kopf auf ihrer Hand aufgestützt. Ihre Haare fielen wie ein Vorhang vor ihr Gesicht und lockten sich über die Tischplatte, sodass Luna ihr Geräusch für ein Schnarchen gehalten hatte, bis ein weiterer, höherer Ton folgte.

»Luna!« Charlyn löste ihre Augen nicht von ihrem Finger auf der Buchseite, während sie sie beide mit ihrer anderen Hand zu sich winkte.

»Komm mit«, sagte Luna leise zu Ael und gemeinsam stellten sie sich hinter Charlyn, um ihr über die Schulter zu spähen.

Ihr Tisch war übersät mit Büchern, deren Ecken die Schriftrollen zwischen ihnen offenhielten – nur zu ihrem Tintenfass und Federkiel wahrten sie gebührenden Abstand. Lunas Augen huschten über die Zeilen und wurden mit jedem Wort größer, während sie die wichtigsten Fakten für sich aussortierte. Charlyn hatte nicht nur diverse Quellen zu den Hexeraufständen durchsucht, sondern auch Jahresberichte einzelner Herzogtümer und Bestattungslisten. Eines ihrer Pergamente schien sogar wie die Schilderung einer Hinrichtung. Auf dem Blatt neben dem obersten Buch überschlugen sich eifrig notierte Zahlen. Pfeile und Striche verbanden die Gedanken, die wie immer zu schnell aus Charlyns Kopf gekommen waren, als dass sie sie vor dem Niederschreiben hätte sortieren können. Der letzte Pfeil wies auf einen Namen, auf den sie auch mit ihrem Finger deutete. *Margo von Privonn.*

Das Herzogtum Privonn war, wie viele andere, von den Hundert beinahe vollständig zerstört worden. Unter den Opfern hatten sich laut Charlyns Aufzeichnungen auch der Herzog, seine Frau und sein Enkelsohn befunden, woraufhin seine Tochter die nächste Herzogin von Privonn geworden war. Margo von Privonn. Luna schlug ihre Hand über ihren Mund. Das erklärte ihren Hass auf die Hexer, die Wut, die sie Generationen von Zaubererakolyten weitergegeben hatte. Sie hatte nicht nur ihr Land, sie hatte auch ihre gesamte Familie an die Hundert verloren. Ihr Kind …

Luna legte eine Hand auf Charlyns Schulter und stützte sich gleichzeitig an ihr ab. »Hast du das gewusst?«, fragte sie leise.

Charlyn schüttelte den Kopf. »Ich glaube nicht, dass es *irgendjemand* gewusst hat.«

Luna stimmte ihr stumm zu. Sie hatte Meisterin Margo nie über Persönliches reden hören und ebenso wenig, dass sie je etwas Persönliches gefragt hätte. Nicht einmal von ihrem Mann, dem Herzog von Suzces, hatte sie gesprochen.

»Was wird mit Privonn passieren?«, fragte Charlyn und ihre Finger strichen dabei schon wieder über die nächsten Zeilen ihres Buches.

Luna hob die Schultern. Das konnte sie nicht sagen. »Ich glaube, das hat Rea noch nicht entschieden.«

Auch, wenn es kein Geheimnis war, dass der Herzog von Suzces beide Herzogtümer verwaltet hatte, während Meisterin Margo an der Akademie gewesen war, konnte Rea sie nicht offiziell zusammenführen – ihr Einfluss und ihre Macht wären zu groß. Vermutlich würde Privonn nach einer respektvollen Wartezeit, in der der Herzog sich auf seine Trauer fokussieren konnte, an die Krone zurückfallen.

»Wurdest du zu der Trauerfeier eingeladen?«, fragte Luna Charlyn, doch die war bereits wieder vollkommen in den Text vor ihrer Nase eingetaucht.

Luna seufzte unhörbar und zog ihre Hand zurück.

»Ich glaube, ich bin da an etwas dran«, murmelte Charlyn vor sich hin. Das war deutlich mehr Reaktion, als Luna erwartet hatte.

Eine seltsame Anspannung befiel sie, als sie zwischen den deckenhohen Regalreihen entlangschlich. Schon als Kind hatte sie diesen Ort geliebt, weil sie hier niemand gefunden hatte. Niemand kam freiwillig in eine Bibliothek, dabei war es doch nichts anderes als eine Schatzkammer. Luna inhalierte tief den Staub, das Leder und das Pergament, während ihre Finger über die Buchrücken strichen. Die Kerzen an den Wänden wurden zum Schutz der Bücher von Glaskugeln eingehaust, sodass sie seltsam weiche Schatten warfen, die durch die Regale flackerten.

Luna stockte, als sie das Ende der Reihe erreichte und auf die Stelle blickte, an der sich die Bibliothek zum Lesesaal hin öffnete. In einem der Ohrensessel vor dem Kamin saß Syltain und blätterte durch ein Buch, die Beine überschlagen und in sich zusammengekauert.

Luna schloss die Augen und atmete tief den staubig-alten Geruch der Bücher ein. Sie hatte die Bibliothek seit ihrer Rückkehr in den Palast nicht mehr betreten, um den Erinnerungen zu entgehen, die sich jetzt mit Macht zurück an die Oberfläche drängten, als sie Syltain in diesem Ohrensessel sah –

die Erinnerungen daran, was zwischen diesen Bücherregalen geschehen war, *bevor* sie beide herausgefunden hatten,
aus welchem Grund er in den Palast gekommen war ... dass
er gekommen war, um ihre Schwester zu heiraten.

Sie waren sich in genau dieser Regalreihe begegnet, nur
ein Stück weiter vorn. Sie beide hatten die Chroniken aus
den Jahren 971-980 und 981-990 der Königin Athea ausleihen wollen, ihre Hände an jeweils einem der Bücher und ihre Blicke abschätzig auf den anderen gerichtet. Ihre Diskussion, warum sie die Bücher ausleihen wollten, wer welchen
Band zuerst lesen sollte und von welcher Dringlichkeit ihre
Studien waren, hatte so lange gedauert, dass sie beide zu
müde gewesen waren, um noch vor dem Regal zu stehen.

Stattdessen hatte keiner von ihnen die Bücher ausgelie-
hen, sie waren zu eben diesen Sesseln hinübergeschlendert,
in denen Syltain nun saß, und hatten gemeinsam gelesen ...
irgendwann hatten sie begonnen, darüber zu sprechen, und
irgendwann, als die Sonne längst untergegangen und die
Kerzen so wie auch jetzt über die Wände geflackert waren,
hatte Syltain ihr leise gestanden, dass er hoffte, er könnte ihre Königreiche wieder zusammenbringen ... dass er etwas
für sein Land tun wollte.

Seine Worte hatten in der stillen Bibliothek ein Echo gefunden, waren von den unzähligen Worten in den Büchern
um sie herum widergehallt und hatten sie getroffen. Luna
war für einen Moment ganz still gewesen, so wie auch ihre
gesamte Welt und selbst das Flackern der Kerzen.

Dann hatte auch sie leise die Worte gesagt, die viel zu lange in ihrer Brust eingeschlossen gewesen waren und sich in
diesem Moment wie ein Geständnis angefühlt hatten. Auch
sie wollte für ihr Land von Bedeutung sein. Die Worte hatten sich übermütig angefühlt, anmaßend, sie hatten sich in
der Stille aufgebaut und sie zu erdrücken versucht ...

Doch Syltain hatte sich nur zu ihr umgedreht, das Buch
sinken lassen und seine Hand nach ihr ausgestreckt. Seine

Finger waren warm gewesen, damals, als ihre letzte Berührung so lang her gewesen war, dass sie sich nicht einmal mehr daran erinnert hatte, wie sich fremde Finger anfühlten. Doch das war es nicht gewesen, was ihr Herz hatte erzittern lassen, sondern die Sicherheit in seinen folgenden Worten. »*Das bist du.*«

»Prinzessin«, hauchte eine Stimme dicht an Lunas Ohr.

Sie fuhr herum und wirbelte dabei den Duft von süßen Früchten und scharfen Gewürzen auf. Direkt hinter ihr am Regal, keine Handbreit entfernt, lehnte Syltains Leibwächterin, die Arme vor der Brust verschränkt und ein spöttisches Grinsen auf ihren Lippen. Sie trug nur einen Morgenmantel aus seidenem, dunkelrotem Stoff, der sich um ihren Körper schmiegte, und ohne den Kholstift und ihre Schminke sah sie beinahe so aus, als hätte man sie aus dem Schlaf gerissen, um hierher zu kommen.

Luna musste ein Geräusch von sich gegeben haben, als sie erschrocken war, denn Ael steckte am Ende der Regalreihe alarmiert seinen Kopf zu ihnen herüber. Sie versuchte, ihm mit ihrem Blick zu verstehen zu geben, dass alles in Ordnung war, bevor er zu ihnen kommen würde. Sie wollte kein Aufsehen erregen, wollte nicht, dass Syltain sie bemerkte. Ael jedoch schien nicht überzeugt. Sein Blick bohrte sich in den der Leibwächterin, die ihren Kopf zu ihm herumgedreht hatte. Wenn Blicke Funken sprühen könnten, hätte der oberste Bibliothekar die beiden mit Sicherheit längst des Saals verwiesen. Ael schien ihr stummes Duell verloren zu haben, denn er verengte noch einmal die Augen, bevor er sich zurückzog.

Die Leibwächterin wandte ihren Kopf träge zu Luna. Ihr Blick fiel an ihr vorbei auf Syltain und verlor im selben Moment seine Leichtigkeit. Stattdessen gruben sich kleine Sorgenfalten um ihre schmalen Lippen und in ihre Augenwinkel. Luna schwieg und folgte ihrem Blick.

Die Bibliothek erstreckte sich über zwei Etagen, beide an ihren Außenwänden von Bücherregalen gesäumt, die in Reihen bis in die Raummitte liefen. Im oberen Geschoss führte ein Geländer um den kreisrunden Ausschnitt zum Lesesaal vor ihnen, wo sich Sessel, Tische und Stühle befanden.

»Na, spioniert Ihr uns aus?«, fragte die Leibwächterin kaum hörbar. Ihre Stimme war belegt.

Luna wandte sich ihr zu und ihr Blick huschte über ihr Gesicht, fasziniert von den unzähligen Farben, die sich im Flackern der Kerzen zeigten. Dunkle Äderchen breiteten sich unter ihren Augen aus, kleine Risse durchzogen ihre Lippen und rote Flecken und Punkte übersäten ihre Wangen in Narben bis hinauf zu ihren Schläfen. Sie so zu sehen, erzeugte ein seltsames Gefühl der Vertrautheit. Verletzlichkeit.

»Du musst dir keine Sorgen machen …«, entgegnete Luna leise und wandte sich wieder zu Syltain.

Sein Krawattentuch hing unbeachtet neben seiner Hand über der Sessellehne, während er sich vorbeugte und die Spitzen seiner Haare über die Buchseiten strichen. Er zog seine Lippe zwischen seine Zähne, er dachte nach.

Luna presste ihre Finger gegen das Regalbrett zu ihrer Rechten und fügte tonlos hinzu: »… ich werde mich von ihm fernhalten.« Auf mehr als eine Art und Weise.

Die Präsenz der Leibwächterin glühte warm hinter ihr. Auch ihr musste klar sein, wie zweideutig Lunas Worte gewesen waren. Luna hatte einen spöttischen Spruch erwartet, doch als sie ihren Kopf herumdrehte, blickte die Leibwächterin ihr ernst entgegen. Ihre dunklen Augen huschten über Lunas Gesicht, so als wollte sie prüfen, ob sie die Wahrheit sagte. Ob sie ihr vertrauen konnte.

»Das ist entscheidend für ihn«, sagte sie leise. »Alles, was ihn in diesem Königreich schützt, ist Eure Königin. Er darf ihre Gunst nicht verlieren.«

Luna wollte ihr widersprechen, doch die Leibwächterin hatte recht. Erst in diesem Moment wurde ihr die Tragweite, die tatsächliche Bedeutung dieser Verlobung, für Syltain bewusst. Ohne sie hätte es womöglich längst einen erneuten

Krieg mit den Nordlanden gegeben, was der Leibwächterin – im Gegensatz zu ihr – vom ersten Tag an klar gewesen zu sein schien. Sie hatte immer nur versucht, Syltain zu schützen. Und Luna … Luna war in ihren Augen womöglich tatsächlich seine größte Bedrohung.

Die ursprüngliche Abneigung, das vernichtende Brennen, in ihrem Blick war einer vorsichtigen Anerkennung gewichen. »Syltain hält wirklich viel von Euch.«

Luna schluckte schwer, beschämt über ein Lob, das sie nicht verdiente, und gleichzeitig beinahe herausgefordert von dem Ton in der Stimme der Leibwächterin, der ausdrücken sollte, dass sie es nicht nachvollziehen konnte.

Bevor Luna jedoch etwas entgegnen musste, wechselte sie das Thema. Sie legte ihren Kopf schräg, um den Titel des Buches zu entziffern, das Luna an ihre Brust gedrückt hielt. »Was lest Ihr?«

»Ein Buch über die Hundert«, erwiderte Luna und hielt es ein wenig fester.

Die Augen der Leibwächterin verengten sich. »Wieso?«

Luna zuckte nur die Schultern.

»Wisst Ihr …«, begann die Leibwächterin zögerlich und richtete sich wieder auf. Ihre Augen flackerten kurz, während sie mit der Entscheidung zu ringen schien, ob sie weitersprechen sollte. »… ich schulde einem Hexer mein Leben.«

Es war das folgende kurze Zögern, in dem Luna spürte, dass etwas absolut nicht in Ordnung war. Syltains Leibwächterin war keine zögerliche Frau, doch jetzt sah sie aus, als führte sie einen Krieg in ihrem Inneren.

»Ich war fast noch ein Kind in meinem ersten Kampf für die Nordwacht, ich war ausgehungert und untrainiert. Ich hatte keine Chance zu überleben, doch ein Hexer hat mich gerettet. Ich *habe* überlebt«, sagte sie schließlich leise. Ihr Blick ging über Lunas Schulter hinweg in die Ferne. »Die anderen zweihundert Mann nicht. Der Schnee war rot getränkt.«

Die Leibwächterin schauderte und die feinen Härchen auf

ihrer Haut stellten sich auf. Luna spürte sie an ihrem eigenen Arm. »Er hat mich zurück zum Palast von Kildarim gebracht, weil es keinen anderen Ort gab, an dem ich nicht verhungert oder erfroren wäre. Heute … heute vielleicht … aber das Mädchen von damals …«

Die Leibwächterin schüttelte den Kopf und verzog ihre Lippen zu einem freudlosen Lächeln. »Bei uns ist überleben keine Errungenschaft. Es ist ein Fehler. Zu überleben heißt, du hast nicht gut genug gekämpft. Aber unsere Nordmutter hat mich zu ihrer Generalin gemacht, hat mich ausgebildet, bis ich jeden Kampf überleben konnte.« Ihr Gesicht erstarrte zu Eis, während ihre Stimme beinahe stolz klang. »In jedem Kampf sterben mehr und mehr meiner Männer und Frauen, aber ich, ich kehre zurück. Jedes Mal.«

Luna drehte den Kopf, um die Schatten der Erinnerungen zu beobachten, die sich über das Gesicht der Leibwächterin schlichen und es verhärteten. Es war, als wechselten die Gefühle darauf im Takt ihres Blinzelns, bis selbst Luna schwindelig wurde. Sie hörte Dankbarkeit für die Frostkönigin, Furcht vor ihr, Stolz auf ihre Fähigkeiten und Entsetzen vor den Konsequenzen.

»Ich kann sie nicht mehr zählen …«, stammelte die Leibwächterin.

Es fiel Luna schwer, sich vorzustellen, wie die Frau vor ihr in den Bergen des Nordens kämpfte, wie sie ein ganzes Bataillon in eine grausame Schlacht führte. Nicht, weil sie daran zweifelte, dass sie es konnte – ihre Stärke blitzte durch jede einzelne ihrer Bewegung, zeichnete sich deutlich in den angespannten Muskeln ab und lag in ihrem Blick, der wachsam durch den Raum strich. Es lag nicht daran, dass Luna sie sich nicht in den Bergen zwischen Schnee und Eis vorstellen konnte, sondern, dass sie erwartet hätte, dass sie etwas von dort mitgebracht hatte, eine sichtbare Veränderung, kalte Unnachgiebigkeit, doch die fehlte.

»Niemand kann das wollen … Niemand kann Krieg wollen«, flüsterte die Leibwächterin

»Warum verlässt du sie nicht … die Frostkönigin?«, fragte Luna tonlos. »Warum hörst du nicht auf?«

Die Leibwächterin schnaubte nur. Mit einem Mal waren alle Schatten verschwunden und nur das Glühen ihrer Augen geblieben. »Ich habe ein Versprechen gegeben – und ich halte es.«

Jetzt nannte sie es ein Versprechen, doch sie beide wussten, dass es ein Schwur war – ein Schwur, den sie nicht brechen konnte. Die Worte, die sie auf Reas Krönungsfeier gesagt hatte, stiegen aus Lunas Erinnerung auf. »*Jeder von uns verdient die Chance, sich frei zu entscheiden.*« Sie spürte Mitleid mit dem Mädchen, das keine andere Wahl gehabt hatte, als sich der Frostkönigin anzuschließen.

»Hyun …« Es war das erste Mal, dass sie sie mit ihrem Namen ansprach.

»Narae«, korrigierte sie augenblicklich. »*Hyun* ist der Name einer Familie, die ich schon vor langer Zeit zwischen Schnee und Eis verloren habe.«

»Deine Königin nennt dich so.« Die Worte waren hervorgekommen, bevor Luna sie hatte bremsen können.

Narae zuckte nur mit den Schultern.

»Luna.« Sie durfte Narae ihren Vornamen anbieten, schließlich war sie nicht *ihre* Leibwächterin, nicht ihre Untertanin, was bedeutete, dass sie das Protokoll nicht zwingend aufrechterhalten mussten. Luna hatte mit einem Mal das Gefühl, dass sie sich jeden anderen Titel würde verdienen müssen.

»*Prinzessin*«, korrigierte Narae sie nachdrücklich und der Titel floss dabei von ihren Lippen.

Luna fühlte sich augenblicklich dumm, dass sie sich dazu hatte hinreißen lassen, diese Grenze zu überschreiten. Narae hatte ihr vielleicht eine wichtige Information anvertraut, aber das machte sie noch nicht zu ihrer Freundin. Sie stützte sich an dem Regalbrett neben ihren Köpfen ab, als sie sich auf Luna zu lehnte, und ihre Finger strichen dabei aneinander entlang.

»Sie dürfen die Hexerin nicht hinrichten«, beschwor Narae sie leise und eindringlich.

Ihre Hände hielten sich dicht nebeneinander an der Kante des Regals fest. Langsam und vorsichtig spreizte Narae ihren kleinen Finger ab und strich damit über Lunas Handrücken bis hinauf zur Innenseite ihres kleinen Fingers. Ein Kribbeln folgte der Spur ihrer Haut. Luna krümmte ihre Finger und erwiderte den Druck. Sie war sich nicht sicher, was die Berührung zu bedeuten hatte, aber die Luft zwischen ihnen schien mit einem Mal zu flimmern wie die Spannung kurz vor einem Gewitter. Sie spürte Narae neben sich, spürte ihre Haut so dicht an ihrer. Luna wurde bewusst, dass sie nicht einmal einen Schritt machen müsste, um sie zu berühren.

»Wirkt auf Eure Königin ein, bittet sie, diesen Irrsinn zu beenden.« Naraes Worte waren weich und beschwörend.

Luna konnte nur den Kopf schütteln.

»Das kann ich nicht«, brachte sie mühsam hervor. »Rea tut, was für Athea am besten ist … Sie hört nicht auf mich.«

Luna ließ ihre Hand mit dem Buch sinken, das sie so fest an ihre Brust gepresst gehalten hatte. Nur eine Handbreit von der Kante der Seiten entfernt blitzte Naraes Haut unter dem Schlitz in ihrem Morgenmantel hervor. Kleine Schatten versteckten sich in jeder Vertiefung auf der Seite ihres Oberschenkels und Luna würde nur ihre Fingerspitzen ausstrecken müssen, um sie zu berühren.

»*Bitte.*« Naraes Worte klangen weicher und drängender.

Sie fasste mit ihrer freien Hand nach Lunas Arm, ihre Finger strichen über ihre Haut, bevor sie sie noch dichter zu sich heranzog, bis ihre Gesichter auf gleicher Höhe waren und sie ihr ins Ohr flüstern konnte. Luna versuchte, das Kribbeln in ihrem Bauch zu beruhigen.

»*Bitte*«, wisperte Narae noch einmal und strich dabei mit ihren Lippen über Lunas Ohr.

Luna drehte den Kopf, begegnete dem warmen Glühen

ihrer Augen und senkte ihren Blick dann auf die rauen Lippen, die ihre Worte vorgebracht hatten. Sie schluckte schwer. Was war es, das Narae solche Angst machte, was diese starke Frau dazu brachte, ausgerechnet *sie* um etwas zu bitten?

Charlyn begrüßte sie mit einem breiten Grinsen und gehobenen Augenbrauen, als Luna zu ihr zurückkam.

»Na, hast du deine Aufgabe erfüllt?«, fragte sie feixend. »Hast du dich zu den Nordlanden umgehört?«

Luna seufzte unhörbar. Wieso musste Charlyn sie ausgerechnet in diesem Augenblick gesehen haben? Sie mied ihren Blick, während sie den Bücherstapel aus ihren Armen vorsichtig auf dem Tischchen vor sich abstellte, ohne dass die zwei Schriftrollen obendrauf herunterrollen konnten. Charlyn schob ihren Stuhl zurück, kam zu ihr herüber und legte den Kopf schief, während ihre Augen über die Titel huschten.

»Verbotene Magie?«, fragte sie irritiert. »Das passt so gar nicht zu dir. Als ob *du* etwas Verbotenes tun würdest … wobei …« Charlyn zog ihr letztes Wort vielsagend in die Länge und grinste, als sie wieder aufsah.

Luna verdrehte ganz offen die Augen. Sie würde es noch einige weitere tausend Male zu hören bekommen.

Sie wollte sich gerade das oberste Buch vom Stapel nehmen, als Charlyn sich darauf abstützte, nach vorn beugte und ihren Blick auffing, jetzt wieder ernst. »…was ist das zwischen euch?«

»Was?«, fragte Luna, auch wenn sie bereits wusste, dass Charlyn sie damit niemals entkommen lassen würde.

In der Tat zog sie nur die Augenbrauen hoch.

Luna seufzte ergeben. »Nichts.«

Auch damit würde Charlyn sie nicht davonkommen lassen, aber Luna wollte gerade absolut nicht darüber reden. Sie wollte nicht einmal darüber nachdenken.

»Sag mal –« Die einzige Chance, Charlyns Fragen zu entwischen, war, ihre Neugier auf etwas anderes zu lenken.

»Weißt du etwas über Blutschwüre?«

Es wirkte. Charlyn richtete sich auf, gab den Bücherstapel frei und Luna schnappte sich schnell das oberste Buch.

»Ich habe im Kopf, dass das ziemlich starke Zauber sind, aber ich weiß nicht, wo ich das herhabe«, fügte Luna hinzu, während sie sich auf den Stuhl vor ihrem Tischchen sinken ließ.

Charlyn zog die Augenbrauen zusammen, dann schüttelte sie langsam den Kopf. »Davon habe ich noch nie gehört.«

Luna starrte betont fokussiert in das Buch vor ihrer Nase, studierte das Inhaltsverzeichnis und hielt den Atem an. Sie hatte Glück – Charlyn wandte sich ab und schlenderte wieder zu ihrem eigenen Tisch zurück. Für den Moment hatte sie ihre Fragen vergessen, aber sie würden ihr früher oder später wieder einfallen.

Luna blätterte zu dem Kapitel über Bindungsmagie und ihre Augen flogen über die Zeilen, während sie ein einziges Wort suchten. *Blutschwüre, Blutschwüre, Blutschwüre ...* Vielleicht konnte man sie lösen.

Irgendwann, nachdem die Gehilfinnen und Gehilfen die Kerzen in ihren Glaseinhausungen ein zweites Mal ausgetauscht hatten, ging Charlyn. Sie tapste mit halbgeschlossenen Augen durch den Gang und rieb sich dabei die Stirn, die sie sich auf dem Tisch angeschlagen hatte, als sie eingenickt war.

Auch Lunas Blinzeln wurde zunehmend länger und die Buchstaben vor ihren Augen tanzten, doch sie war im letzten Buch ihres Stapels angekommen. Frustriert klappte sie den Deckel zu und erschrak, wie laut das Geräusch zwischen den einsamen Regalreihen widerhallte. Auch dieses Buch hatte ihr keine Informationen gebracht. Sie hatte absolut *nichts* herausgefunden.

Ergeben brachte sie die Bücher zurück an ihre angestammten Plätze und wollte das auch mit Charlyns Stapel tun, doch sie entschied sich anders. Sie ließ sich auf den Stuhl sinken und schlug das erste Buch auf. Wenn sie schon nichts über

Blutschwüre herausfinden konnte, dann vielleicht zumindest über die Hundert. Sie hatte noch nicht einmal darauf geachtet, wie der Titel des Buches lautete, doch wie die anderen zuvor handelte es von den Hexern, den Hundert, von ihrer Magie …

Luna erstarrte, las den Absatz noch einmal, und dann noch einmal. Übelkeit stieg in ihr auf. Sie spürte die Nähe der Leibwächterin auf ihrer Haut und hörte ihre Stimme in ihrem Ohr, dabei war sie mit Ael allein.

Sie las den Absatz noch einmal.

Jetzt ergab alles einen Sinn. Sie hatte den gleichen Fehler erneut gemacht. Sie war *wieder* nicht aufmerksam genug gewesen.

Luna schlug das Buch zu, sprang auf und ließ den Stapel unbeachtet auf dem Tischchen zurück, als sie aus der Bibliothek stürmte.

18

Es ist mitten in der Nacht. Eine leise Stimme am Rand von Lunas Bewusstsein wiederholte diese Tatsache wieder und wieder, während ihre Füße Ael hinterher durch die Gänge flogen. Er wirkte besorgt, weil Luna ihm nicht sagen wollte, worum es ging, doch sie musste zuerst mit Xyn darüber sprechen. Was ihr gerade klar geworden war, war ein Thema für den Hauptmann …

Für den Hauptmann, der sich gerade eigentlich von seiner Tagschicht an Reas Seite erholen sollte, was Luna jedoch ignorierte und fordernd klopfte. Das Geräusch war kaum ertönt, als Xyn die Tür bereits aufriss. Der Geruch des Regens, den die Herbststürme ihnen in dieser Nacht gebracht hatten, umfing sie. Er musste vor Kurzem noch draußen gewesen sein.

Luna erstarrte, ihre Hand gehoben, und Xyn blickte sie mit ebenso überrascht geweiteten Augen an.

»Eure Hoheit«, bemerkte er förmlich und versuchte, mit einem Neigen seines Kopfes über seinen Gesichtsausdruck hinwegzutäuschen.

Er sah nicht verschlafen aus, sah nicht einmal aus, als ob er überhaupt geschlafen hätte, dabei war es doch mitten in der Nacht. Zwar hatte er die Lederschienen der Gardeuniform abgelegt, sodass seine dunklen Hemdsärmel jetzt weit fielen, doch ansonsten sah er aus wie immer, angespannte

Haltung, wache Augen, bereit, jeden Moment vorzustürzen und einen Angreifer bewegungsunfähig zu machen. Auch jetzt huschten seine Augen an Luna vorbei durch den Gang.

»Ist etwas geschehen?«, fragte er wachsam.

Luna schüttelte nur den Kopf. Ihre Gedanken überschlugen sich. Xyn schien jedoch auch ohne eine Erklärung zu verstehen, wie dringlich ihr Besuch war. Er machte einen Schritt zurück in den Raum, öffnete die Tür weiter und ließ sie kommentarlos an sich vorbei in sein Zimmer treten. Ael blieb nach einem kurzen Kopfnicken im Gang zurück.

Luna machte nur einen Schritt und stand doch gleichzeitig beinahe mittig in der kleinen, dunklen Kammer, nur erhellt durch einen Streifen Mondlicht, der durch das schmale Fenster hereinfiel. Es roch nach dem Ruß der gerade erst gelöschten Kerze auf einem kleinen Tischchen in der Ecke. Das Zimmer war schlicht eingerichtet, nicht mehr als ein Bett, ein Stuhl und der kleine Tisch.

»Was kann ich für Euch tun?«, fragte Xyn dicht hinter ihr. Er war ebenfalls einen Schritt in den Raum getreten.

Luna mied es, zu ihm aufzusehen, sie musste ihm erzählen, was sie wusste, doch sie zögerte, versuchte herauszufinden, warum sie hoffte, dass er ihr eine Alternative bieten konnte, dass er ihr sagte, dass sie das alles ganz falsch verstanden hatte. »Ich glaube, Ihr hattet recht mit Eurem Verdacht gegen die Nordlande.«

Sobald die Worte im Raum schwebten, hatte Luna Xyns ungeteilte Aufmerksamkeit. Jegliche Verunsicherung verschwand mit einem Schlag von seinem Gesicht und es wurde ernst und geschäftig, doch er unterbrach sie nicht, er ließ ihr Zeit, ihre Gedanken zu sortieren. Luna wiederholte den Absatz des Buches noch einmal, prüfte, ob sie nicht vielleicht doch etwas falsch verstanden hatte, doch es war so offensichtlich – so offensichtlich, dass sie sich fragen musste, warum es ihr nicht schon viel früher aufgefallen war. Blutschwüre waren keine verbotenen Zauber … sie waren Blutmagie.

Hexermagie.

»Ich denke, Syltains Leibwächterin ist eine Hexerin.« Xyns Augen weiteten sich und Luna fuhr hastig fort, zu erklären: »Es ergibt alles einen Sinn. Sie hat auf ihr Blut geschworen, Syltain und der Frostkönigin zu dienen. Sie setzen sich so sehr für die Hexer in ihrem Land ein ...«

Deshalb war Narae so loyal. Sie beschützte die Nordlande und die Nordlande beschützten sie. Luna hatte sich davon täuschen lassen, hatte sich von Naraes Loyalität um den Finger wickeln lassen. Sie hatte geglaubt, sie beide hatten dasselbe Ziel, dabei hätte sie nicht falscher liegen können.

Xyn öffnete den Mund, doch Luna sprach einfach weiter. »Das erklärt auch, warum es ihr so wichtig war, von hier fortzukommen. Mit Syltains und Reas Hochzeit hat auch die Verfolgung der Hexer in den Nordlanden begonnen und –«

Luna erstarrte. Narae hätte allen Grund gehabt, die Hochzeit zu verhindern, hätte allen Grund gehabt, Ihre verstorbene Majestät –

Sie streckte ihre Hand aus, als wollte sie sich an Xyn festhalten, doch sie berührte ihn nicht. Ihr wurde übel. Vielleicht war ihre gesamte Situation viel gefährlicher, als sie angenommen hatte. Sollte Narae etwas mit dem Attentat auf Ihre verstorbene Majestät zu tun haben, war Rea ebenso in Gefahr. »Ihr müsst Rea davon unterrichten, sobald Ihr mit ihr allein seid!«

Syltain war fast immer in ihrer Nähe und mit ihm –

Wusste Syltain davon? Vertraute er seiner Leibwächterin? War er ebenfalls in Gefahr? Oder war er vielleicht sogar auf ihrer Seite? Luna schüttelte den Kopf, als könnte sie so ihre Gedanken sortieren, und zwang sich zu einem ruhigen Atemzug, bevor die Panik in ihrer Brust überhandnehmen konnte. Sie hatte ihre Hand noch immer nach Xyn ausgestreckt, dessen Finger nun kühl und fest ihr Handgelenk umschlossen.

»Seid Ihr Euch sicher?«, fragte er drängend. »Was wisst Ihr?«

Ungeduldig wiederholte Luna, was sie ihm zuvor schon erzählt hatte: »Syltains Leibwächterin ist eine Hexerin.«

… und sie hatte es nicht bemerkt. Sie hatte sich von ihr täuschen lassen.

»Wie kommt Ihr darauf?«, fragte Xyn, als hätte er noch immer nicht verstanden.

»Sie hat einen Blutschwur geleistet. Das ist Hexermagie.«

»Und das bedeutet –?«

»Nein, das bedeutet nicht zwangsläufig, dass sie in das Attentat verwickelt war –«, fuhr Luna ihm ins Wort. Er hatte recht, dass sie mit dieser Schlussfolgerung zu vorschnell gewesen war. »– aber falls doch …«

Falls doch, war Rea in größter Gefahr. Wenn ihre ehemalige Königin hatte sterben müssen, damit die Verfolgung der Hexer in den Nordlanden nicht begann, und Rea nun nicht vorhatte, es aufzuhalten, …

»Das meine ich nicht –« Xyn unterbrach sich, kniff die Augen zusammen und wandte den Kopf, fast, als ob er sich zurücknahm, doch Lunas Gedanken rasten bereits weiter und zeigten ihr die Konsequenzen ihrer Fehler.

Sie selbst hatte Narae darüber informiert, wann die Zauberer in die Nordlande aufbrechen würden. Narae und die Frostkönigin waren bei den Verliesen gewesen und hatten mit der Hexerin gesprochen, und *sie* hatte es dem Rat nicht gemeldet.

»Ich muss mit dem Rat sprechen«, stammelte Luna und wollte sich bereits abwenden, doch Xyn hielt sie unnachgiebig fest.

»Die Sache ist komplizierter, als sie erscheint«, sagte er nachdrücklich. »Es ist nicht –«

Ein Klopfen an der Tür, die im selben Moment bereits aufschwang.

»Hauptmann …«, stammelte Ael, doch er wurde von einer sehr viel weicheren Stimme unterbrochen.

»Xyn?« Die Frau im Rahmen starrte Luna an, anscheinend

ebenso verwundert wie sie selbst, bevor sie in einen Knicks sank, der trotz ihrer weiten Hosen erstaunlich filigran aussah. »Eure *Hoheit*.«

Die Frau warf Xyn aus ihrer gebeugten Position einen Seitenblick zu, woraufhin er sich versteifte und Lunas Handgelenk so plötzlich losließ, als hätte er sich verbrannt.

Lunas Blick klebte an der Frau, die sich wieder aus ihrem Knicks erhob. Ihr Haar fiel ihr in nassen Strähnen bis knapp über die Schultern und dunkle Flecken breiteten sich über ihrer schlichten, braunen Kleidung aus. Sie musste gerade erst durch den Regen gelaufen sein.

»Ich werde gehen«, sagte sie, während sie sich wieder aufrichtete. Ihr Blick heftete sich starr auf Xyn, als sie leise hinzufügte: »Es war schön, dich einmal wiederzusehen.«

Luna schüttelte den Kopf, auch wenn keiner von beiden sie ansah.

»Nicht doch«, sagte sie wie von selbst. »Wir haben sowieso alles besprochen.«

Sie wollte sich bereits an der Frau vorbei aus der Kammer schieben, als sie stockte und sie noch einmal genauer musterte. Sie erinnerte sich an die Gesichter der Dienerinnen und Diener, versuchte sie sich bei jeder Gelegenheit einzuprägen, aber diese Frau war keine von ihnen. Luna wurde seltsam übel bei dem Gedanken, wer oder was sie sein konnte und wie sie in den Palast kam.

»Wir wurden einander noch nicht vorgestellt«, bemerkte sie.

Xyn räusperte sich.

»Das ist Kendra …« Er zögerte einen Moment, der ihr mehr sagte als seine folgenden Worte. »… meine Frau.«

»Wie schön, Euch kennenzulernen«, hörte Luna sich sagen. Sie lächelte und wartete ab, bis Xyn es ihr nachtat und Kendra – *seine Frau* – erneut in einen Knicks sank.

Luna hatte ihren Fuß schon auf der Schwelle, als sie wieder stockte. Sie sah Xyn nicht an, es reichte ihr zu wissen, dass er neben ihr war.

»Sagt es ihr«, bat sie, den Blick starr auf Ael neben der Tür gerichtet. Rea musste wissen, dass sie in Gefahr war.

Ael wollte etwas sagen, es wäre nicht weniger deutlich gewesen, wenn er mit erhobener Hand hinter ihr durch den Palast gehastet wäre.

»Was ist es?«, fragte Luna, während sie klopfte.

Ael starrte auf die Zimmertür des Herzogs von Koravotia, als erwartete er, dass Dämonen daraus hervorströmen könnten. Luna teilte die Sorge, dass der Herzog erzürnt über die nächtliche Störung sein würde, doch was sie ihm zu sagen hatte, duldete keinen Aufschub.

»Sagt es ihm nicht«, bat Ael sie leise, seine Stimme beinahe flehend. »Sie werden eine Jagd daraus machen.«

Luna ruckte zu ihm herum und blickte in weiche, runde Augen, die entsetzlich tief wirkten. Tiefer, als sie in seinem Alter hätten sein sollen. Sie verstand nicht. Er *hasste* Narae. Wann immer sie sich begegnet waren, hatte er nur Verachtung für sie gezeigt … Warum nahm er sie dann jetzt in Schutz?

Luna wollte ihm diese Frage stellen, doch was stattdessen über ihre Lippen kam, war die schlichte Feststellung: »Du hast gelauscht.«

Ael senkte betreten den Kopf.

In diesem Moment ertönte ein Fluch hinter der Zimmertür, gefolgt von einem Rumpeln und einem weiteren, unsittlicheren Fluch, bevor der Herzog die Tür aufriss und ihnen mit zu Schlitzen verengten Augen entgegenblickte. Er hatte sich so nachlässig in seinen Morgenmantel gewickelt, dass Luna sich angestrengt auf sein Gesicht fokussierte. Das Innere des Zimmers hinter ihm lag im Dunkeln, nur das seichte Licht der Fackeln aus dem Gang warf seine Schatten hinein.

»Was bei allen Göttern –?«, fluchte der Herzog, bevor er sich auf ein Mindestmaß an Höflichkeit zurückbesann. »Eure Hoheit.«

Luna warf prüfende Blicke zu beiden Seiten des Gangs, bevor sie einen Schritt näher an die Tür herantrat und flüsterte:»Ich habe möglicherweise etwas über die Nordlande herausgefunden.«

Der Herzog richtete sich augenblicklich auf und blickte sie an, während er den Sitz seines Morgenmantels korrigierte. Zum allerersten Mal hatte sie tatsächlich seine volle und ungeteilte Aufmerksamkeit.

»Ich denke, Na–« Luna stolperte über ihren Namen. »Ich denke, Syltains Leibwächterin ist eine Hexerin.«

Das Gesicht des Herzogs blühte auf, die Müdigkeit, die es noch einen Moment zuvor verwüstet hatte, vollkommen verschwunden.

»Seid Ihr Euch sicher?«, fragte er.

Luna nickte unwillkürlich, doch die Bewegung verunsicherte sie, die Verantwortung, die sie im selben Moment wie einen steinschweren Umhang auf ihren Schultern spürte. Sie ignorierte das Gefühl. Sie spürte auch Naraes Glühen auf ihrer Haut, die Kraft, die in ihr schlummerte, bereit, jederzeit gegen ihre Feinde loszubrechen. Es war nicht mehr als ihre Einbildung, doch sie reichte, um ihr Schauer über den Rücken zu jagen.

»Ich habe Angst, dass Rea in Gefahr ist«, gestand Luna und zum ersten Mal spürte sie, *wie* sehr. Ihr Herz raste, ihre verschränkten Hände schwitzten und alles in ihr flatterte, sodass sie kaum stillstehen konnte.

Die Frostkönigin hatte ganz offen zugegeben, dass sie gehofft hatten, dass Rea die Verfolgung der Hexer beenden würde. Wenn sie es nicht tat – und sie würde es nicht tun – war sie in größter Gefahr.

Der Herzog von Koravotia fuhr sich durch seinen Bart, der für die Nacht geflochten war, während er zu überlegen schien. »Wissen die Frostkönigin und ihr Sohn davon?«, fragte er nach einer Weile.

Luna hob die Schultern. »Ich weiß nicht«, gestand sie leise.

Während der Herzog wieder und wieder durch seinen Bart fuhr, flatterte die Unruhe in ihr schneller, hob sich an und beschleunigte ihren Atem, der über ihre Lippen strich. Narae war so dicht vor ihr gewesen, dass sie ihre Lippen gespürt hatte, ihren Atem auf ihrer Haut. Sie war nur einen Wimpernschlag davon entfernt gewesen, sich zu ihr zu neigen und –

»Habt Ihr Beweise?«

Wieder musste Luna den Kopf schütteln. Das Flattern verursachte ihr Übelkeit, während sie atemlos auf eine Reaktion des Herzogs wartete. Seine Augen wurden vollkommen von seinen buschigen Augenbrauen verschattet, sodass sie den Ausdruck darin nicht lesen konnte.

Die Dunkelheit des Zimmers hinter ihm erinnerte sie an das Glühen in Naraes Blick, an das Feuer, das in ihren Augen gebrannt hatte. War es bereit, sie alle zu vernichten? Luna schluckte schwer. Sie mussten etwas tun, um Rea zu schützen.

»Was können wir tun?«, fragte Luna.

Der Herzog starrte noch immer mit zusammengekniffenen Augen an ihr vorbei, eine Hand an der Tür abgestützt und strich sich mit der anderen über seinen Bart. Wieder. Und wieder. Und wieder. Er schien mit seinen Gedanken weit fort zu sein.

»Euer Gnaden?«, fragte Luna vorsichtig.

Er hob den Blick zu ihr. »Gar nichts. Wir tun gar nichts«, sagte er knapp. »Wir warten, bis sie sich von selbst zeigt … Die zweite Krönungsfeier Ihrer Majestät kommt dafür doch wie gerufen.«

Das Flattern in Lunas Körper erstarrte und sackte herab. »Aber –«, wollte sie widersprechen, doch der Herzog unterbrach sie mit einem tiefen, endgültigen Grollen.

»Ihr solltet zu Bett gehen, Eure Hoheit. Es ist mitten in der Nacht.«

Unzählige Stimmen hallten von den hohen Steinwänden wider, untermalt von dem Klirren von Gläsern, Rascheln von Kleidern und der Musik der Kapelle. Zusammen vermischten sie sich zu einem ohrenbetäubenden Rauschen, dem selbst der Sturm, der an diesem Abend um die Palastmauern peitschte, nicht die Stirn bieten konnte. Der Ball zu Reas Krönung und Hochzeit mit Syltain in Rox Taenn war sehr viel größer – und vor allem sehr viel lauter – als die Zeremonie im Tempel.

Luna schritt vorsichtig eine der zwei großen Treppen hinab, die von dem Balkon am hinteren Saalende hinunter zur Tanzfläche führten. Die Anspannung hatte sich in den vergangenen Tagen nicht aus ihrem Rückgrat geschlichen. Sie hatte gehofft, sie könnte im Schatten einer der Säulen auf der Empore verschwinden und schlicht warten, bis der Ball vorüber war, doch da hatte sie ihre Rechnung ohne Charlyn gemacht.

Charlyn hatte ihr zwar versprochen, dass sie sich ausruhen würde, aber Luna kannte sie besser. Sie würde sich eine Feier wie diese nicht entgehen lassen … und tatsächlich – Charlyn stand in der Mitte des Saals an der Tanzfläche und unterhielt sich mit einem der Dienstmädchen, so als wäre ihre Anwesenheit eine vollkommene Selbstverständlichkeit, als wäre in den vergangenen Tagen nichts geschehen. Sie wandte sich um, ihre Blicke trafen sich und sie strahlte ein wenig breiter. Luna erwiderte es zunächst widerwillig, und dann von ganzem Herzen, bevor sie ihren Blick abwandte und weiter durch den Saal schweifen ließ.

Ein Stück hinter Charlyn entdeckte sie eine Gardistin mit einem langen, schwarzen Zopf. Hier im Saal und über die Distanz, die sie trennte, wirkte das Gesicht der Tempeldienerin viel weicher als unter dem Schleier, der sie zu einem Abbild der Kriegsgöttin hatte machen sollen. Mit der dunklen Uniform und dem Schwert an ihrer Seite war sie lange keine Tempeldienerin mehr. Luna erlaubte sich ein kleines Lächeln. Die *Gardistin* stand wachsam und hoch aufgerichtet an der Tür, doch ihr Gesicht verzog sich hin und wieder, als wäre ihr nicht wohl. Luna konnte es ihr nicht verdenken. Die Menschenmenge, die unter ihr träge durch den Saal schwappte, konnte einem den Atem nehmen.

In diesem Moment kündigte die Musik die Königin und ihren Prinzgemahl an und die Paare strömten von der Fläche. Syltain führte Rea an seinem Arm durch die Menge, die sich bereitwillig vor ihnen teilte. Sie passten so perfekt zueinander, dass allein ihre Präsenz ehrerbietend war. Ein schönes Paar. Luna spürte einen Stich.

Die Krone Ihrer verstorbenen Majestät glänzte auf Reas dunklem Haar, jetzt *ihre* Krone, und unzählige Lagen weichen Stoffes türmten sich zu ihrem fließenden Rock, über den sich goldene Ornamente rankten. Ihre Arme und ihr Ausschnitt waren ebenfalls nur durch dünnen goldfarbenen Chiffon bedeckt. Luna war sich sicher, dass nicht nur sie an diesem Moment den Atem anhielt.

Rea war ein Ebenbild Ihrer verstorbenen Majestät, ihrer *Goldkönigin*. Sie gab ihnen allein mit ihrem Auftritt das Versprechen, dass sie Athea in eine glorreiche Zukunft führen würde. Vor ihr lag ein ganzer Saal, der zu ihr aufschaute, und trotz dessen blieben ihre Schritte leicht und ihr Lächeln und ihre gesamte Haltung mühelos.

Syltain trug an diesem Abend einen eleganten grünen Gehrock, der seine Haarfarbe strahlen ließ, und eine Weste in der gleichen Farbe, mit Goldstickereien auf der Brust.

Xyn folgte hinter ihnen, sein Gesichtsausdruck ernst und angespannt. Er hatte die lederne Uniform der Garde gegen einen schlichten, dunklen Gehrock getauscht, dessen Stoff viel zu grob und der Schnitt zu weit war, gemacht, um sich ihn ihm bewegen zu können. Zu kämpfen. Vielleicht hatte Rea gefordert, dass er weniger auffällig aus der Menge herausstach, schließlich war er zu jeder Zeit dicht hinter ihrer Schulter. Xyn hob den Kopf, und als hätte er Lunas Blick gespürt, fanden seine Augen ihre. Er starrte sie quer durch den Saal über den hohen Kragen seines Gehrocks an, der die Narbe auf seiner Wange verbarg. Hatte er Rea über ihren Verdacht informiert? Wusste sie, dass sie in Gefahr war?

Falls sie es wusste, ließ sie es sich nicht anmerken. Syltain drehte sich in der Mitte der Tanzfläche, und sie schritt um ihn herum, als würde er sie der Menge präsentieren, bevor er sie an sich zog und sie mühelos in seinen Arm glitt. Ihr Blick wanderte über die Umstehenden, aber Lunas traf er nicht.

Der Herzog von Koravotia beobachtete sie vom anderen Ende der Tanzfläche aus ebenso aufmerksam. Und neben ihm –

Luna hatte sie zuerst übersehen, weil sie in dieser Nacht erstaunlich unauffällig gekleidet war, in einem schlichten, ärmellosen Kleid, das mit einem Bindegürtel an ihrer Taille zusammengehalten wurde, und unter dessen beinahe bodenlangem Rock die Beine einer enganliegenden Hose hervorblitzten. Narae wirkte angespannt. Die Muskeln ihrer Arme bewegten sich, als würden sich ihre Finger wieder und wieder fest um die Griffstücke ihrer Schwerter schließen, während ihr Blick über die Menge wanderte. Da war kein Glimmen von Schalk mehr in ihren Augen. Sie huschten immer wieder in kurzen Abständen zu Syltain zurück und die Anspannung in ihrem Körper schien selbst am anderen Ende des Saals noch greifbar zu sein.

Luna hob den Saum ihres Kleides an, um die Stufen hinab zur Tanzfläche zu steigen. Ihr Rock war beinahe lächerlich weit, sodass er selbst Rea Konkurrenz machte. Unzählige glitzernde Steinchen bedeckten den silbernen Stoff und erinnerten sie an die Sterne des Nachthimmels, die auch die hochgewölbte Decke des Saals zierten. Sie hatte unzählige Stunden ihres Lebens damit verbracht, herauszufinden, ob die Deckenmalerei eine genaue Nachbildung war, doch sie hatte bis zu diesem Tag keine Antwort darauf gefunden. Stattdessen schweifte ihr Blick wieder über die Menge, während sie eine Stufe nach der anderen nahm.

Die Herzogin von Yptar hatte recht behalten, der gesamte Adel Atheas war im Ballsaal des Palastes zusammengekommen und die Spiegelwände zu beiden Seiten des Raumes verstärkten den Eindruck noch weiter. Von Trauer über die Toten von Daersk war unter ihnen nichts zu spüren, dafür brannte der Hass auf die Hexer heiß und zischelte durch jedes Gespräch. Die Krönung ihrer Königin, ihre Hochzeit, traten beinahe in den Hintergrund – die Anwesenden konnten es kaum erwarten, die Hinrichtung zu sehen.

Luna ließ ihren Rocksaum wieder zu Boden fallen, als sie den Fuß der Treppe erreichte. Charlyn hob die Hand und winkte sie zu sich, so enthusiastisch, dass Luna sich betreten umsah, ob jemand außer ihr es bemerkte.

Das Dienstmädchen, mit dem Charlyn sich unterhalten hatte, knickste hastig, als Luna zu ihnen trat, und entfernte sich mit roten Wangen. Luna sah ihr nach, bis sie in der Menge verschwunden war, dann wandte sie sich zu Charlyn. Sie wollte die Augenbrauen heben, ihre Freundin damit aufziehen, dass sie offensichtlich mit dem Mädchen geflirtet hatte, doch das war vergessen, als sie ihr Gesicht sah. Die Blutergüsse an Charlyns Schlüsselbein verblassten in einen gelblichen Ton, doch sie waren noch immer deutlich sichtbar, auch wenn sie sie mit einem dünnen Schal zu kaschieren versuchte. Ihre Bewegungen schienen wieder weicher, doch sie trug auch an diesem Abend einen breiten, kunstvoll gebundenen Gürtel aus Stoff über ihrem Kleid, der die Verbände darunter verbarg.

»Du lässt dir das hier nicht nehmen, oder?«, seufzte Luna heiser. »Du solltest dich doch ausruhen!«

Charlyn zuckte bloß mit den Schultern. »Wie könnte ich?«, fragte sie und steckte in einem verschmitzten Grinsen die Zunge zwischen ihre Zähne. »Ich hatte viel zu lange keinen Spaß mehr.«

Sie machte eine Pause, in der sie den ganzen Saal mit ihrem Blick zu vereinnahmen schien. »Heute Abend möchte ich Spaß haben«, wiederholte sie leiser.

Die Kette auf ihrem Schlüsselbein hob sich, als sie tief einatmete, und nach ihrem Ausatmen hatte ihr Körper wieder jegliche Anspannung verloren. Luna versuchte, es ihr gleichzutun, aber es funktionierte nicht.

»Wie kannst du …?« Sie nickte zu dem Grinsen, das sich auf Charlyns Gesicht ausgebreitet hatte.

»Was soll ich sonst tun?«, fragte sie leise. Das Lächeln blieb, aber das Leuchten aus ihren Augen verschwand.

Ihre Blicke glitten über die Menge, über die Gesichter, die fehlten, die, die sie nie wieder sehen würden, und Luna war sich sicher, dass sie das Gleiche dachten.

»Die Hexerin soll heute Nacht hingerichtet werden, oder nicht?«, fragte Charlyn für ihren sonstigen Ton ungewöhnlich zögerlich. Dabei war es keine Frage, es war mehr eine Feststellung.

Luna schauerte bei dem Gedanken an den Scheiterhaufen, den die Bediensteten seit den frühen Morgenstunden im Innenhof errichteten. Der Sturm tobte bereits seit Beginn des Tages, doch seit Einbruch der Dämmerung brachte er ihnen auch peitschenden Regen. Es würde schwierig werden, unter diesen Umständen überhaupt ein Feuer zu entzünden.

Sie schämte sich für die Erleichterung, die sie bei dem Gedanken verspürte. Auf dem Magiefest in Arenja war es ihr erspart geblieben, die von Meisterin Margo geplante Hinrichtung des Hexers zu besuchen. Die, auf der die Hexerin erfolglos versucht hatte, ihn zu befreien, und schließlich selbst festgenommen werden konnte … Doch ihrer Hinrichtung jetzt würden alle Gäste der Krönungsfeier beiwohnen müssen. Es war eine grausame Bestrafung, aber es erschien Luna noch grausamer, eine solch freudvolle Feier damit zu verbinden. Sie hätten noch so viel mehr von der Hexerin erfahren sollen, so viel von ihrem Wissen, das sie nun mit sich ins Grab nehmen würde.

Ihr Blick schoss zu Narae am Rand der Tanzfläche, die ihre Augen nicht für einen Moment von Rea und Syltain nahm.

»Ich denke, die Hexerin wird nicht brennen«, murmelte Charlyn.

Luna horchte auf, wandte den Kopf und starrte sie an. Sie musste sich verhört haben. »*Was?*«

Charlyn presste ihre Lippen zusammen und schwieg für eine ganze Weile, ihren Blick nach innen gerichtet. »Ich habe nachgeforscht, wie die Hexerin Daersk überleben konnte«, erklärte sie schließlich. »Sie war umgeben von Flammen, als ich sie das letzte Mal gesehen habe, und ich war mir sicher, dass sie sterben würde. Sie hätte keine Möglichkeit gehabt, dem zu entkommen. Es sei denn … es sei denn, dass sie nicht brennt.«

Luna schüttelte ungläubig den Kopf – die einzigen Hexer, die Flammen überleben konnten, waren die Hundert. »Die Hundert wurden vernichtet und sie … sie ist viel zu jung.«

»Was, wenn die Entstehung der Hundert kein einmaliges magisches Wunder war, kein *Wiederauferstehen*, sondern ein Teil ihrer Magie ist? Wenn sie ein Ritual oder eine Formel oder irgendetwas in der Art haben, um diesen Zustand zu erreichen?«

Luna zwang sich, ihren offenstehenden Mund zu schließen. Ihrer beider Neugier war geweckt, ihr Forscherdrang, der Wille, diese Frage zu recherchieren, die vor ihnen vielleicht noch niemand beantwortet hatte. Doch sie erstarb in Luna genauso schnell, wie sie aufgeflackert war. Falls Charlyn recht hatte, war das nicht faszinierend, es war besorgniserregend. Bedrohlich. Der Rat und die Bevölkerung gingen davon aus, dass sie die Gefahr der Hundert gebannt hatten. Sollte sich bei der Hinrichtung der Hexerin an diesem Abend zeigen, dass sie noch immer bestand ... Es würde die Verunsicherung nach dem Attentat auf Ihre verstorbene Majestät nur vervielfachen.

»Das wäre ein Alptraum ...«, wisperte Luna.

Sollten sie den Rat benachrichtigen? Andererseits würde die Hinrichtung wegen des Sturms möglicherweise ohnehin abgesagt werden.

»Meinst du, die Hexerin hatte in Daersk vor, die Gräuel der Hundert wieder aufleben zu lassen?«, fragte Charlyn leise und beinahe ... verunsichert. Es gab nichts, das Charlyn verunsicherte.

Seit die Hexerin Luna in den Zellen der Akademie gesagt hatte, sie hätte den Jungen auf dem Magiefest nicht getötet, schlich ein *Wenn* durch ihren Kopf, eine Frage, die sich nicht mehr vertreiben ließ. Sie alle wollten glauben, dass sie den Jungen getötet hatte – weil sie eine Hexerin war ... Aber warum hätte sie ihn töten sollen? Warum ein Attentat auf die Königin verüben? Ein unruhiges Kribbeln schoss durch Lunas Bauch.

Sie bemerkte erst, dass sie ihre Gedanken ausgesprochen hatte, als sie Charlyns erhobene Augenbrauen sah. »Spielt das eine Rolle?«

»Ja!« Luna presste hastig die Lippen zusammen und sah sich um, ob jemand ihren Ausbruch bemerkt hatte.

Charlyn blickte sie ebenso überrascht an. Ein Brodeln hatte sich in Lunas Bauch festgesetzt und stieg bis hinauf in ihre Lunge.

»Ich verstehe nicht, was da passiert, ich bin so …« Sie fand nicht das richtige Wort dafür.

»Du bist wütend.« Es war eine Feststellung, keine Frage.

Luna horchte in ihren Körper, in das Brennen in ihrem Bauch, die Anspannung in jedem Muskel, in ihrem Kiefer. Vermutlich hatte Charlyn recht. Sie war *wütend*. Charlyn hingegen stand ganz ruhig vor ihr, während sie doch eigentlich viel mehr unter der Hexerin gelitten hatte.

»Bist du nicht wütend?«, fragte Luna erstickt.

Sie blieb vorsichtig und wachsam, schließlich hatte Charlyn jedes Recht, ihre Gefühle in der Geschwindigkeit zu verarbeiten, zu der sie bereit war, und Luna wollte ihr nicht vermitteln, dass sie irgendetwas anderes fühlen sollte, als sie tat, doch Charlyn schnaubte nur. »Und wie!«

Von der Verletzlichkeit, die nur Augenblicke zuvor in ihren Augen gelegen hatte, war nichts mehr geblieben. Jetzt glommen sie. Die Unruhe in Lunas Bauch kochte auf.

»Dieses Gefühl ergibt keinen Sinn!«, schnaufte sie. »Es macht, dass ich nicht denken kann.«

Charlyns Grinsen brach sich auf ihrem Gesicht Bahn und sie lachte leise. Sie *lachte*. Luna konnte den Blick nicht abwenden.

»Was für ein Alptraum für dich …«, kicherte Charlyn.

Luna gab ihr recht.

Syltain und Rea wirbelten währenddessen zu der Musik umeinander, ihre Schritte perfekt. Er fing sie aus einer Drehung, legte seinen Arm um ihren Rücken und hielt sie, bevor er sie beide erneut drehte. Als er sie diesmal fing, flackerte ein winziges Lächeln über sein Gesicht, bevor die distanziert höfliche Maske zurückkehrte. Es war dieses Grinsen, das unerwartet in Lunas Brust stach.

Sie musste sich zwingen, sich von dem Tanz abzuwenden, doch statt an Syltain blieb ihr Blick an Narae hängen. Auch an diesem Abend trug sie die zwei Schwerter an dem

Gürtel um ihre Hüfte, deren Griffe sie mit einem schwarzem Band umwickelt hatte. Zum ersten Mal erkannte Luna, dass die Zierelemente dazwischen kleine goldene Wolfsköpfe waren. Sie fing Lunas Blick und hielt ihn kurz, bevor sie knapp nickte und sich wieder der Tanzfläche zuwandte. Die Musik hatte geendet. Luna rührte sich nicht, während Syltain Rea, deren Strahlen den gesamten Saal einnahm, unter ohrenbetäubendem Applaus von der Tanzfläche führte.

»Na, behältst du die Nordlande gut im Auge?« Charlyns Grinsen klang in ihrem feixenden Ton.

»So ist es nicht …«, widersprach Luna leise, doch Charlyn warf ihr nur einen Blick mit hochgezogenen Augenbrauen zu.

»Na, wenn das so ist, kann *ich* mich ihr ja vielleicht einmal vorstellen.«

Etwas an ihrer Stimme ließ Luna aufhorchen und sie wandte den Kopf. »Nicht.«

Charlyn verengte ihre Augen und legte den Kopf schräg. »Ach …«, sagte sie, ohne sich im Entferntesten die Mühe zu machen, das Feixen in ihrer Stimme zu unterdrücken.

Luna schüttelte energisch den Kopf. »Das ist es nicht … Ich …« Sie zog Charlyn an ihrer Hand zu sich, sodass nur sie hören konnte, wie sie leise gestand: »Ich denke, Syltains Leibwächterin ist eine Hexerin.«

Auf Charlyns Gesicht zeichnete sich derselbe Unglaube ab, den Luna verspürt hatte, als es ihr klar geworden war, doch im Gegensatz zu ihr machte Charlyn sich nicht die Mühe, auch nur irgendetwas davon zu verstecken.

»Ich dachte, du magst sie?«, fragte sie mit einer lauten Mischung aus Entsetzen, Verwirrung und Entrüstung in ihrer Stimme.

Luna blickte sich unauffällig um, ob sie Aufsehen erregten, doch alle um sie herum waren zu gebannt von dem Königspaar am Rand der Tanzfläche.

Rea und Syltain hatten ein Gespräch mit der Frostkönigin begonnen, die an diesem Abend ein unübersehbares Kleid aus strahlend weißem Fell und Leder trug, das mit unzähligen funkelnden Kristallen besetzt war, sodass es aussah, als ob Schnee auf ihrer Schleppe lag. Rea lächelte höflich, nickte, sagte einige Worte und ihr Lächeln wurde breiter. Sie fügte sich makellos in ihre Rolle, ohne das kleinste Zögern, den kleinsten Fehltritt. Jede ihrer Gesten strahlte vor dem Versprechen auf eine großartige Königin.

»Ich mag wohl immer die Falschen«, sagte Luna abwesend.

Sie bemerkte erst, dass sie einen Fehler gemacht hatte, als Charlyn fragte: »Was meinst du damit?«

Luna schluckte. Syltain hob den Blick und sah sie durch den Raum an … Wie konnte sich etwas so Vertrautes wie ein Blick so fremd anfühlen?

Charlyn stand so dicht neben ihr, dass ihre Arme sich streiften, und so dämpfte Luna nur ihre Stimme, als sie gestand: »Ich wollte ihn heiraten, bevor wir wussten, dass es Rea sein sollte.«

Es war seltsam, dass sie etwas so Schmerzhaftes, so Einschneidendes, so knapp und emotionslos zusammenfassen konnte. Je länger sie Syltains Blick hielt, desto stärker verblasste der Schmerz.

»Deshalb hat Ihre verstorbene Majestät mich an die Akademie geschickt.« Zumindest hatte sie das bis vor wenigen Tagen geglaubt.

Charlyn packte ihre Hand fester und drückte zu. »Das tut mir so leid«, flüsterte sie.

»Das muss es nicht. Es war mein Fehler.«

Charlyn schnaubte laut und schüttelte sich. »Nein, das ist etwas Ungerechtes, das dir passiert ist.«

Luna starrte sie nur an, die Lippen leicht geöffnet, doch ihr fiel keine Erwiderung ein. Sie wollte auch nichts erwidern. Charlyns Worte hatten etwas Tröstliches, etwas, das sich warm und weich um das Ziehen in ihrer Brust legte. Sie wollte nicht darüber nachdenken, ob sie recht hatte.

Ihr Blick fiel an Charlyn vorbei auf einen dunkelhaarigen

Mann am Ende des Saals, der einem Kellner gleich zwei Kelche vom Tablett hob und ihm dann damit zuprostete. Eine dunkle Spur von Wein hatte sich ihren Weg an dem Revers seines ledernen Gehrocks entlang über seine nackte Brust bis hinab zu seinem Gürtel gesucht. Der Dreispitz auf seinem Kopf saß schief.

»Jashir ist auch hier?«, fragte Luna überrascht.

Charlyn schnaubte. »Nur, weil er keinen direkten Weg in den Weinkeller gefunden hat.«

Entgegen ihrer Worte klang ihre Stimme weich und liebevoll, und Luna spürte einen zarten Stich in ihrer Brust, wie immer, wenn Charlyn von ihrem Bruder sprach.

»Du musst uns nachher einmal zusammenbringen«, sagte sie, ohne den Blick abzuwenden.

Charlyn lachte und verdrehte die Augen. »Für eine Unterhaltung dürfte es inzwischen schon zu spät sein.«

Sie beide beobachteten, wie Jashir von Perx schwankte.

»Er will mich mitnehmen«, sagte Charlyn leise. »Zurück nach Perx.«

Lunas Kopf ruckte zu ihr herum. »Bitte bleib hier!«

Die Worte sprudelten aus ihrem Mund, bevor sie sie aufhalten konnte, ehrlicher, als sie je zuvor zu sich selbst gewesen war. Es war eigennützig, Charlyn an diesem Ort zu halten, immer in Reichweite des Meeres, und doch außer Sicht, umschlossen von Stein.

»Lass mich hier nicht allein«, flüsterte sie trotzdem.

Charlyn griff nach ihrer Hand und ihre schmalen Finger verschränkten sich mit Lunas. »Bleibst *du* denn hier?«, fragte sie leise.

Luna zuckte die Schultern. »Ich weiß nicht, was Rea für mich will.«

Charlyn schwieg einen Moment, in dem sie sie nur ansah. »Und was willst *du* für dich?«

Luna stieß ihren Atem aus und wandte den Blick ab. Das hatte nie zur Debatte gestanden. Es war so lange her, dass es eine Rolle gespielt hatte, dass sie sich nicht einmal mehr daran erinnerte.

»Ich könnte mich doch um die Stelle im Rat bemühen.« Charlyns Tonfall sagte deutlich, dass sie einen Scherz hatte machen wollen, doch das wäre tatsächlich eine hervorragende Möglichkeit.

»Tu das!«, bat Luna sie beinahe überschwänglich.

Charlyn schnaubte nur, rollte mit den Augen und wandte sich ab. »Wir wissen beide, dass ich keine Chance hab.«

Realistisch betrachtet waren ihre Chancen gering – so, wie der Adel auf sie und ihren Bruder herabblickte, würden andere, strategisch wertvollere Bewerber sicherlich den Vortritt bekommen. Luna zog die Augenbrauen zusammen. Es war nicht fair, falls Charlyn nicht einmal die Chance bekommen sollte, ihnen zu zeigen, wie unschätzbar ihre Intelligenz war, sofern sie ihre Worte in diplomatischen Gefilden halten konnte.

»Und ich *will* auch gar nicht dazugehören«, fügte Charlyn abfällig hinzu.

»Charlyn!«, zischte Luna. Sie hatte Glück, dass niemand um sie herum auf sie achtete. »Es ist eine Ehre, zum Rat der Zauberer zu gehören.«

Charlyn hob nur ihre Augenbrauen. »Wenn du meinst …«, entgegnete sie und machte damit mehr als deutlich, dass sie anderer Meinung war.

Luna blickte sie fassungslos an. Sie hatte sich noch nicht einmal umgeschaut, ob sie jemand hören konnte.

Wieder wanderte Lunas Blick zurück zu Narae, zu ihren Fingern, die über das schwarze Griffband ihrer Schwerter strichen, über ihre Arme und zu der Kette in ihrem Halsausschnitt. Ihr Kopf wandte sich zwischen Rea und Syltain hin und her, die miteinander zu sprechen schienen.

Rea lächelte, während sie die Paare auf der Fläche beobachtete, und wäre nicht Syltain neben ihr gewesen, der die Fäuste anspannte und dessen Augen zu Eis erstarrt waren, hätte Luna vielleicht geglaubt, dass es echt war – doch so konnte sie Reas leicht zuckende Mundwinkel und die Starre in ihrem Nacken nicht übersehen, während sie nach vorn blickte. Etwas stimmte nicht. Narae schien ebenfalls angespannt, doch sie lehnte sich vor, bis sie Rea ganz nah war.

Xyn schien nicht besorgt über die Situation neben ihm, er schien nicht so, als würde er eingreifen. Sie hatte ihm vertraut, dass er Rea warnen und Vorsichtsmaßnahmen ergreifen würde, aber wenn er ihr nicht geglaubt hatte … Luna beobachtete die Situation fassungslos.

»Entschuldigst du mich für einen Moment?«, fragte sie Charlyn.

Die nickte nur. »Ich sollte ohnehin mit Jashir reden.«

Anspannung klang durch ihre Stimme, doch Luna achtete bereits nicht mehr darauf.

20

Sie erlaubte sich keinen zweiten Gedanken und kein Zögern, während sie auf Syltain zueilte. Sie hielt den Kopf gesenkt und ignorierte die Blicke und Grußworte um sie herum, so als würde sie sie nicht hören. Wenn sie schon nicht mit Rea allein sein konnte, musste sie zumindest mit Syltain sprechen.

Vier Augenpaare blickten Luna entgegen, als sie das andere Ende der Tanzfläche erreichte, in jedem von ihnen ein seltsam angespannter Ausdruck. Sie neigte ihren Kopf in einer stummen Entschuldigung, als sie zu ihnen trat, doch keiner von ihnen nahm es zur Kenntnis.

»Ich wünschte, ihr hättet euch den Nordlanden nur annähernd so verschrieben wie eurem Kampf gegen die Hexer ...«, brachte Syltain hervor, das Grinsen auf seinen Lippen zu Eis gefroren.

Rea versteifte sich, aber sie wandte ihren Blick nicht von der Tanzfläche ab. Aus der Nähe betrachtet, war die Spannung zwischen ihnen drückend wie die Luft vor einem Gewitter.

»Ihr habt einen Krieg begonnen, der euch viel gekostet hat, ihr könnt nicht erwarten, dass wir euch ohne eine Gegenleistung die Hand reichen.« Als Rea ausatmete, klang es wie ein leises Seufzen.

Sie blieb vollkommen gefasst und ruhig, während sich Syltains Hände zu Fäusten ballten. Luna hatte sie immer dafür bewundert, für ihre makellose Haltung, doch in diesem Moment wirkte sie zu perfekt. *Zu* makellos. Zu gleichgültig. Luna spürte Syltains Zittern in ihren eigenen Fingern, dieses Bedürfnis, irgendeine Reaktion zu erhalten, die verriet, dass es etwas bedeutete … Doch Rea reagierte nicht, sie blickte nur mit ruhigem Gesichtsausdruck nach vorn.

Luna war sich nicht sicher, worum es in ihrem Gespräch ging, aber jeglicher Konflikt zwischen ihnen war schlecht. Wenn die Nordlande den Eindruck bekamen, dass Rea nicht kooperativ war, konnte sie das in Gefahr bringen.

Die Wahrheit war, dass eine Versöhnung beiderseitigem Interesse galt. Das Königreich hatte erst nach Jahren des Krieges einen Vorstoß erreicht, in der Schlacht, in der der damalige Herzog von Kildarim, der ursprüngliche Anführer der Revolten, gefallen war. Daraufhin hatte seine Tochter – nun die Frostkönigin – den Frieden mit dem Königreich ausgehandelt. Reas und Lunas Großvater hatte zwar den Krieg beendet, damit aber fast ein Viertel seines Königreichs eingebüßt … Der Krieg hatte die Nordlande deutlich weniger gekostet als sie.

Rea wandte sich mit einem erwartungsvollen Lächeln zu Luna und auch Syltain richtete sich wieder auf, strich sein Haar zurück und lächelte. Sie beide hatten ihre Fassung innerhalb weniger Augenblicke zurückerlangt.

»Ich wollte dich um einen Tanz bitten«, sagte Luna hastig, bevor sie zögern oder es sich anders überlegen konnte.

Syltain blickte sie verdutzt an und selbst Reas Maske verrutschte. Es war äußerst ungewöhnlich, dass die Prinzessin den Prinzgemahl zum Tanz forderte, ungehörig, wenn seine Frau nicht ebenfalls tanzte, und unaussprechlich, nach allem, was in der Vergangenheit zwischen ihnen geschehen war.

»Gern, Eure Hoheit.« Narae legte Syltain ihre Hand auf den Oberarm und schob sich unter fassungslosen Blicken hinter seiner Schulter hervor. Silberne Ringe wanden sich wie Bänder um ihre Finger und ließen nur die Gelenke frei.

Sie knickste, beinahe verlegen, packte Lunas Hand und zog sie mit sich, bevor sie auch nur ein Wort sagen konnte. Ihre Röcke wehten hinter ihr her wie ein Nebelstreif. Luna versuchte, sich Naraes Griff zu entwinden, doch sie hielt sie nur fester und das Metall ihrer Ringe legte sich warm und unnachgiebig auf ihre Haut. Sie warf einen Blick über ihre Schulter zum Rand der Tanzfläche, von wo Syltain ihr eisig, Rea sengend und Xyn ihr steinern hinterherblickte.

»Hattet Ihr nicht versprochen, Ihr würdet ihn nicht einmal mehr ansehen, Prinzessin?«, zischte Narae dicht an ihrem Ohr.

Ein Schauer rollte über Lunas Rücken, doch er war nicht nur Furcht, er war auch das Glühen von Naraes Haut, die über ihren Arm strich. Fühlte sich so eine Hexerin an? Es war nicht anders als zuvor …

Die Musik schwang um in eine fröhliche Melodie und Naraes Grinsen verbreiterte sich, bis ihre Eckzähne durch ihre Lippen blitzten. Sie spitzte die Ohren und lauschte auf die Töne, bevor sie leise lachte.

»Sie haben keine Ahnung, was sie da spielen«, stellte sie mit einem grimmigen Lächeln fest.

Luna hörte auf das Lied. Für sie klang es fröhlich, beinahe aufgeregt. Es hüpfte sanft von einem Ton zum nächsten in einer Geschwindigkeit, die die Tanzfläche leerte.

Narae hob die Hand. »Ihr wolltet tanzen, Prinzessin.«

Ihr Grinsen war inzwischen beinahe wölfisch, breit genug, dass Luna misstrauisch wurde.

»Ich fürchte, ich kenne diesen Tanz nicht«, brachte sie hervor, doch Narae grinste nur und nahm auch ihre andere Hand.

Ihr Blick wanderte an Lunas Kleid hinab, an dem fließenden Stoff, der wie die Sterne funkelte. Sie zwinkerte ihr zu. »Keine Sorge, man sieht Eure Füße nicht.«

Mit diesen Worten hob sie ihre verschränkten Hände und drehte sich darunter hindurch, bis sie sich mit erhobenen

Armen gegenüberstanden. Die Andeutung ihrer Grübchen war seltsam weich auf ihren sonst harten Gesichtszügen.

»Ihr habt jederzeit die Möglichkeit, unseren Abstand zu kontrollieren«, sagte sie.

Luna verstand nicht, bis Narae sie drehte, nur um sie sofort wieder sanft zu stoppen und in ihrem Arm aufzufangen, sodass Luna seitlich zu ihr stand. Ihre rechten Hände lagen verschränkt auf Lunas Hüfte, Naraes linke Hand ruhte auf ihrem Bauch und wies sie mit sanftem Druck an, sich zu bewegen. Ihr Oberschenkel streifte die Rückseite von Lunas Bein, ihr Arm lag an ihrer nackten Schulter, während sich Lunas eigene Arme um ihren Körper wanden und sie hielten.

»Was ist das für ein Lied?«, fragte sie atemlos, ihre Worte stockend.

Sie war vollkommen auf Naraes Hände konzentriert, auf die Finger, die über ihren Bauch strichen, die Berührung, die sanft in ihren Rücken wanderte, um ihr zu bedeuten, sich erneut zu drehen. Ihre Augen glühten dicht vor Lunas, als sie ihrer beider Arme hob und sie ihr in den Nacken legte, ihre verschränkten Hände löste und Lunas Rücken hinabstrich, sanft wie eine Feder, um sie dann vor ihrem Bauch wieder aufzufangen.

»Eins, dessen Text man hier nicht singen würde«, erwiderte Narae und grinste dabei schelmisch, doch ihr Lächeln verblasste, noch bevor sie Luna wieder herumwirbelte.

Ihre Arme waren schmal, ihre Führung jedoch fest. Die Muskeln, die sich unter ihrer Haut abzeichneten, bewegten sich, als sie Luna stoppte und sie dann weiterdrehte, bis sie mit dem Rücken zu ihr stand. Ihre verschränkten Finger legten sich auf Lunas Hüfte, positionierten sie zu ihrer eigenen und wiesen ihr die Richtung.

»Die Hexerin wird also tatsächlich heute Nacht hingerichtet …«, hauchte Narae dicht an Lunas Ohr.

Als sie den Kopf wandte, waren ihre Nasenspitzen keine Handbreit mehr voneinander entfernt. Naraes Augen glommen unter ihren kurzen Wimpern und ihr Kholstrich ging beinahe in ihre Augenfarbe über. »Sie wird nur die Erste von Unzähligen sein.«

Ihre Schläfen berührten sich, und plötzlich fühlte Luna sich mutig. »Wollt ihr das aufhalten?«, fragte sie erstickt.

Naraes Daumen drückten in ihren Rücken und bogen ihr Becken, ihre Fingerspitzen fingen ihre Hüfte auf und zogen sie zurück gegen ihren Körper. Ihr Schwert stieß gegen Lunas Waden, während sie selbst durch die Bewegungen floss, als wäre sie eins mit der Musik.

»Ich wünschte, ich könnte es«, flüsterte sie an Lunas Ohr und ihre Stimme veränderte sich, während ihr Atem über ihren Hals prickelte. »Was ist mit Euch? Wollt Ihr es aufhalten?«

Ihre Hände strichen über Lunas Bauch, über ihren Hüftknochen und an den Seiten ihrer Oberschenkel hinab, bis ihre Arme nach unten gestreckt waren. Naraes Finger hinterließen Wärme und Kribbeln auf ihrer Haut und Luna lehnte sich trotz der Gefahr, die in ihren Muskeln brannte, unwillkürlich an sie.

War es ein Test oder hatte Narae keine Ahnung, was sie wusste? Wieder flammte der Mut in Luna auf. Mitten in einem Ballsaal konnte Narae ihr nichts tun, und falls doch, würden zumindest alle wissen, dass sie recht gehabt hatte. Sie warf einen Blick zu Xyn, der noch immer dicht hinter Rea stand. Er würde auf sie achtgeben.

Narae stoppte Lunas Bewegung mit einem festen Griff, machte einen Schritt um sie herum und legte sich ihrer beider Hände über den Kopf, sodass ihre Scheitel sich berührten.

»Ich habe über Euren Schwur gelesen … «, brachte Luna mühsam hervor, während ihre Finger über Naraes Nacken bis zu ihrem Schlüsselbein strichen, über ihre warme Haut, die Erhebungen ihrer Knochen und den dünnen Stoff auf ihren Schultern, bis Narae ihre Hände auffing, ihre Handgelenke umklammerte und sie in einem weiten Kreis wieder zurück in Richtung der Decke brachte. »Ist es ein Blutschwur?«

Narae versteifte sich und mit ihr auch der Griff um Lunas Handgelenke. Sie spürte ihre Haut an ihren Unterarmen und an der Außenseite ihres Beines.

»Bist du eine Hexerin?«

Die Musik endete mit einem Trommelschlag.

Sie beide waren so außer Atem, dass sie sich mit jedem keuchenden Atemzug beinahe berührten. Sie standen ganz still, die Hände über ihre Köpfe gestreckt, während Naraes Griff um ihre Handgelenke immer fester wurde. Ihre Gesichter waren einander so nah, dass Luna das kleine Zittern des Kholstifts in ihrem Augenwinkel und die Welle in ihrer Lippenfarbe sehen konnte, die ihre Zähne gegraben hatten. War es gefärbter Honig, so wie auf ihren eigenen? Luna öffnete die Lippen, während Narae ihre fest zusammenpresste.

»Ihr habt ja keine Ahnung!«, zischte sie. Ihre Stimme war über Lunas eigenem Keuchen so leise, dass sie sich nicht sicher war, ob sie sich verhört hatte.

»So ungern ich euch unterbreche, auf *diesen* Tanz muss ich bestehen.« Eine Hand legte sich in Lunas Rücken.

Sie hatte seine Stimme erkannt, und war trotzdem überrascht, Syltain vor sich zu sehen. Auch Narae wandte sich ihm zu, ihr Blick fiel auf die Hand in Lunas Rücken, dann auf ihre noch immer erhobenen Arme, während Syltain sich neben sie schob. Sein Blick lag starr auf Narae, während ihrer sich in Lunas Gesicht bohrte. Sie öffnete den Mund, um zu protestieren, doch Luna entwand ihr ihre Handgelenke und fasste nach Syltain.

Ihr Herz raste, als sie Narae zurückließ und ihn mit sich zerrte, tiefer zwischen die anderen Adligen auf der Tanzfläche, ohne Narae dabei aus den Augen zu lassen, die sich mit wütendem, verkniffenem Gesicht zurückzog. Zu Rea. Xyn war bei ihr, sagte Luna sich wieder. Er würde auf sie aufpassen.

Syltain hielt sie zurück und drehte sie zu sich, und erst,

als Luna dicht vor seiner Brust zum Stehen kam, wurde ihr bewusst, dass sie tatsächlich miteinander tanzen würden. Er streckte seine Hand und seine Finger fuhren über die Außenseite ihres Unterarms, von ihrem Ellenbogen bis zu ihrer Schulter, eine Berührung so leicht wie eine Feder. Sein Grinsen war verschwunden und einem sehr viel ernsteren Ausdruck gewichen, doch es brach wieder hervor, als er seine freie Hand auf ihren Rücken legte – einen Ring an *jedem* Finger.

Syltains Atem strich über ihre Wange, als er seine Lippen dicht an ihr Ohr brachte. »Du siehst wunderschön aus.«

Er hatte es so leise gesagt, dass Luna sich nicht sicher war, ob sie es sich nur eingebildet hatte. Seine Hand streifte ihren Rücken, selbst durch den Stoff ihres Kleids noch warm, als er sie unter seinem Arm hindurchdrehte, nur um sie im nächsten Schritt sofort wieder aufzufangen. Er hielt sie ein wenig fester, und wo vorher nur sein Daumen gelegen hatte, legte sich jetzt Finger für Finger seine gesamte Hand warm auf ihren Rücken.

Lunas Augen huschten über die Menge, als sie begannen, sich zu drehen, suchten nach Rea, obwohl sie ihrem Blick nicht begegnen wollte. Sie schien vertieft in ihre Unterhaltung mit dem Herzog von Xayres, neben dem sie die Treppe zur Empore hinaufstieg, von wo aus sie sicherlich ihre Ansprache halten sollte, doch ihre Augen blieben bei jeder Stufe starr auf Syltain gerichtet.

Luna kannte ihre Schritte im Schlaf, dafür hatten unzählige Stunden mit den fähigsten Lehrern gesorgt, doch niemand hatte sie darauf vorbereitet, sie in Syltains Arm zu tanzen. Sein Körper fühlte sich so fremd an, dabei war er ihr so vertraut. Sie brauchte nur wenige Schritte, damit sie sich an ihn erinnerte. An alles. Sie erinnerte sich an seinen Geruch nach Leder und Pergament, den Geruch von Buchseiten und ganzen Welten. Sie erinnerte sich an seine Finger auf ihrer Haut, die jetzt wie beiläufig über ihren Rücken strichen.

Sie erinnerte sich an ihre Hand in seiner.

»Warum ausgerechnet meine Leibwächterin?«, fragte er leise.

»Was?« Mehr brachte Luna nicht hervor.

Sie spürte seinen Blick auf ihrer Schläfe und wurde sich bewusst, wie viel zu nah er war. So nah, dass sie die dunklen Flecken in seinen eisblauen Augen sehen konnte, als ihr Blick doch auf ihn fiel. Sie glitzerten vor Frost.

»Du weißt ganz genau, was ich meine.«

Luna schüttelte den Kopf. Hatte er von ihrem Verdacht erfahren und glaubte ihr nicht?

»Versuchst du, mich eifersüchtig zu machen?«

Luna stolperte, doch Syltains Arme spannten sich um sie an und hielten sie aufrecht.

»Falls *ja* – es funktioniert«, raunte er dicht an ihrem Ohr.

»Wie bitte?« Luna glaubte, sich verhört zu haben.

Er hatte kein Recht dazu, kein Recht ihr das zu sagen. Er hatte ihre *Schwester* geheiratet. Doch Luna hielt sich zurück, verwarf die Gedanken, die auf sie einstürmen wollten. Ihre Vergangenheit war nicht wichtig. Rea. Rea war wichtig. Sie hatte mit ihm tanzen wollen, um dieses Gespräch zu führen.

»Das ist es nicht«, brachte sie mühsam hervor. »Syl, ich glaube, Narae ist eine Hexerin.«

Er erstarrte. Dann lachte er, lachte ihre Worte weg, doch es klang ein wenig zu gezwungen, ein wenig zu hell.

»Ach was, wie kommst du denn darauf?«, fragte er unbekümmert.

»Sie hat –« Bevor Luna sich erklären konnte, unterbrach Syltain sie bereits wieder.

»Ich kenne sie fast, seit wir Kinder sind, wir haben unsere Bataillone gemeinsam gegen Snaemark geführt.« Er stockte, zog seine Lippe zwischen seine Zähne und dachte nach. Dann begann er zweifelnd: »Luna, ich –«

»Syl, sie ist gefährlich!« Ihre Stimme klang nicht mehr ruhig, sie klang flehend. Sie flehte, dass endlich jemand sehen würde, was sie sah, dass endlich einer von ihnen etwas unternahm. »Sie hat euch einen Blutschwur geleistet, oder nicht? Das ist Hexermagie!«

Syltain erstarrte, dann schüttelte er lächelnd den Kopf, doch das Eis in seinen Augen blieb gefroren. »Wo hast du das denn her?«

Er glaubte ihr nicht. »Sie hat es mir selbst erzählt!«

»In dem Wortlaut?« Syltain klang zweifelnd. »Vielleicht meinte sie etwas anderes. Vielleicht meinte sie, dass sie mir ihr Leben schuldet.«

Luna stockte und eine Ahnung kroch durch das Dunkel ihres Gedächtnisses, die sie noch nicht greifen konnte. Syltain bemerkte es nicht, er sprach einfach weiter. »In unserer ersten Schlacht waren wir beide fast noch Kinder und es war … es war ein Blutbad. Außer uns hat keiner überlebt.«

Luna erstarrte, ihre Schritte gerieten aus dem Takt und Syltain selbst schien Mühe zu haben, sie zu führen. Sein Blick huschte immer wieder kurz zu ihr, während er sie durch die Paare schob. Die Hand auf ihrem Rücken brannte, sein Daumen, der über dem Rand ihres schulterfreien Kleides auf ihrer Haut lag, und ihre Hand in seiner.

Sie hatte diese Geschichte schon einmal gehört. Narae hatte sie ihr erzählt … Sie hatte ihr erzählt, dass sie von einem *Hexer* gerettet worden war.

Syltain sprach weiter, aber Luna hörte ihn nur von fern, wie durch Wasser, während sich der Ballsaal um sie herum immer schneller drehte. »Bitte, Luna, ich lege meine Hand dafür ins Feuer, dass Hyun keine Hexerin ist. Du darfst niemandem davon erzählen … Sie würden es nur gegen sie verwenden.«

Luna taumelte in seinem Arm. Dafür war es zu spät.

21

Eine Bewegung zuckte durch den Saal, ein Schemen in ihrem Augenwinkel. Syltain hatte ihn ebenfalls gesehen, riss sie aus der Drehung an seine Seite und Luna verlor den Boden unter ihren Füßen. Die Musik war vergessen. Der Raum drehte sich weiter und der Tanz fuhr fort, doch sie hörte keinen Ton mehr. Ein Blitz von Anspannung fuhr durch Syltains Körper, der sich fest an ihren presste. Er zog sein Schwert.

Im selben Moment verschwand der Saal in Dunkelheit, in allumfassendem Nichts …

Dann grelle Schreie.

Schwärze füllte den Raum und nahm ihnen die Sicht. Luna schloss die Augen, riss sie wieder auf – Dunkelheit. Nichts als schwarze Finsternis, eine sternenlose Nacht, tiefer als alles, was sie kannte.

Sie alle spürten es.

Etwas hatte sich erhoben und den Saal eingenommen – diese Dunkelheit war nicht die Ausgeburt von erloschenen Kerzen, nicht die Abwesenheit von Licht, es war ein eigenes atmendes Wesen, das sich aufbäumte und sie verschlingen wollte. Es kroch um sie herum, wand sich um ihre Körper und hauchte seinen eisigen Atem über ihre Haut. Der Saal verschwand im Nichts und sie fielen in die Tiefe.

Syltain hielt sie fest umklammert, als sie in die Knie gingen, seine Nägel gruben sich in ihre Haut, die Kante eines Rings kratzte über ihren Arm und kalter, rauer Stein fuhr über ihre Beine. Luna krallte sich in seine Wärme, presste sich an ihn und nutzte seinen Körper als Schild gegen die allumfassende Kälte, die auf sie eindrang und sie verschlingen wollte. Sie konnte nicht atmen.

Die Dunkelheit drängte in ihre Lunge, schlug ihre Krallen in ihre Haut und drückte ihren Körper zusammen. Sie war überall, über ihnen, links, rechts, unter ihnen, davor und dahinter. Luna drehte ihren Kopf, suchte, verlor die Orientierung. Sie waren in der Mitte des Saals gewesen, jetzt gab es keinen Raum mehr, keine Zeit, nur die allumfassende, unendliche Schwärze. Sie waren von allen Seiten umgeben, es gab keinen Ort, um sich zu verstecken, kein Schlupfloch. Die Leere um sie herum dehnte sich aus und die Finsternis darin sah sie, fand sie – während sie blind waren, blickte sie mit glühenden Augen zurück.

Kreischen, Schreie, Rufe brandeten über sie hinweg und zerschellten am Stein. Auch Luna schrie. Ihre Finger krallten sich in das, was sie zu packen bekamen, krallten sich in Syltains Gehrock, kratzten über seine Haut.

Eine solche Finsternis hatte sie noch nie gesehen, nicht einmal in der dunkelsten Nacht, nicht einmal, wenn sie die Augen schloss. Sie wusste bereits, dass ihr kein Schwert, kein Zauber gewachsen war, und versuchte es dennoch. Sie löste eine ihrer bebenden Hände aus Syltains Gehrock und streckte ihre Finger, doch die Dunkelheit hatte ihr die Orientierung genommen, ihren Kopf gefüllt, und raubte ihr die Worte, zusammen mit ihrem Atem. Ihre Finger waren zu kalt, zu klamm und so taub, dass sie jegliches Gefühl darin verloren hatte. Sämtliche Gedanken wurden übertönt von den Schreien, die ihre Trommelfelle zu bersten drohten, über ihnen – lauter als alles andere – ein einzelner Schrei. *Rea.*

Hände packten Lunas Knöchel. Sie schrie, zog ihre Beine an und kratzte über den Stein, kroch fort von der Panik, die nach ihr greifen wollte, und drückte sich gegen Syltains Körper wie gegen eine Wand. Die Menschen wollten zum Ausgang kriechen, versuchen zu fliehen, dabei war bereits klar, dass sie nicht entkommen konnten. Die Dunkelheit würde sie nicht gehen lassen, nicht an der Tür und nicht dahinter.

Licht flackerte auf, nicht heller als ein Zündholz, und erlosch sofort wieder. Ein Zauber. Erleichterte Rufe drangen durch die Schreie und wurden im selben Moment wieder übertönt, als die Dunkelheit zurückkehrte, diesmal noch schwärzer, noch schneller, noch drängender.

Erneut flackerte ein Lichtlein, das augenblicklich wieder erlosch.

Nur ein einziges Bild hatte sich in Lunas Kopf gebrannt, so kurz, dass es stillstand. Verzerrte Gesichter, gestreckte Hände, Arme, die sich aneinanderklammerten, die Hälfte von ihnen, so wie sie, zu Boden gegangen. Chaos und Blut. Neben ihr Syltain, sein Schwert nach vorn gereckt, und ein einzelner Blutstropfen, der aus seiner Handfläche fiel, aus dem Schnitt, der Narbe, die sich wieder geöffnet hatte. Eine einzelne rote Perle auf dem Stein, verloren und stumm, und trotzdem schien es, als würde ihr Aufprall den Boden erzittern lassen …

Und dann Feuer. Es erblühte aus der kleinen Perle, rankte sich von dem Stein empor und glomm in der Dunkelheit. Es focht gegen die Schwärze, drängte sie zurück und dehnte sich aus. Es warf flackernde Schatten über die Szenerie, während Tropfen für Tropfen flüssiges Feuer von Syltains Fingern rann, zu Boden fiel und dort in unzählige kleine Flammen zersprang. Luna sah auf, sah in sein Gesicht und das Grauen in ihr vervielfältigte sich mit jedem sengenden Aufprall.

Narae hatte auf ihr Blut geschworen, ihn zu beschützen. Sie hatte *ihm* geschworen. Nicht *sie* war die Hexerin. *Er* war es. Syltain.

»*Du musst aufmerksamer sein.*« Das hatte Ihre verstorbene

Majestät gesagt. »*Erst recht, wenn es sich dabei um die Nie-mandslande handelt. Sie sind unser Feind.*«

Luna war nicht aufmerksam genug gewesen.

Die Flammen fochten gegen die Dunkelheit und dräng-ten sie zurück, als wären sie das Zentrum eines glühenden Schilds, der sich wie eine Kuppel um sie ausdehnte. Mit je-dem Tropfen von Syltains Blut konnte Luna einen weiteren Atemzug tun. Sie konnte atmen. Die Flammen gaben ihr ei-ne Orientierung, wurden zum Zentrum ihres Sehens, bis das Nichts um sie herum aufhörte, sich zu drehen. Die Flammen verankerten sie im Raum.

Lunas Finger fielen von Syltains Brust, jetzt ein klein we-nig wärmer, ein wenig ruhiger. Sie spürte sie wieder. Als sie diesmal den Zauber sprach, war er wie ein Echo der ande-ren Saalseite, wo weitere Zauber kleine, unruhige Lichter aufleuchten ließen.

Lunas Magie zuckte wie Blitze zwischen ihren Fingerspit-zen und stach hinein, wann immer sie von einer Stelle ihrer Haut zu einer anderen sprang. Ihr Winden war nicht mehr weich wie Wasser, sie bäumte sich förmlich auf, bebte und versuchte zu entkommen, versuchte ebenfalls zu fliehen. Im-mer wieder verschwand sie im Nichts, als hätte sie einen Kampf verloren, den sie nie begonnen hatte. Mit der Magie spürte Luna auch die Dunkelheit an ihren Fingern, die sich dorthin legte, wo das Leuchten verblasste, die die Gelegen-heit nutzte, sich an diesen Stellen in ihre Haut zu graben und zu prickeln, wie auch die Magie selbst.

Im Schein von Syltains Feuer, seiner schützenden, lodern-den Kuppel, wuchs Lunas Zauber und brachte ihnen ein klei-nes Schimmern, das aufglomm und anwuchs. Ihre Stimme wurde fester, ihre Worte lauter, als sie sich mit ihrem Echo auf der anderen Seite des Raumes verbanden.

Die Dunkelheit bäumte sich auf, zog ihre Schwärze zu-sammen und verdichtete sie an einigen Stellen, während sie an anderen zurückwich und den Saal aufblitzen ließ, den sie zuvor noch so fest verborgen gehalten hatte. Sie wich zurück und zeigte panische Gesichter, Schock und Furcht, doch das Beben des Entsetzens, das den Boden unter ihnen erschüttert hatte, wich ebenfalls, als sickerte es durch den Stein unter ihnen.

Die Dunkelheit bäumte sich auf, kreischte und wand sich, während das Licht der Zauber sie durchbohrte, um sie zuckte und sie niederrang. Licht brach durch die Schwärze und vertrieb sie, schickte sie zurück in den Stein, die Wände und Böden, trieb sie fort in das Nichts, aus dem sie hervorgekrochen war. Irgendjemand schaffte es, sich aus seiner Starre zu reißen und begann, die Kerzen zu entzünden, während der Rest von ihnen vor Entsetzen erstarrt blieb, als hätten sie zwar den Raum, aber noch immer nicht die Zeit zurückgewonnen.

Die Dunkelheit löste sich auf wie ein feines Gewebe, so wie Tau von einem Spinnennetz verdunstete, verschwand, als hätte es sie nie gegeben. Was blieb, war Grauen und Unglaube über das, was sie noch vor einem Moment bezeugt, was sie alle unter ihrer Haut gespürt hatten.

Das Licht hatte gesiegt. Lunas Hände sanken herab, zitternd, bebend, so wie ihr gesamter Körper. Die Dunkelheit war verschwunden, hatte sich in die Schatten der Kronleuchter zurückgezogen, doch die Erinnerung klammerte sich noch wie Eis an ihre Haut und senkte sich in ihre Knochen.

Sie kroch rückwärts, ihre Arme weich und ihre Absätze in ihrem Rock verheddert. Sie kroch rückwärts, während die Menschen im Raum sich erhoben. Der gesamte Saal um sie herum erhob sich, doch sie blieb am Boden. Sie kroch rückwärts. Fort von Syltain.

Er kniete noch immer vor ihr, den Kopf geneigt und seine Haare wie ein Vorhang vor seinen Augen, bevor er aufsah. Auch er kam mühsam auf die Beine, stellte erst einen Fuß auf und drückte sich dann in den Stand, drückte sich hoch mit der Hand, die auch sein Schwert hielt, während die andere einen roten Abdruck auf dem Stein hinterließ.

Auch in ihn hatte die Dunkelheit ihre Zähne gegraben. Sein Haaransatz war schweißnass und sein Gesicht darunter erstarrt, der dunkelgrüne Gehrock verrutscht und über seiner Brust zerknittert, wo Luna ihre Finger hineingegraben hatte. Seine gesamte Haltung schien gebeugt, als hätte er einen unsichtbaren Treffer eingesteckt. Er wankte.

Syltain wischte sein Schwert an seinem Hosenbein ab und steckte es zurück in die Scheide, bevor er sich zu ihr wandte und ihr seine Hand entgegenstreckte. Blut glänzte wie ein kleiner See in seiner Handfläche, der in Tropfen um ihn zu Boden fiel.

Luna kroch fort von ihm, die Augen weit aufgerissen, ihre Gedanken ein Rauschen und gleichzeitig so klar.

Syltain streckte ihr seine Hand entgegen, als wäre ihm nicht bewusst, was er getan hatte, als würde er nicht sehen, wie sie Stück für Stück über den Boden rutschte, in dem Versuch, Abstand zwischen sie zu bringen … oder als wusste er längst ganz genau, was geschehen würde – als wusste er, dass es keine Rolle mehr spielte.

Schreie, Rauschen und Bewegungen schwollen um sie herum an, während sich Lunas Blickfeld auf Syltains zitternde Finger vor ihr verengte.

Er streckte ihr seine Hand entgegen, seine blutverschmierte Haut, der Beweis seiner Sünde, der Lüge, die er ihnen erzählt hatte, und er streckte sie nach ihr, als sie ihre Lippen öffnete. Er wollte sie aufhalten, aber sie, sie hatte in diesem Moment das Puzzleteil gefunden, das sie all die Jahre gesucht hatte, den blinden Fleck, der ihre Erlösung versteckte, die Gefahr, vor der Ihre verstorbene Majestät sie gewarnt hatte – endlich hatte sie sie gefunden.

Der gesamte Saal war seltsam stumm und unbewegt, abgesehen von dem Rascheln der Kleider und Knarzen der Uniformen. Sie alle beobachteten das Geschehen regungslos, als hätten sie ihre Schreie und ihr Entsetzen zuvor bereits vollständig aufgebraucht.

Sie alle hatten gesehen, was Syltain getan hatte, sie alle starrten ihn an, doch es war nur Lunas Hand, die sich nach ihm streckte. Es waren nur ihre Finger, die in seine Richtung zeigten, als ihr Atem über ihre Lippen strich und mit ihm die Worte: »Er ist ein Hexer!«

Das löste die Starre des Raumes, als wären sie bis zu diesem Moment Schlafwandler gewesen, die noch nicht aus ihrem Alptraum erwacht waren.

»Nehmt ihn fest!«, schallten die Stimmen.

Luna hörte Syltains Namen, laute Befehle und Rufe, bevor Bewegung um sie herum ausbrach. Schemen stürzten in ihr Blickfeld, sprangen auf Syltain zu und rangen ihn nieder. Sie gingen mit ihm in einem Knäuel aus schwarzem Leder und dunkelgrünem Stoff zu Boden. Dumpfe Schmerzenslaute folgten, das Kratzen von Metall auf dem Stein und rasch wieder vollkommene Ruhe.

Syltain versuchte nicht einmal, sich zu wehren, während die Gardisten ihn auf den Bauch drehten, seine Hände hinter seinen Rücken wanden und ihn mit sich in den Stand zerrten. Der silberne Reif, die Prinzenkrone, rutschte von seinem Kopf und klirrte hell, als sie hinter ihm zu Boden fiel. Sie drehte sich immer schneller, rotierte mit einem hohen Geräusch, bevor sie ebenfalls stumm liegen blieb.

Luna wandte den Kopf zum anderen Ende des Raumes, zu einem dunkelglühenden Augenpaar. Während die Gardisten Syltain bereits festgenommen hatten, stand Narae noch immer vollkommen unbehelligt am Rand der Tanzfläche, hochaufgerichtet, das kürzere ihrer Schwerter gezogen und die Klinge wie einen Sichelmond vor ihre Brust gestreckt. Jeder Muskel ihres Körpers schien gespannt, als hätte sie sich darauf vorbereitet, auf das loszuspringen, was aus der Dunkelheit hervorgekrochen wäre. Jetzt war es ein ganzer Saal, der ihr entgegensah. Warum hatten sie sie nicht schon längst festgenommen?

Naraes Augen fanden Lunas, brannten sich hinein, bevor sie herumfuhr und lossprintete. Sie wusste, dass selbst sie keine Chance hatte – dass dies keine Schlacht war, aus der sie als Überlebende hervorgehen würde. Sie stieß einige der Adligen zur Seite und schlüpfte durch die Lücken zwischen ihnen. Die Gardisten, die ihr nachsetzten, waren zu langsam für ihre flinken Bewegungen. Über die Köpfe der Menge hinweg sah Luna nur noch die Tür zu einem der Seitenausgänge gegen die Wand schlagen, als Narae verschwand wie die Schatten im Licht der Kerzen.

Sie ließ selbst ihre Königin ohne Schutz zurück, die die Hände zur Seite streckte und ihren Blick langsam über die Gardisten wandern ließ, als wollte sie ihnen signalisieren, dass sie sich nicht auf sie stürzen mussten, dass sie sich ergeben würde. Sie begnügten sich damit, ihr die Arme auf den Rücken zu winden, und doch sah selbst diese kleine Bewegung gewaltsam aus, als würde man einem weiß-glitzernden Schmetterling die Flügel brechen.

Es war, als wären sie alle in einem irrsinnigen Theaterstück gefangen, als wäre der Vorhang gefallen, nur um die Bühne auf den Kopf zu stellen. Es war, als hätten sie sich in einer der Spiegelwände verloren, in der die Welt nun völlig verkehrt war. Lunas Blick wanderte durch den Saal, langsam, ungläubig, bis er ganz starr wurde. Er hatte gefunden, wonach er gesucht hatte. Sie atmete nicht mehr und während dieses Moments, in dem ihre Lunge zu protestieren begann, in dem jegliches Gefühl aus ihrem Körper verschwand, wurde ihr klar, dass sie sich ein weiteres Mal geirrt hatte.

Sie hatte geglaubt, zu wissen, was Grauen war, hatte geglaubt, dieses Gefühl zu kennen, das ihr den Boden unter den Füßen fortriss, das sie fallen und sich überschlagen ließ, das sie würgte, bis sie zu ersticken glaubte, doch sie hatte nicht den blassesten Schimmer gehabt. Sie lernte es erst in diesem Moment, als ihr Blick zur Empore fiel, zu Rea und nicht Rea, denn dort, wo sie hätte stehen sollen, war nichts außer dem klaffenden Loch in der Brüstung, dessen steinerne Bruchkanten wie die Zähne eines Mauls aufragten.

Rea befand sich darunter, ihre Glieder verrenkt auf dem Steinboden, die Wellen ihres Rockes um sie gebauscht wie eine Blüte in einem roten Meer. Ihre Krone lag neben ihr, getaucht in die Brandung, die sich ausbreitete, nach dem Gold griff und es zurückforderte. Ihre kurzen, kleinen Locken breiteten sich um ihr Gesicht aus wie ein Kissen, dabei waren sie dafür nicht weich genug, und trotzdem hatte Rea die Augen geschlossen, als wollte sie sich nach all dem Entsetzen erholen, als müsste sie sich ausruhen.

Sie regte sich nicht.

Luna stürmte auf sie zu, drängte sich mit gerafftem Rock durch die Menge und fiel auf die Knie. Der Schmerz, der bei dem Aufprall durch ihren Rücken schoss, verblasste ebenso wie der Saal, der um sie verschwand. Da war nur noch Rea, nur noch Rea in dem roten Fleck auf dem Boden, der sich von ihrem Kopf ausbreitete und in besorgniserregender Geschwindigkeit anwuchs.

Stimmen riefen nach der Herzogin von Droduis, immer lauter, doch sie verwuschen in Lunas Ohren, übertönt von dem brandenden Rauschen, das sich in ihrem Kopf ausgebreitet hatte.

Irgendwann blühte Grün neben ihr auf, als die Herzogin in einer Wolke ihrer Röcke zu Boden sank, doch Luna bemerkte auch das kaum.

Sie hatte Rea versprochen, sie zu schützen.

Sie hatte es Ihrer verstorbenen Majestät versprochen.

Ihnen allen.

… sie war zu spät gekommen.

22

Rea lag auf ihrem Bett, die Augen geschlossen und umwölkt von ihrem Kleid, doch selbst die voluminösen Röcke konnten das Blut nicht verdecken, das sich auf ihrem Kissen ausbreitete. Die Verbände, die die Herzogin von Droduis um ihren Kopf geschlungen hatte, waren bereits vollständig durchtränkt.

Der Geruch von Arzneimitteln lag in der Luft, gemischt mit beißendem Alkohol. Alles im Raum wirkte so vollkommen falsch, von der Vielzahl Menschen im Gemach des Königspaares, zu der prunkvollen goldenen Einrichtung und den dekadenten roten Bettvorhängen – all das gepaart mit Reas regloser Gestalt, die zwischen den riesigen Kissen um sie herum beinahe vollkommen verschwand.

Luna fiel neben dem Bett auf die Knie, versank in ihrem Rock und streckte ihre Finger nach Reas Hand, die geöffnet neben ihr lag. Sie stockte, ohne ihre Haut zu berühren, und streifte nur das kühle, glatte Laken.

Sie kümmerte sich nicht darum, welchen Anblick sie bot, eine Prinzessin, die sich auf dem Boden zusammenkauerte. Sie kümmerte sich auch nicht um die Stimme des Herzogs von Xayres hinter ihr, der ihr leise empfahl: »Ihr solltet in den Saal zurückkehren, Eure Hoheit, und die Anwesenden beruhigen, ihnen zeigen, dass es Euch gut geht.«

… dass es ihr *gut* ging? Etwas an diesem Gedanken befremdete Luna, auch wenn der Herzog recht hatte. Sie sollte das tun, doch gleichzeitig schien nichts davon in diesem Moment noch eine Rolle zu spielen. Ihre gesamte Welt verengte sich auf diesen Raum, auf das Bett, auf Rea. Dass es außerhalb der Tür mehr gab, war zu nichts als einem vagen Gefühl verblasst. Luna wollte nicht darüber nachdenken, dass dort ein mindestens ebenso lauter Sturm tobte wie in ihrem Inneren.

»Die Herzogin von Yptar schien die Situation unter Kontrolle zu haben«, erwiderte sie ausweichend.

Tatsächlich hatte die Herzogin, ohne zu zögern, das Zepter übernommen, hatte die Versorgung der Verwundeten angeordnet, genau wie die Unterbringung der Gefangenen. Gleichzeitig hatte sie beruhigende Worte an sie alle gerichtet, innerhalb weniger Augenblicke eine tiefe, geschäftige Sicherheit aufgebaut und die Menschen beschäftigt, sodass niemand Zeit gehabt hatte, auch nur darüber nachzudenken, was nur wenige Augenblicke zuvor geschehen war. Doch dieser Moment würde kommen und dann, da hatte der Herzog von Xayres recht, würde Luna anwesend sein müssen. Sie korrigierte sich – dann würde *Rea* wieder anwesend sein.

»Ich sollte auch nach den übrigen Verletzten sehen«, bemerkte die Herzogin von Droduis.

Sie legte das Tuch beiseite, mit dem sie ihre Hände abgewischt hatte, und Luna versuchte zu ignorieren, dass sich lange Schlieren roten Bluts über den Stoff zogen.

»Wie geht es Ihrer Majestät?«, fragte sie tonlos.

Die Herzogin von Droduis war die fähigste Heilzauberin, die ihre Zeit kannte, sogar über die Grenzen Atheas hinweg gefragt. Nichts an ihrer perlenbesetzten Frisur oder ihrem wallenden Abendkleid ließ sie wie eine Ärztin aussehen, doch ihre Haltung machte deutlich, welche Fähigkeiten sie hatte. In ihrer Disziplin war sie die Königin, und diese Tatsache schien den gesamten Raum einzunehmen, sodass selbst der Herzog von Koravotia sich zurück gegen eine Wand drängte, um ihr den benötigten Platz zu lassen.

»Der Aufprall hat den Schädel Ihrer Majestät zerschmettert und sie hat viel Blut verloren. Ich habe getan, was ich tun konnte, die Knochen so weit wie möglich geheilt …«

»Sie hat einen Trank zur Blutbildung bekommen«, ergänzte der Herzog von Nesra aus dem Hintergrund.

»… aber Ihre Majestät hat eine schwere Kopfverletzung erlitten, deren Folgen sich erst in den kommenden Stunden, vielleicht Tagen, zeigen werden«, fügte die Herzogin von Droduis hinzu. »Ich werde überwachen, ob Schwellungen oder Komplikationen auftreten, und mein Möglichstes tun, aber …«

Ihre Stimme floss aus, doch da klang kein Mitleid in ihr. Sie legte ihnen die Informationen, die sie brauchten, klar und offen dar und Luna war dankbar dafür. Etwas anderes hätte sie nicht ertragen.

Die Herzogin nickte knapp und eilte nach einem letzten Blick auf Rea zur Tür, zurück in Richtung des Ballsaals. Zwischen ihnen blieb nur Schweigen.

»Was ist geschehen?«, fragte die Herzogin von Nenomin aus einer Ecke des Raumes.

Die Frage erschreckte Luna und riss sie aus ihrer Starre. Der Rat hatte immer eine Antwort, war über alles im Bilde, was in ihrem Königreich geschah. Sie hatte nicht erwartet, sie auch einmal so fassungslos zu sehen. Ihrer aller Blicke wandten sich zu Xyn, so als hätte er eine Erklärung für sie.

»Meine Gardistinnen und Gardisten hatten alle strategischen Punkte des Saals umstellt, doch gegen diese Dunkelheit hatten wir keine Chance«, berichtete er. »Wir waren alle gleichermaßen orientierungslos.«

Sie schwiegen in der Stille des Kerzenscheins. Unzählige kleine Flämmchen flackerten über die Wände, so dass der Raum beinahe unnatürlich hell war. Vermutlich hatte die Herzogin von Droduis den Befehl dazu gegeben, damit sie für ihre Heilzauber beste Sicht hatte. Doch auch hier in diesem Zimmer, das bis in den letzten Winkel erleuchtet war, flackerten zusammen mit dem Kerzenschein Erinnerungen durch den Raum, so dunkel, dass kein Licht sie verdrängen konnte. Ihnen haftete ein Schleier von Ungläubigkeit an, der zwar die Bilder und Geräusche ihrer Erinnerung dämpfte, nicht aber den Schrecken in ihrer Brust.

»Was *war* das?«, fragte die Herzogin von Nenomin.

Sie alle stellten sich diese Frage.

»Das ist ein weiteres Zeichen, dass wir uns vor den Fähigkeiten der Hexer in Acht nehmen müssen«, entgegnete der Herzog von Koravotia grimmig.

Sie alle wollten seine Worte auf eine Art und Weise glauben, die Erklärung annehmen, dass es Hexermagie gewesen war, ein greifbares Ziel, ein Gegner, dem sie gewachsen waren … doch sie alle spürten, dass es mehr war, etwas, das sie *nicht* greifen konnten, etwas, dem sie *nicht* gewachsen waren.

Es war ausgerechnet Xyn, der es aussprach. »Es war keine Hexermagie.«

Alle Blicke wandten sich zu ihm.

»Wie bitte?«, fragte der Herzog von Koravotia, dabei war deutlich, dass er ganz genau verstanden hatte.

Xyn erwiderte seinen Blick und schien zu überlegen, ob er sich wiederholen sollte, doch er schwieg. »Verzeihung«, sagte er nur knapp und senkte den Kopf.

Der Herzog von Koravotia musterte ihn noch einen Moment, bevor er seinen Blick abwandte. Lunas hingegen blieb fest auf Xyn gerichtet. Er hatte dem Herzog mit einer Sicherheit in seiner Stimme widersprochen, die bedeuten musste, dass er etwas wusste, das sonst keiner von ihnen verstand. Auch, wenn es kein Protokoll für eine solche Situation gab, hatte er nicht das Recht, einen Herzog zu unterbrechen, nicht einmal, ungefragt zu sprechen – dass er es doch getan hatte, musste etwas bedeuten.

Luna wollte ihn danach fragen, doch der Herzog fuhr bereits fort: »Wir sollten eine Erklärung an die versammelten Adeligen abgeben.«

Sie wandte ihren Kopf zu ihm und versuchte, seine Worte zu verstehen. Sie hatte sie gehört, aber sie ergaben keinen Sinn. Sie starrte ihn nur stumm an, während sie überlegte, ob sie ihn bitten sollte, sich zu wiederholen.

Der Herzog tat es von sich aus. »Der Adel ist aufgebracht und verängstigt. Sie fordern Antworten. Wir sollten *dringend* eine Erklärung abgeben.«

»Was soll der Inhalt dieser Erklärung sein?« Wenn der Rat eine Erklärung für all das hatte, wollte Luna sie liebend gern hören. Sie hatte keine.

»Wir werden erklären müssen, dass Ihre Majestät verletzt ist und dass wir die Schuldigen zur Verantwortung ziehen«, sagte der Herzog und blickte nach Zustimmung heischend in die Runde.

»Kennen wir denn die Schuldigen?« Luna räusperte sich, um ihre Stimme wiederzufinden. Sie klang hohl und seltsam fern.

Der Herzog von Koravotia blickte sie fassungslos an. »Die Nordlande haben mit den Hexern zusammengearbeitet, um die Königin zu stürzen.«

Luna zuckte zusammen.

»Nachdem wir die Anführerin der Hexer festgenommen und in den Palast gebracht haben, ist das zudem ein naheliegender Racheakt.«

Sie schüttelte den Kopf. Sie wollte das nicht glauben. Sie wollte nicht glauben, dass die Nordlande sich mit Hexern zusammengetan hatten, um ein Attentat auf Ihre verstorbene Majestät zu verüben und jetzt auf *Rea*. Sie wollte nicht glauben, dass Syltain dazu fähig war … dass er so etwas tun würde. Er war kein … *Attentäter*.

»Ihr seid sicher, dass das heute ein Attentat auf Rea – auf Ihre Majestät – war?«, fragte Luna und bereute ihre Frage noch im selben Moment. Sie hatte sie an Xyn richten wollen, doch es war der Herzog von Koravotia, dessen Blick sie auffing.

Natürlich war es ein Attentat gewesen. Das Blut auf Reas Laken schien vorwurfsvoll auf Luna zuzukriechen. Jemand hatte sie von der Empore gestoßen, sie wäre niemals in Panik geraten, niemals gefallen.

»Ihr wart bei ihr, oder nicht?«, fragte Luna an den Herzog von Xayres gewandt, doch ohne ihn anzusehen.

»Ich habe niemanden in unserer Nähe bemerkt«, erwiderte er nach einer Weile mit seiner kratzigen Stimme.

»Aber Syltain war bei mir …« Stumme Blicke und betretenes Schweigen folgten auf ihre Worte.

»Wenn die Nordlande sich mit den Hexern zusammengeschlossen und sie in den Palast eingeschleust haben, wäre das durchaus möglich«, erklärte der Herzog von Nesra. »Es ist durchaus möglich, dass es noch weitere Verschwörer in ihrem direkten Umfeld gibt.«

»Aber warum sollten sie das tun?«, flüsterte Luna leise, bevor die Konsequenzen, die unweigerlich aus seinen Worten folgten, einen weiteren Schauer über ihren Rücken schicken konnten.

Der Herzog von Koravotia verschränkte die Arme vor der Brust. »Wer weiß, was in ihren Köpfen vorgeht! Vielleicht wollen sie Athea schwächen, um die Herrschaft an sich zu reißen.«

Luna schüttelte den Kopf. Selbst, falls sie *alle* ausgelöscht worden wären – Ihre verstorbene Majestät, Rea *und* sie –, wären niemals die Nordlande oder die Hexer an die Macht gekommen. Ihnen musste klar sein, dass die Zauberer etwas Derartiges niemals zulassen würden. Um die Herrschaft an sich zu reißen, müssten sie nicht nur die Königsfamilie auslöschen, sondern den gesamten Adel Atheas. Wenn sie das Königreich übernehmen wollten, wäre es nicht mal mehr ein Gerippe. Alles, was sie haben könnten, wären Ruinen …

Und das war nicht das, wovon Syltain gesprochen, wovon

er geträumt hatte. Luna schloss die Augen. Er hatte ihr eine viel größere Lüge erzählt, warum sollte nicht auch sein Wunsch, ihre Königreiche zu vereinen, eine weitere gewesen sein? Es wäre leichtgläubig von ihr, nach allem, was geschehen war, noch anzunehmen, dass sie noch irgendetwas von ihm kannte … dass irgendetwas von dem Bild, das er ihr von sich gemalt hatte, wahr gewesen war.

Und die Hexerin … Luna hatte ihr gesagt, dass sie ihre Geschichte – *ihre* Wahrheit – nicht glauben konnte, aber sie hatte den Ausdruck in ihren Augen gesehen, als sie von Gleichberechtigung gesprochen hatte. Er hatte sie für einen Moment zweifeln lassen, doch jetzt … Die Hexerin hatte nicht gezögert, eine gesamte Stadt dem Erdboden gleichzumachen, als sie ihre Gleichberechtigung nicht bekommen hatte. Wer konnte dann wissen, wozu sie noch fähig war?

»Wir müssen mit einer deutlich großflächigeren Verfolgung der Hexer in Athea beginnen und Verstärkung in die Nordlande schicken, die Verfolgung dort ausbauen. Ohne ihre Frostkönigin ist das unsere Chance, der Lage in den Nordlanden endlich Herr zu werden«, erklärte der Herzog von Koravotia weiter und redete sich dabei in Rage.

»Ihr sprecht von *Krieg*.« Es hatte eine Frage sein sollen, doch das Entsetzen in Lunas Brust machte es zu einer tonlosen Feststellung.

Die Worte hatten sich in ihren Ohren bereits weitergesponnen, ihr Kopf hatte die Schlüsse schon vor ihm gezogen. Mit der Frostkönigin in ihren Verliesen würden die Nordlande aufbegehren, revoltieren, sie würden für ihre Königin kämpfen und für sie in einen Krieg ziehen, um sie zu retten. Das, was Rea und Syltain mit ihrer Hochzeit so dringend hatten verhindern wollen, würde eintreten.

Der Herzog hingegen schien es als eine Chance sehen zu wollen – nicht nur die Chance, die Hexerverfolgung in den Nordlanden voranzutreiben, sie würden auch einen weiteren Krieg führen, vielleicht einen Krieg, in dem sie die Gebiete der Nordlande für das Königreich zurückgewinnen konnten … vielleicht einen Krieg, in dem sie alles verloren. Die Nordlande waren auf einen nahenden Konflikt vorbereitet, waren möglicherweise schon dabei, ihr Land gegen die Hexerverfolgung zu verteidigen – sie würden auch ohne ihre Königin erbittert kämpfen.

»Was geschieht mit Syltain und der Frostkönigin?«, fragte Luna heiser. Sie waren immerhin der Prinzgemahl und eine – wenn auch selbsternannte – Königin.

»Für den Moment sind sie sicher in unseren Verliesen«, erwiderte der Herzog von Xayres.

Dafür hatte die Herzogin von Yptar gesorgt. Ihre Gefangennahme war ein diplomatischer Alptraum, allein die Unterbringung in den Verliesen des Palasts eine Verletzung sämtlicher Regeln … Dabei hatten sie die Gefilde von Regeln und Ordnung längst verlassen. Luna war, als ob sie ziellos über die Oberfläche eines gefrorenen Sees schlitterte, umgeben von dem Splittern des Eises und unter ihr die endlos kalten Tiefen, bereit, sie zu verschlingen, sobald sie den Halt verlor.

»Ohne Euch hätten wir das niemals erreicht«, fügte der Herzog von Koravotia ernst und anerkennend hinzu, doch Luna hörte ihn nur wie durch Wasser. »Ihr habt dem Königreich heute Nacht einen großen Dienst erwiesen.«

Auch die übrigen Ratsmitglieder sahen sie anerkennend an und nickten ihr zu. Lunas Blick wanderte von der untersetzten Statur des Herzogs von Xayres zu dem ernsten, kantigen Gesicht des Herzogs von Nesra und zu der Herzogin von Nenomin, die ihre Verunsicherung abgelegt hatte und ihr jetzt wieder fest entgegenblickte. Selbst der Herzog von Deldaell nickte ihr von der Chaiselongue am anderen Ende des Zimmers aus knapp zu. Dieser Moment war alles, was sie immer gewollt hatte, direkt an ihren Fingerspitzen … Doch es fühlte sich nicht im Entferntesten so an, wie sie erwartet hatte. Es war, als blickte sie auf ein Bild, eine Skizze von etwas, das längst sämtliche Bedeutung verloren hatte.

Sie wandte sich zu Reas reglosem Körper und konzentrierte sich auf die Decke über ihrer Brust, die sich mit jedem leisen Atemzug hob und senkte. In diesem Moment lag sämtliche Bedeutung in einem einzigen Atemzug. Egal, was sie in dieser Nacht getan hatte, es war zu wenig gewesen. Zu spät.

»Konntet Ihr die Leibwächterin festnehmen?«, fragte Luna an Xyn gewandt.

Es dauerte einen Moment, bevor er erwiderte: »Sie ist verschwunden. Wir hatten keine Chance.«

Luna schluckte schwer. Sie hatte nichts anderes von Narae erwartet. Sie wollte mehr sagen, doch sie hielt sich zurück. Sie wollte ihn fragen, warum er sie nicht schon viel früher aufgehalten hatte, so als würde es noch einen Unterschied machen … Doch in diesem Moment, in diesem Zimmer, hatten Vorwürfe keinen Zweck mehr.

»Die Garde sucht nach ihr«, fügte Xyn hinzu und musste nicht aussprechen, dass er nicht davon ausging, dass sie sie noch finden würden.

Luna stimmte ihm stumm zu. Doch wie auch der Herzog von Koravotia, schien er zu unterschätzen, in welcher Gefahr sie sich alle befanden, solange Narae noch frei und Syltain in ihren Verliesen war.

Draußen im Gang entstand ein Aufruhr und Aels Stimme drang bis zu ihnen herein, übertönt von einer anderen, die keinen Widerspruch zuließ. Im selben Moment wurde bereits die Tür aufgerissen und Charlyn stürmte ins Zimmer. Sie schien nur einen Blick zu benötigen, um die Situation zu erfassen. Mit einem Schritt war sie bei Luna, sank neben ihr auf die Knie und schlang ihre Arme um ihre Schultern.

In dem Moment, in dem Charlyn sie an sich zog, war Luna egal, wer sie sah. Sie drehte den Kopf und barg ihr Gesicht in Charlyns Haar, atmete tief den Geruch ihrer Locken ein und presste die Augen fest zusammen. Charlyn sagte kein

Wort, sie hielt sie nur fest, und Luna war dankbar dafür. Es gab keine Worte für diesen Moment.

Sie hatte keine Chance gehabt, sich Sorgen um Charlyn zu machen, doch jetzt, wo sie unbeschadet neben ihr war, fiel ihr ein Stein der Erleichterung vom Herzen.

»Wie geht es jetzt weiter?«, hörte Luna eine kühle Stimme fragen. Der Herzog von Deldaell erhob sich von der Chaiselongue am anderen Ende des Raumes, so als hätte er bisher nur gelassen auf eine Tasse Tee gewartet.

»Wir sollten die Erklärung an die anderen Adeligen abgeben ...«, sagte die Herzogin von Nenomin.

»... Truppen für den Kampf gegen die Hexer der Nordlande und in Athea zusammenziehen ...«, fügte der Herzog von Koravotia hinzu.

»... ein Urteil über die Gefangenen fällen. Jeder Tag, den sie in unseren Verliesen verbringen, ist ein Risiko. Sollte sich herausstellen, dass sie ein Attentat auf Ihre Majestät verübt haben, könnte möglicherweise eine Todesstrafe angemessen sein ...« Der Herzog von Xayres hatte es leise gesagt, und dennoch hallten seine Worte wie Trommelschläge von den Wänden wider, während jedes weitere in dem Rauschen in Lunas Ohren verschwamm.

Sie erstarrte und mit ihr der gesamte Raum. Sie alle hielten den Atem an. Es war, als hätte sie für einen Moment nicht zugehört, als hätten sie das Thema gewechselt, ohne dass sie es mitbekommen hatte, denn das Gespräch wollte einfach keinen Sinn ergeben. Syltain würde nicht ... Syltain konnte nicht ... Es ergab keinen Sinn.

»Rea wird ihr Urteil fällen, sobald sie wieder wach ist«, entgegnete Luna schwach, während der Boden unter ihren Füßen schwankte. »Schließlich ist er der Prinzgemahl.«

Sie musterte den Herzog von Xayres, dann jeden anderen im Raum. Mit distanzierter Überraschung bemerkte sie, dass sie alle so aussahen, als ob sie widersprechen wollten.

Der Herzog von Xayres tat es. »Ihr solltet in Betracht ziehen, dass Ihre Majestät möglicherweise –«

»Hinaus!«

Lunas Kopf ruckte herum. Charlyns Arme fielen von ihren Schultern, als sie in einer flüssigen Bewegung in den Stand kam. Ihr Blick blieb starr auf den Herzog von Xayres und die versammelten Ratsmitglieder gerichtet, als sie leise, aber mit fester Stimme, sagte: »Ihr sprecht, als könnte Ihre Majestät uns nicht hören. Als unsere Königin sollten wir jeden ihrer Wünsche auch unausgesprochen erfüllen. Jetzt gerade braucht sie einen Rat, der den Adel in diesen Mauern informiert und beruhigt, und eine Familie, die für sie da ist. Für alles andere ist auch morgen noch Zeit.«

Schweigen folgte auf ihre Worte. Luna traute sich nicht aufzusehen, sie krallte nur ihre Hände fest in die Laken.

Reas Gesicht war ruhig, als hätte sie keine Schmerzen, als wäre sie nur kurz eingeschlafen, als bräuchte sie nur eine Nacht Schlaf, um sich von den Strapazen ihrer Krönung zu erholen. Lunas Kehle schnürte sich zu.

Der Herzog von Nesra sagte etwas, gefolgt von zustimmendem Murmeln, und die versammelten Räte gingen.

Reas Brust hob und senkte sich. Sie atmete. Sie lebte. Jetzt musste sie nur noch aufwachen.

Die Kerzen waren beinahe heruntergebrannt, als Charlyn Luna eine Hand auf die Schulter legte und etwas sagte, aber sie verstand ihre Worte nicht. Auch Charlyn ging und ließ sie mit Xyn zurück.

Mit Xyn und ihren Fragen.

23

I hr habt sie nicht gewarnt«, flüsterte Luna kaum hörbar. Sie hatte ihm keinen Vorwurf machen wollen, doch noch während die Worte ihren Mund verließen, stieg ein scharfes Brennen in ihrer Brust auf. Wenn Rea vorbereitet gewesen wäre, vielleicht …

Xyn widersprach nicht. Er beobachtete Rea auf dem Bett, als würde auch er erwarten, dass sie jeden Moment wieder die Augen aufschlug.

»Es hätte nichts geändert«, sagte er schließlich nach einer langen, stummen Weile. Sie würden nun nie mehr herausfinden, ob er damit recht hatte.

»Warum habt Ihr nichts gesagt?«, fragte Luna noch einmal erstickt, beinahe flehend, so als könnte er ihr einen guten Grund für all das geben, als würde es sich dann weniger schmerzhaft anfühlen.

Xyn hob den Kopf und blickte sie ernst an. »Alles, woran er sich schuldig gemacht hat, ist, ein Hexer zu sein.«

Luna öffnete den Mund, um zu widersprechen, doch die Worte erstickten in ihrer Kehle. Er hatte recht, bisher war das das Einzige, das sie sicher wussten, und doch fühlte es sich bedrohlich an. Sie alle hatten sie angelogen, Narae, Syltain, die Frostkönigin. Sie hatten kein Wort über etwas so Wichtiges verloren … Hätten sie von Anfang an mit offenen Karten gespielt, hätte Syltain ihr von Anfang an offenbart, dass er ein Hexer war –

Luna konnte es noch immer nicht glauben.

Syltain war ein *Hexer.*

Sie hatte seine Hand gehalten, hatte nächtelange Gespräche mit ihm geführt, hatte ihn geküsst. Sie hatte einen Hexer geküsst. Luna konnte es noch immer nicht glauben. All ihre Gespräche, jedes Wort Syltains, rasten durch ihren Kopf und mit ihrem jetzigen Wissen war es so deutlich, so schmerzhaft klar. Es war, als hätte sie nie richtig zugehört.

Luna schloss die Augen und zwang sich zu einem ruhigen Atemzug. Wenn sie es früher gewusst hätte … Sie öffnete ihre Augen wieder. Was hätte sie dann getan? In diesem Moment wollte sie glauben, dass es alles geändert hätte. Aber war das richtig? Welche Gespräche hätten sie geführt, wenn sie es gewusst hätte?

Xyns Worte hallten durch ihren Kopf. »*Alles, woran er sich schuldig gemacht hat, ist, ein Hexer zu sein.*« Wie hätte sie reagiert, wenn Syltain nicht gelogen hätte, keine Geheimnisse gehabt? Wenn es tatsächlich seine einzige *Schuld* gewesen wäre, ein Hexer zu sein? Wäre es überhaupt eine *Schuld* gewesen?

Luna schüttelte den Kopf und blickte wieder auf Xyn, der noch immer angespannt auf der anderen Seite des Bettes stand. Dabei war er es doch gewesen, der die Nordlande von Anfang an verdächtigt hatte … nun schien er sie beinahe zu verteidigen.

»Was hat sich verändert?«, fragte Luna leise. »Wie kamt Ihr ursprünglich zu Eurem Verdacht gegen die Nordlande? Warum habt Ihr ihn nicht weiterverfolgt?«

»Nichts. Nichts hat sich verändert.« Xyn schüttelte den Kopf. »Ich suche noch immer nach Beweisen … doch aktuell haben wir keine.«

Er sagte es so nachdrücklich, dass es sich wie eine Rüge anfühlte. Luna schluckte.

»Was ist da passiert, in diesem Saal?«, fragte sie noch einmal, als könnte er ihr eine Erklärung für das Unerklärliche geben.

»Ich habe nicht mehr gesehen als Ihr. Ich weiß nicht, woher die Dunkelheit gekommen ist, aber ich habe vorher und hinterher nichts Verdächtiges wahrgenommen. Auch meine Gardistinnen und Gardisten nicht.«

Luna konnte keine Regung aus Xyns Gesicht lesen, als er leise hinzufügte: »Es war ein präziser Angriff, ohne Kollateralschäden. Die Verletzung Ihrer Majestät scheint entweder ein Unfall oder die Arbeit eines wirklich fähigen Attentäters zu sein.«

Luna schauderte.

»Ich habe ihren Schrei gehört«, sagte sie leise und tonlos. Sie erinnerte sich ganz deutlich an das schrille Kreischen, das alle anderen Geräusche übertönt hatte, doch sie zwang sich mit einem tiefen Atemzug zurück ins Hier und Jetzt. »Ihr sagtet, es war keine Hexermagie?«

Xyn wandte den Blick ab und verschränkte die Arme vor der Brust. »Nur mein Gefühl.«

Luna konnte nur knapp ein Schnauben unterdrücken.

»Es ist mehr als Euer Gefühl.« Ihre Wahrnehmung hatte sie schon häufig betrogen, doch dessen war sie sich sicher. »Ihr seid kein Mann, der sich auf ein Gefühl verlässt.«

Xyn schnaubte im Gegensatz zu ihr ganz offen.

»Nicht?«, fragte er beinahe ehrlich interessiert. »Woher wollt Ihr das wissen?«

Er hatte recht, sie wusste nichts über ihn, und doch hielt sie seinen Blick und ließ ihn nicht entkommen.

»Sagt mir, was Ihr über die Magie wisst«, drängte sie ihn erneut, doch er schwieg. »Das schuldet Ihr ihr.«

Luna wollte zu Rea sehen, doch sie traute sich nicht, den Blick abzuwenden. Sie spürte, dass Xyn ihr nicht antworten würde, wenn sie ihn jetzt entkommen ließ.

Er schnaubte wieder. »Es war Beschwörermagie.«

»*Was?*« Luna blinzelte. Sie hatte sich verhört.

Doch Xyn blickte sie nur starr an und ließ die Worte in der Stille des Raums versickern.

»*Beschwörer?*«, hauchte Luna, noch immer sicher, dass sie sich geirrt hatte.

Es sollte seit Jahrhunderten keine Beschwörer mehr geben – sofern es sie überhaupt gegeben hatte und sie nicht nur der Fantasie eines grausamen Gute-Nacht-Geschichten-Erzählers entsprungen waren. Man sagte, dass sie mit ihrer Magie Dämonen erwecken und sie in ihrer Welt manifestieren konnten, schaurige Wesen der Magie, die nichts als Qual und Vernichtung suchten … doch es gab keine verlässlichen Quellen oder Studien dazu.

»Es existiert viel in den Schatten der Städte, von dem niemand spricht«, sagte Xyn leise.

Luna schauderte.

»Das könnte tatsächlich bedeuten, dass es ein geplantes Attentat war«, überlegte Xyn weiter, doch Lunas Gedanken wanderten längst in eine andere Richtung.

»Woher wisst Ihr, dass diese Dunkelheit Beschwörermagie war?«, fragte sie.

Sie erinnerte sich, wie Xyn in Arenja auf die Tempeldienerin geblickt hatte, wie er sie angesehen und gesagt hatte: »*Sie ist voller Magie.*«

Luna kam auf die Füße, stützte sich am Holzrahmen des Bettes in den Stand und machte einen Schritt um die Pfosten herum auf ihn zu, dann noch einen.

»Woher kennt Ihr Beschwörermagie? Wie seid Ihr Euch so sicher?«, fragte sie noch einmal.

Xyn drehte nicht den Kopf, doch seine Augen verfolgten sie bei ihren Schritten durch den Raum, bis sie dicht vor ihm stehen blieb.

»Ihr *seht* Magie?«, fragte sie noch einmal drängender. Sie wusste nicht, ob das überhaupt möglich war, aber es gab keine andere logische Schlussfolgerung aus seinen Worten.

Xyn versteifte sich, richtete sich auf und straffte seinen Rücken, sodass Luna zu ihm aufsehen musste. Seine Augen waren nicht wirklich dunkel, nicht wirklich braun, sie waren eher von einem weichen Grün, doch in diesem Moment sahen sie sie unnachgiebig an, nicht so, als ob er ihr eine Antwort geben würde.

»Wenn Ihr es mir nicht sagen wollt, frage ich den Rat«, sagte Luna nonchalant, straffte sich und tat, als ob sie sich abwenden würde. Es war ein kindischer Versuch, doch er funktionierte.

»Eure Hoheit.«

Luna wandte sich wieder zu Xyn. Er blickte auf sie hinunter, die Augen verengt, so als schätzte er ihre Reaktion ab. Seine Brauen waren zusammengezogen, der Ausdruck um seinen Mund hart – vielleicht, weil sie ihn bedrängte, vielleicht, weil er ihrem Drängen nachgeben würde. Kurz sah er aus, als wollte er ihr doch noch eine abwehrende Antwort geben, doch dann hob er seine Hände und ließ seine Finger durch die Luft schweben. Sie tanzten erstaunlich filigran, als würde er ein Bild malen, das nur er sehen konnte. Er warf noch einen letzten Blick über ihre Schulter zur Tür und lauschte auf den Gang, ob sie wirklich allein waren, bevor er seine Hände öffnete. Luna schnappte nach Luft.

Kleine Lichtkugeln waberten in einem seichten Glimmen über Xyns Haut, dabei hatte er nicht einmal Worte dafür gebraucht. Sie tanzten auf und ab und warfen flackernde Schatten über sein Gesicht. Angespannt wartete er auf ihre Reaktion, beinahe bereit, sofort loszuspringen.

Die kleinen Lichter waren wunderschön – und genauso schnell wieder verschwunden, wie sie erschienen waren. Plötzlich schien der Raum um sie herum dunkel.

Fasziniert starrte Luna auf Xyns Hände, in das Nichts, in dem die kleinen Lichter verschwunden waren, und unterdrückte den Drang, ihre Finger danach auszustrecken.

»Ihr seid ein Weber!«, hauchte sie.

Sie hatte von Webern gelesen, aber sie hatte noch nie einen getroffen. Sie spürten Magie in der Luft und konnten sie zu Webungen formen, ganz ohne Worte, ohne Zauberformel. Luna hatte nicht gewusst, dass sie sie auch *sehen* konnten. Sie hob ihren Kopf zu Xyns Gesicht, erwiderte seinen wachsamen, abwartenden Blick und versuchte, die Faszination zu dämpfen, die von ihr Besitz ergriffen hatte.

Im Kopf ging sie ihre Lehrbücher durch, suchte einen Zauber, der den kleinen Lichtkugeln am nächsten kommen würde, und murmelte die Worte leise, so als könnte ein zu lauter Ton ihn verschrecken. Die Magie sammelte sich in Lunas Handflächen, floss und tanzte, bis sie ihre Hände öffnete und eine einzelne Lichtkugel darin erblühte. Sie blieb starr über ihrer Haut schweben, heller und bläulicher als Xyns tanzende Lichtlein. Enttäuscht schob Luna die Lippen vor.

»Wisst Ihr, was ein Zauber bedeutet?«, fragte er leise.

Sie wollte ihren Blick nicht heben, um ihn anzusehen, sie wollte ihren Zauber nicht brechen, während seine Finger um ihre herumschwebten, als könnte er die Kugel berühren. Luna wollte ihm sagen, dass er vorsichtig sein sollte – der Zauber würde ihn zwar nicht verletzen, aber er würde deutlich spüren, dass er mit ihm in Kontakt gekommen war –, doch Xyns Finger flossen bereits vollkommen ungerührt durch die Ränder des Lichts.

»Ihr zwingt der Magie Euren Willen auf«, erklärte er leise. »Ihr formt und beugt sie …« Er legte seine Hände auf Lunas. » … bis sie bricht.«

Die Kugel zerbarst zwischen ihren Fingern in unzählige Scherben aus Licht. Ihr Blick schoss nach oben in seine Augen und mit diesem einen Blick nahm sie seinen Bartschatten, die Sonnenflecken auf seinem Gesicht und die leichten Falten zwischen seinen Augenbrauen wahr, die Risse in seinen Lippen und die dichten Wimpern, die seine Augen einrahmten.

Xyn trat einen Schritt zurück und seine Finger strichen

über Lunas Handrücken, als er sich von ihr löste. Ihre Hände schwebten nutzlos in der Luft, immer noch halb erhoben und warm.

»Eure Magie … wie funktioniert sie?«, fragte sie heiser.

Die Aufzeichnungen in der Bibliothek des Palasts und der Akademie konnten nur als lückenhaft bezeichnet werden. Keines der Bücher beschrieb, wie die Magie tatsächlich gewebt wurde oder wie sie sich anfühlte. Viele Zauberer hatten versucht, sie zu analysieren, aber keiner von ihnen konnte mehr als Theorien bieten, keiner von ihnen hatte den Beweis erbringen können, wie sie funktionierte, wie sie sich bewegte, wie sie entstand.

»Magie ist überall …« Xyn ließ seinen Blick durch den Raum schweifen, als sähe er etwas, das sie nicht sah. »Eure Zauber sollen sie kanalisieren, sie treiben sie zusammen und drängen sie in eine Form und Richtung.« Er nickte zu Lunas Fingern, die sie unbewusst zu einem Dreieck geformt hatte. »Ich bündle Magie, wo sie bereits ist.«

Luna zog die Augenbrauen zusammen. »Und trotzdem formt Ihr sie, oder nicht? Mir scheint da kein großer Unterschied zu sein.«

»Ich forme sie nicht, ich lade sie ein. Magie hat einen eigenen Willen.« Xyn schnaubte. »Aber das könnt Ihr nicht wissen. Eure Zauber sind eine Krücke, die der Magie den Willen der Zauberer aufzwingt.«

»Das klingt, als ob sie denken könnte … fühlen.« Luna betrachtete ihre Hände, die noch kurz zuvor gezaubert hatten, und kam sich dabei ausgesprochen dumm vor. Sie war zu neugierig, als dass sie Zeit darauf verschwenden wollte, von Xyns Wortwahl beleidigt zu sein.

Er verzog die Lippen zu einem spöttischen Grinsen. »Ich denke nicht, dass es so weit geht, aber sie hat einen Willen. Eine … *Ordnung*.«

Er zögerte, so als ob er überlegte, ob er weitersprechen sollte. Seine Augen verdunkelten sich und Luna versuchte, jede Aufmunterung in ihren Blick zu legen. Sie wollte mehr hören. »Jeder Eurer Zauber ist Chaos. Ihr biegt die Magie, bis sie bricht.«

Luna schluckte schwer. »Woher wisst Ihr das?«

»Ich spüre sie. Jeden Zauber in der Nähe.« Xyn stieß seinen Atem in der Andeutung eines freudlosen Lachens aus.

»Wie –?« Wie fühlte es sich an? Auf welche Distanz spürte er sie? Konnte er sagen, was für ein Zauber es war? Wer zauberte? Wie reagierte die Magie darauf?

Es schossen so viele Fragen gleichzeitig durch Lunas Gedanken, dass sie keine davon stellte. Die Möglichkeiten, die dieses Wissen bieten könnte … es wären völlig neue Chancen, sich mit der Magie zu verbinden, sie zu verstehen und sie nicht nur anzuwenden.

»Ihr könnt sie auch *sehen*?«, fragte sie stattdessen. »Die Magie?«

»Nur, wenn ich die Augen schließe.« Was er prompt tat. Luna hingegen blinzelte nicht einmal. »Aber es ist mehr eine Ahnung als ein Bild.«

Die Falte zwischen seinen Brauen vertiefte sich und seine Wimpern strichen über seine Wangen, als sich seine Augen unter seinen Lidern bewegten.

»Wie sieht sie aus?«, hauchte Luna. Sie hatte so lange Magie studiert, aber für sie war sie nie greifbar gewesen. Wenn man sie hingegen sehen könnte …

Xyn öffnete die Augen und nickte über Luna hinweg. »So.«

Sie wandte den Kopf zur Seite und erstarrte. Der Raum funkelte, als würde Staub im Licht tanzen – glühender, gläserner, spiegelnder Staub. Sie vergaß zu atmen. Xyn streckte seinen Arm aus, bewegte seine Finger durch die Luft und wie Staub, den man aufwirbelte, tanzte auch das Funkeln um seine Hand herum.

»Sie ist wunderschön«, hauchte Luna.

Auch sie streckte ihre Finger aus, doch sie glitten wieder nur durch die Luft, ohne etwas zu spüren, ohne das Funkeln zu bewegen. Bis sie erstarrten.

»Ihr seht sie auch in Menschen?«, fragte sie. »In der Tempeldienerin?«

Es war, als ob auch ihre Gedanken einrasteten, bei einer Erkenntnis, nach der sie gesucht hatten, ohne dass sie davon gewusst hatte.

»Ich sehe nichts in ihr, aber ich spüre sie«, sagte Xyn hinter ihr leise. Ihm war noch nicht klar, was sie in diesem Moment verstanden hatte.

»Ist sie eine Magierin?«, fragte Luna abwesend.

Xyn zog die Schultern hoch und schien damit tatsächlich verunsichert. »Nicht, dass ich wüsste – und sie auch nicht, ich habe sie danach gefragt.«

Luna war längst bei einem anderen Schluss angelangt.

»Dann wusstet Ihr die ganze Zeit, dass Syltain ein Hexer war? … und habt nichts gesagt?«, fragte sie tonlos, ohne sich zu ihm umzudrehen. Ihre noch immer ausgestreckten Finger zitterten, so wie auch ihr gesamter Körper.

Das Funkeln in der Luft um sie herum verblasste augenblicklich und Xyn richtete sich ein Stück weiter auf. »Das allein ist kein Beweis.«

Luna traute sich nicht, seinem Blick zu begegnen, sie hatte Angst, die Wut in ihr würde überschäumen, wenn sie ihn sah. »War es Hexermagie, die Ihre Majestät getötet hat?«

Xyn schwieg. Sie wandte sich doch zu ihm um, blickte in seine Augen und beobachtete das Flackern darin für einen Moment. Es war ihr Antwort genug. Luna keuchte auf, ihre gestreckten Finger fassten nach dem Bettpfosten und streiften doch nur die Vorhänge.

Ihre Majestät wurde von einem Hexer getötet. *Syltain …* Übelkeit verdrehte Lunas Eingeweide und stieg bis in ihre Kehle. Der Verband an seiner Hand … Dieses weiße Stück Stoff an seiner Hand war das Erste gewesen, das sie am Hof gesehen hatte. Er hatte ihr seine Hand gereicht, eine Hand mit einem Schnitt, mit einer Wunde, deren Blut …

Luna schnappte nach Luft, als sie würgen musste. All das hatte direkt vor ihr gelegen, und sie, sie hatte es nicht gesehen.

»Ihr wusstet es und habt nichts gesagt?!?«, keuchte sie.

Xyn blieb vollkommen ruhig, und hätte Luna nicht das Zucken in seinen Augenbrauen gesehen, das sich durch seine Narbe bis zu seinem Mundwinkel fortsetzte, hätte sie geglaubt, dass es ihn nicht traf. Doch so … So wirkte es nur, als hätte er all ihre Vorwürfe schon von sich selbst gehört.

»Ich konnte mir nicht sicher sein«, entgegnete er ruhig. »… und ich werde niemanden nur aufgrund seiner Begabung verurteilen, im Gegensatz zu vielen anderen hier.«

Im Gegensatz zu ihr. Xyn sprach diesen Vorwurf nicht laut aus, doch er hallte überdeutlich in seinen Worten mit. Luna schüttelte beinahe verzweifelt den Kopf. Sie verurteilte Syltain nicht nur aufgrund seiner Begabung. »Er muss doch der einzige Hexer weit und breit sein!«

Xyn schwieg nur zur Antwort. Wieder zuckte etwas über sein Gesicht, diesmal beinahe … Schmerz?

»Die Frostkönigin, ist sie eine Hexerin?«, fragte Luna, ihre Stimme schwach, dabei wusste sie bereits, dass Xyn den Kopf schütteln würde.

Ihr war ein Fetzen ihrer Erinnerung eingefallen, etwas, das die Frostkönigin in der Nacht vor den Verliesen zu ihr gesagt hatte: »*Ein einziger Fehler – ein Fehler* ihrer Mutter, *wohlbemerkt – das Kind eines Hexers, und schon ist sie verdammt …*« Sie hatte von der Hexerin gesprochen, doch ihr Ton hatte eine tiefere Wahrheit verraten.

Luna hatte all das direkt vor sich gehabt, doch sie hatte es nicht sehen wollen. Sie hatte sich ein Bild von Syltain gemacht und nichts anderes sehen wollen. Ihre Finger schlossen sich um den Bettpfosten.

»Ist er der einzige Hexer in diesem Palast?«, fragte sie noch einmal fordernder.

Beinahe wünschte sie sich, dass Xyn sie anlügen würde. Er würde nur nicken müssen, nur »*ja*« sagen, doch er schwieg.

Er ließ sie allein mit diesem Schmerz auf seinem Gesicht.

»Wer noch?«, verlangte Luna zu wissen und ihre Stimme klang dabei seltsam kalt und fern, beinahe tot. »Wer? Sagt es mir.«

Hinter ihrem Rücken fiel die Tür ins Schloss. Luna fuhr zusammen, wirbelte herum und starrte mit weit aufgerissenen Augen auf Ael. Seine Haltung fiel bereits in sich zusammen und er hatte seine Hände tief in den Taschen seiner Uniform vergraben. Der Mut, der für einen Moment in seinen Augen aufgeglommen war, war verblasst, noch bevor er seinen Blick abgewandt und auf das Bett gerichtet hatte. Sein Kehlkopf hüpfte, als er schluckte.

»Das mit Ihrer Majestät tut mir leid«, flüsterte er.

Luna konnte ihn nur anstarren, sie traute sich nicht zu blinzeln, traute sich nicht, sich zu bewegen, aus Angst, dass etwas geschehen würde, das einer von ihnen etwas sagen oder tun würde, dass sie verstehen ließ … Dabei hatte sie die Antwort auf ihre Frage schon längst. Sie hatte auf Aels Gesicht gelegen, vor der Zelle der Hexerin, in seinem Flüstern, als er ihr offenbart hatte: »Ich *könnte in dieser Zelle sein.*«

Sie hatte es vollkommen falsch verstanden … sie war nicht aufmerksam genug gewesen.

Luna presste sich gegen den Bettpfosten in ihrem Rücken, gefangen in der Mitte zwischen Xyn und Ael, zwischen einem Weber und einem *Hexer*, zwischen zwei Männern, die all die grauenvollen Wahrheiten gekannt und sie ihr verschwiegen hatten … Doch sie empfand keine Furcht mehr. Das Brennen in ihrem Bauch, die Anspannung in jedem Muskel, das war Wut, die in ihr aufstieg. Sie war es leid, im Dunkeln zu bleiben, war es leid, dass ihr niemand die Wahrheit sagte. Sie musste wissen, was sie ihr noch alles verschwiegen hatten.

»Du hast gesagt, du hast den Gardisten – deinen *Freund* – tot aufgefunden. War das eine Lüge? War es dir egal, dass er bei dem Attentat sterben musste?«, fragte Luna an Ael gewandt und unterdrückte augenblicklich den Funken ihres schlechten Gewissens, der aufsteigen wollte, als sie ihn zusammenzucken sah.

»Ich hab nicht gelogen!«, beteuerte Ael aufgebracht. »Ich hatte damit nichts zu tun!« Blanke Panik flackerte in seinen Augen und mit ihr ein Schmerz, der nicht gespielt sein konnte.

»Ich hasse die Person, die Drej getötet hat …«, fügte er leiser hinzu, doch es klang nicht weniger Inbrunst in seiner Stimme. Der Blick, der zuvor noch an Luna vorbei auf Xyn gelegen hatte, senkte sich jetzt zu Boden. Zögerlich, Wort für Wort, fügte er hinzu: »Aber ich bin nicht traurig, dass Ihre verstorbene Majestät tot ist … Sie wollte jeden Hexer töten – hätte sie gewusst, was ich bin, auch mich.«

Luna atmete nicht.

Ael hob den Kopf, blickte sie an und schob beinahe trotzig das Kinn vor. Er war sich bewusst, was er gesagt hatte, wusste, dass es Hochverrat war … doch er schien die Konsequenzen nicht verstanden zu haben.

Luna schüttelte den Kopf, wünschte, sie könnte vergessen, was ihre Ohren gehört hatten.

»Und *Ihr*?« Sie fuhr zu Xyn herum. »Warum habt Ihr geschwiegen? Ihr habt einen Eid geleistet, Ihr habt geschworen, Ihre Majestät um jeden Preis zu schützen.«

»Ich habe getan, was in meiner Verantwortung lag, habe meine Aufgabe erfüllt«, entgegnete Xyn in scharfem Tonfall. »Und meine Jungen ebenso.«

Er nickte Ael zu, doch die Bewegung blieb angespannt.

»Es ist meine Aufgabe, *alle* Leben zu schützen, die mir anvertraut sind. Das Ihrer Majestät, und das jeder und jedes Einzelnen meiner Gardistinnen und Gardisten«, fuhr Xyn fort, und inzwischen klang seine Stimme beinahe so, als würde er sie schelten. »Wir sind jederzeit bereit, unsere Leben für das unserer Königin zu geben, aber bis zu dem Moment, in dem das nötig sein wird, werde ich sie schützen, mit allem, was in meiner Macht steht … denn außer uns tut es niemand. Was denkt Ihr, würde geschehen, wenn jemand davon erfährt? Was würden sie Ael antun, nur dafür, mit welcher Magiebegabung er geboren ist …?«

Xyn schüttelte den Kopf und zum ersten Mal richtete er das Wort direkt an sie, versteckte sich nicht mehr hinter Höflichkeit und Pflichtbewusstsein. »Ael hat sich nichts zuschulden kommen lassen, aber schaut *Euch* an, schaut Euch an, wie *Ihr* reagiert – und dann überlegt weiter, was der Rat an Eurer Stelle getan hätte. Was würde der Rat tun, wenn er es wüsste? Versteht mich nicht falsch – ich will Euer Mitleid nicht, aber Eure Anklage ebenso wenig.«

Luna schüttelte nur den Kopf, nicht in der Lage, seine Worte aufzunehmen, nicht in der Lage, darüber nachzudenken, was sie bedeuten konnten.

»Ael ist ein Hexer …«, presste Xyn über seine Lippen und Luna zuckte bei dem Begriff zusammen. Sie bekam es nicht überein mit den Grübchen auf seinen Wangen, seinem wirren Haar und dem schüchternen Grinsen, von dem jetzt nichts mehr geblieben war. »… und er ist ein guter Mensch. Wir waren vorsichtig.«

»Nicht vorsichtig genug!«, entfuhr es Luna, bevor sie sich zurückhalten konnte.

Ihr Kopf schnellte zu Rea herum, die noch immer regungslos dalag, beinahe zerbrechlich unter der Decke … wie in einem tiefen Schlaf.

Sie alle hatten es gewusst und keiner von ihnen hatte es ihr gesagt. Das Brennen in Lunas Bauch fachte an und bäumte sich auf, nur um von etwas Dunklerem verschluckt zu werden, das sich kalt darüberlegte. Enttäuschung sickerte durch ihren Bauch, tief und schwer, sickerte auch in den Riss, der sich darunter auftat, eine Schuld, die nie ihre gewesen war, und doch ebenso brannte. Sie hielt es keinen Augenblick länger in diesem Zimmer aus.

Ael stand noch immer vor der Tür, doch Luna ließ sich davon nicht abhalten. Sie richtete ihren Blick starr an ihm vorbei.

Kurz blitzte der Gedanke in ihr auf, dass sie Rea nicht mit ihnen allein lassen durfte, bevor die rationale Stimme in ihrem Kopf die Oberhand gewann – hätte Xyn ihr etwas tun wollen, er oder Ael, hätten sie bereits viel früher die Gelegenheit dazu gehabt.

»Eure Hoheit?«

Luna wollte nicht stehenbleiben, nicht nur einen Schritt von Ael entfernt, und doch drehte sie sich zu Xyn herum.

»Ich wäre Euch dankbar, wenn Ihr das für Euch behaltet.«

»Wie könnt Ihr es wagen –?« Luna schnaubte fassungslos. Sie schnaubte und hielt es nicht zurück.

Wie konnte er es wagen, sie in ihr Netz aus Schweigen einbinden zu wollen, zu fordern, dass sie ebenso kein Wort über all die Ungeheuerlichkeiten verlor, die sie in dieser Nacht erfahren hatte?

»Es wissen sehr wenige Menschen davon«, erklärte Xyn, als wäre das ein Grund.

Luna schüttelte den Kopf und fuhr herum. Sie hatte genug davon, genug vom Schweigen.

Ael wollte ihr folgen, doch das ließ sie nicht zu.

»Ich brauche keinen Schutz!«, fuhr sie ihn an. »… nicht von euch!«

Schmerz zuckte über Aels Gesicht, als sie die Tür vor ihm ins Schloss drückte.

24

Ein Wirbelwind fegte durch Lunas Gedanken und ließ die Gänge des Schlosses vor ihren Augen verschwimmen, während ein anderer, fremder Teil von ihr sie zu den Verliesen zog, Einlass forderte und dabei keinerlei Widerspruch duldete.

Sie unterdrückte ihren Impuls, sich umzudrehen, während sie einem der Gardisten durch die Gänge der Zellen folgte. Seine Uniform erinnerte sie an Ael, doch die Schritte in ihrem Rücken fehlten. Es war ihr egal, dass Xyn erfahren würde, dass sie hier gewesen war. Es war ihr gleich, ob der Rat es erfahren würde. Sie hatte ihnen weit Interessanteres zu berichten.

Jetzt schlang sie nur ihre Arme um ihren Körper, während sich die feucht-klamme Nässe durch den dünnen, zarten Stoff ihres Ballkleids auf ihre Haut legte. Alles daran wirkte so fehl am Platz in dem bedrückenden Dämmerlicht um sie herum … doch das war nichts im Vergleich zu Syltains Anblick.

Der Gardist hatte nichts gesagt, um sie darauf vorzubereiten, er war nur stehengeblieben und hatte zu seiner Seite gewiesen, zu einer Zelle wie jeder anderen, nur Ketten und kalter Stein und dazwischen … *Syltain*. Es sah so falsch aus, wie er dort stand und ihr entgegenblickte, beinahe unberührt und nicht anders als zuvor im Ballsaal … dabei hatte er sich in ihrem Kopf so sehr verändert. Flecken breiteten sich auf seinem Gehrock aus, der am Kragen zerrissen war, doch er stand hocherhobenen Hauptes in seiner Zelle und blickte ihr entgegen. Seine zurückgekämmten Haarsträhnen hatten sich gelöst und fielen ihm jetzt zu beiden Seiten in die Stirn. Falls es ihn störte, dass er sie nicht wie sonst zurückstreichen konnte, ließ er es sich nicht anmerken.

Das war vielleicht die einzige, die größte, Veränderung. Seine Hände waren hinter seinem Rücken an die Wand gekettet … Sie hatten ihn in Ketten gelegt. Den *Hexer*.

Luna konnte ihn nur ansehen, gefesselt von dem Eisblau seiner Augen, das sie selbst in der Dunkelheit der Verliese erkennen konnte. Wie das Eis über einem See versteckte es die Geheimnisse unter der Oberfläche. Sie hatte unzählige Stunden in diese Augen geblickt und nie genug hingesehen. Jetzt sah sie das Eis splittern und brechen, und unter jedem Riss kam eine neue Schicht von Lügen hervor.

Jegliche Worte, die sie sich auf dem Weg in die Verliese für diesen Augenblick zurechtgelegt hatte, waren aus ihrem Kopf verschwunden.

»Wie geht es Rea?«

Luna brauchte einen Moment, um zu verstehen, dass *er* diese Frage gestellt hatte – dass er es wagte, diese Frage zu stellen, und doch hörte sie sich antworten: »Sie ist bewusstlos.«

Sie konnte nicht umhin, dass es sich, umgeben von der drückenden Schwere des Steins und seiner klammen Kälte, beinahe wie ein Triumph anfühlte. Falls er es war, der Rea hatte totsehen wollen, sollte er wissen, dass sie überlebt hatte … dass sie es überstehen würde.

»Und Hyun?«, fragte Syltain vorsichtiger. »Haben sie sie erwischt?«

Luna stieß ihren Atem aus. Kurz überlegte sie, ob er die Antwort verdient hatte, dann gab sie sie ihm trotzdem. Sie war nicht hier, um ihn zu foltern. Sie war hier für Antworten. »Sie ist noch flüchtig.«

Sie schwiegen wieder, als hätte keiner von ihnen je ein Wort gesagt ... oder als hätten sie *alles* gesagt. Luna wollte gehen, doch sie zwang sich, stehen zu bleiben, zwang sich, sich aufzurichten und ihn anzusehen.

»Wusste Rea ... *davon?*«, fragte sie und wich dabei dem Wort aus, als beinhaltete es die schlimmste Wahrheit dieser Nacht, dabei tat es das bei Weitem nicht. Sie versuchte es noch einmal und zwang sich diesmal, es auszusprechen. Es gab keinen Raum mehr für Geheimnisse. »Wusste Rea, dass du ein Hexer bist?«

Selbst Syltain zuckte davor zusammen. Er schüttelte den Kopf. Luna hingegen nickte, alles andere hätte sie verwundert. Hätte Rea es gewusst, hätte sie gehandelt, dann hätte sie sich schützen können, dabei wäre es Lunas Aufgabe gewesen, sie zu schützen, das hatte Ihre verstorbene Majestät ihr so deutlich gesagt. Rea hatte sich für sie alle an die Frontlinie gewagt ... und Luna hatte ihre Rückendeckung vernachlässigt.

Jetzt würde sie nicht mehr in Deckung gehen.

»Hast du Ihre Majestät getötet?«, fragte sie erstickt und ohne Vorbereitung. Es gab keine Einleitung dafür, keinen Halbsatz, der es einfacher machen würde. Es war die schwierigste Frage, die sie je gestellt hatte.

Sie hatte immer die Wahrheit gewollt, und der größte Teil von ihr wollte sie auch jetzt, doch da war auch noch etwas anderes, da war eine kleine, leise Stimme in ihr, die Syltain stumm anflehte, sie zu belügen. Egal, wie sehr sie in ihrer Brust brannte, egal, wie schwach sie sich ihretwegen fühlte, sie konnte sie nicht zum Schweigen bringen.

»Ob ich ... was?«, stammelte Syltain und riss die Augen auf, dunkles Flackern in seinem Meer aus hellem Eis.

Die Stimme in Luna hatte sich geirrt. Sie würde keine einzige weitere Lüge ertragen.

»Ich weiß es, Syltain, ich weiß, dass es Hexermagie war,

die sie getötet hat, ich –«, flüsterte Luna erstickt und presste ihre Lippen aufeinander, als ihr Atem schwand.

»Die Wahrheit, Syltain …« Sie musste sich zwingen, die Worte aus ihrer Kehle zu pressen. Alles an ihm war eine Lüge gewesen. »Sag mir ein einziges Mal die Wahrheit.«

Syltain schwieg, schwieg eine ganze, schwere Weile.

»Ich wollte sie überzeugen, dass sie den Hexer in Arenja nicht hinrichten lässt, dass sie die Hexerin zu einem Gespräch einlädt, aber sie …« Die Worte klangen von fern, nicht so, als ob sie tatsächlich seinen Mund verließen. »Ich wollte nie, dass sie erfährt, *was* ich bin, dass irgendjemand es erfährt. Mir war immer klar, dass ich diese Lüge leben muss, um zu leben, aber sie – sie hat gesehen, dass ich ein Hexer bin …«

Seine Hand, die Wunde, war jetzt hinter seinem Rücken verborgen, vermutlich hatte sich niemand mehr die Mühe gemacht, sie wieder zu verbinden. Er hätte im Galopp einen Zweig brechen wollen, hatte er ihr gesagt, als sie ihn danach gefragt hatte, er hätte einen Zweig brechen wollen …

»Was ist wirklich passiert?«, hörte Luna sich mit hohler Stimme fragen und unterdrückte den Impuls, sich die Ohren zuzuhalten, um seine Rechtfertigung nicht hören zu müssen.

»Ich habe mich an einem Glas geschnitten.«

Er hatte sich an einem Glas geschnitten, kurz bevor er Ihre verstorbene Majestät –

»Sie wollte die Verlobung lösen«, fuhr Syltain heiser fort. »Sie wollte uns den Krieg erklären. Sie wollte alle Hexer in diesem Land brennen lassen, alle in unserem.«

»Und du denkst, das rechtfertigt, was du getan hast???« Luna presste sich eine Hand vor den Mund, als könne sie so noch nachträglich ihre Stimme dämpfen, die laut und schrill von den Wänden widerhallte.

Syltain zuckte zusammen, als hätten ihre Worte ihn geschlagen. Sie vertraute sich nicht mehr genug, um sagen zu können, ob das Blitzen von Reue in seinen Augen echt war, oder ob sie es sich nur wünschte.

»Ich hatte das nie geplant …« Syltains Stimme erstickte und sandte dabei Schauer über Lunas Haut. »Es war ein Unfall, ich … Luna, *es tut mir so leid.*«

Entsetzen glänzte in seinen Augen, das Eis um seine Pupillen in unzählige Splitter zerstoben. Luna kämpfte, wehrte sich dagegen, den Worten Glauben zu schenken, die in ihren Ohren verwuschen und zu einem undeutlichen Rauschen verschwammen, das jeglichen Sinn verloren hatte.

»Wofür das alles?«, fragte sie schwach, dabei kannte sie seine Antwort längst.

Er hatte sie ihr bereits vor Jahren anvertraut, in der Bibliothek, als sie nebeneinander in den Ohrensesseln gesessen hatten. Er hatte ihr nie verschwiegen, was er erreichen wollte, sie hatte sich nur nicht vorstellen können, wie weit er dafür gehen würde.

»Ich wollte Frieden, Frieden zwischen unseren Ländern, aber auch mit den Hexern«, erklärte er leise. »Ein Hexer in meiner Position … ich *musste* versuchen, für uns alle einzustehen. Ich wollte Rea überzeugen, die Verfolgung zu beenden. Ich wollte, dass wir Frieden bringen.«

Luna schüttelte den Kopf. Er hatte nur Tod gebracht.

»Ich war so dumm zu glauben, ich könnte etwas erreichen«, flüsterte Syltain und schnaubte dabei. »… aber ich bin nur ein einzelner Mann. Ich kann *gar nichts* erreichen.«

Luna schüttelte nur den Kopf. Sie wollte das nicht hören, wollte nicht hören, wie er seinen Traum, seinen edlen, gutmütigen, unschuldigen Traum mit dem Dreck dieser Verliese vermischte und mit der Schuld besudelte, die er an seinen Händen trug … denn wenn er seinen Traum befleckte, tat er dasselbe mit ihrem, sie waren untrennbar miteinander verwoben. Vielleicht war es gut, dass sie beide es zu nichts gebracht hatten … es waren nicht mehr als die verwirrten Träume von Kindern gewesen.

»Und ich?«, fragte Luna vorsichtig, nicht sicher, ob sie seine Antwort würde ertragen können. »… wie passe ich in deinen Plan?«

Wie viel zwischen ihnen war nur das gewesen – Teil eines größeren Plans? Er hatte sie belogen, vielleicht hatte er sie auch benutzt.

»Du hast mich überrascht«, sagte Syltain und lachte dabei leise, freudlos und sanft, dabei klang in seiner Stimme beinahe eine Anklage. »Als ich damals dachte, du würdest mein Untergang sein, hatte ich nicht das hier erwartet. Ich hatte gedacht, du würdest es verstehen.«

»*Verstehen*?«, keuchte Luna entrüstet. Es war nicht so, als hätte sie eine Passage in einem Buch nicht richtig gelesen oder eine Prüfungsfrage falsch beantwortet. »Du hast Ihre Majestät *getötet*!«

Sie ließ Syltain nicht zu Wort kommen, ihre Stimme nur noch ein atemloses Keuchen. »Was ist mit Rea? Sollte Rea auch für dich sterben?«

Syltain machte einen Schritt auf sie zu, wobei ein Ruck durch seinen Körper ging und die Ketten in seinem Rücken laut klirrten.

»Damit hatte ich nichts zu tun!« Seine Stimme klang beinahe flehend und sein Gesicht verzerrte sich.

»Ich denke, *du* warst das eigentliche Ziel …«, unterbrach ihn eine Stimme in Lunas Rücken, hell und weich.

Sie wirbelte herum. Die Frostkönigin stand an den Stäben der Zelle hinter ihr, ihr weißes Kleid jetzt dunkel von feuchten Flecken und den Schatten des Verlieses, doch sie stand ebenso aufrecht wie ihr Sohn, als würde sie sich weigern, sich der Situation zu beugen. Luna versuchte zu Atem zu kommen und ihr rasendes Herz zu beruhigen, während sie sie anstarrte.

»Ich denke, Viko würde alles dafür geben, dich tot zu sehen«, sagte die Frostkönigin und blickte dabei starr an Luna vorbei zu Syltain. »Uns alle.«

»Der Herzog von Koravotia?«, fragte Luna. »Das ist lächerlich.«

Der Rat würde niemals Attentäter für einen Mord am Prinzgemahl Atheas beauftragen, und erst recht keine Beschwörer. Das wäre Hochverrat.

Die Frostkönigin ging nicht auf Lunas Worte ein, so als hätte sie sie gar nicht gehört. Ihr Blick richtete sich starr auf ihren Sohn, während sie bis an die Stäbe ihrer Zelle herantrat. »Ohne euren Tanz hättest du direkt neben ihr gestanden, nicht wahr?«

Auch, wenn sie noch immer die Wolfskrone auf ihrem dunklen Haar trug, in ihrem Verlies hatte sie nichts mehr von einer Königin. Die Frau hinter diesen Stäben war nur noch das – eine Frau. Mit einem Mal schien sie Luna doch wahrzunehmen. Sie verschränkte ihren Blick fest mit ihrem, mit den gleichen, eisblauen Augen, wie auch Syltain sie hatte, mit mindestens ebenso vielen Geheimnissen verborgen in ihren Tiefen.

»Ich habe Euch bereits erzählt, dass ich von der Akademie verwiesen wurde«, sagte sie. »Ich habe Euch nicht den Grund genannt. Der Rat hat mich tatsächlich aus der Akademie verbannt, weil ich mit Hexern zusammengearbeitet habe. Hexern, die auch zu diesem Zeitpunkt bereits im ganzen Königreich verfolgt wurden.«

Luna wollte ihren Blick abwenden, doch die Frostkönigin ließ das nicht zu. Sie hatte gerade erst begonnen.

»Ich habe Aufzeichnungen geführt über jeden Angriff, den der damalige Rat, den die Zauberer, gegen die Hexer geplant hatten, und habe sie an meinen *Kontakt* weitergeleitet.« Luna folgte der Bewegung ihrer steifen Lippen und sah, wie sie über das Wort »*Kontakt*« stolperte, bevor sie fortfuhr: »Wir haben allen zur Flucht verholfen, die fliehen konnten … bis Viko mich fand. Ich weiß nicht, was mit dem Hexer geschehen ist, mit dem ich damals zusammengearbeitet habe.«

In diesem Moment verstand Luna. Ihr *Kontakt*.

»Ich habe mich in die Nordlande zurückgezogen –«

»Schwanger?«, fuhr sie dazwischen. Die Erkenntnis hatte

ihren Mund verlassen, bevor sie sie hatte aufhalten können.

Die Frostkönigin zuckte, doch Luna verdrängte jeden Anflug von Mitleid, der in ihr aufkeimen wollte. Stattdessen rechnete sie.

»Ich habe einen guten Mann gefunden und ein Kind bekommen«, erwiderte die Frostkönigin ausweichend, doch sie wussten beide, dass es nichts weiter als eine schöne Formulierung war, um Luna recht zu geben.

Sie schüttelte fassungslos den Kopf und wiederholte ihre Rechnung, konzentrierte sich auf die Zahlen, die durcheinanderpurzeln wollten, doch egal, wie häufig sie rechnete, sie kam immer auf dasselbe Ergebnis.

»Selbst sein *Alter* ist eine Lüge?«, fragte sie entgeistert.

Wenn dieses Kind, von dem die Frostkönigin sprach, Syltain gewesen sein sollte, wäre das alles nach Daersk geschehen, noch nach dem Feldzug der Hundert – das, oder sie hatten selbst mit seinem Alter gelogen.

Luna fuhr zu Syltain herum, doch er blickte an ihr vorbei auf seine Mutter, hing ebenso an ihren Lippen wie sie, und ihr wurde klar, dass er diese Geschichte vielleicht ebenfalls zum ersten Mal in voller Länge hörte.

»Aber auch nach meinem Verweis konnte ich – konnten wir – den Rat nicht einfach tun lassen, was sie getan haben, nicht, wenn eine ganze Stadt für meinen Fehler hätte büßen sollen«, fuhr die Frostkönigin fort und Luna horchte auf.

Das alles war also tatsächlich *vor* Daersk geschehen.

»Mein Vater hat noch versucht, sich für die Hexer einzusetzen, aber dieses Land war taub und blind, geblendet von ihren Überzeugungen, ihrem Größenwahn und Hass. Als unsere Truppen kamen, war Daersk bereits gefallen, nicht durch einen Kampf, durch die Feuer, die sie gelegt hatten, und die Nordlande –«

»Zauberer haben die Flammen in Daersk gelegt?«, unterbrach Luna sie. Ihre Gedanken stürzten sich auf die erste Frage, die sie fanden.

Wenn das stimmte, hatte die Hexerin recht gehabt. Sie hatte genau dasselbe gesagt.

»Ihr kennt diesen Teil der Geschichte nicht, nicht wahr? Sie haben ihre Lügen zur Wahrheit gemacht ...« Beinahe klang Mitleid durch die Stimme der Frostkönigin. »Ich will glauben, dass Eure Mutter Euch damit schützen wollte, Eure Unschuld bewahren ... Doch ich weiß nicht, ob sie damit nicht noch mehr Unheil angerichtet hat.«

Die Stimme der Hexerin hallte durch Lunas Kopf: »*Dass sie uns anlügen, scheint mir logisch, aber warum Euch, Prinzessin?*« All die Geheimnisse, all das Schweigen, stürzten jetzt auf sie ein und wollten sie unter sich begraben. Luna schüttelte sich, als könnte sie sie damit vertreiben.

Sie dachte an das Lied, das Syltain für sie gesungen hatte, über die größte Heldentat Ihrer verstorbenen Majestät, über die Hexerverfolgung.

»Die Zauberer und die königliche Wache haben unzählige Hexer abgeschlachtet«, brachte die Frostkönigin tonlos hervor. Sie senkte den Blick und in ihrer Stimme klang echte Betroffenheit. »Nur aufgrund der Form von Magie, mit der sie geboren wurden, nur aufgrund der Magie, die durch ihr Blut fließt.«

Luna schluckte.

»Erzählt werden nur die Geschichten der Hundert, die Gräuel, die sie begangen haben, aber niemand spricht mehr über die Verbrechen, die vorher geschehen sind – wie Hexer von Zauberern gezielt unterdrückt wurden, gefangen genommen und getötet. Niemand erzählt darüber, dass die Flammen in Daersk gelegt wurden, um eine ganze Stadt von der Karte zu löschen.«

»Warum sollten sie das tun?« Luna verstand es nicht.

»Hexer können Magie *erschaffen*, erschaffen aus Blut. Sie sind nicht darauf angewiesen, sie zu biegen oder zu brechen, sie sind ihre eigene, nahezu unbegrenzte Quelle. Menschen hatten seit jeher Angst vor dieser Macht.« Die Frostkönigin stockte und Schmerz spiegelte sich in ihren Zügen.

»Als unsere Truppen Daersk erreicht haben, war von der Stadt nicht mehr als Ruinen übrig, die Hundert längst geflohen«, fuhr sie fort, wo Luna sie unterbrochen hatte. »Wir hätten nur die Stadt verteidigen wollen, doch der Rat hat daraus einen Angriff gemacht. *Wir* hätten das Königreich angreifen – den König stürzen – wollen … und so wurde es die Wahrheit. Für das Königreich gab es nie einen Unterschied zwischen Hundert und Hexern. Eine gesamte Gruppe Magier wurde ausgelöscht und Eure Mutter … sie hat *weggesehen*.«

Es klang, als ob Ihre verstorbene Majestät sehr viel mehr getan hatte, als nur wegzusehen, doch Luna war wie gefesselt von dem Gesicht der Frostkönigin. Der Schmerz hunderter, tausender, Menschen spiegelte sich in ihren Augen und mit ihm das noch immer anhaltende Entsetzen. Die anderen Magiergruppen hatten sich nicht einfach nur zurückgezogen – es waren Entsetzen und Schmerz gewesen, die sie zurückgedrängt hatten, Schmerz, der jetzt wieder aufflammte, angetrieben von dem neuerlichen Hass auf die Hexer, der nach den Taten der Hexerin in Daersk heiß loderte.

Die Frostkönigin schüttelte den Kopf, als dieser Schmerz durch ihre Stimme drang. »Auch dieses Mal wird der Rat versuchen, den Hexern ein Attentat zuzuschieben, für das sie nicht verantwortlich sind, und Ihr werdet es glauben, weil es bequem für Euch ist. Die Geschichte wiederholt sich.«

»*Bequem*?«, echote Luna fassungslos. »Die Hexer – *Syltain* – haben ein Attentat verübt! Er hat Ihre Majestät *getötet*!«

»Es war niemals meine Absicht.« Von Syltain war nicht mehr als eine schwache Stimme geblieben, und sie wollte sich nicht noch einmal zu ihm umdrehen, wollte sein Gesicht nicht noch einmal sehen. »Das musst du mir glauben, Luna, *bitte*!«

Sie wusste nicht, was sie noch glauben sollte, nicht einmal im Entferntesten. Es hatte immer eine Vorgabe gegeben, was zu glauben war, aber wenn sie selbst die hinterfragen musste …

»Glaubst du mir?«, fragte Syltain hinter ihr leise und tonlos.

Luna wandte sich um, doch sie antwortete nicht, während er sie weiterhin ansah, ohne zu blinzeln, so als wollte er nicht das kleinste Zucken auf ihren Zügen verpassen.

Sein Gesicht verschloss sich, als er den Kopf neigte. »Was hätte ich dir dann sagen sollen?«

Enttäuschung klang in seiner Stimme … mehr als das. Es war bittere Hoffnungslosigkeit.

»Die Hexerin darf nicht sterben.« Der Ton in der Stimme der Frostkönigin klang beinahe wie ein Flehen.

Falls Charlyn mit ihrer Vermutung recht hatte, würde sie das vielleicht auch nicht. Luna schauerte.

»Ihr einziger Fehler ist, als Kind einer falschen Mutter oder eines falschen Vaters geboren zu sein … Sie hätte *mein* Kind sein können.« Auch mit dem Zittern in ihrer Stimme wirkte die Frostkönigin kein Stück kleiner, kein Stück weniger stolz, und doch schloss sie ihre Finger um die Gitterstäbe und flehte Luna an. »Deshalb bin ich angereist … ich wollte sie vor diesem Schicksal bewahren.«

»Wir beide sollten sterben, schon bevor wir überhaupt geboren waren«, fügte Syltain hinzu.

Luna schüttelte wieder den Kopf, als könnte sie die Worte und die Zweifel, die sie weckten, so vertreiben. Es spielte keine Rolle. Sie hatten getan, was sie getan hatten – sie hatten getötet. Das war die Wahrheit und nichts anderes spielte noch eine Rolle.

Sie wollte sich abwenden und fliehen, fort von ihren Lügen und ihren verdrehten Worten … fort von ihrer Wahrheit.

»Luna.« Sie stockte bei ihrem Namen auf den Lippen der Frostkönigin. Sie hatte Lunas Titel abgelegt, so wie sie selbst keinen mehr trug, nicht in diesen Verliesen.

»Ich habe Buch geführt«, sagte sie und blickte Luna dabei fest in die Augen. »Ihr findet die Aufzeichnungen in meinem Zimmer.«

Die Frostkönigin zischte leise. »Hier«, sagte sie und streckte Luna ihre Faust durch die Gitterstäbe entgegen. Sie hatte sich ihre Kette vom Hals gerissen und der kleine Schlüssel baumelte aus ihrer Hand hervor.

Luna kam einen zögerlichen Schritt auf sie zu, dann noch einen, bis ihre Finger das warme Metall umschlossen, bis die Frostkönigin eine rasche Bewegung machte und Lunas Hand in ihrer Faust fing, sie fest umklammerte.

»Ich habe vielleicht einen Fehler gemacht, aber *sie*, sie verdienen Vergebung«, beschwor die Frostkönigin sie eindringlich.

Luna zog an ihrer Hand, doch die Frostkönigin hielt sie nur fester in ihren kalten, klammen Fingern.

»Es war niemals dein Fehler«, sagte Syltain leise hinter ihr. »… niemals *ihr* Fehler. Sie brauchen keine Vergebung – sie brauchen eine Entschuldigung.«

»*Bitte*«, beschwor die Frostkönigin Luna erneut, ohne auf Syltain zu achten. »Die Hexerin darf nicht sterben …«

Luna entwand ihr ihre Hand mit einem Ruck, den kleinen Schlüssel in ihrer Faust fest umklammert.

»… und Syltain auch nicht.« Die Stimme der Frostkönigin erstickte.

25

Luna klopfte ein zweites Mal, doch aus Charlyns Zimmer drang keine Antwort, dabei hatte sie definitiv ein Geräusch gehört. Sie legte ihr Ohr an die Tür.

»Charlyn?«, fragte sie noch einmal. »Char?«

Sie zischte ihren Namen so leise wie irgendwie möglich, um niemanden im schlafenden Palast aufzuwecken. Charlyn war eines der Zimmer im Gästeflügel zugewiesen worden und Luna wusste nicht, wer womöglich in den Räumen neben ihrem wohnte.

»Charlyn?«, fragte sie noch einmal, bevor sie die Tür kurzerhand aufdrückte.

Eine leise Stimme und das flaue Gefühl in ihrem Magen sagten ihr, dass sie Charlyns Raum zu respektieren hatte, doch das kleine Büchlein, das sie in ihrer Hand hielt, war wichtiger. Es würde Charlyn interessieren. Luna öffnete die Tür nur einen Spaltbreit, damit sie noch die Chance hatte, sie rauszuwerfen, doch es blieb still im Zimmer.

»Char?«, fragte Luna noch einmal und spähte durch den Spalt. »Darf ich reinkommen?«

Große, honigbraune Augen starrten ihr entgegen. Charlyn war an der Wand zu Boden gesunken, so dass sie mit den Regalen in ihrem Rücken verschmolz. Von ihrer sonst so stolzen Haltung war nichts übriggeblieben. Sie hielt ihre

Knie mit den Armen umklammert und ihre Augen huschten hin und her, während sie sich über die Schulter rieb. Im dämmrigen Kerzenlicht wirkte ihre Haut kränklich.

»Ist alles in Ordnung?« Luna war mit einem Schritt im Zimmer, genauso viel Zeit, wie Charlyn brauchte, um sich aufzurichten und auf die Füße zu kommen.

Sie zog die Nase hoch und reckte ihr Kinn vor. »Was tust du hier?«, fragte sie, als könnte sie so von ihren dunklen, feuchten Wimpern ablenken.

Luna überging die Frage. »Was ist passiert?«

Im Zimmer selbst fand sie keinen Hinweis darauf. Die sonnengelben Vorhänge um Charlyns Bett waren halb zugezogen und die Laken zerwühlt, so als hätte sie gelesen, allerdings konnte das auch schon Stunden her sein. Auf ihrem Nachtschrank lag ein Werk zur Geschichte Atheas. Die Oberfläche des Schreibtisches hinter ihr war ebenfalls fast vollständig von Bücherstapeln bedeckt, einer von ihnen bereits umgekippt, und neben ihnen, vorsichtig aufgebahrt, mehrere Schriftrollen. Unzählige Kleider hingen achtlos über dem Paravent in der Ecke und die Kommode davor war mit Schmuck übersät, der es nicht bis in eines der vielen kleinen Kästchen geschafft hatte.

Charlyn hatte dieses Zimmer – wie auch ihr Zimmer in der Akademie – innerhalb kürzester Zeit zu ihrem eigenen gemacht.

»*Was ist passiert?*«, fragte Luna noch einmal nachdrücklicher.

Charlyn schüttelte nur den Kopf, schniefte und zog wieder die Nase hoch. »Jetzt ist nicht die Zeit dafür.«

»Doch, genau jetzt!« Für nichts und niemanden war es die richtige Zeit gewesen, sie alle hatten immer nur geschwiegen. Luna hatte genug davon. Charlyn und sie, sie hatten keine Geheimnisse.

»Du hast ja keine Ahnung!«, schniefte Charlyn und gab ihre gesamte Haltung innerhalb eines Augenblicks auf. Sie warf den Kopf in den Nacken, ließ sich zurück gegen das Regal fallen und rutschte daran herab.

Luna sank neben ihr zu Boden. Die Wolke aus silbernem Sternenstaub, die sie noch immer trug, bauschte sich über Charlyns gelbgoldenen Rock, bis es aussah, als würden erste Sonnenstrahlen ihre Nacht durchdringen, während vor dem Fenster noch immer nur Dunkelheit herrschte. Die Sonne würde erst in wenigen Stunden wieder aufgehen.

Charlyn vergrub ihren Kopf in ihren Händen und raufte sich die Haare, bis ihre Locken in alle Richtungen abstanden. Sie sah müde aus. Schminke verdeckte die Farbe unter ihren Augen, aber sie waren geschwollen, wie auch ihr gesamtes Gesicht. Selbst ihr Blick schien müde, als sie zu Luna aufsah.

»Was weißt du vom Tod meines Vaters?«, fragte Charlyn.

»Nicht viel mehr, als du mir erzählt hast.«

Der Baron von Perxcitta war eines plötzlichen Todes gestorben, vermutlich nicht aufgrund einer natürlichen Ursache, doch es hatte nie Beweise dafür gegeben, nicht mehr als das Munkeln, das nun Charlyn und Jashir betraf, seine *Bastard*kinder, die von dem Tod profitiert hatten – sie und damit auch ihre Mutter, die *Piratin.*

Charlyn gab nur ein Brummen von sich. »Weißt du, dass dein Amulett von der Sola Tenzia kommt?«

Lunas Finger fuhren unwillkürlich an den warmen Stein auf ihrem Schlüsselbein. Jetzt, wo Charlyn bei ihr war, hatte er kaum noch eine Bedeutung. Es war seltsam, dass er ihr einmal so wichtig gewesen war. Sie schüttelte den Kopf. Tatsächlich hatte sie nie auch nur darüber nachgedacht, wie die Ketten hergestellt wurden. Sie hätte sich vielleicht vorstellen können, dass es ein Zauber war, den man in der Akademie über übliche Amulette legte, aber sie hatte das nie hinterfragt.

Charlyn schnaubte leise, als hätte sie nichts anderes erwartet. »Der Stein darin fängt die Schwingungen der Magie auf und kann sie umlenken. Ihn gibt es nur bei uns, nur auf der Sola.«

Genau genommen gehörte die Sola Tenzia nicht zur Baronie von Perx, doch da die Stadt auf der Landenge zu der Halbinsel lag, die zu größten Teilen von Wasser umgeben war, hatten sie sie immer kontrolliert. Niemand hätte versucht, der Seemacht von Perx dieses Gebiet streitig zu machen, und inzwischen hatte auch niemand mehr Interesse daran. Seit Jahrzehnten war die Sola Tenzia vor allem nur noch als die *Dunkelinsel* bekannt. Fabriken tauchten das gesamte Land in kaum durchdringlichen, schwarzen Nebel. Die Sola Tenzia war tot.

»Sind es die Fabriken für die Amulette, die diesen Rauch ausstoßen?«, fragte Luna entsetzt. Die Erkenntnis traf sie wie ein Schlag.

Charlyn schnaubte wieder. »Genau genommen sind es Steinbrüche, aber ja.«

»Gibt es keine andere –«

»Wir haben einen lukrativen Handel mit den Zauberern der Akademie und dem Rat«, unterbrach Charlyn sie.

Es war seltsam, sie so ernst darüber sprechen zu hören. Charlyn war nie ernst. Sie hasste Politik – so sehr, dass man leicht vergessen konnte, dass sie Jashirs rechte Hand war, dass sie als Geschwister Seite an Seite standen und die Gefilde, in denen sie sich bewegten, gemeinsam navigierten. Egal, wie sehr sie selbst die Politik verabscheute, sie würde ihren Bruder damit niemals allein lassen.

»… wobei *Handel* vermutlich nicht das richtige Wort dafür ist.« Charlyn sah auf und blickte Luna fest in die Augen, der Honig wieder dunkel und starr. »Der Rat weiß, dass sie nur einen Verdacht äußern brauchen, um Jashir als Vatermörder hinzustellen.«

Sie sprach inzwischen abgeklärt darüber, dabei hatte Luna so viele Tränen miterlebt, die sie über all die Gerüchte hinter ihrem Rücken vergossen hatte.

»Sie halten quasi seinen Titel in der Hand. Das ist Jashirs Handel – er liefert die Amulette, dafür darf er weiterhin Baron von Perx bleiben.«

Der Rat blickte auf Jashir und Charlyn herab, so wie der gesamte Adel des Landes, aber dass sie sie erpressten … Luna konnte sich das kaum vorstellen. Wusste Rea davon?

Charlyn verzog die Lippen, als wollte sie ausspucken, schien es sich jedoch im letzten Moment anders zu überlegen. »Götter, ich *hasse* dieses falsche Lächeln, das er aufsetzt, während er sich bereitwillig von ihnen mit Füßen treten lässt.«

Luna wollte ihr eine Hand auf den Arm legen, aber sie zog ihn fort. »Du tust übrigens genau das Gleiche!«, sagte sie beinahe vorwurfsvoll.

Lunas Mund öffnete sich, wollte protestieren und sich gegen Charlyns Vorwurf wehren, ihr sagen, dass sie nicht gegen sie schlagen musste, dass sie bei ihr war, um für sie da zu sein, doch Charlyn sprach längst weiter. »Sie hatten uns schon in der Hand, bevor sie das mit dem Schmuggel jetzt herausgefunden haben. Wenn wir nicht –«

»*Schmuggel?*«, unterbrach Luna sie. »*Was?*«

Charlyn verdrehte die Augen. »Ach, komm schon, das ist ein offenes Geheimnis.«

Nicht so offen, dass Luna es gewusst hätte, also wieder nur ein weiteres Geheimnis.

»Ihr *schmuggelt*?«, fragte sie erneut.

Es schien Charlyn absolut nichts auszumachen, fast so, als wäre es eine Selbstverständlichkeit, sowohl, dass sie es taten, als auch, dass sie ihr nie davon erzählt hatte. Luna sah sie mit ganz anderen Augen. Sie hatte den Einfluss von Charlyns Piraten-Mutter unterschätzt – es war das eine, eine Rebellin zu sein, aber eine Kriminelle?

»Meine Mutter hatte schon vor Beginn des Krieges lukrative … *Handelsrouten* … zu den Niemandslanden, wir haben sie nur nie unterbrochen.« Charlyn sagte es mit einem schelmischen Grinsen, leichthin, beinahe … stolz.

Lunas Hand zuckte, wollte sich vor ihren offenstehenden Mund heben, doch sie vernachlässigte sie – es hatte ohnehin keinen Zweck mehr. Handel mit den Nordlanden war kein Kavaliersdelikt, es war ein Kapitalverbrechen. Verrat am Königreich.

»Ich weiß nicht, woher, aber sie wissen, dass auf unserem letzten Schiff Menschen waren, und sie wollen, dass Jashir sie ausliefert.«

Luna entglitt ein heller Ton, der ein Schnauben hätte sein können, doch nur ein schwächlicher Abklatsch davon war. Sie starrte Charlyn ungläubig an. Blinzelte. Starrte weiter.

»Ihr habt *Menschen* aus den *Nordlanden* geschmuggelt?«, fragte sie fassungslos.

»Könntest du ein bisschen leiser sprechen?« Charlyn verzog das Gesicht. »Nur zur Sicherheit?«

Luna fehlten die Worte. »Ihr habt *Menschen* aus den *Nordlanden* geschmuggelt?«, wiederholte sie ihre Frage, wenn auch leiser … dann kam ihr eine weitere Erkenntnis. »*Hexer???*«

Charlyn schloss ergeben die Augen. »Ich weiß es nicht«, gestand sie leise. »Der Rat glaubt das, ja.«

»*Charlyn!*«, zischte Luna entgeistert. »Wie könnt ihr –?« Wie konnte sie das tun, nach allem, was die Hexer *ihr* in Daersk angetan hatten?

»Du hast es nie gesehen, Luna«, flüsterte Charlyn, plötzlich übermäßig fasziniert von den Wellen, die ihre Hände im Stoff ihres Kleides verursachten. »Wir bringen Familien zusammen. Wir retten Menschen. Sie bekommen dort, wo wir sie hinbringen, eine zweite Chance.«

Luna schüttelte nur den Kopf.

Charlyn seufzte leise. »Jashir wird das schon hinbekommen. So gut, wie er seinen Kopf in Schlingen stecken kann, so gut zieht er ihn auch meistens wieder heraus.«

Sie klang dabei nicht halb so zuversichtlich, wie sie womöglich beabsichtigt hatte.

»Ihr müsst diese Menschen dem Königreich übergeben«,

beschwor Luna sie leise.

Wenn Charlyn und Jashir Kooperationsbereitschaft zeigten, konnte sie sich vielleicht für sie einsetzen, vielleicht würde sie sogar Rea überzeugen können, sobald sie wieder wach war, dass sie keine Strafe bekommen sollten, dass es nur eine unbedachte Dummheit, eine einmalige Sache, gewesen war.

»Ja …« Charlyn blickte sie an und verzog beinahe entschuldigend die Lippen. »Ich denke, *das* werden wir nicht tun.«

»Charlyn!«, zischte Luna erneut, sodass sie abwehrend die Hände hob.

»Versteh mich nicht falsch … *dir* würde ich diese Menschen sofort anvertrauen, aber dem Rat – auf keinen Fall.«

»Aber –« Das war keine Situation mehr für Stolz oder Trotz. Sie sprachen über ein Verbrechen, nicht über einen Streich, den sie an der Akademie gespielt hatte.

»Luna, was glaubst du, was dann mit diesen Menschen geschieht?«, fragte Charlyn sie, wieder mit diesem ernsten Ton in ihrer Stimme.

»Der Rat wird prüfen, was ihre Gründe für die Flucht waren und entsprechend handeln.«

Charlyn schnaubte nur. »Und wenn der Grund ist, dass sie Hexer sind? Dann geschieht ihnen genau das, wovor sie fliehen wollten!«

»Dann ist das so!« Luna musste ihre Stimme wieder zur Ruhe zwingen. »Der Rat wird angemessen mit ihnen verfahren.«

Charlyn machte einen frustrierten Laut, beinahe ein kleiner, unterdrückter Schrei. Sie schien ihren Vorsatz, leise zu sein, selbst über Bord geworfen zu haben. »Wo kommt dieses blinde Vertrauen in den Rat her, Luna? Warum puderst du ihnen noch immer den Hintern?«

Lunas Augen weiteten sich.

»Sie haben dich schon immer schlecht behandelt! Sie behandeln mich schlecht! Sie missbrauchen ihre Macht, um uns zu unterdrücken und ebenso große Teile der Bevölkerung!«, fuhr Charlyn sie an und es fiel Luna immer schwerer zu trennen, ob sie wütend war auf die Tatsachen oder wütend auf sie. »*Götter*, Luna, ich bin die Letzte, die verteidigt, was die Hexer in Daersk getan haben, – wenn es nach mir geht, sollen die Überlebenden in den Verliesen versauern –, aber die Menschen auf unseren Schiffen waren nie auch nur in der Nähe von Daersk!«

Charlyn rappelte sich auf, machte einen Schritt zu ihrem Bett hinüber und presste ihre Hand auf eines der Bücher, das dort aufgeschlagen lag, presste es in die Matratze.

»All diese Menschen *hier* – Hexer – waren nie in Daersk! Es sind so viel mehr Hinrichtungen als nur hundert.« Ihre Stimme brach in einen hellen Ton.

Luna beobachtete sie mit geweiteten Augen. Sie hatte keine Ahnung, was für ein Buch Charlyn da vor sich hatte, doch vermutlich sollte es ohnehin nur ein Stellvertreter für all die Bücher sein, die sie seit ihrem gemeinsamen Besuch in der Bibliothek gelesen hatte. Sie ließ ihren Blick durch das Zimmer schweifen. Jetzt, wo sie darauf achtete, hatte jedes der Bücher mit der Verfolgung der Hexer oder der Geschichte Atheas zu tun.

»*Warum*, Luna, warum sollen wir blind dem folgen, was der Rat für richtig hält?«, fragte Charlyn wieder, diesmal sanfter.

In ihren Augen glänzte der erste Schimmer einer Versöhnung für einen Streit, den sie nie gehabt hatten, und vielleicht war es dieses weiche Glänzen, das Luna leise flüstern ließ: »Ich versuche doch nur, eine gute Prinzessin zu sein.«

Warum war das so schwer? Dieser Hof mit all seinen Geheimnissen, Masken und aufgesetzten Lächeln machte sie krank.

Charlyn ließ sich wieder am Fuß ihres Bettes zu Boden sinken und lehnte ihren Hinterkopf gegen die Matratze, als hätte der kurze Moment des Stehens sie bereits vollkommen erschöpft.

»Du weißt schon, dass du das bist, oder?«, fragte sie, als spräche sie zu einem Kleinkind.»… eine *gute Prinzessin*. Nicht der Rat macht dich dazu.«

Das war eine Lüge. Vielleicht keine absichtliche, aber es war eine Lüge.

»Ich bin so schlecht darin …«, flüsterte Luna ergeben.

Sie schluckte und zögerte einen Moment, dachte darüber nach, ob sie Charlyn in Gefahr bringen würde, wenn sie ihr erzählte, was ihr auf der Seele brannte. Leise, beinahe unhörbar, gestand sie: »Syltain hat sie getötet … Ihre Majestät.«

Charlyns Augen wurden groß. Für einen Moment saß sie ganz erstarrt, bevor sie auf die Knie kam und auf allen Vieren zu ihr herüberkroch. Halb nahm sie Luna in den Arm, halb stützte sie sich auf sie, als sie ihre Arme um ihre Schultern schlang und sie an sich drückte. Luna traute sich nicht zu atmen.

»Warum?«, fragte Charlyn tonlos an ihrem Ohr.

Luna tastete nach ihr, legte ihre Finger auf ihren Rücken, ohne sie zu halten. Sie fühlte sich seltsam taub. Es auszusprechen, machte es wahr. Es auszusprechen, machte etwas wahr, dass sie selbst in diesem Moment noch nicht glauben konnte.»Sie hat erfahren, dass er ein Hexer ist. Sie wollte ihn forthaben. Die Verlobung mit Rea lösen. Krieg gegen die Nordlande.«

Das alles erschien ihr so unwirklich. Es waren so große Worte und sie dazwischen, sie war so klein.

»Und der Angriff heute Nacht?«, fragte Charlyn vorsichtig.

»Ich weiß es nicht. Ich denke, diese Dunkelheit … ich denke, das war Beschwörermagie.« Luna sagte nicht, woher sie diese Vermutung hatte. Es fiel ihr schwer genug, es überhaupt auszusprechen.

Charlyns Augen weiteten sich, in ihnen die gleiche entsetzte Faszination, die Luna verspürt hatte, und dahinter rasten beinah sichtbar die Zahnrädchen, während sie in ihren Gedanken wohl sämtliche Bücher durchging, die sie je gelesen hatte, während sie in ihnen nach Informationen zu Beschwörern suchte. Ihre Augen wurden immer größer.

»Die Frostkönigin glaubt, der Rat hätte Attentäter angeheuert, um Syltain zu töten … aber das ist lächerlich«, fügte Luna hinzu.

Charlyn gab ein Schnauben von sich. Vielleicht sollte es ihr zustimmen, vielleicht das Gegenteil. »Denkst du, es waren auch die Niemandslande?«

Luna zögerte für einen Moment, bevor sie entschieden den Kopf schüttelte. Das ergab ebenfalls keinen Sinn, die Nordlande hatten keinerlei Vorteil davon. »Ohne Rea verlieren sie jeglichen Einfluss im Königreich.«

»Aber sie müssten auch ihr Versprechen nicht mehr halten«, warf Charlyn ein. »Sie müssten die Hexerverfolgung nicht mehr zulassen.«

»Die Frostkönigin hatte nie vor, dieses Versprechen zu halten …«, sagte Luna geschlagen. »… und die Verfolgung wird auch so weitergehen.«

»Aber jetzt kann sie dagegen vorgehen.«

Luna stieß ihren Atem aus. »Ja …«, flüsterte sie. Jetzt würden sie dagegen vorgehen. »Jetzt wird es Krieg geben.«

Sie beide schwiegen betroffen und hingen ihren eigenen Gedanken nach.

»Er hat mich belogen …«, flüsterte Luna irgendwann leise. Syltain … Sie alle hatten sie belogen, betrogen und verraten. »Ich verstehe nicht, warum mir niemand je die Wahrheit gesagt hat …«

Das stimmte nicht, eigentlich wusste sie es ganz genau. Sie alle hatten von klein auf an ihre Masken gelehrt bekommen, hatten sie tragen müssen, um nicht verletzlich zu sein, hatten sie getragen wie Rüstungen.

»Wahrheit ist schwer«, sagte Charlyn dicht an ihrem Ohr, bevor sie sich von ihr löste, um ihr in die Augen zu sehen. »Unsere Geheimnisse halten uns am Leben.«

Kurz fragte Luna sich, ob sie dabei auch von sich selbst

sprach. Sie trugen ihr Schweigen wie Rüstungen, doch es schützte sie nicht.

»Nein«, widersprach Luna tonlos. »Sie bringen uns um.«

Charlyn ließ sich zurück auf ihre Fersen sinken und sah sie mit ernsten Augen an. Sie sagte nichts dagegen.

»Einfach jeder scheint seine eigene Form von Wahrheit zu haben …« Die wenigen Informationen, die Luna bekam, waren widersprüchlich zueinander, nicht mehr als ein chaotischer Wust, der Wahrheit und Lügen vermischte.

Charlyn jedoch nickte nur, als wäre es selbstverständlich.

»Nein!« Luna schnaufte. Es gab nur *eine* objektive Wahrheit. *Eine* objektive Wahrheit, die vor ihren Augen bröckelte und brach.

»Woran soll ich dann glauben?«, fragte sie müde. »Woran soll ich mich halten?«

Charlyn zuckte nur hilflos mit den Schultern. »Das, was du für richtig hältst.«

»Woher weiß ich das?«

Charlyn schwieg. Sie beide schwiegen für einen langen Moment.

»Jeder will jeden am liebsten tot sehen …« Luna schauerte. »Ich verstehe nicht, woher dieser Hass kommt …«

Charlyn drehte den Kopf und blickte zu ihren Büchern. »Ich auch nicht …«, sagte sie leise und wandte sich wieder zu Luna. »Warum warst du eigentlich hier?«

Luna schob das Notizbuch der Frostkönigin unter ihren Rock, bevor es sie verraten konnte. »Nur so. Ich wollte nach dir sehen.«

Augenblicklich spürte sie ein flaues Gefühl in ihrem Magen. Sie hatte gelogen, ohne mit der Wimper zu zucken, war ein Teil dieses Sumpfes von Schweigen geworden.

Charlyn zog nur die Augenbrauen hoch. Sie glaubte ihr kein Wort. »Es ist mitten in der Nacht.«

Luna nickte zustimmend. Sie hätte sich eine bessere Lüge überlegen sollen.

»… und wir sehen auch nicht einfach mal so nacheinander, wir reden, wenn wir reden wollen«, fügte Charlyn hinzu.

Auch damit hatte sie recht. Luna schwieg.

»*Luna*«, sagte Charlyn warnend. Sie würde es nicht auf sich beruhen lassen.

Lunas Finger strichen unter ihrem Rock über den glatten Einband des Notizbuches. Sie wollte in Charlyn nicht noch mehr Fragen aufwerfen, nicht so, wie sie nur Augenblicke zuvor vor ihrem Bett gestanden, wie sie auf die Bücher gedeutet hatte. Sie wollte sie nicht weiter gegen den Rat aufhetzen.

»Du solltest die Füße lieber ein bisschen stiller halten, in eurer aktuellen Situation …«, sagte sie leise, ohne zu Charlyn aufzusehen. »Du darfst keine Fragen stellen, du darfst auf keinen Fall den Anschein erwecken, dass du auf Seiten der Hexer bist.«

Charlyns Augenbrauen wanderten noch höher. »Warum sollte ich das tun? Und – warum sollte ich das *nicht* tun? Ich meine, wenn ich Fragen habe, werde ich sie stellen, und dann können sie sie mir hoffentlich beantworten. Ich lasse nicht zu, dass sie gewinnen, dass wir Angst vor ihnen haben.«

Luna schüttelte den Kopf. »Charlyn …«

Etwas war anders in der Art, wie sie ihr Kinn reckte. Ihre sonstige Leichtigkeit und Aufmüpfigkeit fehlten, der Trotz blieb, aber er war dunkler geworden, angespannter. Es war bereits zu spät – Charlyn *hatte* bereits Angst … ein beunruhigendes Gefühl. Charlyn hatte niemals Angst, vor nichts und niemandem.

»Luna. Sag es mir.« Es war keine Bitte mehr, es war eine Forderung.

»Ich werde dich nicht in Gefahr bringen«, erwiderte Luna nachdrücklich. »Ich schaffe das diesmal auch allein.«

Sie griff nach dem Buch und wollte sich bereits aufrichten, als sich Charlyns Finger um ihre Handgelenke schlossen. Sie musste spüren, dass Luna etwas in ihren Händen hielt, doch sie blickte ihr fest in die Augen.

»Ich werde alles dafür tun, dass sie nichts über das herausfinden, was wir uns hier anschauen, in Ordnung?«, versprach sie mit weicher Stimme. »Also … was ist es?«

Ihrer beider Blicke wanderten an Lunas Arm hinab zu dem Buch in ihrer Hand. Sie streckte es Charlyn entgegen.

»Kannst du das hier prüfen?«, fragte sie leise. »… ob wahr sein kann, was darinsteht?«

Charlyn nahm ihr das kleine, speckige Buch mit dem Ledereinband aus der Hand und hatte es im selben Moment bereits aufgeschlagen. Mit jedem Wort wurden ihre Augen größer.

»Was ist das? Woher hast du das?«, fragte sie, während ihr Blick über die Zeilen huschte.

»Die Frostkönigin hat es mir anvertraut.«

»Das hier gehört der *Frostkönigin*?«, fragte Charlyn entgeistert, während sie umblätterte, ihre Augen inzwischen so groß, als wollten sie die Seiten anspringen.

Luna nickte.

»Hast du mal reingeschaut?«

Luna schüttelte den Kopf, und erst danach wurde ihr klar, dass Charlyn es nicht sehen konnte, doch das schien sie nicht zu kümmern. Ihre Augen begannen zu leuchten und ihre Mundwinkel wanderten in die Höhe. »*Oooh*, vielleicht finden wir endlich etwas, um dem Rat in den Hintern zu treten.«

»Charlyn!«, zischte Luna.

Charlyns Kopf ruckte nach oben und sie sah sie an, als wäre ihr erst in diesem Moment klar geworden, was sie gesagt hatte … oder als hätte sie noch immer keine Ahnung.

»Wie kannst du sowas sagen?«, fragte Luna.

Charlyn blinzelte sie unschuldig an.

»Was sagen?«, fragte sie, doch ihre Nase war bereits wieder hinab in das Buch gesunken.

Abwesend stand sie auf, bewegte sich mit kleinen, vorsichtigen Schritten zum Bett und ließ sich schwungvoll und zielsicher zwischen die Bücher auf ihre Matratze fallen, ohne von den Notizen aufzusehen.

»Geh ins Bett, Luna«, sagte sie gedankenverloren. »Du solltest ein paar Stunden schlafen.«

Luna schnaubte nur. Um ihren eigenen Schlaf machte sie sich keine Gedanken.

Charlyn sah kein einziges Mal mehr auf, nicht einmal, als Luna die Zimmertür hinter sich zuzog.

26

Luna war wach, bevor sie die Augen aufschlug, spürte Gewicht auf ihrer Brust, bevor sie verstand, und rang nach Luft, bevor sie sich aufbäumte. Sie konnte nicht atmen. Kälte legte sich auf ihre Haut.

Im Halbdunkel der Nacht erkannte sie nur Schemen – einen Schatten, der über ihrer Brust kniete, sie in die Matratze presste und dessen Beine ihre Rippen zusammendrückten. Süße Früchte, scharfe Gewürze und der warm-feuchte, salzige Geruch von Regen im Innenhof – *Narae*. Ihr Gesicht und ihre dunklen, weit aufgerissenen Augen schwebten dicht über Lunas, während sie ihr eine Hand auf Mund und Nase presste. Sie nahm ihr die Luft.

Luna wand sich in dem Versuch, ihren Kopf zu befreien, warf sich hin und her, und umklammerte Naraes Handgelenk mit ihren eigenen Händen, bis sie kühles Metall an ihrer Kehle spürte. Augenblicklich lag sie ganz still. Sie bewegte sich nicht mehr, starrte nur an ihren Wimpern hinab auf die Klinge in Naraes anderer Hand. Langsam, um sie nicht zu verschrecken, streckte sie sich und legte ihren Kopf in den Nacken, versuchte, so viel Distanz wie möglich zwischen ihre Haut und das Schwert zu bringen.

Naraes Hand löste sich von ihrer Nase, gestand ihr zu, nach Luft zu schnappen, was sie beinahe verzweifelt tat. Ihr

Atem strömte in ihre Lungen und dämpfte den Schmerz, der sich dort ausgebreitet hatte, zusammen mit der Panik, die durch ihren gesamten Körper summte. Sie war seltsam weich, seltsam fern, als hätte ihr Körper bereits beschlossen, dass Panik ihm nicht weiterhelfen würde, dass sie einen klaren Kopf bewahren musste.

Narae hob ihre Hand, doch sie ließ sie dicht über Lunas Gesicht schweben, bereit, jeden Augenblick wieder zuzudrücken, sollte sie einen Laut von sich geben. Narae würde sie nicht tatsächlich verletzen, zumindest wollte sie daran glauben, auch wenn die Klinge an ihrer Kehle anderes vermuten ließ.

Sie war sich beinahe sicher, dass Ael vor ihrer Tür Aufstellung genommen hatte, um sie zu bewachen – auch entgegen ihrer Anweisung, doch falls er dort war, hatte er den Tumult innerhalb ihres Zimmers noch nicht bemerkt.

Luna umklammerte Naraes Handgelenk und krallte ihre Nägel hinein, als müsste sie sich daran festhalten. Sie spürte sie zittern. Naraes Körper war bis in den letzten Muskel gespannt, bereit, jeden Moment aufzuspringen und wieder aus dem Fenster zu verschwinden. Sie musste über die Balkone geklettert sein, um in ihr Zimmer zu gelangen – ein gefährliches Vorhaben und beinahe auch ein Wunder, dass sie es still und unbemerkt geschafft hatte.

Narae hatte das Fenster geöffnet gelassen, sodass kalte Nachtluft hereindrang und die Vorhänge bauschte. Regenflecken tanzten in dem schmalen Streifen Mondlicht, der sich seinen Weg hindurch ins Zimmer bahnte, begleitet von ihrer ganz eigenen Melodie, ihrem eigenen Rauschen.

Harte Schatten zeichneten sich auf Naraes Gesicht ab. »Was, *beim Larisstern*, hast du getan?«, zischte sie wütend und konnte ihre Stimme dabei kaum unter Kontrolle halten. Sie bebte ebenso wie ihr Körper, sodass es Luna auf der Matratze unter ihr schüttelte.

Sie wusste, dass sie schweigen sollte, solange eine Klinge

an ihrem Hals lag, aber sie keuchte dennoch: »Was *ich* getan habe?«

Augenblicklich drückte sich das kalte Metall fester gegen ihre Haut und sie überstreckte den Kopf, so weit das Kissen in ihrem Nacken es zuließ, als könnte sie so entkommen.

»Gib mir einen Grund, dich nicht hier und jetzt zu töten«, strichen Naraes Worte über Lunas Gesicht. Sie schwebte so dicht über ihr, dass sie ihren Atem spürte.

Luna erwiderte den Blick ihrer Augen, die im Zwielicht zu glühen schienen. »So wie Ihre verstorbene Majestät?«, zischte sie.

Narae zuckte zusammen.

Es war dumm, eine Frau mit einem Schwert zu provozieren – mit zweien –, zumindest schrie das die Stimme in Lunas Kopf, doch sie brachte sie zum Schweigen. Sie hatte genug von der Stille.

»Was ist mit dem Gardisten?«, fragte sie, die Worte mehr Geräusche ihrer Lippen als ihrer Stimme. »Hast du ihn getötet?«

Sie atmete tief ein und wappnete sich, als die Klinge an ihrem Hals zitterte, doch Narae ließ ihr Schwert sinken und die Hand auf ihrem Gesicht ebenfalls. Ihre Finger strichen dabei beinahe sanft über Lunas Wangen.

Sie musste nicht mehr auf die Frage antworten. Ihre Augen flackerten und das Glühen darin erstarb für einen Augenblick. Sie war eine *Mörderin*. Während Syltain Ihre Majestät getötet hatte, musste sie den Gardisten an der Tür zum Schweigen gebracht haben.

Plötzlich bekam Luna doch Angst, sie sprudelte in ihrem Bauch auf und kroch ihre Brust entlang in ihren Hals. Ihr Kopf flüsterte, dass sie vielleicht in dieser Nacht sterben würde, doch sie brachte auch diese Stimme zum Schweigen. Furcht würde ihr nicht helfen.

»Ich habe mit Syltain gesprochen«, sagte sie stattdessen leise und krallte ihre Hände fester um Naraes Unterarm, selbst, als diese sich aufrichtete und ihre Hand zurück auf ihren Oberschenkel sinken ließ.

Die Klinge entfernte sich ein wenig von Lunas Hals. »Lass ihn frei. Lass ihn zurück auf seinen Posten«, wisperte Narae.

Luna wies sie nicht daraufhin, dass sie das nicht konnte. »Er hat Ihre Majestät getötet«, würgte sie stattdessen hervor und wurde sich im selben Moment bewusst, dass es vielleicht eine dumme Idee war, Narae zu gestehen, wie viel sie wusste, doch ihre nächsten Worte waren noch viel riskanter. »Ich *will* gar nicht, dass er frei ist.«

Sie dachte nicht darüber nach, ob es eine Lüge war, sie schob sämtliche Gefühle für Syltain von sich.

»Aber willst du, dass er *stirbt*?« Narae richtete sich auf und ließ ihr damit so viel Platz, dass sie es ebenfalls wagte, sich langsam und vorsichtig ein Stück in den Kissen nach oben zu schieben.

Lunas Herz verriet sie. Sie konnte nicht klar denken.

»Er wird nicht sterben«, erwiderte sie, mit einem Mal nicht mehr sicher, ob sie Narae oder sich selbst damit zu überzeugen versuchte. Sie durften niemanden ohne Beweise hinrichten, doch … Luna verdrängte jeden Zweifel. »Solange sie nicht wissen, was er getan hat, können sie ihn nicht …« Ihre Stimme erstarb, noch bevor Narae sie unterbrach.

»Bist du tatsächlich so naiv?« Die Klinge in ihrer Hand bebte, als sie schnaubte. »Er ist ein Hexer, sie *werden* ihn töten!«

»Er ist der Prinzgemahl Atheas, er ist ein Prinz der Nordlande, er ist nicht *irgendein* –«

»Eurem Rat ist vollkommen egal, wer er ist! Sie wollten ihn schon als Prinzen tot sehen, ohne dass sie wussten, dass er ein Hexer ist. Damit haben sie jetzt nur endlich den Grund, den sie so lange gesucht haben«, unterbrach Narae sie, doch Luna hörte ihr nicht zu, ihre Gedanken waren schon zuvor an ihren eigenen Worten gestockt.

Er ist nicht irgendein Hexer, hatte sie sagen wollen. *Irgendein* Hexer … als ob es einen Unterschied machte.

Sie hatte keinen der Hexer gekannt, die in den Verfolgungen getötet worden waren, sie kannte keinen der Hexer, die vielleicht in diesem Moment in den Nordlanden getötet wurden. Sie wusste nicht, welche Vergehen sie begangen hatten. Sie wusste nicht, *ob* sie irgendwelche Vergehen begangen hatten. Woher wussten es die Zauberer, die sie verfolgten? Wussten sie es überhaupt?

Luna wurde übel. Sie wollte glauben, dass der Rat Syltain nicht ohne Beweise hinrichten lassen würde, aber welche Beweise würden sie noch brauchen? Sie waren inzwischen fest davon überzeugt, dass das Attentat auf Ihre verstorbene Majestät durch Hexer verübt worden war, und Syltain *war* ein Hexer. Es hatte ihr selbst für den Verdacht gereicht, sie selbst hatte ihn vor Xyn bereits für schuldig erklärt, bevor sie sein Geständnis gehört hatte. Und wenn es ihr reichte … dann würde es vielleicht auch dem Rat reichen.

Die Übelkeit in Luna stieg auf. War es das, woraufhin sie die Hexer verurteilten? War es das, was ihnen *reichte,* um ihnen den Tod zu bringen? Sie fühlte sich, als müsste sie sich jeden Moment übergeben. Sie selbst hatte ihn, hatte sie alle, so bereitwillig verurteilt.

»… und wenn Syltain stirbt, wenn die Hexerin stirbt, wird es ewig so weitergehen«, fügte Narae hinzu. Sie hatte es leiser gesagt und ihre Stimme war dabei weicher geworden.

Der Schmerz, der hindurchblitzte, war derselbe Schmerz, den Luna auch bei Syltain und der Frostkönigin in den Zellen wahrgenommen hatte, auch bei der Hexerin und ein Stück weit auch in Charlyns Stimme, während sie das Buch über die Hexerverfolgungen in ihre Matratze gepresst hatte. Es war die Ohnmacht, etwas gegenüberzustehen, das älter war als sie selbst und größer, als dass ein Einzelner von ihnen es würde aufhalten können.

»Der Rat wird eine Lösung finden.« Lunas Atem ging inzwischen so schnell, dass ihr schwindlig wurde, während sie die Worte über ihre Lippen presste. Sie verdrängte das Wissen, wie diese Lösung aussehen würde, während sie sich an ihre Worte klammerte, die sie so dringend glauben wollte, auch, wenn sie sich beinahe nach einer ... *Lüge* anhörten.

»Wir hätten niemals herkommen dürfen ...«, stieß Narae bitter hervor. »... Euer Königreich wollte uns schon immer am liebsten tot sehen.«

Sie schnaubte wieder und verzog dabei die Lippen zu einem hässlichen, abfälligen Grinsen.

»Syltain wird sterben, wenn du nichts tust«, prophezeite sie. »Aber du wirst mit den Konsequenzen deiner Entscheidungen leben müssen. All das Blut, das ab jetzt fließt, wird an deinen Händen kleben.« Ihre Stimme verdunkelte sich. »... und es wird unvorstellbar viel Blut sein.«

Luna zuckte zusammen, doch sie schüttelte die Schuld ab, die bei Naraes Worten durch ihre Brust schoss. Auch davon hatte sie genug. Sie hatte doch immer nur versucht, das Richtige zu tun.

Stattdessen richtete sie sich weiter auf, bis sie im Bett saß. Narae taxierte sie, aber sie ließ es zu, lehnte sich sogar ein Stück nach vorn und nahm ihr Gewicht von ihr. Langsam und vorsichtig, wie um sie nicht zu erschrecken, zog Luna ihre tauben Beine unter ihrem Körper hervor und kämpfte mit dem Rock ihres silbernen Abendkleids, das sie noch immer trug, bis sie auf ihrer Bettdecke saß.

Für einen Moment war sie beinahe überrascht, dass Narae es so bereitwillig zuließ, bis ihr klar wurde, dass sie sie nicht als Gefahr sah. Sie war unbewaffnet, während Narae ihre Hand mit ihrem Schwert ins Laken presste, die Klinge noch immer fest umklammert. Das zweite würde sie innerhalb eines Augenblicks aus ihrem Gürtel gezogen haben, sofern sie das wollte ... doch sie unterschätzte Lunas Magie.

Luna drückte ihre Hände in die Matratze, als sie ebenfalls auf die Knie kam, versteckte sie dabei so gut es ging in ihrer Bettdecke und murmelte einen Zauber, der Narae zurückwerfen würde. Sie würde nur genug Zeit brauchen, um nach Ael zu rufen und zur Tür zu stürzen. Gemeinsam mit ihm hatte sie vielleicht eine Chance, zumindest, wenn Narae vermeiden wollte, dass sie jemand entdeckte. Mit Glück würde sie fliehen, bevor sie kämpfen mussten … Doch noch während die ersten Silben Lunas Lippen verließen, noch bevor sie die ersten Funken von Magie in ihren Fingern spürte, legte sich Naraes kalte Klinge wieder unter ihr Kinn und hob es mit leichtem Druck an.

»Denk nicht einmal daran.« Das Glühen in ihren Augen war nun ebenso kalt.

Luna schluckte und bereute es im selben Moment, als sie das Metall an ihrer Kehle spürte. Kalter Nachtwind fuhr ins Zimmer, bauschte die Vorhänge und ließ sie schauern. Narae hingegen schien die Kälte nichts auszumachen.

Ihr Blick strich über Lunas Gesicht, über ihre Brauen und ihre Wangen bis hinab zu ihrem Kinn und Luna tat es ihr gleich. Sie folgte den unregelmäßigen Schemen ihres Haaransatzes zu dem Kholstift ihrer Brauen, der auf der einen Seite verwischt war, hinunter zu den kunstvollen Schwüngen um ihre schmalen Augen und bis zu ihren Lippen, auf denen die Farbe an den aufgeplatzten Stellen kleine Punkte bildete. In Naraes Augen lagen Schmerz, Wut und noch etwas anderes … Dunkleres … Wärmeres. Für einen kurzen Moment versetzten sie Luna zurück in die Bibliothek und sie hörte noch einmal das leise Flehen von ihren Lippen, ihre Bitte, die Hexerin zu verschonen.

In diesem Moment war sie sich sicher, dass sie das Gleiche dachten. Ein kurzer Blitz von Bedauern zuckte durch Naraes Augen, gespiegelt in ihren eigenen. Luna erlaubte sich für diesen einen, kurzen Augenblick zu bedauern, dass sie niemals mehr sein würden.

Sie alle – Narae, Syltain, die Frostkönigin, Xyn und Ael, und nun vielleicht ein Stück weit auch Charlyn – waren Kämpfer in einem Krieg, von dem Luna nicht einmal geahnt hatte … nein, das war nicht richtig. Sie hatte davon gewusst, sie hatte nur nicht geahnt, welche Menschen auf der anderen Seite stehen würden … was ihre Gründe waren. Lunas Seite war mit ihrer Geburt gewählt worden, Naraes mit ihrem Schwur. Ihrer beider Taten hatten unweigerlich dazu geführt, dass sie sich jetzt so gegenüberstanden.

»Ich dachte, du wärst anders«, flüsterte Narae leise und blickte sie über ihre glänzende Klinge hinweg an. »… anders als du bist. Du hast Fragen gestellt. Ich dachte, du würdest die richtigen Schlüsse ziehen … Syltain auch.«

Luna stieß ihren angehaltenen Atem aus. Sie war so müde … Sie war erst seit Tagen wieder zurück in diesem Palast, aber während sie bei ihrer Ankunft das Gefühl gehabt hatte, die Wände würden näher rücken, fühlte sie sich inzwischen, als wäre sie bereits lange darunter begraben worden.

»Ich schätze, ich bin für jeden eine Enttäuschung«, entgegnete sie mit einem bitteren Lächeln auf den Lippen.

Die Worte legten sich hart und schwer um ihr Herz. Sie wusste nicht, warum sich Tränen in ihre Augen brannten, aber sie zwang sich, den Kopf zu heben und Naraes Blick zu begegnen. Ihre Augen hatten sich verschlossen.

»Dann habe ich mich anscheinend geirrt«, entgegnete sie tonlos.

Luna lächelte tapfer. *Ich weiß*, wollte sie sagen, doch sie brachte die Worte nicht hervor. Sie hatte bereut und sie hatte gehasst – Syltain, aber vor allem sich selbst, Rea, aber vor allem sich selbst … und sie tat es noch. Irgendwann würde bei dem sengenden Sturm in ihrer Brust nichts mehr übrigbleiben … Es fühlte sich so an, als wäre dieser Moment gekommen, aber sie wusste es besser. Es gab immer noch ein weiteres Stück von ihr, das noch nicht mit Schmerz befleckt war.

»Ich kann nicht ändern, was passiert ist«, sagte Luna leise. Das war vielleicht die schmerzhafteste Wahrheit von allen. »Wenn ich es könnte, würde ich es tun.«

Wenn sie könnte, würde sie die Zeit zurückdrehen und zuhören … hinschauen … Hätte sie früher gewusst, dass

Syltain ein Hexer war … was hätte sie dann getan? Hätte sie etwas verändert? Denn irgendwie war er immer noch Syltain, Syltain mit seinen Idealen, mit dem Wunsch, ihre Königreiche wieder zu vereinen und die Fehde zu beenden. Damals hatte er noch nichts Unrechtes getan. Hätte sie auf dem Magiefest mit der Hexerin über ihre Forderungen gesprochen, hätte sie schon vor Jahren gewusst, dass Syltain ein Hexer war, vielleicht hätten sie gemeinsam etwas ändern können. Vielleicht hätten sie einen friedlichen Weg gefunden … Doch dafür war es jetzt zu spät.

Um die Erwartungen des Rats, Reas Erwartungen, die Erwartungen ihres Königreichs zu erfüllen, hätte Luna längst nach Ael rufen müssen. Sie hätte ihnen die Notizen der Frostkönigin übergeben müssen und ihnen von Syltains Geständnis berichten. Stattdessen saß sie hier, stumm, und starrte Narae an.

Um *ihre* Erwartungen zu erfüllen und die der Nordlande, Aels, vielleicht sogar Xyns, ein wenig Charlyns, müsste sie sich dafür einsetzen, dass die Hinrichtung der Hexerin aufgeschoben würde, dass sie eine andere Strafe bekam. Sie müsste sich dafür einsetzen, dass die Hexerverfolgung beendet würde, dass sie sie auf die Kämpfer von Daersk beschränkten. Sie würden wollen, dass sie sich für Syltains Freilassung einsetzte. Aber wie könnte sie, nach allem, was sie getan hatten …?

Sie waren in einem Kreislauf aus verdrehten Wahrheiten gefangen, aus Unrecht und Krieg, aus dem sie niemals würden ausbrechen können … und Luna hatte sich irgendwo dazwischen verlaufen. Sie hatte immer ein klares Bild davon gehabt, wer sie sein sollte, sie hatte nur wieder und wieder darin versagt, es zu erreichen. Jetzt war dieses Bild nur noch eine verschwommene Idee von etwas, das einmal richtig gewesen war, als hätte jeder um sie herum einen willkürlichen Strich gesetzt, bis es jeglichen Sinn verloren hatte. *Was richtig war … das hatte Charlyn gesagt.* Woher sollte sie wissen, was richtig war?

In Wahrheit spielte es keine Rolle mehr, welche Schlüsse sie zog. Die Karten in diesem Spiel waren längst gegeben, die Nordlande hatten ihren Zug gemacht. Sie hatten sich nicht darum geschert, dass niemand die Regeln kannte. Ihr blieb nichts anderes mehr übrig, als mit dem zu arbeiten, was ihr gegeben wurde. Sie würde nicht mehr unaufmerksam sein. Sie würde hinsehen. Fragen stellen.

»Habt ihr das zweite Attentat auch geplant?«, fragte Luna und blickte Narae dabei über die glänzende Klinge hinweg an, ließ sie nicht für einen Wimpernschlag aus den Augen.

Narae schüttelte den Kopf. »Ich dachte, wir sterben darin.«

In ihren Augen flackerte der Terror der Erinnerung und auch Luna schauerte dabei. Ihr Entsetzen war echt.

»Wir hatten *nie* ein Attentat geplant …« Auch jetzt klang ihre Stimme ehrlich, beinahe, als wollte sie, dass Luna sie verstand.

»Ich habe mehr als nur eine Schlacht mit Syltain geschlagen, wir waren Seite an Seite, wann immer wir im Norden waren.« Narae ließ die Schwertklinge sinken, wie um ihren Worten Nachdruck zu verleihen. »Er hat noch nie getötet. Keinen einzigen Mann, keine Frau. Wenn er sagt, es war ein Unfall, glaube ich ihm.«

Luna wusste nicht mehr, was sie glauben sollte. »Und das mit dem Gardisten, war das auch ein Unfall?«, fragte sie sie tonlos.

»Er wollte Syl angreifen …«, gestand Narae mit bebender Stimme, so als müsste sie sich zu der Antwort zwingen, dabei war Luna schon längst klar, was sie sagen würde. »Und ich würde alles tun, um ihn zu schützen … ich hatte keine Wahl. Es tut mir leid um den Jungen. Es tut mir wirklich leid.«

Luna glaubte ihr, dass sie in diesem Moment keine Wahl gehabt hatte … nicht mehr. Sie hatte sie Jahre zuvor getroffen, als sie Syltain ihren Schwur geleistet hatte. Jetzt trug sie die Verantwortung für die Konsequenzen.

Keine Entschuldigung der Welt würde den Jungen wieder lebendig machen … und trotzdem wünschte Luna sich, dass Ael sie hören könnte, dass der tote Gardist – dass Drej – sie hören könnte.

»Ich will doch nur Syl retten«, gestand Narae, ihre Stimme beinahe schwach. »Alles, was er will, ist eine Chance.«

Luna schüttelte den Kopf. Falls nicht alles von dem, was Syltain ihr damals erzählt hatte, gelogen gewesen war, wusste sie genau, was er wollte, schließlich hatte sie diesen Traum geteilt … Doch sie beide schienen ihre Chancen längst aufgebraucht zu haben.

»*Hilf mir!*« Luna zuckte zurück. Narae *flehte*. Es klang so falsch aus ihrem Mund, so verzweifelt.

»Ich kann euch nicht helfen«, sagte Luna leise. »Nicht nach –«

Schritte vor der Tür.

Narae war mit einem Satz auf den Beinen und vom Bett gesprungen, die Klinge ihres Schwertes scharrte zurück in die Schlaufe ihres Gürtels. Sie wartete nicht darauf, ob die Schritte sich näherten oder ob jemand klopfte.

»*Prinzessin*«, hauchte sie beinahe lautlos. Der flehende Unterton in ihrer Stimme wurde überdeckt von etwas anderem, etwas, das wie Enttäuschung klang.

Luna kniete noch immer auf dem Bett, während Narae ein Bein aus dem Fenster schwang und sich mit schnellen, geübten Bewegungen an dem Balkongeländer über ihnen hinaufzog. Was auch immer sie nun vorhatte …

Als Lunas nackte Füße das Fenster erreichten, war Narae bereits in der Nacht verschwunden. Kurz überlegte sie, ob sie Xyn warnen sollte, dass sie noch immer hier war, doch sie verwarf den Gedanken. Xyn oder den Rat …

Leise Stimmen drangen aus dem Gang zu ihr herein, ein Gardist, der seinen Wachwechsel anbot, und Ael, der dankend ablehnte. Also war es tatsächlich er vor ihrer Tür … ein überraschend tröstliches Wissen.

Die kalte, feuchte Nachtluft umfing Luna und sie schlang sich ihre Arme um den Körper, doch sie konnte nicht anders, als den Kopf zu heben und in den Sternenhimmel zu schauen. Sie hatte so viele Nächte an diesem Fenster verbracht und in den Himmel geblickt, nur, um sich mit dem Funkeln um sie herum nicht so einsam zu fühlen. Für die Sterne waren sie so viele kleine, unbedeutende Schicksale, während sie sich selbst so groß vorkamen. Einer von ihnen schien besonders hell in dieser Nacht, beinahe bläulich – der Larisstern, der Wegweiser nach Norden.

Luna schloss die Augen. Sie hatte geglaubt, sie hätte es endlich geschafft, ihre Rolle zu erfüllen. Sie hatte ihr Ziel an ihren Fingerspitzen gehabt, doch anstatt, dass sie danach hatte greifen können, hatten die Götter ihr Skript geändert. Über dem Rauschen der Klippen, der Wellen und des Windes hörte sie noch einmal Naraes Stimme.

Prinzessin.

Luna hatte ihren Titel bis zu dieser Nacht für eine Strafe gehalten, doch Narae schien ihre Hoffnungen hineinzusetzen, und auch, wenn sie es sich kaum eingestehen wollte, auch Ael und Xyn hatten es getan, Syltain und die Frostkönigin … selbst Rea. Selbst, wenn sie für Rea bisher versagt hatte, jetzt war sie alles, was ihr geblieben war.

Sie würde ihnen zeigen, dass sie ihren Titel verdiente. Sie wusste vielleicht noch nicht, wie, aber sie würde es beweisen.

Tageslicht fiel in einem langen Streifen auf Reas Bett, als die Tür geöffnet wurde. Stimmengewirr drang herein und Luna hob den Kopf vom Laken.

Sie hatte nicht mehr schlafen können, nachdem Narae in die Nacht verschwunden war, und die Stille und Einsamkeit ihres Zimmers hatten die Wände näher rücken lassen, bis sie es dort nicht mehr ausgehalten hatte … und so war sie zu Rea zurückgekehrt. Das musste inzwischen schon Stunden her sein.

Rea war noch immer nicht aufgewacht.

Die Herzogin von Droduis zog die Tür hinter sich ins Schloss und trat mit leisen Schritten zur Fensterfront hinüber, um die Vorhänge aufzuziehen.

Luna blinzelte gegen das helle Licht auf Reas Züge und es war, als blickte sie auf eine völlig Fremde. In den Stunden der Dunkelheit war Reas Gesicht zu dem Kind zurückgeschrumpft, das sie gewesen war, zu der Schwester, die mit Luna gespielt hatte. Luna hatte sich an ein Gesicht aus der Zeit erinnert, in der sie beide Königinnen mit Holzkrönchen gewesen waren. Jetzt gab es nur noch *eine* Krone, die wie ein goldenes Mahnmal über Reas Kopf auf ihrem Kissen thronte.

Die Herzogin von Droduis wechselte einige Worte mit Xyn, aber sie klangen so weit entfernt, dass Luna sie nicht verstand.

Eure Hoheit. *Eure Hoheit.*

»Eure Hoheit.« Sie hörte die Stimme wie durch Wasser, aber sie blieb penetrant.

Lunas Nacken protestierte mit stechendem Schmerz, als sie den Blick hob. Ihre Wirbel quietschten. Die Herzogin von Droduis stand vor ihr und blickte auf sie herab. »Ihr müsst aufstehen. Ich kann meine Untersuchung sonst nicht durchführen.«

Luna hatte den vagen Verdacht, dass das eine Lüge war, aber sie wollte nicht weiter darüber nachdenken. Ein Kribbeln schoss durch ihren Arm, der ihr nicht mehr richtig gehorchen zu wollen schien, als sie versuchte, sich hochzustützen. Sie spürte ihre Beine nicht mehr, zumindest für einen kurzen, friedvollen Moment, bevor auch dort ein Kribbeln hindurchschoss und von ihren Fußsohlen bis in ihre Oberschenkel stach. Luna stöhnte leise.

Sie wartete, bis das Gefühl verblasst war, dann streckte sie ihren Rücken, drehte probehalber den Kopf, wischte über ihre Stirn und richtete ihre Röcke, bevor sie dem Blick der Herzogin von Droduis begegnete. Sie hatte sie die ganze Zeit über von ihrem Platz an Reas anderer Seite aus wortlos gemustert, so wie eine Ärztin ihre Patienten. Jetzt setzte sie ein strenges Lächeln auf.

»Das war die letzte Nacht, die Ihr hier verbracht habt.« Luna wollte ihr widersprechen, doch die Herzogin fügte ohne weitere Umschweife hinzu: »Ich will nicht auch noch Euch zur Patientin haben. Der Rat trifft sich bald zu einer Sitzung und ich denke, Ihr solltet dabei sein.«

Luna schüttelte den Kopf. Sie bereute es augenblicklich, als der Schmerz darin aufflackerte und sie beinahe wieder zu Boden schickte. »Ich werde hier warten, bis Rea aufwacht.«

Die Herzogin entgegnete nichts. Sie hatte ihre Untersuchung begonnen und Luna beobachtete stumm, wie sie ihre Zauber murmelte, wie Magiefunken über Reas Kopf zuckten, nur um dann wieder zu verblassen.

»Das Königreich braucht Euch gerade dringender als Ihre Majestät«, sagte die Herzogin nach einiger Zeit.

Plötzlich wurde Luna bewusst, dass sie noch immer ihr Kleid vom Vorabend trug, ihren silbernen Stoffhauch mit seinen funkelnden Steinsternchen. Sie war damit ins Bett gefallen, weil sie keine der Zofen hatte wecken wollen, um ihr beim Umkleiden zu helfen. Es war surreal, dass erst eine Nacht vergangen war, dass eine einzige Nacht alles verändert hatte.

»Denkt Ihr, Ihr könnt an der Ratssitzung teilnehmen?«

Luna nickte, obwohl es eine Lüge war. Sie warf einen letzten Blick auf Rea, ihr kurzes, aufgefächertes Haar, das unter den Verbänden hervorblitzte, ihr regungsloses Gesicht und ihren flachen Atem, der die Decke hob, bevor sie sich mit vorsichtigen, langsamen Schritten zur Tür wandte.

»Eure Hoheit«, rief die Herzogin von Droduis sie noch einmal zurück, während sie sich von der anderen Bettseite erhob.

Sie hatte ihre Untersuchung abgeschlossen und ging nun dazu über, ihre lederne Tasche auf dem Schreibtisch wieder zusammen zu räumen. Luna wollte sie fragen, wie es um Rea stand, aber sie traute sich nicht.

Die Herzogin suchte sichtlich nach Worten. »Ich gebe Euch mein Wort, dass ich mein Möglichstes für Ihre Majestät tun werde.« Sie senkte den Blick. »Aber sie hätte längst wieder bei Bewusstsein sein müssen …«

Luna wusste, dass sie nicht hören wollte, was die Herzogin sagen würde, noch bevor sie weitersprach. »Es ist möglich, dass Ihre Majestät nicht mehr aufwacht … oder nicht so, wie wir sie kennen.«

Luna neigte den Kopf.

Natürlich, wollte sie sagen, doch die Worte blieben ihr im Hals stecken.

Als Luna den Thronsaal betrat, waren ihre Schritte zwar bereits wieder sicherer, ihre Knie jedoch fühlten sich noch immer weich an.

Die Ratsmitglieder erwarteten sie bereits mit ernsten Gesichtern an ihrem Tisch und neigten die Köpfe vor ihr, als hätten sie auf sie gewartet. Sie hatten *tatsächlich* auf sie gewartet – auf ihre Anwesenheit … All die Jahre hatte sie darauf hingearbeitet, hatte sie sich gewünscht, diese Anerkennung in ihren Augen, das Wissen, dass sie etwas beigetragen hatte, doch in diesem Moment hinterließ es nicht mehr als einen bitteren Geschmack auf ihrer Zunge.

Luna starrte auf das Loch am Rand des Tisches, an seinem Kopfende, dort, wo Rea gestanden hatte und mit ihr Syltain. Jetzt war Rea fort, Syltain in Ketten, und das Gefühl von Stärke und Sicherheit, das sie zwischen den Ratsmitgliedern am Rand des Tisches empfunden hatte, war verschwunden. Sie alle richteten ihre Blicke auf sie, als könnten sie nicht sehen, dass sich eine Sache *nicht* geändert hatte: sie war noch immer genauso ratlos wie zuvor.

Es dauerte einen Moment, bis Luna verstand, dass sie von ihr erwarteten, dass sie die Sitzung eröffnete.

»Ich bringe keine Neuigkeiten von Ihrer Majestät«, sagte Luna und musste sich räuspern. »Sie ist noch immer nicht ansprechbar.«

Betretenes Schweigen folgte auf ihre Worte … Möglicherweise war es nicht die geeignetste Gesprächseröffnung gewesen.

»Wir hätten aufmerksamer sein müssen«, sagte die Herzogin von Nenomin leise und bedauernd. Ihr Kopftuch verdeckte an diesem Morgen auch ihr Gesicht. »Wir hätten Ihre Majestät besser schützen müssen.«

Ein schweres, spitzes Ziehen schob sich durch Lunas Bauch. Sie hätte aufmerksamer sein müssen.

»Wir verdanken es nur Euch, dass wir den Hexer gestern Nacht festnehmen konnten«, sagte der Herzog von Koravotia und blickte Luna ernst an. Anerkennend.

Sein Nicken fand in der Runde Bestätigung. Zwar fühlte Luna sich leichter, doch das Ziehen in ihrem Bauch blieb.

»Jetzt müssen wir nur noch der Lage im Königreich Herr werden«, ergänzte der Herzog von Xayres mit seiner kratzigen Stimme, die zusammen mit seinen Fingernägeln über den Tisch schabte. »Meine Verwalter haben bereits von ersten Ausschreitungen infolge der Geschehnisse der letzten Nacht berichtet. Feuern.«

Die Herzogin von Yptar ergriff das Wort. »In der Tat haben auch einige der anderen Herzoginnen und Herzöge gestern von Unruhen seit der Schlacht von Daersk berichtet. Sollten sie stärker werden, müssen wir dem begegnen.«

»Die Bewegung der Hexerin scheint sich trotz ihrer Niederlage in Daersk und ihrer Gefangennahme weiter im Königreich auszubreiten. Inzwischen scharen sich sogar auch andere Magiergruppen um sie.« Die Herzogin von Nenomin klang zunehmend besorgt, ebenso wie Luna sich fühlte.

»Andere *Magier*?«, fragte der Herzog von Deldaell und der Herzog von Koravotia nickte zustimmend.

»Aller Art. Sie rotten sich zusammen und begehren auf, angestachelt von den falschen Versprechungen der Hexerin.« Er wurde mit jedem Wort lauter, und auch in seiner Stimme klang Nervosität.

»Was bedeutet das – Ausschreitungen, Feuer, Magier?«, fragte Luna verwirrt. Ihre Hand ruckte an ihre Schläfe, wo sich ein Kopfschmerz festgesetzt hatte. Warum erfuhr sie erst jetzt davon?

Der Herzog von Nesra erklärte es ihr in ruhigem, nachdrücklichem Ton. »Die Bevölkerung ist nach den Ereignissen der vergangenen Tage verunsichert. Ein Teil fühlt sich bedroht durch die Taten der Hexer, das Attentat auf Ihre verstorbene Majestät und die Schlacht von Daersk, und sich ihnen in gewisser Weise ausgeliefert, jetzt, wo sich herausgestellt hat, dass der Prinzgemahl einer von ihnen war. Es legt den Verdacht nahe, die Krone würde Beziehungen zu Hexern unterhalten.«

»Eine Hälfte der Bevölkerung gerät in Panik vor einer erneuten Welle der Grausamkeiten der Hundert, während die andere bereit ist, sie selbst auszuführen, solange es ihren Zwecken dient«, fiel ihm der Herzog von Koravotia ins Wort.

Luna schüttelte den Kopf und bereute es sofort, als der Schmerz in ihrer Schläfe aufflammte.

»Hinzu kommt, dass überall im Land Feuer entzündet werden, die Sympathie mit den Hexern ausdrücken sollen«, fuhr der Herzog von Nesra unbehelligt fort. »Wir gehen zum aktuellen Zeitpunkt davon aus, dass es sich dabei um versprengte Hexer oder Angehörige anderer Magiergruppen handelt.«

Luna schloss die Augen und atmete tief ein, um sich nicht von der kribbelnden Unruhe erfassen zu lassen, die um den Tisch summte. Wenn er recht hatte, endete es nicht mit der Hexerin in ihrer Zelle.

»Gleichzeitig müssen wir den Norden im Blick behalten«, warf der Herzog von Xayres ein. »Noch sind wir im Vorteil, solange nur wir wissen, dass wir ihre Königin in unserer Gewalt haben, doch das wird nicht lange anhalten. Vielleicht wissen ihre Späher auch schon längst über die Situation Bescheid. Das bringt uns gleichzeitig auch in Zugzwang. Wir müssen die Verfolgung der Hexer in den Niemandslanden vorantreiben und unsere Truppen zusammenziehen, bevor ihre Rebellen sich sammeln können.«

Innerhalb eines Augenblicks hatte er sie mit seinen Worten aus dem Thronsaal in ein Feldlager an der Front transportiert, doch Luna schien die Einzige zu sein, der das etwas ausmachte. Ihr Blick wanderte über die entschlossenen Gesichter der versammelten Ratsmitglieder. Sie würden einen weiteren Krieg in Kauf nehmen, einen Krieg, der jegliche Chancen auf die Versöhnung vergebens machen würde, die Rea und Syltain, und vor ihnen ihre Mütter, begonnen hatten. Einen Krieg, der parallel zu den Unruhen in ihrem Königreich toben würde.

Sie hatten Feinde im Norden, Feinde in ihrem Inneren und von beiden hatten sie nicht den Schimmer einer Ahnung, was sie als Nächstes tun würden. Ihnen fehlte eine Königin. Rea würde wissen, was zu tun war.

Luna ließ nicht zu, dass das Flattern in ihrem Bauch sich ausbreiten konnte. »Ihre Majestät wird das richten, sobald sie wieder unter uns ist.«

Schweigen folgte auf ihre Worte. Sie hob ihren Blick zu den Räten, die sie ihrerseits ansahen.

»Ihre Majestät wird sich nicht von diesen Vorwürfen erholen ...«, entgegnete der Herzog von Nesra. »... es wäre am besten, wenn sie nicht aufwacht.«

Lunas Blick ruckte zu ihm.

Sie blinzelte.

Er erwiderte ihren Blick und blinzelte ebenfalls.

Sie hatte das Gefühl, sie hatte nicht richtig verstanden, hatte das Gefühl, ihr entging etwas Entscheidendes.

»Die Position Ihrer Majestät wird nach der vergangenen Nacht immer schwach bleiben. Sie hat einem Hexer vertraut und ihm beinahe das Königreich überlassen«, warf der Herzog von Koravotia ein.

Rea war unfehlbar. *Perfekt.* Eine makellose Königin, besser, als sie je gehofft hatten. Was war dann gut genug, wenn selbst sie sich von *einem*, einem einzelnen Fehler nicht erholen konnte, von etwas, das zu kontrollieren nie wirklich in ihrer Macht gestanden hatte?

Luna hätte ihre Rückendeckung sein müssen, *sie* hätte es bemerken sollen. Sie war Syltain so nah gewesen, doch sie hatte nichts von dem Geschehenen verhindern können. Sie hätte sie schützen müssen.

»Es beunruhigt die Menschen, dass Hexer einfach so unter uns sein könnten«, sagte die Herzogin von Nenomin, und es schien, dass sie sich selbst davon nicht ausnahm.

Luna senkte den Kopf und warf in ihrem Augenwinkel einen Blick zu Ael hinter sich. Ihm war nichts von dem Gespräch letzter Nacht anzumerken, keine Veränderung, er hielt sich stoisch an ihrer Seite, auch wenn sie beide gleichzeitig zu versuchen schienen, einander zu ignorieren. Luna atmete tief ein, schloss die Augen und sammelte sich.

»Wir müssen etwas tun.« Die Worte klangen fester, als sie vermutet hatte. Sie schlug die Augen wieder auf.

Rea war nicht bei ihnen und ihnen lief die Zeit davon. Sie mussten die Nordlande aufhalten und die Hexer – oder die Magier, die sich um sie gesammelt hatten. Sie mussten ihr Königreich beruhigen. Sie mussten es für Rea tun, solange sie es nicht selbst konnte … doch der einzige Weg, den sie dafür sah, der einzige, der möglicherweise friedlich und ohne weitere Verluste verlaufen konnte, war gleichzeitig auch der gefährlichste. Luna wagte kaum, es auszusprechen. Ihre Hände zitterten und waren mit einem Mal schweißnass, während ihr Mund ganz trocken schien.

»Vielleicht ist es an der Zeit, mit ihnen ins Gespräch zu gehen.« Ihre Stimme klang so viel leiser, als sie es beabsichtigt hatte.

Es fühlte sich an, als hätte sie vorgeschlagen, die Monarchie abzuschaffen, als hätte sie vorgeschlagen, den Palast abzureißen und an seiner Stelle ein Freudenhaus zu bauen.

Trotzdem zwang sie sich, weiterzusprechen: »Wir dürfen nicht riskieren, dass ein solcher Krieg die Bevölkerung miteinbezieht. Wir dürfen nicht noch mehr Opfer riskieren. Vielleicht ist es an der Zeit, den Hass zu beenden.«

Das könnte die Nordlande besänftigen, die Magier und, – sofern sie damit das Gefühl von Sicherheit wiederherstellen konnten –, hoffentlich auch die Bevölkerung. Rea würde dem mit Sicherheit zustimmen. Luna stockte. Sie hatte nicht den Hauch einer Ahnung, was Rea wollte.

»Es ist an der Zeit, ein Zeichen zu setzen!«, widersprach der Herzog von Koravotia ihr entrüstet und stützte sich so kraftvoll auf den Tisch, dass er erbebte.

Luna wollte bereits nicken und den Kopf senken, als ihr klar wurde, dass niemand sonst mehr da war, um zu sprechen – nicht Syltain, nicht Rea, nicht Charlyn. Sie musste ihrer aller Stimmen übernehmen. Also hob sie den Kopf und straffte ihren Rücken, wie nur ihre Schwester es konnte, schob ihr Kinn vor, wie Charlyn es tat, und begegnete dem Herzog mit einem Blick, den sie an Syltain so häufig gesehen hatte. »Denkt Ihr nicht, dass das noch mehr Opfer nach sich ziehen würde?«

»Ihr seht an Ihrer Majestät, was uns Nachlässigkeit einbringt!« Der Herzog schnaubte nur. »Wir sollten die Hinrichtung der Hexerin so schnell wie möglich nachholen.«

Luna atmete tief ein und versuchte damit, das Flattern in ihrem Bauch niederzuringen. Es begehrte auf. Sie sollte ihnen sagen, dass die Hexerin möglicherweise nicht brennen würde, doch die Worte blieben in ihrem Hals stecken.

»… und die der Frostkönigin und ihres Sohnes mit ihr.«

Lunas Atem stockte. Ein spitzes Geräusch entwich ihrer Kehle, bevor sie es aufhalten konnte, und ihre Gesichtszüge entglitten. Sie konnte den Herzog nur anstarren, sie blinzelte nicht einmal. Es war, als wäre die Welt aus dem Gleichgewicht geraten und fiel um sie herum zusammen, als bröckelten die Säulen, auf denen sie ihr Königreich erbaut hatten, und der Boden unter ihren Füßen bebte und brach.

Es gab *eine* Wahrheit, eine einzige Wahrheit, dass Syltain Ihre Majestät getötet hatte – dass er schuldig war. Die Hexerin hatte ein Attentat auf den Tempel verübt, und danach unzählige Opfer in Daersk verursacht – auch sie war schuldig. Warum erfasste dann diese Übelkeit Lunas Körper, woher kam die Kälte auf ihrer Haut und das Zittern, das nicht in ihren Gliedmaßen saß, sondern tief in ihrem Inneren?

»Mit welcher Anklage wollt Ihr sie hinrichten lassen?«, hörte sie sich fragen.

Hatte der Rat Beweise für Syltains Mord an Ihrer Majestät? Hatten sie ihr Gespräch in den Verliesen belauscht? … es von der Garde erfahren? Hatten sie Syltain *befragt*?

»Die Niemandslande haben sich unter einem falschen Vorwand in unser Königreich eingeschlichen und wollten die Herrschaft an sich reißen, in dem sie Ihre Majestät töten!« Speichel sprühte über den Tisch zu Luna herüber und eine Perle davon glänzte auch im Bart des Herzogs.

»Habt Ihr Beweise dafür?«, fragte sie heiser.

»Er ist ein Hexer, das wird für die Bevölkerung Beweis genug sein!«, spie der Herzog.

Aber es war nicht die Wahrheit … nicht die *ganze* Wahrheit. Luna wollte ihren Mund öffnen, doch sie hielt inne, nicht sicher, was sie zu sagen hatte.

War es für den Rat Beweis genug gewesen? Hatte es gereicht, um einen Attentäter auf Syltain anzusetzen? Das ergab keinen Sinn. Da war keine Reue in ihren Blicken oder ihren Worten … doch Luna konnte die Stimme der Frostkönigin nicht aus ihrem Kopf bannen. Sie echote zusammen mit Charlyns zwischen ihren Ohren, verstärkt und vervielfältigt von dem Hass, der in den Worten des Herzogs klang. Er war bereit, Syltain zu verurteilen, ohne dass er Beweise für seine Tat hatte. Sie selbst war ebenfalls dazu bereit gewesen.

»Wie hat die Hexerverfolgung begonnen?«, fragte Luna leise.

Der Herzog von Xayres antwortete ihr beinahe genervt, mit derselben Stimme, die er im Unterricht verwendete, so als hätte sie in einer seiner Lektionen nicht aufgepasst und er müsste sie ihr nun zum wiederholten Male vortragen: »Die Hexerverfolgung begann mit dem Feldzug der Hundert. Jemand musste diese Mörder aufhalten –«

»Nein, *davor*«, unterbrach Luna ihn. Sie hatte diese Lektion schon viel zu häufig gehört und gelesen, sie konnte ihnen die Zeit sparen.

Der Herzog schien pikiert, dass sie ihn unterbrochen hatte. Er zog die Augenbrauen hoch, während er seine Brille richtete. »Was meint Ihr?«

»*Vor* Daersk – wie hat die Verfolgung begonnen?«

Die Ratsmitglieder um den Tisch herum blickten sie an, als hätten sie ihr nichts zu sagen, aber nicht zwangsläufig, weil es nichts zu sagen gab. Sie hüllten sich in Schweigen.

Luna wollte glauben, dass die Hexer schuldig waren, sie wollte, dass sie ihr bewiesen, was sie all die Jahre blind geglaubt hatte, nur, damit dieses übelkeitserregende Brennen in ihrem Inneren verschwand … Doch je länger das Schweigen anhielt, desto klarer wurde ihr, dass es keine Beweise gab, nichts, was sie davon erlösen würde, Verantwortung zu übernehmen für das, was sie unwissentlich bestärkt hatte und nun hinterfragen und korrigieren musste.

»Die Frostkönigin sagte, dass es Verfolgungen der Hexer schon lange vor Daersk gab«, brachte Luna zögerlich hervor.

Wenn die Frostkönigin damit recht hatte, würden diese Worte an den Grundfesten Atheas rütteln, an der Wahrheit, die sie alle geglaubt hatten. Es waren gefährliche Worte, aber Luna würde von nun an nicht mehr schweigen.

»Wann?« – »Wie kommt sie darauf?« – »In welchem Zusammenhang hat sie das gesagt?«

»Sie lügt.« Die Stimme des Herzogs von Koravotia übertönte sie alle.

Luna richtete sich auf. »Das überprüfe ich gerade.«

»Wie überprüft Ihr das?« Da war mehr als Irritation im Gesicht des Herzogs, es war Skepsis, beinahe Wachsamkeit.

Sie hatte zu viel gesagt, sich zu weit vorgewagt in ein Terrain, das sie zum ersten Mal in ihrem Leben betrat – Konfrontation, *Widerstand.* Luna schluckte. »Ich lese die Chroniken.«

Zwar war das selbst keine Lüge, doch die Worte kamen ihr trotzdem nur schwer über die Lippen. Vor allem war es Charlyn, die Nachforschungen anstellte, aber das durften die Ratsmitglieder nicht erfahren. Charlyns Name sollte in diesem Zusammenhang nicht fallen.

Der Herzog blickte Luna nur lange und prüfend an, so

als wüsste er genau, dass sie sich zu weit hinter ihrer Maske hervorgewagt hatte, dass er, wenn er genau hinsah, einen Blick auf etwas erhaschen konnte, das sie eigentlich verstecken wollte.

»Wir sollten die Hinrichtung am besten direkt nach Eurer Krönung durchführen«, bemerkte er schließlich mit einem eisigen Lächeln in den Mundwinkeln, das der Frostkönigin Konkurrenz gemacht hätte.

Luna blinzelte irritiert. »Nach meiner … *was?*«

Die Worte hallten noch Stunden später in Lunas Ohren, als sie den Saal längst verlassen hatte und schweigend vor Reas Bett kniete. Die Ratsmitglieder hatten ihr den Zweck einer Krönung erklärt, sie hatten von Sicherheit gesprochen und Vertrauen, doch alles, was Luna hatte denken können, war, dass sie nicht *sie* brauchten – sie brauchten Rea … Dabei wollte sie die Worte so unbedingt glauben. Es war ihre Chance, von Nutzen zu sein, ihre Chance, für Rea einzuspringen, solange sie es selbst nicht konnte.

»Was werdet Ihr tun?«

Luna drehte sich überrascht herum, bis ihr klar wurde, dass es Xyn war, der gefragt hatte. Er hatte sich zur Chaiselongue zurückgezogen und lehnte am Rückteil. Sie hatte ihm schlussendlich doch von Naraes *Besuch* bei ihr erzählt, und seitdem weigerte er sich, Reas Zimmer zu verlassen.

Luna brauchte einen Moment, bevor sie antworten konnte, überlegte kurz sogar, ob sie überhaupt antworten *sollte*, doch schließlich sagte sie: »Ich war nie dafür gemacht, solche Entscheidungen zu treffen.«

Rea war dafür geboren, sie hingegen hatte schon nicht geschafft, die Dinge zu tun, die man von einer Prinzessin erwartete, wie sollte sie schaffen, was eine Königin tun sollte? *Königin.* Luna unterdrückte ein Schaudern.

»Dieses Königreich *braucht* eine Königin«, sagte Xyn leise. Es war eine unerschütterliche Wahrheit, die gleichzeitig so viel mehr bedeutete.

»Rea *ist* die Königin!«, erwiderte Luna unwillkürlich, bevor sie sich kaum hörbar die schmerzhafte Wahrheit eingestand. »Zumindest hätte sie es sein sollen.«

Schweigen hallte zwischen ihnen.

Noch in dieser Nacht begann sie mit einem stummen Gebet an Reas Bett, das sie von da an jeden Morgen und jeden Abend wiederholte, bis es sich in ihren Kopf gebrannt hatte und in ihren Ohren rauschte, wenn sie aus ihren Alpträumen aufschreckte.

Wach auf. Wach auf. Wach auf …

Doch Rea wachte nicht auf.

28

Luna starrte sich selbst aus dem Spiegel entgegen. Sie regte sich nicht, während in ihrem Augenwinkel Zofen um sie herumwuselten und letzte Handgriffe an ihrem Kleid und ihren säuberlich frisierten Locken ausführten. Sie glänzten so sehr, dass sie dem silbernen Reif auf der Kommode hinter ihr Konkurrenz machten, den sie von nun an nicht mehr tragen würde.

Luna fühlte sich seit Tagen seltsam fern, als schwebte sie durch die Zeit, als würde sie träumen und nur immer wieder kurz aufwachen, wenn jemand das Wort an sie richtete oder wenn sie eine weitere Entscheidung treffen musste, für die sie sich nicht bereit fühlte.

Gedankenverloren hob sie ihre rechte Hand und strich über den Stoff, der sich weich um ihre Hüften schmiegte. Die Schneiderin hatte sich bei ihrem Kleid selbst übertroffen. Auf einem Stuhl in ihrem Rücken hing säuberlich drapiert die Schleppe, die man ihr anstecken würde, sobald sie die Kutschfahrt von der Sommerresidenz zum Tempel von Arenja hinter sich gebracht hatten. Sie würde, wie auch Reas Schleppe, vom Podest am Kopf der Halle über die Stufen nach unten und über die gesamte Länge des Mittelgangs bis zur Eingangstür reichen.

Luna hatte die Schneiderin bestochen, damit sie ihr Kleid

in einem Mitternachtsblau fertigte, das Einzige, worauf sie bei den Feierlichkeiten bestanden hatte. Sie trauerte um ihre Schwester, die eigentlich an ihrer Stelle hätte Königin sein sollen, und sie würde auch jeden weiteren Tag trauern, an dem *sie* Königin war. Die Trauerfarben abzulegen, fühlte sich wie ein Verrat an Rea an.

Eine Brise Herbstwind trug Stimmen von der Mauer der Sommerresidenz durch das geöffnete Fenster herein, doch Luna traute sich nicht, hinüberzusehen. Sie wollte nicht herausfinden, ob sie über den Innenhof bis zum Tor blicken konnte, wollte nicht wissen, wie die Menschen aussahen, die dort warteten. Schon am Tag zuvor bei ihrer Anreise hatten sie dort gestanden, um sie zu begrüßen. Ihre Prinzessin. Ihre baldige *Königin*.

»Du siehst wunderschön aus«, sagte Charlyn und trat neben Luna vor den Spiegel.

Sie trug ein Kleid in strahlendem, warmem Gold, das so seidig fiel, dass es schien, als würde es flüssig um sie laufen. Luna versuchte, ihr Lächeln zu erwidern, doch es entglitt ihr.

»Wie fühlst du dich?«, fragte Charlyn leise.

Übel. Luna war übel. Sie hatte vor Stunden das letzte Mal richtig geatmet, früh am Morgen, kurz bevor die Herzogin von Yptar ihr offenbart hatte, was sie erwarten würde.

»Sie haben sie für tot erklärt«, hauchte sie, so leise, dass die Zofen sie nicht verstehen würden, dass selbst sie sich kaum verstand.

Charlyn starrte sie an, die Augen geweitet und beinahe kreisrund. Sie *hatte* verstanden. Der Rat hatte Rea für tot erklärt, als sie die Einladungen zu Lunas Krönungsfeier versandt hatten.

»Du wusstest es nicht?«, fragte Charlyn fassungslos.

Luna schüttelte den Kopf. Hätte sie sich anders entschieden, wenn sie es gewusst hätte? Der Rat hatte gesagt, das Königreich könne keine zwei Königinnen haben, mit ihrem Vorgehen würden sie den Widerstand im Land minimieren, so wäre es für sie alle am besten …

Luna atmete tief ein, um die aufsteigende Übelkeit in ihrem Hals zurückzudrängen, und presste ihre Hand auf ihren Bauch, der unter der festen Schnürung in ihrem Rücken nur noch leicht vorstand. Womöglich hatten sie recht. Sicherlich hatten sie recht … doch Rea atmete noch. Rea atmete noch und jede andere Behauptung fühlte sich wie der größte Verrat an, den sie je begangen hatte. *Ihre Majestät war an den Verletzungen des Hexerattentats verstorben.* Wieder und wieder erzählte Luna sich die Lüge, die der Rat erfunden hatte, um sie alle zu schützen. Ihre eigene Lüge … Ihr Blick verschwamm.

»Ich frage mich nur, was wir tun sollen, sobald Rea aufwacht«, wisperte sie. »Es wird schwierig werden, das zu erklären.«

»Luna –« Charlyn unterbrach sich selbst und nahm stattdessen ihre Hand.

Luna wusste auch so, was sie sagen wollte, doch sie war froh, dass sie es nicht noch einmal hören musste. Niemand ging mehr davon aus, dass Rea noch aufwachen würde.

Charlyn musterte sie im Spiegel. »Du wirst eine wundervolle Königin sein.«

Luna schüttelte den Kopf. Es klang so falsch in ihren Ohren … Sie wollte nicht mehr daran denken, was in wenigen Stunden geschehen würde.

»Bist du mit deinen Büchern weitergekommen?«, fragte sie so nichtssagend wie möglich mit einem Blick auf die Zofen.

Immer, wenn sie Charlyn bisher nach den Notizen der Frostkönigin gefragt hatte, hatte sie gesagt, dass sie mehr Zeit brauchte, um sie zu überprüfen. Jetzt jedoch entgegnete sie: »Ich denke, es sind durchaus verlässliche Quellen.«

Luna wandte den Kopf und suchte in ihren Augen nach einem Zeichen, ob sie sie richtig verstanden hatte. Wollte Charlyn ihr damit sagen, dass sie der Frostkönigin Glauben schenkte? Sie hatte behauptet, dass die Zauberer die Hexer zuerst verfolgt hatten, ohne die Gründe, die sie in den Geschichtsbüchern aufführten – schon *vor* Daersk, schon bevor sie die Flammen in Daersk ... *gelegt* hatten? Wollte Charlyn ihr sagen, dass die Frostkönigin auch mit dieser Behauptung recht hatte? ... dass alles gelogen war, was man ihnen beigebracht hatte? Luna konnte das kaum glauben.

»Und, steht sonst noch etwas Interessantes darin?«, fragte sie vorsichtig.

Charlyn schüttelte den Kopf.

»Nichts, was wir gegen sie verwenden können«, sagte sie leise und doch laut genug, dass Luna schluckte.

Sie kannte ihre Zofen, sie dienten ihr, seit sie ein kleines Kind gewesen war, doch sie traute in diesem Schloss nicht einmal dem Stein der Wände in Bezug auf seine Verschwiegenheit. Charlyn brachte sich zu gern in Schwierigkeiten.

»Wir wollen nichts gegen sie verwenden!«, korrigierte Luna sie unbeabsichtigt scharf. »Ich werde versuchen, dass die Vorwürfe gegen Jashir fallen gelassen werden, aber ihr müsst die Menschen an das Königreich übergeben.«

Dieses Thema hatten sie in den letzten Tagen ebenfalls mehrfach besprochen – das hieß, eigentlich hatte Luna gesprochen, Charlyn war dazu übergegangen, sie zu ignorieren.

Sie hatte ihren Blick wieder zum Spiegel gewandt und drehte sich, strich unsichtbare Falten glatt und fuhr mit ihren Fingern durch ihre Locken, doch ihre Augen flackerten dabei auf und ab.

»Du wirkst so unruhig«, bemerkte Luna.

Charlyn erstarrte in der Bewegung, leicht nach vorn gebeugt, eine Hand an ihrem Haaransatz, und begegnete Lunas Blick im Spiegel.

Es fiel ihr schon seit einigen Tagen auf, doch sie hatte es bisher nicht greifen können. Charlyn saß niemals still, nicht einmal mit einem Buch vor ihrer Nase, doch nun war es, als würde ihr Körper in doppelter Frequenz schwingen, als wäre jede Bewegung von einem Zittern begleitet.

Charlyn lächelte beinahe … *schüchtern*. Sie war niemals schüchtern.

»Ich habe jemanden getroffen …«, gestand sie zögerlich und zog ihre Finger aus ihrem Haar. »… jemanden aus meiner Vergangenheit.«

Luna hob die Brauen und bedeutete ihr damit wortlos, weiterzusprechen, Charlyn jedoch schüttelte den Kopf.

»Nicht so wichtig …«, wiegelte sie ab.

Ein nervöses Kribbeln kroch Lunas Rücken hinauf. Ihre Neugier hasste es, wenn Charlyn sie vertröstete, aber sie würde es ihr erzählen, sobald sie dafür bereit war … und solange musste Luna es akzeptieren. Sie seufzte lautlos.

»Wenn das für dich in Ordnung ist, würde ich mich bis zur Feier wieder in die Bibliothek hier zurückziehen?«, fragte Charlyn vorsichtig. »Ich habe gestern Abend einige vielversprechende Bücher gefunden, vielleicht gibt es darin noch ein paar Informationen.«

Luna verzog leidig das Gesicht. Sie hatte bereits wieder verdrängt, was ihr bevorstand.

»Na klar«, erwiderte sie leichthin und zwang sich ein Lächeln auf die Lippen. Ihre Nervosität stieg wieder in ihr auf. »Du bist doch rechtzeitig zur Feier zurück, oder?«

Charlyn drückte ihre Hand, bevor sie sie losließ und sich zur Tür wandte. »Natürlich.«

Luna konnte ihren Blick nicht von dem goldenen Sarg vor sich abwenden, den man wie einen Altar vor ihr aufgebaut hatte. Sie starrte voller Grauen darauf, während der strahlend weiße Marmor des Tempels von Arenja um sie herum verschwamm. Ihr war klar, dass Rea nicht in diesem Sarg lag, der sich so elegant in den Prunk der Andachtshalle einfügte, dass er wie ein makabres Dekorationselement wirkte. Sie wusste, dass Rea noch immer im selben Bett im selben Zimmer im Palast von Rox Taenn lag, aber der Anblick fühlte sich so endgültig an … Sie hatten sie für *tot* erklärt.

Luna versuchte, sich auf die Worte des Hohepriesters zu konzentrieren, aber auch sie verschwammen in ihren Ohren, so wie die Flammen der Kerzen hinter ihm im Licht der Buntglasfenster. Sie konnte noch immer nicht verstehen, dass er nun die Worte an *sie* richtete, die er nur Tage zuvor zu Rea gesagt hatte. Sie unterdrückte ein Schaudern. Aus der Nähe betrachtet, sahen das Breitschwert vor seiner Brust und die vielen Glieder der Klinge noch viel eher aus wie das Rückgrat eines riesigen Lebewesens.

Alles in der Andachtshalle wirkte so vertraut, dass Luna nicht sagen konnte, ob die Dekoration nicht noch immer die gleiche war, die den Tempel zu Reas Krönung geziert hatte ... ein makabrer Gedanke. Der Duft des Weihrauches kratzte in ihrem Hals und brannte in ihren Augen.

Die gesamte Halle strahlte bis zur letzten Bank, bis zu der letzten übermannshohen Säule, die das hohe Rippengewölbe abstützte, doch gleichzeitig wirkte alles seltsam platziert, von den Blumengirlanden, die die Säulen zierten, bis zu den Adeligen vor ihren Bänken und den Lächeln auf ihren Gesichtern.

Luna suchte Charlyn unter ihnen, aber sie fand sie nicht, dabei hatte sie ihr doch versprochen, dass sie da sein würde. Es würde zu ihr passen, dass sie sich so in einem Buch verlor, dass sie die Feierlichkeit einfach verpasste. Der Gedanke sandte eine zitternde Welle durch Lunas Körper.

Sie ließ ihren Blick weiter über die Menge schweifen und hielt dabei auch Ausschau nach einem anderen Gesicht. Anspannung krallte sich in ihren Rücken. Sie hatte Angst, dass Narae auftauchen würde, um die Feier zu unterbrechen, um Rache zu nehmen. Sie war eine Unberechenbarkeit in ihrer Planung, nicht, dass sie jemals berechenbar gewesen wäre.

Lunas Blick fiel auf Xyn, der, wie auch bei Reas Krönung, mit seinen Gardisten an der Seitenwand der Halle Aufstellung genommen hatte wie eine zweite, dunkle Wand. Er erwiderte ihren Blick und nickte knapp. Luna konnte mit ihren Verbündeten nicht wählerisch sein. Keiner von ihnen beiden hatte gewollt, dass Xyn Rea verließ, aber auch er musste ihr seinen Eid schwören. Er hatte zwei seiner fähigsten Gardisten zu Reas Wache eingeteilt, die ebenfalls eingeweiht waren, was Narae betraf, denn noch größer als ihre Angst, dass sie im Tempel erschien, war die Sorge, dass sie Rea aufsuchte.

Der Hohepriester hinter Luna kündigte an, dass er sie nun krönen würde. Rea hatte an ihrer Stelle so gelassen gewirkt, während sie selbst noch nie so viel Angst verspürt hatte. Die Blicke der versammelten Adligen bohrten sich wie Pfeile in ihre Haut und die höflichen Gesichter schienen sie erdolchen zu wollen, als lauerten sie alle nur darauf, dass sie einen Fehler machte. Sie erwartete beinahe jeden Moment, dass irgendjemand vortreten würde, um sie zu entlarven, um öffentlich festzustellen, was für eine Täuschung sie war.

Luna spürte die Wirbel des Breitschwertes in ihrem Rücken, bevor sich die Krone auf ihren Kopf senkte, und hielt ihren Nacken starr, um nicht unter dem Gewicht zu wackeln.

Die Krone Ihrer Majestät lag noch immer über Reas Kopf auf ihrem Kissen, sie hatte es nicht über sich gebracht, sie ihr zu nehmen – allein bei dem Gedanken daran kam sie sich vor, als würde sie sie ihr stehlen. Was sich jetzt in ihre Stirn drückte, war eine Replik aus Silber, Reas Krone zum Verwechseln ähnlich, hätte sie nicht eine andere Farbe. Luna wünschte, sie könnte ihr Spiegelbild sehen und fürchtete sich gleichzeitig davor. Es war das eine, die Krone auf ihrem Kopf zu spüren, aber sie zu sehen …

»… zur Königin Atheas!«, hörte sie den Hohepriester hinter ihr sagen, bevor ein Rauschen durch die Halle brandete.

Er trat um sie herum, das Ritualschwert auf seinen Händen vor sich ausgestreckt, und bot es ihr mit geneigtem Kopf an. Im Vergleich zu dem riesigen Beidhänder über seiner Brust sah es beinahe mickrig aus, aber es strahlte dennoch. Gold umwand die hellglänzende stählerne Klinge und den

Griff, nach dem Luna nun zögerlich ihre Hand ausstreckte.

Ihre verstorbene Majestät hatte dieses Schwert bei ihrer Krönung geführt und sicherlich hatte *sie* damals nicht so viel Angst gehabt wie Luna in diesem Augenblick. Sie fühlte sich, als würde sie ein Theaterstück aufführen, als würde sie ihnen allen etwas vormachen, während sie die Klinge in die Luft reckte. Die Buntglasfenster im oberen Viertel der Seitenwände warfen bunte Sprenkel darauf. Ob das Gold wohl Blut symbolisieren sollte, das vom Griff über die Klinge floss?

Die Türen knarzten und Lunas Blick fiel an dem Schwert in ihrer Hand vorbei auf den Spalt, der sich auftat, gerade groß genug, dass eine Person hindurchschlüpfen konnte – Charlyn. Luna atmete erleichtert auf und bemerkte erst in diesem Augenblick, dass sie den ganzen Morgen noch nicht so frei geatmet hatte.

Charlyns Locken hüpften, während sie sich umwandte und ihr Blick durch die Halle schoss. Alle Augen waren auf sie gerichtet, doch sie lächelte nur, straffte sich und setzte einen ersten Schritt auf Lunas Schleppe. Ihr Kleid floss um ihre Beine, während sie langsam durch den Gang auf sie zu kam. Sie beachtete die Blicke nicht, die ihr auf ihrem Weg folgten – sie hatte sie nie beachtet.

Würde man es Luna vorwerfen, wenn sie diesen Teil der Zeremonie mit Charlyn begann? Der Gedanke verschwand augenblicklich, als sie eine Welle der Dankbarkeit überrollte, dass es Charlyn war, die jetzt vor ihr stand.

Sie versuchte sich an einem aufmunternden Lächeln, von dem sie hoffte, dass es keine erschreckende Grimasse war. Aus der Nähe konnte sie deutlich sehen, dass auch Charlyn ihr Lächeln aufgesetzt hatte und ihr Gesicht darunter zitterte. Sah sie selbst ähnlich aus?

Charlyn fing ihren Blick auf, aber Luna verstand nicht, was darin lag. Es war, als ob sie ihr stumm etwas mitteilen wollte.

»Eure Majestät«, sagte Charlyn zögerlich und kurz flackerte echte Wärme durch ihr Lächeln, als sie vor Luna auf die Knie ging.

Luna erwiderte es angespannt. Sie wollte sich umdrehen, erwartete, Rea hinter sich zu sehen. *Eure Majestät.* Der Ausdruck klang vollkommen falsch, als hätte man ihr ein Kleid angezogen, das viel zu groß war.

»Du hast dir nie etwas daraus gemacht, du musst auch jetzt nicht damit anfangen«, flüsterte sie. Charlyn war die Einzige, für die es absolut nie eine Rolle gespielt hatte, wer sie war.

Luna fokussierte ihre gesamte Aufmerksamkeit auf ihren Scheitel, während sie die Klinge behutsam darauf senkte, konzentriert, nicht zu sehr zu zittern. Das Schwert war bereits jetzt kaum zu halten und erst recht nicht ruhig. Sie presste ihren Ellenbogen an ihre Seite. Was bei Rea so bedeutungsvoll und symbolträchtig gewirkt hatte, war in Wirklichkeit ein reiner Kraftakt.

Charlyn zuckte zusammen, als der Stahl der Klinge ihren Körper traf. Die Blutergüsse waren nur noch ein leichter Schatten auf ihrer Haut, halb verborgen von den glänzenden Locken, die in ihr Gesicht fielen und einen Kontrast zu ihrem goldenen Kleid boten. Ihr Lächeln zuckte, wann immer ihre Blicke zur Seite huschten, als versuchte sie, den gesamten Raum im Auge zu behalten.

Luna hob das Schwert wieder. Sie erlaubte sich keine Panik, keinen Gedanken an die unzähligen Scheitel, die noch folgen würden, sah nicht auf den Mittelgang, der sich bereits mit Menschen gefüllt hatte.

Als sie die Klinge wieder hob, kam auch Charlyn wieder auf die Beine. Sie zuckte, so als bereitete die Wunde in ihrer Seite ihr noch immer Schmerzen, und Luna wünschte, sie hätte nie vor ihr auf die Knie gehen brauchen.

»Ich muss dringend mit dir reden«, presste Charlyn hervor und neigte sich dabei so unauffällig wie möglich zu ihr.

»Später.«

»Konntest du etwas herausfinden?«, wisperte Luna und blickte sich dabei unwillkürlich ebenfalls im Raum um, als könnte sie sehen, was Charlyn sah.

Charlyn zog ihre Wange zwischen ihre Zähne, wie sie es immer tat, wenn sie sich mit einer Antwort unsicher war, und schüttelte den Kopf.

»Später«, versprach sie leise und sah dann doch ruckartig auf, Worte auf den Lippen, die sie sich nicht auszusprechen traute. »Vertraue niemandem um –«

Der Herzog von Koravotia trat hinter sie und Charlyn verstummte augenblicklich. »Habt Ihr Ihre Majestät nicht lange genug für Euch beansprucht, Charlyn?«

Sie versteifte sich. Er hatte nicht einmal einen Titel für sie übrig, dennoch nickte sie ruckartig und trat zur Seite.

Lunas Gedanken rasten. Dann hatte Charlyn tatsächlich etwas herausgefunden … Über das Attentat? Über die Hundert? Sie musste das Kribbeln in ihren Eingeweiden unterdrücken, das sie mit den Fingern zucken ließ und wie ein elektrisierender Schauer über ihren Rücken fuhr.

Sie blickte Charlyn nach, die durch den Seitenausgang verschwand, wo man sie direkt zu den Kutschen führen würde, und wünschte sich, sie könnte ihr folgen – doch die Prozedur setzte sich erbarmungslos fort.

Luna hatte sich vorgenommen, sich die Gesichter einzuprägen, jede einzelne Person, die ihr Leben in ihre Hand gab, aber sie verwuschen ineinander. Die Aufregung in ihren Adern zerrte an ihrer Konzentration, und mit ihr das Wissen, dass sie keinen Fehler begehen durfte, dass von nun an alle Augen auf sie gerichtet sein würden … Sie hatte zu viele Fehler, als dass sie sie alle übersehen konnten.

Sie atmete auf, als sich auch die Herzogin von Yptar als Letzte der Reihe erhob und ihr niemand mehr folgte. Das Schwert zitterte selbst noch, als Luna es gegen ihre Schulter lehnte, und setzte sich durch ihren gesamten Arm fort. Ihre

Hände waren schweißnass.

Erst jetzt traute sie sich, ihren Blick zu heben und ihn durch die leere Halle schweifen zu lassen. Sie wirkte gleichzeitig größer und kleiner ohne die Menschen, die sie gefüllt hatten. Lunas vormals mitternachtsblaue Schleppe war inzwischen von staubigen Fußabdrücken übersät, die wirre Muster auf den Rock malten. Man würde sie ihr wieder abnehmen, bevor sie in die Kutsche stieg …

Zuvor war es jedoch noch an der Zeit, dass der Hauptmann der Garde ihr seine Treue schwor. Lunas Blick blieb an der Gardistin neben ihm hängen, an der Tempeldienerin. Sie war von ihrer Haltung inzwischen nicht mehr von den anderen Gardisten zu unterscheiden und auch sonst machte sie nicht den Eindruck, dass sie einmal an diesen Ort gehört, vermutlich den größten Teil ihres Lebens hier verbracht hatte. Wie es wohl für sie war, hierher zurückzukehren?

Xyns Schritte näherten sich von der Wand her, gefolgt von einem zweiten Paar. Luna sah nicht hin. Sie schloss die Augen und lauschte auf das Rascheln der Uniformen, während die zwei Männer vor ihr auf die Knie gingen.

Für einen Moment sah sie hinunter auf Xyn, bevor ihr Blick zu Ael weiterhuschte, zu seinem zotteligen Haar, zu seinen Sommersprossen und der weichen Stupsnase. Er erwiderte ihren Blick, doch sie konnte den Ausdruck in seinen Augen nicht deuten, so seltsam hart im Vergleich zu seinem runden Gesicht. Es war, als hätte sie ihn seit Tagen nicht mehr angesehen, nicht, seit er sein Geständnis abgelegt hatte, nicht, seit sie wusste, *was* er war … und trotzdem kniete er jetzt vor ihr. Er hatte sich ihr offenbart und sie hatte ihn zurückgewiesen, er hatte ihr vertraut und sie hatte ihn enttäuscht, das sah sie deutlich in seinen Augen – und trotzdem kniete er jetzt vor ihr.

»Meine Königin«, formten seine Lippen.

Luna schauerte. Die Worte klangen so richtig aus seinem Mund und gleichzeitig so falsch.

Diesmal konnte sie das Zittern der Klinge nicht mehr unterdrücken. Sie schwang auf ihrem Weg nach unten und schaukelte sich auf, doch Ael blieb ruhig, beinahe stoisch, als sie seinen Scheitel traf. Er zuckte nicht einmal.

Luna atmete tief ein und sammelte ihre Kraft, um das Schwert wieder zu heben, als sie spürte, wie Xyn sich neben ihr versteifte. Sein Kopf wandte sich zur Tür. Luna spürte es ebenfalls – etwas war absolut nicht in Ordnung. Ein Geräusch drang von draußen herein, fast wie ein Schrei.

Sie stürzte im selben Moment los wie Xyn, das Schwert in ihrer Hand vergessen, sodass es über Aels Schulter streifte. Die Tempeldienerin war bereits an der Tür und riss sie auf. Luna sprang die Stufen hinab, Xyn nach, bis ein Ruck an ihrem Kleidsaum sie zurückhielt. Sie strauchelte und ihre Schleppe riss mit einem Ratschen, doch sie hing noch immer fest. Ael stürmte an ihr vorbei, Xyn hinterher aus der Tür, während sie noch mit aller Kraft an ihrem Kleid zerrte.

›Luna!‹, fuhr ein Kreischen durch ihren Kopf. *Charlyn.*

29

Sonnenlicht spiegelte sich auf dem weißen Marmor und blendete Luna für den Bruchteil eines Augenblicks, als sie an der Tempeldienerin vorbei ins Freie stürmte – bevor Dunkelheit von ihr Besitz ergriff. Sie umfing sie, strömte in ihren Körper und mit ihr schlugen auch das Grauen und die Kälte erneut ihre Klauen in sie. Es brauchte nicht mehr, um sie in den Ballsaal von Rox Taenn zurückzuversetzen, nur Momente vor dem Attentat auf ihre Schwester …

Doch diesmal war die Dunkelheit kleiner. Umgeben von Luft und Himmel konnte sie den Platz um sie herum nicht vollständig füllen, blieb eine Wolke, die sich wie der Rauch einer Flamme zusammenballte und wieder zurückzog. Sie schrumpfte zusammen auf eine Frau, die in Aels und Xyns Armen hing, und gab Raum für die Szenerie, die sich Luna bot.

Sie standen im Freien außerhalb der Andachtshalle, am Rand der Rotunde, deren Wand und die zerstörten Götterstatuen im Inneren inzwischen wieder beinahe vollkommen repariert waren. Über ihnen ragten die Ausläufer des hohen Dachs mit seinem Rippengewölbe hervor, gestützt auf weiße Steinsäulen. Licht fiel zwischen den Kutschen hindurch, die in einem Halbkreis warteten, und spiegelte sich auf dem weißen Stein.

Die Herzöge von Nesra und Xayres waren ausgestiegen

und sahen zu ihnen herüber, während der Herzog von Deldaell seinen Kutscher am Rand der Straße hatte halten lassen und sich nun vorneigte, um sie zu beobachten. Die Herzogin von Yptar war im Säulengang auf dem Weg zu ihrer Kutsche erstarrt.

Noch vor ihr stand der Herzog von Koravotia, der in diesem Moment seine Hand sinken ließ, die Magie in ihr nur noch ein pulsierender Funken. Ihm gegenüber lehnte Charlyn mit dem Rücken an einer der Säulen, zusammengekrümmt, hustend und nach Luft schnappend. Ihre Hände fuhren an ihren Hals und umschlossen ihre Kehle, ihre Locken klebten in ihrem Gesicht. Sie röchelte so stark, dass sie beinahe auf die Knie ging. Luna wollte zu ihr, doch ihre Füße klebten auf dem Marmor.

Der Herzog von Koravotia richtete unbeteiligt seinen blutroten Gehrock und ließ dabei die Kette, die aus seinen Fingern baumelte, in seiner Tasche verschwinden – Charlyns Kette. Er half ihr nicht, er würdigte sie nicht einmal eines Blickes, als würde er gar nicht bemerken, dass sie neben ihm um ihren Atem kämpfte. Sie röchelte, als hätte ihr etwas die Luft genommen. Ein Zauber – *sein* Zauber? War es sein Zauber gewesen an ihrer Kehle?

Lunas Blick ruckte hin und her, während sie versuchte, die Situation zu erfassen. Nichts, was sie sah, ergab einen Sinn.

Keine drei Schritte von ihr entfernt hing die Frau in Xyns und Aels Armen, die Dunkelheit wieder vollständig in ihr verschwunden, zusammengekrümmt und regungslos, doch ihr Blick bohrte sich wach in Lunas. An seinem Platz vor den Kutschen hatte der Herzog von Nesra die Hände erhoben, also war es vermutlich sein Zauber, der sie am Boden hielt.

Die Frau war vollständig in schwarz gekleidet, mit Hosen und Hemd ähnlich der Uniform der Garde. Ihr kurzes schwarzes Haar fiel vor ihre dunklen Augen, die hasserfüllt zu Luna aufblitzten.

Diese Dunkelheit, die von ihr ausgegangen war, war die

gleiche gewesen, die sie auch auf Reas Krönungsfeier umgeben hatte, bei ihrem Attentat. Diese Magie … Eine *Beschwörerin*. Worte, die Luna nie für möglich gehalten hatte. Beschwörer lebten nicht mehr. Sie unterdrückte den Impuls zurückzuweichen, um vor der dämonischen Frau zu fliehen. Wenn sie aussprach, was Xyn vermutete, war die Beschwörerin tot – auf der Stelle. Wenn der Rat wusste, *was* sie war, konnten sie sie nicht am Leben lassen.

Ihr Blick fuhr zu Charlyn, als sie endlich Worte fand. »*Was ist hier passiert?*«

Ein kalter Windzug fegte um Luna, trug ihre Stimme mit sich fort und zerrte an ihrem Kleid. Charlyn rang noch immer hustend und würgend nach Atem, noch nicht in der Lage, auch nur ein Wort herauszubringen.

Die Kutsche der Herzogin von Nenomin stieß zu ihnen, sie öffnete die Tür und stieg die Stufen zu ihnen hinab, ungerührt, so als hätte sie den Anblick, der sich ihr bot, erwartet, so als hätte sie bereits verstanden, was geschehen war.

»Der Rat hat das zweite Attentat beauftragt, um den Prinzgemahl zu töten«, würgte Charlyn hervor, krümmte sich unter einem erneuten Hustenanfall und wandte sich an den Herzog. »Euer Attentat hat Ihre Majestät beinahe das Leben gekostet!«

Luna zuckte zusammen.

Das war es also, was Charlyn herausgefunden hatte? Sie schüttelte ungläubig den Kopf. Das ergab keinen Sinn, warum sollten sie –?

Sie schob den Gedanken beiseite und mit ihm das lähmende Entsetzen, das sich in ihr aufbäumte und von ihr Besitz ergreifen wollte. Es gab keinen Platz dafür, nicht, solange sie die Bedrohung um sich herum noch nicht erfasst, noch nicht verstanden hatte. Bisher wusste sie nur – spürte es in jedem Knochen ihres Körpers –, dass etwas sehr Gefährliches geschehen war, etwas, das ihre Welt erschüttern konnte … Es gab keinen Raum für Entsetzen, solange sie Charlyn und sich selbst nicht davor in Sicherheit gebracht hatte.

Wenn Charlyn richtig lag, hatten sie vor sich einen Mann, der bereit war, ein Attentat zu beauftragen – Hochverrat zu begehen –, und neben ihnen eine Attentäterin, bereit, Tod zu bringen … und sie war dumm genug gewesen, sie zu konfrontieren.

Ihre Worte hatten dem Herzog von Koravotia gegolten, während sie der Frau in Aels und Xyns Armen den Rücken zuwandte, als wäre sie keine Bedrohung, als hätte sie nicht die gleiche Dunkelheit gesehen wie Luna. Sie hatte keine Angst vor ihr.

Während Luna die Frau mit ihrem Blick durchbohrte, ihre zurückgerutschte Kapuze und die dunklen Haarsträhnen, die sich aus dem winzigen Zopf in ihrem Nacken lösten, rasten die Gedanken in ihrem Kopf. Sie versuchte noch immer, Ordnung in das Chaos zu bringen, versuchte noch immer zu verstehen, während das Bild des Herzogs, sein Zauber an Charlyns Hals, an ihren Gedanken zerrte.

Ihr Blick fiel auf ein gebogenes Messer auf dem Marmor vor ihr, ein weiteres war über den Boden gerutscht und am Fuß einer Säule liegen geblieben. Sie blickte auf die zwei gekrümmten Messer auf dem Boden, auf die Dolche, die sich an den Knöcheln der Attentäterin zeigten, wo ihre Hose nach oben gerutscht war, und auf die Wurfsterne, die aus der Tasche an ihrem Gürtel glänzten. Sie blickte auf ihr blutverschmiertes Gesicht und die kurzen Haarsträhnen, die zwischen ihren Lippen klebten.

Sie war nie auf einen solchen Moment vorbereitet worden, sie wusste nicht, was zu tun war … und der Rat konnte es ihr nicht mehr sagen. Luna blinzelte. Es war, als ob das Bild vor ihren Augen in Trümmer zerfiel, als ob die Säulen bröckelten und sie unter sich begruben. Was tat man, wenn die Sterne, an denen man navigiert hatte, vom Himmel fielen, was tat man, wenn der innere Kompass seine Nadel verlor, wenn man erkannte, dass die Säulen, auf denen man seine

Welt gebaut hatte, nur aus Lügen bestanden?

»Löst den Zauber«, forderte sie den Herzog von Nesra auf.

Nichts geschah. Sie wandte sich ihm zu, während er seinen Blick starr auf die Gefangene gerichtet hielt.

»Löst ihn!«, wiederholte Luna.

Der Herzog von Nesra bewegte seine Finger, murmelte seine Worte und die Frau schnappte nach Luft, hustete und spuckte aus. Ael und Xyn hatten ihre Mühe, sie festzuhalten. Blut rann aus ihrer Nase und ihre Zähne glänzten rot, als sie die Lippen hochzog. Ihr glühender Blick schoss zu den Ratsmitgliedern, während die Haarsträhnen in ihrer feuchten Stirn in ihrem Keuchen schwangen.

Luna fokussierte sich auf die Frau am Boden, blendete die Ratsmitglieder aus, die sie wie eine Wand von der Straße abschirmten, und mit ihnen auch den Herzog von Koravotia. Selbst Charlyn verschwand aus ihrem Sichtfeld und dann auch Ael und Xyn, bis da nur noch die Frau war, die ihr eine Wahrheit schuldete, die Licht in das Dunkel ihrer Unwissenheit bringen konnte. Sie drehte den Kopf und ihr Blick bohrte sich in Lunas, stumpf und emotionslos.

Luna zwang sich zu einem ruhigen Atemzug und presste sich eine Hand auf ihre Rippen, auf die Stelle, an der ein scharfes Brennen loderte. Es stand außer Frage, was die Attentäterin getan hatte, doch wer zog hinter ihr die Fäden?

»Ist es wahr? Hat der Herzog dich mit einem Attentat beauftragt?«, fragte Luna tonlos, beinahe beschwörend.

Das Gesicht der Frau blieb ausdruckslos. »Ich weiß nicht, wovon Ihr sprecht.«

Charlyn wollte protestieren, doch Luna durchbohrte sie mit ihrem Blick und flehte sie stumm an, zu schweigen. Sie musste nichts mehr sagen, es war auch ohne die Bestätigung der Attentäterin klar … sie wollte es nur nicht wahrhaben. Die Augen der Frau versengten Luna, aber sie schwieg.

»Führt sie ab!«, forderte der Herzog von Koravotia mit harter Stimme.

»Einen Moment.« Etwas glühte in Luna auf.

Auch der Attentäterin musste klar sein, dass sie sterben würde, dass es keinen Raum mehr für Verhandlungen gab, jetzt, wo sie ihre Magie gezeigt hatte.

»Was tust du *jetzt* hier?«, fragte Luna. »… solltest du *mich* töten?«

Die Frau schnaubte nur abfällig und spuckte wieder rotes Blut über den weißen Marmor – ein eindrückliches *Nein*, das Charlyn für sie wiederholte. »Nein!«

Luna zuckte zusammen. Charlyn sollte schweigen. Sie wollte nicht darüber nachdenken, was die Inbrunst in ihrer Stimme zu bedeuten hatte, wollte nicht wissen, was *all das* zu bedeuten hatte. Sie wollte nicht wissen, warum Charlyn eine Attentäterin in Schutz nahm.

»Charlyn?«, fragte sie dennoch, ohne sie anzusehen, ihre Stimme seltsam dumpf. »In welcher Verbindung stehst du zu dieser Frau?«

Die beiden wechselten einen Blick und Luna wünschte sich, sie hätte es nicht gesehen, hätte nicht gesehen, wie die Frau auf ihren Knien den Kopf hob, wie ihre kurzen dunklen Haare über ihre Schultern strichen, wünschte, sie hätte nicht gesehen, wie Charlyns Blick zu ihr geruckt war, mit diesem warmen Glühen in ihren Augen. Sie kannten sich … mehr als das. Charlyn hatte es ihr am Morgen noch erzählt … Aber wie konnte sie, wie konnte sie sich mit dieser Frau einlassen, wenn ihre Augen deutlich sagten, dass sie genau wusste, wer sie war?

»Ich kenne sie nicht«, erwiderte die Frau am Boden mit dunkler, kalter Stimme. Sie klang leise, rau und gleichzeitig scharf, wie eine Klinge unter Samt, und sie bestätigte nur, dass sie log.

Luna zwang sich, ihren Blick von ihr abzuwenden und aufzusehen, zwang sich, ihren Blick von den Stiefeln des Herzogs von Koravotia über seinen Gehrock bis zu seinem Gesicht zu heben. Sie zwang sich, *ihn* anzusehen.

»Erklärt mir das«, forderte sie, ihre Stimme inzwischen nicht mehr als ein entsetztes Krächzen. »Warum ein Attentat beauftragen?«

Sie hoffte noch immer, dass Charlyn sich irrte, und ein Teil von ihr glaubte auch noch fest daran – alles andere ergab keinen Sinn. Vor ihren Augen bröckelte alles, was sie je für wahr gehalten hatte, und brach in einer Wolke aus Staub.

Auch der Herzog schien sich im Klaren darüber zu sein, dass er es weder leugnen noch lügen brauchte. Charlyns Husten war Beweis genug. Er hob den Kopf und überging die Herzogin von Nenomin, die sich am Rand der Kutschen räusperte, als er entgegnete: »Es war die einzige Möglichkeit, die Gefahr der Hexer und der Niemandslande auszumerzen, schließlich haben sie das Attentat auf Ihre verstorbene Majestät verübt. So etwas können wir nicht dulden.«

Bei ihm klang es nicht wie eine Rechtfertigung, es war eine schlichte, logische Erklärung, die seine Taten beinahe wie eine Rettung klingen ließ. Sie nahm ihnen jegliche moralische Verwerflichkeit.

Luna drehte den Kopf, beobachtete die Runde der übrigen Ratsmitglieder, die am Rand des Säulengangs Aufstellung genommen hatten, und blickte in ihre unbewegten Gesichter. Auch mit dem Platz zwischen ihnen standen sie Schulter an Schulter, sie teilten die gleiche Meinung, sie alle gehörten dazu. Sie alle waren eingeweiht gewesen.

»Woher wusstet Ihr, dass Syltain von Kildarim ein Hexer ist? Woher wollt Ihr wissen, dass die Nordlande das Attentat auf Ihre Majestät verübt haben – sie oder die Hexer?«, fragte sie leise.

Die Wahrheit war, dass sie es nicht wussten, Luna sah es deutlich im Gesicht des Herzogs.

»… aber Ihr wart bereit, es Syltain und den Nordlanden zuzuschieben«, stellte sie fest.

Der Herzog hob in einer Andeutung von Gleichgültigkeit die Schultern. »Woher wollt Ihr wissen, dass sie es *nicht* waren?«, fragte er. »Ihre Schuld ist mehr als naheliegend, und ein begründeter Verdacht sollte ausreichen, wenn unser Königreich auf dem Spiel steht.«

Ein begründeter Verdacht ... Luna schauerte. *Unser* Königreich ... Sie schüttelte den Kopf. Nichts rechtfertigte einen kaltblütigen Mord ... dabei hatte ihnen ein Verdacht jahrzehntelang gereicht, um die Hexer zu jagen. Es hatte *ihr* gereicht, sie hatte es nie hinterfragt.

»Und Charlyn?« Luna traute sich noch immer nicht, sie anzusehen und ihrem Blick zu begegnen.

Hätte ihm auch hier der Verdacht, dass sie vielleicht etwas wusste, als Rechtfertigung für ihren Tod gereicht? War die Attentäterin deshalb hier? Denn wenn sie Charlyn nicht hatte töten wollen, und auch Luna nicht ... dann den Herzog? Hätte sie Charlyn gerettet?

»Ihr versteht sicher, dass es unverzichtbar ist, dass das nicht an die Öffentlichkeit gerät und *Charlyn* hier –« Der Herzog von Koravotia wandte den Kopf und warf ihr ein gezwungenes Lächeln zu. »– schien nicht sonderlich darauf bedacht gewesen zu sein. Es ist auch in Eurem Interesse, dass niemand davon erfährt, es könnte sich sonst der Verdacht aufdrängen, Ihr hättet Euch zur Königin ... *machen* wollen.«

Übelkeit wallte in Luna auf. Dieser Verdacht könnte der Wahrheit nicht ferner sein, ganz im Gegenteil – sie würde alles geben, damit Rea wieder die Krone tragen konnte, die jetzt ihren Nacken zusammenpresste und ihren Kopf wild pochen ließ ... Aber Wahrheit spielte keine Rolle mehr. Als sie mit der Hexerin in ihrer Zelle gesprochen hatte, hatte sie noch an *eine* Wahrheit geglaubt, an eine objektive Wahrheit. Jetzt war sie sich nicht einmal mehr sicher, ob es *überhaupt noch* irgendeine Wahrheit gab.

Die Zauberer benutzten für das, was sie taten, die gleichen Rechtfertigungen, die sie den Hexern vorwarfen. Das machte sie ebenso schuldig ... oder ebenso unschuldig? Luna konnte es nicht mehr sagen.

»Hat es Euch auch für die Hexer gereicht?«, fragte sie erstickt. Nur Augenblicke zuvor hätte sie Charlyn dafür gerügt, doch jetzt brannten Fragen in ihrem Inneren. »Waren sie auch unschuldig, bis Ihr Eure Lügen erzählt habt?«

»Kein Hexer war jemals unschuldig«, erwiderte der Herzog von Koravotia.

Luna nickte, als würde irgendetwas davon einen Sinn ergeben … als würde überhaupt irgendetwas noch Sinn ergeben. Der Herzog glaubte, was er sagte, er glaubte seine eigenen Lügen.

Xyns übrige Gardisten waren nur eine Wand von ihnen entfernt, Luna brauchte nur rufen … doch sie verwarf den Gedanken. Sie waren von der geballten Kraft der mächtigsten Zauberer Atheas umgeben, sie konnte sie nicht festnehmen lassen. Sie durfte sie sich nicht einmal zum Feind machen – zusammen waren sie viel zu gefährlich.

»Ihr solltet nicht zur Sommerresidenz zurückkehren«, sagte Luna stattdessen. Sie versuchte ihre Stimme fest und sicher klingen zu lassen, versuchte, Reas Haltung zu finden oder zumindest ihre eigene, doch sie hatte sie längst verloren.

»Ich selbst werde unverzüglich nach Rox Taenn reisen«, teilte sie ihnen mit. »Dorthin solltet Ihr ebenfalls nicht kommen.«

Rea war in diesem Moment allein mit der Herzogin von Droduis, die vermutlich genauso hinter den Taten des Rates stand. Luna wollte nicht glauben, dass sie ihr etwas antun würde, aber sie wollte dennoch zu ihr. Sie würde ruhiger sein, wenn sie sie atmen sah.

Der Herzog von Koravotia räusperte sich.

»Vielleicht möchtet Ihr Euch das noch einmal überlegen.« Seine Stimmlage machte deutlich, dass es – entgegen seiner Worte – kein Vorschlag war. »Ihr möchtet doch sicherlich nicht noch größere Unsicherheit schaffen … Den Adel würde eine solche Änderung ohne stichhaltige Beweise beunruhigen, es könnte womöglich sogar so erscheinen, als würdet Ihr Euch vom Volk entfernen … dabei wollt Ihr sie und den Adel doch sicher hinter Euch, jetzt, wo uns ein Krieg gegen die Nordlande droht. Sicher wollt Ihr *uns alle* in Eurem Rücken.«

Der Herzog lächelte seicht und auch seine Stimme wurde weicher.

»Gemeinsam können wir viel erreichen … Ihr wolltet doch Gespräche mit den Hexern beginnen, nicht wahr? Das ist eine große Umstellung, dafür braucht Ihr Rückhalt. Wir sind es, die unsere Bevölkerung beruhigen und ihr Stabilität geben. Und *wir* –« Er wandte sich um zu Charlyn, die ihn mit ihrem Blick zu erdolchen schien, die Lippen zu einer angewiderten Grimasse verzerrt. »– hatten doch gerade damit begonnen, uns über Perxcitta zu unterhalten … das Gespräch sollten wir fortführen.«

Der Herzog lächelte. Er lächelte ihnen allen ins Gesicht, nicht die Spur von Unsicherheit in seiner Haltung. Ihm war klar, dass er nichts zu befürchten hatte … Er hatte mit jedem einzelnen seiner Worte recht. Er hatte sie in der Hand, und zum ersten Mal wurde Luna bewusst, wie sehr. Sie war immer nur eine Puppe gewesen, hatte immer nur an den Fäden des Rates getanzt. Sie war sich nicht einmal mehr sicher, ob irgendeiner ihrer Gedanken je ihr eigener gewesen war.

Sie musste nichts erwidern, damit der Herzog wusste, dass er gewonnen hatte. Sein Lächeln verbreitete sich, als er in gespielter Demut den Kopf neigte.

»Dann kehren wir jetzt wohl am besten alle in die Thronstadt zurück«, sagte er seicht.

Lunas Fingerspitzen strichen über silberfarbene Ornamente und folgten der Prägung ihres Mieders bis hinab über den engen Rock ihres Kleides. Sie hatte sich schon vor Stunden vom Spiegel abgewandt.

Trotz des steifen Stoffes, der sich eng um ihren Körper wand, fühlte sie sich seltsam nackt. Er stand in keinem Verhältnis zu dem Gewicht der Krone auf ihrem Kopf, die ihren Nacken schmerzen ließ. Wie konnte es sein, dass sie das Gewicht des Silbers so viel stärker auf ihren Schultern und ihrem Herzen spürte als tatsächlich auf ihrer Stirn?

Die Zofen hatten ihr Haar zu unzähligen kleinen Zöpfen geflochten, die sich an ihrem Hinterkopf öffneten und zu Locken bauschten. Das Spannen würde verschwinden, sobald sie sich an das Gefühl gewöhnt hatte, doch an diesem Morgen verursachte es ihr brennende Kopfschmerzen.

Luna fühlte sich schon seit Tagen seltsam verloren – seit sie wusste, was der Rat getan hatte – und haltlos, so als hätte sie den Boden unter ihren Füßen eingebüßt. Nichts von dem, was sie geglaubt hatte, war mehr wahr, nichts von dem, was sie für richtig gehalten hatte, stimmte noch. Sie suchte so verzweifelt nach einer Richtung, die sie nicht fand, nicht, wenn sie sie sich nicht von ihrem Rat geben lassen wollte.

Sie würde noch an diesem Abend in den Ballsaal von Rox

Taenn treten, damit die Adligen ihre Krönung feiern konnten, ohne zu ahnen, dass sie keine Königin hatten. Luna war nur eine Marionette an den Fäden des Rates und sie würden sie tanzen lassen. Die Vorstellung, wieder ein perfektes Lächeln aufzusetzen, umgeben von unzähligen Adeligen, die sie in der Luft zerreißen würden, sobald ihre Maske verrutschte, ließ die Übelkeit in ihrem Magen aufwallen. Sie hatte nur noch wenige Stunden, um sich zurück in eine Puppe zu verwandeln, ohne Gedanken, ohne Erinnerungen, ohne Schmerz.

In ihrem Rücken öffnete sich die Zimmertür und vier Zofen trugen unter dem strengen Blick der Schneiderin den Überrock ihres Kleides herein. Luna sah nicht hin, während sie damit begannen, die Wolken aus mitternachtsblauem Stoff an den Bändern um ihre Taille zu befestigen. Es erinnerte sie zu sehr an einen Rock, wie Rea ihn getragen hätte.

Sie wartete noch immer darauf, dass Rea einen Ton von sich gab, eine Bewegung, irgendein Zeichen, dass sie noch da war, aber der Gesichtsausdruck der Herzogin von Droduis wurde bei ihren Untersuchungen jeden Tag düsterer, genau wie ihre Prognose. Sie kümmerte sich auch weiterhin um Rea und machte ihre Untersuchungen – die Frau, die sich daran beteiligt hatte, dass sie überhaupt erst in diesem Zustand war … Aber sie war unbestreitbar auch die fähigste Heilerin des Königreichs. Luna hatte dahingehend keine Wahl.

Hinter den Zofen trat Charlyn ins Zimmer, doch sie blieb am Türrahmen zurück und schwieg, während das leise Rasseln ihres Kleides verklang. Luna musterte sie mit großen Augen. Was sie trug, war nicht wirklich ein Kleid zu nennen. Unzählige feingliedrige goldene Ketten verdeckten ihre Haut, schlangen sich umeinander und wanden sich hoch bis zu einem Reifen an ihrem Hals. Sie zogen sich auch von ihren Armen bis zu ihren Schultern und dann weiter bis zu ihren Locken in ihre Stirn.

»Jashir hat mir das anfertigen lassen«, sagte Charlyn und schnaubte. »Bezeichnend, diese Ketten, oder?«

Sie rasselten wie zur Antwort, als Charlyn ihr Gewicht verlagerte, um an sich herabzublicken.

»Es ist schön«, erwiderte Luna leise. Sie hasste, wie erstickt ihre Stimme klang, so als hätte sie seit Tagen nicht gesprochen … so als hätte sie nichts zu sagen.

Charlyn schnaubte wieder, verdrehte die Augen und verschränkte die Arme vor der Brust. Auch dabei rasselten die Ketten. »Für dich vielleicht.«

Luna wartete, während Charlyn schwieg. Ihr Ton hatte deutlich gemacht, dass sie ihr noch mehr zu sagen hatte, und dem nervösen Tippen ihrer Finger nach würde es nicht mehr lange dauern.

Zwischen ihnen hatte sich eine unangenehme Anspannung ausgebreitet, die in ihrem Schweigen der vergangenen Tage angewachsen war. Keine von ihnen schien zu wissen, wie sie das Gespräch beginnen sollten, über das, was geschehen war, und so waren sie sich halbherzig ausgewichen – bis jetzt.

»Warum tust du nichts dagegen?«, platzte Charlyn heraus.

Die Zofen traten zurück, nachdem sie den bauschigen, voluminösen Überrock an Lunas Korsage befestigt hatten, und die Schneiderin begann mit ihren korrigierenden Handgriffen. Das Gewicht des Stoffes zerrte Luna beinahe zu Boden.

Sie nickte den Zofen und der Schneiderin dankbar zu, entließ sie mit einer Kopfbewegung und wollte warten, bis sie den Raum verlassen hatten, doch noch bevor die Tür ins Schloss gefallen war, ergriff Charlyn wieder das Wort. »Wie kannst du einfach so weitermachen wie bisher? Wie kannst du das ignorieren, was du weißt?«

»Ich ignoriere es nicht!«, zischte Luna zurück, bedacht auf die Ohren in den Wänden. »Ich habe versucht, dass der Rat Syltain und die Frostkönigin freilässt, aber wir können dem Volk nicht beweisen, dass sie nicht schuldig sind an dem Attentat auf Ihre verstorbene Majestät. Wir können sie nicht freilassen.«

Charlyn öffnete bereits wieder den Mund, doch Luna ließ sie nicht zu Wort kommen. »Ich habe auch versucht, zu erreichen, dass wir mit der Hexerin ins Gespräch gehen, aber sie hat den halben Adel auf dem Gewissen, das weißt du selbst am besten –« Mit einem unwohlen Gefühl in ihrem Magen nahm sie wahr, wie Charlyn zusammenzuckte.

Die Hexerin würde am Ende dieser Nacht hingerichtet werden. Luna hatte den Rat nicht umstimmen können – nicht, wenn die gesamte Bevölkerung so dringend auf ihren Tod brannte. »Wie soll das Königreich mir vertrauen, wenn ich mich plötzlich denen zuwende, die ihm so großen Schaden zugefügt haben?«

»Du hast die, die ihm den größten Schaden zugefügt haben, direkt an deiner Seite!«, fauchte Charlyn.

Sie war wütend, so wütend, dass ihre Locken hüpften und ihre Hände durch die Luft wedelten. Sie hatte jedes Recht dazu, doch diese Wut brachte sie nicht weiter.

»Ich habe verlangt, dass wir die Hinrichtungen von Syltain und der Frostkönigin aufschieben.« Zumindest etwas hatte Luna erreicht, auch wenn sie für die Hexerin nichts mehr tun konnte. »Es werden vorerst keine weiteren Truppen in die Nordlande entsandt, um die Hexer dort zu verfolgen, und ich will versuchen zu erreichen, dass wir die gesamte Hexerverfolgung dort – und hier – einstellen. Ich möchte mit den *Sympathisanten* sprechen, mit dem Widerstand«, fuhr Luna fort und redete sich dabei in Rage. Es schien ihr immer noch wie ein Affront, den Gedanken überhaupt auszusprechen, so als widerspräche sie allem, wofür die Könige und Königinnen Atheas vor ihr gekämpft hatten. »Ich möchte diesen Irrsinn beenden. Ich will keinen Krieg in unserem Königreich!«

Charlyn blinzelte und es war, als ob dieses eine Blinzeln ihre gesamte Haltung veränderte. »Du willst das gegen den

Rat durchsetzen?«, fragte sie.

Luna schwieg. Wenn sie ehrlich war, wusste sie nicht, ob sie das konnte. Sie erinnerte sich an all die Gelegenheiten, an denen ein einziger Blick der Augen des Herzogs von Koravotia sie zum Schweigen gebracht hatte.

Charlyn wartete einen langen Augenblick, bevor sie sich schnaubend abwandte. »Das dachte ich mir«, sagte sie und die Enttäuschung schwang offen in ihrer Stimme mit.

Die Wahrheit war, dass der Rat seine eigenen Entscheidungen traf. Luna richtete sich auf und zwang sich, ruhig zu atmen. Es war ihre Schuld, dass Charlyn mit in diesen Kampf hineingezogen worden war. Hätte sie sie nie darum gebeten, Nachforschungen anzustellen … Luna zwang sich zu einem weiteren Atemzug, zwang sich, sich nicht unter dem Ziehen in ihrer Brust zu krümmen. Sie hatte nicht über die Konsequenzen nachgedacht, bevor sie ihre Freundin dieser Gefahr ausgesetzt hatte. Sie hätte sie nie darum bitten dürfen.

»Sie können Perx doch endlich geben, was ihr wollt …«, flüsterte sie und ekelte sich vor sich selbst, während sie es aussprach. Charlyn würde sich nicht damit zufriedengeben.

»Sie werden Perx niemals geben, was wir wollen!«, fauchte sie tatsächlich. »Was wir wollen, ist *Freiheit!* Ich werde nicht um etwas verhandeln, – mir nicht *wohlwollend* von ihnen zugestehen lassen –, was uns schon längst gehören sollte! … und zu welchem Preis?«

Charlyn verzog abfällig die Lippen. »Mir ist nicht egal, was hier geschieht, und dir kann es doch auch nicht egal sein!«

Luna schüttelte den Kopf. Es war ihr *nicht* egal, aber sie wusste nicht, was sie tun sollte. Sie hatte keinen Plan mehr.

Charlyn schnaubte, begleitet von dem Rasseln ihres Kleides. Sie zögerte einen Moment, bevor sie sagte: »Ich habe in den letzten Tagen einige Zahlen verglichen – Berichte von Hinrichtungen, Listen der Kriegsopfer, die Schilderungen von Zeitzeugen während des Kreuzzuges der Hundert aus den Chroniken, Landberichte aus Privonn … Ich denke, die Hexerin hatte recht – die Hundert sind am Leben und ich denke, ich weiß auch, wo.«

»Wo?«

Charlyn blickte sie nur erwartungsvoll an, so als wäre die Antwort offensichtlich, doch sie ließ ihr keine Zeit, weiter darüber nachzudenken. »Wenn ich den Rat damit erpresse, kann das unsere Freiheit sein.«

Luna schüttelte panisch den Kopf. Es wäre ihr *Tod*. »Warum hast du mir das noch nicht erzählt?«

Das spielte keine Rolle mehr.

»Bitte, tu das nicht!«, flehte sie Charlyn an. »Ich verspreche, ich lasse nicht zu, dass Perx etwas geschieht.« Sie würde nicht zulassen, dass sie sich für sie weiter in Gefahr begab.

»Oh, wirklich?«, fragte Charlyn mit einem sarkastischen, beißenden Unterton, der so gar nicht zu ihr passen wollte. Vielleicht hatte auch Charlyn sich verändert, so wie sich alles verändert hatte … so wie auch Luna. »Ich habe das Gefühl, du lässt *alles* zu! Uns allen passiert etwas – Jashir, der Frostkönigin, der Hexerin, Dae – der *Attentäterin* …«

»Wir können nichts tun …«, entgegnete Luna schwach. Nicht, ohne alles aufs Spiel zu setzen – das hatte der Herzog von Koravotia ihnen eindrücklich demonstriert. »Reicht es dir nicht, dass sie dich fast getötet hätten?«

»Sie *haben* mich aber nicht getötet!«, fuhr Charlyn sie an. »… und ich werde mich nicht von ihnen einschüchtern lassen, damit hätten sie doch genau das erreicht, was sie wollten. Sie bringen uns alle zum Schweigen! Warum sitzt Dae in deinen Verliesen, nicht der Rat, nicht die, die eigentlich an allem schuld sind?«

»Weil sie eine Attentäterin ist!«, erwiderte Luna inzwischen ebenso laut und die Wut in ihr brodelte so weit auf, dass sie sich nicht mehr beherrschen ließ. »Wie konntest du dich mit einer Attentäterin einlassen?«

Charlyn zuckte zurück. »Sie hätte mich vor vielen Jahren

töten können, aber sie hat es nicht getan.«

Luna schüttelte verständnislos den Kopf. »Wusstest du, was sie getan hat? Wusstest du von dem Attentat auf Rea?«, verlangte sie zu wissen, doch Charlyn schwieg nur zur Antwort.

Wieder schüttelte Luna den Kopf, inzwischen vollkommen fassungslos. Sie konnte sie nur anstarren, ihre Augen, die von den goldenen Ketten eingerahmt wurden, die bis knapp über ihre Brauen hingen, konnte nur in diese Augen starren, die ihren Blick reglos und fest erwiderten. Auch Charlyn reihte sich in die Menschen ein, die ihr Wissen vor ihr verheimlichten, die Geheimnisse vor ihr hatten, die sie belogen, wenn es ihnen nutzte. Dabei hatten Charlyn und sie … Luna kam sich in diesem Moment beinahe schmerzhaft gutgläubig vor … Dabei hatten Charlyn und sie doch keine Geheimnisse voreinander.

»Warum hast du mir das nicht gesagt?«, fragte Luna erstickt.

Charlyn schluckte sichtbar. »Ich wollte es dir sagen«, beteuerte sie. »Ich wollte dir sagen, dass der Rat das Attentat beauftragt hat, doch dann bin ich vor dem Tempel dem Herzog von Koravotia begegnet und …«

Luna hörte ihr bereits nicht mehr zu. »Nur das?«

Charlyn blickte sie fragend an.

»Wolltest du mir nur sagen, dass der Rat das Attentat beauftragt hat, oder auch, *wer* es ausgeführt hat?«

Charlyn schwieg, doch das war Luna bereits Antwort genug. Sie wandte sich zum Spiegel – selbst ihr eigener Anblick war besser, als auch nur einen weiteren Moment auf die rasselnden Ketten schauen zu müssen.

»Warum hast du den Rat nicht längst abgesetzt?«, fragte Charlyn nach einer stummen Weile, jetzt ruhiger, ernster. Es fühlte sich endgültiger an. Enttäuschter.

Die Worte drangen tiefer in Lunas Brust als Charlyns Wut. Sie schuldete ihr keine Rechenschaft und dennoch antwortete sie. »Weil das nicht im Interesse der Krone ist.«

Wie um die Worte zu bekräftigen, verstärkte sich das Gewicht des Silbers auf ihrem Scheitel.

Charlyn warf ihre Hände in die Luft. »*Du* bist die Krone! Sag mir nicht, dass es nicht in deinem Interesse wäre!«

Selbst im Spiegel konnte Luna ihrem Blick nicht entgehen ... und sie konnte nicht lügen. »Ich weiß nicht«, gab sie leise zu. Sie wusste nicht, was richtig war.

Es war ironisch, dass sie in dieser Nacht ihre Krone feiern sollte, wo sie sie doch gar nicht verdiente. »Ich riskiere Menschenleben, wenn ich gegen den Rat vorgehe, ich riskiere Menschenleben, wenn ich es nicht tue. Ich weiß nicht, was ich tun soll. Ich war doch nie dafür gemacht –«

»Das ist eine schwache Ausrede, um nicht besser sein zu müssen!«, fuhr Charlyn ihr ins Wort.

»Ich kann nicht tun, was du da von mir verlangst! Mir sind die Hände gebunden, der Rat –«

»Du läufst weg!«, fauchte Charlyn und wandte ruckartig den Kopf ab. »Du drückst dich nur davor, zu tun, was richtig ist!«

»Woher soll ich denn wissen, was richtig ist?«, fragte Luna heiser. Ein Geständnis brannte auf ihrer Zunge und war ihr entschlüpft, bevor sie es aufhalten konnte. »Ich vertraue mir nicht.«

... nicht mehr seit diesem einen Augenblick vor zwei Jahren, in dem sich etwas so richtig angefühlt hatte, und dabei so, so falsch gewesen war. All die möglichen Entgegnungen, die bei Charlyns Worten durch Lunas Kopf geschossen waren, schrumpften zu einer einzigen zusammen. »Mein Einsatz ist immer unser gesamtes Königreich, und das darf ich nicht aufs Spiel setzen.«

»Wie gut, dass nicht *du* herausgefunden hast, wo die Hundert gefangen gehalten werden«, entgegnete Charlyn ruhig und entschieden, so als hätte sie einen Entschluss gefasst. Sie wandte sich um.

»Charlyn, nicht –!«, entfuhr Luna, als sie verstand, was sie vorhatte.

Sie wollte einen Schritt auf sie zu machen, doch ihr enger Rock verhinderte das. Charlyn öffnete die Tür.

»Es ist nicht deine Entscheidung, was mit diesem Wissen passiert, Luna. Ich war nur nett, es dir zuerst zu sagen«, erwiderte sie seelenruhig, so als wäre sie nicht im Begriff, den Rat mit ihrem Wissen zu erpressen.

»Tu das nicht!«, flehte Luna noch einmal, doch Charlyn tat, als ob sie sie nicht hören konnte. »Ich bin deine Königin!«

Die Worte waren Lunas Kehle entschlüpft, bevor sie darüber hatte nachdenken können, und schwebten in der Stille zwischen ihnen. Charlyn war erstarrt, eine Hand an der Tür, und wandte sich nun langsam, ganz langsam, zu ihr herum, der Blick in ihren Augen fassungslos.

»Ich verstehe«, erwiderte sie tonlos, neigte den Kopf und sank in einen tiefen Knicks. »Eure *Majestät*.«

Lunas Finger krallten sich fest in ihren Rock. Aus Charlyns Mund klang ihr Titel wie eine Strafe und auch nur dafür sprach sie ihn aus … um sie zu bestrafen.

Das Glitzern des Ballsaals raubte Luna die Sicht. Das bläuliche Licht, das von dem kristallenen Deckenleuchter ausging, brach sich in sprudeligen Sektflöten, auf den Ziersteinen der Roben und in funkelndem Schmuck, und wurde von den unzähligen Spiegeln an den Seitenwänden zurückgeworfen.

Luna blickte sich verwirrt im Saal um, verwirrt vom Gelächter und von den Menschen, die ihr lächelnd zuprosteten und ihr gratulierten. Sie hatte bei Reas Krönung nicht darüber nachgedacht, dass sich jede Gratulation so anfühlte, als würde man ihr zum Tod der vorherigen Königin gratulieren. Sie drehte den Kopf und suchte Xyn zwischen den Männern der Garde, bis sie ihn fand. Er hielt sich dicht hinter ihr, genau wie Ael.

Niemand im Raum ließ sich anmerken, dass sie nur wenige Tage zuvor in diesem Saal *Reas* Krönung gefeiert hatten. Luna stand an der Stelle unter der Empore, wo die Bediensteten in den vergangenen Tagen den Schutt entfernt hatten, ungefähr dort, wo Reas Körper aufgeschlagen war, und sie war sich dessen nur allzu sehr bewusst, doch an jeder anderen Position im Raum fuhr ihr Blick zu der Stelle im Balkon, die provisorisch repariert und mit einem großen Bouquet verhangen worden war.

Sie fühlte sich fremd in ihrem eigenen Körper. Ihr Äußeres war wie eine Puppe frisiert, geschminkt und angekleidet worden, ihr Kleid kunstvoll um sie drapiert, doch innerlich wand sie sich in der Hülle, die viel zu klein und gleichzeitig viel zu groß für sie war. Ihre Haut brannte unter dem Rock beinahe unerträglich heiß und er war so steif, dass sie sich nicht bewegen konnte – nicht, dass sie sich hätte bewegen wollen. Ein irrsinniges Lachen stieg in ihrer Brust auf, das sie nur mit Mühe unterdrücken konnte, nicht sicher, ob es nicht ein Schrei geworden wäre. Es war Irrsinn, dass niemand es bemerkte. Sie verlor zunehmend die Kontrolle über ihren Körper, ihr Lächeln zuckte und ihre Bewegungen wurden seltsam ruckartig.

Der Herzog von Koravotia wich seit Beginn des Balls nicht von ihrer Seite. An diesem Abend trug er einen eleganten, schlichten dunklen Gehrock aus Samt, hatte seinen Bart geflochten und eingedreht und hielt den Kelch in seiner Hand entspannt vor seiner Brust. Inzwischen hatten sich auch die übrigen Ratsmitglieder zu ihnen gesellt, doch ihre Stimmen verschwammen in Lunas Ohren, mischten sich mit dem Sturm in ihrem Inneren und dem Sturm, der um die Mauern des Palasts peitschte, und sie blickte seit einer ganzen Weile nur noch ziellos zwischen ihnen hin und her.

»Wir können Euch keine zehntausend Mann schicken, nicht, solange wir Angst haben müssen, dass die Vereinigung um die Hexer sich weiter zusammenrottet.« Der Herzog von Koravotia zu ihrer Rechten schwenkte sein Glas so energisch, dass der Wein darin beinahe überschwappte.

»Natürlich nicht, schließlich habt Ihr ja Deldaell, das die Niemandslande für Euch abfängt!«, polterte zu Lunas Linken der Herzog von Xayres zurück. Der Herzog von Deldaell neben ihm stimmte ihm brummend zu. »Sollte Deldaell fallen, seid Ihr der Erste, der um Hilfe schreit!«

»Ihr habt leicht reden, Ihr habt die Zerstörung der Hundert nicht erlebt. Wo waren *Eure* zehntausend Mann, als sie *unser* Land niedergebrannt haben?« Wein schwappte über die Hand des Herzogs von Koravotia.

Hätte Luna sich bewegen können, wäre sie einen Schritt zurückgewichen, doch so blieb sie an Ort und Stelle stehen und beäugte den Irrsinn der Szenerie.

Die Stimmung wurde immer geladener, je mehr Alkohol floss, doch die Gesichter und die Haltung der Ratsmitglieder ließ nichts davon vermuten. Sie hielten die elegante Maskerade des Ballsaals aufrecht, während ihre Worte eher einem Schlachtfeld glichen. Der Kampf hatte noch nicht begonnen und sie zerfleischten sich bereits gegenseitig. Die Übelkeit, die Luna schon den gesamten Tag begleitet hatte, wallte auf. Sie bereiteten sich vor. Sie bereiteten sich vor auf einen Krieg, der ihr Königreich verwüsten würde.

Der Rauch einer Pfeife hing in der Luft und machte sie schläfrig. Die Nächte, die sie kaum geschlafen, die Stunden, die sie kniend vor Reas Bett verbracht hatte, forderten ihren Tribut. Die Stimmen um Luna verschwammen zu undeutlichem Gewirr und sie war erleichtert, dass keiner der Räte direkt mit ihr sprach – nicht mehr. Sie alle spielten ihre Rollen gut, lachten herzlich, grinsten und schienen zu baden in der Aufmerksamkeit.

Luna stützte eine Hand in ihren Rücken und versuchte, sich in ihrer Korsage mehr Platz zum Atmen zu schaffen. Ihr war übel, ihre Augen brannten und die Musik dröhnte zusammen mit den unzähligen Stimmen in ihrem Kopf. Der Boden – oder eher ihre Beine – schienen viel zu weich.

Wieder schob sich Charlyns Blick vor ihre Augen, als sie

ihr Zimmer verlassen hatte. Luna hatte sie seitdem nicht wieder gesehen, sie wusste nicht, ob sie mit einem der Ratsmitglieder gesprochen hatte, und da Charlyn sich noch immer weigerte, ihr Amulett vom Herzog von Koravotia zurückzunehmen, konnte sie sie auch nicht fragen. Ihr Blick wanderte über die Menge und suchte nach ihr, auch wenn sie wusste, dass sie sie nicht finden würde. Charlyn war ihr immer eine Stütze gewesen. Sie brauchte sie.

Stattdessen entdeckte Luna Jashir in eine Ecke gelehnt und einen Krug vor seinem Gesicht. Eine rote Spur Wein zog sich von seinem Mundwinkel über seinen Hals und die Haare seiner nackten Brust hinab bis zu seinem Gürtel. War ihm bewusst, dass Charlyn sich womöglich auch seinetwegen in Gefahr brachte? Luna presste eine Hand auf ihren Hals, dort, wo Galle nach oben stieg, und spürte ihren rasenden Herzschlag in ihrer Handfläche.

Der Herzog von Koravotia streckte seinen Arm nach ihr aus, ohne sie zu berühren, und warf ihr einen mahnenden Blick aus den Augenwinkeln zu, während er nickte und lächelte, als wäre seine volle Aufmerksamkeit der Herzogin von Wemiwa gewidmet, die zu ihnen getreten war, um Luna zu gratulieren. Es war das Zeichen, dass ihre Maske verrutschte.

Luna klammerte sich nur fester an ihre Sektflöte. Sie erinnerte sich nicht einmal, wovon sie überhaupt sprachen – von den Hexern vielleicht, schließlich waren sie das heißdiskutierteste Thema in diesem Ballsaal, während sie alle ungeduldig auf die Hinrichtung warteten, jeder von ihnen so blind vor Hass …

Die Herzogin von Wemiwa erstarrte mitten im Satz, den Mund noch geöffnet. Ihr Blick war an ihnen vorbeigeschossen.

Luna wandte langsam den Kopf, und auch Xyn und Ael hatten es bemerkt und machten einen Schritt an ihre Seite.

Eine Frau in einem blutroten Kleid bewegte sich durch die Menge auf die Treppe zu, die hinauf zu der Empore führte. Ihre Kapuze und eine Maske verbargen ihr Gesicht, doch Luna hatte sie bereits bei ihrem ersten Schritt erkannt. Sie erstarrte und schaffte es nur mit Mühe, nach Xyn zu fassen, um ihn und Ael davon abzuhalten, sich durch die Menge zu schlagen.

Die Frau in ihrem blutroten Kleid nahm die Treppe voller Gelassenheit, Stufe um Stufe – ohne jegliche Eile – schob sie ihren ausladenden Rock hinauf. Der Saal hielt den Atem an, während sie ebenso ruhig auf die Stelle zuschritt, an der das Balkongeländer gebrochen war. Sie alle beobachteten sie stumm und reglos, so als wäre der gesamte Saal zu Eis erstarrt.

Xyn schüttelte Lunas Hand ab, doch sie griff erneut blind nach ihm und packte den Stoff seines Hemdes. ›Nicht‹, versuchte sie zu sagen, und konnte es doch nur denken.

Die Frau thronte stumm über ihnen auf der Empore und ließ ihren Blick durch den Saal schweifen, über die Menge, die so still war, dass man eine Feder hätte fallen hören können. Sie alle spürten die Spannung in dem Wissen, dass jeden Augenblick etwas geschehen würde – etwas, das alles veränderte.

Die Frau griff mit beiden Händen nach ihrer Kapuze und streifte sie zurück.

31

Ihre goldene Krone glänzte im Licht des Kronleuchters. Beinahe zögerlich löste sie den Knoten der Maske in ihrem Haar, das sich offen um ihren Kopf krauste, doch das war nicht mehr nötig, damit sie sie erkannten.

Rea thronte über ihnen, während ein atemloses Gewitter über den Raum hereinbrach. Überraschte Rufe grollten und donnerten um sie herum, doch Rea stand ganz still. Ihre Königin thronte auf der Empore über ihnen, in ihrem ausladenden blutroten Kleid, eine goldene Krone auf ihrer Stirn. Ihr Anblick schien so unwirklich, als würde ein Geist über ihnen schweben.

Wieder stieg das irrsinnige Lachen in Lunas Kehle auf. Es wirkte surreal, wie Rea sich herumdrehte und die Treppen hinunterschwebte.

Das Stimmengewitter verstummte urplötzlich und der Saal wurde so still, dass sie ihr Kleid dabei rascheln hören konnten. Die Menschenmenge auf der Tanzfläche teilte sich vor ihr, als würde sie sie zerschneiden, als zerschnitt sie mit jedem Schritt die Lüge, die sie zur Wahrheit gemacht hatten. Für die Gäste musste es sein, als wäre sie von den Toten auferstanden.

Jeder von Reas Schritten war gleichzeitig Befreiung und Untergang – ihre Befreiung und der Untergang des Königreiches. Dennoch fühlte Luna sich seltsam leicht, als hätte man das Gewicht der Welt von ihren Schultern genommen.

Ihr Atem stockte, als Rea dicht vor ihr zum Stehen kam. Sie hielt sich steif, aber ihr Lächeln saß perfekt, so wie die goldene Krone auf ihrem Kopf. Sie alle starrten darauf.

Sie stürzte ihr Königreich ins Chaos. Sie *beide* stürzten ihr Königreich ins Chaos. Zwei Königinnen wie Spiegelbilder voreinander, zwei Kronen, eine goldene und eine silberne.

Reas Gesicht wirkte schmaler, als sie aufsah und ihren Blick nicht auf Lunas Augen, sondern auf die silberne Krone auf ihrem Kopf richtete. Auch ihr Blick hatte sich verändert, der Stolz darin war zu etwas anderem geworden … etwas Tieferem. Reas Augen trafen Lunas und sie verstand erst in diesem Moment, dass sie geglaubt hatte, sie nie wieder zu sehen. *Rea.* Ihre *Schwester.* Sie sah sie wieder vor sich, das, was ihre Schwester immer hätte sein sollen und nun auf keinen Fall sein durfte. Es war, als hätten sie eine parallele Realität betreten, und plötzlich war Luna der Eindringling, das, was nicht ins Bild passte.

Rea schwankte und ihr Blinzeln wurde länger, als müsste sie sich anstrengen, um sie zu fokussieren. Ein dünner Schweißfilm überzog ihre Haut. Luna blinzelte unwirsch die Tränen fort, die sich in ihren Augenwinkeln sammeln wollten. Wenn selbst Rea so gefasst war, durfte sie sich nicht gehen lassen.

»Die Krone steht dir gut«, hauchte Rea mit rauer Stimme, so kratzig, als käme sie direkt aus einem Grab, und jedes ihrer Worte schien Luna zu verbrennen.

Sie wartete atemlos. Niemand von ihnen wusste, wie er reagieren sollte, niemand von ihnen wusste, was zu tun war, wenn sich zwei Königinnen Atheas gegenüberstanden. Sie waren eine Verletzung der Naturgesetze. Sobald Luna wieder atmen konnte, sobald Rea den Blick abwandte, würde der Raum, würde das Königreich, reagieren. Etwas würde geschehen.

»Sie steht dir wirklich gut, *meine* Krone ...« Rea verzog die Lippen, als sie Luna die Worte vor die Füße spie.

Das schien den Saal aufzuwecken. Die Gardisten zogen ihre Schwerter.

»Nicht!«, keuchte Luna.

Innerhalb eines Augenblicks waren sie umgeben von gezückten Schwertern, die Blicke der Gardisten starr auf Rea und sie gerichtet.

»Lasst die Waffen sinken!«, befahl Luna wieder, doch die Gardisten gehorchten ihr nicht.

Die Männer, die ihr Schutz sein sollten, wirkten mit einem Mal viel mehr wie eine Bedrohung. Luna starrte auf das glänzende Metall, auf die ruhigen Hände, und dann in die Gesichter der Gardisten. Sie waren vollkommen emotionslos, ihre Blicke huschten von Luna zu Rea und dann zu ihrem Hauptmann, warteten auf seinen Befehl.

»Eure Majestät ...«, sagte der Herzog von Xayres leise, seltsam zögerlich für seinen sonst so resoluten Tonfall, und Luna war sich nicht sicher, ob er Rea oder sie damit meinte.

Ihre Korsage fühlte sich plötzlich eng an, die Luft im Saal so dünn. Sie zitterte. Es begann in ihren Fingerspitzen und setzte sich durch ihre Arme bis zu ihren Rippen fort. Sie wollte sich irgendwo festhalten, aber da war nichts, woran sie sich hätte festhalten können. Sie war allein unter den unzähligen Blicken, die sich auf ihren Körper richteten.

Rea begann zu lachen. Es war ein glockenheller Ton, aber nicht mehr als ein hohles Echo dessen, was ihr Lachen einmal gewesen war.

»Eure *Majestät*«, wiederholte sie spöttisch, noch immer giggelnd, und sank in einen tiefen Knicks. »Sie waren nie *Eure* Garde.«

Luna erwiderte den Knicks, ohne nachzudenken, das Ergebnis jahrelanger Schule, bevor sie verstand, was Rea da gesagt hatte. Sie verspottete sie und die Krone auf ihrem Kopf, die in diesem Moment nicht mehr bedeutete als die Holzkrönchen, mit denen sie als Kinder gespielt hatten. Sie hatte keinerlei Macht in diesem Raum.

Luna musterte die Menge, die zusammengestellten Körper und das aufgeregte Zischeln, das wie Donner durch den Saal grollte. Sie kannten jetzt die Wahrheit, sie wussten, dass Rea am Leben war, und sie konnte nicht vorhersagen, was sie damit anfangen würden … Vielleicht sahen sie gerade ihr Königreich untergehen.

»Du wolltest schon immer nur diese Krone, oder?« Rea hatte die Worte nur geflüstert, und doch ruckte Lunas Kopf zu ihr herum.

»Ich wollte sie nie!«, widersprach sie. Sie musste nicht einen Augenblick darüber nachdenken. Ihre Augen huschten über Reas, über ihre Wangen und ihre verkniffenen Lippen, und dann wieder hoch zu ihrer Krone, zu der goldenen Krone Ihrer verstorbenen Majestät, um die sich ihr ganzes Leben gedreht hatte. »Nur ihretwegen habe ich dich verloren.«

Sie traute sich nicht, Rea in die Augen zu sehen, als sie mühsam hinzufügte: »Ich wollte immer nur eine Schwester …«

Es war ihr unbegreiflich, wie sie beide so weit von ihrem Weg abkommen konnten, was aus dem Mädchen geworden war, das diesen Wunsch gehabt hatte.

Rea schwieg und musterte sie, wie um herauszufinden, ob sie die Wahrheit sagte. Auch ihre Stimme hatte sich verändert, hatte Höhen und Tiefen gewonnen, die ihr früher gefehlt hatten. »Du hast dir genommen, was mein war.«

Luna blickte sie nur an. Sie würde in Reas Geschichte immer der Bösewicht sein, diese Rolle hatte sie sich bereits vor Jahren geschrieben. Sie schluckte, als ihr klar wurde, dass sie das nicht mehr würde ändern können.

Zwei Königinnen. Athea konnte keine zwei Königinnen haben. Luna war sich bewusst, wie gefährlich diese Situation für sie beide war.

»Seit wann bist du wach?«, fragte sie Rea, um sich Zeit zu kaufen, um einen Ausweg aus ihrer Situation zu finden.

Rea gab einen hellen Ton von sich, der kaum ihr Schnauben kaschierte. »Nicht lang, aber es hat gereicht, dass die Herzogin von Droduis mich unterrichten konnte, was in meiner ... *Abwesenheit* geschehen ist.«

Sie spielten mit ihnen. Der Rat hatte diesen Auftritt wie ein Theaterstück geplant und Rea und sie dafür wie Statisten benutzt, die eines Skripts nicht würdig waren. Sie hatten Luna mit voller Absicht nicht unterrichtet, dass Rea aufgewacht war, und hatten die Zeit stattdessen dafür genutzt, sie mit ihren Lügen zu füttern. Es gab so viel, was Luna ihr erzählen, was sie richtigstellen musste.

In ihrem Augenwinkel bemerkte sie Xyn, der Rea ebenso steinern anblickte. Auch er hatte es nicht gewusst, auch er stand plötzlich zwischen zwei Seiten und musste entscheiden, wie er sich verhalten sollte. Für diesen Fall gab es kein Protokoll ... Doch die Sorge in seinem Blick galt vermutlich nicht nur den zwei Königinnen vor ihm – wenn seine Gardisten ihn noch nicht unterrichtet hatten, die zwei, die zur Wache vor Reas Zimmer eingeteilt gewesen waren, bestand durchaus die Möglichkeit, dass ihnen etwas zugestoßen war.

Jegliche Höflichkeit verschwand aus Reas Lächeln und wich etwas Bittererem, Zäherem. Luna konnte dem Verrat, der in ihren Augen glühte, nicht standhalten.

»Um ein Haar hätte ich deine Feier verpasst, deinen ... *Triumph*.« Zäher Hohn tropfte aus Reas Worten.

Licht spiegelte sich in ihrer goldenen Krone, der Schwester zu Lunas silberner, als sie den Kopf vor ihr neigte. Luna konnte ihren Blick nicht davon abwenden. Sie standen so dicht voreinander, dass sie nur ihre Hand würde ausstrecken müssen, um sie zu berühren.

»Es ist nicht wie sie dir erzählt haben, Rea ... Sie spielen mit uns! Ich bin nur eine Puppe, die den Schmuck des Rates trägt«, wisperte Luna und hoffte, dass Rea ihre Warnung verstehen würde. »Wenn sie meine Krone haben wollten, würden sie nicht zögern, mir den Kopf abzuschlagen.«

Vielleicht hatten sie damit bereits begonnen.

Rea verzog die Lippen, aber ihr Grinsen darauf war nicht im Entferntesten schön zu nennen. Sie neigte sich näher zu Luna. »So ist es, *Eure Majestät* … aber wie hättet Ihr das wissen sollen? Schließlich war ich es, die diese Lektionen über Jahre hinweg eingebläut bekommen hat. Ich schätze, sie sollten mich darauf vorbereiten, dass man selbst meine eigene Schwester nutzen würde, um es zu tun.«

Eine steile Falte grub sich in ihre Stirn, in ihr sonst so perfektes Gesicht, als hätte ihr vermeintlicher Tod sie von ihrer Maske befreit.

»Bist du jetzt glücklich?«, fragte sie. Ihre Stimme machte deutlich, dass sie das Gegenteil hoffte.

Man hatte sie beide so lange trainiert, so lange an ihrem Verhalten gefeilt, dass sie es steuern konnten, aber Rea hatte es perfektioniert. Jetzt lächelte sie und sprach mit einer weichen Stimme, die jedoch nicht zu dem sengenden Blick in ihren Augen passte, zu der Anspannung in ihren Schultern und den gekrümmten Fingern, die sie vor ihrem Bauch faltete. Es war ein übelkeitserzeugender Kontrast, wie eine Marionette, deren Gliedmaßen sich verheddert hatten, die aber trotzdem weitertanzte.

Luna konnte nur den Kopf schütteln.

»Habt ihr meinen Tod zusammen geplant, Syltain und du? Der Hexer und seine Liebhaberin?« Rea bewegte ihre Lippen, doch die Worte klangen so wenig nach ihr. »Hast du ihm geholfen bei dem Attentat auf Ihre verstorbene Majestät, die bis zu ihrem letzten Atemzug gegen die Hexer gekämpft hat?«

Es war eine Lüge, jedes einzelne Wort. Der Rat hatte sie angelogen … Doch die Stimmung im Raum veränderte sich. Jeder der Adligen hatte Familie in diesem Krieg verloren und sie alle brachten denen, die sie für verantwortlich hielten, nichts als brennenden Hass entgegen.

»Vielleicht war es gar kein Versehen, dass du die Hexerin aus ihrer Zelle in der Akademie befreit hast?«, fragte Rea vielsagend. »So viele Kinder unseres Königreichs mussten in diesem Kampf sterben, so viele sind in Daersk gefallen …«

»Das ist absurd!«, war alles, was Luna hervorbrachte.

Wieder spürte sie die Schuld in ihrem Inneren, verstärkt durch die Wellen des Hasses, die durch den Saal auf sie zu brandeten. Wenn sie besser aufgepasst hätte und hingesehen, wenn sie mutiger gewesen wäre, zu ihrer Wahrheit zu stehen, und nicht zu feige, mit Rea über die Nordlande und die Hexer zu sprechen … vielleicht hätten sie all das verhindern können.

»Warum hast du die Hexerin nicht schon längst hängen lassen, Luna, dieses Symbol des Widerstands?«, fragte Rea. »War auch das Teil deines Plans? Hast du damit für deinen Thron bezahlt? Warst du vom ersten Augenblick an nur eine Marionette der Hexer?«

Jemand musste sie am Reden hindern, denn mit jedem Wort verloren sie den stummen Kampf, der in diesem Saal tobte. Der Rat brauchte kein Schwert mehr, um sie zu töten.

»*Bitte!*«, flehte Luna, ihr übriger Wortschatz längst verschwunden in dem bodenlosen Entsetzen, das sich in ihrer Brust eingenistet hatte und seine Krallen in sie schlug. »Du weißt es doch besser, Rea. Du kennst mich doch!«

Rea blickte sie nur an, lange, stumm und unbewegt, ganz die Königin hinter ihrer unnahbaren Maske, die Schwester, die für einen Moment in Lunas Erinnerung aufgeblitzt war, längst verschwunden. »Ich kenne dich nicht.«

Luna wollte etwas erwidern, doch eilige Schritte hallten durch den sonst stillen Saal, als der Herzog von Nesra auf sie zueilte. Nur die Röte, die aus seinem Kragen bis zu seinem Kinn kroch, verriet seine Aufregung, als er sich neben sie stellte und mit lauter Stimme berichtete: »Wir konnten gerade die Leibwächterin der Niemandslande festnehmen, bei ihrem Versuch, die Frostkönigin und ihren Sohn zu befreien.«

Luna erstarrte und Xyn in ihrem Augenwinkel ebenfalls. Wie konnte Narae so leichtsinnig sein? Wie konnte sie sich erwischen lassen?

»Sie hat gesagt, sie sei auf Befehl Ihrer Majestät dort.«

»Was?«, hauchte Luna fassungslos.

Narae hätte sich keinen schlechteren Zeitpunkt für diese Lüge aussuchen können. Wahrscheinlich hatte sie gehofft, es würde ihr eine Begnadigung bringen, vielleicht ihre Freiheit, aber so … so hatte sie ihrer beider Grab geschaufelt.

Alles, was sie noch retten konnte, war die Wahrheit. Luna klammerte sich so verzweifelt daran, als könnte sie nur mit ihren Worten die Gebilde aus Lügen einreißen, die die Zauberer in den vergangenen Jahrzehnten über ihrem gesamten Königreich errichtet hatten.

»Sie wollten Charlyn töten, weil sie Beweise für das Attentat auf euch hatte, weil sie Beweise hatte, dass der Rat den Auftrag gegeben hat, Syltain zu töten, weil er ein Hexer ist!«, sagte Luna verzweifelt und beschwor Rea dabei mit ihrem Blick, ihr Glauben zu schenken.

Sie stellte sich auf die Zehenspitzen, um die Menge zu überblicken, und suchte nach Charlyn. Sie hatte sie noch nie so sehr gebraucht wie in diesem Moment, sie brauchte sie, um ihre Wahrheit zu bestätigen. Mit ihr zusammen wären sie immerhin zwei Stimmen gegen all die anderen Lügen, doch sie konnte sie nicht entdecken.

Luna wandte sich wieder an Rea. »Du kannst die Attentäterin befragen, die festgenommen wurde, sie wird das bestätigen –« Sie klammerte sich an diese Hoffnung. Vielleicht, wenn Charlyn sie bitten würde –

»Dabei kommt es Euch natürlich entgegen, dass die Attentäterin bereits geflohen ist«, sagte der Herzog von Koravotia kühl, die folgende Frage von seinen Lippen nur eine weitere Provokation in seinem Spiel. » … habt Ihr vielleicht auch ihr zur Flucht verholfen?«

Ein Grinsen breitete sich auf seinem Gesicht aus, so groß

und unbefangen, wie Luna es an ihm noch nie gesehen hatte. Es war dieses Grinsen, das ihr die meiste Angst einjagte. Hatte der Rat jegliche Beweise für ihre Schuld beseitigt? Hatten sie die Attentäterin getötet?

Wieder schoss Lunas Blick über die Menge und klamme Sorge um Charlyn griff nach ihrem Herz. Sie verstand nicht ... Sie hatte doch alles getan, was der Rat von ihr verlangt hatte. Warum fielen sie ihr in den Rücken, warum in diesem Ausmaß?

»Wie könnt Ihr diese Lügen erzählen, wie könnt Ihr die Wahrheit so verdrehen?«, keuchte sie fassungslos.

Der Herzog von Koravotia lächelte höflich. »Wir unterstützen die Krone Atheas. Wir sorgen dafür, dass die richtige Person auf unserem Thron sitzt.«

Luna ärgerte sich über den schrillen Ton, der bei den folgenden Worten durch ihre Stimme blitzte, so als spielte er noch eine Rolle. »Wie könnt Ihr glauben, dass es Euer Recht ist, zu entscheiden, wer dieses Königreich regiert? Ihr entscheidet nicht, wer wir sind.«

Der Herzog lächelte nur weiterhin nachsichtig, so als hätte sie eine Frage in seiner Lektion falsch beantwortet, als hätte sie einen komplizierten Zusammenhang zu einfach dargestellt. »Wir haben Euch überhaupt erst zur Königin gemacht.«

Luna richtete sich auf. Ihr war egal, wie sie aussah, ihr war egal, wie sie klang. Das alles spielte keine Rolle mehr. »Ihr werdet mir nicht mehr sagen, wer ich bin, und Ihr werdet mich nicht mehr beeinflussen.«

Es war ein bitterer Schwur, an ihn, aber vor allem an sie selbst. Sie war nicht länger eine Puppe, sie würde nie wieder nach ihren Regeln spielen.

»Sie wollten ihn töten!«, beschwor sie Rea noch einmal.

»Und selbst wenn – sie hätten jedes Recht dazu!«, erwiderte Rea leichthin, unbekümmert, doch ihr Körper spannte sich an.

Sie konnte das nicht so meinen. *Nichts* rechtfertigte einen

Mord.

»Du bringst Schande über Ihre verstorbene Majestät«, fügte Rea hinzu und in ihrer Stimme schwang die Enttäuschung mit, die in Lunas Blut zu liegen schien. »Du besudelst ihr Andenken, alles, wofür sie gekämpft hat.«

Luna schluckte und zum ersten Mal ließ sie einen Gedanken zu, der ohrenbetäubend laut in ihrem Kopf dröhnte. Es fühlte sich an, als bräche sie ein Naturgesetz, aber vielleicht war die Antwort so einfach – vielleicht hatte Ihre verstorbene Majestät falschgelegen. Die Goldkönigin des Volkes, die strahlende Erscheinung von Unfehlbarkeit – vielleicht hatte sie sich geirrt.

»Nehmt sie fest!«, befahl Rea laut.

»Nicht!«, schrie Luna, nicht, weil Xyn nach ihren Armen fasste und seine Hände darum schloss, sondern weil sie etwas anderes sah, etwas, das sie aufhalten musste – etwas, wofür keines ihrer Worte reichen würde.

Ael hatte sein Schwert vom Boden gegriffen und stürmte vor, auf den Herzog von Koravotia zu.

Er wurde innerhalb eines Wimpernschlags überwältigt. Er brüllte, als sie ihm die Arme auf den Rücken wanden, und ging nach einem Schlag auf sein Kinn zu Boden, sein Schwert traf klirrend auf den Stein und schlitterte auf sie zu, bis der Herzog es mit seiner Schuhspitze bremste. Ael blutete aus einer Platzwunde an seiner Schläfe, doch seine Hand war noch gestreckt, gestreckt in ihre Richtung, und von ihr ging ein Puls aus, ein rotes Flackern, das sich von dem Blut auf seiner Stirn bis zu seinen Fingerspitzen fortsetzte.

Der Magiestoß war schwach, nicht mehr als ein Stupsen gegen ihre Beine, doch es reichte, damit die Herzoginnen von Yptar und Nenomin ihm beide mit einem Zauber antworteten. Sie trafen Aels Brust wie bunte Blitze und warfen ihn zurück in die Arme, die ihn hielten.

»Wehr dich nicht!«, schrillte Lunas Stimme durch den Saal, der im selben Augenblick verstummte.

»Wehr dich nicht«, wiederholte Luna, ihren Blick noch immer starr auf Ael gerichtet, der sich wand und gegen die Jungen kämpfte, mit denen er so lange Seite an Seite gestanden hatte.

Er war nur ein Kind. Er verdiente das nicht.

Hatte er wirklich geglaubt, dass er sie retten konnte, hatte er geglaubt, dass sie Rettung verdiente? Sie hatte ihn zurückgewiesen, hatte ihn verdammt für sein Blut, obwohl er ihr nie etwas getan hatte, obwohl er sein Leben für sie aufs Spiel setzte … obwohl er unschuldig war. Vielleicht war er als Einziger von ihnen wirklich unschuldig, ganz im Gegenteil zu ihr – und trotzdem war er bereit gewesen, sich für sie zu opfern.

Lunas Blick ging über ihre Schulter zu Xyn. Am Grund seiner Augen sah sie die gleiche Panik, die ihr Innerstes erschütterte, die tief in ihr bebte und ihren Atem erstickte. Er wusste, dass sie verloren hatten.

Luna versuchte zu denken, eine Lösung zu finden, aber das Rauschen in ihren Ohren übertönte jeden Gedanken und ihr rasender Puls überschlug sich mit Worten, die keinen Sinn mehr zu ergeben schienen.

»Wir wehren uns nicht«, wiederholte Luna.

Die Gardisten zerrten Ael beiseite, einen der ihren, der sie mit großen Augen anblickte.

»Sind sie das, Luna?«, fragte Rea kühl und ließ ihre Augen dabei über die Menge wandern. »Sind das die Hexer, die du zu uns gebracht hast?«

Luna erstarrte. Rea hatte es gesehen, sie hatte es gesehen und ausgesprochen. Sie hatte ihn zum Tod verurteilt.

»Wie viele von ihnen sind noch hier?«, fragte sie kühl. »Wie viele Hexer haben wir unter uns?«

»Nein«, hauchte Luna. Sie bebte so heftig, dass ihre Zähne aufeinanderschlugen.

Er war kein Verräter. Er hatte sie doch nur retten wollen.

Ael kämpfte noch gegen das Unvermeidliche. Er war so

bleich, als würde er umkippen, aber er wand sich zwischen den Schwertspitzen, die seinen Tod bedeuten konnten. Er war so jung, *so jung*.

Die Ratsmitglieder um sie herum blickten reglos auf die Szenerie, alle im Saal waren vollkommen reglos, niemand protestierte, niemand wehrte sich. Sie blickten sich um, als suchten sie den Feind, als konnten sie ihn direkt vor ihrer Nase nicht sehen – so, wie *sie* ihn nicht gesehen hatte.

Rea stand ungerührt inmitten des Chaos, das um sie herum herrschte. Sie trat einen Schritt vor und befahl mit ruhiger Stimme: »Bringt sie in die Verliese.«

Lunas Blick fiel an ihr vorbei zu den Spiegeln auf der anderen Raumseite, zu dem schmalen Streifen, der zwischen den Menschenmassen hindurchblitzte, auf ihr Spiegelbild, und nahm den Anblick in sich auf. Sie prägte sich jeden einzelnen Silberstreifen ein, der sich um ihr Haar wand, mit jedem Atemzug schwerer wurde und sie zu Boden zu drücken drohte. Für einen kurzen Moment hatte sie geglaubt, dass sie Athea retten konnte, dabei hatte sie es ins Chaos gestürzt. Sie hatte getan, was sie hatte tun müssen, es hatte keine andere Möglichkeit gegeben. Luna sagte sich das wieder und wieder, aber es fühlte sich wie eine Lüge an.

»Ihr wollt das zulassen?«, fragte Xyn dicht an ihrem Ohr, während er sie mit leichtem Druck vorwärtsbugsierte.

Luna schwieg. Etwas in ihr wurde ganz still, während sie versuchte, das Zittern zu beruhigen, das inzwischen ihren gesamten Körper schüttelte

Es war zu spät. Sie hatte getan, was sie tun konnte. Sie hatte *alles* getan, was sie tun konnte, aber es machte keinen Unterschied. Es war nicht genug …

Es war nie genug.

32

Die Zellentür schloss sich mit einem endgültigen Klicken und es war, als ob sie das Verlies gleichzeitig in Dunkelheit tauchte. Zwar warfen die Fackeln noch immer dämmrige Flecken aus dem Gang herein, doch das reichte nicht aus, um die Finsternis zu vertreiben, die sich in den Ecken der Zelle eingenistet hatte – und in Luna.

Sie schloss ihre Finger um die Gitterstäbe, doch sie glitten an der feuchtkalten, glitschigen Oberfläche hinab. Xyn hatte sich nicht die Mühe gemacht, ihr die Ketten anzulegen, die mit Pflöcken in die rückwärtige Zellenwand getrieben worden waren, so als stellte sie trotz ihrer Zauberfähigkeiten keine Gefahr dar. Er drehte den Schlüssel im Schloss und sah sie mit undurchdringlichem Ausdruck an, bevor er zurücktrat, sich mit einem letzten Nicken abwandte und sie in ihrer Zelle zurückließ.

Sie hatte Ael aus den Augen verloren. Die Gardisten waren auf dem Weg in die Verliese mit ihm die ganze Zeit über dicht hinter ihr gewesen, bis sie plötzlich verschwunden waren. Eine leise Hoffnung in Luna wisperte, dass sie ihn vielleicht nicht eingesperrt hatten, dass Xyn ihn noch retten konnte … doch sie wusste es besser.

Die Kälte des Steins, der sie düster und drohend von allen Seiten umgab, drang auf sie ein und wand sich zusammen mit der feuchten Luft durch ihre Kleidung bis auf ihre Haut. Sie legte sich um sie und zog sie in eine klamme, tote Umarmung, die ihr die Luft zum Atmen nahm. Mit unterschwelligem, dröhnendem Rauschen prallten auf der anderen Seite der Rückwand Wellen gegen die Klippen, doch sie hatten ihre Bedeutung von der Freiheit des Meeres verloren und sie in das Gegenteil verkehrt. Mit jedem tosenden Wellenschlag schienen sie die Wand dichter auf Luna zuzudrängen, bis der Stein zu bröckeln und sie unter sich zu begraben drohte.

Sie zwang sich, ruhig zu atmen, weil das Flattern in ihrer Brust Überhand nehmen wollte, die Zelle verschwimmen und sie schwanken ließ. Sie zwang sich *auch* zu atmen, weil der übelkeitserregende Gestank dann schneller vergehen würde, der Geruch von Fäulnis, Blut und Tod. Ihre Finger schlossen sich fester um die Stäbe, als könnte sie sich daran festhalten, bis sich ihr Atem beruhigt hatte und mit ihm auch der schwankende Stein, der sie umgab.

Xyn hatte sie trotz allem in eine Zelle gebracht, die einer Königin würdig war. Abgesehen von den Ketten an der Rückwand gab es eine vermoderte, moosige Bank, die wohl als Pritsche dienen konnte, und in der hintersten, dunkelsten Ecke einen Nachttopf, der dem Geruch und dem, was Luna durch das Halbdunkel davon erkennen konnte, nach zu urteilen nie geleert worden war. Sie würgte und wandte den Blick ab.

Probehalber versuchte sie sich an einem Zauber, um das Schloss zu öffnen, auch, wenn sie keine Hoffnung auf Erfolg hegte. Sie begleitete ihre Worte mit zitternden Bewegungen ihrer Finger, bis die Magie über ihre Haut flimmerte und ein Blitz auf das Schloss zuschoss. Er verpuffte im Nichts.

»Sie sind stabiler als in der Akademie.«

Lunas Kopf ruckte nach oben und sie spähte ins Halbdunkel des Ganges, ohne etwas zu erkennen.

»Ich hätte nicht erwartet, Euch noch einmal in den Verliesen zu treffen«, ertönte eine raue Stimme, so weit entfernt, dass Luna einen Moment brauchte, um zu verstehen, dass sie aus der Zelle gegenüber drang. »Zumindest nicht, dass Ihr Euch ebenfalls in einem befindet.«

Luna kannte dieses Lachen, sie hatte es schon einmal gehört. Schmale, verdreckte Finger schlossen sich um die Gitterstäbe auf der anderen Seite des Gangs und das Gesicht der Hexerin wandte sich ihr zu. Die Ketten um ihre Handgelenke rasselten bei der Bewegung. Ihr Haar, ihre Kleidung und ihre Haut waren inzwischen so dreck- und blutverschmiert, dass Luna sie im Dunkel ihrer Zelle nicht bemerkt hatte. Die Hexerin musterte sie aufmerksam, mit Augen, die viel zu wach schienen für den Zustand ihres Körpers. Ihr Blick blieb an der silbernen Krone auf Lunas Scheitel hängen und sie legte den Kopf schief.

»Irgendetwas an Euch ist anders, Prinzessin, aber ich weiß nicht …« Ihre Lippen verzogen sich zu einem spröden Grinsen. »… oder muss ich jetzt sagen ›Eure Majestät‹?«

Luna stieß ihren Atem aus. »Dieser Titel ist wohl nicht mehr angemessen«, gab sie zurück und blickte bedeutungsvoll an sich hinab – an sich und den doppelten Gitterstäben, die ihre Zellen trennten.

»Sind die Gerüchte wahr, die man hier unten hört?«, fragte die Hexerin mit einer Stimme so rau wie der Stein an den Wänden.

Luna schluckte schwer. »Das kommt wohl ganz auf die Gerüchte an.«

»Wolltest du deine Schwester für deine Krone töten?« Die Hexerin verzog ihre Lippen zu einem entstellten Lächeln und ihre Augen huschten wieder hoch zu dem Silberreif auf Lunas Haar. Die Ohren der Palastwände waren flink.

Luna schwieg und atmete. Es war, als würde der Druck in ihrer Brust niemals weichen. »Nein, das ist eine Lüge.«

Es war eine Lüge, doch der Rat hatte sie für Rea zu einer

Wahrheit gemacht. *Sie* würde es glauben, so wie sie all die anderen Lügen glaubte.

»Es ist … es ist *eine* Form der Wahrheit«, gab Luna zu, doch die Worte kamen nur schwer über ihre Lippen. Es fiel ihr noch immer schwer, einzugestehen, dass es möglicherweise verschiedene Seiten einer Wahrheit gab – dass die Hexerin vielleicht recht gehabt haben könnte.

Deren Lächeln verblasste auf der anderen Seite des Ganges, während sie die Augen zusammenkniff und Luna mit einem Blick musterte, der sie seltsam befangen machte – so, als wollte sie sie tatsächlich *sehen.*

»Was ist *deine* Form der Wahrheit?«, stellte die Hexerin ihr die Frage, die Luna nur Tage zuvor ursprünglich an sie gerichtet hatte. Es war nur Tage her, doch es schien, als läge ein ganzes Leben dazwischen.

Sie dachte nach. Ihre eigene Wahrheit hatte viel zu lange keine Rolle gespielt, so lange, dass sie vergessen hatte, was sie war.

»Ich wollte mein Königreich beschützen, aber ich habe einen Fehler gemacht. Einen Fehler, der unverzeihlich ist.« Sie schluckte. »Ich wollte nie, dass das alles passiert.«

Die Hexerin schwieg, sah sie nur stumm an, sah nicht weg, und Luna erwiderte ihren Blick. Zwischen ihnen gab es keinen Unterschied mehr.

Die Hexerin lachte heiser auf, ließ den Kopf in den Nacken fallen und ihren gesamten Oberkörper folgen, bis sie nur noch an ihren Händen an den Gitterstäben hing. Luna schauderte, wieder und wieder, bis ihr Lachen verstummte. Die Hexerin verharrte für eine ganze Weile in dieser Position, bevor sie seufzte und sich langsam zurück an die Gitterstäbe zog. Ihr Gesicht war ernst, doch da war ein seltsames Funkeln in ihrem Blick, das Luna nicht deuten konnte.

»Du wirst meine Hinrichtung verpassen.« Sie sagte es leichthin, als würde ihr Tod keine Rolle spielen, als beunruhigte der Gedanke an die Flammen eines Scheiterhaufens sie kein Stück.

Kurz keimte Neugier in Luna auf, die Frage, ob Charlyn mit ihrer Vermutung recht gehabt hatte, dass die Hexerin nicht brennen würde, doch sie verflog genauso schnell wieder. Es spielte keine Rolle mehr.

»… oder sollst auch du heute Nacht sterben?«, fragte die Hexerin und blinzelte sie an.

Luna hatte keine Antwort darauf. Ein seltsames Gefühl. Sie nahm mit distanziertem Unglauben wahr, dass sie nicht mehr sagen konnte, ob ihre Schwester sie würde hinrichten lassen. Sie kannte sie nicht mehr.

Sie kannte eine kindliche Rea, ein Bild, das älter war als ihre zwei Jahre an der Akademie, ein Bild, das während Reas Bewusstlosigkeit nicht durch die Realität geformt worden war, sondern durch ihre Gedanken, ihre Wünsche, und ihre eigene Sehnsucht. Ihr Bild von Rea hatte sich in eine Wunschvorstellung verzerrt, eine tröstende Phantasie, geprägt von Reue und Hoffnung, aber sie konnte nicht mehr sagen, inwieweit es noch der Wirklichkeit entsprach.

»Es tut mir leid«, klang eine heisere Stimme aus der Zelle neben Luna, so leise, dass sie sie beinahe überhört hatte … doch sie würde sie nie wieder überhören. Sie hatte sich in ihr Gedächtnis gebrannt und sie in ihren Träumen verfolgt. Sie hatte sie hierhergebracht.

»Ich konnte ihn nicht einfach so sterben lassen«, flüsterte Narae in der Zelle neben ihr.

Luna hatte keine Erwiderung dafür. Sie machte ihr keinen Vorwurf, nicht mehr. Sie wären nie an diesen Punkt gelangt, wenn sie selbst die Lügen und Geheimnisse früher durchschaut hätte. Stumm starrte sie auf den Stein, der sie trennte, und stellte sich Narae dahinter vor, seltsamerweise mit den Schwertern in ihrem Gürtel, die die Garde ihr wohl kaum gelassen hatte. Wer war Narae ohne ihre Schwerter?

»Jetzt werdet ihr *alle* sterben.« Schritte näherten sich und Xyn trat in den Gang, sein Gesicht dabei vollkommen ausdruckslos. »Ihre Majestät hat die Hinrichtung aller Gefangenen für das Ende der Nacht angeordnet. Es werden fünf Scheiterhaufen errichtet.«

Luna stockte, noch bevor er weitersprach.

»Ihr, Eure Ma–« Er stolperte über ihre Anrede. »Ihr werdet durch das Schwert sterben.«

»… durch das Schwert meiner Schwester?«, hörte Luna sich fragen, ihre Stimme fern und nüchtern – ruhig.

Sie nahm Xyns Nicken mit mildem Interesse zur Kenntnis. Sie empfand nichts. Sie konnte nur denken, dass es gnädig von Rea war, es selbst zu tun – gnädig von ihrer Schwester, die sie hinrichten lassen würde. Luna hatte Entsetzen erwartet, doch sie blieb vollkommen ruhig.

Nüchtern betrachtet und außenvorgelassen, was sie in den vergangenen Tagen erfahren hatte, würde das Königreich damit seine Ordnung zurückerhalten – und Ordnung war etwas Gutes. Rea würde auf den Thron zurückkehren, auf den sie gehörte, und Luna … Luna war eine Enttäuschung, wie sie es immer gewesen war, eine *Bedrohung*, die es auszumerzen galt. Vielleicht war das ihr Nutzen. Vielleicht war das alles, was sie für ihr Königreich tun konnte – nicht mehr im Weg sein. Sterben.

Sie neigte den Kopf und fügte sich dem Schicksal, das ihr zugewiesen worden war. »Wenn es das ist, was Rea will.«

»Willst du einfach so aufgeben?!?«, zischte Naraes Stimme durch den Stein und mit ihr brandeten Wut und Verzweiflung durch die Verliese, brachen sich an den Gitterstäben und splitterten zu Mut und Entschlossenheit und einem irrationalen Funken von Hoffnung.

Luna atmete und setzte ein letztes Mal ihre Maske auf, um diese Gefühle von sich abperlen zu lassen. Zum ersten Mal schien sie ihr tatsächlich wie ein Schutz.

»Rea ist die rechtmäßige Königin«, erwiderte sie.

»Aber keine gute!« Metall schepperte und klirrte in Naraes Zelle, so laut, dass es ihr Fauchen beinahe übertönte.

Rea sollte keine gute Königin sein? Sie war doch perfekt.

Luna ignorierte die Erinnerung an Charlyn, die aufblitzen wollte, an ihre Bücher, die Bibliothek und Syltain, an Aels verwuscheltes Haar.

»Sie wird dieses Land verbrennen und nichts übriglassen!« Wieder rasselte es aus Naraes Zelle, diesmal so laut, dass Xyn einen Schritt vor machte und zu ihr hinübersah.

Narae hatte recht. Nicht Rea würde das Land in Flammen setzen, aber der Rat, und wenn nicht er, dann die Nordlande, die ihre Königin rächen, oder die Hexer, die sich regen würden, falls sich bei ihren Hinrichtungen heute Nacht tatsächlich herausstellen sollte, dass ihre Anführerin eine der Hundert war.

Luna musterte die Hexerin, die Wunden, die ihren Körper zierten, aber vor allem ihre brennenden Augen, die den Schlagabtausch aufmerksam verfolgten. Ihr Körper war ein Wrack, doch nichts, was sie getan hatte oder was ihr angetan worden war, hatte ihren Willen gebrochen. Sie beide waren gefallene Adelstöchter, ihnen beiden hatte man ein Schicksal in die Hände gelegt, das viel zu groß für sie war.

»*Prinzessin!*« Luna zuckte unter diesem Titel aus Naraes Mund zusammen.

»Ich bin keine Prinzessin mehr«, korrigierte sie sie, ohne darüber nachzudenken.

Beinahe hatte sie hinzufügen wollen, dass sie jetzt eine Königin war, doch das wäre eine Lüge gewesen … wie ironisch. Sie war nichts. Sie war ein Nichts.

»Es ging nie um deinen Titel.«

Luna wandte sich zur Seite, als könnte sie Narae durch die Wand sehen. Worum ging es dann? Ihr Ton hatte sich verändert, nicht nur, dass sie wieder zu einer persönlichen Anrede übergegangen war, da schwang auch etwas anderes in ihrer Stimme mit.

»Ich habe dich früher für eine Bedrohung für Syltain gehalten, weil du hingesehen hast. Du hast Syltain gesehen und ich dachte, dass du, wenn du nur ein kleines bisschen mehr Zeit mit ihm verbringst, sein Geheimnis herausfinden würdest. Du warst eine Bedrohung, weil du als Einzige zugehört hast – Fragen gestellt hast … weil du als Einzige unsere Wahrheit kennenlernen wolltest. Du bist die Einzige, die sie kennt.« Naraes Stimme verblasste, bis sie kaum mehr zu hören war. »Sag mir nicht, dass du sie ignorierst.«

»*Warum?*«, fragte Luna leise.

Warum waren die Frostkönigin, Syltain und sie vor zwei Jahren nach Athea gekommen? Warum hatten sie ihre Leben riskiert für einen Krieg, den sie nicht aufhalten konnten? Warum hatte die Hexerin ihr Leben riskiert, nicht nur ihres, auch die all der Hexer, die sich ihr angeschlossen hatten? Und warum …

»Warum *ich*?« Warum hatte sie nicht *richtig* zugehört? Nicht *richtig* hingesehen? Warum hatte sie nicht von Anfang an die *richtigen* Fragen gestellt?

»Weil du verstehst, was es bedeutet, nicht frei zu sein.«

Luna schauerte, und das nicht nur wegen Naraes Worten. Die Hexerin in der Zelle gegenüber bohrte ihre Augen in ihre, jegliches Grinsen von ihrem Gesicht gewichen, und leicht versetzt zu ihr blickte auch Xyn sie unnachgiebig an.

Sie alle hatten ihr ihre Wahrheit anvertraut – Narae, Syltain und die Frostkönigin, die Hexerin, Ael und Xyn und Charlyn … und *sie* hatte sie enttäuscht. Der Großteil von ihnen würde heute Nacht sterben, ihre Wahrheit mit ihnen untergehen, aber Charlyn und Xyn würden mit den Lügen leben müssen. Lunas Herz pochte immer schneller. Charlyn würde das nicht tun – sie würde weiter für ihre Wahrheit kämpfen, bis sie ebenfalls auf einem Scheiterhaufen endete.

Übelkeit wallte durch Lunas Bauch, ihr Herz überschlug sich und pochte mit dem anderen brennenden Gefühl in ihrer Brust. Ihre Finger krallten sich in das Metall der Gitterstäbe, inzwischen schon ganz klamm und steif, als könnte sie sie nur mit ihrem Willen aufbiegen.

Aels Sommersprossen schoben sich in ihre Erinnerung, sein schüchternes Lächeln, wie er auf ihren Titel bestanden, wie er sich in den ersten Tagen so häufig vor ihr verbeugt hatte … wie sie ihn im Stich gelassen hatte, nachdem er sein Leben in ihre Hände gelegt und ihr sein größtes Geheimnis anvertraut hatte, das außer ihr wohl nur Xyn kannte.

Sie spürte Naraes glühenden Blick selbst durch die Zellenwand auf sich. Sie hatte ihr vertraut, obwohl es ihrem Schwur widersprochen hatte, obwohl sie damit riskiert hatte, was jetzt eingetreten war. Syltains Sicherheit war ihr heiligstes Gut gewesen, doch sie hatte es für sie in die Waagschale geworfen. Sie hatte ihr vertraut.

Und Syltain selbst … Syltain hatte seine innersten Gedanken schon mit ihr geteilt, als sie noch niemand gewesen war, und ihr das Wohl seines Königreichs anvertraut, doch sie hatte nicht zugehört. Selbst jetzt, als sie aus der Akademie zurückgekehrt war, jahrelang beeinflusst durch Zauberer und den Rat, hatte er ihr noch immer vertraut. Er hatte seinen Traum mit ihr geteilt und sie hatte ihn zerstört.

Charlyn hätte an ihrer Stelle vermutlich schon längst gekämpft. Charlyn brachte Mut auf für sie beide, mehr, als Luna jemals haben würde. Sie würde für das kämpfen, was sie für richtig hielt, mit Zähnen und Klauen, auch wenn sie dafür sich selbst, ihren Bruder und ihren Titel in Gefahr brachte … aber selbst Charlyn konnte allein nicht gegen diese Übermacht bestehen.

Sie alle hatten so erbittert gekämpft, aber sie hatten alles verloren. Sie alle würden sterben.

Der schützende Schleier der Taubheit fiel von Luna ab und die Realität prasselte wie Splitter auf sie ein. *Sie alle würden sterben.* Die Erkenntnis sickerte in ihren Kopf und bohrte sich mit scharfen Klauen in ihr Herz, während sie die Endgültigkeit dieser Tatsache begriff.

Alles, wofür sie so erbittert gekämpft hatten, war vergebens gewesen. Der Rat würde auch die letzten Funken der

Wahrheit in Athea auslöschen, bis nur noch ihr Konstrukt aus Lügen blieb. Sie würden die Bevölkerung weiter damit infizieren, bis sie sich nicht einmal mehr die Hände dreckig machen mussten, um die verbliebenen Hexer restlos auszulöschen, und nach ihnen vermutlich auch die Nordlande. Von ihrem Königreich, von Athea, würde nichts als ein bitteres Gerippe bleiben.

Luna zog sich an die Stäbe heran, bis sie ihr Gesicht beinahe hindurchstecken konnte, und fixierte Xyn mit ihrem Blick. Er war der Hauptmann ihrer Garde, nur er konnte sie noch retten. Sie würde viel von ihm verlangen, von einem Mann, der nicht einmal mehr in ihrem Befehl stand, doch er hatte schon immer für Ael gekämpft … vielleicht konnte er es noch ein weiteres Mal tun.

»Wenn ich Euch darum bitte, würdet Ihr sie freilassen?«, fragte Luna leise und schluckte den Kloß herunter, der sich zusammen mit der aufkeimenden Hoffnung in ihrer Kehle bildete. »Narae, Syltain, die Frostkönigin … Ael?«

Mit ihnen konnte er in die Nordlande fliehen, und wenn sie Glück hatten, würden sie es schaffen, sich den Truppen des Königreichs entgegenzustellen. Die Nordlande hatten schon immer beeindruckende Kampfkraft besessen … Vielleicht konnten sie sich in Sicherheit bringen.

»… und dafür die Sicherheit meiner Garde aufs Spiel setzen?« Xyn blickte sie ernst an, seine Stimme tonlos.

Luna nickte nur, ihr Atem ging schwer. Sie wusste, dass sie nicht den blassesten Schimmer hatte, worum sie ihn da bat. Sie hatte bereits ihrer aller Leben aufs Spiel gesetzt und forderte jetzt einen noch größeren Einsatz, ohne dass sie ihnen irgendeine Form von Rückendeckung oder Sicherheit geben konnte. Die Übelkeit aus ihrem Magen stieg in ihren Hals.

»Und dann?«, fragte Narae, ihre Stimme ebenso erstickt, wie Luna sich fühlte.

»Du hattest recht«, gab sie leise zu und ihre Erinnerung

versetzte sie Tage zurück in den Gang vor den Zellen, wo sie Narae mitten in der Nacht begegnet war, zu einem Zeitpunkt, an dem sie noch geglaubt hatte, dass sich die Welt in richtig und falsch, in Lüge und Wahrheit, einteilen ließ.

»Du hattest recht, als du gesagt hast, dass ihr weit fort von hier sein solltet. Du solltest Syltain nehmen und verschwinden, das hättet ihr schon von Anfang an tun sollen.«

Narae schnaubte. »Syltain würde niemals fliehen.«

Sie stockte, während sie beide die Konsequenzen daraus verstanden, während sie sich langsam in ihre Herzen gruben.

»Ich hätte ihn nie retten können …«, flüsterte Narae und es klang wie ein Geständnis. »Vielleicht hat er nie Rettung gebraucht. Er ist hergekommen, um sein Ziel zu erreichen, und er würde dafür sterben. Er hat keine Angst davor … wir *beide* hatten nie Angst davor zu kämpfen.«

Luna schluckte schwer. Narae war vielleicht gekommen, um Syltain zu retten, aber *er* war hier für sie alle. Er war gekommen, um sie *alle* zu retten, die Hexer vor der Verfolgung und Athea vor den Lügen. Er hatte bereits versucht, sie zu retten, bevor sie überhaupt gewusst hatten, dass sie Rettung brauchten.

Luna sah wieder zu der Hexerin. Auch sie hatte für mehr als sich selbst gekämpft, auch sie hatte versucht, die Hexer zu retten.

»Ich will nicht mehr weglaufen«, sagte Narae entschlossen. Mit jedem Wort war die Sicherheit in ihre Stimme zurückgekehrt, bis stählerner Kampfeswille hindurchblitzte. »… und ich werde nicht zulassen, dass ich ihn verliere.«

Syltain, Narae und die Frostkönigin, selbst die Hexerin, waren hier, um zu tun, was richtig war. Sie würden nicht mehr weglaufen. Syltain hatte recht gehabt – sie verdienten eine Entschuldigung.

Luna starrte auf die Hexerin, die mit lodernden Augen zurückstarrte. So hatte es begonnen. Sie hatten voreinander gestanden, zwischen ihnen nur metallene Gitterstäbe … Das schien ein halbes Leben her zu sein, seltsam fern, so als wären sie andere Menschen gewesen. Zwischen diesem Moment und der Gegenwart hatte sich alles verändert.

Luna hatte sich wieder und wieder gesagt, dass sie damals in den Verliesen der Akademie zurückgeblieben war, während Meisterin Margo die Hexerin gefoltert hatte, weil es Nodas Wille gewesen war. Sie hatte sich gesagt, dass sie zurückgegangen war, weil Noda sie darum gebeten hatte, aber wenn sie ehrlich zu sich war, hatte es einen ganz anderen Grund gehabt. Sie hatte sich beweisen wollen, hatte Meisterin Margo ihren *Wert* beweisen wollen, sie förmlich angefleht, dass sie ihr einen Wert *verlieh*, als hätte sie dafür je jemand anderen gebraucht. Sie hatte so verzweifelt versucht zu sein, wie der Rat und Ihre verstorbene Majestät sie hatten haben wollen, dass sie nie auch nur die Frage zugelassen hatte, ob es das war, was *sie* sein wollte.

Vielleicht hatte sie jeden der Fehler auf ihrem Weg gebraucht, um zu zeigen, dass sie nicht sein konnte, wie sie in den Augen anderer sein sollte. Vielleicht musste sie keinen davon wiedergutmachen, keinen ändern … doch sie musste ganz sicher dafür sorgen, dass keiner ihrer Fehler umsonst gewesen war.

»Hexerin …«, begann Luna heiser, kein Funke von Zögern mehr in ihrer Stimme. »Was würdest du tun, wenn du frei wärst?«

33

Die Hexerin lachte und legte den Kopf schief.
»Das ist eine interessante Frage für eine Frau, die gerade selbst in einer Zelle sitzt«, giggelte sie.

Luna erwiderte ihren Blick stoisch, wartete noch immer auf eine Antwort, – auf die Antwort, die vielleicht alles entscheiden konnte –, doch die Hexerin schwieg für eine ganze Weile, so als müsste sie tatsächlich darüber nachdenken.

»Es gibt nichts mehr für mich zu tun. Es gibt *nichts* mehr für mich«, erwiderte sie schließlich dunkel.

»… und wenn du Recht hattest? Was, wenn Margo von Privonn recht hatte?«

Die Hexerin horchte auf, zog die Augenbrauen zusammen und musterte sie, aufmerksam und abwartend.

»Was, wenn ich dir sagen könnte, wo die Hundert gefangen gehalten werden … *möglicherweise*?« Die Worte kamen kaum über Lunas Lippen. Vielleicht war es nur ein weiterer Fehler, doch zum ersten Mal fühlte es sich nicht danach an.

Die Hexerin wollte nicht reagieren, aber es war deutlich zu sehen, dass ein Blitz durch ihren Körper fuhr. Ihre Haltung veränderte sich nicht, aber jeder ihrer Muskeln spannte sich an, als atmete sie nicht einmal mehr.

Xyn stand starr zwischen ihnen im Gang und blickte von einer Zelle zur anderen.

»Was würdest du dann tun?«, fragte Luna erneut, drängender.

Die Augen der Hexerin huschten zwischen ihren hin und her. Dann richtete sie sich langsam auf, atmete ein und ihre Finger schlossen sich so fest um die Gitterstäbe, dass ihre Sehnen scharf hervortraten und Luna sich kurz fragte, wie viel Kraft sie aufwenden müsste, um sie einfach zu zerbrechen. Zum ersten Mal fielen ihr die unzähligen Narben auf, die die linke Körperseite der Hexerin bedeckten. Sie zogen sich von ihren Fingerspitzen an ihrem Arm hinauf bis zu ihrem Hals und verzerrten die Haut, spannten sie und zogen sie in fleckige Falten wie die unruhige Oberfläche des Meeres.

»Wo sind sie?«, fragte sie heiser und mit einem Drängen in der Stimme, das Luna Schauer über den Rücken jagte. Wieder loderten Flammen in ihren Augen auf, während der Rest ihres Körpers zu Eis erstarrt blieb.

»Du wolltest dieses Königreich brennen sehen.« Es hatte eine Frage sein sollen, aber es klang wie eine Feststellung, dabei war Luna nicht mehr in der Position, ihr Vorwürfe zu machen.

»Du hattest ein Königreich, das du beschützen wolltest – ich hatte eine Gruppe von Menschen«, entgegnete die Hexerin leise und ihre Stimme kratzte dabei über Lunas Haut. Es war nicht mehr nur Wut darin, etwas anderes machte sie noch rauer und spitzer, das gleiche Brennen, das auch sie in ihrer Brust und tief in ihren Knochen spürte.

»Du wirfst uns vor, wir hätten die Hexer verdammt, dabei hast du mit den Zauberern in Daersk nichts anderes getan. Wie bist du besser als wir?«, fragte Luna heiser.

Das Glühen im Blick der Hexerin spiegelte noch immer den Hass und die Feuer von Daersk, die neuen und die alten.

»Diese Frage steht dir nicht zu!«, zischte sie und ihr Blick wanderte fort, weit fort von den Verliesen. »Sie wurde mir von jemandem gestellt, der mir sehr wichtig war.«

Luna presste die Lippen aufeinander, überrascht von ihrem rauen Geständnis, doch sie brauchte eine Antwort auf ihre Frage. Sie war es, die alles entschied, die ihre Zukunft bedeuten konnte. Wie würden sie jemals besser sein, wenn sie nur ihre Fehler wiederholten – wenn sie Hass mit Hass beantworteten?

»*Werden* wir unsere Fehler wiederholen?«, fragte Luna, mehr sich selbst als die Hexerin. »Mache ich einen Fehler, wenn ich dir sage, wo die Hundert gefangen gehalten werden?«

Die Hexerin schnaubte und verzog die Lippen zu der Parodie eines Grinsens, doch sie antwortete nicht.

»Ich kann Athea nicht wieder im Stich lassen«, flüsterte Luna.

Die Hexerin kniff die Augen zusammen und legte ihren Kopf schräg, während sie sie musterte. »Warum dann das Risiko eingehen?«, fragte sie gedankenverloren. »Versuchst du dich an Wiedergutmachung?«

Luna zuckte bei dem Wort zusammen und auch die Hexerin stockte. In ihrem Blick lag der gleiche Schmerz – sie beide wussten, dass es nie wieder gut werden würde.

»So viele Menschen werden in Athea tagtäglich angelogen, so viele haben nie nur einen Funken Wahrheit gehört … dabei verdienen sie sie und ich will, dass sie sie kennen«, gab Luna leise zu.

Sie hatte erwartet, dass die Hexerin lachen oder sie als Heuchlerin bezeichnen würde, doch sie hörte bloß schweigend zu.

»Ich will ein Athea, in dem jeder sein kann, wie er will – gleich, welches Blut in seinen Adern fließt, gleich, ob er im Norden oder im Süden lebt, gleich, wie er die Magie beeinflusst.«

Sie alle hatten lange genug den falschen Stimmen zugehört, und es war an der Zeit, das zu ändern.

»*Prinzessin* …« Da war etwas in Naraes Stimme, das sie tief bewegte.

Jetzt schnaubte die Hexerin doch, aber sie wandte ihren Kopf ab, um das freudlose Grinsen auf ihren Lippen zu verbergen.

»Edle Ziele …«, flüsterte sie leise, doch es lag nicht annähernd so viel Hohn darin, wie Luna erwartet hatte.

Sie sprach weiter, bevor sie zu feige dafür werden konnte. »Ich möchte nicht, dass unser Königreich gespalten ist, weder in Nord und Süd noch durch die Art, wie wir Magie nutzen. Ich möchte dem Widerstand zeigen, dass ich ihnen geben will, was sie fordern.«

»Das habe ich versucht …«, schnaubte die Hexerin und beugte sich nach vorn, so als wollte sie Luna ein Geheimnis zuflüstern. »Es hat nicht funktioniert.«

Luna richtete sich auf und straffte ihre Schultern. »Beim letzten Mal warst du allein …« Sie zögerte. »… wir sollten nicht allein kämpfen.«

Die Hexerin kniff die Augen zusammen und ihre Brauen wanderten in die Höhe. Sie traute Luna ebenso wenig, wie Luna ihr, aber sie unternahm keinen Versuch, es zu verbergen. Ein Anflug von Dankbarkeit dafür stieg in Luna auf. Vielleicht hatte die Hexerin von ihnen allen bisher am ehrlichsten mit ihr gesprochen.

»Ich will ihnen zeigen, dass wir … Seite an Seite stehen.«

Der Gesichtsausdruck der Hexerin öffnete sich, als sie rau auflachte, so plötzlich, dass Luna Speicheltröpfchen auf ihrem Gesicht spürte und unwillkürlich einen Schritt zurückwich.

»Wir?«, echote die Hexerin ungläubig. »*Seite an Seite?*«

Luna schwieg und erwiderte ihren Blick. Sie versuchte, den Hohn so weit wie möglich von sich abprallen zu lassen, bis das Gesicht der Hexerin wieder ernst wurde.

»… an der Seite einer Zauberin?«, fragte sie und schnaubte noch einmal. Ihre Augen fielen zu und ihr Kehlkopf hüpfte, als sie schluckte. »Du verlangst viel von mir.«

Luna presste die Lippen zusammen. Lag sie falsch? Gab

sie sich einer Illusion hin?

»Ich will glauben, dass wir alle eine zweite Chance verdienen«, flüsterte sie leise.

Die Hexerin schnaubte wieder, aber dieses Mal lag kein Hohn mehr auf ihrem Gesicht. Sie schwieg und erwiderte Lunas Blick offen.

Vielleicht machte sie einen Fehler. Vielleicht stürzte sie ihr Königreich tiefer ins Verderben. Zum ersten Mal wurde sie sich der Tragweite ihrer Entscheidungen bewusst, ihrer allein. Es gab niemanden mehr, an den sie ihre Verantwortung abtreten konnte, der die Entscheidungen für sie traf, niemanden, der ihr ihre Unsicherheit nehmen, niemanden, der die Angst dämpfen konnte … und zum ersten Mal verstand sie, dass genau das die Natur ihrer Entscheidungen war – die Unsicherheit der Konsequenzen. *Ihre* Unwissenheit … ihr Vertrauen in die Chancen.

»Ich möchte, dass es endet«, wisperte Luna. »Irgendwie muss es enden.«

Die Hexerin blickte sie lange an. Stumm. Aus ihren Augen war sämtlicher Hohn verschwunden.

»Aber dafür brauchen wir *Euch*.« Luna wandte den Kopf zu Xyn.

Er presste seine Lippen fest zusammen, als würde er mit Worten ringen, von denen er sich nicht sicher war, ob er sie aussprechen sollte. »Was erwartet Ihr von uns?«, fragte er schließlich doch.

»… dass ihr uns nicht tötet.« Es waren einfache Worte und doch so unendlich schwer. Luna war klar, was sie bedeuten konnten, und auch Xyn wusste es.

Er schnaubte und schüttelte den Kopf. »Nein … Ihr erwartet, dass meine Jungen für Euch sterben, denn das werden sie. *Sie* werden es sein, die für *Eure* Revolution sterben.« Er klang nicht wütend oder vorwurfsvoll, bloß abgeklärt, doch das machte es nur noch schlimmer. »Ihr seid eine Königin, keine Kriegerin. Es waren und sind immer zuerst wir.«

In einem Punkt irrte er sich … Sie war keine Königin mehr. Es gab keinen Unterschied mehr zwischen ihnen – hatte nie einen Unterschied gegeben … Dieser Krieg machte vor keinem von ihnen Halt.

»Es ist nicht *unsere* Revolution, es ist unser aller. Wir dürfen nicht mehr wegsehen.« Die Worte fühlten sich verlogen an, falsch, wo doch Luna selbst es war, die von ihnen allen am längsten weggesehen hatte.

Xyn blickte sie lange und stumm an und sein Blick schien sie zu verbrennen. »Ich halte viele Leben in meiner Hand. Versteht Ihr, was das bedeutet? Was *sie* bedeuten?«, fragte er in einem Ton, der so ruhig war, dass er nicht zu dem Ausdruck in seinen Augen passen wollte. »Kann ich sie Euch anvertrauen?«

Luna schluckte schwer. »Ich weiß, dass ich Ael im Stich gelassen habe«, gab sie leise zurück, denn sie sah in seinen Augen, dass es das war, worauf er sich bezog. »… aber ich will niemanden mehr im Stich lassen.«

»Ihre Majestät ist die Erste, die für mich kämpfen will.« Luna erstarrte bei der Stimme – Aels Stimme – aus der Zelle zu ihrer Rechten. »… die Erste, die mich nicht mehr verstecken will. *Ich* will mich nicht mehr verstecken.«

Auch Xyn zuckte zusammen und drehte sich herum. Während er Ael mit seinem Blick maß, schien beinahe so etwas wie Scham in seiner Haltung Einzug zu nehmen. Luna verspürte sie ebenfalls. Sie versuchte, sich zu erinnern, was sie über ihn gesagt hatte, in dem Glauben, dass er sie nicht hören konnte, bevor sie ihre Gedanken wieder verwarf. Sie hatte nichts als die Wahrheit gesagt und die sollte er ohnehin erfahren.

»Sagt Euren Gardisten die Wahrheit«, bat sie Xyn. »Gebt ihnen eine Wahl.« Sie verdienten sie … sie alle hätten sie verdient.

»Wofür werden sie sterben, meine Männer?«, fragte Xyn stattdessen.

Luna schluckte und richtete sich auf. »Gebt ihnen eine Wahl …«, bat sie ihn noch einmal. »Wir können für die Wahrheit sterben … oder eine Lüge leben.«

Xyns Züge blieben ausdruckslos, nichts in seinem Gesicht verriet, ob ihre Worte zu ihm durchgedrungen waren.

»Hast du einen Plan, Prinzessin?«, fragte die Hexerin sie neugierig, beinahe provokant, doch da lag etwas in ihren Augen, ein stummes Flehen auf Antwort.

Luna zögerte, noch immer unsicher, dabei war sie diesen Plan in ihrem Kopf während des Gesprächs bereits unzählige Male durchgegangen. Es kostete sie Überwindung, der Hexerin ihre Frage zu stellen und ihr Charlyns Vermutung zu offenbaren. Wenn sie recht hatte, würde es einen Aufschrei geben, wenn es nicht funktionierte, würden sie ihr Königreich vielleicht ein für alle Mal verlieren … doch es war ihre einzige Chance.

Sie musterte die Hexerin, die Brandnarben, die ihre Haut übersäten, und das Feuer in ihrem Blick. »Stimmt es, dass du nicht brennen wirst?«

Die Hexerin schwieg zur Antwort, doch die Feuer in ihren Augen loderten auf.

»Wie?«, hauchte Luna fassungslos. Sie hatte bis zum letzten Moment nicht daran geglaubt, dass es wahr sein könnte.

Die Hexerin schnaubte nur. »… durch ein Verbrechen so grausam, dass nicht einmal die Flammen mehr gütig genug sind, um uns den Tod zu schenken«, erwiderte sie heiser und kratzig.

Luna schauerte. Dann hatte Charlyn recht behalten, dass die Hundert keine einmalige Erscheinung waren, dass ihre Widerstandskraft gegen Feuer aus ihrer Blutmagie stammte und damit reproduzierbar war.

»… aber ich weiß nicht, ob es mit diesen Fesseln auch so wäre«, überlegte die Hexerin gedankenverloren. Zur Verdeutlichung hob sie die Hände und rasselte mit ihren Ketten. »Ich weiß nicht, ob sie nicht auch diese Form von Magie unterdrücken.«

Luna wandte ihren Blick zu Xyn. »Könnt Ihr den Schlüssel beschaffen?«, fragte sie, auch wenn sie ihn und die Garde damit nur noch mehr in Gefahr brachte.

»Ich brauche keinen Schlüssel … ich brauche nur Blut«, warf die Hexerin ein.

»Bist du so aus der Akademie entkommen?«

Wenn Blut ihre Fesseln hatte lösen können, dann hätte sie vielleicht auch ein größeres Aufgebot an Wachen überwältigt. Sie hatte selbst Meisterin Margo und der obersten Magistra die Stirn geboten … vielleicht hatte Luna mit dem Besuch bei ihrer Zelle rein gar nichts verändert.

»Magie mit fremdem Blut ist kraftvoll«, erklärte die Hexerin. »Gebt mir eine Phiole mit Hexerblut und wir sind alle frei.«

Ein besorgniserregendes Grinsen breitete sich auf ihrem Gesicht aus. Lunas Blick ruckte zu ihr, doch sie wiederum sah zu der Zelle neben ihr, zu Ael.

»Bist du ein Hexer?«, fragte sie ihn.

Ael schien zu zögern, zumindest blieb es eine Weile still, doch keiner von ihnen anderen sagte ein Wort. Es war an ihm, seine Wahrheit zu teilen, wenn er dazu bereit war, doch der Hexerin musste es auch so bereits klar sein.

Es dauerte, bis Ael schließlich rau und leise bestätigte: »Ich bin ein Hexer.«

Luna hörte nur seine Stimme, doch allein der Ton darin machte deutlich, wie schwer ihm dieses Geständnis fiel. Er musste sein gesamtes Leben lang versteckt haben, wer er war.

Die Hexerin in der Zelle gegenüber beäugte ihn stumm, als gingen ihr dieselben Überlegungen durch den Kopf, bis sie schließlich nickte. Ael und sie schienen zu einer stummen Übereinkunft gekommen zu sein.

»Kennst du deine Magie?«, fragte sie ihn, doch schon im selben Moment huschte die traurige Erkenntnis über ihr Gesicht. »Du hast sie nie benutzt.«

Ihnen allen war klar, dass er sie sein gesamtes Leben lang versteckt hatte.

»Du wirst es schaffen, wenn sie dich töten wollen«, sagte die Hexerin unbekümmert und geschäftig, so als wollte sie ihm damit Mut zusprechen.

Sie konnte nicht älter sein als Luna, vielleicht war sie sogar jünger, aber sie schien so selbstsicher. Sie sprach von diesem Horror und Tod, als wäre es ihr Alltag … vielleicht war es das. Lunas Gedanken jagten zu Daersk, zu den Gräueltaten und den Anschlägen, die die Hexerin verübt hatte. Sie hatte Erfahrung in diesen Dingen.

»Ich brauche dein Wort, dass du niemandem hier etwas antust«, sagte Luna und ließ die Hexerin dabei nicht für einen Wimpernschlag aus den Augen. »Niemand darf durch unsere Hand zu Schaden kommen.«

»*Niemand*?«, echote die Hexerin mit freudloser Bitterkeit in ihrer Stimme. »… auch nicht, wenn sie es verdient haben?«

Luna schüttelte den Kopf. »Wer hat es schon verdient?« Vielleicht hasste sie den Herzog von Koravotia, vielleicht wollte sie ihn zum Schweigen bringen, doch sie wünschte selbst ihm nicht den Tod. »… dann sind wir nicht besser als sie.«

»Du bist so viel schlauer als ich …« Luna konnte nicht sagen, ob da Spott durch die Stimme der Hexerin klang.

»Selbst wenn – Syltain, der Gardist und die Hexerin können sich vielleicht befreien, aber was ist mit uns?«, fragte Narae links von ihr. Sie hatte die Schärfe ihrer Stimme zurückgewonnen. »… und auch dann würden wir der gesamten Palastgarde gegenüberstehen.«

»Das werde *ich* übernehmen.« Luna drehte sich überrascht zu Xyn herum. Er sah keinen von ihnen an, blickte starr auf den Boden vor sich, doch sein Versprechen hallte durch die Verliese. Er war auf ihrer Seite.

Die Hexerin hinter ihm grinste so breit, dass Luna Schauer über den Rücken jagten. »Ich kann den Rat und die Zauberer in Schach halten, denke ich.«

»Syltain und ich kämpfen ebenfalls, aber wir können uns trotzdem allein niemals einen Weg aus diesem Palast schlagen. Also – was dann?«, fragte Narae.

Luna schluckte, während die Hexerin, die ihren Plan bereits verstanden zu haben schien, mit grimmigem Lächeln raunte: »Dann liegt alles an dir.«

Lunas Herz wurde schwer. »Ich muss versuchen, Rea zu überzeugen.«

»Syltain hat jahrelang versucht, sie auf unsere Seite zu ziehen, wie willst du es in der kurzen Zeit schaffen?« Narae klang noch immer nicht überzeugt.

»Syltain konnte ihr nie die Wahrheit sagen.« Sie schon. Die Frage war nur, ob das reichen würde … ob es etwas ändern würde.

»Unser Tod ist uns schon sicher, alles andere ist zumindest eine Chance, oder? Wenn ich die Wahl habe, sterbe ich lieber im Kampf.« Ael sagte es mit so viel Enthusiasmus in der Stimme, dass Lunas Körper zu beben begann. »… und das klingt nach einem guten.«

Selbst Xyn erwiderte sein Grinsen, doch er wandte sich nur halb zu ihm um, sodass Ael seine Augen nicht sehen konnte. Luna sah sie. In ihnen lagen Schmerz und dieselbe Angst, die auch sie in ihrem Herzen spürte, die Angst, einen riesigen Fehler zu begehen.

Während sie ihnen noch einmal ausführlicher ihren Plan erklärte, nestelte sie mit klammen Fingern an den Schleifen, die den voluminösen Überrock an ihrem Kleid befestigten. Erst, als sie verstummte, löste sich auch der letzte Knoten und der Stoff sank in einer mitternachtsblauen Wolke zu Boden. Er war einer Königin würdig, aber sie, sie brauchte ihn nicht mehr … zusammen mit dem schweren Stoff legte sie auch ihre Maske ab, das Bild, das sie immer zu verkörpern versucht hatte, ein Bild, das ihr selbst nicht ferner sein könnte.

Sie gingen den Plan ein weiteres Mal mit den Anmerkungen durch, die die Hexerin und Xyn ihr gaben, bis auch aus Naraes Stimme ein Stück der Zweifel wichen.

Schließlich nickte Xyn knapp. »Es kann nicht mehr lange dauern. Ihr solltet euch bereithalten.«

»Xyn!«, rief Luna ihn zurück, als er sich abwenden wollte. »Werdet Ihr mit Eurer Garde sprechen?«

Sie wollte wissen, wie viele Gegner sie in dieser Nacht haben würden … nein, eigentlich wollte sie nur, dass sie nicht ihre Gegner waren – nicht noch mehr Jungen wie Ael, mit glänzenden Augen, willens, in den Tod zu gehen, um für ihr Leben zu kämpfen.

Luna atmete auf, als Xyn gequält nickte.

»Ihr werdet Syltain und die Frostkönigin von unserem Plan unterrichten?« Wieder nickte er knapp, beinahe, als würde es ihm körperliche Schmerzen bereiten.

»Danke.« Luna zögerte einen Moment. »Könntet Ihr ihnen noch eine weitere Nachricht überbringen?«

Xyn machte es ihr nicht einfacher, indem er schwieg.

»Würdet Ihr ihnen sagen, dass …« Luna atmete tief ein. »Würdet Ihr ihnen sagen, dass ich ihnen glaube?«

Xyn wandte sich ohne ein weiteres Wort ab.

»Das ist mehr, als wir je hoffen konnten, *Prinzessin*«, flüsterte Narae leise.

34

Stunden verschwammen zwischen der Stille der Verliese, dem Pochen ihres Herzens und dem klammen Stechen ihrer Glieder, bis zwei junge Gardisten in Lunas Zelle traten. Der Herzog von Koravotia blieb vor der Tür zurück und hinter ihm im Gang wartete noch ein ganzer Haufen weiterer Gardisten in dunklen Uniformen, bereit einzugreifen, sollte einer von ihnen Anstalten machen, sich zu wehren.

Die beiden Gardisten in Lunas Zelle nickten ihr kurz zu, bevor sie ihre Arme packten, um sie in den Gang hinauszuschieben. Der Junge zu ihrer Rechten hatte die gleichen wuscheligen Haare wie Ael, und so wirkten die Hände an ihren Armen beinahe tröstlich, anstatt ihr Angst zu machen. Sie hielten sie aufrecht, während sich ihr enger Rock um ihre Beine spannte und sie auf den Herzog zu straucheln ließ.

Nun schlossen sich doch Fesseln um ihre Handgelenke – eine Anerkennung ihrer Fähigkeiten? Der Gedanke wurde augenblicklich verdrängt von der Angst, die sich mit einem nervösen Zittern in Lunas Gelenken einnistete und durch ihren Bauch flatterte.

Die beiden Gardisten schoben sie aus ihrer Zelle in den Gang. Schwarze Uniformen wichen zurück, um sie an sich vorbeizulassen, doch der Herzog von Koravotia blieb mittig im Gang stehen, sodass die Gardisten Mühe hatten, sie an ihm vorbeizubugsieren.

Luna wollte aufsehen, seinem Blick begegnen, sich ihm stellen, doch sie stockte in der Bewegung. Der Herzog sollte nicht glauben, dass er sie gebrochen hatte, aber das zeigte bereits ihre Haltung, dafür musste sie ihn nicht ansehen. Sie musste ihm nichts mehr beweisen. Luna sah nicht auf. Stattdessen wandte sie den Kopf zur Seite, zu den anderen Gardisten, die die Zelle neben ihrer geöffnet hatten und jetzt Narae in den Gang zerrten.

Auch sie hielt sich stoisch aufrecht, ohne sich zu wehren, doch der verzerrte Ausdruck auf ihrem Gesicht zeigte, wie schwer es ihr fiel. Lunas Atem stockte, als sie den Kopf hob und ihr mit glühendem Blick begegnete.

Das Blut an ihrem Kinn zog sich in verschmierten Schlieren über ihre Wange wie eine Kriegsbemalung, ihr linkes Auge war blutunterlaufen, aber nicht geschwollen, die Lippen aufgeplatzt und verschorft. Luna hatte Mühe, bei der Qual in Naraes Augen nicht zurückzuzucken. Spiegelte sie ihre eigene? Sie verwarf den Gedanken augenblicklich und fokussierte sich wieder. Sie hatten keine Zeit, ihre Wunden zu lecken, sie beide waren am Leben – noch – und das war alles, was für den Augenblick zählte. Um alles andere, die Wut, den Schmerz, die Verzweiflung, würden sie sich später kümmern.

»Unser aller Leben liegt jetzt in deiner Hand«, wisperte Narae in dem kurzen Moment, in dem die Gardisten sie an Luna vorbeischoben, und ihr Blick glitt über ihren Körper.

Als sie wieder aufsah, lag ein Schimmer in ihren Augen, der Luna Angst machte. Es war ein Schimmer von Hoffnung, der jetzt auf *ihr* lag. Sie prägte sich Naraes Gesicht ein, den unerschütterlichen Ausdruck ihrer Augen, das kurze Nicken ihres Kinns, bevor sie sich abwandte. Am Ende dieser Nacht wollte sie sie in Freiheit sehen … ihrer beider. Doch sie beide wussten ebenso gut, dass für ihren Plan womöglich Opfer nötig waren, dass es ebenso wahrscheinlich war, dass sie beide sich *nie* wiedersehen würden.

Am anderen Ende des Ganges wurde Syltain aus seiner Zelle gezerrt. Er krümmte sich, doch er richtete sich ebenso schnell wieder auf, gestützt von den Gardisten. Seine sonst kupferhellen Haarsträhnen klebten jetzt feucht und dunkel in seiner Stirn. Er drehte den Kopf, um sie anzusehen, und innerhalb eines Wimpernschlages reisten sie Jahre zurück in eine Bibliothek, in der es nur sie beide gab, zwei Nacht-wandler, einsam und verloren. Es war, als wäre keine Zeit dazwischen vergangen, als hätte sich nichts verändert, und gleichzeitig vollkommen anders … denn es hatte sich *alles* verändert.

Luna verstand jetzt, was er hatte tun müssen, und sie schäm-te sich, dass sie viel zu lange dafür gebraucht hatte. Sein Blick fühlte sich so vertraut an, so sicher. Sie musste kein Wort sagen, damit er ihre stumme Entschuldigung verstand. Er kannte sie und sie kannte ihn. Wie hatte sie das so lange ver-gessen können?

Syltain nickte ihr knapp zu – er verließ sich auf sie. Sie *alle* verließen sich auf sie.

Luna bebte in den Händen der Gardisten, immer stärker mit jedem Schritt, den sie durch die feuchten Gänge auf die Treppe am Ende der Zellen zu machten. Die Präsenz des Herzogs schwebte unablässig wie eine dunkle Bedrohung in ihrem Rücken und je länger die stumme Prozession an-dauerte, desto stärker schwoll das Pochen und Flattern in ihr an, desto mehr raubte Panik ihr den Atem und breitete sich in ihrer Brust aus, bis sie zu ersticken drohte.

Während sie sich zwischen den beiden Gardisten Stufe für Stufe hinaufquälte – ein schmerzhaftes Unterfangen, oh-ne dass sie mit ihren gefesselten Händen den Rock ihres Kleids raffen konnte – desto lauter dröhnte ein einzelner Ge-danke durch ihren Kopf: Vielleicht kam für sie jede Rettung zu spät … Vielleicht konnte sie sie nicht mehr retten.

Sie nahm Stufe für Stufe, bis der Gedanke jeglichen Rest ihres Bewusstseins verdrängte … jede Stufe ein weiterer Schritt zu ihrem Tod.

Der Sturm hatte nachgelassen, doch der Sand des Innenhofs war in der Zwischenzeit zu patschendem, kaltem Morast geworden, der durch ihre Schuhe sickerte und sie gemeinsam mit dem Wind über den Zinnen frösteln ließ, als sie aus den Gängen des Palastes in die kalte Nachtluft hinaustraten.

Die Adeligen hatten sich auf einer Seite des Hofes versammelt, die Blicke auf die fünf Scheiterhaufen auf der anderen Seite gerichtet. Jetzt jedoch wandten sich alle Köpfe zu ihnen, zu ihrer Prozession von Gefangenen, die wie eine Schauspieltruppe auf die Bühne der Hinrichtung zog. Die Adligen wirkten seltsam deplatziert, so als hätte man nur die Wände des Ballsaals entfernt, als warteten sie in der eisigen Herbstkälte bloß auf einen weiteren Tanz. Viele von ihnen hielten noch immer ihre Sektflöten und Weinkelche in der Hand. Sie waren beschwipst und angetrunken, so als hätten sie nach den Vorkommnissen des Abends ungerührt weitergefeiert, als hätten sie nahtlos da weitergemacht, wo vor Tagen Reas Krönungsfeier mit einem Attentat geendet war, ohne zu bemerken, dass man ihre Königinnen in der Zwischenzeit ausgetauscht hatte … zweimal.

Sie erstarrten und keuchten auf, als sie die Hexerin entdeckten. Kurz war es still, dann brandete Applaus über den Innenhof, jeder Schlag ihrer Hände wie ein Donnergrollen, das Luna zusammenzucken ließ. Die Adligen erwarteten die Verbrennungen wie einen würdigen Abschluss dieser Feier, wie ein Feuerwerk, so als wäre ihnen nicht klar, was es bedeutete, wenn die Scheiterhaufen die Nacht erhellen würden. Luna krümmte sich unter einem Würgen.

Narae war dicht hinter ihr, genau wie Ael, Syltain, die Frostkönigin und die Hexerin, doch sie schienen unendlich fern. Auch ihre Blicke huschten über die versammelte Menge, nervös und angespannt, und vielleicht auch ängstlich. Sie wären dumm, hätten sie keine Angst.

Der Herzog von Koravotia schritt an den Scheiterhaufen vorbei auf Rea und die übrigen Ratsmitglieder hinter ihrer Schulter zu, die ihn bereits am anderen Ende des Innenhofs erwarteten.

Reas Kleid war so kunstvoll auf dem dunklen Sand drapiert, dass sie aussah wie eine der blutroten Rosen an dem Busch, der sich hinter ihr an der Mauer emporreckte. Als Kind hatte Luna sich immer Gärten innerhalb des Palasts gewünscht, so wie auch in der Sommerresidenz, doch der raue, harte Stein der Festung ließ kein Leben hindurch – keines, bis auf den einen Rosenbusch, der sich, seit Luna sich erinnern konnte, an die Außenmauer des Palasts klammerte und um sein Überleben kämpfte.

Mit ihrer goldenen Krone war Rea ein genaues Spiegelbild Lunas und gleichzeitig ein vollkommener Gegenpol, ein so bekannter Anblick, dass er in ihrer Brust stach. Reas Rock bauschte sich im Wind und zeigte das Schwert an ihrer Seite, das zuvor von Stoff verdeckt worden war. Glänzende Rubine rankten sich durch den goldenen Knauf. Sie hatte das Schwert der Göttin Alira gewählt, um Lunas Leben zu nehmen, doch wenn ihr Plan aufging, würde sie es in dieser Nacht nicht brauchen.

Die fünf Scheiterhaufen reihten sich in sicherem Abstand zur Palastmauer auf wie dunkle Mahnmale, und ihre Hügel erinnerten bereits an die Gräber, die sie sein würden. Verglichen mit dem Sand unter ihren Füßen war das Holz noch hell und trocken.

Das Licht der Fackeln, die überall um sie herum leuchteten, schien auf einmal nicht mehr warm und tröstlich, es wirkte bedrohlich, es vertrieb nicht mehr die Dunkelheit der Nacht, es ließ sie auflodern und ihre Krallen strecken.

Sie waren sechs Gefangene für fünf Scheiterhaufen. Xyn hatte ihnen erklärt, dass der Rat zuerst die Hexerin verbrennen wollte, dann Syltain und die Frostkönigin, und dann Narae und Ael. Luna sollte dabei zusehen, wie die Hoffnung Atheas in Flammen aufging – nicht, weil der Rat es wollte … Rea wollte es. Sie wollte es, weil sie die Wahrheit nicht kannte, weil sie sie nicht *glaubte*, und Luna konnte ihr keinen Vorwurf daraus machen. Sie hatte sie so lange selbst nicht geglaubt.

Es gab keinen Raum mehr für Schmerz in ihrer Brust und so wandelte er sich in kalte Ruhe, in der nur noch eine Wahrheit blieb: Sie war hier für ihren Tod.

… aber sie durfte in dieser Nacht nicht sterben. Zuerst würde der Scheiterhaufen der Hexerin entzündet werden, und sobald er brannte, konnte sie sich befreien und die Zauberer mit ihren Flammen in Schach halten, lange genug, dass Luna ihr Wort an sie richten konnte … Rea die Wahrheit sagen … ihnen allen.

Mit einem Mal wurde die Szenerie seltsam still, bis nur noch das Knirschen des Sandes unter ihren Füßen zu hören war. Es war still bis auf das Geräusch des Windes, der über den Hof strich, und das Rauschen der Wellen an den Klippen. Selbst die Menge schien den Atem anzuhalten.

Während die anderen an Luna vorbei zu den fünf Scheiterhaufen geführt wurden, blieb sie am Rand des Hofes zurück, niemanden an ihrer Seite. Ihr Herz pochte wild und Aufregung peitschte ihr Blut durch ihre Adern, stärker, als sie es je zu einem anderen Zeitpunkt gespürt hatte. Sie musterte die schwarzen Uniformen, die sie umgaben und mit der Nacht zu verschmelzen schienen. Sie hatte ihnen eine Wahl lassen wollen, – sie ging davon aus, dass Xyn ihnen die Wahl überlassen *hatte* –, aber erst in diesem Moment wurde ihr die Konsequenz bewusst.

Es reichte ein Einzelner von ihnen, der sich dem Rat verpflichtet fühlte, damit all das scheiterte … damit sie alle ihre Leben verwirkt hatten. Luna selbst hatte sich dem Rat in der Vergangenheit so lange verpflichtet gefühlt, dass *sie* gereicht hatte, damit all das gescheitert war.

Eine Erinnerung an Xyns Stimme klang in ihren Ohren, voller Stolz auf seine Jungen und voll unerklärlichem Stolz für die Krone, den er an sie weitergegeben hatte. Sie schuldete ihnen Stärke … jedem von ihnen.

Luna straffte sich, legte den Kopf in den Nacken und erlaubte sich einen kurzen Blick auf die Sterne am Nachthimmel. Ihr Funkeln war ihr so vertraut, es schien wie das Versprechen auf Beistand bis zum Anbruch des neuen Tages. In dieser Nacht spürte sie die Krone auf ihrem Kopf nicht mehr wie ein fremdes Gewicht, das sie gestohlen hatte, das darauf wartete, sie zu vernichten … Inzwischen war ihre Krone ein Teil von ihr, nichts anderes als ihre Augen oder ihre Lippen, nichts anderes als ihr Herz – inzwischen war *sie* anders. Luna verdrängte, dass man sie ihre Krone überhaupt nur noch tragen ließ, weil Rea sie ihr vom Kopf schlagen wollte.

Die Gardisten zerrten die übrigen Gefangenen auf ihre Scheiterhaufen, Narae und Ael ihnen voran, die ohne Zögern daran hinaufstiegen, gefolgt von Syltain, dem es nach den Tagen in den Verliesen schwerer zu fallen schien, überhaupt noch ein Bein vor das andere zu setzen. Die Frostkönigin hatte mit dem Rock ihres Kleides zu kämpfen, bis sie schließlich kurzerhand von vier Gardisten hinaufgehoben wurde, ebenso wie die Hexerin.

Luna sah sie zum ersten Mal außerhalb der Verliese richtig an, während sie an den Pflock gekettet wurde, der mittig aus dem Scheiterhaufen ragte. Die Gardisten schienen sie auch den Weg von den Verliesen bis in den Innenhof getragen zu haben, denn von dem Stolz ihrer Augen war in ihrem Körper nichts mehr übrig. Die Schlacht von Daersk, die Folter des Herzogs und die Nächte in den Zellen hatten sie zerstört. Wenn die Hexerin nicht mehr in der Lage sein würde zu tun, was sie versprochen hatte, war möglicherweise ihr gesamter Plan zum Scheitern verurteilt. Ael und Syltain hatten noch nie getan, was sie von ihnen erwarteten, und –

Luna zwang sich zu einem Atemzug, um die aufkeimende Übelkeit zurückzudrängen. Es kam auf jeden von ihnen an … jeden Einzelnen.

Es hatte etwas seltsam Feierliches, wie die Fünf aufrecht in der Dunkelheit des Innenhofes warteten, umgeben von flackerndem Fackellicht. Fünf Gestalten, die mit erhobenen Köpfen auf ihren Scheiterhaufen thronten und den Innenhof überblickten.

Nachtwind fuhr in das Kleid der Frostkönigin und ließ ihre Ärmel um sie flattern, spielte mit den Schößen von Syltains und Aels Gehröcken und wehte der Hexerin ihre verfilzten, dreckigen Haarsträhnen um den Körper. Nur Narae stand völlig unbewegt an ihrem Pflock, den Blick starr auf die Menschen vor ihr gerichtet, auf das, was sie so lange gefürchtet hatte – ein gesamtes Königreich, das Syltain und ihre Nordmutter tot sehen wollte.

Eine Fackel näherte sich ihnen, ein einzelnes Licht in der Dunkelheit, ein sanftes, ruhiges Flackern. Noch nie hatte eine kleine Flamme Luna solche Panik bereitet. Sie spürte jedes Züngeln wie einen Stoß in ihrem eigenen Körper, unter dem sie erbebte.

Der Herzog von Koravotia nahm die Fackel entgegen, reckte sie in die Höhe, und ließ seinen Blick währenddessen über die Menge wandern.

»Heute Nacht werden die Verräter unseres Königreiches sterben …«, begann er mit feierlicher Stimme zu erklären.

Sie verlasen nicht einmal eine Klageschrift. Der Herzog war ihr Kläger, Richter, und er würde auch ihr Henker sein.

»… alte …« Er sah zu der Frostkönigin und Syltain hinüber.

»… und neue.« Sein Blick ging zu der Hexerin, die ihren selbst wiederum starr über die Menge wandern ließ, die Lippen zu einem verächtlichen Grinsen verzogen.

Der Herzog erntete zustimmende Rufe und Applaus für seine Ansprache, doch unter den Adligen gab es auch einige verwirrte Gesichter, Zweifler und solche, die beunruhigt waren von all dem Blut und dem Tod der vergangenen Tage. Luna fokussierte sich auf sie. Sie waren verunsichert davon, dass die zweite ihrer Königinnen innerhalb weniger Nächte sterben sollte, und vielleicht waren sie ihre einzige Chance auf Leben.

Während Lunas Augen über die Menge huschten, suchte sie auch nach einem weiteren Gesicht, suchte nach Charlyn. Sie wollte ihr mit ihrem Blick bedeuten, dass sie sich keine Sorgen zu machen brauchte, dass sie nicht eingreifen durfte, doch sie fand sie nicht unter den versammelten Adligen. Wo war Charlyn?

»Heute Nacht sterben unsere Feinde aus den Niemandslanden …« Während die Fackelflamme im Blick des Herzogs flackerte, sah Luna deutlich, dass die Frostkönigin recht gehabt hatte – ihr Tod würde sein Triumph sein. »… und Feinde aus Athea.«

Der Blick des Herzogs traf Lunas, doch er sah sie nicht – er hatte sie nie gesehen. Er hätte in ihr nie eine Königin gesehen, nie eine Zauberin, nichts, was ihm je ebenbürtig sein könnte … für ihn war sie nicht mehr als eine Puppe, eine Marionette, die an seinen Fäden tanzte. Er hatte sich nie für etwas anderes interessiert, und jetzt, wo sie die ihr angedachte Rolle nicht mehr erfüllte, würde er sie entsorgen. Es kümmerte ihn nicht. Er würde in dieser Nacht traumlos schlafen, ungestört von dem Wissen, dass er unschuldige Leben beendet hatte … denn Recht spielte für ihn keine Rolle. Er kannte nur Macht.

Rea stand völlig unbewegt an seiner Seite, ihren Blick auf Syltain gerichtet, der sie ebenfalls ansah. Auch sie war nur eine Puppe, sie hatte ebenfalls nie die Chance bekommen, mehr zu sein. Sie schien perfekt in ihrem Rosenblütenkleid, auch trotz ihres ausgezehrten Gesichts, trotz ihrer verwüsteten Locken, aber es war, als hätte ihr makelloses Bild einen Riss bekommen, unsichtbar und verborgen hinter ihrer Maske von Unnahbarkeit.

Sie wandte den Kopf, begegnete Lunas Blick, und in ihm lag die gesamte Enttäuschung ihrer Existenz. Luna hatte in ihren Augen als ihre Schwester versagt, schon Jahre zuvor. Die Tatsache verursachte einen leichten Stich in ihrem Inneren, doch Reas Blick hatte an Kraft eingebüßt, er perlte von ihr ab wie der Frost der Nacht. Die Wahrheit war, dass sie nie eine Chance gehabt hatte. Sie beide hatten ihren Weg schon vor Jahren eingeschlagen, schon lange vor all den Fehlern, die sie begangen hatte, das wusste sie jetzt. Rea und sie hatten sich in dem Moment verloren, in dem sie angefangen hatten, Prinzessinnen zu sein – als man ihnen beigebracht hatte, dass in ihren Rollen als Prinzessinnen kein Platz mehr für Schwestern war. Niemand hatte ihnen gesagt, dass sie mehr sein konnten.

Reas Blick schweifte zurück zu Syltain, unberührt, kühl. Er offenbarte eine weitere Wahrheit, die Luna sich eingestehen musste. In Reas Augen war sie bereits tot, schon vor Jahren gestorben.

»Habt ihr letzte Worte?«, fragte Rea, ohne ihren Blick dabei von Syltain zu wenden.

Der Herzog von Koravotia neben ihr sah auf die Frostkönigin und sie erwiderte den Blick, als sie laut und fest fragte: »Wie viele Menschen sind für deinen Stolz gestorben, Viko?«

Er verzog zur Antwort nur die Lippen und wandte seine Aufmerksamkeit weiter zu Syltain.

Syltain verschränkte seine Augen mit Reas, als er leise, aber fest sagte: »Ich wollte nie, dass es so weit kommt.«

Reas Gesicht zeigte keine Regung, dafür saß ihre Maske zu perfekt. Luna konnte nicht einmal sagen, ob sie ihn überhaupt gehört hatte.

Der Herzog schnaubte nur, wandte sich weiter zu der Hexerin und seine Augenbrauen wanderten in die Höhe.

Die Hexerin lachte, erst leise, dann immer schriller, ließ sie alle warten, gefangen in diesem schrecklichen Gackern, das aus ihrer Kehle kam. Es versiegte abrupt.

»Alles, was Ihr kanntet, wird brennen«, schwor sie dunkel und rau.

Luna schauerte. Die Menge drängte unwillkürlich einen Schritt zurück und ihre Anspannung war inzwischen auch unter den Gardisten beinahe mit Fingern zu greifen. Hatte sie mit ihrem Plan nur einen weiteren Fehler begangen? Wie wollte die Hexerin ihnen die Zeit verschaffen, die sie brauchten? Sie hatte versprochen, den Rat und die Zauberer in Schach zu halten – hatte sie einen Plan oder würde sie mit ihrer Magie blind durch die Menge brechen?

Plötzlich spürte Luna jeden einzelnen Menschen im Innenhof, jedes Leben, das in ihrer Hand lag, für das sie die Verantwortung trug, wie ein Perlen auf ihrer Haut, spürte sie in jedem Schlag ihres Herzens. Es waren so viele … und sie hatte sie alle in Gefahr gebracht.

Der Herzog von Koravotia hingegen schien völlig unbeeindruckt von der Drohung der Hexerin. Sein Blick wanderte weiter zu Narae und forderte sie auf, ebenfalls ihre letzten Worte zu sprechen.

Narae jedoch schwieg. Sie ignorierte die Augen auf ihr und hielt den Kopf starr nach vorn gerichtet. Luna hörte ihre Stimme auch in der Stille … *Prinzessin*.

Der Herzog von Koravotia wartete einen langen Augenblick, bis er wieder schnaubte und sich Ael zuwandte, und Luna sah selbst an Aels Hinterkopf, wie er das Kinn nach vorn reckte. Er stand dort, ein halbes Kind, doch sein Ton war entschlossen und seine Haltung sicher, als er sprach. Lunas Augen brannten urplötzlich von dem eisigen Klippenwind, der über die Mauern fuhr.

»Für unsere Königin.« Er meinte nicht Rea.

Ein Raunen ging durch die Menge, ein scharfer Atemzug, als wären sie alle eine einzige, riesige Kreatur, doch der Herzog von Koravotia unterbrach es, indem er einen Schritt nach vorn machte und seine Fackel in die Höhe reckte. Seine Mundwinkel zuckten, als er seinen Blick über die Menge wandern ließ, dann über die Scheiterhaufen hinter ihm. Luna wagte nicht, sich zu rühren.

»Hexermagie ist eine Krankheit, die selbst das Beste im Menschen vernichtet und nur die tiefsten Abgründe in ihm zurücklässt«, donnerte er über den Innenhof. »Sie lässt sie die Gräuel verüben, an die die Schrecken von Daersk uns so eindrücklich erinnern.«

Er machte eine kunstvolle Pause und wandte sich zu den Scheiterhaufen. »Beinahe hätten sie uns erneut heimgesucht und die Geschichte wiederholt.«

Stattdessen würden nun die Zauberer es tun, indem sie die Hexer zu ihrem Sündenbock machten …

Der Herzog beugte sich zu Rea hinunter, als wollte er ihr etwas ins Ohr flüstern, während die Menge ihm applaudierte. Seine Worte weckten Reas Blick und sandten ein Lächeln in ihre Mundwinkel. Sie nickte. Auch der Herzog lächelte, als er sich wieder aufrichtete, und es war dieses Lächeln, das Luna stocken ließ – es war dieses Lächeln, das ihr klarmachte, dass sie nie eine Chance gehabt hatten.

Der Herzog hob den Arm und deutete auf Narae, als er mit grimmigem Lächeln befahl: »Bringt sie nach vorn!«

35

Luna erstarrte. Ihre Augen zuckten über unzählige Gesichter, ohne eines davon wirklich zu sehen, und suchten die Information, die sie übersehen hatte, während die Gardisten Naraes Fesseln wieder lösten und sie den Scheiterhaufen hinunterzerrten.

Narae schien ebenso verwirrt wie Luna, doch sie zeigte keine Spur von Angst in den Schatten, die das Licht der Fackeln über ihr Gesicht warf, während sie sich ohne Gegenwehr bis vor den Herzog und Rea ziehen ließ.

»Ihr Blutdurst ist so groß, dass sie selbst ihre eigenen Reihen töten«, sagte der Herzog laut und fügte leiser, nur für Naraes Ohren hinzu: »Nicht wahr?«

Zur Antwort zog sie die Nase hoch und spuckte ihm vor die Füße. Die Hexerin hinter ihnen lachte schrill auf, doch der Herzog verzog nur die Lippen.

»Weigere dich, und Syltain von Kildarim stirbt«, zischte er und streckte seinen Arm mit der Fackel, weit genug, dass sie über dem Holz des Scheiterhaufens schwebte.

Luna erstarrte und Narae tat es ebenso. Sie stand so still, als würde sie nicht einmal mehr atmen, ihren Blick auf die Fackel gerichtet. Der Herzog konnte sie jederzeit loslassen, und wenn er es tat, würde Syltain sterben – im Gegensatz zur Hexerin *konnte* er verbrennen.

Eisiges Grauen kroch Lunas Rückgrat hinauf, zusammen mit einer schrecklichen Vorahnung. Es war ihnen nicht genug, sie zu töten, nein, sie wollten sie foltern. Sie wollten an ihnen die Grausamkeit der Hexer demonstrieren … und sie selbst war es gewesen, die ihnen gesagt hatte, wie sie das tun konnten – *sie* hatte ihnen von dem Blutschwur erzählt.

»Macht ihre Fesseln los und bringt ihr eine Fackel«, befahl der Herzog, ohne seinen Blick von Narae zu nehmen, wie um sie zu verhöhnen.

Die Gardisten taten wie geheißen, während die Zauberer hinter ihnen in Habachtstellung gingen, bereit, Naraes Leben zu beenden, sollte sie auch nur die kleinste Gefahr darstellen. Die Menge verstummte und der Aufruhr verebbte, so als hielte der gesamte Innenhof den Atem an. Selbst der Wind stand still.

»Beginnt bei Eurer Frostkönigin.«

Luna hörte jedes Wort einzeln, schleppend, und es war, als würde die Zeit stillstehen. Sie schüttelte den Kopf, als könnte sie es so aufhalten.

Narae hatte sich noch immer nicht gerührt, ihr einer Arm hing kraftlos an ihrem Körper herab, während sie mit ihrer freien Hand die Fackel entgegennahm. Sie hatte den Kopf nicht für einen winzigen Augenblick von den Flammen des Herzogs gewandt.

Er legte den Kopf schräg. »Nicht?« Seine Finger um die Fackel zuckten und mit ihnen Narae.

»Hexer kennen nicht einmal Loyalität«, erklärte er laut, während sie einen ersten Schritt setzte, dann einen zweiten. Es war eine Beleidigung Naraes, sie war die loyalste Person, die Luna kannte.

Eine hölzerne Bewegung nach der anderen machte sie um den Herzog herum, bis sie vor dem aufgeschichteten Holz zu Füßen ihrer Königin stand. Zerrissenheit flackerte über ihr Gesicht.

Luna konnte nicht atmen, sie spürte den Schmerz in ihrer

eigenen Brust. Panisch schüttelte sie den Kopf, während sich die Flammen der Fackel langsam dem Holz unter den Füßen der Frostkönigin näherten und ihre Brust sich bei jedem hastigen Atemzug hob und senkte. Luna hatte nicht gewusst, dass in ihrem Körper Platz für weiteres Entsetzen war. Sie hob den Kopf und ihr Blick begegnete Naraes, die auf einen Schlag ganz ruhig wurde, ihre Mimik eingefallen.

›Bitte!‹, formte Luna mit den Lippen. ›*Tu es nicht.*‹

… dabei wussten sie beide, dass sie es tun *musste*. Sie hatte geschworen, Syltain zu schützen, koste es, was es wolle – sie konnte ihren Schwur nicht brechen.

Das war nicht ihr Plan gewesen. Sie alle hatten gewusst, dass sie Opfer würden bringen müssen, dass es Opfer geben würde, doch es zu erleben, es mit ihren eigenen Augen zu sehen, es in dem Beben ihres Körpers zu spüren, war etwas anderes. Keiner von ihnen hatte das Entsetzen voraussehen können, das ihre Kehlen hinaufkroch und sie zu erwürgen drohte, die blanke Panik, die sich um ihre Eingeweide wand und sie durchbohrte. Das war nicht, was hatte passieren sollen. Sie hätten bei der Hexerin beginnen sollen … Übelkeit stieg in Luna auf und drohte sie zu überwältigen. Wenn sie nicht bei der Hexerin begannen, würde sie –

Die Frostkönigin sah sie an, einen nach dem anderen, bis ihr Blick an Syltain hängenblieb – bedeutete ihnen, zu warten. Er könnte seine Kapsel zerbeißen, die kleine Kapsel mit dem Blut der Hexerin, die er in seiner Wange trug, die sie zerbeißen würden, um ihre Fesseln zu lösen, doch er tat es nicht. Er wartete, weil seine Mutter ihn mit ihrem Blick anflehte, sie sterben zu lassen … denn sie *würde* sterben, sobald ihr Scheiterhaufen in Flammen stand. Sie war bereit, sich für ihren Sohn zu opfern, für sie alle … Vielleicht hatte sie das Gefühl, dass es eine Wiedergutmachung war für dieses Unrecht, das sie nie begangen hatte.

Dann fiel ihr Blick auf Narae. Selbst aus der Entfernung konnte Luna sehen, dass sie weinte, und es brach ihr das

Herz. Narae weinte, wie sie stand, wie sie stritt, und wie sie kämpfte – hochaufgerichtet, voller Trotz gegen die Welt um sie herum, und vor allem voller Stärke. Sie blickte zu ihrer Nordmutter und in ihren Augen lag mehr Schmerz, als jeder Schlag, jeder Schnitt, jeder Treffer einer Waffe, verursachen konnte. Sie rührte sich nicht, blinzelte nicht, vielleicht atmete sie nicht einmal, ihr Körper gespannt wie eine Bogensehne. Die Stille wog schwer.

»Es tut mir leid«, flüsterte sie schließlich leise. Auch ihre Stimme zitterte.

Lunas Körper erstarrte mit jedem gepressten Atemzug ein Stück mehr. Die Frostkönigin lächelte seltsam ruhig, so als würde sie die Fackel in Naraes Hand nicht bemerken, die drohte, sie zu vernichten. Sie stand vollkommen ungerührt auf ihrem Scheiterhaufen und blickte auf Narae hinab, als würde sie nicht bemerken, dass sie nur einen Schritt von ihrem Tod entfernt war … Als hätte sie damit gerechnet, dass sie in dieser Nacht alles verlieren würde.

»Danke für deinen Dienst«, wisperte sie.

Narae öffnete ihre Hand und die Fackel fiel.

Ein unmenschliches Geräusch gellte über den Innenhof, ein Schrei so grell, dass er den Tiefen der Totenwelt zu entstammen schien, und Syltain krümmte sich, soweit der Pflock und die Ketten in seinem Rücken es zuließen. Luna hatte ihn zuvor nie schreien, nicht einmal laut sprechen hören … Sein grollender, greller Schrei jetzt trieb ihr Entsetzen über die Haut.

Sie wartete angespannt darauf, dass es begann, dass die Flammen der Hexer über den Hof schießen würden, doch nichts geschah. Abgesehen von Syltain, der sich krümmte und dessen Schrei noch immer von den dunklen Mauern widerhallte, geschah nichts – Ael und die Hexerin hielten sich unbewegt und aufrecht, auch wenn Ael schwankte, als müsste er sich übergeben. Luna wand sich in den Eisen um ihre Handgelenke, die an ihren Muskeln zogen und in ihre Haut drückten.

»Macht mich los«, zischte sie über ihre Schulter, leise genug, dass die Zauberer um sie herum sie nicht hören konnten.

»Noch nicht«, entgegnete einer der Gardisten hinter ihr.

Die Flammen der Fackel leckten über das Holz und fraßen sich über den Scheiterhaufen, hinauf zum ehemals weißen Rock der Frostkönigin. Sie nisteten sich in dem Stoff ein und wehten im Wind wie eine Flagge von Grausamkeit und Tod. Die Frostkönigin sah nicht auf das Feuer herunter, das nach ihrem Kleid fasste und daran hinaufkroch, sie hielt ihren Blick starr geradeaus gerichtet, das Kinn und die Wolfskrone auf ihrem Scheitel erhoben.

Luna ruckte stärker an ihren Fesseln, bis sie laut rasselten. Hatte Xyn sie wieder verraten? Oder die Hexerin? Warum ging es nicht los, warum taten sie nichts dagegen? Die Adligen, der Rat, die Gardisten und auch sie, die Gefangenen, sie alle sahen tatenlos zu, wie diese stolze Frau brannte.

Die Flammen spiegelten sich in Naraes zu Eis erstarrten Augen, während das Grauen durch ihren gesamten Körper zu flackern schien. Sie hielt ihre Hand noch immer erhoben und den Blick starr auf ihre Nordmutter gerichtet, während die brannte, ihre Lippen zu einem Schrei geöffnet und doch stumm, so als ob sie ihn erstickte, um ihren Sohn nicht weiter zu quälen.

Eiskaltes, brennendes Grauen erfasste Luna. »Macht mich los!«, zischte sie noch einmal, inzwischen lauter und panischer, doch die Gardisten hinter ihr hielten sie nur fester.

Einer von ihnen beugte sich vor, um dicht an ihrem Ohr zu flüstern: »Die Hexerin hat gesagt, sie braucht ein Feuer mit Hexerblut.«

»Was?« Luna erstarrte. »Nein.«

Entsetzt ruckte ihr Kopf zu der Hexerin, zu ihrem blutverschmierten Körper, der in den Fesseln des Pflocks hing. Nein. *Nein.* Sie hatte sie verraten, sie hatte gewusst, dass Luna dem nicht zugestimmt hätte, denn es bedeutete, dass entweder Ael oder Syltain –

»Erschreckend …«, murmelte der Herzog von Koravotia, als wäre er selbst von der Grausamkeit überrascht, die er angeordnet hatte, doch seine Stimme klang dabei vollkommen unbeteiligt. » … und jetzt den Gardisten.«

Luna kreischte. Es war ihr egal, wer sie hörte, es war ihr egal, ob sie sich geschworen hatte, die Fassung zu wahren. Tränen brannten in ihren Augen und ihr war vollkommen egal, ob der Rat sie sah. Sie wand sich in ihren Fesseln, bis sich die Schellen in ihre Handgelenke gruben, bis ihr Rucken sich durch ihre Arme bis zu ihren Schultern fortsetzte, bis die beiden Gardisten sich in den Boden stemmen mussten, um sie zurückzuhalten, dabei wussten auch sie, dass sie sich nicht losreißen würde.

Köpfe ruckten zu ihr und der Herzog von Koravotia verzog das Gesicht, als wäre ihm ihr Schrei unangenehm gewesen, doch er verhallte ohne Resonanz im Sand des Hofes, er hielt nicht auf, was unweigerlich geschah.

Jemand hatte Narae eine zweite Fackel gereicht und sie trat damit vor, trat auf Aels Scheiterhaufen zu, wie eine unnachgiebige Todesbringerin. Etwas war in ihren Augen gefallen und schottete sie ab hinter einem Vorhang aus Schmerz. Die Fackel in ihren Händen zitterte und ihre sonst so weichen Bewegungen waren ruckartig und stockend, so als kämpfte sie gegen den Befehl, dem sie sich nicht widersetzen konnte.

Syltains Kopf fuhr zu Luna herum, Schmerz und Entsetzen in seinen verzerrten Zügen, doch sie wussten beide, dass er es geschehen lassen musste … dass sie beide es nicht mehr aufhalten konnten.

Luna starrte auf Aels Brust, auf die dunkle Uniform der Garde. Er war so jung, dass sie zu Beginn *ihn* hatte beschützen wollen, dabei war er so viel besser darin, *sie* zu schützen – dabei war er im Begriff, sein Leben für sie zu geben.

Xyn trat neben sie, eine Hand an seinem Schwertgriff. Seine Augen glühten, auch er war bereit zu kämpfen, doch Luna sah in seinem Blick die gleiche entsetzliche Wahrheit, die sie nicht glauben wollte.

»Nein. *Nein, nein, nein* …«, wisperte sie verzweifelt, doch Narae konnte sie nicht hören.

Ihr Blick war verschwommen und fern … Tief in ihren Augen schrie etwas, aber Luna würde es niemals erreichen, nicht mit Worten.

Die Gardisten packten sie fester, als sie sich nach vorn warf, als wollte sie auf Ael und Narae zustürmen. Sie drehte den Kopf und wandte den Blick ab, sie konnte es nicht sehen, nicht wieder … nicht *Ael*.

»Er hat zugestimmt«, sagte Xyn leise neben ihr. Schmerz verzerrte die Narbe auf seiner Wange, während er starr auf Ael blickte. »Er wusste, dass das passieren könnte – er wusste es und er ist bereit. Wir alle sind bereit, heute Nacht unsere Leben zu geben.«

Xyn murmelte weitere Worte, wie um sie beide zu beruhigen, und Luna konzentrierte sich auf seine Stimme, während sie sich zwang, nicht zurückzuweichen und Ael anzusehen.

Sie starrte auf die dunkle Uniform, von der er bereits gewusst hatte, dass sie sein Totenkleid sein würde, auf die vorwitzigen Haarsträhnen, die jetzt im Schweiß auf seiner Stirn klebten, seine schmale Statur. Sie richtete ihre Augen starr auf ihn, um seinen Blick aufzufangen, um da zu sein, falls er noch einmal zu ihr sehen würde, doch gleichzeitig fürchtete sie sich vor seinen Augen.

Ael drehte den Kopf, begegnete erst Xyns Blick und dann ihrem. Sie hielt den Atem an. Ein kleines, tapferes Lächeln breitete sich auf seinem Gesicht aus und sie zwang sich, es zu erwidern. Sie nickte ihm zu, ein vorsichtiges, langsames Neigen des Kopfes, während etwas in ihrem Inneren zerriss. Er war ebenso verängstigt wie sie, bleich und zitternd, aber er lächelte. Luna blickte in die Augen dieses Jungen, der bereit war zu sterben … für sie. Er verdiente, dass sie zusah. Er verdiente ihren Stolz.

Sie öffnete den Mund, um nach Luft zu schnappen, und

bekam doch keine. Eine Träne löste sich brennend aus ihrem Augenwinkel und der Kloß in ihrem Hals schwoll an, bis sie nicht mehr atmen konnte.

»Schau dir die Sterne an«, flüsterte Xyn leise und obwohl er nicht zu ihr gesprochen hatte, schoss Lunas Blick nach oben zu den unzähligen Sternen, die die Grauen der Nacht bezeugten und ihnen leisen Trost spendeten. »Ein wunderschöner Himmel, um darunter zu sterben.«

Luna sah wieder zu Ael, voller Angst, nur einen Augenblick zu verpassen. Sie traute sich nicht einmal, zu blinzeln. Xyns Worte rissen an ihr, rissen an ihrem Herz. Das alles war so falsch, so *falsch*, doch es gab nichts, was sie für Ael tun konnten.

»Er hat sein Grab schon vor einigen Jahren geschaufelt«, wisperte Xyn weiter, so als wollte er sie mit seiner Stimme beide beruhigen. »Es ist das Erste, was ich neue Rekruten tun lasse.«

Ael selbst hatte es ihr erzählt, doch sie hatte sich nie vorstellen wollen, dass auch er es getan hatte … dass es irgendwo einen Flecken Erde gab, der schon für ihn bereit war. Sie würgte bei dem Gedanken.

»Für jeden von uns gibt es ein Grab …«

»Aber noch nicht für *ihn* …«, presste Luna hervor. »Noch nicht!«

Narae streckte ihren Arm mit der Fackel aus, bis die Flammen drohend über dem Holz loderten.

»Für unsere Königin.« Der Wind trug Aels Worte zu Luna, als die Fackel fiel, als sie ihr Feuer mit dem Holz teilte, als es auf den Jungen zuschoss, diesen dummen, tapferen Jungen, dessen Leben sie nicht verdient hatte.

»Für unsere Königin«, echoten die Gardisten hinter ihr leiser, aber nicht weniger inbrünstig, mit dem gleichen Zittern in ihren Stimmen, das Lunas Körper erbeben ließ.

Die Schlüssel knackten in dem Schloss um ihre Handgelenke und ein Ruck ging durch ihre Fesseln, als sie zu Boden glitten. Sie riss ihre Hände nach oben, krallte sich in die Arme der Gardisten, als ihre Knie einknickten, und öffnete ihre Lippen zu einem stummen Kreischen, tonlos, damit sie hören konnte. Sie wollte sich Aels Schrei einprägen und das Zucken auf seinem Gesicht. Sie prägte sich seine Züge ein, die Sommersprossen auf seiner Nase, den Anflug eines Bartflaumes an seinem Kinn. Seine Augen. Seinen Blick … vor allem seinen Blick.

Sie hatte ihn nicht retten können.

Luna richtete sich auf, zwang sich, geradezustehen und zu lächeln, nur für diesen einen Moment. Sie lächelte, während die Flammen in die Höhe schossen und sich drohend aufbäumten. Sie lächelte für Ael, für den Moment, in dem er es noch einmal erwiderte, in dem der Schmerz sein Gesicht verließ, sein viel zu junges Gesicht.

»Du warst so tapfer«, flüsterte sie leise.

Die Flammen loderten auf und vor ihnen stand, hoch aufgerichtet, Narae, den Rücken zu ihnen gewandt und ihre Hand noch immer ausgestreckt.

Hemmungslose Tränen rannen über Lunas Gesicht, jede Träne, die sie zurückgehalten hatte, damit sie Ael sehen konnte, bahnte sich jetzt ihren Weg und brannte sich über ihre Haut. Sie presste ihre Hände auf die Stelle dicht über ihrem Magen, wo der Schmerz am stärksten war, und riss die Lippen auf, versuchte, diesen Schmerz aus sich herauszulassen, aber er hatte sich tief in sie gegraben. Sie kümmerte sich nicht um den Speichel, der aus ihrem Mundwinkel lief, während sie nach der Luft schnappte, die sie nicht bekam.

Sie krümmte sich, fiel nach vorn und stützte sich mit einer Hand auf den Boden, um nicht auf die Knie zu gehen. Sie würde nicht mehr auf die Knie gehen, nie wieder …

Und in dem Moment, als die Flammen sich nach Ael streckten, ihn packten und sich um ihn wanden, schoss das Feuer auch über den Hof, so als würde es ihrem Schrei folgen, nicht der Magie der Hexerin.

36

Flammen stoben um sie herum auf, kesselten sie ein und brannten so heiß, dass augenblicklich Schweiß auf Lunas Stirn stand. Sie wünschte, sie könnten auch den Schmerz aus ihrer Brust brennen.

Schreie gellten um sie herum, doch sie verschwammen in ihren Ohren, so wie das Grauen in ihrem Kopf, als nur das von ihren Sinnen blieb, was sie zum Überleben brauchte.

Ihr Verstand ließ ihr das Bild der Hexerin, die die Schatten der Nacht zurückdrängte, bis selbst die Palastmauern zu brennen schienen – nur sie brannte nicht. Sie hatte sich in eine menschgewordene Flamme verwandelt, ein Inferno, einen Feuersturm, und als würden die Flammen sie wie lodernde Schwingen tragen, sprang sie leichtfüßig von ihrem Scheiterhaufen, auf den sie zuvor aus eigener Anstrengung nicht heraufgekommen war.

Die Hexerin – der Feuersturm – trat auf Luna und Xyn zu und nichts an ihr glich mehr der Hexerin, die sie in der Zelle gesehen hatte. Ihre Kleidung war unter dem Lodern der Flammen zu schwarzen Fetzen verbrannt und das Blut, das ihre nackte Haut verschmierte, nahm ihr den letzten Rest von Menschlichkeit.

Die ersten Reihen der Adligen schrien lauter und begannen zurückzudrängen, doch sie hatten keine Chance gegen die Masse von Menschen hinter ihnen. Die Flammen der Hexerin umwanden sie und hielten sie an Ort und Stelle, sodass sie nicht fliehen konnten. Auch die Gardisten in vorderster Reihe wichen zurück, gefesselt von Entsetzen, bis sie sich wieder ihrer Aufgabe besannen. Eine Hälfte von ihnen umringte die Scheiterhaufen, die andere schirmte die Menge ab.

Die Ratsmitglieder begannen, erste Zauber zu brüllen, doch die Flammen schossen fauchend auf sie zu, noch bevor sie sie vollenden konnten. Sie zuckten zurück und die Magie in ihren Händen verpuffte – die Hexerin hatte ihre Drohung klar gemacht. Für einen atemlosen Moment hielt Luna die Luft an, doch die Schreie spiegelten nur das Entsetzen und die Panik im Hof, da war kein Schmerz in ihnen. Die Flammen der Hexerin verletzten sie nicht, sie hielt, was sie versprochen hatte …

Doch sie war unaufmerksam. Ein Zauber, ein kraftvoller Wasserschwall, warf sie zur Seite und hüllte das Geschehen in eine zischende Dampfwolke, die sich rasch ausbreitete und die Scheiterhaufen einhüllte, durchbrochen von aufbegehrenden Flammen und spritzenden Wassermassen.

Luna wollte auf die Stelle zustürmen, an der die Hexerin im Dampf verschwunden war, doch Xyns Hand auf ihrer Schulter hielt sie zurück.

»Ihr seid nicht hier, um zu kämpfen!«, brüllte er über die Schreie in ihr Ohr.

Als hätte die undurchdringliche Dampfwolke sämtliche Geräusche verschluckt, senkte sich Stille über den Hof. Luna hielt den Atem an und zählte die Wimpernschläge, bis der Nebel sich verzog.

Drei Gestalten erhoben sich aus dem Dampf, Seite an Seite, umringt von den Flammen. Luna stieß ihren Atem aus. Die Hexerin streckte ihre Finger nach Syltain, der ihr mit seinem Blut helfen sollte, die Flammen zu erhalten, während Xyn auf Narae zustürzte, ihre Schwerter in der Hand und sein eigenes gezogen. Luna wandte den Blick ab, bevor sie sein Gesicht sehen konnte, nicht sicher, ob sie es ertragen würde. Sie hatte ihn nicht angesehen, seit die Flammen Ael –

Sie konzentrierte sich auf den Innenhof, versuchte, die Situation zu erfassen. Zwei der Gardisten und ein Zauberer waren im Kampf zu Boden gegangen, einige weitere waren verletzt. Die Flammen der Hexerin hielten den Großteil der Menschen im Innenhof weiterhin in Schach, während die schwelenden Scheiterhaufen bereits mit dem bereitgestellten Wasser gelöscht wurden. Luna wandte den Blick ab, bevor sie sehen konnte, was von ihnen übriggeblieben war. Sie setzte ihre Schritte nach vorn, bevor ihre Beine unter ihr nachgeben konnten, und ließ die Scheiterhaufen hinter sich zurück.

Sie spürte Xyn in ihrem Rücken, Narae und Syltain bei der Hexerin, doch sie drehte sich nicht um, um nachzusehen. Sie alle hatten ihren Teil des Plans erfüllt … ab jetzt hing alles an ihr.

Furcht raubte Luna den Atem, als sie zu Rea und dem Herzog von Koravotia sah, die sich in einem Kreis von Flammen zusammendrängten, der sie zwar umschloss, sie aber nicht verletzte. Auch die übrigen Ratsmitglieder schoben und drückten sich in einem Flammenkreis zusammen, unfähig sich zu wehren, in Schach gehalten von der Magie der Hexerin.

Rea hatte ihre Maske von Unnahbarkeit abgelegt – jetzt blitzte blanker Hass hindurch, nur überschattet von der Panik, die sie alle teilten. Hätte Luna es nicht besser gewusst, hätte sie geglaubt, sie auch auf dem Gesicht des Herzogs zu sehen. Auch er musste verstanden haben, was sich vor wenigen Augenblicken vor ihm abgespielt hatte, und was es bedeutete. Er musste verstanden haben, dass sie sich die Hundert nicht unterworfen hatten, egal, wie grausam und unerbittlich ihre Jagd gewesen war.

Luna hatte keine Zeit zu warten, bis die Schreie und Rufe verklungen waren – wenn sie wollte, dass sie sie hörten, würde ihre Stimme lauter sein müssen. Sie sprach einen Zauber, bewegte ihre zitternden Finger und spürte, wie sich die Magie ihrem Willen beugte. In dieser Nacht summte und vibrierte sie, so als hätten die Flammen, die Blutmagie der Hexerin, sie in Schwingung versetzt. Sie legte sich um Lunas Hals, schmiegte sich in ihre Kehle, und zusammen mit dem leichten Druck senkte sich auch das Ausmaß ihrer Verantwortung in ihr Bewusstsein … Sie alle zählten auf sie, ob es ihnen bewusst war, so wie Narae, Syltain, Xyn und der Hexerin, oder noch nicht, so wie den versammelten Adeligen. Sie zählten darauf, dass sie ihnen die Wahrheit sagte.

Luna räusperte sich und das Geräusch hallte wie Donnergrollen über den Innenhof. Der Zauber wirkte, was bedeutete, dass sie beginnen musste, auch wenn ihre Finger noch in der starren Haltung zitterten. Sie konnte nicht mehr weglaufen, sie konnte sich nicht mehr verstecken.

»Wir alle sind schuldig«, begann sie und zuckte zusammen, als ihre Stimme laut und rau von den Mauern des Palastes widerhallte. »Wir alle sind schuldig, wir und Ihr. Wir alle sind schuldig, das zu beschützen, was uns wichtig ist.«

Das Einzige, was sie ihnen gelassen hatten, ihre einzige Waffe, war die Wahrheit – und von der richtigen Hand geführt, war sie tödlich. Luna erlaubte sich keinen Zweifel, ob ihre Hand die richtige war. »… doch Hass fördert Hass und *dieser* Hass, der Hass auf die Hexer, hat schon lange vor Daersk begonnen, schon viele Jahre zuvor.«

Luna begann, sie mit unnachgiebiger, fester Stimme aufzuzählen, die Angriffe, die sie im Notizbuch der Frostkönigin gefunden hatten, die Charlyn mit den Daten der Chroniken abgeglichen hatte, all die Gräueltaten, die von den Zauberern an unschuldigen Hexerfamilien verübt worden waren, lange, bevor sie sich irgendetwas hatten zuschulden kommen lassen. Ihr Blick strich dabei aufmerksam über die Menge, die durch die Flammen der Hexerin zur Reglosigkeit verdammt war, bis er am Rand der Palastmauer, in der hintersten Ecke des Innenhofs, an einem Gesicht hängen blieb.

Die goldenen Ketten in Charlyns Haar glommen warm im Licht der Flammen, während ihr Blick völlig ungerührt auf Lunas traf. Ihr Gesicht war ausdruckslos, sie selbst unbewegt. Sie wirkte nicht, als ob sie vorhatte, irgendetwas zu unternehmen, sie wirkte, als ob sie wartete. Luna stockte.

»Alles, was sie wollen, ist ein weiterer Blutkrieg!«, brüllte der Herzog von Koravotia in die Stille ihres Zögerns und seine Worte fanden bei den Versammelten im Hof ein schallendes Echo.

Die Rufe wurden lauter, aber kaum verständlicher, klangen wütend, verängstigt und panisch. Luna versuchte angestrengt, die einzelnen Worte zu trennen. *Hexer. Blutkrieg. Kein Blutkrieg.* Natürlich waren sie verängstigt – sie sprachen von *Krieg.*

»Wir wollen einen Krieg mit allen Mitteln verhindern!«, versuchte Luna, die Rufe zu übertönen, die inzwischen so ohrenbetäubend laut hallten, dass sie auch die Erwiderung des Herzogs darüber kaum verstand.

»Das werden wir, indem wir sie vernichten!«

»Wir sollten mit den Hexern –« *Ins Gespräch treten*, wollte Luna sagen, doch der Herzog war schneller.

»Wir werden sie niederschlagen, bevor sie auch nur daran denken können, sich wieder zu erheben!«

Brandende Zustimmung ließ den Sand beben. Die Flammen schienen vergessen, was blieb, war nur eine grölende Menge, bereit, für ihr vermeintliches Überleben zu töten.

»Wir haben bereits viel zu lange gewartet – schaut nur, was sie anrichten!«, brüllte der Herzog lauter.

Luna folgte seinem Blick über schreiende, verzerrte Gesichter und verstand. Niemand würde sich von etwas anderem überzeugen lassen.

Eine Frau in der vordersten Reihe blickte sie direkt an, als sie schrie: »Sie dürfen uns nicht wieder abschlachten!«

Die Panik in ihren Augen rührte in Lunas Innerem, beschleunigte ihren Herzschlag und mit ihm ihren Atem. Die Schreie drangen wie Donner auf sie ein und ihr Magen zog sich schmerzhaft zusammen, als würden die Wut und Furcht der Menschen sie wie eine Wolke umgeben.

»Tötet die Hexerin!«

»Brennt sie nieder! Tod den Hexern!«

»Nieder mit den Magiern!«

Es waren schrille Stimmen dabei, raue Stimmen, und zu jedem Ruf erscholl grollende Zustimmung aus der Menge. Luna erstarrte, während Schrei für Schrei grausamer wurde. Bald forderten sie nicht nur den Tod der Hexer, sie forderten die Auslöschung aller, die mit einer Gabe für Magie geboren worden waren.

Der Herzog von Suzces in der vordersten Reihe brüllte mit brüchiger Stimme: »Ohne unsere Goldkönigin sind wir verloren!«

Die Herzogin von Mewima umklammerte ihre Tochter und schrie: »Ihr habt den Feind auf den Thron gebracht!«

»Unsere Königin hätte das nie zugelassen!« Der Sohn des Herzogs von Skiz drängte nach vorn in die Wachen, die ihn nur mit Mühe zurückhalten konnten.

Weitere Rufe drangen an Lunas Ohren, während sie ihren Blick über die Menge wandern ließ, über die Gesichter, die Sorgen und Ängste, die sich hinter der Panik und den Schreien verbargen. »Nur, weil sie eine Zauberin ist, ist sie noch lange keine Königin!«

Luna machte sich nicht mehr die Mühe, den Kopf zu drehen, nicht einmal, ihren Blick zu fokussieren. Sie wussten nicht, dass sie keine Zauberin war. Keine Kriegerin. Keine Königin.

»Die Hexer, die Ihr tot sehen wollt, weil sie Eure Familien getötet haben, haben es getan, weil *ihre* Familien getötet wurden – und *ihre* Kinder werden sich wiederum an *uns* rächen wollen«, unternahm Luna einen letzten, verzweifelten Versuch.

Die Hitze der Flammen klebte ihr Kleid an ihren Körper und brannte auf ihrer Haut, sie ließ den Innenhof und die Mauern verschwimmen und mit ihnen die Gesichter der Menschen. Luna konnte nicht sehen, ob sie auch nur einen von ihnen erreichte.

»*Ihre* Kinder könnten *Eure* Kinder sein«, brüllte sie, die Worte der Frostkönigin so präsent in ihren Ohren, als würde sie hinter ihr stehen. »Niemand von uns hat entschieden, als Kind welcher Eltern wir geboren werden.«

Sie hatte sich nie dazu entschieden, eine Prinzessin zu sein, doch sie wusste jetzt, dass sie mehr sein konnten.

»Sie sind Hexer, ja, aber sie sind auch Kinder, Eltern und Freunde. Sie sind Kämpferinnen und Kämpfer, Adelstöchter und Prinzen, sie sind Geliebte und Retter … und sie sind nicht der Feind.«

Luna wankte, während die Hitze immer unerträglicher wurde. Gerade als sie glaubte zu stolpern, schloss sich ein fester Griff um ihren Ellenbogen. Xyn blickte an ihr vorbei, doch er war an ihrer Seite und hielt sie aufrecht.

»*Wir* sind nicht der Feind«, wiederholte Luna und ihre Stimme brach dabei. »… und Ihr müsst es auch nicht sein.«

Sie wandte sich dorthin, wo sie Rea vermutete.

»Wir müssen keine Feinde sein«, flehte sie und unwillkürlich schoss die Erinnerung an sie beide als Kinder durch ihren Kopf. »*Rea.* Wir können Hand in Hand gehen!«

Als könnte Rea tatsächlich in diesem Moment ihre Hand nehmen, streckte sie sie nach ihr aus. Sie fühlte sich wie in ihren ersten Schwertkampfstunden mit ihr, als sie noch zu langsam gewesen war, ihre Schläge abzuwehren. Sie hatten ihr die Luft aus den Lungen gedrückt, bis sie geglaubt hatte, zu ersticken. Die Worte jetzt fühlten sich genauso an – als hätte sie die größte Lüge ihres Lebens erzählt. Es war, als schwebten sie drohend über dem Hof, als könnten sie jeden Augenblick anschwellen und sie für ihre Anmaßung verschlingen … aber sie taten es nicht. Sie blieben stumm.

»Das hier muss nicht geschehen, Rea«, brachte Luna hervor. »Wir können die Wahrheit sagen.«

Man hatte ihnen beigebracht, dass Wahrheit Schwäche war, dabei schuldeten sie sie ihnen, jedem einzelnen Bürger Atheas, den Adligen, den Widerstandskämpfern, den Hexern … Sie hatten das Recht, es zu wissen. Jeder von ihnen sollte das Recht haben, zu entscheiden, was mit seinem Leben geschah – wofür sie es einsetzten. Es war eine so grundlegende Entscheidung, ihr grundlegendstes Recht als Menschen, aber niemand von ihnen hatte es je bekommen. Der Rat hatte versucht, sie aufzuhalten, aber ihre Worte würden sich nicht mehr aufhalten lassen. Sie kannten jetzt die Wahrheit, sie alle wussten jetzt, was wirklich geschehen war … Nun würden sie herausfinden, wofür sie sich entschieden.

Es war an der Zeit, dass sie Verantwortung übernahmen. Lunas Blick wanderte über die Gesichter der Gardisten und Adeligen. Sie hatte sie im Stich gelassen, sie alle, als sie es nicht getan hatte.

»Die Wahrheit?«, echote Rea leise und der Wind trug ihre Stimme fort, sobald sie die Worte ausgesprochen hatte. »*Welche* Wahrheit? Deine – die von einer toten Königin? Oder meine – die von einer Verräterin, Thronräuberin?«

Rea räusperte sich. Ihre Stimme war ihr entglitten, aber sie fing sich sofort wieder, als sie provokant fragte: »Welche Wahrheit willst du ihnen erzählen?«

Luna schüttelte den Kopf. Sie beide hatten ein und dieselbe Wahrheit – sie hatten ein Königreich, das es zu schützen galt, und mit ihm all die Menschen, die darin lebten. Sie beide wollten kein geteiltes Athea, weder in Nord und Süd noch in unterschiedliche Wahrheiten in ihren Herzen.

»Rea …« Sie suchte in dem Blick der Königin nach ihrer Schwester. »*Bitte*. Du kannst das hier beenden … wir können es *zusammen* beenden.«

Es musste eine friedliche Lösung für sie geben, eine ohne weiteren Schmerz. Der Rat wollte ihnen weismachen, dass sie es zusammen nicht schaffen konnten – gemeinsam –, aber Luna wollte das nicht glauben. Es war nicht, wie irgendeiner von ihnen es geplant hatte, aber gemeinsam würden sie einen Weg finden.

Rea lächelte. Ihr Gesicht wurde weich und in diesem Moment erinnerte Luna sich, erinnerte sich an ihre Schwester, erinnerte sich an ein Gefühl, das sie so lange vergessen hatte ... die Erinnerung, wo sie hingehörte. Ihre Augen brannten.

»Ich werde es beenden ...«, sagte Rea seicht und es klang wie das Versprechen, auf das Luna bereits nicht mehr zu hoffen gewagt hatte. »... *zusammen* mit dir – mit deinem Kopf in diesem Sand.«

Ihr Atem zerfiel in ihrer Brust. »Dann wird dieser Kreislauf niemals enden!«, keuchte sie erstickt.

Die Flammen erloschen, fielen zu Boden und versickerten im Sand wie der Regen der vergangenen Tage und Luna starrte in schreckgeweitete Augen, auf vor Panik weit aufgerissene Lippen und sinnlos ausgestreckte Arme, die doch nichts hatten ausrichten können.

Dann hörte sie Reas Antwort, so nah, als stünde sie direkt vor ihr, obwohl sie sich nicht von der Stelle gerührt hatte. »Doch, das wird er ... mit dem Tod der Hexer.«

Luna sah das Blitzen, als der Dolch auf die Hexerin zuschoss, hob noch ihre Finger, doch sie war nicht schnell genug.

Die Hexerin war es. Sie riss ihre Flammen hoch wie eine Wand aus Feuer, die den Dolch verschluckte. Sie fauchte auf und schoss einen Flammenball auf Rea zu, die sich nur mit einem Satz zur Seite retten konnte. Ihr Kleid bauschte sich um ihre Beine. Die Feuer loderten wieder auf und mit ihnen die Schreie.

»*Nein* ... nein, nein, nein«, wisperte Luna.

Die Wahrheit hatte nicht gereicht. Sie scherte den Adel nicht. Was Luna nicht hatte wahrhaben wollen, war, dass sie aus ihr als Sieger hervorgingen. Die Wahrheit erschütterte sie nicht, beunruhigte sie nicht einmal, denn sie waren die Gewinner der Geschichte. Sie hatten nichts zu fürchten.

Xyn packte ihren Ellenbogen und zog sie zurück, zerrte sie zu Narae, Syltain und der Hexerin, bis sie Schulter an Schulter standen.

Die Gardisten umringten sie und bildeten eine zweite, schützende Mauer hinter den Flammen, doch auch in ihren Gesichtern und Blicken blitzten Zweifel auf. Sie alle waren bereit, in dieser Nacht zu sterben, doch erst in diesem Moment wurde ihnen klar, dass sie es vermutlich tun würden. Voller Schrecken beobachtete Luna, wie die ersten sich umwandten, wie sie ihre Schwerter gegen die Jungen richteten, die wie ihre Brüder gewesen waren, wie sie sich bekämpften. Selbst Xyn hob sein Schwert, gezwungen, es gegen einen seiner Gardisten zu führen, der den ungeschützten Rücken der Hexerin hatte angreifen wollen.

»Und jetzt?«, brüllte Narae, doch Luna hatte keine Antwort für sie.

Sie sah bewegungsunfähig zu, wie sich der Sand in Blut und Flammen tränkte. Ein Zischen fuhr an ihrem Ohr vorbei, so dicht, dass sie den Luftzug auf ihrer schweißnassen Wange spürte. Sie wusste, dass etwas geschehen war, noch bevor sie den Kopf drehte.

N ein!«
Luna dachte, sie selbst hätte geschrien, doch aus ihrer Kehle kam kein Laut. Es war Naraes Schrei, der beinahe ihr Trommelfell zerriss, ein scharfer Laut durch zusammengepresste Kiefer, gefolgt von tiefem Keuchen, dann Stille. Narae stürzte auf Syltain zu, während Luna an Ort und Stelle stehen blieb.

Sie starrte auf Rea hinter ihnen, auf ihre gestreckten Finger, die kurz zuvor noch einen Dolch gehalten hatten, dessen Heft jetzt aus Syltains Hals ragte. Sie starrte auf Syltain, der zu Boden gesackt war, auf Narae neben ihm, ihre zwei Schwerter im Sand und ihre Hände an seinem Hals ... auf das Blut, das aus seiner Haut über ihre Finger rann.

Naraes Kopf taumelte zur Seite, als sie versuchte, ihn zu heben. Sie kniff die Augen zusammen und riss sie wieder auf, versuchte zu verstehen, was gerade geschehen war – so wie Luna.

»Nein ...«, hauchte sie.

Sie fuhr zu Rea herum, die ihr Werk mit einem ruhigen Ausdruck auf ihrem Gesicht beobachtete. Keine Reue, kein Triumph drang durch ihre Maske. Er war ihr Ehemann ... Er hatte ihr vertraut.

Syltains Kopf sackte zur Seite und gab den Blick frei auf

das Blut, das träge um das Heft des Dolches herum aus seiner Haut sickerte, an seinem Hals herabrann und sein helles Hemd durchtränkte.

»Nein …«, hauchte Luna wieder und krümmte sich dabei.

Sie blickte Syltain an, seine entsetzten Augen, das Flackern in seinem Blick, und die urinstinktive Panik, die sich hineingestohlen hatte. Er begann zu zittern, bis es seinen gesamten Körper schüttelte. Luna wollte neben Narae auf die Knie fallen, schon einen Heilzauber auf ihren Lippen, als sie eine Bewegung in ihrem Augenwinkel sah.

Der Herzog von Koravotia hatte seine Hände erhoben, einen gleißend-blauen Zauber bereit, sodass Luna ebenfalls ihre Hände hochriss und ihren Körper die Bewegung übernehmen ließ, die sie jahrelang trainiert hatte. Der Zauber des Herzogs prallte auf ihr Schild und sie bebte unter dem Stoß, stellte sich ihm mit all ihrer verbliebenen Kraft entgegen, doch egal, was sie tat, das, was sie hatte schützen sollen, konnte sie nicht mehr schützen. Sie konnte nicht mehr rückgängig machen, was Rea getan hatte.

Syltain sah sie an, atemlos, seine Lippen weit aufgerissen. Seine Augen flackerten zwischen ihren hin und her, dann verdrehten sie sich in ihren Höhlen. Es war nicht die Magie des Herzogs, die Luna in die Knie zwang, es waren Syltains Worte.

»Rette sie«, hörte sie ihn heiser wispern. Kein Laut des Schmerzes kam von seinen Lippen, keine Furcht. »Wir sind nicht mehr allein.«

Naraes Hand schoss nach oben und verschmierte seine Wange mit Blut. Sie fuhr an Syltains Hals, zog lange Schlieren über seine Haut und malte ihn rot, während sie seinen Herzschlag suchte. Ihre Finger wurden immer fahriger. Sie fuhr so weit herum, wie sie im Knien konnte, suchte Lunas Blick und flehte sie stumm an, etwas zu tun, was nicht in ihren Möglichkeiten lag. Syltain war vollkommen zusammengesackt, den Kopf auf der Brust, die Lippen bleich.

Narae rang nach Atem, krümmte sich über ihn und krallte ihre Finger in sein Hemd. Sie warf ihren Kopf in den Nacken und schrie, schrie laut, doch kein Ton kam aus ihrer Kehle. Nach einem endlosen Augenblick fiel ihr Kopf wieder zurück und sie öffnete die Augen, blickte an Luna vorbei zu Rea, als könnte sie sie nur mit ihrem Blick versengen.

»Du Monster!«, keuchte sie und kam torkelnd auf die Füße.

Sie bückte sich, packte ihre Schwerter, und als sie sich aufrichtete, ihre Hände fest um die Griffe der Klingen geschlossen, hatte sich ihre gesamte Haltung verändert, hatte sich jeder Muskel ihres Körpers gespannt und sie in die Frau verwandelt, die Schlachten zwischen rauem Stein und unnachgiebigem Eis geschlagen hatte – die Frau, die Tod brachte.

Sie schritt lautlos an Luna vorbei auf Rea zu und die Hexerin trat neben sie, Feuer an ihrer Hand. Sie streckte ihre Finger nach Narae und ihre Flammen sprangen wie Funken von ihren Händen, loderten über das Blut an den Schwertklingen, die Narae ausbreitete wie die Schwingen eines Raubvogels – eine lang, eine kurz, und beide tödlich wie seine Krallen. Luna hatte einmal die Schönheit dieser Klingen bewundert, jetzt waren sie nur noch stahlgewordener Tod.

Ein Zauber schoss wie ein weißer Blitz auf sie zu, doch Luna wandte ihre Finger und verschlang ihn in einem Zucken blauer Magie. Er verpuffte in einem kurzen Gleißen, das Naraes Schwerter in helles Licht tauchte wie ein Blitz den Gewitterhimmel.

Panik ergriff Luna. Sie hatten zwei Frauen geschaffen, die nichts mehr zu verlieren hatten, und wenn sie nichts tat, würden sie vernichten, was *sie* vernichten wollte.

Rea zog ihr Schwert aus den Falten ihres Rockes und trat Narae entgegen. Das Gold der Klinge und die Rubine in seinem Griff glänzten blutrot im Licht der Flammen, ein Bild so eindrucksvoll, dass man es an den Wänden des Thronsaals verewigen könnte, doch sie würde keine Chance haben. Rea war eine ausgezeichnete Schwertkämpferin, aber

Narae … Narae hatte nichts mehr zu verlieren.

Da war nichts mehr zwischen den beiden, nichts, was ihren Kampf verhindern würde. Luna starrte auf Naraes Rücken, dann auf Syltains reglosen Körper im Sand und die Schatten, die über seine aufgerissenen Augen huschten. Es waren zu viele für sie gestorben, sie würde nicht auch noch Narae für sich kämpfen lassen. Ihr blieb nur noch eine Möglichkeit, um das aufzuhalten, nur noch eine Möglichkeit, um ihr Königreich vor dem Ende dieser Nacht zu bewahren … sie hatte nur noch eine Möglichkeit, um für ihre Wahrheit zu kämpfen.

Luna war deutlich bewusst, dass vielleicht das Schicksal ihres gesamten Königreichs von ihren nächsten Worten abhing … Sie kamen kaum über ihre Lippen, ätzten sich wie Gift in ihre Haut, während sie mit einer dunklen Endgültigkeit über den Innenhof hallten.

»Ich fordere dich zum Duell.«

Die Zeit gefror, die Szenerie erstarrte, doch Luna achtete nicht darauf. Sie blendete den Sturm im Hof aus und atmete, zwang ihre Gedanken zur Ruhe. In diesem Moment gab es nur Rea und sie, Reas Blick in ihrem. Ihre Königin. Ihre *Schwester*.

Reas Krone glänzte auf ihrem Haaransatz, die Krone, die Luna so viele Stunden lang angestarrt hatte, als sie auf dem Kissen über Reas Kopf gelegen hatte, als sie nicht mehr gewesen war als ein bedeutungsloses Stück Metall. Jetzt auf Reas Haaransatz war sie so viel mehr. Es war, als ob das Metall selbst atmete, lebte, als ob sein Glanz sich ausdehnte und Rea umfing. Ihre Schwester. Ihre *Königin*.

Xyn packte Lunas Arm, doch auch er konnte nicht mehr aufhalten, was sie ausgesprochen hatte.

Ein Lächeln breitete sich auf Reas Gesicht aus, ihre Brauen wanderten in die Höhe und legten ihre Stirn in Falten. Sie tippte mit einem spitzen Fingernagel gegen ihre Wange, als würde sie überlegen, welche Möglichkeiten sich ihr boten.

Zum ersten Mal bemerkte Luna, dass sie beide inzwischen fast gleich groß waren, dass sie nicht mehr zu ihrer Schwester aufsehen musste, dass ihre eigene, silberne Krone nur wenige Schritte von Reas entfernt auf ihrem Haaransatz thronte, diese zweite Krone, die sie hatte anfertigen lassen, um das kalte, leblose Metall auf seinem Kissen zu belassen – diese zweite Krone, die ihr Königreich ins Chaos gestürzt hatte. Athea konnte keine zwei Königinnen haben, doch Rea *würde* ihre Krone nicht ablegen und Luna *konnte* ihre Krone nicht ablegen … nicht, solange der Rat sie mit seinen Lügen davon abhielt.

Sie wandte sich an Rea, deren Leben sie in diesem Moment aufs Spiel setzte. »Ich fordere dich zum Duell, stellvertretend für Athea. Wir beide, Rea, auf Leben und Tod.« Luna bebte. »Es endet mit uns.«

Narae fauchte, doch Luna beachtete sie nicht. Sie starrte auf Rea, auf diese Frau, die einmal ihre Schwester gewesen war, dann ihre Königin. Jetzt … jetzt ihre *Feindin*.

Rea lächelte noch immer und Luna gab sich nicht mehr der Illusion hin, dass sie noch unterscheiden konnte, ob es echt war oder nicht. Rea wandte sich zum Herzog um, dann zu den anderen Ratsmitgliedern, doch sie wartete nicht auf ihren Rat. Stattdessen starrte sie auf die Krone auf Lunas Kopf.

Sie hatten sie ihr gelassen, um sie ihr vor all den Menschen in diesem Hof zu nehmen, und Luna sah in Reas Augen, *wie sehr* sie sie ihr nehmen wollte … wie sehr sie glaubte, dass Luna sie nicht verdiente. Doch es spielte keine Rolle mehr, was Rea dachte.

Mehrere Stimmen redeten auf sie ein und protestierten, doch Luna blendete sie aus. Alles, was zählte, war Rea. Rea, die ihre Masken so perfekt beherrschte, dass Luna ihre Antwort nicht vorhersehen konnte, bis sie klar und deutlich durch den Innenhof schwebte. Endgültig.

Rea zog in einer flüssigen, schnellen Bewegung blitzendes Metall von ihrer Hüfte, dann sauste es bereits auf Luna zu und blieb dicht vor ihren Füßen im Sand stecken. Luna konnte sich nicht rühren, konnte ihren Blick nicht von dem Dolch abwenden.

»Ich nehme deine Herausforderung an.«

Mühsam hob sie den Kopf und blickte in die emotionslosen Augen ihrer Schwester. Ihr Gesicht war vollkommen ausdruckslos.

Die Ratsmitglieder sahen ihnen nur stumm zu, sie schritten nicht ein – sie standen vollkommen unbewegt auf der anderen Seite des Hofes, genau wie die Adligen um sie herum. Es gab nichts mehr, was sie tun konnten, nicht, ohne die jahrhundertealte Tradition des Duells zu missachten. Jeder Bürger Atheas hatte das Recht, die Königin oder den König zu einem Duell zu fordern … einem Duell auf Leben und Tod.

Furcht umklammerte Lunas Herz und presste es zusammen. Sie wollte sich Mut zusprechen, sich einreden, dass alles gut werden würde, doch das wäre eine Lüge gewesen. Wie auch immer diese Nacht endete – es würde *nie wieder* gut werden.

Sie ging auf Rea zu, jeder zögerliche Schritt ein Knirschen im feuchten Sand, bis sie dicht vor ihr stand, bis sie jeden Winkel ihres Gesichtes sehen konnte. Sie prägte sie sich ein. Sie beide hatten die Nase Ihrer verstorbenen Majestät, aber Reas war schmaler, genau wie ihre Augen, während Lunas Gesicht schon immer runder gewesen war, wie auch ihr gesamter Körper. Nur ihre Lippen waren schmaler als Reas, die an diesem Abend eine tiefrote Farbe trugen, passend zu ihrem Kleid. Dieses Detail irritierte Luna. Alles war aus den Fugen geraten, als hätte jemand ihre Welt geschüttelt, nur Rea schien davon seltsam unberührt, sie schien wie Ordnung in dem Chaos.

»Rea …«, flehte Luna noch einmal. »Bitte lass uns miteinander reden. Wir finden eine Lösung.«

Doch Rea beachtete sie nicht, sie drehte den Kopf zur Seite, hob die Hand und winkte den Herzog zu sich. Luna versteifte sich, während seine Schritte sich näherten und sie sich stumm musterten.

»Gebt ihr Euer Schwert«, befahl Rea, als der Herzog neben ihr stehen blieb.

Luna war sich nicht sicher, was sie erwartet hatte, aber nicht, dass ihre Stimme so vollkommen ungerührt klingen würde, so bedeutungslos. Sie klang nicht so, als würde sie den Herzog bitten, ihr ein Schwert zu reichen, das versuchen würde, sie zu töten. Vielleicht war sie sich auch nur sicher, dass sie gewinnen würde … Luna hatte im Schwertkampf nie eine Chance gegen sie gehabt.

»Königinnen kämpfen mit dem Schwert«, fügte Rea hinzu.

Es war ein Satz, der tief in Luna widerhallte, ein Satz, den Ihre verstorbene Majestät zu ihnen gesagt hatte, wenn sie als Kinder hatten trainieren sollen und sich nicht genug angestrengt hatten. Wenn sie sich beschwert hatten, dass ihr Training zu hart war, hatte Ihre verstorbene Majestät sie daran erinnert, dass man sie niemals respektieren würde, wenn sie nicht für sich selbst eintreten konnten – dass die Schwerter an ihren Seiten den Unterschied zwischen friedlich und harmlos ausmachen würden. Vermutlich war Ihre verstorbene Majestät nicht davon ausgegangen, dass ihre Töchter sie gegeneinander richten würden.

Der Herzog zog sein Schwert mit einer fließenden Bewegung und bahrte es auf seine Hände, bevor er es Luna entgegenstreckte. Es war eine wunderschöne dunkelglänzende Klinge mit einem eingravierten Adler im Heft und einem roten Stein im Griff, der sie an Reas Schwert erinnerte. Es war eine Klinge, die töten konnte.

»Rea, *bitte*. Wir müssen nicht kämpfen«, flehte Luna. »Tu etwas!«

Ihr war klar, dass sie sich lächerlich machte, dass sie sich mit jedem weiteren Wort erniedrigte, das das Unvermeidliche doch nicht abwenden konnte, aber sie würde alles tun, würde auf Knien vor ihrer Schwester rutschen, wenn es etwas ändern würde.

Rea hob nicht einmal ihren Blick von der Schwertklinge, als sie erwiderte: »Es liegt an dir, das Richtige zu tun.«

Das Richtige? Wie konnte sie jetzt noch etwas Richtiges tun? Luna atmete tief ein, sammelte sich und schüttelte den Kopf. Sie würde keine Klinge des Rates gegen ihre Schwester führen … Sie würde *nie wieder* die Klinge des Rates führen.

»Ich habe bereits ein Schwert«, lehnte sie ab und wandte sich um.

Ihr Blick fiel auf Narae und die lodernden Schwertschwingen an ihrer Seite, auf die nur einseitig geschärften, gebogenen Klingen. Sie hatte Narae damit kämpfen sehen mit fließenden, beinahe tänzerischen Bewegungen, so ganz anders als alle Schritte, die sie gelernt hatte. Sie würde nicht mit diesen Schwertern kämpfen können, nicht ohne Training.

Lunas Blick ging weiter zu Xyn und stellte zum ersten Mal fest, dass auch er in dieser Nacht zwei Schwerter an seiner Hüfte trug. Er schob sich auf sie zu.

»Darf ich?«, fragte Luna laut, doch er hatte sein Schwert bereits gezogen, drehte es in seiner Hand, sodass die Klinge auf seine Brust zeigte, und hielt es ihr entgegen.

Lunas Finger streiften seine, als sie sich um das Heft schlossen, doch Xyn ließ nicht los. Stattdessen trat er dichter an sie heran und neigte seinen Kopf zu ihr.

»Ich kann für Euch kämpfen«, flüsterte er. »Es ist nicht ungewöhnlich, einen Stellvertreterkampf –«

Luna unterbrach ihn mit einem Kopfschütteln. Sie hatte schon zu viele Menschen für sich in den Kampf und in den Tod geschickt. Jetzt war es ihre Aufgabe, für sich selbst zu kämpfen.

Xyn nickte ruckartig, als sie das Schwert aus seiner Hand nahm. Die Klinge zitterte, als er seine Finger davon löste und sie sie allein halten musste.

»Es ist Aels«, fügte er kaum hörbar hinzu und richtete seinen Blick unter gesenkten Lidern fest auf sie, auch noch, als er sich zurückzog.

Kurz wünschte Luna sich, er würde sie aufhalten, aber das tat er nicht – er sagte kein Wort, er blickte sie nur an. Sie nickte, mehr zu sich selbst als zu ihm. Er konnte sie nicht aufhalten ... *niemand* konnte mehr aufhalten, was sie in alter Tradition eingefordert hatte.

Bereute Xyn, dass er ihre Seite gewählt hatte? ... wer von den Männern der Garde wollte tatsächlich für sie kämpfen? Luna schüttelte den Kopf, es spielte keine Rolle. Keiner von ihnen wollte überhaupt kämpfen ... sie mussten das um jeden Preis verhindern.

Sie hob Aels Schwert vor ihr Gesicht und warf einen schnellen Blick auf die Klinge. Sie war kürzer als Reas, ein einfaches, schmuckloses Schwert, mit einigen Scharten und Kanten. Xyn vertraute es ihr an, obwohl sie ihr Versprechen gebrochen, obwohl sie ihn ein weiteres Mal im Stich gelassen hatte ... Ael hätte es besser geführt als sie, aber sie würde alles geben, um ihm die Ehre zu machen, die er verdiente.

Der Herzog steckte sein Schwert zurück an seine Seite und neigte den Kopf, bevor er sich ohne ein weiteres Wort an Rea oder sie zurückzog. Auch Rea warf ihm keinen Blick nach. Hatte sie bereits ihre Vorkehrungen getroffen, für den Fall, dass ...? Oder war sie sich so sicher, dass sie nicht verlieren konnte?

Lunas Hand um den Griff des Schwertes begann, trotz des beißend kalten Windes zu schwitzen. Sie blickte an sich herab. In ihrem schmalen, silberbestickten Kleid konnte sie nicht einmal einen Schritt machen.

»Jemand muss meinen Rock aufschneiden«, forderte sie und warf einen Blick über die Schulter zu Narae und ihrem Kurzschwert, nicht viel länger als ihr Unterarm.

Narae kam auf sie zu und ging vor ihr auf die Knie, die zweite, längere Klinge von ihr fortgerichtet. Mit einer Drehung ihres Handgelenks wirbelte sie ihr Kurzschwert herum und die Flammen erloschen, ob durch den Luftzug oder die Magie der Hexerin, konnte Luna nicht sagen. Da war nichts Elegantes, nicht einmal etwas Würdevolles daran, wie sie die Beine spreizte, um den Stoff ihres Rockes zu spannen, wie Narae ihre kurze Klinge ohne zu zögern durch die Vorder- und Rückseite stach und ihn mit einer schwungvollen Bewegung von ihrem Schritt bis zum Boden aufschlitzte. Da war nichts Würdevolles daran, wie der Stoff aufklaffte und ihre hellen knielangen Unterhosen offenbarte.

Rea hingegen musste nur die goldene Gürtelschließe an ihrer Taille betätigen, damit ihr Rock sich öffnete, sich entfaltete wie die Blätter einer Rose, und wie Blütenregen zu Boden sank, so wie die Blüten, die zu ihrer Krönungsfeier im Tempel geregnet waren. Ohne die rote Wolke ihres Rockes weiter zu beachten, stieg sie darüber, jetzt nur noch bekleidet mit ihrer roten Korsage und einem goldenen Reifrock aus Metallstäben, die sich in einem Netz aus kunstvollen Ornamenten umeinander rankten und wie die Kuppel eines Vogelkäfigs um ihre Hüfte wiegten. Sie würden ihr genug Raum zum Kämpfen lassen, solange sie nicht zu Boden ging. Reas Unterrock war ein Kunstwerk, die auslaufenden Stäbe seines Gerippes so spitz, als könnte sie auch sie als Waffen verwenden. Ein schmaler Streifen Haut blitzte zwischen ihren kniehohen Stiefeln und den dunkelroten Rüschen auf ihren Oberschenkeln hindurch, die sich wie ein zweiter Unterrock um ihre Hüfte bauschten.

»Du hast mir meine Rache genommen …«, flüsterte Narae, die noch immer zu Lunas Füßen im feuchten Sand kniete, und wandte ihren Blick von Rea ab, richtete ihre glühenden Augen auf Luna. »… du kümmerst dich besser darum, dass du sie mir bringst.«

Für einen Moment verlor Luna sich in dem Glühen, nahm das Drängen ihrer Stimme in sich auf und wollte dem Folge leisten, bevor sie auf die Antwort traf, die tief in ihrem eigenen Innern vergraben lag.

»Das ist nicht mein Ziel«, widersprach Luna rau. Rache und Hass hatten ihrem Königreich nichts als Verderben gebracht.

Sie würde für Syltain kämpfen, für Narae, für Ael und Xyn und selbst für die Hexerin … aber vor allem würde sie zum ersten Mal für sich selbst kämpfen – für das, was *sie* für richtig hielt.

38

Rea reckte ihr Schwert in die Höhe, das ehrfurchtgebietende Schwert, das die Tempeldienerin aus Aliras Statue geborgen hatte, mit seiner goldglänzenden Klinge verziert mit Symbolen einer längst vergessenen Sprache und dem Griff aus feinen Käfigen, die sich um die Rubine darin wanden. Im Gegensatz zu Lunas blieb Reas Klinge ganz ruhig im Wind.

Ob die Götter wohl auf sie hinabsahen, auf das Duell der Mädchen, die sie zu Königinnen gemacht hatten? Wussten sie, was hier geschah, leiteten sie es vielleicht sogar? Luna umklammerte ihren Schwertgriff fester, kurz davor, auch ihre zweite Hand zu Hilfe zu nehmen. Wusste Ihre verstorbene Majestät, was hier geschah? … wenn sie es wussten, hatten sie sie alle im Stich gelassen.

Luna atmete tief ein und wandte sich Rea zu, sah sie an ihren Klingen vorbei an, eine silbern, eine golden, eine filigran und schmal, die andere ungelenk und schwerfällig. Sie atmete zitternd ein und musterte Reas Züge, als sähe sie sie ein letztes Mal, ein letztes Mal als Schwester, ein letztes Mal als die Frau, zu der sie immer aufgesehen hatte. Sie hatte immer sein wollen wie sie, doch jetzt … jetzt wollte sie die Wahrheit kennen, wollte nicht zurück in die vermeintliche Sicherheit und den Frieden der Unwissenheit.

Rea musterte sie ebenso eingängig. Kurz fragte Luna sich, was sie sah, doch da holte Rea bereits aus und schlug los.

Luna duckte sich und riss ihre Klinge hoch. Sie spürte den Schlag der aufeinandertreffenden Schwerter durch ihren Arm beben, die Klingen rutschten aneinander ab und sie musste zur Seite ausweichen, als ihrer beider Schwertspitzen nur knapp neben ihr zu Boden sausten.

Hastig richtete sie sich wieder auf und hob ihr Schwert in Position. Rea wartete ab, so als wollte sie ihr den nächsten Schlag lassen, aber Luna war noch nicht bereit dazu. Wieder holte Rea aus, doch diesmal wich sie gleich zur Seite, machte einen Satz und entkam damit knapp der Klingenspitze. Ihr Knie protestierte gegen die Bewegung.

Der nächste Schlag zielte frontal gegen ihre Brust, stieß auf sie zu und sie konnte nur ausweichen, indem sie sich zurückwarf. Ihre Füße kamen ihrem Oberkörper nicht hinterher und sie fiel rückwärts auf den Hintern. Schmerz fuhr durch ihre Handgelenke, auf denen sie sich abgefangen hatte, als hätte sie nie eine Übungsstunde besucht, und ihre Wirbelsäule hinauf. Eisige Nässe sickerte durch ihren Rock und ihre Hose bis auf ihre Haut.

»Kämpf gegen mich!«, zischte Rea zwischen zusammengebissenen Kiefern. Sie stand über ihr, das Schwert fest in ihrer Hand. »Du wolltest diesen Thron? Hol ihn dir!«

Luna kam mühsam auf die Beine, doch sie stand noch nicht wieder vollständig, als bereits der nächste Schlag auf sie zu fauchte. Sie duckte sich und wich zur Seite aus.

»Wir müssen nicht kämpfen!«, keuchte sie, bereits außer Atem.

Ihr Arm schmerzte und zitterte und ihr rechtes Knie protestierte bei jedem Schritt. Schweiß rann aus ihrem Haaransatz über ihren Nacken, doch sie fror im eisigen Wind.

Rea schnaubte nur. »Doch, doch das müssen wir.«

Wieder schlug sie nach ihr und diesmal konnte Luna ihr nicht ausweichen. Sie packte ihren Schwertgriff mit beiden

Händen und parierte den Schlag, drückte ihre Klingen zur Seite und holte zu einem Gegenangriff aus, doch Rea duckte sich mit Leichtigkeit darunter hinweg und richtete sich in einer fließenden Bewegung wieder auf.

Luna hatte gegen sie keine Chance, nicht mit ihren eingerosteten Schwertfähigkeiten, die sie vor Jahren das letzte Mal geübt hatte. Sie konnte die Klinge kaum noch heben. Die Erschütterung durch Reas nächsten Schlag schoss schmerzhaft in ihr Handgelenk und sie taumelte zur Seite, Aels Schwert rutschte aus ihren schweißnassen Fingern und schlug dumpf auf dem Boden auf. Sie beide sahen für einen kurzen Moment auf die schartige Klinge im Sand, bevor das Surren von Stahl erneut auf sie zuschoss.

Instinktiv riss Luna die Hände hoch. Die Magie zwischen ihren Fingern bäumte sich mit ihrem Schrei auf, ruckte und wand sich, als Aliras Schwert darauf traf. Sie warf die Klinge und damit auch Rea zurück.

Luna machte einen Satz und blickte sie mit schreckgeweiteten Augen an. Reas Klinge hätte sie getroffen, hätte sich erbarmungslos durch sie hindurchgebohrt. Rea hätte sie getötet. Sie richtete sich ungerührt wieder auf, wog ihr Schwert in ihrer Hand und machte sich bereit für ihren nächsten Angriff. Da war kein Erbarmen in ihren Zügen, kein Zögern. Sie war bereit zu töten.

Luna atmete gepresst in dem Versuch, ihre zitternden Hände zu beruhigen, während sie ihren nächsten Zauber wisperte. Sie war nie wie Rea gewesen, sie war nie die Königin gewesen, die irgendjemand hätte haben wollen – und am allerwenigsten war sie sie selbst gewesen, doch sie würde sich von nun an nie wieder vorschreiben lassen, wie eine Königin zu sein hatte. Vielleicht hatte Ihre verstorbene Majestät auch mit der Aussage falsch gelegen, dass Königinnen mit dem Schwert kämpften. Luna *war* eine Königin, doch sie würde mit ihrer Magie kämpfen, denn egal, was die oberste Magistra glauben wollte, sie war *auch* eine Zauberin. Wer sie war, wurde nicht von irgendetwas außer ihr bestimmt, weder von einer Krone, einer Kette, noch einem Schwert.

Die Magie sprang nervös zwischen ihren Fingern hin und her, während sie sie formte. Sie hatte das Knistern und Knacken immer für eine Liebkosung gehalten, für die Funken von Macht, doch womöglich hatte Xyn recht und es war ihr Brechen, das sie spürte.

Als Rea dieses Mal auf sie zusetzte, war Lunas Zauber bereit. Sie hielt mit einer Hand einen magischen Schild aufrecht, eine Barriere, aus der kleine blaue Funken stoben, als Reas Schwert dagegenprallte. Der Zauber bebte zwischen Lunas Fingern und brach, doch mit ihrer freien Hand hatte sie bereits den nächsten vorbereitet, einen schnellen Schlag, der Reas Klinge traf und sie mit ihr zurückschleuderte. Sie fiel, landete auf dem Rücken und überschlug sich einmal. Keuchend blieb sie am Boden sitzen, die Spitzen ihres Unterrockes in den Sand gebohrt und Aliras Schwert von sich gestreckt.

Luna nutzte die Gelegenheit, dass Rea zu Atem kam, um noch einmal auf sie einzureden. »Ich bitte dich, Rea, ich flehe dich an! Lass uns eine Lösung finden. Wir beide zusammen wären … Niemand kann uns sagen, was wir sind und wie wir sein sollen. Wir beide zusammen könnten –«

»Es gibt kein ›wir‹«, fauchte Rea und kam in einer einzigen, geschmeidigen Bewegung wieder auf die Füße. Dunkle Matschspritzer übersäten ihren Körper. »Es gibt dich und mich, und es gibt Regeln, die nicht gebrochen werden dürfen. Ich weiß nicht, warum du das nicht verstehst. Du rüttelst an den Grundfesten unseres Königreiches und erwartest, dass es nicht zusammenbricht!«

Wieder stürzte sie vor, doch diesmal war Luna zu langsam und zu starr, um zu reagieren. Sie schlug ihre Hände vor ihrer Brust zusammen, schrie ihre Zauberformel und erschuf damit eine glitzernde Wand vor sich, doch Aliras Schwert drang durch sie hindurch und zerschnitt sie mit einem Klirren. Die Barriere funkelte wie unsichtbare Glasscherben in der Luft, während Reas Klinge beinahe ungebremst auf Luna zusauste. Sie taumelte zurück, getroffen von der Druckwelle des zerschellenden Schilds, und ging in die Knie. Brennender Schmerz zischte vor ihr nieder. Rea hatte den Ärmel ihres Kleids vom Handgelenk bis zum Ellenbogen aufgeschlitzt, genau wie die Haut darunter.

Lunas Finger zitterten, ihr Arm brannte und Blut tropfte von ihrem Ellenbogen herab in den Matsch. Sie schnappte keuchend nach Luft, während der Schmerz aufwallte und sie anschrie zu fliehen oder zu kämpfen, aber nicht bewegungslos auf dem Boden zu knien. Noch bevor sie wieder aufgestanden war, setzte Rea ihr nach.

Luna riss die Arme vor ihre Brust und warf sich zur Seite, rollte über den Boden und kam wieder auf die Beine. Weiterer, scharfer Schmerz flammte in ihr auf und brannte sich über ihren Bauch. Sie starrte an sich herab, auf den Streifen Haut, der durch den Schlitz in ihrem Kleid klaffte. Es war nur ein Kratzer, nur eine feine Linie, die sich mit Blut füllte, aber sie war Reas Versprechen, dass nur ein klein wenig mehr Kraft, etwas weniger Geschwindigkeit von Luna selbst, ihr Ende gewesen wäre. Rea hätte ihr den Bauch aufgeschlitzt und ihre Eingeweide über den Boden verteilt.

Luna hob den Kopf zu ihrer Schwester, die ebenso auf den Schnitt starrte, während sie ihre Schwertklinge nach vorn gerichtet hielt. Etwas war in ihren Augen gefallen, so als hätte sie den Faden durchtrennt, der sie als Schwestern verband. Sie würde Rea niemals umstimmen können … In ihren Augen waren sie keine Schwestern mehr – sie waren zwei Königinnen im Streit um einen Thron.

Rea hatte entschieden, dass es nur einen Ausgang für diese Nacht gab – dass Luna sterben musste … Doch sie verstand nicht, was geschehen würde, wenn sie starb. Es würde Krieg geben, einen grausamen Krieg zwischen dem Rat, den Hexern und den Nordlanden, der das Land in Rot tränken würde.

All die wirren Gedanken in Lunas Kopf kamen zum Stillstand. Sie brauchte noch eine Chance.

Die Scherben ihres Schildzaubers glitzerten um Rea und sie musste nur ihre Finger strecken, damit sie nach innen schossen. Rea krümmte sich zusammen und riss ihre Arme schützend über ihren Kopf, doch es kam kein Ton über ihre Lippen. Luna verharrte regungslos, beobachtete das Magiegewitter, das auf Rea einprasselte, und wartete mit angehaltenem Atem, bis es endete, bis Rea sich wieder aufgerichtet hatte. Sie keuchte, als sie ihre Arme sinken ließ. Ein schmaler, roter Kratzer zog sich über ihre Wange, unzählige Schlitze über ihr Kleid, aber sie war nicht stark verletzt. Rea grinste und ihr Lächeln breitete sich über ihr gesamtes Gesicht aus.

»Ich will, dass du aufhörst«, brachte Luna mühsam hervor.

»Aber du hast doch angefangen!« Rea holte wieder aus, fuhr herum und schwang ihren Arm mit Aliras Schwert in Lunas Richtung.

Mit ihren ersten gebrüllten Worten und einer Drehung ihres Handgelenks lenkte Luna die Klinge zur Seite ab, mit ihrer zweiten Hand stieß sie nach vorn und schoss Energie in Reas ungeschützten Bauch. Sie krümmte sich, fiel nach vorn und bohrte dabei ihre Schwertklinge in den Sand.

»Ich wusste nicht, was daraus werden würde!«, keuchte Luna und presste dabei eine Hand auf den Schnitt über ihrem Bauch. Blut befleckte ihre Handfläche. »Ich wusste nicht, dass *das hier* daraus werden würde … Bitte, Rea, du musst mir glauben.«

Rea zog ihr Schwert mit einem schmatzenden Geräusch wieder aus dem Boden. Sie grinste noch immer, doch ihr Gesicht verzog sich wie unter Schmerzen, als sie sich aufrichtete.

»*Bitte*, Rea«, flüsterte Luna. »Ich habe es vielleicht angefangen, aber nur du kannst es noch beenden.«

… zumindest auf eine Art, die nicht grauenvoll war.

»Übernimm Verantwortung.« Rea hob ihr Schwert. »Du bringst Schande über die Krone auf deinem Kopf, wenn du nicht für sie kämpfst.«

Luna schüttelte den Kopf. Wieder sagte ihr jemand, was ihre Krone zu sein hatte, eine weitere unsinnige Erwartung, die sie zu erfüllen hatte – keine, die sie erfüllen *wollte*.

Rea holte wieder aus und täuschte einen weiteren Schlag auf Brusthöhe an, während Lunas Verteidigung ungehaltener wurde, und so auch ihr gebrüllter Zauber. Sie brauchte Zeit zum Nachdenken, Zeit, um einen Weg zu finden, Rea aufzuhalten.

Statt auf Lunas Brust zu zielen, fuhr Rea jedoch dicht vor ihr herum, fiel auf die Knie und schlug tiefer gegen ihr Bein. Luna schrie auf, als der Zauber, mit dem sie auf Reas Hand gezielt hatte, stattdessen ihr Gesicht traf und ihren Kopf nach hinten schleuderte. Reas Rücken bog sich, das Schwert rutschte aus ihren Fingern und sie drehte sich erst im letzten Moment herum, um ihren Sturz abzufangen. Sie keuchte und ihr Brustkorb hob und senkte sich rasch. Luna konnte die vielen kleinen Schnitte in ihrem Rücken sehen, auf ihren Armen und in ihrem Oberteil, wo sie bei jedem Atemzug aufklafften.

Rea kam in einer fließenden Bewegung wieder auf die Beine, doch sie schwankte auch noch, als sie herumfuhr und rückwärts von Luna fortstolperte. Blut lief aus ihrer Nase an ihrem Mundwinkel vorbei und tropfte von ihrem Kinn, nur um dann im Rot ihrer Korsage zu verschwinden. Ihrer beider Schwerter lagen nur wenige Schritte von ihnen entfernt, doch wie auch Luna machte Rea sich nicht die Mühe, sich danach zu bücken.

Stattdessen streckte sie eine matschverschmierte Hand nach oben und zog mit leisem Ratschen einen der Zacken aus ihrer Krone. Luna starrte auf die Lücke, die er hinterließ, und dann auf die perfekte, kleine Klinge in Reas Hand. Eine winzige, und doch tödliche Waffe, wenn sie sie führte. Im nächsten Wimpernschlag schoss sie bereits auf Luna zu.

Luna duckte sich und riss ihren Schild hoch. Der erste Dolch prallte davon ab, doch seine Erschütterung setzte sich bis in ihren Körper fort. Zum ersten Mal spürte Luna das Zucken der Magie, so als würde sie selbst Schmerz spüren können, als wollte sie gegen die Form, in die Luna sie gezwungen hatte, aufbegehren. Zum ersten Mal verstand sie, warum die meisten Schilde nach einem Angriff zusammenbrachen.

Der zweite Dolch prallte mit einem stärkeren Schlag gegen ihren Zauber und der dritte folgte ihm beinahe im selben Moment. Die Erschütterung bebte durch Lunas Körper und brannte in ihren Fingern. Sie keuchte, kniff die Augen zusammen und presste ihre Kiefer aufeinander, drängte ihren Willen in den Schild, drängte ihn der Magie auf. Sie musste stärker sein als sie.

Der vierte Dolch schlug direkt vor Lunas Gesicht ein und zwang sie in die Knie. Sie keuchte zwischen zusammengepressten Kiefern, streckte ihre Finger und rang das Zittern nieder. Ihr Schild erbebte und flackerte, die Magie bäumte sich auf und zuckte durch ihren Körper. Schweiß rann aus ihrem Haaransatz ihre Schläfen entlang. Die Magie schoss durch Lunas Finger, wand und wehrte sich gegen ihren Griff. Sie drehte ihr Handgelenk, sandte sie aus und versuchte sich Raum zu schaffen, drängte den Schild zurück, der ihr mit jedem Schlag näherkam, sandte Stoß um Stoß Magie hinein, bis er pulsierte, immer schneller, je schneller der Hagel von Dolchen auf sie einprasselte.

Es gab keine Lösung hierfür. Rea war fest entschlossen, dass eine von ihnen sterben musste. Sie würde ihr niemals zuhören, sie würde ihr nicht glauben.

Luna hob den Kopf und blickte auf ihre Schwester, ihre dunklen Augen, die so voller Hass auf ihr lagen, und die

Erkenntnis traf sie wie ein Schlag, bebte durch ihren Körper und ließ sie schwanken. Sie musste eine Entscheidung treffen. Sie musste entscheiden, ob die Wahrheit des Königreichs das Leben ihrer Schwester wert war. Sie musste ihm einen Wert beimessen und sie gegeneinander aufwiegen. Wer war sie, das zu entscheiden? *Nichts* rechtfertigte es, ein Leben zu nehmen, dessen war sie sich so sicher gewesen. Der Innenhof geriet ins Wanken und schaukelte wie ein Schiff auf dem Meer vor den Klippen.

Narae hinter ihr brüllte etwas Unverständliches, während ein Funkeln in Lunas Augenwinkel aufblitzte, die Reflektion einer winzigen, goldenen Klinge innerhalb ihres Schilds. Im selben Moment schoss sie bereits auf sie zu, nicht geworfen von Reas Hand – zum Leben erweckt durch einen Zauber.

39

Luna ließ sich fallen und klatschte in den Matsch, während ihr Schild in Scherben von Licht zerfiel und sie ihre Abwehr kreischte, ein Zauber von ihren Lippen, eine Bewegung ihrer Hand. Der Luftzug der Klinge streifte über ihre Haut und Magie kribbelte in der Bewegung, doch Luna lenkte sie mit ihrer eigenen ab, bevor der Dolch sie treffen konnte.

Mit aufgerissenen Augen starrte sie auf den Herzog von Koravotia und seine Riege von Ratsmitgliedern hinter ihm. Sie konnte nicht sagen, wer von ihnen gezaubert hatte, und vermutlich war das auch ihr Ziel gewesen. Hätte der Dolch sie getroffen, hätte niemand mehr wissen können, dass es nicht Rea gewesen war. Ein weiteres Mal hätten sie ihre eigene Wahrheit gemacht.

Luna löste sich aus ihrer Starre, rollte herum und stützte ihre Hände in den feuchtkalten Sand. Sie kämpfte gegen die Panik in ihrer Brust, die die Überhand gewinnen wollte, diese Stimme, die sie anschrie, sich in Sicherheit zu bringen. Sie war so konzentriert darauf, dass sie erst mit einiger Verzögerung bemerkte, dass der Regen von Reas Dolchen aufgehört hatte. Sie wagte nicht, sich zu bewegen, aus Angst, dass ihre bebenden Beine unter ihr nachgeben würden, und so hob sie nur den Kopf.

Rea stand vollkommen still, die Hand mit ihren Dolchen noch vor sich ausgestreckt und einen von ihnen bereit zum Wurf. Luna erwartete, dass die Klinge auf sie zuschießen würde, doch Rea rührte sich nicht. Der Dolch fiel aus ihrer Hand, landete in einer Pfütze im Matsch und Luna zuckte zusammen, als ein kalter Spritzer ihre Wange traf.

Rea senkte den Kopf und sie beide blickten auf das Heft des Dolches, das beinahe mittig aus ihrem Brustkorb ragte, auf den elegant geschwungenen Kronenzacken, der vor ihrem Kleid wie ein Schmuckamulett wirkte, wie eine grausame Brosche.

Rea hob den Kopf wieder und Verwirrung lag in ihren Augen, Unglaube, als hätte sie noch nicht richtig verstanden, was geschehen war. Luna ging es nicht anders. Sie hatte doch nur den Dolch des Herzogs abgewehrt, sie hatte nie gewollt –

Rea schwankte. Luna war mit wenigen Schritten bei ihr und packte ihre Unterarme, um sie aufrecht zu halten. Sie atmete hastig, ihre Brust hob und senkte sich wie die Flügel eines Schmetterlings, und mit ihr der Dolch.

»Es ist nicht so schlimm, oder?«, fragte Luna mit so viel Ruhe, wie sie in ihre Stimme pressen konnte. »… es ist nicht schlimm?«

Ihre bebenden Finger klammerten sich fester an Reas Arme, doch sie hatte Mühe, sie aufrecht zu halten, als sie stärker schwankte.

Aus der Nähe betrachtet waren die Klingen der Dolche in Reas ausgestreckter Hand erschreckend lang, viel länger, als Luna sie eingeschätzt hatte … viel tödlicher. Viel tödlicher, wenn sie sich in ein Herz bohrten.

Reas Knie knickten ein und Luna konnte ihr Gewicht nicht halten. Sie gingen zu Boden, nicht elegant, nicht wie Königinnen würdig – Rea fiel nach hinten und Luna stolperte über sie, beugte sich nach vorn und versuchte ihren Fall abzufangen, sie so weich wie möglich in den Matsch zu betten, bevor sie selbst neben ihr auf die Knie ging. Sie musste ihre Hand winden, um sie aus Reas Haar zu befreien und sie auf ihren Brustkorb pressen zu können. Sie umschloss die Klinge des Dolches und wisperte verzweifelt ihre Zauber, ihre Gedanken rasten durch unzählige Buchseiten, wiederholten Lehrstunden und schrien stumme Worte, die zuckende Magie durch ihre Hände in Reas Brust schickten. Luna drang mit ihnen hinein, folgte der Spur von zerrissenem Gewebe bis in Reas Innerstes, bis sich dessen Schmerz auch in ihre Brust grub. Reas Herz –

Luna fuhr zusammen und schnappte scharf nach Luft. Die Dolchspitze bohrte sich in den Muskel, der mit jedem Pulsieren kämpfte. Sie müsste ihn ziehen, um Rea zu heilen, doch ihre Zauber waren nicht gut genug, – nicht schnell genug –, um die Wunde zu schließen, nicht bevor …

»Herzogin von Droduis!«, wisperte Luna, ihren Blick starr auf das Blut gerichtet, das zwischen ihren Fingern hervorquoll.

Sie sah auf und sah doch nichts, ihr Blickfeld blieb verschwommen, als sich Reas Finger überraschend fest um ihr Handgelenk schlossen.

»Nicht!« Es war ein Befehl ihrer Königin.

Reas dunkle, glänzende Augen fielen zu, doch sie riss sie beinahe ungeduldig wieder auf. Ihr Kopf drehte sich in Lunas Richtung, auch wenn sich ihre Blicke nicht mehr fanden.

»Ich werde nicht in deiner Schuld stehen!«, würgte sie hervor.

Luna schüttelte den Kopf. Schuld? Hier ging es nicht um Schuld! Sie sah auf und blinzelte wild, um die Herzogin von Droduis unter den Ratsmitgliedern zu finden, doch sie verschwammen immer wieder vor ihren Augen.

»Du kennst die Tradition …« Reas Stimme klang seltsam hohl und kratzig und der Schmerz darin raubte Luna den Atem. Sie sollte sich nicht anstrengen. »Wir werden kämpfen, bis eine von uns stirbt.«

Das war falsch, das alles war ganz *falsch*.

»Ist es nicht seltsam, dass Königinnen und Könige immer aus Tod entstehen?«, wisperte Rea. »… als könnten wir ohne nicht leben.«

Luna konzentrierte sich auf ihr Gesicht, den Ausdruck in ihren Augen, als sie sie angrinste, und ließ sich davon einlullen. Sie ließ sich auf die Unschuld in den kleinen Vertiefungen neben ihren Mundwinkeln ein und erwiderte Reas Lächeln.

Tränen traten in Lunas Augen. Sie waren nicht schwach, sie brannten stark und warm in ihr, nährten sich von dem Schmerz in ihrem Inneren und wandelten ihn in Stärke.

»Hilfe!«, kreischte Luna, doch niemand rührte sich.

Fingernägel gruben sich scharf in ihre Haut, und als sie Rea ansah, brannte sich ihr Blick in ihren.

»Niemand bettelt …«, würgte Rea, doch es kam kaum noch ein Ton über ihre Lippen. Ihre Augen verdrehten sich in ihren Höhlen.

Noch immer rührte sich niemand aus der Menge.

»Meine Krone …«, hauchte Rea und Luna verstand zu spät, dass sich ihrer beider Hände um den Griff des Dolches geschlossen hatten, der aus Reas Brust ragte.

Blut quoll aus der Wunde, als sie zog. Die Zeit stand still, fast als wäre sie selbst vor Unglauben erstarrt.

Luna riss an ihrer Hand, wand sich in Reas Griff, doch sie hielt sie erstaunlich fest, krallte sich mit ihrer letzten Kraft an sie, bevor ihre Hand fiel, dicht neben die Stelle, an der das Loch klaffte, das der Dolch gerissen hatte.

Luna presste ihre Hände auf die Wunde, als könnte sie sie so verschließen, und wirkte ihre Zauber, betete sie, als spräche sie zu den Göttern selbst … Doch da war keine Magie mehr. Ihr Zauber verhallte in der Leere in Reas Brustkorb, verhallte in der Leere ihres stummen Herzens.

Luna wurde ganz still. Ihre Hände strichen eisig über Reas Rippen, kraftlos und schlaff.

Ihre Schwester war fort …

Sie hatte ihre Königin getötet.

Lunas Blick blieb an dem Gold auf ihrem Scheitel hängen – mit dem Blut wie vieler Königinnen und Könige war diese Krone schon getränkt worden?

Sie zögerte, bevor sie ihre Finger nach Reas ausstreckte. Ihre Haut war warm und weich in der kühlen Nachtluft, die Berührung federleicht, als sie den blutverschmierten Dolch an sich nahm. Auch er war noch warm. Ihre Finger zitterten, als sie ihn zu Reas Scheitel hob und mit einem grausamen, endgültigen Ratschen zurück in ihre Krone steckte, direkt über ihre Stirn.

Der goldene Reif saß beinahe makellos auf ihrem Haaransatz, doch das Blut an ihrer Wange wirkte falsch, jetzt wo ihr Gesicht wieder zu einer perfekten Maske erstarrt war. Luna wollte es wegwischen, doch sie konnte sich nicht rühren. Es spielte keine Rolle mehr.

Sie wusste, dass etwas Entscheidendes, etwas Grauenvolles, etwas Welterschütterndes geschehen war, aber sie hatte es noch nicht begriffen. Es schien noch nicht wahr. Sie wusste, dass sie mehr fühlen sollte, aber sie konnte nur auf die dunkelrote Blüte starren, die sich mittig in Reas Brust ausbreitete, und die Stille in jeder Faser ihres Körpers beben spüren.

Ihre *Schwester*. Der Gedanke fühlte sich seltsam an.

Ihre *Königin*. Das war auf andere Art falsch.

Eine kleine Flocke segelte vor Lunas Augen zu Boden und legte sich auf Reas Wange. Sie sah zu, wie sie schmolz, bevor sie ihren Kopf in den wolkenverhangenen Himmel hob, zu weiteren, kleinen Flöckchen. Es war zu früh für den ersten Schnee, aber kalt, kalt genug. Die Schneeflocken verschwanden im selben Moment auf Reas Haut, in dem sie sich auf sie legten, und trotzdem wollte Luna sie schützen. Nichts sollte Reas reglosen Körper berühren, nicht einmal der Schnee.

Schritte näherten sich hinter ihr. Der blutrote Gehrock des Herzogs von Koravotia tauchte in ihrem Augenwinkel auf, aber sie musste ihn nicht sehen, um zu spüren, dass er es war. Ihr eigener Unglaube und Entsetzen strömten genauso von ihm aus und streckten sich wie unsichtbare Arme nach ihr.

Luna spannte sich an, doch der Herzog blieb hinter ihr stehen und blickte starr auf Rea. Er schwieg und ihre eigene Kehle war zu erstickt, um etwas zu sagen, abgesehen davon, dass ihr die Worte fehlten. Sie fühlte sich falsch an Reas Seite, doch er, er sollte nicht einmal innerhalb dieser Mauern sein.

Luna stützte ihre Hände neben Rea auf den Boden und kämpfte sich mühsam in den Stand. Ihre Beine gehorchten ihr nicht, als wollten sie ihr Gewicht nicht tragen, und sie schwankte. Es zog sie zu Rea, zurück in den Matsch, zurück an ihre Seite – sie war noch nicht bereit, sie zurückzulassen, noch nicht bereit, es allein durchzustehen.

Xyn wartete nur wenige Schritte von ihnen entfernt, weit genug, um sich nicht einzumischen, aber dicht genug, um jederzeit eingreifen zu können, sollte der Herzog sich als Bedrohung herausstellen. Er blickte sie mit unbewegtem Gesichtsausdruck an und wartete auf Befehle, doch Lunas Kopf war leer. Ihre Augen huschten an Xyn vorbei über die Menge an Menschen, die ihr zugewandt war, die in diesem Moment zu verstehen schien, dass eine ihrer Königinnen lebte, während die andere …

Lunas Blick schweifte über den Hof, über die weit aufgerissenen Augen, über die Masken, die unsichtbar den Boden übersäten. Sie alle waren gefallen.

Auch Luna hatte jegliche Hülle verloren, hatte die Prinzessin, die Zauberin und die Königin abgelegt, als wäre da nur noch sie, und jetzt, wo sie sie einmal gesehen hatten, hatte es auch keinen Sinn mehr, sich wieder zu verstecken. Sie würde mehr brauchen als Wasser, Bürste und ein neues Kleid, um sich wieder zusammenzuflicken.

Die Adligen starrten mit bebenden Lippen auf das Blut, das ihre Haut überzog, in ihre Ärmel gesickert war und ihren Rock befleckte. Sie alle starrten sie mit einer entsetzten Ungläubigkeit an ... Alles, was Luna sah, war Reas toter Körper so dicht vor ihren Füßen und das Blut, das sich unter ihr über den Boden ausbreitete wie das nahende Donnergrollen.

Es war so still. Sie alle hatten stumm zugesehen, wie sie ihre Schwester getötet hatte ... sie alle hatten zugesehen, wie Rea starb, in dieser Nacht aus Schmerz und Tod.

Für einen Wimpernschlag blitzte das Bild Ihrer verstorbenen Majestät vor Luna auf. Würde man sie so malen wie sie, umgeben von einem Haufen Toter, sie selbst triumphierend in der Mitte, stolz aufgerichtet über der Leiche ihrer Schwester? Würde man sie in dem Blut malen, das all ihre Fehler gekostet hatten? Jetzt wusste sie es besser. Da war kein Stolz, kein Triumph, nur die Schuld, die alles umgab. Der Herzog hatte sichergestellt, dass man ihr ihren Sieg nicht verzeihen würde ... dass *sie* sich ihren *Triumph* nicht verzeihen würde.

Es war eine unbeugbare Wahrheit, dass sie ihre Schwester getötet hatte – die einzige Wahrheit ... und gleichzeitig eine Wahrheit, die unendlich viele andere ausließ.

Der Herzog stand noch immer über Reas reglosem Körper und blickte auf sie hinab. Sie sah nicht friedlich aus. Ihre Beine lagen angewinkelt, einer ihrer Arme abgespreizt und die Spitzen ihres Rockes bohrten sich mahnend in die Luft.

Vielleicht hatten sie alle unrecht gehabt. Sie waren Königinnen, und gleichzeitig doch nur Mädchen. Vielleicht war das die Schwierigkeit, die keine von ihnen gesehen hatte.

Und so richtete Luna sich auf, streckte ihren Rücken und hob den Blick, als sie ihre Krone auf ihrem Scheitel geraderückte. Sie war nicht schwer, ihre Krone, aber Luna spürte das Gewicht des Metalls, als würde es sich endgültig in ihre Haut brennen.

Sie waren immer *mehr* gewesen – *mehr* als Mädchen, *mehr* als Schwestern, *mehr* als Königinnen.

Die Worte des Priesters hallten von dem weißen Marmor um sie herum wider und verschwanden in der Stille des Tempels. Die Sonne ging langsam auf und warf bläuliche Streifen Licht durch die schmalen Fensternischen unter der Decke.

Luna war förmlich aus dem Innenhof geflohen, hatte den Rat und die Adligen der Garde überlassen, die sie zwar nicht in die Verliese brachten, sie aber in ihren Zimmern und im Ballsaal bewachten. Sie würde eine Nacht haben, um sich zu sammeln, bevor sie ihnen wieder entgegentreten musste.

Sie hatte die Königin Atheas in alter Tradition zum Duell gefordert und sie hatte gewonnen, niemand konnte ihre Position mehr anfechten – doch der Rat würde sich neu formieren, würde alles tun, um sich das Königreich zu unterwerfen, und wenn nicht durch Lunas Hand, dann durch ihren Tod … Doch in dieser Nacht konnten sie nichts mehr tun.

Die Adligen waren entsetzt und verunsichert, womöglich noch stärker als Luna selbst, schließlich behauptete sie, dass alles, woran sie bisher geglaubt hatten, alles, was ihnen erzählt worden war, eine Lüge war. Sie würde ihre Fragen beantworten müssen, ihnen die Wahrheit erklären und Beweise bringen, um ihre Vorurteile aus dem Weg zu räumen. Sie würde sich ihr Vertrauen verdienen müssen, das so schwer erschüttert worden war, doch auch das konnte sie nicht in dieser Nacht tun, nicht, solange das Entsetzen noch so tief saß. Alles, was sie ihnen geben konnte, war das Versprechen, am Morgen da zu sein, wenn sich die Schleier dieser Nacht legten.

Luna hatte angeordnet, dass die Wunden der Hexerin versorgt wurden, die ihr Angebot unerwartet angenommen hatte, vermutlich, weil ihr geschundener Körper an seine Grenzen gestoßen war.

Luna selbst war geflüchtet und versteckte sich nun hier. Sie versteckte sich vor dem unweigerlich hereinbrechenden Tag, der ihre Geschichte weiterschreiben würde, und vor den Scherben, die von all den zerschlagenen Lügen der Nacht geblieben waren und nun darauf warteten, sorgsam zu einem neuen Bild zusammengesetzt zu werden. Sie versteckte sich hier vor dem Chaos, das vor den Türen tobte.

Das Gebäude innerhalb der Palastmauern in Rox Taenn war kleiner und verwinkelter als der Tempel von Arenja. Die Halle bot nur Platz für zwei schmale Bankreihen, die auf den sechseckigen Raum am Ende zuführten, von dem auf jeder Seite ein schmaler Gang zu Gebetsnischen abging, in denen sich jeweils zwei Götterstatuen gegenüberstanden.

Lunas Blick hing auf Aliras Schwert, das über den drei Särgen in der Mitte des Gebetsraumes aufgebahrt worden war wie ein stummer Wächter. Man hatte es gereinigt, aber Luna war, als ob sie noch immer Flecken von Blut und Morast darauf sehen konnte.

Verbände schlangen sich verborgen unter ihrem mitternachtsblauen Kleid um ihren Bauch und ihren Unterarm, demselben Kleid, das sie bei ihrer Krönung getragen hatte, als der Sarg vor ihr noch leer gewesen war. Vielleicht hatte Rea recht gehabt, vielleicht war der heutige Tag die direkte Konsequenz aus ihren Taten zuvor … vielleicht hätte sie sich niemals dagegen wehren können.

Heute war der Sarg nicht mehr leer. Luna schloss die Augen und stellte sich Rea darin vor, gebettet in weiche Kissen, in dem rot-goldenen Kleid, das sie für sie ausgesucht hatte, das die Wunde in ihrem Brustkorb verdecken würde – die und die vielen weiteren kleinen Schnitte, die ihren gesamten Körper überzogen.

Könnte sie die Zeit zurückdrehen, würde sie es tun. Auf gewisse Weise war Rea bereits tot gewesen, als sie zugelassen hatte, das der Rat sie für tot erklärte. Vielleicht wäre all das anders gelaufen, wenn sie nur ein bisschen mehr Zeit miteinander gehabt hätten, vielleicht hätte es nichts geändert … Sie würde es nicht mehr erfahren.

Luna hatte darum gebeten, dass Rea mit ihrer Krone beerdigt werden würde, hatte die fehlenden Dolche aufsammeln und zurück in das Gold stecken lassen – nur einer fehlte. Sie schloss ihre Finger fest um die schmale Klinge an der Kette um ihren Hals. Der Dolch, der in Reas Brust gesteckt hatte, war ihre Erinnerung, eine Erinnerung an ihre Verantwortung.

Luna fand es nur passend, dass Rea ihre Krone mitnehmen würde, wohin auch immer ihr Weg jetzt führte. Es gab niemanden mehr unter ihnen, der sie tragen würde, nicht, solange Luna lebte, und Rea hatte zu hart für diese Krone gekämpft. Sie hatte verdient, sie auch im Tod zu behalten.

Der Priester zog sich zurück, doch es war so still im Tempel, dass sie seine Kleidung noch immer in einem der angrenzenden Räume rascheln hören konnte.

Neben ihr erhob sich Narae und schritt nach vorn auf die drei aufgebahrten Särge zu. Sie warf nicht einen Blick zurück, und auch Luna fiel es schwer, sie anzusehen. Narae hatte sich in einen fellgesäumten Mantel gehüllt, ein zweiter hing gefaltet über ihrem Arm – Syltains. Es war die Rüstung, die sie zwischen Schnee und Eis trugen, hatte er ihr einmal erklärt, das, was verhinderte, dass die Kälte bis in ihre Seelen drang. Luna verstand, warum Narae ihn trug.

Auf ihrer anderen Seite saß Xyn in einem ungewöhnlich

festlichen, dunkelblauen Gehrock, der sich bis hoch zu seinem Kinn schloss und seine Narbe verdeckte.

Sie alle hatten sich für die Trauerfeier nur widerwillig von Aels Bettseite gelöst, während er – von Kopf bis Fuß in Verbände gewickelt und vor Schmerzen kaum bei Bewusstsein – um sein Leben kämpfte. Die Herzogin von Droduis hatte gesagt, dass er es schaffen konnte, wenn er die Nacht überstand, und so hatten sie sich geschworen, bis zum Morgen an seiner Seite auszuharren … doch der Trauerfeier konnten sie nicht ausweichen.

Luna hatte auch nach Charlyn suchen lassen, aber sie war nicht aufzufinden, sie musste den Innenhof schon vor dem Duell verlassen haben. Vielleicht war es der Anblick der Hexerin gewesen oder der Flammen … Luna zwang ihre Gedanken zurück in den Tempel, zurück in den Moment. Sie weigerte sich, sich jetzt schon dem Sturm zu stellen, der vor den Toren wartete.

Der Priester hatte sich bereit erklärt, eine kleine Zeremonie abzuhalten, nur für sie. Außer ihnen war die Andachtshalle leer, selbst die Tempeldiener waren nicht mehr anwesend, auch wenn sie geholfen haben mussten, die Zeremonie innerhalb der wenigen Stunden bis zum Morgengrauen vorzubereiten. Entsprechend schmucklos war auch die Andachtshalle. Zwar hatte der Priester einige Kerzen aufstellen lassen, aber Aliras Schwert auf Reas Sarg war der einzige Schmuck im Raum.

Sahen die Götter sie, beobachteten sie sie und verfolgten die Zeremonie? War das der Weg, den sie für Rea gewollt hatten, oder weinten sie still um ihre verlorene Tochter? Konnten sie sie sehen? … was dachten sie von ihr?

Narae war vor Syltains Sarg auf die Knie gefallen, ihre Hände auf dem Stein vor sich ausgestreckt, so als wollte sie ihn berühren und konnte es doch nicht.

»Ich sollte …«, flüsterte Luna zögerlich. »… oder?«

Xyn antwortete nicht.

Sie atmete noch einmal tief ein, bevor sie sich erhob, und er stand mit ihr auf und trat aus der Bankreihe, um sie an sich vorbeizulassen. Luna hielt ihre Schultern gestrafft und machte Schritt für Schritt durch den Gang nach vorn, zu Narae und den Särgen, die schwer und anklagend und so seltsam verloren in der Mitte des Raumes standen. Sie wusste nicht recht, was sie davon halten sollte, dass Reas Sarg mittig zwischen Syltain und der Frostkönigin stand, direkt neben ihrem Ehemann, den sie ermordet hatte. Lunas Schritte hallten in der Stille von den weißen Marmorwänden wider, bis sie dicht neben Narae stehen blieb. Sie drehte sich nicht zu ihr herum.

Aus der Nähe betrachtet wirkte Reas Sarg größer, viel zu groß für ihre Statur. Luna konnte sie sich nicht vorstellen, wie sie dort drin lag. Sie wollte ihre geschlossenen Augen sehen, noch einmal die Stille ihres Herzens hören und spüren, dass sie nicht atmete. Noch war es, als könnte Rea jeden Augenblick aufwachen, den Sargdeckel zurückschlagen und hinaussteigen, oder eher noch zur Tür hinter ihnen hereinkommen und sie fragen, was sie da taten.

Luna umklammerte den Dolch, der ihr Herz durchstoßen hatte, und zwang sich, sich an die Wunde in ihrem Brustkorb zu erinnern. Rea würde nicht mehr aufstehen. Sie war *tot* … Es fiel Luna noch immer schwer, das Wort auch nur zu denken – noch schützte ihr Unglaube sie vor dem Schmerz, der in ihrer Brust lauerte. Sie spürte ihn bereits, wie er durch ihre Eingeweide kroch, wie er an ihr zog und drückte, noch verborgen, nur ein Schatten dessen, was er sein konnte, ein leises Versprechen, sie zu überwältigen, sobald sie es am wenigsten erwartete.

Das Schweigen zwischen Narae und ihr wurde drückender. Sie wollte dringend mit ihr reden, aber sie spürte auch, warum. Sie wollte Vergebung, die Narae ihr nicht würde geben können. Sie verdiente sie nicht. Luna schwieg, ließ den Schmerz und die Wut in ihre Brust sickern und hoffte stumm, dass sie den Damm in ihrem Inneren nicht brechen würden.

Zögerlich streckte sie ihre Hand aus, reckte die rote Rose darin vor, die sie so fest umklammert gehalten hatte, und senkte sie auf den weißen Stein des Sargs – eine einzelne rote Rose aus dem kleinen Busch, der sich, seit sie sich erinnern konnte, durch den Stein und den Sand des Innenhofes gekämpft hatte. Sie konnte ihren Blick nicht davon abwenden.

Die Rosen blühen rot. Die Königin war tot. Nicht weiß, nicht gelb, nicht rosa. *Rot.* Ein gewaltsamer Tod.

Rea hatte mehr verdient – mehr gewollt. Zumindest dachte Luna das, aber was wusste sie schon?

»Sie hätte Blumen gewollt, oder?«, fragte sie in die Stille der Halle.

Xyn lachte kurz und heiser auf, ein seltsam rauer Laut, vollkommen falsch an diesem Ort und gleichzeitig so echt. »Ich denke, Ihre verstorbene Majestät hätte ein rotes Meer gewollt, etwas, das jedem, der durch die Tür tritt, den Atem raubt.«

Ihre verstorbene Majestät. Luna schauderte, doch sie sah es vor sich – und sie sah Reas Grinsen, voll kindlicher Freude. Sie zwang sich, es zu erwidern. Das Salz ihrer Tränen klebte noch hart auf ihren Wangen und sie spannten bei jeder Bewegung ihres Gesichts.

»Ich werde ihr noch welche bringen lassen«, entgegnete sie heiser und überlegte bereits, wer die Blumen rechtzeitig bringen konnte, sodass sie Rea noch vor ihrer Reise in die Katakomben von Arenja erreichten.

Dabei spielte es keine Rolle mehr. Rea konnte ihre Blumen vermutlich gar nicht mehr sehen, sie würde nicht wissen, ob es welche gegeben hatte. Sie war *tot*.

Luna wandte ihre Augen von dem Sarg ab und warf einen schnellen Blick auf Narae.

»Was wirst du jetzt tun?«, fragte sie leise.

Narae schwieg für eine Weile. »Ich denke, Syltain hätte

gewollt, dass ich an deiner Seite bleibe, *Prinzessin*.«

Schmerz flammte in Lunas Brust auf, doch sie durfte ihm noch nicht nachgeben – wenn sie es tat, würde er sie überrollen und fortspülen, dabei hatte sie noch Dinge zu erledigen … Unrecht wiedergutzumachen.

Ihr Blick fiel auf die Nische zu ihrer Linken, auf die Statue der Kriegsgöttin, die ihr steinernes Schwert in die Höhe reckte, die perfekte Replik zu dem goldenen Schwert, das über Reas Sarg thronte. Ihr gegenüber stand der Totengott Thanhel – wie ironisch, wo doch Krieg immer und unweigerlich zu Tod führte. Narae und sie mussten verhindern, dass die Nordlande gegen Athea in den Krieg zogen … sie mussten sie von ihrer Wahrheit überzeugen, bevor es mehr Blutvergießen gab.

Prinzessin. Narae hatte gesagt, dass es dabei nie um ihren Titel gegangen war, und zum ersten Mal verstand Luna, was sie meinte. Es sagte nichts darüber aus, wer sie war, es spielte keine Rolle … denn zum ersten Mal war sie sie selbst.

Narae hob die Arme und streckte ihr Syltains Mantel entgegen. Luna nahm ihn nur zögerlich, strich mit ihren Fingern über das raue Leder und weiche Fell, während Narae sich auf den Boden stützte, um in den Stand zu kommen. Syltains Duft umfing sie, nach Leder und Pergament … nach Freiheit. Luna beeilte sich, Narae den Mantel zurückzugeben. Sie hatte in Syltain eine Freiheit gesucht, die seit jeher in ihr selbst geschlummert hatte.

Schuld und Furcht kochten wie bitteres Gift in ihr auf und fraßen sich in ihr Herz. Als hätte Narae ihre Gedanken gespürt, streiften ihre Finger ihre Hand und schlossen sich um sie, zögerlich, vorsichtig. Luna hielt sie fest. Narae sah sie nicht an, blickte weiter stumm nach vorn, und Luna war dankbar dafür. Sie war sich nicht sicher, ob sie es ertragen konnte. Dafür spürte sie Xyns Augen auf sich … Sie waren noch immer an ihrer Seite, nach allem, was geschehen war, nach allem, was sie getan hatte – trotz all ihrer Fehler waren sie bei ihr … als würden sie sie zusammenhalten.

»Es tut mir so leid«, wisperte Luna. Ihre Stimme erstickte, während Narae neben ihr sich versteifte.

Ohne sie wären sie vielleicht noch am Leben. Hätte sie früher Verantwortung übernommen, hätte sie sich früher gewehrt …

Narae unterbrach ihre Gedanken mit dem Druck ihrer Hand. »Du hast dafür gesorgt, dass sie ihr Recht bekommen.«

Luna wollte ihr glauben, aber sie wusste es besser – ihr Tod war das größte Unrecht. Sie sah ihre Gesichter, Syltains und das der Frostkönigin, sie sah ihren Mut. Sie würde nicht zulassen, dass jemandem von ihnen dasselbe Schicksal widerfuhr … auch nur irgendjemandem.

Naraes Finger hatten sich verkrampft und sich zu Klauen gekrümmt, deren Druck Lunas Hand mit einem scharfen Schmerz beantwortete. Sie presste ihre Finger zusammen und erwiderte es, so als könnten sie sich aneinander festhalten. Narae hatte sich ihr zu gewandt und sah sie mit einem seltsamen, dunklen Flehen in den Augen an. Tränen liefen in einem schmalen Rinnsal ihre Wange hinab und tropften von ihrem Kinn.

»Ich habe irgendwann aufgehört, um Vergebung zu betteln, ich schätze, es gibt Fehler, die nicht vergeben werden können«, sagte Narae leise, und ihre Augen schienen mit einem Mal durch Luna hindurchzusehen. Ihr Blick wurde kurz wieder klar, bevor sie sich abwandte. »… und trotzdem hoffe ich, dass ihr mir irgendwann vergeben könnt.«

Luna betrachtete ihr Profil. Wer war sie, über Narae zu urteilen? Sie kannte sich bestens damit aus, das Richtige tun zu wollen, die Wahrheit war nur, dass keiner von ihnen auch nur den blassesten Schimmer hatte, was das Richtige war. Sie konnte den Stich nicht leugnen, der immer wieder durch ihre Brust fuhr, wenn sie sie ansah, aber der Gedanke, dass es unverzeihliche Fehler gab, ängstigte sie, schnürte ihre Brust zusammen und erstickte sie. Vielleicht hatte Narae recht und lag gleichzeitig falsch … vielleicht gab es Fehler, die nicht vergeben werden konnten – vielleicht gab es aber auch solche, die gar nicht erst vergeben werden *mussten*.

»Ich habe dir gesagt, dass ich geschworen habe, ihn zu schützen«, wisperte Narae und würgte beinahe an diesen Worten. »Ich … ich hatte keine Wahl.«

»Wie ist es jetzt?«, fragte Luna leise.

Narae blickte sie nur starr an, ihre Augen flackerten. Das war Antwort genug. Luna wandte den Blick auf den Himmel hinter den schmalen Fensternischen, auf die kleinen Sterne, die schüchtern durch die Morgendämmerung blitzten, während eine unsichtbare Faust ihre Eingeweide zusammenquetschte.

»Ich weiß nicht, wie ihr mir jemals vergeben könnt … wie ich –« Naraes Worte waren kaum mehr als ein Würgen, sie waren kein Ton.

Luna drückte nur fester. »Vielleicht müssen wir das gar nicht.«

Sie alle hatten geglaubt, keine Wahl zu haben, als sie ihre Fehler begangen hatten, jeden einzelnen … Vielleicht hatten sie recht, vielleicht lagen sie falsch. Luna hatte noch keine Antwort auf diese Frage gefunden. Vielleicht war ihre Idee von freien Entscheidungen nur eine Illusion, die sich erst ergab, wenn sie die Konsequenzen ihrer Taten kannten. Die einzige, grausame Wahrheit, die sie gelernt hatte, war, dass sie es nicht mehr rückgängig machen konnten – egal, wie sehr sie sich verabscheuten … Sie konnten nur dafür sorgen, dass sie ihre Fehler nie, nie wieder begehen würden. Ihre Vergebung lag weit in der Zukunft.

Narae zog die Nase hoch, ihr Gesicht wieder ruhig und die Tränenspur nur noch eine Erinnerung an den Schmerz. Der Druck ihrer Hand lockerte sich.

Luna versuchte, dem Drang zu widerstehen, sich anzulehnen, doch sie verlor ihren Kampf. Langsam, ganz langsam, um Narae nicht mit ihrer Krone die Wange zu zerkratzen, ließ sie ihren Kopf zur Seite sinken und legte ihn auf ihrer Schulter ab. Sie wusste, dass sie es nicht tun sollte, dass einige es als Zeichen von Schwäche werten würden, als Bruch des Protokolls, doch es war ihr gleich. Es war niemand hier, der über sie urteilen konnte, nicht deshalb … Sie hatte schlimmere Dinge getan.

»Sind wir jetzt frei?«, fragte sie leise und heiser.

Narae hob ihre Hand und strich in einer kurzen, schnellen Bewegung über ihre Wange. Ihre Stimme war nur ein Hauch in der Stille des Tempels. »Ich weiß nicht, ob wir jemals frei sein werden.«

Luna verstand. Sie spürte ihn auch, den Druck auf ihrer Brust, die Schuld, die jeden ihrer Schritte zittern ließ. Freiheit schien ein lang in Vergessenheit geratener Traum zu sein. Sie spürte an ihrer Krone, wie Narae den Kopf drehte. Vielleicht sah sie Xyn an, aber Luna wollte sich nicht bewegen, um es herauszufinden.

»Ich denke, die Freiheit, der ich nachgejagt habe, ist eine Illusion von …« Sie zögerte und suchte nach dem richtigen Begriff. Die Worte kamen nur stockend und leise über ihre Lippen, sie waren wie ein Geständnis, für das sie noch nicht bereit war, dabei war es bereits lange überfällig. »… Verantwortungslosigkeit, die ich nicht haben kann – nicht, solange meine Freiheit in meinen Entscheidungen liegt.«

Wie zur Bestätigung drückte Narae ihre Hand.

»Wenn ich gewusst hätte, was ich jetzt weiß …«

»Ich weiß.« Es waren zwei einfache, schlichte Worte von Narae, aber sie ließen die Tränen in Lunas Augen aufschwimmen. Hastig blinzelte sie zu den Fensternischen unter der Decke. Es war die schlichte Anerkennung, dass die Welt komplizierter war, als sie es sich wünschen würden. Es war das, was Verständnis am nächsten kam.

»Ich werde den Rest meines Lebens damit verbringen, zu beweisen, dass ihr Opfer nicht umsonst war«, versprach Luna.

Die Sonne war noch immer nicht vollständig aufgegangen und die ersten Strahlen, die sie um den Sarg warf, noch kalt und rötlich. Der Mond und die Sterne verblassten, bis auf einen, der ihnen hell und klar sein Licht spendete und den Weg nach Norden wies. Hoch oben am Himmel strahlte der Larisstern, bereit, Syltain und die Frostkönigin zurück nach Hause zu bringen.

Eine Träne fiel aus Lunas Wimpern.

Sie würde noch einige Augenblicke in der Stille des Tempels haben, bevor sie sich dem Sturm vor den Toren stellen musste … noch einige Augenblicke, um um die Schwester zu trauern, die sie verloren hatte – die Schwester, die sie nie gehabt hatte.

EPILOG

D as Königreich steht in Flammen.«
Luna fuhr zusammen und wirbelte herum. Hinter ihnen am Ende des Ganges, vor dem Ausgang des Tempels,
stand die Hexerin in einem schlichten roten Kleid. Ihr Haar
war inzwischen wieder hell, der Dreck und das Blut daraus
verschwunden.

»Überall in Athea entzündet der Widerstand Feuer, um
seine Solidarität zu bekunden«, berichtete sie ruhig und gelassen, doch ihre Augen musterten Luna wachsam aus den
Schatten der Säulen heraus.

Xyn machte Anstalten, sich von seiner Bank in der ersten
Reihe zu erheben, und auch Narae legte ihre Finger an die
Griffe ihrer Schwerter, doch die Hexerin hob abwehrend die
Hände, um zu zeigen, dass sie keine Gefahr darstellte. Lang-
sam schlenderte sie durch den Gang auf sie zu, ihren Blick
auf die Särge hinter ihnen gerichtet.

»Du solltest nicht hier sein«, mahnte Luna leise, doch die
Hexerin ignorierte ihre Worte und schritt ungerührt bis an
ihre Seite.

Sie bewegte sich wie selbstverständlich durch den Gang,
dabei war es seltsam, sie so voller Gelassenheit im Licht des
hereinbrechenden Tages zu sehen. Von dem Feuersturm, der
Schreckensgestalt der Nacht, war nichts mehr geblieben –

neben Luna stand nichts weiter als eine junge Frau, das einzig Gewaltsame an ihr die Narben und Wunden, die sich über ihre Haut zogen.

Für einen Moment starrte sie auf die Särge, bevor sie leise auflachte. »Du hast dir beinahe *jeden* in diesem Königreich zum Feind gemacht.«

Lunas Lippen verzogen sich zu einem bitteren Lächeln, das in ihrer Brust stach. Ausgerechnet sie, die sie immer allen hatte gefallen wollen … Aber so war sie, sie hatte es nur nie akzeptiert. Sie hatte Fehler. Und vielleicht … vielleicht würde sie lernen müssen, damit zu leben.

Sie schwiegen für eine ganze Weile, während die Kerzen um sie herum flackerten. Kurz fragte Luna sich, ob sie Rea noch Worte mitgeben sollte, doch sie verwarf den Gedanken wieder. Es gab keine Worte, die sie jetzt sagen konnte, die sie nicht bereits gesagt hatte, oder, die sie nicht schon vor so langer Zeit hätte sagen sollen, dass sie jetzt keine Rolle mehr spielten. Sie wollte etwas Bedeutendes tun, sagen, denken, um Rea einen Abschied zu geben, aber sie wusste nicht, wie. Sie wusste nicht, wie sie ihrem Herz die Endgültigkeit geben konnte, die noch nicht einmal ihr Kopf richtig verstanden hatte.

»Wie geht es jetzt weiter?«, fragte die Hexerin mit einer betonten Gleichmütigkeit in ihrer Stimme, doch Luna spürte ihre Anspannung auch über die Distanz zwischen ihnen.

Sie erinnerte sie daran, dass die Frau neben ihr die vergangenen Wochen zwischen Jagd und Gefangenschaft verbracht hatte, und ließ sie mit ihrer Antwort zögern, dabei hatte sie diesen Plan schon gemacht, als sie beide sich noch in ihren Zellen gegenübergestanden hatten, als sie noch nicht zu glauben gewagt hatte, dass er Wirklichkeit werden konnte.

»Ich will, dass wir nach Privonn reiten«, sagte Luna leise in die gespannte Stille des Tempels hinein. »Diesem Herzogtum fehlt seine Herzogin.«

Die Augenbrauen der Hexerin wanderten in die Höhe,

doch sie entgegnete nichts, wartete darauf, dass Luna sich erklärte, dass sie versicherte, dass sie sie richtig verstanden hatte … doch Luna schwieg.

»Du hast mir ein Versprechen gegeben«, erinnerte die Hexerin sie leise mahnend und machte gleichzeitig deutlich, dass es dieses Versprechen war, auf dem ihr Waffenstillstand beruhte, dass sie bereit war, selbst den Tempel innerhalb von Augenblicken in Brand zu stecken, sollte Luna versuchen, es zu brechen …

Doch das hatte sie nicht vor. »Ich werde mein Versprechen halten.«

Die Hexerin musterte sie für einen Moment, dann lachte sie rau auf, so plötzlich, dass Luna Speicheltröpfchen auf ihrem Gesicht spürte und unwillkürlich einen Schritt zurücktrat.

»Sind sie dort? In Privonn?«, fragte die Hexerin ungläubig. Sie lachte wieder rau und heiser. »Margo hat die Hundert direkt vor ihrer Nase gehalten?«

Luna nickte knapp, während sie die Hexerin aufmerksam beobachtete. Mit ihr an ihrer Seite würde sie immer ein Auge offenhalten müssen. Sie war ebenso machtvoll wie unberechenbar, doch das Grinsen, das sich jetzt auf ihrem Gesicht ausbreitete, schien echt und unverfälscht, beinahe kindlich, und … hoffnungsvoll. Vielleicht war das das Gefährlichste an ihr.

»Ich weiß nicht, ob sie noch am Leben sind oder … in welchem Zustand«, fügte Luna vorsichtig hinzu, doch die Hexerin winkte mit einem kurzen Schütteln ihres Kopfes ab.

»Das finden wir heraus.« Auch ihre Stimme klang hoffnungsvoll.

Luna schloss ihre Hand fest um den Unterarm der Hexerin, die zusammenzuckte und zu ihr herumfuhr. »Sollten wir die Hundert finden, brauche ich dein Wort, dass ihr niemandem mehr Leid zufügt«, forderte Luna.

Die Hexerin blickte sie mit großen Augen an. »Du willst

eine Armee von Männern holen, die seit Jahren, wenn nicht Jahrzehnten, ihrer Freiheit beraubt waren, nachdem man ihre Familien und sie selbst mit dem Tod bedroht hat, und erwartest, dass sie keinen Groll hegen?«

Luna schüttelte den Kopf. Sie erwartete, dass sie ihren Groll nicht weiter schürten, ihn nicht verbreiteten. »Wir haben gesehen, wohin uns unser Hass führt ... wenn *wir* nichts ändern, hört es niemals auf.«

Die Hexerin starrte sie nur lange und unbewegt an. In ihren Augen loderten noch immer Flammen, doch sie waren erkaltet, sie brannten inzwischen ruhig und stetig.

»Vielleicht sind wir uns doch gar nicht so unähnlich, wie ich dachte«, flüsterte sie schließlich. »Ich die Blut*hexerin*, du die Blut*königin* ...«

»Was?«, fragte Luna atemlos.

Die Hexerin legte den Kopf zur Seite, ihr Blick offen. Es lag weder Hohn noch Mitleid darin. »Hast du die Lieder noch nicht gehört?«

Bevor Luna etwas erwidern konnte, begann sie leise zu singen, rau und schief, aber das war es nicht, was ihr einen Schauer über die Haut jagte. Es war die Melodie der Lobeshymne Ihrer verstorbenen Majestät – mit einem grauenvollen Text ... über sie. Luna brachte kein Wort hervor, selbst als die Hexerin bereits lange verstummt war.

»Er gefällt dir nicht, dein Titel«, stellte sie fest und musterte Luna wachsam. Noch immer lag kein Mitleid in ihrer Stimme ... Sie wusste, dass sie es beide nicht verdienten. »Ich wollte meinen auch nie.«

»Hexerin ...«, flüsterte Luna erstickt, als könnte sie sich damit ablenken.

»Sanja«, korrigierte die Hexerin heiser und musterte sie wieder mit diesem sengenden Blick. »Mein Name ist Sanja. Ich bin mehr als eine Hexerin.«

Luna atmete nicht, aber sie nickte. Ohne den Blick von Sanjas Augen zu wenden, wandte sie sich wieder den Särgen in ihrem Rücken zu.

»Luna«, stellte sie sich vor. Kein Titel spielte mehr eine Rolle. Ihre nächsten Worte wanden sich nur schwerfällig aus ihren Eingeweiden, wo die Wahrheit bereits viel zu lange ungehört geschlummert hatte. »Ich bin mehr als eine Zauberin.«

Sie *war* eine Zauberin. Sie war eine *Königin*. Sie war eine *Kämpferin*. Und vor allem war sie fertig damit, sich zu wünschen, nichts davon zu sein.

Manchmal reicht eine einzige Nacht,
um ein ganzes Königreich zu erschüttern …

Die Geschichte Atheas geht weiter!

**Tauche ein in die Welt Atheas und verpasse keine
Neuigkeiten! Schau vorbei auf:**

Web: https://www.jennybrandes.com
Mail: mail@jennybrandes.com
Instagram: @jennybrandes.official
TikTok: @jennybrandes.official
YouTube: @jennybrandes.official

Wir sind mehr als unsere Dämonen.

BAND 3
DER
ATHEA-CHRONIKEN

DANKSAGUNG

Danke,
anke,
anke.
Von ganzem Herzen.

An jede Seele, die *Lies Of Blood And Flames* gelesen hat und
für *Lies Of Crowns And Death* zurückgekommen ist. Du bist
ein hellstrahlender Stern am Himmel von Athea – danke
für dein Funkeln. Worte auf Papier sind nur leblose Tinte,
solange keine Stimme ihnen Leben einhaucht, deshalb: Danke für *deine* Stimme.

An die wundervollen Buchblogger*innen, die ich zuerst
durch *LOBAF* und jetzt durch *LOCAD* kennenlernen durfte. Du bist wie eine Sternschnuppe. Danke, dass du mit deiner Magie hilfst, ganz Athea funkeln zu lassen. Danke für
dein Feedback, das wirklich Gold wert ist, und deine Er-
munterung. Danke, dass du Sanja und Luna deine Zeit geschenkt hast.

An Kim. Du bist mein Mond. Danke, dass du immer da
bist, manchmal sichtbar durch das, was du tust, manchmal
unsichtbar, dann nur durch das, was du bist. Danke, dass
du an meiner Seite stehst und ich dir alles erzählen kann.
Danke, dass du zuhörst.

An Mama und Papa. Danke für die Zeit, die ich hatte, um zu träumen. Danke für den Beweis, dass jede Nacht einen neuen Tag hat. Danke für euren Stolz – er leuchtet hell und bedeutet mir viel.

An Oma. Du bist mein Larisstern. Du bist mein Wegweiser und du hast mir ein Strahlen geschenkt, das nicht verblassen wird. Das verspreche ich dir.